Thomas Perry

Né à Tonawanda, dans l'état de New York, en 1947, Thomas Perry a été manœuvre, pêcheur, mécanicien, avant d'enseigner à l'université puis de devenir écrivain et directeur artistique pour la télévision. *Le garçon boucher* (1985) a été couronné par le grand prix Edgar Allan Poe décerné au meilleur premier roman de l'année par les écrivains de littérature policière d'Amérique. Depuis, il a notamment écrit *Une fille de rêve*, *Chien qui dort*, *La danse des morts*, *Mort d'un parrain* et *Mortelle assurance*. Il vit aujourd'hui dans le sud de la Californie.

MORT D'UN PARRAIN

THOMAS PERRY

MORT D'UN PARRAIN

Traduit de l'anglais (États-Unis) par
Marie-France de Paloméra

FAYARD

Titre original :

BLOOD MONEY

Édité par Random House, New York.

Cet ouvrage est la traduction intégrale, publiée
pour la première fois en France, du livre de langue anglaise.

© Thomas Perry, 1999.
© Librairie Arthème Fayard, 2001, pour la traduction française.

ISBN : 2-266-12327-0

À Jo, Alix et Isabel

Leurs grands hommes, les sachems et les capitaines, sont habituellement plus pauvres que le commun du peuple, car ils mettent un point d'honneur à donner et à distribuer tous les cadeaux ou le butin qu'ils recueillent de leurs traités et de leurs guerres, afin de ne rien garder pour eux-mêmes. S'ils devaient un jour être soupçonnés d'égoïsme, ils se déconsidéreraient aux yeux de leurs compatriotes et perdraient, de ce fait, leur autorité.

Cadwallader Colden,
*The History of the Five Indian
Nations Depending on the Province
of New York in America, 1727.*

1

Il arrivait encore que son ancienne vie parût vouloir ressurgir — parfois sous la forme d'une présence importune à la lisière de son champ visuel ou dans sa vision périphérique. Un fragment du passé se matérialisait soudain pendant une fraction de seconde, juste le temps d'attirer l'attention de Jane et de mobiliser sa mémoire, puis se dérobait à nouveau pour se fondre dans le paysage familier, diffus. Parfois c'était à peine un bruit — le déclic métallique d'un ressort, en réalité le petit claquement sec d'une chaîne de porte coulissant dans son logement, mais qui aurait pu être celui d'un pistolet qu'on armait.

D'habitude, c'était une présence masculine qui la mettait en alerte. Plusieurs fois, ç'avaient été des hommes dans la foule qui ressemblaient à d'autres hommes d'autres époques. Un jour, ce fut un simple inconnu dans un petit parking désert, qui se trouva ne pas être au bon endroit pendant trop longtemps — suivant Jane de près, mais légèrement décalé sur sa droite, là où elle aurait été le plus vulnérable en cas d'agression. Son esprit retrouva aussitôt les anciens réflexes. Tout en préparant son corps à l'esquive soudaine, elle concentra son attention sur le bruit des pas, guettant un changement de position de l'homme. Son regard balaya les lieux pour en mémoriser les moindres détails : les volumes des voitures en stationnement à interposer entre elle et l'homme, les petites flaques de lumière crue sur le sol à éviter, la rambarde à franchir d'une torsion du corps pour se retrouver au niveau inférieur sans être obligée de courir à découvert vers l'escalier. Et puis, comme tous les autres jusque-là, l'homme modifia sa trajectoire sans se douter qu'il l'avait effrayée et s'éloigna dans une autre direction. D'habitude ç'avaient été des hommes. Ce jour-là, c'était juste une jeune fille.

De loin, on lui donnait quatorze ans : des cheveux blonds, fins et raides qui lui tombaient sans cesse dans les yeux, des hanches étroites et une poitrine osseuse, des vêtements un peu trop moulants et trop courts qui incitèrent Jane à se poser des questions surtout sur la mère. Elle aperçut d'abord la fille dans la réserve seneca, et ce fut le premier indice. Elle était trop blonde pour être la cousine de qui que ce soit venue de Cattaraugus ou d'Allegany, trop jeune pour travailler dans l'administration, et Jane ne voyait absolument pas comment elle avait débarqué là.

Vingt kilomètres séparaient la réserve de Tonawanda de la maison d'Amherst où vivaient Jane et Carey. Depuis qu'elle s'employait à construire sa nouvelle existence, Jane passait de plus en plus de temps dans la réserve. D'abord, elle était allée voir des amis et des parents, puis elle s'était laissé convaincre par les amis en question de les accompagner à des réunions où l'on débattait de questions tribales. À l'une d'elles, elle avait proposé ses services pour participer bénévolement à un projet parascolaire d'enseignement de la langue ancestrale aux enfants qui ne l'avaient pas apprise. Comme tous connaissaient des mots et des expressions, et que quelques-uns d'entre eux étaient capables de former des phrases, les cours ne posaient pas de problèmes et se déroulaient dans la bonne humeur.

La première fois qu'elle remarqua la fille, il y avait plus d'un an qu'elle avait institué ses promenades trois fois par semaine. Jane attendait sur la haute véranda en bois de la maison de Billy et Violet Peterson protégée par le grand sapin et guettait les bus scolaires. Lorsqu'il y avait eu assez d'enfants, elle les avait rejoints à l'intérieur et avait fait son cours. La logique simple, imparable, de la linguistique plaisait à ses élèves et leur suffisait : « ah-ga-weh » le mien, « ho-weh » le sien, « go-weh » la sienne, « ung-gwa-weh » le nôtre, « swa-weh » le vôtre, « ho-nau-weh » le leur.

Mais une langue s'accompagne de non-dits et d'a priori qui exigent une explication. Une histoire existe, même dans ses omissions et ses lacunes. Une conversation en seneca moderne était truffée de mots d'emprunt désignant les objets qui remplissaient les maisons des enfants : ordinateur, téléviseur, four à micro-ondes.

Jane avait ainsi pris l'habitude d'emmener les enfants en promenade sur la route ou dans les champs et les bois de la réserve pour leur dire le monde. Elle savait parler de tout ce qui traversait prestement le chemin devant eux, s'accrochait dans le ciel au-dessus de leur tête ou les ombrageait de ses branches sans utiliser de mots de nouvelles langues.

En général, lorsqu'elle surprenait une adolescente en

train de les observer, Jane attendait que la curiosité l'incitât à venir suffisamment près pour l'inviter à se joindre à la promenade. La fille surgit à la lisière d'un bosquet de sycomores, puis disparut. Jane l'aperçut à cinq reprises ce jour-là, mais la fille ne s'approcha jamais. Jane ne pouvait s'empêcher de se représenter à chaque instant le chemin que prenait la fille, et où elle allait apparaître la fois suivante. Cela faisait partie des réflexes auxquels elle avait exercé son esprit des années durant. Après l'avoir vue deux fois, elle devina la suite de sa progression aussi facilement qu'un chasseur suit la trajectoire d'un faisan.

Jane demanda à sa petite troupe de linguistes s'ils la connaissaient, mais chacun attendit patiemment qu'un autre réponde. « Si elle vient avec nous, je veux que tout le monde lui fasse bon accueil », dit Jane.

Mais elle ne vint pas. Jane l'aperçut une dernière fois lorsqu'elle monta dans sa voiture devant la maison des Peterson. Elle décida de faire trois cents mètres, puis de revenir sans bruit à pied à travers bois jusqu'à sa hauteur pour bavarder. Baissant la tête, elle fit semblant de chercher quelque chose dans son sac sans quitter des yeux son rétroviseur. La fille sortait à ce moment précis de sa cachette pour parler à deux de ses élèves. Maintenant qu'elle la voyait nettement, elle se sentit prise d'un sentiment de malaise indéfinissable.

Il y avait quelque chose d'animal, d'affolé dans l'expression de la fille, et ses lèvres minces étaient crispées. C'était un petit visage aux traits fins, trop précoce, qui rappela à Jane les femmes policiers qu'on envoyait dans les lycées en les faisant passer pour des élèves. Elle mit le contact et prit lentement la direction de l'autoroute. Si c'était juste une gamine ordinaire —

peut-être une amie d'un jeune de la réserve —, elle aurait sans doute surmonté sa timidité d'ici au lundi. Sinon, Jane aurait fait ce qu'elle avait à faire : mémorisé son visage.

Une fois encore les vieux réflexes avaient joué, déclenchés presque à coup sûr par quelque chose de parfaitement inoffensif. Elle jeta un coup d'œil à sa montre. Elle aurait tout juste le temps de passer quelques coups de téléphone pour la campagne de collecte de fonds destinés à l'hôpital et ensuite de préparer le dîner.

Jane acheva de mettre le couvert dans la salle à manger, puis revint dans la cuisine pour laver les verres à vin en cristal. L'eau les avait mouchetés de petites auréoles. Si Carey avait été là, elle lui aurait expliqué que la dernière fois qu'ils les avaient rangés, tous deux subissaient encore les effets du vin qu'ils avaient bu le soir précédent. Ils n'en prenaient au dîner que lors de grandes occasions, et celles-ci finissaient toujours de la même façon dans cette maison... Les verres aboutissaient dans la chambre, et on laissait la vaisselle pour le lendemain.

Tandis qu'elle rinçait les deux verres et attrapait le torchon, Jane revit sa mère effectuer le même mouvement dans la petite maison de Deganawida. Sa mère était sans doute la femme la plus heureuse que Jane ait connue. Mais aussi un personnage inventé de toutes pièces. Elle avait décidé à vingt ans — ou vingt-deux, comme Jane l'avait rectifié après sa mort — quel genre de femme elle rêvait d'être, et passé ensuite le reste de sa vie à l'incarner. Une stratégie très élaborée, très astucieuse, dictée par les cinq ou six années qui lui avaient donné son expérience du monde.

Jane avait grandi en ne sachant que peu de choses vraies sur sa mère. Elle pratiquait une joie de vivre trompeuse avec un art consommé, et quand Jane la pressait de questions, elle savait mentir avec obstination et logique. Ce qui était exact, c'est que la mère de Jane avait atterri par un hasard quelconque à New York à l'âge de seize ans, seule. Des cinq ou six années qui avaient suivi, elle ne parla jamais. Une fois adulte, Jane en avait appris un peu plus. Sa mère avait passé ces années-là auprès d'hommes qui avaient de l'argent pour deux parce qu'ils le volaient, et qui, sans s'en rendre compte, lui offraient une certaine sécurité par la peur qu'ils inspiraient. Au bout de cette période, démontrant l'extraordinaire astuce qui remplace tout le reste chez les individus en marge de la société, elle s'était construit une nouvelle vie.

Puis elle avait fait la connaissance d'Henry Whitefield, un ouvrier spécialisé dans les charpentes métalliques qui parcourait le pays avec une équipe d'Indiens : trois Mohawks et deux Onondagas de Grand River, plus deux autres Senecas. Maintenant qu'elle était adulte, Jane savait que leur rencontre fortuite ne devait rien au hasard. Son père, Henry Whitefield, était l'antithèse trop parfaite des hommes que sa mère avait décidé de fuir. De haute stature, il avait la peau cuivrée comme un penny et des yeux d'obsidienne. Il affichait une franchise sans compromis — voire brutale — mais, surtout, il n'était manifestement pas du genre à se laisser intimider par l'ombre d'une menace. Des hommes qui marchaient sur des poutrelles d'acier à une hauteur de vingt-cinq étages, bravant le caprice des vents, ne craignaient pas ce qu'ils pouvaient rencontrer à terre. Le fait qu'il se déplaçait avec toute une équipe de la même trempe l'avait sûrement rassurée aussi, quitte à d'abord se méprendre sur ce compagnonnage, car il ressemblait à celui de ses anciennes fréquentations. Mais c'était une femme profondément intuitive, et elle avait dû sentir que sa première impression n'était pas entièrement fausse : en cas de danger, l'équipe ferait bloc avec lui.

Tous deux étaient morts depuis longtemps, mais ils restaient présents. Ils vivaient derrière les paupières de Jane. La mère de Jane s'était réinventée en Mrs Henry Whitefield, et elle avait vécu les onze années suivantes dans un bienheureux faux-semblant. Elle était de ces femmes au foyer qui donnent toujours l'impression de venir de se changer et de se remaquiller. Le genre de mère jamais à court de temps et qui en faisait trop pour les anniversaires et les gâteries. Et elle avait élevé Jane comme si elle la préparait à régner sur un petit royaume.

Avant sa naissance, sa mère avait adopté une façon classique de s'habiller et de se comporter, comme les mères des autres enfants — sans pour autant réussir à dissimuler les aspects de sa personnalité qui lui avaient attiré des ennuis ni ceux qui lui avaient permis de tirer son épingle du jeu. Le meilleur ami d'Henry Whitefield, Jake Reinert, qui vivait encore à deux pas de son ancienne maison à Deganawida, avait déclaré un jour à Jane que sa mère était « non seulement le plus beau spécimen humain de sexe féminin qui vivait à Deganawida », mais, avait-il insisté, « le plus beau à y être jamais passé autrement que par les airs ». Puis il avait

17

ajouté d'un ton rêveur : « Dommage que tu ne tiennes pas plus d'elle, de sa... de sa manière d'être. »

Pendant l'horrible été, six ans après que son père se fut tué, où sa mère se mourait d'un cancer, elle avait été prise d'un fiévreux besoin de parler. Elle gardait ses médicaments dans le creux de sa main et luttait contre la douleur afin de pouvoir s'exprimer pendant des heures. Tentant l'impossible, reconnaissait-elle : dire à sa fille tout ce que celle-ci devait savoir sur elle.

Les non-dits peuplaient leurs conversations : « Après avoir rencontré Henry, je n'ai plus jamais été malheureuse un seul jour de mon existence. » Pendant des années, Jane s'était interrogée sur cette aberration, consciente de n'avoir entendu qu'une partie de la vérité. Sa mère ne lui avait pas dit qu'elle n'avait pas attendu le bonheur : elle lui avait dit qu'elle l'avait décidé.

Jane avait gardé en elle les paroles et les décisions de sa mère comme autant de déclarations émises dans une langue inconnue, et puis peu à peu, chacune en son temps, elle s'était rendu compte qu'elle les comprenait. Elle savait que, d'une certaine façon, elle imitait sa mère. Elle avait passé le début de sa vie d'adulte à faire des choses dangereuses — toujours en marge de la loi, et parfois, lorsqu'elle partait dans une mauvaise direction ou sur une fausse piste, avec des flambées de violence. Elle était devenue un guide. Des gens qui craignaient pour leur vie l'avaient contactée — d'abord un jeune homme qu'elle connaissait, puis l'amie d'un de ses amis, et plus tard des inconnus. Elle les avait conduits en d'autres lieux, leur avait fait changer de nom, et leur avait appris à vivre d'autres vies. Et puis un jour, elle avait accepté de devenir Mrs McKinnon, et entrepris de faire disparaître son dernier fugitif, Jane Whitefield.

Depuis, elle s'était consacrée, exactement comme sa mère, à être la femme qu'elle voulait être. Ces deux dernières années, elle avait toujours refusé de s'endormir le soir sans pouvoir se dire : « C'était une bonne journée. Je suis contente de ne pas l'avoir gâchée. » Elle n'éprouvait aucune honte devant cette détermination calculée. Lorsque son mari rentrerait, elle se montrerait la digne fille de sa mère. Le lendemain, on n'attendait pas Carey à l'hôpital avant la tournée du soir, et elle comptait bien le tenir éveillé la plus grande partie de la nuit. Elle monta l'escalier et commença à se faire couler un bain.

À travers le bruit de l'eau, elle crut entendre une sonnerie. Elle ferma le robinet. Le téléphone ? Puis elle l'identifia : la sonnette de la porte d'entrée. Elle jeta un coup d'œil au perron depuis la fenêtre du haut et aperçut la fille. Jane n'eut pas le temps de détailler les raisons pour lesquelles elle éprouva un creux au ventre, comme si on lui avait coupé le souffle. Dévalant l'escalier jusqu'au vestibule, elle ne voulut en entendre qu'une : jamais une timide adolescente n'aurait pris une telle initiative.

Jane ouvrit grande la porte, un sourire de commande aux lèvres : « Bonjour ! Est-ce que je ne t'ai pas vue à la réserve ?

— Je... », commença la fille, mais elle parut revenir sur son idée. « Je peux entrer deux minutes ? »

Jane s'effaça, inspecta la rue à gauche et à droite, et ne vit personne. Cette visite n'était pas un prétexte pour pénétrer chez Jane et ouvrir sa porte à des individus lui voulant du mal. Si la fille signifiait un danger, il ne se présentait pas sous cette forme.

Jane l'examina avec attention tout en la conduisant dans le séjour. Elle ne vit pas d'arme, ni de sac où cacher un micro. La jupe moulait étroitement des hanches trop menues, le débardeur découvrait un ventre plat et des côtes osseuses mais ne cherchait pas à dissimuler grand-chose, les cheveux blonds commençaient à avoir l'air sale. « Je suis sûre que tu meurs de soif. Que puis-je t'offrir à boire ?

— C'est juste que je ne voulais pas rester dehors pendant que je vous demandais... répondit la fille, prenant Jane au dépourvu.

— Que tu me demandais quoi ? »

La fille prit une profonde inspiration, dans laquelle se glissa un tremblement léger.

« Je m'excuse de débarquer comme ça, mais je... C'est que vous n'êtes jamais seule. J'ai interrogé des gamins là-bas, et ils m'ont dit qu'avant, vous vous appeliez Jane Whitefield. C'est vrai ? »

Jane s'appliqua à garder une respiration régulière. C'était la première fois, depuis qu'elle avait épousé Carey McKinnon, qu'on venait chez elle en demandant Jane Whitefield. Si la fille posait la question, c'est qu'elle savait déjà à quoi s'en tenir.

« Oui, dit-elle. Et toi, comment t'appelles-tu ?

— Rita Shelford. Si je me suis trompée sur votre compte, je ne sais pas ce que je vais faire ! »

Ses yeux parcoururent l'immense séjour de la vieille maison. Jane dut résister à une brusque impulsion de s'excuser : les meubles anciens, massifs et luisants, étaient là parce que les ancêtres de Carey les avaient accumulés depuis les années 1790, sans doute avec

20

autant d'indifférence que lui pour ce genre de choses. L'énorme cheminée ne devait rien à la vanité : c'était simplement la seule façon de chauffer une maison à l'époque.

Jane s'efforça d'aider la fille, mais avec circonspection. « Tu as un problème ? »

La fille acquiesça.

« Viens. Allons à la cuisine et nous pourrons discuter pendant que je te prépare une citronnade ou ce que tu veux. »

Jane se leva et la fit passer par le couloir pour ne pas l'effaroucher par le soin avec lequel elle avait dressé la table dans la salle à manger. Chaque pas sur le plancher résonnait dans ses oreilles avec la violence d'un coup de marteau.

Elle pénétra dans la cuisine, où l'odeur du dîner sur le feu et les casseroles fumantes lui parurent l'ancrer plus solidement encore dans son rôle de ménagère et de femme de médecin. La prudence s'imposait. Elle s'immobilisa près de l'évier, là où le soleil entrait à pleins flots derrière elle, et étudia le visage de la fille qui s'asseyait à la table. Elle ne s'était pas trompée, l'adolescente paraissait plus âgée vue de près. Jane se tourna et coupa les citrons sur le plan de travail, puis les plaça sur le presse-agrumes et regarda le jus couler dans le récipient. « Quel âge as-tu ?

— Dix-huit ans.

— Qui t'a conseillé de t'adresser à moi ?

— Celia. Elle a dit que vous vous souviendriez d'elle. » La fille parut pleine d'espoir. « Ou de quelqu'un du nom de Terry.

— Celia Fulham ? » Difficile à croire. Soit Celia

avait déménagé, soit Jane venait de détecter un mensonge. « Où l'as-tu rencontrée ?

— En Floride. »

Jane fut contrariée par cette bonne réponse car elle ne réglait rien. Celia Fulham était assistante sociale dans le nord de la Floride. Jane avait fait sa connaissance sept ou huit ans auparavant, quand la vie sabotée d'un enfant avait attiré l'attention de Celia. L'enfant en question s'appelait Terrell James Arbogast, à quoi s'ajoutait un chiffre romain... IV, si elle avait bonne mémoire. Ce détail donnait à l'enfant l'ironie involontaire qui semblait s'attacher immanquablement aux gens comme ses parents. Lorsque Celia les avait rencontrés, ils avaient le shérif à leurs trousses, non pour leurs escroqueries — ils vendaient de faux coffrets de Chanel n° 5 sur un parking — mais parce qu'ils ne lui avaient pas versé sa commission habituelle pour garder l'autorisation d'estamper les gens du coin.

Celia Fulham avait caché la famille dans sa propre maison et entrepris de vérifier une rumeur dont elle avait eu vent un an plus tôt, lors d'une séance de travail à Atlanta. On disait que dans les cas où le système se révélait impuissant à protéger un enfant ou à le soustraire à un entourage prêt à le tuer, il restait une dernière chance. Il existait une femme qui faisait disparaître les gens.

« Tu as fait tout ce trajet depuis la Floride, reprit Jane. Et Celia t'a donné mon adresse.

— Non. Elle m'a donné une adresse à Deganawida. J'y suis allée et j'ai sonné, mais il n'y avait personne. Mais elle a dit que si vous aviez déménagé ou n'importe quoi, on le saurait à la réserve. »

Cette réponse aussi la contraria. Celia Fulham était

en partie séminole, et elle avait demandé à Jane si elle avait du sang indien. Jane avait violé la règle inflexible qu'elle s'était fixée : ne jamais révéler quoi que ce soit sur elle-même. Elle dosa l'eau et le sucre au jugé et goûta le mélange, puis ajouta les glaçons et tendit la citronnade à la fille. Son idée était de détourner son attention pour l'étudier, mais celle-ci but une gorgée sans quitter Jane des yeux. « Vous ne me croyez pas, déclara-t-elle.

— Si. Tu n'aurais jamais pu savoir que Celia me connaissait si elle-même ne te l'avait pas dit. » La fille avait vraiment vu Celia, mais cela ne garantissait pas que Celia ne se trompait pas à son sujet. Il existait sûrement un autre moyen, une solution sensée à laquelle Celia n'avait tout bonnement pas songé. Jane eut envie de dire : « Je ne suis plus Jane Whitefield. Les gens en danger de mort ne viennent plus me trouver pour me demander de les faire disparaître. Je ne peux pas laisser mon mari pour me charger de ton problème. J'ai donné ma parole. » Si elle en savait plus, elle trouverait peut-être une façon d'aider cette gamine sans compromettre sa nouvelle vie. « Pourquoi es-tu allée voir Celia ?

— Elle avait été gentille avec moi un jour, il y a quelques années, quand ma mère s'est disputée avec son copain et que la police a débarqué. Celia m'a dit de revenir la voir si j'avais des ennuis. »

Au mot de « mère », Jane eut une demi-seconde d'espoir — c'est vrai, c'est une enfant, donc elle a une mère —, aussitôt douchée par la réponse suivante. « Où sont tes parents maintenant ?

— Mon père... Je ne sais rien ne lui. C'était juste un copain de passage, et il s'est barré quand j'étais bébé.

Ma mère, elle a eu des ennuis il y a deux ans et... » La fille haussa les épaules sans autrement d'émotion. « Elle se drogue. »

Exit la mère.

« Depuis combien de temps est-elle en prison ?

— Un an et demi environ, en comptant le procès. Ils la relâcheront avant qu'elle ait fait ses cinq ans.

— Et qui s'est occupé de toi ? »

La fille haussa de nouveau les épaules :

« Ma mère leur a menti et a dit que ma tante me gardait. C'est moi qui lui avais demandé, et c'était le moins qu'elle pouvait faire après cette idiotie : me donner ma liberté. Sinon, on vous met dans un foyer ou on vous place à la campagne dans une famille d'adoption qui vous enferme dans la maison, et moi, je n'avais rien fait pour me retrouver sous les verrous. Si bien que j'ai acheté des papiers d'identité à un type que je voyais dans un parc, il vendait des permis de conduire et des cartes de sécurité sociale à des saisonniers d'Amérique centrale qui venaient pour la récolte de fruits. Comme je suis allée jusqu'à Tampa pour trouver du travail, les papiers ne rappelaient rien à personne. »

Jane continua à la sonder, guettant le premier faux pas.

« Quel genre de travail ?

— Femme de chambre dans un hôtel. On travaille dur, mais on a juste à faire le ménage et les lits, et c'était dans mes cordes.

— Très bien, Rita, dit Jane. Venons-en à ton problème. De quoi s'agit-il exactement ?

— C'est difficile à dire.

— Tu veux dire que tu ne sais pas, ou seulement que tu as du mal à m'en parler ?

— Je ne sais pas vraiment. Je travaillais à l'hôtel. Il y avait ce type qui y descendait souvent. Un type sympa. Plutôt beau pour un vieux, et drôle. Il s'appelle Danny.

— Quel âge ?

— Au moins trente ans. » Elle vit dans le regard de Jane que celle-ci reconnaissait une histoire souvent entendue et ajouta aussitôt : « Il ne s'agit pas de ce genre de problème. Danny ne m'a jamais touchée. Il avait une amie. Elle n'a même jamais essayé de cacher qu'elle était mariée. La première fois que je l'ai vue, elle portait une bague, avec un gros diamant. Il la rencontrait à l'hôtel à peu près une fois par semaine vers l'heure du déjeuner, et ils faisaient leur affaire pendant une heure. Après, elle sortait en douce par la porte de derrière et allait jusqu'à une rampe de parking à une centaine de mètres de là, où elle avait garé sa voiture. Rudement chic.

— La voiture ?

— La voiture aussi, mais surtout elle. Des vêtements hors de prix, un tas de bijoux, pas un cheveu qui dépassait ! La voiture, c'était une Mercedes décapotable crème. Danny venait pour affaires ou quelque chose du genre, et pendant le reste de la journée des types passaient le voir dans sa chambre, des fois avec une valise, des fois sans rien, mais tous, comment dire... pas très nets, vous voyez ? Comme s'ils ne se douchaient pas tous les jours et se contentaient d'enfiler leurs vêtements et de se passer un coup de peigne.

— Et ?

— Danny savait que j'étais au courant. Un jour, je

me trouvais dans son couloir quand elle a filé à toute allure, presque en courant. Il est entré dans la chambre que je nettoyais et m'a donné vingt dollars pour faire la sienne en premier. Le type qui allait arriver dans le quart d'heure était le mari de cette femme.

— Il te l'a dit ? »

Elle sourit et secoua la tête.

« Non. Il m'a souri d'un air penaud, comme si c'était moi qui l'avais surpris à faire quelque chose. Quelques minutes après, je n'ai pas pu m'empêcher d'entendre. C'était la voiture. Le type est remonté jusque devant l'hôtel pour la faire garer par le voiturier, et c'était la même que celle de la copine la semaine d'avant. En tout cas, je venais de terminer la chambre, d'enlever tout ce qui portait des traces de son rouge à lèvres ou sentait son parfum ! » Son visage se rembrunit. « Il y avait intérêt. Son mari vous faisait froid dans le dos ! Il avait dans les soixante ans, et pas du genre armoire à glace, mais des yeux comme ceux des tortues au zoo, celles dont on vous raconte qu'elles ont quatre cents ans — d'ailleurs, j'aimerais savoir comment on peut en être sûr. Personne n'était là, pas vrai ? Enfin, ça vous donne une idée. Il avait trois mecs avec lui. Deux dans une autre voiture, mais ils avaient tous quelque chose de glauque. Vous savez, quand on voit quelqu'un et qu'une petite voix vous dit : ce n'est pas normal... Les trois étaient plus jeunes — pas encore trente ans ou alors juste un peu plus — et ils n'allaient pas dans le décor. Ils étaient en costume, mais ils ne ressemblaient pas à des gens qui en portent. Ils étaient tous baraqués, comme s'ils faisaient des poids, et on aurait dit qu'ils s'étaient tous acheté le même costume dans le même magasin le même jour, et pas plus tard que la veille ! Des types comme ça, on en voit, mais pas trois à la fois d'habitude.

— Et que s'est-il passé ?

— Rien. Ils sont venus et ils sont repartis au bout d'une demi-heure. Quand il est sorti, mon copain Danny était aussi crispé que s'il arrivait au bout d'une corde raide, et là encore il m'a souri. La fois suivante, quand il est revenu, il m'a proposé un boulot.

— De quel genre ?

— La même chose, du ménage. Il m'a offert le triple de ce que je gagnais à l'hôtel ! Une maison dans les Keys qu'on me demandait d'entretenir. C'est tout. »

Jane poussa un soupir.

« Et en fait, il ne s'agissait pas seulement de ménage.

— Si, dit Rita. C'était bien ça. »

Jane résolut de ne plus se risquer à deviner tout haut. Le dénommé Danny avait dû se dire que s'il pouvait acheter son silence, le mari pouvait en faire autant pour l'amener à parler.

« C'était une belle maison, reprit Rita. Au bord de l'océan. La personne qui vivait là était un vieux monsieur gentil. J'y suis restée un an. C'était génial.

— Quand cela a-t-il cessé d'être génial ?

— Il y a trois jours. Le vieux monsieur est parti faire un petit voyage. Mon copain Danny l'a conduit à l'aéroport à quatre heures du matin. Je me suis dit que c'était l'occasion ou jamais de montrer de quoi j'étais capable, et j'ai passé la journée entière à donner un grand coup à la maison. Ce jour-là, je me suis attaquée à tout ce qu'on pouvait cirer, astiquer ou faire reluire ! Je ne me suis arrêtée qu'à neuf heures du soir, j'ai pris une douche, et, à peine couchée, je me suis endormie. Ensuite, tout ce que je sais, c'est qu'il y avait huit ou neuf types, de vrais malabars. Ils sont entrés dans la maison en pleine nuit. Pas comme des voleurs : ils parlaient fort et allaient partout en faisant du bruit comme s'ils étaient très pressés. Pendant une seconde ou deux, j'ai cru que c'étaient des pompiers parce que j'avais laissé un truc branché et mis le feu ! Et puis il y en a eu trois qui sont entrés dans ma chambre. Eux aussi semblaient bizarres, comme ceux de l'hôtel. Ils me tirent du lit. L'un d'eux commence à me poser toutes sortes de questions... où le vieux range-t-il ceci ou cela. Moi, je ne sais rien. Quand ils s'en aperçoivent et repartent dans le couloir, je vais droit à la penderie et je commence à faire mes bagages. Il y en a un qui revient, et quand il voit la valise, il l'expédie sur le lit et me dit que je ne pars pas. Que je vais avec eux.

— A-t-il dit où ?

— Il a dit "voir Mr Delfina". »

La mâchoire de Jane se crispa.

« Sais-tu de qui il s'agit ?

— Non. Mais à l'entendre j'aurais dû. »

Jane n'écoutait plus, mais la fille ne s'en rendit pas compte.

« J'ai donc laissé la valise sur le lit bien en vue, j'ai laissé mes vêtements et tout, et j'ai mis mon argent, mes papiers, la photo de ma mère et des trucs dans mes poches de blouson. Au petit jour, presque tous sont partis. Il en est juste resté trois qui fouillaient les placards et le grenier, et un dans le jardin de derrière. J'ai ouvert la porte coulissante du patio, j'ai escaladé le mur, et j'ai marché jusqu'à l'arrêt du car... »

Jane observait le mouvement des lèvres de la fille ;

elle savait qu'elle aurait dû écouter, ou alors lui dire de s'arrêter car elle ne devait rien en perdre. La fille ignorait qu'elle pensait au mari auquel elle vouait un amour intense, que ses yeux ne fixaient pas la fenêtre de la cuisine parce qu'elle se concentrait sur son récit. Jane regardait la fenêtre parce qu'elle commençait à se faire à l'idée de peut-être ne jamais la revoir. La fille ignorait qu'elle avait prononcé le seul mot qui devait l'être : Delfina.

Au bout d'un moment, Jane se retourna, éteignit les feux de la cuisinière et ferma la fenêtre, puis vérifia celles des autres pièces. Lorsqu'elle revint, elle trouva la fille debout à côté de la table, les bras étroitement croisés sur sa poitrine, les mains crispées sur les coudes comme pour se protéger du froid.

« À part Celia Fulham, quelqu'un d'autre sait-il que tu venais ici ?

— Non, répondit la fille. Je n'avais jamais entendu parler de vous jusqu'à hier, et je ne suis pas descendue du car avant d'être arrivée chez Celia.

— Et après ? Où as-tu couché hier soir ?

— À l'hôtel. »

Elle tendit à Jane une pochette d'allumettes.

« Je l'ai gardée pour savoir comment rentrer. »

Jane fronça les sourcils en regardant la pochette. La fille avait dit « rentrer », comme on rentre chez soi, et pourquoi pas. Jane connaissait l'hôtel, et l'endroit la surprit. Ce n'était pas un petit groupe de pavillons de bois anonymes et miteux au bord d'une route peu fréquentée. Mais un hôtel imposant et de bonne tenue. « Je sais où il est situé. Quel nom as-tu donné pour prendre la chambre ?

— Le mien ? »

C'était une question.

Jane avait besoin d'en être sûre. « Tu as donné ton vrai nom ? Rita Shelford ?

— C'est-à-dire, presque. Ma mère m'appelait Anita, et c'est ce qui est mentionné sur mon certificat de naissance. Elle s'appelle Ann, et elle voulait que je sois comme elle, mais en modèle réduit. Idiot, non ? » Elle vit que Jane ne réagissait pas. « Le nom figure aussi sur ma carte de crédit.

— As-tu réglé ta note ? demanda Jane, cachant son appréhension.

— Non, dit Rita. Il fallait que j'aie un endroit où dormir si je ne vous trouvais pas. Et j'ai pris quelques trucs que je ne voulais pas laisser traîner, de peur de les perdre.

— Des choses importantes ? »

La fille hésita, désorientée.

« Je t'explique, dit Jane. Si ce sont des choses que tu peux racheter, ou dont tu peux te passer, ce n'est pas important. Si on sait, en les trouvant, qui tu es et où tu es allée, c'est très important. »

La fille regarda ses pieds, puis Jane.

« C'est important. »

Jane prit son sac dans la petite penderie à côté de la cuisine et vérifia qu'elle avait bien ses clés.

« On file la régler.

— Tout de suite ? demanda la fille, soudain consciente d'un danger.

— Tout de suite », dit Jane.

Elle s'arrêta pour écrire un mot sur le bloc fixé sur le réfrigérateur où elle avait inscrit une liste de courses. « Un imprévu. Le dîner est sur la cuisinière. Tu as juste à le réchauffer. Je t'appelle. Je t'aime, Jane. »

Elle faillit ajouter : « Ne t'inquiète pas », puis posa le mot tel quel sur la table. Ne voyant pas comment le fait de mentir à Carey ferait mieux passer ce qu'elle allait lui annoncer.

2

Rita monta devant, à côté de Jane, et laissa l'air s'engouffrer par la vitre entrouverte pour se rafraîchir. Elle voulait se donner l'impression que tout était réglé et qu'elle ne risquait plus rien. La grande femme mince aux cheveux aile-de-corbeau assise à côté d'elle semblait accomplir chaque geste avec une sorte de compétence tranquille. Chaque fois qu'ils se tournaient vers elle, Rita ne lisait dans ses yeux bleus et impassibles ni doute ni indécision ; rien du regard mal assuré et contrit qu'avait sa mère lorsqu'elle avait pris une décision peu faite pour lui plaire. Mais Rita n'y décelait aucune douceur non plus, et c'était sans doute mauvais signe. Inutile de croire que, pour une fois, quelque chose pouvait tourner rond... Tout bien pesé, elle aurait certainement dû pleurer, mais l'air, le fait d'être en mouvement et de ne plus sentir le trottoir sous ses pieds représentaient déjà un tel progrès qu'il ne pouvait en sortir que du bon.

Jane prit le pont qui enjambait le Niagara et traversa une île plate, si grande que Rita dut se remémorer la définition d'une île, puis encore un pont, et Rita reconnut peu à peu la banlieue de Niagara Falls.

Jane roula jusqu'à l'hôtel, mais Rita ne sentit pas la tension de la ceinture de sécurité signalant que la voiture ralentissait.

« C'est là, dit-elle. Vous allez trop loin.

— Je sais, répondit Jane sans se troubler. J'aime bien me faire une idée d'un parking avant de m'y engager et celui-ci ne me dit rien. Il n'a qu'une sortie et je ne tiens pas à rester coincée en cas de problème. Nous allons nous garer dans la rue. »

Jane tourna au carrefour suivant et s'engagea dans une petite rue où s'alignaient quelques boutiques de souvenirs et un magasin de spiritueux, et coupa le moteur.

Elle se tourna vers Rita. « On y va. Si tu aperçois à l'intérieur quelqu'un que tu as déjà vu en Floride, ne le regarde pas dans les yeux et ne me fais aucun signe. Préviens-moi simplement d'une voix normale et continue d'avancer à la même allure. Nous nous dirigerons aussitôt vers une autre sortie et nous filerons vers la voiture.

— D'accord. Et si je ne vois personne ?

— Nous allons dans ta chambre, nous récupérons tes affaires, et nous descendons régler la note. Pour cela, il faut...

— J'ai travaillé dans un hôtel, l'interrompit Rita. Je sais comment on fait. » Jane perçut une pointe d'irritation dans le ton de sa voix. « En tout cas, si je reste plantée devant la réception, on aura d'autant plus de chances de me remarquer.

— Je sais. Mais j'espère que personne n'apprendra ta présence assez vite pour être là. En remplissant la fiche, tu as utilisé ta carte de crédit. En général, ils prennent une empreinte et la mettent de côté. Ils ne transmettent pas le débit à ta banque avant que tu aies réglé la note. Nous allons donc régler avec une carte à moi.

— Pourquoi ? » Cette fois elle se sentait en droit d'être vexée. « Je vous l'ai dit, j'ai de l'argent. Je travaille.

— Ce n'est pas une question d'argent. Tu n'as pas l'air de savoir ce que te veut Frank Delfina. Mais moi je sais que la façon la plus rapide de te repérer consiste à faire vérifier ton relevé d'heure en heure et de voir s'il y a de nouveaux débits. Ta carte est à ton nom, pas la mienne.

— Oh... », dit Rita. Sa bouche formait un « o » minuscule.

Jane marcha avec elle jusqu'à l'hôtel, bavardant avec animation de tout et de rien mais les yeux toujours en mouvement, jetant un regard devant elle pour voir si quelqu'un attendait Rita, puis guettant sur le visage de la fille un changement d'expression, la tension faisant place à l'inquiétude.

Comme elles s'avançaient dans le hall de l'hôtel, les yeux de Jane inspectèrent les endroits où l'on pouvait s'attarder sans attirer l'attention : les fauteuils le long des murs sur le côté, l'entrée du bar, la boutique de cadeaux. Elle se tourna brusquement vers Rita. « Une seconde, dit-elle.

— Quelque chose cloche ? murmura Rita.

— Non, rien. »

Elle entra dans la boutique et parut s'intéresser aux souvenirs et aux produits locaux exposés, Rita à ses côtés, tout en observant le hall à travers la vitre. Finalement elle se dirigea vers la caisse, prit un quotidien sur la pile, et paya.

« Si on nous avait repérées dehors, on nous aurait suivies à l'intérieur, expliqua Jane tandis qu'elles regagnaient le hall. Le moment me paraît bon. On règle ta note, ensuite on monte. Tiens, prends ça. »

Elle tendit le journal à Rita et s'éloigna vers la réception.

Jane donna à l'employé sa carte de crédit au nom de Kathleen Hobbs, demanda qu'on lui impute la note et régla tandis que Rita, plantée à côté d'elle, regardait le journal d'un air ahuri.

Elles se dirigèrent vers l'ascenseur. Jane vit que Rita voulait dire quelque chose. « Attends », lui soufflat-elle.

La sonnerie de l'ascenseur retentit, elles entrèrent, Jane appuya sur le bouton commandant la fermeture des portes, et elles se retrouvèrent seules.

« Quel étage ?

— Cinquième », dit Rita.

Ses yeux écarquillés fixaient le journal. Elle le tendit à Jane d'un air paniqué.

« C'est elle ! La maison !

— Quoi ? »

Rita mit le journal sous les yeux de Jane.

« C'est une photo de la maison où j'habitais ! »

Le cliché montrait une grande villa de plain-pied à toit de tuiles et à façades en stuc, surplombant une plage en Floride. Un mur d'une hauteur inhabituelle l'entourait, enserrant quelques immenses cocotiers. Mais elle était coiffée d'une manchette en caractères gras : VIE ET MORT D'UNE LÉGENDE. « La discrète propriété privée de Floride qui abritait depuis des dizaines d'années Bernie Lupus, alias "l'Éléphant" », précisait le chapeau de l'article.

« Génial. Absolument génial », marmonna Jane en s'emparant du journal. Son regard parcourut rapidement le verbiage inutile pour en extraire l'essentiel. « Assassiné à Detroit... abattu devant l'aéroport. »

« C'est le vieux monsieur pour qui tu travaillais ? Bernie Lupus ? demanda-t-elle plus fort.

— Bernie, dit Rita. Je n'ai jamais su son nom de famille. Ils l'appellent tous Bernie... Pourquoi sa maison est-elle dans le journal ? On croit que j'ai fait quelque chose de mal ?

— On ne parle pas de toi. Mais de lui. Il... il est mort.

— Oh ! non, dit Rita avec tristesse. C'était un vieux monsieur tellement adorable... » Puis elle parut troublée, perplexe. « Pourquoi parle-t-on de lui dans les journaux d'ici ?

— Il était célèbre. »

Jane resta silencieuse pendant que l'ascenseur montait. Tout s'expliquait, mais elle n'était pas plus avancée car chaque bribe d'information suscitait une cascade de questions, et aucune des réponses n'apportait la clé de l'énigme. On avait abattu Bernie « l'Éléphant », mais quand ? La fille était en fuite depuis un jour et demi et avait passé le plus clair de son temps à essayer de se rapprocher de Jane. Autrement dit, le meurtre remontait à deux jours. Comment la nouvelle lui avait-elle échappé ? Jane répondit elle-même à sa question. Elle n'avait pas allumé la télévision le soir précédent, car elle était allée dîner en ville avec Carey après ses visites à l'hôpital et ils étaient rentrés tard. Et comme elle s'appliquait depuis deux ans à prendre ses distances avec les gens intéressés par ce genre d'information, plus personne ne lui téléphonait pour l'avertir.

Bernie Lupus était la banque privée du milieu et des truands. Le bruit courait qu'il faisait fructifier l'argent de la mafia depuis cinquante ans. Jane ignorait même à quoi il ressemblait vraiment. Elle jeta un coup d'œil à l'article dans les pages intérieures, et constata l'absence de toute photographie de lui. Elle était tombée un jour, dans un magazine, sur des photos de la police judiciaire datant des années quarante : un homme jeune montré de face et de profil, avec des cheveux gominés rabattus en arrière découvrant un grand front, et dont les yeux vifs et perçants réfléchissaient la lumière du flash comme ceux d'un chien. Après quoi, les seules photos de lui semblaient toujours prises d'infiniment loin au téléobjectif : des clichés sombres montrant une veste sport et un pantalon trop large portés par un corps de petite taille et anguleux sous une tête chauve et un visage à moitié caché par des lunettes de soleil.

Les rumeurs s'étaient étoffées et appartenaient désormais à l'histoire. Il jouissait d'une protection rapprochée. On ne le voyait jamais sans deux gardes du corps, mais Jane s'était toujours dit qu'ils avaient la tâche facile. Il n'éprouvait ni le besoin ni l'envie, semblait-il, de franchir le mur de trois mètres de haut qui cernait sa propriété en Floride. On le disait à l'abri d'un tireur embusqué pour la bonne raison que toutes les villas des rues voisines avaient été discrètement achetées par une des familles qui l'employaient et se trouvaient occupées en permanence par des gens de toute confiance qui surveillaient ses arrières d'un œil vigilant.

Le bruit courait aussi que le secret de sa réussite tenait au fait qu'il ne consignait jamais rien par écrit.

Jane savait que la police fédérale avait, en effet, effectué des descentes dans sa villa — invariablement qualifiée de « propriété privée » par la presse — à intervalles réguliers depuis la fin des années soixante-dix, mais sans y découvrir le moindre document compromettant. Il aurait profité, toujours selon la légende, d'un séjour derrière les barreaux pour mettre au point tout un système de codes et de procédés mnémotechniques afin de se rappeler les numéros des comptes qui abritaient des sommes d'argent faramineuses. D'où son surnom, vous expliquait-on avec constance.

Bien entendu, Jane avait conclu que cette histoire relevait en partie de l'invention délibérée, à laquelle s'ajoutait l'habituel fatras d'inepties toujours associé à quelqu'un dont on connaît l'existence mais qu'on entrevoit rarement. Jusque-là, ces rumeurs semblaient avoir servi Bernie. Elles l'avaient protégé de tous les éléments les plus actifs du crime organisé : ses clients. Si l'une des familles le supprimait, celle-ci ne perdait pas seulement tous ses fonds à l'abri de sa fameuse mémoire, mais s'attirait la vengeance simultanée de toutes les autres familles.

Elle jeta un regard rapide à la fille. Sans pouvoir encore cerner exactement son cas, elle sentait nettement qu'il avait empiré pendant les dernières soixante secondes.

L'ascenseur s'immobilisa au cinquième, et Jane passa devant Rita pour inspecter le couloir, avant de s'écarter et de la laisser sortir et se montrer à découvert. La porte se referma dans leur dos. « Donne-moi la clef de ta chambre », dit Jane.

Elle la prit et tendit à Rita ses clefs de voiture.

« Va dans l'escalier et attends-moi, lui intima-t-elle

en lui montrant une porte surmontée d'un signal de sortie. Si la voie est sûre, je viendrai te chercher. Si tu entends du tapage, file. Descends par l'escalier et sors par une porte de côté donnant sur le parking. Cours jusqu'à la rue. À partir de là, la voiture t'appartient. Dis-toi que je te la lègue. »

La fille paraissait livide, mais elle obéit.

Jane prit la clé et longea le couloir à deux reprises avant de trouver la chambre. Elle s'approcha de la porte silencieusement, puis colla son oreille au battant et écouta. Si quelqu'un attendait à l'intérieur le retour de la fille, il y aurait forcément un bruit — des pas, un grincement de sommier — mais elle n'entendit rien. La fille avait peut-être plus de chance qu'il n'y paraissait. Jane inséra doucement la clé dans la serrure, patienta quelques secondes, puis ouvrit la porte.

Deux hommes étaient assis à la table près de la fenêtre. « Personnel de service, excusez-moi ! » lança Jane, et elle referma. Elle se glissa contre le chambranle, colla son dos au mur, et attendit. S'ils ne se précipitaient pas à sa poursuite dans les dix prochaines secondes, elle n'avait rien à craindre. Sinon, elle tenterait un coup de pied et un direct dans les côtes, puis foncerait vers l'escalier.

Tout en attendant, elle se concentra sur l'image des deux hommes qui s'était inscrite dans son esprit. Massif, cheveux foncés et la trentaine pour l'un. Il avait ôté sa veste et dénoué sa cravate. L'autre : beaucoup plus petit, des bretelles sur sa chemise blanche. À quoi s'occupaient-ils ? Bien sûr. Les cartes. Il y avait un jeu de cartes sur la table et ils avaient chacun leur donne dans la main, beaucoup de cartes — trop pour faire autre chose qu'un rami. Quoi d'autre sur la table ?

Rien. Pas d'armes dans son champ de vision, pas d'argent, pas de bloc pour noter les points.

Son horloge intérieure lui dit qu'il s'était écoulé assez de temps, et elle commença à s'éloigner de la porte. Plusieurs solutions s'offraient à elle, il suffisait de choisir la bonne. Attendre qu'ils partent ne semblait pas indiqué. Elle pouvait dire au groom qu'elle avait des problèmes avec sa clef et le ramener pour qu'il ouvre la porte, puis crier au scandale en voyant du monde dans sa chambre — enfin, celle d'Anita. Mais rien ne lui garantissait que, cette fois, les hommes feraient semblant d'être gênés, enfileraient leurs vestes et s'empresseraient de filer. Maintenant qu'elle connaissait l'histoire liée à la mort de Bernie Lupus, les enjeux se situaient plus haut, beaucoup plus haut. Ils pouvaient parfaitement la tuer ainsi que le groom, fourrer leurs corps dans la penderie, et se rasseoir pour attendre la fille.

La solution de bon sens consistait à redescendre, rendre la clé et expliquer à Rita que rien de ce qu'elle avait pu laisser ne méritait de se faire tuer. Elle n'écarta pas la possibilité de mentir — dire à la fille qu'elle avait récupéré ses affaires et les avait mises dans la voiture avant de revenir la chercher. Jane n'avait jamais hésité à mentir aux gens en fuite lorsque leur vie dépendait de leur assentiment et de leur docilité. Après avoir attendu un peu pour rendre son histoire plausible, elle ferait monter la fille dans la voiture et prendrait la direction de l'autoroute. Elle aurait le temps de l'éloigner de trois cents kilomètres avant de lui révéler que ses affaires ne se trouvaient pas dans le coffre.

Comme elle se dirigeait vers la cage de l'escalier,

Jane éprouva un léger pincement d'inquiétude. Était-il sage de se désintéresser des deux intrus sans savoir ce qu'ils faisaient là? Si les types qui avaient fouillé la maison de Bernie Lupus trois nuits auparavant travaillaient pour Frank Delfina, le duo devait être aussi sous ses ordres. Jane n'en aurait pas juré, et puis c'était un détail. L'important, en revanche, c'était de découvrir ce qu'ils savaient, afin de donner un train de retard à leurs informations.

Des types qui décidaient de traîner à proximité d'un hôtel en attendant qu'une fille se montre n'auraient sûrement pas en tête de s'installer dans sa chambre. Rien ne leur garantissait qu'ils réussiraient à s'y introduire. Pour justifier leur présence, il leur fallait d'abord prendre une chambre dans le même couloir.

Elle s'aperçut qu'à mesure qu'elle avançait, elle éliminait les chambres qu'elle dépassait. Trois avaient la pancarte PRIÈRE DE FAIRE LA CHAMBRE suspendue à la poignée de la porte. Des individus venus avec l'intention d'enlever quelqu'un ne tiendraient pas à une irruption intempestive de la femme de chambre. Elle entendit au passage des voix derrière une porte, et une télévision allumée derrière une autre. Une porte était ouverte, Jane aperçut au passage un lit défait et en déduisit que l'occupant venait de partir. Une poignée de porte du couloir portait une pancarte tournée du côté NE PAS DÉRANGER. Jane frappa discrètement, écouta, frappa de nouveau. Au bout d'un instant, elle décida de tenter sa chance.

Elle sortit son canif de son sac, l'ouvrit et glissa la lame entre le montant de la porte et le panneau pour se faire une idée de la serrure. Le modèle n'allait pas lui simplifier la tâche, mais si les deux hommes avaient réussi à s'introduire dans la chambre de Rita, elle devait pouvoir en faire autant dans la leur. Le pêne épais et cylindrique s'aplatissait au bout, ce qui annulait toute possibilité de le sortir de la gâche au moyen d'une carte de crédit.

Jane fouilla son sac et finit par trouver le collier. Il consistait en de petites perles enfilées sur un fil en argent. Avec un peu de chance... Elle coupa le fil à la hauteur du fermoir et vida les perles dans son sac. Puis elle replia l'extrémité des trente centimètres de métal de façon à former un crochet qu'elle inséra dans l'interstice au-dessous de la serrure, entre la porte et le montant, jusqu'à ce qu'il se loge sous le pêne. Avec la lame du canif, elle guida la boucle dans la gâche, introduisit le fil de métal aussi loin que possible, retira la lame, puis fit jouer les deux bouts d'avant en arrière afin d'amener la boucle à l'extrémité du pêne. Après quoi elle enroula les deux bouts autour de ses index et tira d'un coup sec. Le pêne céda avec un déclic.

Jane se trouvait dans la chambre. Refermant la porte, elle jeta un regard autour d'elle. Il y avait deux valises, une au pied de chaque lit, serrures défaites. La fille avait dit avoir mis le plus important dans un blouson. S'ils l'avaient découvert, les types l'auraient sûrement rapporté dans leur chambre. Constatant l'absence du blouson, Jane s'intéressa aux valises. Elle avait espéré y voir des étiquettes de vol révélant leur parcours, mais il n'y en avait aucune.

Elle ouvrit la première. La valise était pleine de vêtements qui devaient appartenir au plus petit, le plus âgé des deux, mais un détail la frappa. Ils étaient tous neufs, encore dans leur emballage, avec leurs étiquettes et leurs épingles. Même les chaussettes et les sous-vêtements n'avaient jamais été portés. Rien là-dedans, strictement rien ne pouvait appartenir à Rita. Elle passa à la seconde valise, et découvrit un autre assortiment de vêtements dans leur état d'origine. Elle vérifia l'étiquette d'une chemise : col 42, manches 90. Indiscutablement la valise du malabar.

Là non plus, rien qui pût appartenir à Rita. Jane s'approcha de la corbeille. Celle-ci semblait pleine. Elle saisit la première chose qu'elle aperçut : des cartes routières. État de New York, Pennsylvanie, Ohio. Logique. Les types avaient remonté la piste jusqu'à ce point précis, et le trajet du retour leur posait moins de problème. Sur quoi elle fouilla plus profond. Encore des cartes : district de Columbia, nord de l'Arizona, Colorado. Et au-dessous une couche de brochures touristiques. Elle examina les couvertures des livrets et des prospectus. Le premier à retenir son attention fut Disneyland. Il y avait des brochures sur le Parc national de Yellowstone, le Yosemite, le Dinosaur National Monument. Il y en avait une sur La Nouvelle-Orléans, d'autres encore sur Williamsburg (Virginie) et sur San Antonio.

Jane se releva et se dirigea vers la porte. Il était temps de sortir la fille de l'escalier et de la fourrer dans la voiture. Cela sentait le roussi. Elle entrebâilla la porte, jeta un regard prudent dans le couloir, et vit Rita.

La fille avait déjà frappé à la porte de la chambre, et déjà la porte s'ouvrait. Jane se mit à courir. Jamais elle n'arriverait à temps. La fille franchit le seuil, et la porte commença à se refermer sur elle. Jane eut juste le temps de plaquer sa main sur le battant.

Elle entra, referma la porte derrière elle et s'immobilisa. Les deux hommes étaient debout à contre-jour, leurs silhouettes se découpant en ombres chinoises. La posture du plus massif des deux — les bras détachés du corps, les pieds à l'aplomb des épaules — trahissait la surprise et l'inquiétude, mais il ne fit aucun geste pour saisir une arme. On distinguait mal l'expression du plus petit dans l'ombre. Jane s'aperçut qu'il était bien plus vieux qu'elle ne l'avait cru en le voyant assis : l'inflexion des épaules, quelque chose de voûté.

Rita se retourna. « Jane ! Je vous croyais à l'intérieur, et comme je n'avais entendu aucun bruit, je...

— Je sais. Tu as cru que la voie était libre. »

Rita fit un geste vers les deux hommes.

« Jane, voici... »

Cette fois, le plus vieux intervint.

« Salut. Je suis le grand-père de Rita, Ben Shelford.

— C'est faux », dit Jane d'un ton calme.

Le vieux ne parut pas l'entendre.

« Et voici mon fils, David. » L'intéressé hocha la tête. « L'oncle de Rita.

— Danny », rectifia Jane. La tête du jeune pivota pour jeter un regard inquiet vers le vieux.

Le vieux poursuivit, comme si de rien n'était. « On l'appelle parfois comme ça, mais son vrai nom est David. »

Jane secoua lentement la tête.

« Vous êtes Bernie Lupus. »

Le vieux s'approcha, et Jane vit ses yeux, petits et délavés. Il ne semblait pas en colère. Intrigué plutôt. « Qu'est-ce qui vous le fait dire ?

— J'ai remarqué par hasard, il y a quelques minutes, que vous jouiez à un jeu en cinq cents points sans payer à la fin de chaque partie ni compter. Ensuite

44

je suis allée dans votre chambre et j'ai inspecté vos vêtements et la corbeille.

— Ah... », dit le vieux, jaugeant la performance. Il hocha la tête. « Et ils vous ont appris quoi ? » Il n'avait pas exactement le ton d'un professeur, plutôt celui d'un examinateur, d'un diagnosticien peut-être.

Jane haussa les épaules. « Que l'occupant de la chambre voulait parcourir le pays en jouant les touristes. » Elle comprit qu'il en attendait plus. « Tout le monde veut aller quelque part. Personne ne veut aller partout, sauf quelqu'un qui a vécu longtemps enfermé.

— Ou un enfant ? suggéra-t-il.

— Ou un enfant, convint-elle. Il n'y avait pas de vêtements d'enfant dans les valises. Mais des vêtements sortis tout droit du magasin. Tout le monde aime avoir des vêtements neufs, mais personne n'en a que des neufs, sauf si on est parti en catastrophe. »

Le vieux resta silencieux un instant.

« Vous êtes une fille astucieuse, décréta-t-il.

— C'est qui, cette femme ? demanda le jeune à Rita.

— Personne qui puisse vous intéresser, intervint Jane. Et pour mettre tout le monde à l'aise, disons que cela m'est égal qu'il soit vivant ou mort. Tout ce qui m'importe, c'est que sa mort a mis Rita en danger. »

En entendant son nom, Rita se crut autorisée à se joindre à la conversation.

« Elle fait disparaître les gens. Quelqu'un m'a parlé d'elle en Floride, alors... »

Jane l'interrompit.

« Prends tes affaires, Rita. » Elle se tourna de nouveau vers les deux hommes. « Je l'emmène. »

Le vieux s'avança très légèrement, puis nota la tension nouvelle du corps de Jane. Il s'assit sur le lit. À présent il l'examinait avec une attention intense. « Elle fait disparaître les gens ? Tiens donc. »

Jane observait le malabar, se préparant au cas où il amorcerait un geste.

« On ne fera rien pour vous en empêcher, reprit le vieux. C'était notre idée aussi. »

Jane ne quittait pas Danny des yeux. « Si vous tenez à elle, pourquoi ne faites-vous rien pour l'aider ?

— Vous pouvez me dire quoi ? lança Bernie avec un geste d'impuissance. Ma mort n'est pas venue à son heure. Je n'étais pas prêt. Une fois que je l'ai apprise, je ne pouvais rien faire pour stopper la machine. C'était trop tard. Elle s'était déjà mise en route et il y aurait eu de vrais morts. »

Danny eut une expression réprobatrice, comme si l'aveu de Bernie pouvait leur causer du tort. Il alla vers la fenêtre et jeta un coup d'œil dehors. Jane étudia le vieux. Il avait l'air fatigué et triste. « Pourquoi recherche-t-on Rita ? demanda-t-elle. De quoi dois-je m'inquiéter ? »

Il l'arrêta d'un geste. « Je connais ces types. Avec eux, rien n'est jamais fini. Je sais comment ils raisonnent : puisque j'ai été tué, ils ont sûrement déjà réfléchi à la façon de récupérer les fonds que je gérais. À supposer que les tueurs n'aient pas été du genre futés, j'ai sûrement laissé quelque part un indice susceptible d'aider les familles à récupérer leur argent. Dans le cas contraire, il y a bien une personne à qui je me suis confié. Ou alors, j'ai sûrement commis une erreur un jour, ou dit ou fait quelque chose devant un témoin qui pourrait les mener à leur argent. Et pour finir, ils voudront cuisiner tout le monde... y compris la gamine qui faisait le ménage chez moi.

— De sorte que vous avez pris le risque de partir à sa recherche ? »

Bernie haussa les épaules.

« Que faire d'autre, hein ? » Il eut une grimace de dégoût. « Vous voudriez que cette petite ait une longue discussion avec Phil Langusto ou Victor Catania ? Ou Salvatore Molinari ? » Ses yeux s'agrandirent. « Ou Frank Delfina ? Elle ne sait rien. » Il fixa le sol, secouant la tête.

« Oh-oh... Bernie ? fit Danny depuis la fenêtre.

— Quoi donc ? » demanda Bernie. Il se leva et alla jusqu'à la fenêtre, puis suivit le regard de Danny. « Je savais que je n'aurais jamais dû prononcer le nom de ce fumier. »

Jane s'approcha. « Vous voyez quelqu'un ? » Elle aperçut une camionnette blanche affichant « Trafalgar Square Fleurs » en lettres tarabiscotées sur le côté. La porte arrière s'ouvrit et deux livreurs apparurent, les bras chargés d'énormes compositions florales dans des corbeilles.

« C'est une des entreprises de Delfina. Je parie qu'une de ces corbeilles est destinée à Rita. » Il tira Danny par le bras et saisit sa veste. « On a mieux à faire qu'à les regarder. Filons. »

Bernie se tourna vers Jane. « Vous feriez peut-être mieux de sortir par-derrière avec nous. Ils se sont garés là pour pouvoir ensuite bloquer la sortie qui donne sur le parking.

— Merci », répondit Jane en faisant signe que non.

Il prit une enveloppe dans la poche de sa veste et la tendit à Rita. « Tes indemnités de rupture de contrat, ma belle. Ça te suffira pour disparaître de la circulation pendant un bout de temps. » Son expression devint grave. « Protégez-la », ajouta-t-il à l'intention de Jane.

Jane alla vers la porte et l'ouvrit, mais Rita hésita, et se jeta brusquement au cou de Bernie.

« Merci, Bernie ! » De surprise, le vieil homme faillit tomber. Elle le libéra et ajouta : « Merci à toi aussi, Danny.

— Bonne chance, petite, dit-il. Et fais gaffe ! »

Tous quatre quittèrent la chambre en hâte. Jane se dirigea vers l'escalier. « Notre voiture n'est pas au parking, lança Rita aux deux hommes. Venez avec nous. » Jane tressaillit.

Rita s'arrêta : « Je vous en prie. On ne peut pas les déposer quelque part ?

— Ce n'est pas une bonne idée, dit Jane.

— Ils nous ont proposé de partir avec eux, lui rappela-t-elle. Et ils ont fait tout le trajet jusqu'ici juste pour m'aider.

— Mais ce sont eux qui t'ont mise dans ce mauvais pas.

— Juste un petit bout de chemin. Suffisamment pour les éloigner d'ici ! »

Jane vit le « L » au-dessus de l'ascenseur s'allumer, puis le « 2 ». « D'accord, dit-elle avec un soupir. Fais vite. » Elle se glissa dans la cage de l'escalier et commença à descendre, ahurie par sa propre décision. Sa seule excuse était d'avoir déjà entendu l'impensable à plusieurs reprises en quelques minutes.

Elle n'en avait eu que deux pour se faire à l'idée qu'on avait assassiné Bernie « l'Éléphant ». Sur quoi il avait brusquement jailli de la tombe pour sauver de la mort sa jeune employée de maison, lui avait remis un pécule qui devait représenter vingt ans de son salaire de femme de ménage, et proposé — le plus incroyable — d'aider Jane Whitefield à disparaître ! Elle ignorait si ces impressions étaient plus fiables que la nouvelle de la mort de Lupus, mais pas question de les tirer au clair alors que des gros bras de Frank Delfina arrivaient.

Ses oreilles étaient à l'affût de bruits à l'étage inférieur. Elle avait vu deux hommes chargés de fleurs. L'un des deux arrivait par l'ascenseur, mais rien ne prouvait que l'autre ne montait pas par l'un des escaliers. Pas celui-là, espérait-elle. Comme elle n'entendit aucune porte s'ouvrir en bas, elle continua de descendre, s'efforçant de dissocier mentalement l'écho de leurs propres pas. Elle s'aperçut brusquement qu'il y avait quelque chose d'anormal dans ceux qu'elle entendait au-dessus d'elle. Elle s'arrêta et se retourna. « Où est Danny ? »

Bernie la regarda d'un air surpris, puis comprit soudain. Il fit demi-tour et voulut remonter, mais Jane le dépassa, escaladant les marches trois par trois. « Continuez de descendre ! »

Elle atteignit le palier du quatrième, entrebâilla la porte et jeta un coup d'œil dehors. Danny arrivait à toute allure, chargé des deux valises qu'elle avait vues dans leur chambre. Un sentiment d'exaspération impuissante l'envahit. Personne n'était à leurs trousses. Rien dans les valises n'aurait pu fournir d'indices : tout était encore dans son emballage d'origine !

Une seconde après, elle vit le livreur. Il sortit de la chambre de Rita avec la corbeille de fleurs, lui tournant le dos. Elle ouvrit la porte et fit un pas vers lui, mais trop tard. Il avait déjà tiré de la corbeille un pistolet muni d'un silencieux. Il y eut un crachement assourdi alors qu'il tirait sur Danny en pleine poitrine. Il fit encore feu à trois reprises pendant que Danny s'effondrait. Jane entendit une autre porte d'escalier s'ouvrir au bout du couloir et referma la sienne.

Elle garda l'oreille collée à la porte jusqu'à ce qu'elle ait entendu le deuxième homme passer, puis l'entrouvrit. Leurs voix lui parvinrent.

« Danny Spoleto ? » Celui-là paraissait ahuri.

« Et j'allais faire quoi, me battre avec lui ? Aide-moi à le mettre dans la chambre, vite ! Il a dû piquer sa carte de crédit à la fille et s'en servir pour descendre ici. » Elle les entendit traîner le corps de Danny, puis l'un des deux lança : « Appelle-les pour leur dire d'amener la malle prévue pour la fille. »

La porte de la chambre de Rita se referma, et Jane n'entendit rien d'autre. Elle ferma la porte de l'escalier et descendit les marches quatre à quatre. Rita et Bernie attendaient sur le palier du rez-de-chaussée.

« Où est-il ? » demanda Rita.

Le regard de Jane croisa celui de Bernie.

« Il a dû prendre une autre sortie. » Elle vit qu'il avait compris.

Bernie surveillait la fille du coin de l'œil. « Nous avions un plan en cas de problème. Il sait où aller. » Puis il regarda Jane, avec tristesse.

« On y va », dit Jane. Cette fois, lorsqu'elle sortit dans le couloir du rez-de-chaussée, elle tint la porte ouverte pour les laisser passer. Puis elle les précéda dans l'aile résidentielle jusqu'à une entrée latérale. Longeant le mur extérieur jusqu'à l'arrière de l'immeuble, elle prit l'allée de service et traversa la rue, puis contourna le pâté de maisons pour rejoindre la voiture.

Elle ouvrit les portières et inspecta la rue à droite et à gauche, tandis que Bernie s'installait sur la banquette arrière et que Rita montait devant. Jane démarra et roula jusqu'au carrefour suivant. « Je veux prendre l'autoroute, mais la bretelle d'accès se trouve de l'autre côté de l'hôtel. Couchez-vous, tous les deux. Ne relevez pas la tête avant que je vous le dise. »

En passant devant l'hôtel, elle vit que la camionnette de fleuriste était déjà partie. Une grosse Lincoln noire stationnait sur l'aire de chargement devant l'entrée. Une femme blonde en tailleur beige attendait à côté de la limousine, observant un homme qui sortait une grande malle du coffre. Jane eut le temps de voir l'homme la redresser sur ses roulettes et la pousser vers l'entrée. La femme pivota sur ses talons aiguilles pour le suivre. Jane accéléra.

3

Jane longea le lac Erié et pénétra dans la pointe nord-ouest de la Pennsylvanie, puis franchit la frontière de l'Ohio. La nuit était tombée, et depuis trois heures elle surveillait les rétroviseurs. Pas un véhicule ne les avait suivis plus de quelques minutes, rien n'indiquait qu'on les ait filés. Rita s'était avachie dans son siège, lisant pendant un moment le journal que Jane lui avait donné à l'hôtel, puis elle s'était endormie. Chaque fois qu'elle avait regardé dans le rétroviseur, Jane avait vu les yeux délavés, alertes, de Bernie qui fixaient la route. « Bernie ?

— Oui, ma belle ?

— Je vous dépose quelque part ? »

Jane vit Rita bouger et se redresser. Le bruit de leur voix l'avait réveillée.

« Dans un coin discret. Pas Cleveland ni Cincinnati. Mansfield, c'est bon ?

— Indiquez-moi la route.

— Comme s'il la connaissait ! intervint Rita. D'après le journal, il n'a pas mis le nez dehors depuis vingt ans.

— Il la connaît, dit Jane.

52

— Continuez sur la 90, puis juste avant Cleveland prenez la 271 vers le sud. Continuez à rouler, à un moment elle deviendra la 71. Continuez encore jusqu'à la sortie de Mansfield, puis prenez la 30. On arrivera pile en ville. »

Jane lança un regard à Rita. « J'ai trouvé des cartes routières dans leur corbeille à l'hôtel. C'est comme ça que j'ai su qui il était.

— Je ne comprends pas.

— Il y a longtemps que je fais ce travail, et je connais les réflexes des gens en fuite. Une carte, ce n'est pas encombrant, ce n'est pas lourd, ce n'est pas compromettant. Alors qui irait la jeter ? »

Comme Rita ne disait rien, Jane répondit elle-même à sa question :

« Quelqu'un qui peut la voir une seule fois et la garder en mémoire. Bernie Lupus. »

Rita faillit s'étrangler et se tourna vers Bernie.

« Mais vous les avez laissées dans la chambre. Et s'ils... »

Le vieil homme l'interrompit.

« Ne t'inquiète pas, petite. Si les types qui te poursuivaient lui arrivaient à la cheville, on serait dans leur voiture à l'heure qu'il est, pas dans la sienne. Et même s'ils faisaient des étincelles et trouvaient les cartes, tu veux que je te dise ? Ils passeraient quinze jours à y chercher des empreintes qui n'y sont pas ! »

Rita parut sceptique, mais elle se tut. Jane roulait sur la route obscure, perdue dans ses pensées. Elle ne pouvait chasser de son esprit le visage de Danny. Il avait enfilé le couloir d'un pas raide et rapide, le visage à peine soucieux, celui d'un voyageur à l'aéroport qui se hâte pour attraper un avion. Lorsqu'il avait vu l'homme sortir sur le seuil, il l'avait manifestement reconnu. Il n'avait pas essayé de détourner les yeux et de continuer son chemin, il s'était juste arrêté, et avait cessé de vivre.

De nouveau elle regarda le vieil homme sur le siège arrière. Lui aussi y pensait. Il avait les yeux dans le vide, se rappelant sans doute les qualités de ce type que Jane ne connaîtrait jamais.

Ses pensées revinrent à ce qui avait précédé cet instant, et elle se souvint du bain. Elle se faisait couler un bain, avait entendu sonner à la porte, coupé l'eau... Il lui semblait maintenant qu'à ce moment précis, le sol s'était tout simplement dérobé sous ses pieds et l'avait déposée là. Et Carey. À quoi pouvait bien penser Carey ? Il se faisait sûrement un sang d'encre. Elle devait le joindre à tout prix. « Bernie ?

— Mmm ?

— Y a-t-il un endroit sûr où on pourrait bientôt s'arrêter ? »

Il réfléchit un instant.

« Il y a quelques bleds. Et une aire de repos sur la 271, juste après la sortie de Richfield si vous pouvez tenir jusque-là. »

Jane jeta un coup d'œil à sa montre et continua de conduire en silence, conservant une allure égale. À cette heure-là, les autres véhicules roulaient vite, réglant leur allure sur celle des routiers qui avaient prévu de continuer toute la nuit, quitte à dépasser un peu la vitesse autorisée pendant qu'ils en avaient la possibilité.

En arrivant à l'aire de repos, elle longea les petits bâtiments des toilettes et des téléphones avant de se mettre en quête d'une place où se garer. Près de l'entrée, tous les gens qui s'arrêteraient pour chercher une place remarqueraient sa voiture. Elle voulait qu'ils dépassent la sienne après le bâtiment, une fois qu'ils s'occuperaient de régler leur vitesse pour se réinsérer dans la circulation, sans se soucier des voitures en stationnement.

Jane lança un coup d'œil en biais à Rita. La fille s'était rendormie, mais elle se redressa et regarda autour d'elle, la bouche sèche, clignant des yeux.

« Nous sommes sur une aire de repos, lui dit Jane. Si tu veux aller aux toilettes, elles sont dans ce bâtiment. »

La fille sortit de voiture sans un mot et partit dans la direction indiquée. Jane regarda Bernie.

« Ce n'est peut-être pas une si mauvaise idée », dit-il.

Jane attendit qu'ils s'éloignent, puis ferma la voiture et leur emboîta le pas. Elle s'arrêta à un téléphone à l'extérieur du bâtiment, prit une poignée de pièces dans son porte-monnaie, et composa le numéro de la maison d'Amherst.

La voix de Carey était tendue et inquiète. « Allô ?

— Bonsoir, dit Jane. C'est moi. Je t'aime. » Ce n'était pas la première fois qu'elle avait remarqué qu'on disait « je t'aime » quand on n'avait rien de bon à annoncer.

« Moi aussi, je t'aime, dit Carey. Que se passe-t-il ?

— C'est difficile à raconter. Je préparais le dîner, quand cette fille est arrivée. C'est une gamine. Elle venait de... de loin pour me voir.

— Si bien que tu as tout laissé tomber et que tu es partie sans me prévenir. »

Il n'y avait pas de colère dans sa voix. Mais de la

55

déception, comme s'il venait d'avoir la confirmation d'un pressentiment inquiétant à son sujet. Il avait seulement omis le « encore ».

« Je te demande pardon. Elle avait laissé des choses dans une chambre d'hôtel, et j'étais certaine qu'elle n'avait pris aucune précaution pour qu'on ne découvre pas où elle était... qu'elle ne savait pas que c'était nécessaire, ni même comment s'y prendre. Je voulais récupérer ses affaires et filer de là avant que d'autres rappliquent. Je ne pouvais pas t'attendre, ni même envoyer quelqu'un à l'hôpital pour essayer de te trouver. » Elle hésita un instant, puis se rendit compte qu'elle lui devait cet aveu. « J'ignorais même ce que je t'aurais dit si j'avais pu.

— Ce qui nous amène à ma question suivante. Filer d'où ? Où es-tu ? »

Elle réfléchit une seconde. Si on écoutait cette conversation, on avait déjà localisé le point d'appel. « Pour le moment je suis dans l'Ohio, mais je te téléphone d'une aire de repos, et dans une minute j'aurai repris la route. Je sais que tu es en colère et que tu as de la peine. Que j'ai promis de ne jamais recommencer. Je te jure que je ne me suis pas embarquée dans cette histoire parce que ça me manquait, ou parce que c'est amusant. Je ne m'amuse pas, et ça n'a rien de drôle. Je ne pouvais pas refuser.

— J'avais compris, la coupa-t-il. Ton coup de téléphone n'est pas franchement une surprise, tu sais. J'ai eu deux bonnes heures pour me demander où tu étais passée, et ce que je devais en penser, ce que je devais dire. Et cela se résume à ceci. Quand j'ai dit "je t'aime", cela n'avait rien d'automatique, comme "Comment vas-tu ? — Bien, et toi ?". J'ai dit la vérité.

Tu as pris ta décision. Comme il est trop tard pour te faire changer d'avis, autant essayer de te simplifier la vie. J'aimerais que tu reviennes entière, et très vite. »

Jane sentit les larmes lui monter aux yeux.

« Je crois te connaître, et chaque fois tu trouves le moyen de m'étonner.

— Je n'ai pas vraiment envie de jouer à qui étonnera le plus l'autre. Et maintenant que puis-je faire ? As-tu besoin que je t'envoie de l'argent, ou...

— Non. Rien. Je n'ai besoin de rien. J'ai juste appelé pour te dire que j'allais bien, et que je suis désolée. Je resterai sans doute absente pendant une quinzaine de jours au moins, et je ne pourrai peut-être pas téléphoner.

— Une quinzaine de jours ?

— C'est approximatif. La situation de la fille est un peu difficile à cadrer, et je ne sais pas encore exactement comment je vais procéder. Cela pourrait prendre plus longtemps.

— Tu veux dire que tu t'es lancée dans cette histoire sans même savoir de quoi il retournait ? »

Jane soupira. « Je sais qui la recherche. Le reste n'a pas vraiment d'importance, car je connais cet homme. Je ne peux pas le laisser l'attraper.

— Qui est-ce ?

— Je ne peux rien dire de plus, mentit-elle. Je suis dans un lieu public, il faut que j'y aille.

— Tu ne dis rien parce que c'est un nom connu, n'est-ce pas ? » lui renvoya-t-il. Il était trop rapide, trop intuitif.

Elle écarta l'appareil de son oreille, désireuse de raccrocher, mais certaine qu'il saurait que c'était délibéré. « Oui », dit-elle. À peine plus fort qu'un murmure.

« S'il s'agit de ce genre de personne, comment peux-tu croire que...

— Il faut que j'essaie.

— Seigneur », dit Carey. Sa voix était tendue, incrédule. « Tu te fiches de savoir qui va gagner, hein ?

— Bien sûr que non ! Mais le plus important, c'est que quelqu'un essaie de gagner. »

Il resta silencieux pendant quelques secondes. Elle l'entendit pousser un long soupir.

« Je ne comprends pas, dit-il. Ou peut-être que si, simplement je ne suis pas d'accord. Je ne peux pas prétendre le contraire. Qu'on se dispute là-dessus n'arrangera rien, n'est-ce pas ?

— Non. Rien.

— Je t'aime, et je serai aux endroits habituels à attendre de tes nouvelles. Tu sais déjà que si je peux t'aider en quoi que ce soit, je le ferai.

— Merci, Carey. Je te promets de rentrer à la seconde même où ce sera possible. Je t'aime. Il faut que j'y aille. » Elle raccrocha.

Jane se dirigea vers les toilettes pour dames avec un sentiment de culpabilité et de tristesse, et surtout de doute. Ses activités, depuis l'année précédant celle de leur rencontre à l'université et jusqu'au jour de leur mariage, avaient toujours constitué un sujet délicat. Elle avait estimé qu'en l'épousant, elle s'engageait à cesser d'être guide. Mais elle était partie à deux reprises depuis.

La première fois, c'était Pete Hatcher, un homme qu'elle avait caché avant sa promesse. Elle avait appris un soir qu'il avait été repéré et était redevenu un fugitif. Jugeant ne pas avoir achevé sa tâche, elle était partie pour le faire disparaître définitivement.

Dans l'année qui avait suivi, Carey et elle avaient voulu croire qu'aider les gens à disparaître appartenait à une époque révolue, au temps où elle était jeune et célibataire. Lorsqu'ils évoquaient le passé, c'était leur passé, celui qu'ils avaient vécu ensemble, ou un passé plus lointain peuplé de parents, de tantes et d'oncles. Mais Richard Dahlman avait tout remis en question.

Dahlman était chirurgien; c'était lui qui avait formé Carey. Jane ne l'avait jamais rencontré avant qu'il arrive un soir à l'hôpital de Carey avec la balle d'un policier dans l'épaule. Jane avait escamoté Dahlman et l'avait rendu invisible pendant qu'elle essayait de découvrir comment un éminent chirurgien s'était fichu dans une telle situation. Elle l'avait fait parce que Carey le lui avait demandé.

Mais à ce moment-là, ou au cours des mois suivants, un changement subtil s'était opéré. Comme si, en lui demandant de faire disparaître un ultime fugitif, Carey avait hypothéqué son droit — non, y avait renoncé sciemment — d'exiger qu'elle ne recommence jamais plus. Elle l'avait compris à sa voix ce soir-là, et cela ne lui avait pas plu.

En écoutant l'histoire de la fille cet après-midi-là, elle savait que Carey le prendrait mal. Puis elle s'était dit qu'il comprendrait : là aussi, il s'agissait d'une exception. Mais Carey y avait vu une simple annonce de leur vie future maintenant qu'il avait renoncé à son droit de regard. Jamais elle n'aurait cru les couples si fragiles et si compliqués! Les perturbations surgissaient sans bruit, à l'improviste. Exigeant de préciser encore et toujours les options, de renouveler et de clarifier tous les accords en vigueur.

Lorsque Jane revint vers la voiture, la fille était à demi tournée sur le siège avant et le vieil homme à l'arrière se penchait vers elle ; ils bavardaient. Dès que la fille vit Jane arriver, ils s'interrompirent et s'ignorèrent. Leur attitude aussi déplut à Jane. Elle s'installa au volant, mit le contact et prit la direction de l'autoroute.

Le vieil homme ne resta pas longtemps silencieux. « Vous savez, je vais sûrement avoir besoin de me déplacer. Mansfield est assez grand pour avoir un ou deux dépôts de voitures d'occasion. Rita pourrait m'accompagner en acheter une. Vu mon âge, personne ne s'étonnera que je me méfie des banques. Je paie cash. Rita fait tout un cirque, me traite de vieux cinglé — vous voyez le truc, comme si elle ne savait plus où se fourrer — et le vendeur s'exécute. Comme ça, je n'ai pas besoin de compte bancaire avec un nom et tout.

— Si vous avez un permis de conduire valide, marmonna Jane, je suppose qu'il est à votre nom. Sinon, ça pourrait marcher.

— Vous avez mieux ? demanda Bernie. Ou alors on loue un appartement, vous achetez une voiture sous un faux nom, vous attendez que le titre de propriété et la carte grise arrivent au courrier, et vous signez le certificat de cession. Ce serait préférable ?

— Vous le savez très bien. Mais je ne reste pas un mois dans un appartement avec vous, à attendre que l'État de l'Ohio se décide à poster des paperasses. Cette voiture est à moi — pas à mon vrai nom, naturellement. Nous allons à Mansfield. Je vous cède la voiture, et Rita et moi continuons de notre côté.

— Aïe... », lâcha Bernie.

Rita se retourna.

« Qu'y a-t-il ?

— Rien, rien. Sans doute la fatigue. Continuez de rouler, ajouta-t-il à l'adresse de Jane.

— Je n'ai guère le choix. Je ne vois pas l'intérêt de s'arrêter, sauf si on voit un hôpital.

— Non, dit Bernie. Je n'ai pas besoin de médecin, et même, ça risquerait de nous coûter trop cher. C'est juste que je ne suis pas habitué à tant d'agitation et que je suis beaucoup sorti aujourd'hui. Quand on n'a pas trouvé Rita à l'hôtel, je suis allé voir les chutes. Plutôt spectaculaire. » Jane crut qu'il allait se taire, mais il ajouta : « Le jour de ma mort, nous étions à San Antonio, au Texas. Avant que le relevé de la carte de crédit de Rita nous dise où la trouver, j'ai visité l'Alamo. »

Il souhaitait visiblement poursuivre la conversation, mais Jane ne savait pas s'il voulait oublier une douleur ou la distraire. « Et vos impressions ?

— Toute ma vie on m'en avait parlé. Mais il ne reste plus grand-chose. Sale coin pour passer l'arme à gauche, vous ne trouvez pas ?

— Les barouds d'honneur ne m'inspirent pas. Je crois plus à la fuite. »

Bernie eut un petit rire. « Ça doit aller de pair avec un Q.I. élevé, je suppose. » Il resta silencieux juste quelques secondes. « Je rêvais de voir tout ça.

— Après votre mort ?

— Non, avant. Tenez, j'avais envie d'aller à Disneyland. Savoir pourquoi on en faisait toute une his-

61

toire depuis qu'on avait décidé de le construire dans les années cinquante.

— Danny devait vous y emmener?

— Pas seulement là. C'était un brave gosse. Cette virée le terrifiait, mais j'ai insisté. On a débarqué à Niagara Falls ce matin tout juste. »

Lorsqu'ils atteignirent la périphérie de Mansfield, Bernie déclara : « Ma belle, je ne voudrais pas vous embêter, mais j'aimerais bien qu'on s'arrête dans un motel par ici. J'ai besoin de souffler. »

Jane se fit un devoir de ne pas opter pour le premier en vue. Elle se méfiait de Bernie l'Éléphant.

Lorsque la voiture se rangea le long du troisième motel, Jane vit que Rita était raide comme la justice, feignant de regarder devant elle, mais les yeux prêts à jaillir de leurs orbites à force de loucher sur Jane pour voir ce qu'elle allait faire.

« Merci, ma belle, dit Bernie. Prenez trois chambres. Si on vous voit entrer toutes les deux dans celle d'un vieux schnock, on ne va pas vous respecter. »

Jane se pencha devant Rita pour ouvrir la boîte à gants et en sortir une enveloppe.

« Vous faites quoi? s'enquit Bernie.

— Je signe le certificat de cession de la voiture. » Elle le remit dans la boîte à gants et ferma celle-ci. « Comme ça, si la sagesse me revient cette nuit, nous pourrons sauter dans un taxi, Rita et moi, sans avoir à dire au revoir à personne. »

Elle sortit de voiture, claqua la portière et se dirigea vers la réception du motel.

4

Lorsque Jane se réveilla, elle avait déjà identifié le bruit. On marchait dans le couloir. Les pas s'arrêtèrent devant sa porte, et elle sut ce qui avait troublé son sommeil : la personne avait essayé de ne pas faire de bruit. Elle se leva vivement, saisit le lourd cendrier sur la table de nuit, s'approcha de la porte et attendit dans le noir.

Elle entendit qu'on insérait quelque chose dans la serrure, puis vit la porte s'entrouvrir jusqu'au moment où la chaîne la bloqua. Un cintre tordu s'insinua dans l'entrebâillement, accrocha le dernier maillon de la chaîne, fit glisser celle-ci vers l'arrière et la détacha. La porte s'ouvrit de quelques centimètres de plus, et Jane l'entrevit par la fente entre les gonds.

« Salut Bernie, dit-elle à voix basse.

— Oh, vous êtes debout... Je peux entrer ?

— C'est un peu tard pour le demander. »

Le vieil homme entra et ferma la porte, puis alluma l'interrupteur, et détourna vivement les yeux. « Excusez-moi », dit-il.

La mémoire revint à Jane, qui ramassa le jean et le chemisier blanc abandonnés au pied du lit et les enfila.

« Comment avez-vous appris à ouvrir une porte d'hôtel ?

— Oh ! dit-il avec un haussement d'épaules, c'est juste un vieux truc de quand j'étais jeune. Comme j'étais trop fauché pour me payer l'hôtel à l'époque, quand j'en avais besoin, je me l'offrais à l'œil.

— Bernie, quand la chambre n'est pas occupée, la chaîne n'est pas mise...

— Ah, ça ? c'est différent. Je croyais que vous parliez de la serrure. Les motels comme celui-ci se contrefichent de la sécurité de leurs clients. Comme les portes sont en contreplaqué et cèdent au premier coup de pied, ils mettent des serrures en camelote pour ne pas gaspiller leur argent à les remplacer. »

Jane se moquait de savoir pourquoi le vieil homme avait joué les rats d'hôtel en d'autres temps — vol à main armée, sans doute, mais c'était de l'histoire ancienne. « Que voulez-vous, Bernie ?

— C'est juste de la curiosité bien intentionnée. Je suis sorti marcher un peu, et j'ai remarqué par hasard de la lumière à votre fenêtre. Je me suis demandé ce que vous fabriquiez.

— S'il y avait de la lumière, ce n'était pas à ma fenêtre. Épargnons-nous les petits mensonges préliminaires et passons aux gros. Vous voulez que je vous conduise en lieu sûr.

— Ce serait gentil, convint-il. Mais j'imagine que je dois d'abord liquider ma vie une bonne fois.

— C'est ainsi que vous le voyez ?

— Bien forcé. Savez-vous comment j'ai été tué ? » ajouta-t-il d'un air songeur.

Jane acquiesça.

« J'ai regardé le journal télévisé avant d'aller au lit.

Une femme de soixante-dix ans serait morte en même temps que vous. Comment est-ce arrivé ?

— C'est elle qui m'a abattu. » La tristesse marquait son visage. « Son cœur a dû lâcher sous le coup de l'émotion. Elle est morte sur le chemin de l'hôpital.

— Vous étiez censé vous faire descendre par une vieille femme ? »

Bernie poussa un soupir. « Ce n'était pas mon idée, croyez-moi. » Il la regarda, et le chagrin qu'elle lut dans ses yeux lui sembla authentique. « Je l'aimais... Francesca Giannini. » Ses yeux avaient pris une expression plus froide, comme s'ils la jaugeaient. « Les gens l'ont vue à ses derniers instants, ils ont vu probablement cette vieille dame à la peau ridée, aux yeux noirs durs et perçants, des yeux d'épervier. Comment auraient-ils pu l'imaginer à l'époque... »

Jane savait que Bernie la mettait à l'épreuve : était-elle assez intelligente pour savoir qu'elle aussi serait vieille un jour ? Elle s'assit au pied du lit à côté de lui.

« J'ai fait sa connaissance au Fontainebleau, à Miami, reprit Bernie. Elle avait vingt ans, moi vingt-deux. À l'époque, les réunions de la pègre avaient une autre allure que maintenant. Ils se rencontraient dans des palaces. On a du mal à le croire aujourd'hui, mais ils arrivaient avec femmes, enfants et chiens. Son père était Dominic Giannini. Il l'amenait avec lui, comme pour des vacances. À y repenser, il craignait sûrement de la laisser seule à la maison. Non pas qu'elle ait été en danger ni rien : il avait solidement verrouillé Detroit. Il savait simplement que s'il partait en la laissant, elle se ficherait pas mal de ce qu'il lui avait dit de ne pas faire.

— À mon avis, ce genre de chose n'a pas tellement changé.

— Comprenez bien le problème, reprit Bernie. Elle était très belle. » Jane vit ses yeux s'embuer, puis il tressaillit, comme s'il lui était douloureux de revenir à la réalité présente.

Elle fut stupéfaite. « Ce ne sont pas juste des souvenirs, n'est-ce pas ? Vous le revivez... »

Bernie lui effleura doucement le bras, avec la tendresse d'un parent soucieux de l'apaiser et de la rassurer. « On ne peut pas séparer les deux, vous savez. Se rappeler juste ce qui vous rend heureux. Une fois qu'on a vu quelque chose, c'est pour la vie. Si j'y repense, je la vois. Exactement comme elle était à l'époque. Je vois ses longs cheveux noirs, le grain de sa peau lisse et laiteuse, tout ce qui se reflétait dans ces yeux immenses à n'importe quel moment ; même des objets que je n'avais pas remarqués à ce moment-là dans la pièce. Il y avait un napperon en dentelle sur le buffet derrière moi, et le coin était rentré, comme ça. » Il replia le bord du drap de Jane pour lui montrer. « Il y avait une mouche qui volait vers la fenêtre pour sortir. »

Jane avait la gorge sèche. Elle s'éclaircit la voix. « Ce doit être dur.

— Pas de la même façon qu'avant, dit Bernie. Je vous l'ai dit, on se trouvait au Fontainebleau. Les gros bonnets étaient en réunion à l'étage avec leurs *consiglieri*. Leurs *caporegima* campaient la plupart du temps au bar près de la piscine et se tenaient tous à l'œil. Il y avait quelques soldats dans les couloirs, en général des types plus vieux, assis sur ces fichues chaises de style à montants dorés et tortillés sur lesquelles personne ne se pose jamais, et qui faisaient semblant de lire les journaux. Je l'ai vue dans la salle à manger. Elle m'a regardé droit dans les yeux, pas par en dessous ni en se cachant ni rien. Elle s'est approchée et m'a pris par la main. On s'est promenés longtemps, et on a parlé. Puis tout à coup elle s'est arrêtée, elle a fait demi-tour, et elle a commencé à me ramener. Je lui ai dit : "On rentre déjà ?" Et elle a dit : "Je pensais que tu aimerais voir ma chambre."

— Vous n'êtes pas obligé de me raconter cela.

— Si, répondit-il. Elle a fermé la porte et elle a commencé à se déshabiller. Pas parce qu'elle l'avait déjà fait ; simplement parce qu'elle avait pris sa décision. En cinq secondes elle était nue comme à sa naissance, avec un air qui voulait dire : "Voilà, ça y est." Et puis elle m'a regardé pendant une minute. Je me vois encore planté là, comme un abruti. Finalement elle a haussé les épaules et elle m'a demandé : "Dis-moi ce que je dois faire". Vous comprenez ? »

Jane se souvint. Toutes ces mises en garde contre ce que vous deviez redouter plus que tout et qui tournait doucement à l'obsession, jusqu'à ce que la virginité fût devenue aussi insupportable qu'une poignée de charbons ardents. « Je crois. »

Il hocha la tête et fixa le tapis un moment. « C'est comme ça que c'est arrivé. Et elle n'est pas restée comme ces filles qui ferment les yeux et se laissent faire pendant que vous leur prouvez votre ardeur. Elle voulait faire tout ce qu'un homme et une femme ont toujours fait ensemble. Seulement, elle ne savait pas comment. »

Malgré une réticence au fond d'elle, Jane revécut ce rite de passage dans son propre souvenir. Bien sûr, tous ces gestes en faisaient sans doute partie depuis la nuit des temps... elle se rappela les tâtonnements et les maladresses, parce qu'il subsistait des zones d'ombre sur la façon de procéder et que son inexpérience la terrifiait. Elle se souvint de son désir intense que tout soit beau, sans faille, mais elle s'était observée d'un œil trop critique, trop impitoyable...

« Je ne savais rien moi non plus, poursuivit Bernie. À l'époque, à cet âge-là, vous étiez juste un môme. Mais nous avons appris, comme tout le monde. Nous nous sommes revus six fois en cachette. Dès que les patrons disparaissaient dans la suite du haut, elle venait me trouver.

— Que s'est-il passé ensuite ? »

Il soupira, la voix soudain enrouée.

« Elle a dit qu'elle allait mettre les choses au point avec son père et qu'on se marierait. J'étais un gamin, et un étranger. Je n'avais aucune idée des difficultés. Voyez-vous, je ne cadrais pas vraiment. J'étais là juste parce que je travaillais pour les Augustino à Pittsburgh.

— Que faisiez-vous ?

— Pas grand-chose. La seule fois où j'ai fait de la prison, je me suis retrouvé avec Sal Augustino. On avait le même âge. Il n'y avait pas de bibliothèques ni de formation universitaire, ni de conseillers. Les radios étaient interdites. Les télés se comptaient sur les doigts de la main, et en tout cas il n'y en avait pas une seule dans cette prison-là. Vous aviez une cellule et un lit, point. J'inventais des trucs pour ne pas devenir cinglé ; par exemple, je décrivais, au coup de batte près, des matchs de base-ball que j'avais vus. J'avais lu quelques livres, alors de temps en temps je leur en récitais un par cœur. Quand je suis sorti, Sal a parlé de moi à la famille. Ils ne savaient pas trop quoi faire de moi, mais ils m'ont engagé. Comme inspecteur des logements de la ville. Je devais faire acte de présence pendant cinq minutes tous les vendredis matin à l'aube pour toucher ma paie.

— J'imagine que ça ne suffisait pas à impressionner son père.

— Pire que ça. Ces grandes réunions attiraient beaucoup de monde, et on y effectuait une foule de petites transactions annexes.

— De quelle nature ? »

Il secoua la tête, soudain triste.

« Comprenez bien. Pour ces gens, tout était — tout est — à vendre. La seule question est de savoir : combien.

— Il a arrangé un mariage pour sa fille ?

— Non, dit Bernie. Ils ont pris deux décisions, cette semaine-là. La première explique pourquoi les Augustino m'avaient amené : ils m'ont vendu.

— Vendu ? Comme un joueur de base-ball ?

— À peu de chose près, ma foi. Ils voulaient obtenir quelque chose des Langusto à New York. Tâchez de vous rappeler ce qui s'est passé après Capone. On l'a épinglé pour fraude fiscale, du coup ils ont tous compris qu'ils allaient se faire coincer. Moi, j'avais toute la comptabilité des Augustino dans la tête, j'effectuais les mouvements de fonds et je les suivais. Le jour où la détention de gros capitaux dont vous ne pouvez pas expliquer la provenance devient un délit, vous êtes forcé de les cacher. Comme les Augustino n'en avaient pas des masses, ç'avait été vite fait bien fait. Mais les familles de New York en avaient beaucoup. On m'a dit que je partais vivre à New York aux frais des Langusto. De leur côté, les Langusto avaient prévu une compensation : je m'occupais de l'argent des cinq familles de New York. De cette façon, elles se protégeaient toutes plus ou moins du gouvernement, et toutes avaient intérêt à me protéger.

— Quand j'ai entendu parler de vous, je me suis toujours demandé comment ils s'y étaient résolus, remarqua Jane. Je veux dire, ces gens-là ne donnent pas l'impression de se faire beaucoup confiance !

— On vivait une période pas ordinaire. Certains de ces types se détestaient cordialement, mais aller en taule du seul fait d'avoir de l'argent, c'était nouveau, et ils ne supportaient pas. Et il y avait trente ans que les familles de New York se crêpaient le chignon. Du coup, c'était aussi une façon de protéger leur argent des manœuvres du voisin.

— Et vous avez accepté.

— On ne m'a pas demandé mon avis. Voilà comment ça s'est passé. Ils ont dit à mon copain Sal de monter. Quand il est redescendu, je revenais tout juste de la chambre de Francesca. J'arrivais au bar quand je me suis aperçu que j'avais oublié de fourrer mon pan de chemise dans mon pantalon. Sal m'a donné l'accolade et m'a dit : "Bernie, je viens d'apprendre un truc du tonnerre qui te concerne. Tu vas être un type important, et tu le mérites." » Le vieil homme resta silencieux un instant. « Je lui ai dit : "Sam, j'ai rencontré une fille. Je ne peux pas aller à New York." Il m'a répondu : "Prends-la avec toi." Je lui ai dit de qui il s'agissait. Je lui ai tout raconté. Il a fait une drôle de tête. Au bout d'une minute, il m'a dit : "Tu es mon ami, je vais tâcher de t'aider. Si elle t'aime vraiment, ne te fais pas de souci, ce n'est pas un père qui l'en empêchera. Va à New York, et je t'appelle quand j'aurai tout arrangé." Je lui ai dit : "Je ne peux pas aller à New York." "Bernie", il m'a répondu, "si tu es à New York, tu es un caïd. Tu auras de l'argent, on te respectera." Comme il voyait que je ne comprenais pas, il a fini par dire : "Si tu es avec les cinq familles, il ne peut pas te tuer."

— Et vous avez accepté.

— Je suis allé la trouver pour lui demander quoi faire. Elle m'a répondu que Sal avait entièrement raison. Que je devais aller à New York et qu'elle pourrait alors aider Sal à convaincre son père. Le soir même j'ai pris le train avec Carmine Langusto et huit de ses hommes.

— Son père n'a pas marché, je suppose ?

— Je ne le saurai jamais. Je vous ai dit qu'on avait effectué au moins deux transactions annexes pendant cette fameuse semaine en Floride. C'était la seconde. Elle est rentrée à Detroit avec son père et ses hommes. Deux jours après environ, il sort d'un restaurant et on lui explose la tête en pleine rue. »

Cette fois Jane avançait en terrain connu. Elle avait entendu cent fois des histoires de ce genre. « Qui ?

— Même aujourd'hui je ne peux pas le jurer. Le bruit a couru à l'époque que des gars de Chicago voulaient prendre leur indépendance et se placer à Detroit. C'était peut-être eux. En tout cas, le coup s'est retourné contre eux. Ils n'ont jamais pu mettre un pied à Detroit.

— Qui les en a empêchés ?

— Ça s'est passé aux échelons supérieurs. Au niveau de la Commission. Ils se sont réunis à New

York au moment où je m'y trouvais, mais le temps que je l'apprenne, c'était fini. La famille de Detroit — celle qu'on appelait la famille Giannini — restait où elle était. On nommait un nouveau chef, un type de là-bas dont je n'avais jamais entendu parler, un certain Ogliaro. Et il maintenait l'unité de la famille en épousant la fille du vieux chef. Point final.

— Ils ont arrangé le mariage sans son consentement à elle ? »

Bernie la regarda, les yeux plissés, comme blessés par la lumière. « Cette semaine-là, en Floride, on a battu les cartes et on s'est tous retrouvés avec un nouveau jeu. On est en 1947, et il y a une fille de vingt ans qui est enceinte. Je l'ignorais, mais pas elle. Elle est aussi la seule descendante en ligne directe d'hommes qui tiennent cette ville depuis trois générations. Si elle s'accroche à l'idée de m'épouser, les gens qui ont liquidé son père vont faire main basse sur tout ce qu'il avait. Ils vont tuer les gens qui lui étaient loyaux. Et si on apprend qu'elle porte son héritier présomptif, ils commenceront par la tuer, elle. »

Jane avait du mal à tout saisir. Le nom d'Ogliaro lui disait quelque chose. Bernie parlait d'« héritier présomptif ». S'il y avait eu un enfant, s'agissait-il de Vincent Ogliaro ? L'âge correspondait. Elle se souvint avoir lu quelque chose à propos d'une condamnation deux ans auparavant, et d'une peine fédérale quelconque. Jane dut lutter contre le sentiment de compassion qui s'était insinué en elle. Elle recourut à la seule méthode à sa disposition. « Elle ne s'est pas contentée de subir la situation, n'est-ce pas ? »

Il fixa de nouveau le tapis.

« Non. Elle l'a rectifiée. Elle a réfléchi et elle a

trouvé des anciens pour en parler à la Commission. Je ne sais même pas si elle a demandé à Ogliaro s'il était d'accord. Aucune importance. Il a été forcé d'accepter, comme moi.

— Pourquoi lui ?

— C'était le choix idéal, exactement le genre d'homme qui ferait l'unanimité. Une brute : la tête, l'instinct, la ruse d'un animal.

— C'est-à-dire ?

— Il a d'abord fait le ménage. Tous les gens qui risquaient de poser un problème, il les a liquidés. Il a bâti sur ce qui restait et il a continué. Jamais assez fou pour se mêler de ce qui ne relevait pas de son territoire, mais il a protégé le périmètre de la ville comme sa propre chair. Certains disent qu'elle y a été pour quelque chose, que lui n'aurait pas été assez intelligent... Mais je ne le crois pas », ajouta-t-il sans conviction.

Vu le portrait qu'il en avait tracé, Jane s'était déjà fait son opinion sur le rôle de la femme. Elle haussa les épaules : « Alors ne le croyez pas. L'avez-vous revue ?

— À quelques occasions.

— Comment ?

— À l'époque, beaucoup de femmes riches faisaient une virée à New York deux fois par an pour renouveler leur garde-robe : à l'automne et au printemps. Elles prenaient le train et achetaient tout ce qui leur tombait sous la main. Je l'ai retrouvée plusieurs fois à son hôtel. Puis c'est devenu trop dangereux.

— Ogliaro avait des soupçons ?

— Ogliaro s'en contrefichait, répondit-il avec une expression de dégoût et de mépris. Ce n'était pas un couple. Ils s'étaient mariés en sachant ce qu'ils faisaient. Elle lui apportait la fortune et la puissance, lui

73

assurait sa sécurité et celle du gamin. L'amour n'entrait pas en ligne de compte. Non, le problème, c'était moi.

— Vous ? » Jane pensait à autre chose. Il avait dit « le gamin ». Elle était presque sûre de savoir de qui il s'agissait.

« Les années passaient. Je gérais l'argent des familles de New York, ce qui m'exerçait la mémoire. On a commencé à m'amener d'autres familles, en marque d'estime.

— Detroit aussi ?

— Non, jamais Detroit. Ogliaro n'aurait pas supporté. Il savait qu'il ne changerait pas le passé, mais pas question de me laisser gérer le moindre *cent* de son argent. Mais au milieu des années cinquante, il y avait les familles de New York, Pittsburgh, Boston, deux familles du New Jersey, une des familles de Chicago, La Nouvelle-Orléans. Celles de Los Angeles étaient rattachées à des familles de l'Est, elles faisaient donc partie du lot. Une seule personne savait où leur argent était investi : moi. Vous voyez le problème.

— Donc pas question de vous perdre de vue.

— Dans les années cinquante, il y a eu deux guerres. Ils avaient peur qu'on me descende, histoire de semer la pagaille. Après, il y a eu tout le raffut déclenché par les guerres. D'honnêtes citoyens étaient tombés sur des cadavres par-ci, par-là, et le gouvernement a été forcé de mettre la pédale douce côté mafia : on a créé des commissions d'enquête, on a procédé à des coups de filet. Des gens ont commencé à craindre que je me fasse cueillir. On m'a retiré de New York et installé dans une villa en Floride.

— De sorte que vous ne pouviez plus aller à New York.

— Elle non plus. On était dans les années soixante à présent, et les femmes ne partaient plus en virées shopping. Vous trouviez les mêmes vêtements dans les grands magasins de Detroit ou de New York. C'est alors qu'a commencé une période noire. À partir de la fin des années soixante, vous ne pouviez plus vous fier à votre téléphone ni aller discuter avec quelqu'un à l'extérieur sans vous faire prendre en photo. J'ai eu six descentes du FBI chez moi, et chaque fois ils m'ont fichu quarante-huit heures de garde à vue pour me poser des questions, tandis que les familles pleuraient des larmes de sang et mouraient d'angoisse ! En 1978, ma maison a été réduite en cendres.

— Incendie criminel ?

— Bien vu. Je le sais parce que c'est moi qui ai mis le feu. Cela faisait quatorze ans que je n'avais pas vu Francesca. Je les ai persuadés de me ramener à Chicago pendant qu'on reconstruisait la maison, pour me rapprocher d'elle. Une fois, j'ai faussé compagnie à mes gardes du corps et j'ai passé la nuit avec elle dans un hôtel. La dernière. On m'a construit une nouvelle maison, seulement cette fois, c'était dans les Keys. Et pendant que les travaux avançaient, ils ont bâti des villas tout autour.

— Donc, ce qu'on raconte est vrai ? Tout le quartier appartient à la mafia ?

— J'ignore ce que vous avez entendu dire, en tout cas voilà ce qu'il en est. Il y a trois rues de chaque côté de la villa. Ils ont construit les maisons et mis des gens dedans. Toutes les maisons ne sont pas occupées en permanence, seulement quelques-unes. À certains endroits de l'île, on peut voir un bateau arriver à des milles à la ronde, et il n'y a qu'un seul pont. Tout ça pour moi !

— Est-ce que son mari n'est pas mort à ce moment-là ?

— Si. Et c'est pourquoi je devais absolument la voir. Pour lui faire ma demande.

— En mariage ? Au bout de trente ans ?

— Ça vous étonne ? Je ne pouvais pas remonter le temps. Mais pour la première fois j'avais une chance d'aboutir.

— Et elle vous a repoussé. »

Il acquiesça. « Je savais que seule une autre femme pourrait comprendre. Moi je n'y parviens pas...

— À cause du garçon, n'est-ce pas ? Si son mari était mort, son fils devenait le patron. Votre fils.

— C'est à peu près ce qu'elle m'a dit. En réalité Vincent était un gamin, même pas trente ans, quand Ogliaro est mort. Elle craignait qu'il ne s'en tire pas si elle n'était pas là pour l'épauler. Comme si elle abandonnait le bébé au milieu d'une meute de chiens affamés. Elle ne pouvait pas l'emmener avec elle en Floride pour vivre avec moi. Elle disait qu'elle aurait l'impression de le castrer.

— Mais après, quand il a eu fait ses preuves ? demanda Jane avec prudence. Il semble avoir été doué...

— Après, c'était trop tard. On le surveillait déjà, on craignait qu'il devienne trop fort. Si sa mère venait vivre avec moi, les familles qui me confiaient leur argent allaient croire qu'il essayait de mettre la main dessus. Elles l'auraient tué... C'était notre fils, ajouta-t-il avec un geste d'impuissance. Elle a choisi sa vie contre la nôtre. »

Jane resta silencieuse pendant quelques secondes. « Je suis désolée, dit-elle. C'est une histoire triste. »

Elle songeait à la femme. C'était son histoire à elle, pas celle de Bernie. Elle décida de tâter le terrain. « Et votre fils... Vincent... C'est lui qui a organisé votre mort ? »

Il secoua la tête.

« Comment aurait-il pu ? Il est en prison. Vous le saviez, n'est-ce pas ? »

Jane acquiesça.

« Je me rappelle l'avoir vu dans les journaux.

— C'est elle. De A jusqu'à Z. Je savais seulement que je devais prendre ce vol pour Detroit ce jour-là, sortir prendre l'air, et qu'elle s'occupait du reste. Je la vois, elle tire sur moi, je tombe. On la fourre dans une voiture qui file aussitôt. Six types balèzes se pressent autour de moi. L'un d'eux prend une photo, puis me passe un manteau et me met une perruque sur la tête. Un autre s'allonge à ma place. Un troisième a une bouteille en plastique et fait gicler du sang partout. Et quelqu'un relève mes empreintes. Arrive une ambulance, ils chargent le type dedans et s'éloignent. Deux des gars m'entraînent dans l'aéroport et me mettent dans un avion, où Danny m'attend.

— Cela fait beaucoup de monde, remarqua Jane.

— Il y en a un qui travaille au bureau du médecin légiste. Plus deux flics. Danny ne savait rien des autres, mais elle les tenait. Il disait qu'elle les avait tous payés mais que pas un ne parlerait, car ils étaient tous mouillés.

— Donc, maintenant, vous êtes mort.

— Je suis mort, convint-il. Seulement c'est raté, parce qu'elle aussi, elle est morte. Toutes ces années... À attendre, à espérer, et puis ça. Une crise cardiaque. Bon Dieu, comme si les femmes avaient des crises cardiaques. »

Les larmes ruisselaient sur son visage. De vraies larmes qui se pressaient au coin des yeux, mais cela ne voulait rien dire. Tous les acteurs et quelques femmes savaient pleurer sur commande. Ce furent les rides qui retinrent son attention. En les étudiant, elle comprit ce qui la gênait depuis qu'elle l'avait vu pour la première fois. Les expressions de son visage ne correspondaient pas à ses rides. Il parlait gaiement et la voix n'allait pas avec les mots, après quoi il souriait et sa figure se plissait à contresens. À ce moment précis, plis et rides s'harmonisaient avec son expression. Son visage n'en connaissait qu'une qui lui fût habituelle. Pendant cinquante ans, il avait vécu dans l'angoisse. C'était maintenant un vieillard. Sur sa tempe, la peau prenait déjà la finesse presque transparente du vélin, laissant transparaître les veines.

« Elle n'a pas choisi ce moment parce qu'elle le trouvait propice pour elle ou pour Vincent ?

— Non. » Ses yeux bleus lavés par les larmes exprimaient une douleur intolérable. Une douleur enfermant toute la souffrance qui l'avait habité pendant cinquante ans. Mais Jane était certaine qu'il s'y ajoutait autre chose. « Parce que ma mémoire commençait à flancher », dit-il.

5

Jane ne le quittait pas des yeux. Elle s'aperçut bientôt que sa pitié lui était aussi insupportable qu'une main apaisante sur une brûlure. Elle se détourna, alla à l'autre bout de la chambre et entreprit de remettre les magazines en pile.

« Vous êtes encore une gamine. Ce que je vous ai raconté vous aidera peut-être.

— Comment cela ?

— Votre petite spécialité plutôt bizarre. Rita m'en a parlé. Quelqu'un a des ennuis, vous arrivez, et pfuit ! plus personne ! » Jane se tourna et son regard rencontra les yeux tristes fixés sur elle. « Moi aussi, j'en avais une.

— Ce n'est pas une entreprise, dit Jane. Je n'essayais pas d'en tirer de l'argent.

— Je sais, je sais, dit le vieil homme. Moi non plus. Je le faisais parce que mon copain Sal Augustino me le demandait. J'évitais ainsi la prison à un ami. Je le faisais parce je ne pouvais pas refuser. Mais ça ne s'arrêtait pas là. Vous rendez service, vous n'êtes pas forcément payé de retour. Ça prouve juste que vous en êtes capable. »

79

Jane commençait à se sentir mal à l'aise. Il semblait deviner son histoire, par simple intuition.

« Mais très vite ça n'a plus été juste un service que je rendais à Sal, reprit Bernie. Je dépannais des amis de Sal dont jusque-là j'ignorais l'existence. C'est leur façon de s'exprimer, vous savez. S'il s'agit juste de quelqu'un d'ordinaire, ils l'appellent "mon ami Untel". Si c'est un mafioso "confirmé", ils disent "notre ami".

— Et vous, demanda-t-elle. Comment avez-vous été initié ?

— Moi ? » Il parut ahuri. « Je n'étais même pas italien : inéligible de naissance ! Mes parents étaient polonais. Et vous croyez que j'avais besoin de prêter serment par le sang pour savoir qu'on me liquiderait si je parlais ?

— Vous étiez donc un mercenaire.

— Vous ne m'avez pas compris ? Qu'est-ce que j'en avais à faire, de leur argent ? Je ne pouvais même pas sortir de la maison pour acheter du pain ! Dans les années quarante, j'ai eu recours à des emplois fictifs. Même alors, je ne pouvais rien faire d'autre qu'investir mes salaires. Après, on m'a donné des cadeaux de temps en temps, c'est tout. »

Jane fut prise de court. Elle n'avait jamais accepté d'argent en rétribution de ses services. Quand on insistait, elle répondait : « Dans un an, ou deux peut-être, quand vous aurez refait votre vie et n'aurez pas eu peur depuis un bon moment, repensez à ce soir. Ensuite, si vous en avez toujours envie, envoyez-moi un cadeau. » Elle attendit quelques secondes. « Quel genre de cadeaux ? demanda-t-elle en feignant l'indifférence.

— De toutes sortes. Surtout de l'argent. Mais je ne pouvais pas le laisser traîner, pas plus que le leur.

Alors je l'ai investi, et j'ai gardé les numéros des comptes dans ma tête. Dans les années soixante, j'ai carrément refusé, même les cadeaux. Ils étaient dangereux. Je gérais beaucoup d'argent pour ces gens-là. S'ils savaient que j'avais des millions de dollars à moi, qu'en déduiraient-ils? D'où pouvait-il venir sinon de leur poche? Même s'ils étaient tombés par hasard sur les registres de mes courtiers et avaient découvert qu'ils n'étaient même pas nés au moment où j'investissais, ils en auraient conclu que je l'avais volé à leurs pères ou à leurs grands-pères.

— Quand vous êtes-vous rendu compte que votre mémoire faiblissait?

— Il y a un an environ. Ça ne m'était jamais arrivé, et au début je n'ai pas compris. J'essayais de dresser une liste, et je me sentais l'esprit, comment dire... fatigué. Je continuais de voir les mots et les chiffres, mais je devais faire un effort pour choisir le bon.

— Ils sont au courant?

— Non. J'ai dû perdre cinq ou dix pour cent de tout ce que je gardais là-dedans. » Il montra sa tête. « Le revenu de la plupart des investissements a pratiquement doublé ces six derniers mois. Inutile de prévenir qui que ce soit. Ce qui les a inquiétés, c'est que je vieillissais. Ils se sont mis à parler d'ordinateurs.

— Pour vous remplacer?

— Une petite délégation a débarqué et on a discuté. Ils se sont montrés polis, compréhensifs, la délicatesse personnifiée, bref ce que ces types-là ne sont jamais sauf quand ils veulent vous rouler. Ils avaient tout calculé : tout ce que j'avais en tête tenait sur une disquette de trois pouces et demi!

— C'est risqué de détenir une disquette de cette nature...

— Il y a des parades. Le monde regorge de consultants spécialisés. Il existe un système utilisé par le gouvernement, le "codage renforcé". Ultra-secret, mais un tas de gens connaissent la technique. Comme tous les codes sont différents, le FBI, s'il met la main sur la disquette, ne peut quand même pas la lire. Et rien ne se perd car on peut faire des copies : en cacher une sous un nid de pingouin au pôle Sud, en fourrer une autre dans le cul d'un chameau en Arabie Saoudite, en scotcher une troisième dans la boîte à sandwichs d'un gosse d'un bled paumé de l'Amérique profonde. Ils m'ont même expliqué comment j'allais fourrer ma mémoire dans l'ordinateur !

— C'est-à-dire ?

— Je commence par tout mettre par écrit, une page à la fois. Ensuite je donne le papier au type de l'ordinateur. Il le tape et entre les codes. Un autre type passe le papier à la déchiqueteuse, et un troisième incinère les déchets. Deux autres seraient là juste pour surveiller que personne ne glisse dans sa poche un papier avec un numéro de compte écrit dessus et brûle une feuille blanche à la place. »

Jane leva un sourcil dubitatif. « Ça me paraît bien compliqué pour eux.

— Pour vous donner une idée de leur façon de procéder... On fera venir spécialement de l'étranger les gars chargés de la déchiqueteuse et de l'incinérateur, un d'Europe centrale et un d'Asie parce qu'ils utilisent des alphabets différents et ne savent pas lire les caractères anglais. Ils ne sauront pas où ils se trouvent, ni qui nous sommes. On coupera le téléphone, et personne ne bougera avant la fin de l'opération. Quand tout sera fini, on les mettra à poil pour une fouille au corps, afin de s'assurer qu'ils n'emportent rien, on les rhabillera de neuf, et on les renverra chez eux, où personne ne comprendrait de quoi ils parlent. D'ailleurs, ces deux-là, ça m'étonnerait qu'ils arrivent à destination. Une fois qu'on aura pris toutes les précautions d'usage, un des gardes dira "Oh, et puis merde" et pressera la détente... Le type de l'ordinateur n'est pas sorti de l'auberge non plus. Il ne sera plus question que ces familles confient une énorme partie de leurs capitaux au cerveau d'un seul bonhomme. On aura donc une autre disquette avec le programme de décodage.

— Et vous ?

— À votre avis ? demanda-t-il avec un sourire las. Liquidé. Je les ai regardés dans les yeux, et j'ai vu qu'eux ne le savaient pas encore. Ils ne se connaissent pas assez ; pas le genre à donner dans l'introspection. Dans leur esprit, ils me faisaient une offre généreuse, et ils s'en tiendraient là. Je resterais en Floride à me tourner les pouces pour l'éternité. Ce qu'ils ignoraient, c'est qu'à la seconde où l'argent serait sur la disquette, je devenais un autre homme. Ils verraient soudain que je suis si vieux et décati qu'ils me rendraient service en abrégeant mes souffrances !

— De sorte qu'elle vous a sauvé ?

— Elle savait », reconnut-il.

Jane prit une profonde inspiration, les yeux fixés sur le vieil homme. Elle se sentait lasse. Elle connaissait la suite, mais devait l'entendre avant de pouvoir agir. « Vous êtes venu me faire une proposition. Il vous a fallu la moitié de la nuit pour en définir les termes.

— Je voulais d'abord que vous compreniez, et que vous sachiez qui vous la faisait.

— Autant la faire tout de suite, que je puisse refuser et aller dormir.

— Je suis au bout du rouleau, usé jusqu'à la corde. Non pour avoir fait les mauvais choix, mais pour n'en avoir fait aucun. La femme que j'ai aimée ma vie durant vient de se tuer pour me prouver qu'elle tenait à moi. Et maintenant je pense à notre fils. Il pose un problème.

— Vous voulez dire... pour vous ? »

Le vieil homme fixait le tapis.

« Je ne sais pas ce que j'attendais. Sa mère... je suis sûr qu'elle a fait tout ce qu'elle a pu. »

Le cœur de Jane se serra. Bernie gardait une image photographique des beaux cheveux noirs et de la peau lumineuse de Francesca Giannini, mais il ne paraissait pas s'être interrogé sur sa personnalité profonde. Un enfant est ce que sa mère lui a appris à être dès son plus jeune âge, et, avec le recul, Vincent Ogliaro à l'âge adulte ne paraissait guère différent des hommes pour qui Bernie Lupus avait travaillé. « Il vous fait de la peine, n'est-ce pas ? demanda-t-elle avec précaution.

— Je veux... » commença-t-il. Il se reprit : « Vincent ressemble à ces lionceaux que des crétins ramènent chez eux et ne savent pas où mettre quand ils grandissent. Ce n'est pas la faute du lion. Il est ce qu'il est. Il ne peut pas décider de devenir un canari. En voulant me sauver, sa mère l'a mis dans une situation intenable.

— J'imagine. Savent-ils que c'est sa mère qui vous a tué ?

— Je ne crois pas. Elle était trop intelligente pour

ça. Elle s'est arrangée pour qu'on croie à un "coup de feu d'origine indéterminée", comme on dit. Elle se trouvait dans un angle mort des caméras de surveillance de l'aéroport. Vincent est derrière les barreaux depuis trois ans pour fraude postale, et en a encore au moins deux à tirer. Tout le monde sait qu'il aurait pu organiser le coup depuis sa cellule, mais s'il est à l'ombre, il ne peut pas prendre l'argent et filer. Et comme sa mère en est morte, la plupart des gens penseront qu'il n'avait rien à voir là-dedans. Quel mobile aurait-il eu, d'ailleurs?

— Quelqu'un d'autre sait-il que vous êtes son père? »

Bernie accusa le coup. « Je ne suis pas son père. Son père est celui qui l'a vu grandir, Mickey Ogliaro. Moi, il ne m'a jamais vu. Je suis l'homme qui a défloré sa mère dans un hôtel de Miami quand elle était trop jeune et trop ignorante, et qui est responsable de sa mort quand elle est devenue vieille.

— Bernie, dit Jane, que voulez-vous?

— Il est tout ce qui me reste. Je dois pourvoir à ses besoins. Si je pouvais lui donner tout l'argent de la pègre, je n'hésiterais pas. Mais comment? Si un homme comme Vincent rapplique soudain avec plus d'argent que n'en ont la plupart des États, que se passe-t-il? Ce n'est pas recommandé de se retrouver d'un coup avec autant d'argent. Il déclencherait toutes les sonnettes d'alarme que le gouvernement a mises en place pour intercepter ce qui échappe au fisc. Et s'il l'avait, cet argent, il en ferait quoi?

— Je ne sais pas.

— Moi si, parce qu'il n'est pas différent des autres.

Il essaierait de s'élever au-dessus des plus puissants et finirait par se faire descendre.

— Que souhaitez-vous ?

— Sauver mon fils.

— Comment ? »

Le vieil homme se leva et se dirigea vers la porte.

« Il faut réfléchir à un plan. »

Jane le regarda partir, puis entendit le bruit de ses pas s'éloigner dans le couloir. Durant dix minutes elle resta immobile, réfléchissant à ce qu'elle venait d'entendre, fixant sans la voir la pendulette à côté du lit. Puis elle se souvint, lentement, que les chiffres rouges du cadran numérique voulaient dire quelque chose. Qu'il était tard et qu'il fallait dormir. Elle éteignit et s'allongea sur le lit.

Pendant quelques minutes, des images bizarres troublèrent son esprit, des choses qui avaient attendu au fond de sa mémoire le moment d'affluer en désordre, de se heurter et de l'empêcher de trouver le sommeil. Elle les repoussa en se concentrant sur Carey. Elle l'imagina dans le séjour de la maison, au moment où il partait au travail. Cette fois il était un peu en retard — la pendulette l'attestait — et ses longues jambes parcoururent la distance jusqu'à la porte en moins de pas qu'il n'en aurait faits dans la réalité, lorsqu'elle était réveillée. Il s'arrêta et lui sourit, puis referma la porte, et Jane plongea dans un sommeil profond.

Soudain le souffle lui manqua. L'eau. Elle avait laissé couler le bain. Comment être aussi stupide. Elle gravit les marches quatre à quatre jusqu'au palier du premier. Elle sentit sous sa paume la courbure lisse du bois de la rampe lorsqu'elle l'empoigna pour prendre son virage dans le couloir. Elle se rua dans la salle de bains, la main tendue vers le robinet, mais il avait déjà été fermé. L'eau atteignait le haut de la baignoire, mais elle était immobile, et d'un blanc crayeux.

L'eau paraissait embrumée, et d'une profondeur insondable. Jane l'effleura de la main, créant un petit tourbillon, comme des volutes de fumée, mais l'eau restait trouble. Elle plongea la main pour dissiper l'illusion, mais sans atteindre le fond de la baignoire. Elle s'agenouilla, se pencha, enfonça son bras jusqu'au coude, puis jusqu'au biceps, et enfin jusqu'à l'épaule, mais sans trouver le fond.

Ses doigts touchèrent quelque chose, elle sursauta et retira son bras. Elle se releva, recula. Elle savait que ce qu'elle avait touché remontait, et que c'était gros. Elle identifia bientôt la forme qui surgissait des profondeurs. Celle-ci ne s'élevait pas seulement vers la surface, mais elle s'élaborait en quelque sorte, se coagulant à mesure qu'elle montait, les particules crayeuses s'agglomérant pour matérialiser le corps d'un homme.

D'abord apparut le nez, puis le front et les pommettes, les orbites encore emplies du liquide laiteux, et puis la tête s'inclina et les épaules émergèrent. Ses cheveux noircissaient, les longues mèches des tempes étaient ramenées en arrière par le poids de l'eau, et il cligna des yeux pour mieux voir. Il se leva, l'eau crayeuse se déversant des manches et du bas de sa veste.

« Danny ? dit Jane. Pourquoi ? »

Avec une petite secousse des épaules, il tira sur ses poignets de chemise, d'abord le gauche, exactement comme lorsqu'il avait enfilé sa veste dans la chambre d'hôtel. Puis il porta les mains à son col et leva le menton pour rajuster sa cravate. Elle vit les quatre horribles trous sur sa chemise, là où les balles l'avaient touché. Il la fixait du regard. « Tu m'as vu mourir. Je fais partie de toi maintenant. »

Jane sentit dans ses yeux la brûlure de la tristesse et du remords. Elle n'avait pu que regarder, et se cacher. « Je regrette tellement, Danny. Il ne se passe pas d'heure sans que je te le répète depuis que c'est arrivé. M'as-tu entendu ? »

Il eut un geste d'indifférence. « Qui écoutait ? Quand on est mort, on se fiche de ce que les autres disent. On est mort, c'est tout. Je ne sens plus rien. J'ai fait une erreur, on m'a refroidi. Tu sais que ça fonctionne comme ça. Tu vis jusqu'au moment où tu commets une erreur.

— Danny, pourquoi es-tu là ?

— C'est ton tour, maintenant.

— Je vais mourir ? »

Danny haussa les épaules. « Peut-être. Tu es là.

— C'est une raison pour mourir ?

— Quelqu'un tombe, un autre monte au créneau à sa place. Je suis hors jeu, tu es déjà en piste. » Une expression inquiète traversa ses yeux sombres. « Ne les laisse pas te surprendre.

— Mais je ne sais même pas de quoi il s'agit !

— À d'autres ! Tu sais la seule chose qui compte. Le monde est le champ de bataille du bien et du mal. Ton père et le père de ton père te l'ont enseigné : Hawenneyu-le-jumeau-droitier crée, et Hanegoategeh-le-jumeau-gaucher détruit. Tout ce qui arrive fait partie de leur combat.

— Que dois-je faire ?

— Tes preuves, dit-il avec mépris. Jusqu'à maintenant tu as juste donné un coup de main, mis des paumés en lieu sûr. Juste déplacé les pions sur l'échiquier. Là, c'est du sérieux.

— De quoi s'agit-il ? »

Il soupira. « "De quoi s'agit-il ?" Tu as roupillé toute la journée ou quoi ? "Bernie", le nom ne te dit rien ? Tu sais bien, le vieux dans la chambre au bout du couloir, qui a le cerveau comme un coffre-fort ? » Tout en parlant, Danny tritura un des trous de sa chemise. « Demain, lui aussi risque d'être une passoire, et Frank Delfina mettra déjà l'argent en jeu.

— L'argent ? C'est ça l'important ?

— Tout est important pour les frères car ils en font une arme. Hawenneyu crée un petit garçon. Hanegoategeh lui donne un virus. Hawenneyu fortifie son corps pour l'en protéger, Hanegoategeh transforme le virus en fléau et envoie le garçon tuer quatre-vingt mille individus. Hawenneyu a fait en sorte que, dans ces quatre-vingt mille individus, il s'en trouve un qui aurait déclenché une guerre et fait quatre-vingts millions de morts.

— Mais tu ne m'as pas dit ce que je dois faire.

— Regarde les configurations et choisis. » Les mots s'accéléraient, sa voix devint pressante. « Agis avant qu'elles ne se modifient de nouveau.

— Je n'en sais pas assez, je n'ai pas une vision assez large pour savoir ce qui se passe. » Elle eut soudain l'idée d'une stratégie élémentaire, une façon d'y voir clair : « Bernie dit-il la vérité ? »

Danny la regarda sans paraître avoir entendu. « L'argent est une arme », répéta-t-il, et Jane se réveilla.

6

Bernie Lupus ouvrit les yeux à l'aube. Un rayon de soleil filtrait dans la chambre de motel obscure. C'était sa seule certitude. Il lui fallut un moment pour distinguer la silhouette debout à côté du rideau. « Quoi, qu'est-ce qui se passe ? chuchota-t-il.

— Je voulais vous parler pendant que Rita dort encore, lui répondit Jane. Je ne crois pas que ça la rassurerait de nous entendre. »

Bernie mit ses lunettes, jeta un regard autour de lui, puis les enleva. Il sortit du lit, vêtu d'un caleçon et d'un maillot de corps. Attrapant ses vêtements, il partit dans la salle de bains d'un pas ankylosé.

« Allons faire un tour », dit-il quand il en ressortit.

Jane régla son allure sur celle de Bernie. Le corps du vieil homme parut perdre de sa raideur à mesure que ses membres se dégourdissaient. Lorsqu'ils arrivèrent à la porte qui donnait sur le parking, il avait allongé le pas et il se tenait plus droit. Tous deux s'éloignèrent du motel en direction d'un petit espace commercial dont les boutiques semblaient fermées. Le soleil matinal se réverbérait sur les vitrines avec une telle force que le reflet éclairait le visage de Bernie. « La journée s'annonce chaude, lui fit-il remarquer.

— La voiture est climatisée.

— Qui va la conduire ? lui demanda-t-il en lui lançant un coup d'œil en biais.

— Tout dépend de notre conversation, répliqua-t-elle.

— Bref, vous y avez réfléchi.

— Je réfléchis toujours, dit-elle en lui rendant son regard. C'est pour ça que je suis encore en vie. Et vous ? Comment pensez-vous rester vivant ? En utilisant l'argent que vous gérez pour les familles ? »

Bernie secoua la tête.

« Je n'y toucherais même pas avec des pincettes ! Je vous l'ai dit, je me suis fait un petit magot en d'autres temps. » Il lui lança un regard amusé. « Danny m'a acheté deux costumes chics, mais je ne les ai même pas essayés. Je mets toujours ce pardessus. Tenez, tâtez-le. »

Jane lui toucha le bras et sentit une doublure épaisse. Elle la serra, et reconnut le froissement.

« Des espèces ? »

Bernie acquiesça.

« Un jour où j'avais deux cent mille dollars qui traînaient à la maison, j'ai eu l'idée d'en coudre quelques centaines dans la doublure, juste au cas où. J'en ai mis aussi dans des enveloppes, pour les menus frais.

— Cela vous suffira pour le restant de vos jours ?

— J'espère bien que non !

— Je veux dire, s'il ne vous arrive rien ? »

Il lui tendit quelques centimètres de l'ourlet de son pardessus.

« Tâtez ça. »

Jane palpa l'ourlet et sentit de petites billes dures entre son pouce et son index.

« C'est quoi ?

— Des diamants. Tous entre deux et cinq carats, tous d'une pureté absolue. Et pas un seul d'origine douteuse. Quelqu'un les a achetés pour moi à Amsterdam il y a des années, juste après qu'on les avait taillés.

— Vous ne pouvez pas vendre des diamants à la sauvette.

— Non, mais ça peut être utile. J'ai vu des femmes pas plus grosses que vous trimbaler quelques millions de dollars sur elles comme si de rien n'était. Et j'en ai quelques millions de plus dans ma tête. Je les ai mis sur des comptes au nom de Milton Weinstein. Je peux tirer autant de chèques que je veux... à condition de me rappeler les numéros.

— Parlez-moi plus précisément de votre problème de mémoire. »

Il fit quelques pas en silence. « Ce n'est pas encore catastrophique, mais c'est comme un début d'incendie. On regarde et on se dit : "Bof, rien de grave." Mais ça s'étend. Je me souviens encore de quatre-vingt-dix pour cent. Les dix restants me reviennent par bribes. J'ai de petits éclairs, et en faisant vite, j'arrive à déchiffrer des fragments. L'esprit est un drôle de petit mécanisme. On croirait que ce sont les vieux trucs qui se sont brouillés... des papiers que j'ai vus il y a soixante ans, hein ? Eh bien, non. C'est seulement les trucs les plus récents.

— Pas de chance. Les gens qui vous ont donné leur argent il y a soixante ans ne vont pas venir vous demander de rendre des comptes pour de l'argent dévalué.

— J'aurais dû m'y attendre, reprit-il. Quand il a pris de l'âge, mon grand-père s'est mis à me raconter des histoires de l'époque où il était gamin en Pologne. Soixante-dix ans après, il pouvait dire quel temps il faisait tel ou tel jour, quelles fleurs poussaient le long du chemin de terre qu'il prenait, ce que les gens lui avaient dit exactement, et ce qu'ils avaient sur le dos. Mais il était incapable de se rappeler ce qu'il avait mangé une heure plus tôt au déjeuner. C'est la mémoire immédiate qui s'efface.

— Avez-vous calculé le montant de ce dont vous vous souvenez encore ? »

Il secoua la tête.

« Ce serait un travail à plein temps de retrouver la trace de tout. Quand vous cachez de l'argent, vous devez le disperser au maximum. Un agent du fisc qui voit apparaître cent mille dollars quelque part ne bronche pas. S'il en voit un million, il se dit : "Voyons voir qui est ce mec." Très vite j'ai été obligé d'en placer un peu à l'étranger, dans l'immobilier, dans les métaux précieux... Ça doit faire dix milliards aujourd'hui, ou peut-être vingt.

— Vous avez bien dit milliards ?

— Eh oui ! Ça pourrait être pire, sauf que, même à l'époque, je n'ai vu qu'une petite fraction de la recette. Ces types-là aimaient garder le plus gros de leur argent à portée de main. Et puis j'ai aussi perdu des clients. Les pères me faisaient confiance, mais pas leurs fils. Les sommes augmentaient tous les ans, mais les bénéfices bruts se réduisaient comme une peau de chagrin. » Il marqua une pause. « Vous avez sûrement une contre-proposition à me faire ?

— Pas vraiment, répondit-elle.

— Essayez toujours.

— C'est Rita qui m'intéresse, expliqua Jane. Vous êtes une complication que je n'avais pas prévue. »

Il hocha la tête.

« Je ne m'étais jamais vu sous ce jour. Mais il faudra sans doute que je m'y habitue, maintenant que Danny est mort. Il aurait fait une excellente affaire en m'escamotant. Sa fortune était assurée. » Il tourna légèrement la tête en gardant Jane dans son champ de vision. « Dites-moi ce que vous en pensez.

— Je pense pouvoir conduire Rita en lieu sûr et lui apprendre à vivre sans se faire remarquer assez longtemps pour que personne ne la repère. Vous, je ne garantis pas que vous ne serez pas repéré, mais je peux rendre la chose très difficile. » Elle tourna les yeux vers lui pour juger de sa réaction. « Je pense pouvoir mettre au point une formule qui aidera votre fils sans le rendre trop fort.

— Vous voulez quelque chose en échange. Quoi ? » Elle continua d'avancer.

« Je ne serais pas ici si je ne savais pas en gros ce que je veux. Je vais vous dire mon idée. J'ai toujours pris soin de rester à l'écart des agissements de la mafia. Il ne fait aucun doute que si j'attirais un jour son attention, il ne resterait plus aucune trace de moi. Et comme je n'ai jamais imaginé pouvoir lui causer un préjudice réel, je n'ai jamais rien envisagé sur la question. Une des familles que vous avez aidées traque des gens que j'ai fait disparaître ces dernières années. Je ne vous dirai pas qui, ni quelle famille. Si ces familles étaient moins puissantes, mes amis seraient nettement plus en sécurité. Et moi aussi.

— Bref, vous voulez porter atteinte à la mafia. Mais comment ?

— En lui prenant tout son argent et en le donnant à des associations caritatives.

— Hein ?

— C'est mon prix.

— Votre prix ? Dix milliards de dollars ? » Il lui adressa un grand sourire, qui peu à peu disparut. « C'est sérieux ? Vous ne voulez rien pour vous, vous voulez tout donner ? Après tout ce que je vous ai dit cette nuit...

— Vous vouliez aider Vincent sans risquer qu'il soit tué en donnant trop. Or cela correspond à mon objectif : je ne veux pas que le reste de la bande ait cet argent non plus. »

Bernie éclata de rire, la regarda, puis rit encore — un sifflement encombré de miasmes qui se transforma en toux.

« À ce que je comprends, c'est non », conclut Jane. Elle lui tendit les clés de la voiture. « Autant que vous les preniez tout de suite car je ne veux pas rater mon avion. »

Bernie leva les mains en signe d'apaisement, puis les fourra dans ses poches. « Je n'ai pas refusé votre offre. Laissez-moi juste réfléchir une seconde. D'ailleurs, j'y ai déjà pensé. De temps en temps je me disais : "Je devrais baiser ces types et lâcher le morceau". Mais ce n'est pas commode. C'est plutôt risqué, avec un tel pactole. Il faudrait trouver un tas de combines.

— J'ai vu un jour quelqu'un faire quelque chose de

ce genre, se souvint Jane. Ce n'est certes pas une partie de plaisir.

— Et vous avez une solution pour Vincent ?

— Nous pouvons lui offrir le moyen d'être à l'aise le restant de ses jours sans courir de risques. À lui de décider s'il est d'accord ou non. C'est tout ce que je peux faire... ou du moins tout ce que je suis prête à faire.

— Avec mon argent, insista-t-il. Rien qui vienne d'eux.

— Bien entendu », dit Jane.

Bernie fit quelques pas sans rien dire, perdu dans ses réflexions. « C'est probablement la meilleure solution pour vous comme pour moi, dit-il enfin en haussant les épaules.

— Vous allez y réfléchir ?

— Comme si j'avais une pile de propositions à étudier avant de me décider ! C'est d'accord.

— Bravo, dit Jane.

— Vous n'avez pas l'air convaincue, constata Bernie. Ma belle, si vous vidiez votre sac ? »

Elle le regarda.

« C'est ce qu'il y a de mieux à faire. Mais pas de cette façon... C'est long, et c'est dangereux.

— Pas plus qu'une glace, décréta Bernie.

— Une glace ?

— Une glace maison : pour en préparer, il faut tourner longtemps, il faut des œufs crus, autrement dit la plus grande source d'agents alimentaires toxiques. Comme c'est plein de graisses et de sucres, on risque l'attaque cérébrale ou la crise cardiaque. Si on l'avale trop vite, on peut même se geler un nerf dans la tête et

96

devenir aveugle ! Mais c'est bon, ajouta-t-il avec un sourire.

— Délicieux », répondit Jane en lui rendant son sourire.

Ils firent demi-tour et revinrent au motel. En arrivant dans le couloir, Bernie arrêta Jane. « Une minute. Vous avez décidé ce que nous faisons de Rita ?

— C'est la question que je me pose depuis votre apparition, dit Jane. Quel genre d'intérêt lui portez-vous ? »

Bernie fixa le tapis.

« J'imagine que c'est encore un de ces trucs pourris qui vous arrivent avec l'âge. Quand le corps perd de son énergie et faiblit, la tête se ramollit. On fait soudain du sentiment en voyant les autres tellement vivants... Une gosse maigrichonne vive comme l'éclair et qui semble ignorer les lois de la pesanteur est un vrai cadeau du ciel. Elle a tant de vitalité qu'on dirait qu'elle la diffuse autour d'elle, comme de la chaleur ou de la lumière. À croire que ça m'a maintenu en vie. » Il regarda Jane comme s'il ne l'avait encore jamais vue. « Vous n'avez aucune idée de ce dont je vous parle, hein ?

— Peut-être que si.

— Que savez-vous d'elle ? »

Jane eut un geste vague.

« Elle m'a un peu raconté son histoire. Je savais que je n'avais pas le temps d'en écouter plus si je voulais la sortir de là.

— Elle n'est pas aussi fragile qu'on le croirait, expliqua Bernie. C'est juste l'inverse : une sorte de petit animal. Un raton laveur peut-être. Avez-vous déjà essayé d'en virer un de votre jardin ?

— Je suis une fille de la ville, dit Jane en mentant.
J'achète mes légumes déjà congelés.

— J'avais un garde du corps autrefois, juste après
qu'ils ont construit ma villa. Il arrivait tout droit de
Sicile et ils le jugeaient inoffensif parce qu'il ne savait
rien. Il a planté quelques pieds de vigne, sans doute
qu'il avait le mal du pays. Mais c'était le territoire
d'un raton laveur. La bestiole, la maison neuve ne
l'intimide pas, ce qu'elle veut, ce sont les raisins. On
met une clôture, elle l'escalade. On pose un peu de
grillage par au-dessus, elle se faufile à travers. On
l'électrifie, elle grimpe dans un grand arbre à côté et se
laisse tomber au milieu des vignes, puis creuse par-
dessous pour filer. On ajoute un fossé plein d'eau, elle
le traverse à la nage. On fait le pied de grue toute la
nuit, à la seconde où on pique du nez elle rapplique !
C'est de l'obstination démente, mais certainement pas
de la bêtise. Simplement elle encaisse tout, parce que,
coûte que coûte, elle survivra. Elle va continuer à se
pointer jusqu'à ce que vous en ayez assez et leviez le
camp, ou alors que vous lui tiriez dessus. Ce serait
ignoble qu'elle meure. Et puis, je n'ai jamais été aussi
ami avec quelqu'un depuis Sal Augustino. »

Il fallut une seconde à Jane pour comprendre à quel
moment le raton laveur était redevenu Rita. « Ami ? »

« Je sais, reprit Bernie. C'est pathétique chez un
homme de mon âge. On se sent seul quand on vit
comme moi. Elle prenait le temps de me parler. Personne d'autre ne le faisait. De temps en temps, quand
les affaires étaient calmes, je lui demandais de faire
une partie de cartes. On ne peut pas dire que les cartes
la passionnaient : sans doute trop statique pour du vif-
argent comme elle, et qui obligeait trop à réfléchir pour

rien! Sûrement qu'elle se sentait seule, elle aussi. On se cherchait des yeux quand il y avait du monde. Et puis, il fallait bien qu'elle sorte... vous savez, les courses chez l'épicier et tout. Bref, elle me servait d'yeux et d'oreilles. Au retour, elle me racontait tout ce qu'elle avait vu et entendu à l'extérieur. La voir, c'était comme d'avoir une visite quand on est en prison. Tant qu'on n'est pas passé par là, on n'imagine pas ce que c'est.

— Je comprends, dit Jane.

— Bref, on décide quoi, à son sujet? Avant de rien tenter qui nous fasse tomber le ciel sur la tête, nous devons... »

La porte à côté de Bernie s'ouvrit brusquement et Rita leur lança un regard furieux. « Où étiez-vous partis, tous les deux? »

Jane entra dans la chambre et tira Rita à l'intérieur. Bernie entra à son tour et referma la porte.

« Qu'est-ce que tu fais debout à une heure pareille? demanda-t-il à Rita.

— Je vous cherchais, répondit-elle.

— Nous sommes sortis faire un tour, intervint Jane. Ne te fais pas de souci. Si nous avions voulu t'abandonner ou je ne sais quoi, nous ne serions pas ici. Bernie ne t'aurait pas suivie depuis la Floride, et je n'aurais pas roulé la moitié de la nuit pour te conduire ici. »

Rita lui lança un regard hostile.

« Tout a changé pendant que je dormais, n'est-ce pas? Maintenant vous êtes avec Bernie. Qu'allez-vous faire de moi?

— Ce que j'ai décidé de faire dès le début. Je vais te fournir des papiers d'identité irréprochables, attestant que tu es quelqu'un d'autre. Puis te trouver un endroit sûr et agréable où habiter et essayer de t'apprendre à être cette autre personne. Quand j'estimerai que tu en sais assez pour rester en vie, je partirai. »

Rita contempla le sol, puis leva de nouveau les yeux vers elle.

« Je... excusez-moi, mais je préférerais aller avec Bernie.

— Quoi ? »

Elle regarda Jane d'un air contrit.

« Je suis désolée. Je vous ai cherchée et je vous ai suppliée de m'aider. Et je sais que vous avez une façon à vous de faire ces choses-là, parce que Celia m'a raconté. Je dois faire tout ce que vous dites, dès que vous le dites et sans même poser de questions. Vous vous êtes déjà donné beaucoup de mal pour m'amener jusqu'ici. Mais je ne veux pas disparaître toute seule dans la nature. Je préférerais aller là où ira Bernie. »

Bernie semblait ahuri, voire un peu effrayé.

« Attends, petite. On t'a demandé ton avis ? C'était juste que je ne voulais pas que tu te retrouves à la rue. Mais tu ne seras pas seule. Jane va t'aider. »

Les yeux de la fille se remplirent de larmes.

« S'il vous plaît, Bernie. Ça fait un an que je travaille pour vous. Vous savez bien que je ne vous dérangerai pas. Je peux vraiment vous être utile. »

Jane regarda Bernie et attendit.

« Je vais te dire la vérité, commença Bernie. J'ai toujours essayé de me faire passer pour un vieux bonhomme respectable, mais je n'en suis pas un. Je vivais dans cette villa parce que je travaillais pour la mafia. Je cachais de l'argent pour eux. Et leur argent, ils ne le tirent pas de petites affaires honnêtes. Mais d'agissements criminels, comme prêter quelques dollars au père de quelqu'un afin de lui faire payer des intérêts dix fois plus élevés, sinon on lui brise les jambes. Ou prendre des filles plus jeunes que toi et les obliger à avoir des rapports sexuels avec vingt inconnus par jour. Tu m'as dit que ta mère était en prison pour drogue. Il y a tout à parier que les bénéfices de son importation ont atterri chez moi.

— Vous me parlez comme à une môme de cinq ans ! s'insurgea Rita. Vous n'avez rien à voir là-dedans. Et vous n'auriez pas pu laisser tomber si vous aviez essayé. »

Comme Bernie lui lançait un regard d'impuissance, Jane vint à sa rescousse. « Tu as vu ce qui s'est passé quand ils ont appris qu'on avait tué Bernie. Ils écument apparemment le pays pour mettre la main sur quelqu'un qui saurait quelque chose. Et pour l'instant, je ne connais que toi.

— Ils ne recherchent pas Bernie, puisqu'il est mort ! Et il est plus malin qu'eux. C'est écrit dans le journal. S'il ne se fait pas prendre, moi non plus. » Elle s'adressa à Bernie. « Ce n'est pas son problème à elle, lui dit-elle d'un ton implorant. C'est notre problème à nous. Elle, c'est une femme adorable, et elle va se faire tuer à cause de nous ! »

Jane intervint.

« Je crains que tu ne saches pas tout...

— J'en sais assez.

— Danny ne me retrouvera nulle part, dit Bernie. Ils l'ont cueilli à ton hôtel et ils l'ont tué. »

Elle ferma les yeux pour retenir ses larmes.

« Alors je n'ai plus que vous deux comme amis. Je

101

veux aller avec vous. Je peux vous aider dans ce que vous faites.

— Que fait-il ? demanda Jane.

— Pas Bernie. Vous deux. Vous allez prendre tout l'argent qu'il a caché pour la mafia.

— Qu'est-ce qui te le fait croire ? demanda Bernie.

— Vous les détestez ! C'est pour ça que vous avez fait semblant de mourir. Je vous ai observé plusieurs fois quand ces types venaient à la villa. Et je vous ai vu les regarder par la fenêtre quand ils repartaient. Vous les détestez. »

Bernie regarda Jane d'un air interrogateur.

Jane poussa un profond soupir. « Ma foi, quand on en sait assez pour se faire tuer, cela n'aggrave rien de savoir de quoi il retourne. C'est exact. Nous avons décidé de récupérer tout l'argent que Bernie gérait dans sa tête pour les familles. Nous voulons le voler pour le donner à des œuvres. »

Rita se redressa, et eut un brusque mouvement de tête en arrière, comme si quelque chose venait de lui sauter à la figure. « Vous blaguez ? » Elle attendit que Jane ou Bernie disent quelque chose, puis elle pencha la tête d'un air inquisiteur. « Tout ?

— Jusqu'au dernier *cent,* si nous y arrivons. »

Rita fusilla Jane du regard, puis ses yeux se posèrent sur Bernie et revinrent sur elle, comme si elle attendait que l'un ou l'autre lui confirme qu'ils plaisantaient. Et très lentement ses yeux s'agrandirent tandis qu'elle esquissait un sourire. « C'est plutôt marrant. » Elle resta silencieuse un instant. « D'accord, dit-elle enfin d'un ton calme.

— Comment ça, d'accord ?

— Je marche avec vous. Je vous aiderai. Peut-être que ça réparera un peu ce qu'ils ont fait à Danny.

— Tu n'as pas l'air de comprendre ce que cela signifie. »

Rita souriait toujours, mais ses yeux restaient pleins de larmes.

« J'en comprends assez.

— Je ne crois pas, déclara Bernie. Je gère de l'argent qui appartient à douze familles. Et pas des petites pointures. Pour l'instant elles me croient mort, et elles n'apprécient pas que je me sois fait descendre. Elles n'ont qu'une envie : passer aussi l'arme à gauche pour me traquer en enfer et me faire la peau une fois de plus. Si jamais elles ont le moindre soupçon que je suis vivant et que j'ai donné leur argent, elles vont voir rouge. Des centaines de types vont me rechercher en permanence tous les jours que Dieu fait. Ils me chercheront encore quand personne ne m'aura vu depuis quarante ans et que j'en aurai cent quinze. Là, ils renonceront. Et tu sais ce qui se passera ?

— Quoi ? lui demanda Rita.

— Ils se lanceront avec encore plus d'obstination sur ta piste.

— J'aurai cinquante-huit ans, calcula Rita. Et je saurai qu'au moins je leur en aurai fait voir avant qu'ils m'attrapent ! »

Jane s'approcha et regarda Rita dans les yeux. « Nous t'avons dit ce que nous, nous allions faire. Mais pour toi, rien n'a changé. Tu vas aller très loin, dans un endroit où tu pourras passer pour quelqu'un d'autre.

— Pour y faire quoi, hein ? À quoi ça sert ?

7

Frank Delfina ouvrit la grande malle-cabine et contempla le cadavre de Danny Spoleto. Il avait fallu forcer pour le caser dans la malle, les genoux contre la poitrine et les bras croisés. On avait dû tordre un peu le cou pour loger la tête dans un des coins. Le visage regardait l'ampoule suspendue au plafond du garage. La porte donnant sur l'arrière-boutique du fleuriste était ouverte, et les parfums riches et douceâtres du jasmin et des gardénias se heurtaient, rivalisant avec les odeurs d'huile et d'essence du parc de camionnettes de livraison.

Delfina tendit le cou pour mettre son visage à la hauteur de celui de Danny Spoleto. Il fixa un instant le regard sans vie, puis passa derrière la malle. « Connard de fumier », maugréa-t-il. Il expédia un coup de pied dans le couvercle, qui se referma net. Puis il reporta son attention sur les deux types qui avaient déchargé la malle. « La chambre d'hôtel est nickel ? Pas de sang ni rien ?

— Impec, patron, lui confirma Strozza. On l'a fichu dans la baignoire avant qu'il saigne trop, et on a passé un coup par terre nous-mêmes avant de partir. John et

Irene sont arrivés deux minutes plus tard. Après l'avoir chargé dans la malle, ils ont tout passé au détergent et au désinfectant.

— Et vous êtes sûrs qu'il n'y avait rien dans la pièce et rien dans les bagages ?

— Il avait deux petites valises. Avec juste des vêtements qu'il venait d'acheter... des chemises dans leur emballage plastique, et des caleçons avec encore les étiquettes. Irene a même découpé toutes les doublures des valises. Il n'avait pas l'air d'avoir de papiers. »

Delfina jeta un coup d'œil au cadavre.

« Vous l'avez fouillé aussi ? »

Strozza fit signe que oui.

« Il avait juste son portefeuille et des clefs de voiture, affirma-t-il.

— Alors inutile de garder le corps. Enterrez-le. »

Strozza et son acolyte s'accroupirent pour glisser la malle sur le plateau du chariot, puis la roulèrent jusqu'à la rampe de leur camion et l'arrimèrent à la paroi arrière.

« On l'emmène à la pépinière. Il y a un champ qu'ils sont en train de préparer pour y planter des bégonias d'ici un jour ou deux.

— Ne soyez pas cossards, creusez profond. »

Quand les deux types eurent fermé le hayon et réintégré leur véhicule, Caporetto appuya sur le bouton qui commandait la porte du garage pour les laisser sortir, puis la referma. Delfina était resté à l'intérieur ; il se sentait d'une humeur massacrante, mais l'activité de ses hommes, leur efficacité et leur sérieux lui remontèrent un peu le moral. « Dès qu'ils reviennent, tu me les mets dans un avion pour L.A. Appelle Billy et dis-lui de leur trouver une occupation.

106

— Compte sur moi, Frank.

— Et assure-toi que ce n'est rien d'important »,
ajouta-t-il, comme pris d'un doute.

Delfina surprit l'expression un peu étonnée de
Caporetto. Il haussa les épaules. « Je sais bien qu'ils ne
s'attendaient pas à tomber sur Spoleto, mais ils
auraient dû y regarder à deux fois. Tu as remarqué : ils
n'ont même pas trouvé d'arme sur lui. Ils l'ont vu et ils
ont paniqué. J'aurais bien aimé avoir le gars dans une
petite pièce quelque part, où on aurait eu une longue
discussion. »

Caporetto acquiesça, mais son visage trahit un vague
sentiment d'inquiétude.

« Je ne comprends toujours pas ce qu'il fichait là.

— Je ne le cadre pas encore très bien, convint Delfina. Mais je vais trouver.

— Tu crois qu'il a juste volé la carte de crédit de la
fille dans la villa de Bernie et a tout mis sur son
compte à elle afin qu'on ne sache pas qu'il bougeait ? »

Delfina le regarda d'un air déçu.

« C'est ce que pense Strozza. Mais tu l'as entendu.
Ils ont trouvé son portefeuille. S'il utilisait sa carte de
crédit, on t'aurait informé. Elle est où, cette carte ?

— Aucune idée, répondit Caporetto avec un geste
d'ignorance.

— Il ne l'a jamais eue. C'est la fille qui l'utilisait.

— Alors ils étaient de mèche ? C'est lui qui a fait
engager la fille chez Bernie. Il s'est peut-être servi
d'elle pour savoir où Bernie avait mis le fric... en
récupérant des reçus ou je ne sais quoi dans sa corbeille pendant une bonne année. Ensuite il s'est
arrangé pour attirer Bernie à Detroit, l'a buté, et puis il
est parti récupérer l'argent. Ça expliquerait qu'ils aient

107

fait tout le trajet jusqu'à New York. C'est là que se trouvent les grosses banques, les gros agents de change et tout le reste.

— À New York, pas à Niagara Falls, rectifia Delfina. Mais c'est sûrement le topo. »

Caporetto se prenait lentement au jeu. « Mais bien sûr ! Danny Spoleto avait une réputation de tombeur, pas vrai ? À première vue il ne cassait rien, mais à ce que j'ai entendu dire on se pressait au portillon. Donc il déniche cette greluche... elle a quoi, dix-huit ans ?... il lui fait du charme et l'embobine. Tout ce qu'il lui demande, c'est de traîner dans la maison de Bernie, de balayer par terre une fois par jour, et d'ouvrir l'œil quand elle vide la poubelle. Une fois qu'elle en a trouvé assez, Spoleto bute Bernie, rejoint la fille, et vide tous les comptes qu'elle a localisés. »

Delfina eut un sourire indulgent, mais son visage reprit vite l'impassibilité de marbre qui lui était habituelle. Il secoua la tête.

« Pourquoi pas ? demanda Caporetto.

— Le scénario se tient. J'aime assez. Mais laisse-moi te parler de Danny Spoleto. Il a débuté il y a dix ans à New York. Il avait un cousin qui avait réussi, et ledit cousin a demandé aux Langusto s'ils pouvaient lui trouver quelque chose. Il était entendu depuis toujours que la famille Langusto s'occupait de Bernie. L'histoire devait dater d'une cinquantaine d'années, mais depuis cette époque, c'était devenu une sorte de charge officielle, comme les gardes suisses au Vatican. La famille continuait à lui fournir des gardes du corps, qu'elle renouvelait à intervalles réguliers. Elle a donc envoyé Spoleto en Floride pour remplacer un autre type. Comme il ne tapait pas sur le système de Bernie, ils l'y ont laissé durant quelques années. Puis il est devenu un de leurs porte-valises. Il livrait l'argent de la famille en Floride — le plus gros même pas en liquide — et Bernie le faisait disparaître. Bernie lui a peut-être confié quelques petites courses aussi, mais bon. Ce n'était pas un gars qu'on formait pour infiltrer le monde de la haute finance. Mais qui devait attendre encore six ou sept ans avant de passer fourgueur.

— Et la fille ? Elle était peut-être plus maligne qu'à première vue. C'est peut-être elle qui est allée trouver Spoleto, en sachant qu'il pouvait la faire entrer dans cette maison.

— J'y ai pensé, mais elle ignorait ce qui allait arriver à Bernie.

— Ah bon ?

— Quand nos types ont investi la villa cette nuit-là, ça faisait environ quatre heures que Bernie avait été descendu. Elle n'avait pas filé. Elle était encore au lit.

— Alors tu lui veux quoi ? »

Delfina eut une moue dubitative, accompagnée d'un petit haussement d'épaules.

« À mon avis, elle sait tout de même quelque chose. Des gens allaient et venaient. Peut-être qu'elle n'y a vu que du feu, mais moi, ça m'éclairerait. En tout cas, elle sait forcément ce qui s'est passé avant que Bernie parte pour Detroit. Ce n'était pas normal. Pendant des années, Bernie n'a quasiment pas mis le nez dehors. À mon avis quelqu'un a dû lui téléphoner, ou lui envoyer un billet d'avion ou autre chose, et j'aimerais bien savoir qui.

— Pourquoi pas Danny Spoleto ? S'il était porteur, il a dû apporter des valises bourrées de fric et de marchandise à la villa... des valises qui ne devaient tomber que sous les yeux de Bernie.

— Possible, convint Delfina. Mais nous l'avons cueilli alors qu'il ne nous attendait pas. Les gars l'ont fouillé, ils ont fouillé les sacs, fouillé la pièce. Ils n'ont rien trouvé prouvant qu'il ait eu accès à des sommes importantes. Bernie l'Éléphant trimbalait peut-être une centaine de numéros de compte dans sa tête, mais tu ne vas pas me dire que son garde du corps aussi. Autrement dit, même s'il a participé au coup monté contre Bernie, il n'a pas réussi à récupérer le fric.

— Et la fille ? Personne ne l'a fouillée. Peut-être qu'elle gardait les indications sur elle.

— Raison de plus pour la rechercher.

— On n'a qu'elle, reconnut Caporetto.

— Sauf qu'on ne l'a plus, lui rappela Delfina. On a sa photo, non ?

— On l'a. Quand ils l'ont engagée, ils lui ont dit que c'était pour une carte de travail. Elle ne s'est pas méfiée.

— O.K., dit Delfina. Voilà ce qu'on fait. D'abord, personne dans cette famille ne se doute de quoi que ce soit au sujet de Danny Spoleto. D'après ce que les autres familles savent, nous ne l'avons pas trouvé, nous ne l'avons pas tué, nous n'avons pas songé une seconde à chercher la fille. Ensuite, je veux qu'on mette le paquet pour la retrouver, et vite. À partir de maintenant, la priorité pour tout le monde est de la localiser. Tu fais reproduire la photo, à la façon des avis de recherche qu'on diffuse partout : "Jeune fille ayant disparu du domicile familial depuis le vingt-trois juin", et tu indiques un numéro de téléphone qui n'a rien à voir avec nous.

— D'accord.

— Et que sait-on d'autre à son sujet ? D'où est-elle ? A-t-elle de la famille ?

— Elle a grandi dans le nord de la Floride. Comme famille, elle n'a que sa mère. Elle s'appelle Ann Shelford, et elle purge une peine de cinq ans à la prison d'État de la Floride, à Starke.

— Pour quel motif ?

— Trafic de méthadone. Ça venait de chez nous, d'ailleurs. Simple coïncidence. Un produit du labo de Californie. »

Delfina hocha la tête.

« Trouve là-bas une ou deux personnes qu'on puisse utiliser. Je veux qu'on la surveille. Je veux quelqu'un qui lise son courrier, écoute ses coups de téléphone. Je veux quelqu'un qui ne la quitte pas d'une semelle.

— On s'en occupe déjà, répondit Caporetto. Dès que la fille a disparu, on s'est dit qu'elle avait toutes les chances de commencer par aller là-bas. » Il ajouta : « On continue de rechercher des copains, ou juste des filles avec qui elle avait l'habitude de sortir, mais ça n'a encore rien donné. » Il attendit un moment la réaction de Delphina, mais eut droit au regard glacé habituel qui lui faisait toujours penser à une machine qui se serait soudain mise en veille. Il se dirigea d'un pas rapide vers la porte du garage et disparut.

Delfina sortit par l'arrière-boutique et ferma la porte. Il s'empara d'une gerbe de roses oubliée sur la table, puis traversa le magasin, les fleurs à la main. Il s'arrêta dans la pièce plongée dans l'obscurité et jeta un coup d'œil par la vitrine, inspectant les deux côtés de la rue. Il détestait les boutiques de fleuristes. Dans les pièces où on coupait les fleurs, on avait toujours

111

l'impression de se trouver dans une gigantesque salle funéraire, à cause de l'odeur. En trois ans, il n'avait pas mis une seule fois les pieds dans le bâtiment, et ne l'aurait jamais fait si ce n'était pas le seul endroit sûr qu'il possédait à Niagara Falls. Au bout d'un moment, il acquit la certitude que personne n'observait l'entrée depuis une voiture. Il sortit et referma la porte à clé derrière lui.

Pendant qu'il s'éloignait, les roses à la main, il effectua une série de respirations rapides et profondes, puis se força à tousser pour nettoyer ses poumons du pollen et du parfum. Après un nouveau coup d'œil alentour pour s'assurer qu'on ne le surveillait pas, il jeta les fleurs dans une poubelle, puis monta dans la voiture qu'il avait louée et partit seul en direction de son hôtel. Le silence lui donnait le temps de réfléchir.

Lors du règlement qui avait suivi l'échec du coup de force douze ans auparavant, Castiglione avait dû s'exiler en Arizona, et on avait procédé à un partage expéditif de ses holdings. Tommy DeLuca avait récupéré le territoire de Castiglione, soit la moitié de Chicago, et Frank Delfina toutes les entreprises de gros calibre, les tentacules que Castiglione déployait depuis des années avant sa tentative avortée en vue d'avaler ses concurrents. On faisait encore des gorges chaudes sur l'inégalité des parts. DeLuca avait hérité d'un empire presque intact, et Delfina récupéré un mirage : des entreprises aussi ridicules qu'une affaire de fleurs à Niagara Falls, quelques stations de radio dans des coins aussi paumés qu'Omaha ou Reno, une boulangerie industrielle en Californie. Les familles qui s'étaient liguées contre Castiglione avaient applaudi au partage : aucun homme n'avait à lui seul le pouvoir de leur nuire.

Or tout le monde semblait ignorer que DeLuca avait acquis le droit de présider à l'agonie d'une structure. L'ancienne pègre qui opérait à l'échelon des quartiers, contrôlant les blocs d'immeubles, achetant les flics dans les commissariats et tablant sur les paris clandestins et l'écoulement de téléviseurs volés, était déjà moribonde avant leur naissance à tous deux. En réalité, DeLuca avait hérité de la loyauté hésitante de trois cents hommes aux casiers chargés qu'il fallait nourrir et tenir occupés, et de la vigilance d'une kyrielle d'institutions fédérales et de l'État créées au cours de la dernière génération dans le seul et unique but de harceler les familles de Chicago, désormais exposées sur la place publique.

Delfina avait quitté Chicago moins de deux jours après la décision de la Commission et commencé son apprentissage. Il s'était instruit auprès des cartels et avait entrepris de bâtir lentement, sans bruit, les affaires qu'il détenait. Il n'acheta pas ses concurrents. Il les affama, puis rafla leurs installations et leur clientèle pour une bouchée de pain. Il étudia les fournisseurs et les services auxquels ces entreprises faisaient appel, les poussant à effectuer des emprunts pour s'agrandir et faire face aux demandes de ses sociétés, puis annula les contrats. En un an, il fut en mesure de les racheter pour le prix de leurs emprunts.

Du fait de la dissémination géographique de ses diverses affaires, personne ne croyait qu'il parviendrait à en tirer quoi que ce soit. Or l'éloignement avait présenté une quantité d'avantages. Delfina déplaçait n'importe quoi — argent, individus, produits de contrebande — de Niagara Falls à Reno ou d'Omaha à Los Angeles dans des camions enregistrés sous des

113

noms de sociétés. Une fois parvenu à destination, il pouvait même faire disparaître les camions dans les parcs d'autres entreprises. Il pouvait transférer des bénéfices d'une société à une autre, déclarer des bénéfices dans des États qui ne prélevaient pas d'impôt sur le revenu, faire état de ventes dans ceux où n'existaient pas de taxes à l'achat, ou se vendre à lui-même de la marchandise à un prix inférieur au prix d'achat et déclarer une perte sèche. Il pouvait faire tout ce que faisaient les grosses sociétés.

D'entrée de jeu il avait institué de nouvelles normes, coupant les anciennes attaches qui liaient ses hommes à des quartiers précis et aux familles qui les contrôlaient depuis des générations. Pour travailler, on lui avait octroyé un petit cadre d'ex-soldats de Castiglione, comme Caporetto. Il savait que s'il s'était passé d'eux au début, il n'aurait pas survécu un mois. Il lui avait fallu trouver une nouvelle façon de les utiliser.

Il les paya grassement, les combla de louanges et de promesses, puis les dispersa, les envoyant dans des régions les plus éloignées les unes des autres que possible. Il les laissa recruter des éléments neufs, jeunes, et confia aux nouveaux venus le soin de surveiller ses affaires. Il opérait une rotation régulière de ces effectifs d'une région à l'autre, à la façon des grosses sociétés. Ils ne restaient jamais assez longtemps au même endroit pour y nouer des liens. En l'espace d'un an ou deux, ils connaissaient assez toutes les villes pour les gérer en souplesse, et à la fin du deuxième cycle, ils travaillaient en experts. Tous avaient fait une période chez tous les sous-chefs de Delfina, et leur loyauté allait à la seule constante que ce dernier leur offrait : lui.

Pour Delfina, la dispersion et la diversité de ses holdings garantissaient la sécurité sous plusieurs formes. Il pouvait compter sur les profits prévisibles, quasi légitimes, de ses sociétés visibles pour payer ses gens. Si un secteur industriel ou une région connaissaient une période de vaches maigres, les autres finançaient les intérêts qu'il y détenait jusqu'au retour de jours meilleurs.

Delfina appartenait à un monde nouveau, mais, conscient de ne pas être invulnérable à celui dont il était issu, il cherchait de nouveaux types de protection physique. Il avait lu des articles sur les stratégies qu'utilisaient les potentats étrangers, et il les avait étudiées. D'après lui, la palme de l'ingéniosité en matière d'autodéfense revenait à des individus tels que Kadhafi et Hussein. Ils auraient pu s'entourer de milliers de soldats et vivre dans des bunkers renforcés, mais cela en aurait fait de plus grosses cibles. La solution, ils l'avaient trouvée dans une combinaison d'anonymat et de mobilité. Delfina les imitait. Il n'avait pas de résidence fixe et se déplaçait en permanence aux quatre coins du pays, surgissant sans se faire annoncer dans chacune de ses entreprises tour à tour ; il y restait une heure ou un mois, puis passait à la suivante.

Tandis qu'il roulait dans les rues obscures en direction du fleuve, l'air humide de la nuit fraîchit nettement, et les grosses gouttes d'une pluie d'été s'écrasèrent sur le pare-brise. Il mit en route les essuie-glaces et ralentit. Il pensa aux deux types partis enterrer Danny Spoleto, puis les chassa de son esprit. Un peu d'inconfort ne leur ferait pas de mal, et puis, avec la pluie, on ne devinerait pas que le sol avait été remué.

À cette heure-là le lendemain, ils seraient en Californie. Ils ne reverraient pas la pluie avant novembre.

Il se demanda à quoi ressemblerait sa vie en novembre. Il aurait eu le temps d'ici là de s'habituer à l'argent de Bernie et commencé à l'utiliser. Toutes les villes qu'il avait évitées avec une prudence scrupuleuse dans ses navettes sans fin — New York, Chicago, La Nouvelle-Orléans, Philadelphie, Cleveland, Pittsburgh — se trouveraient sans doute déjà sous sa coupe. DeLuca, John Augustino, Al Castananza, les frères Langusto, Molinari ne seraient plus que d'autres sous-chefs à aller voir de temps en temps. C'était presque inévitable. Bernie l'Éléphant avait passé cinquante ans à collecter leur argent, à le mettre à gauche et à le faire fructifier, et Delfina n'avait plus qu'à le cueillir. Une fois qu'il l'aurait, les gros bonnets auraient perdu le contrôle de leurs propres soldats. Les types qui avaient gagné des clopinettes à racketter des petites épiceries familiales pour leurs patrons locaux feraient leur petite enquête discrète pour voir s'ils ne pouvaient pas être utiles à Delfina. Après quoi les patrons rappliqueraient aussi. Il se servirait de l'argent pour se gagner leur allégeance, ou financer leur retraite, ou acheter leur mort.

8

À mesure que Jane suivait l'autoroute et s'enfonçait dans l'Illinois, Bernie semblait perdre patience. « Où allons-nous ? finit-il par demander.

— À Chicago.

— Je ne sais pas si c'est une bonne idée, dit Bernie. Si Delfina a commencé à la rechercher, les autres vont en faire autant. Il y a des gens à Chicago qui l'ont vue.

— Vraiment ? Qui ça ?

— Tommy DeLuca nous envoyait un porte-valise environ une fois par mois.

— Ce qui fait une personne sur trois millions, dit Jane. Rien ne vous empêche de m'attendre en dehors de Chicago au cas où il se trouverait précisément à la banque. J'ai des choses à prendre au coffre.

— Écoutez, je ne sais pas de quoi il s'agit, mais...

— De faux papiers d'identité dont je peux vous munir tous les deux en faisant le nécessaire. »

En mal d'argument valable, Bernie se retrancha dans un silence réprobateur. « Ça ennuie quelqu'un si je mets la radio ? » demanda Rita au bout de quelques minutes en allumant le poste et en tripotant les boutons jusqu'à ce qu'un bruit rythmé inonde la voiture, ponctué par une voix masculine qui psalmodiait des mots incompréhensibles. Elle réduisit le volume de crainte d'irriter Jane et Bernie.

Jane lui lança un regard en biais. Rita mâchait un chewing-gum au rythme de la musique et se balançait doucement en écoutant. En voyant la candeur déconcertante de son expression, Jane se demanda si les jeunes avaient toujours ces discussions dont elle se souvenait sur le véritable sens des paroles. Elle conclut par l'affirmative. « Et toi, demanda-t-elle. As-tu peur de Chicago ?

— Non, répondit Rita, l'air ailleurs. J'ai peur des endroits où je suis déjà allée. Vous êtes sûre que la musique ne vous gêne pas ?

— C'est parfait, petite », se hâta de répondre Bernie. Jane savait qu'il mentait. « On devenait nerveux, avec tout ce silence. »

Jane n'ouvrit plus la bouche jusqu'au moment où elle s'arrêta pour prendre deux chambres dans un hôtel de Frankfort. Elle fit entrer Bernie et Rita dans la première des deux, accrocha la pancarte NE PAS DÉRANGER à la porte, tria le contenu de son sac sur la table, et leur tendit une clé à chacun.

« Vous les gardez. Je vais être absente quelque temps.

— Je peux aller avec vous ? demanda Rita.

— Il ne s'agit pas d'une heure ou deux, répliqua Jane. Mais de quelques jours. »

Rita parut inquiète.

« Vous nous laissez ici ? »

Jane jeta un coup d'œil autour d'elle.

« L'hôtel ne paraît pas désagréable. Si vous suivez mes instructions, tout se passera bien. Ne sortez pas.

Faites-vous servir vos repas dans la chambre. Quand le garçon montera, prenez le chariot à la porte, signez la note et dites-lui que vous n'avez plus besoin de lui.

— Ça veut dire quoi ? demanda Rita. Où allez-vous ?

— D'abord à mon coffre, ensuite me mettre en quête d'un endroit plus sûr que celui-ci.

— Qu'est-ce qui prouve que vous allez revenir ?

— Rien. » Elle laissa Rita s'habituer à l'idée, puis se dirigea vers la porte. « Si je ne suis pas de retour dans une semaine, partez... Rita, je suis désolée mais il faudra que tu règles toi-même. La carte de crédit est au nom de Katherine Sanders. Elle est sur la commode avec le reçu. Débrouillez-vous pour aller à Decatur et descendez au Marriott.

— Vous nous y rejoindrez ? demanda Bernie.

— Si je vous rate ici, oui. Si vous ne me voyez pas là-bas au bout d'une autre semaine, c'est qu'il me sera arrivé quelque chose. Trouvez-vous alors une petite ville sans histoires et faites de votre mieux pour vous tirer d'affaire sans moi. »

Le cinquième jour, à onze heures du matin, Jane était de retour à l'hôtel. Elle trouva Bernie assis sur le lit là où elle l'avait laissé, et Rita pelotonnée dans un fauteuil devant le téléviseur. Le poste était branché sur une chaîne musicale de vidéo-clips, où une fille, apparemment guère plus âgée qu'elle, vêtue d'une espèce de haut de tailleur peu flatteur et d'un bas de bikini, chantait rageusement un texte dont elle accentuait la hargne en pointant des doigts aux ongles démesurés vers la caméra.

« Vous croyez que c'est un vrai tatouage ? demandait Rita.

— Je dirais que oui, répondit Bernie. Mais je ne me rappelle pas qu'elle l'avait sur son dernier album. »

Jane referma la porte, et tous deux la regardèrent, soudain alarmés. Rita reprit ses esprits et fit comme si de rien n'était. « Tiens, bonjour », lança-t-elle d'un ton détaché, reportant son attention sur l'écran.

Bernie se leva.

« Alors ?

— J'ai déjà réglé la note et rendu les chambres. Il ne me reste plus qu'à déposer vos clés à la réception. » Elle prit les deux clés et fit demi-tour pour repartir. « La voiture est garée dans la troisième rangée à partir du bout de l'immeuble. »

Lorsque Jane rejoignit Rita et Bernie dans la voiture et qu'ils furent sur l'autoroute, Bernie demanda : « Vous avez trouvé votre bonheur ?

— Je crois que oui, dit-elle. C'est un peu loin, mais ça me semble parfait.

— Qu'appelez-vous un peu loin ?

— Le Nouveau-Mexique. Vous allez avoir deux jours de voiture pour y réfléchir.

— À quel endroit du Nouveau-Mexique ?

— À Santa Fe. Plus exactement, juste à la périphérie. J'ai trouvé une maison. Petite, mais avec un étage. C'est un détail auquel les gens en fuite ne pensent pas toujours, mais il a son importance. Vous pouvez faire en sorte qu'il soit très difficile à quelqu'un de vous surprendre pendant que vous dormez. La maison donne sur une route peu fréquentée, à une soixantaine de mètres en retrait et sur une petite élévation, ce qui permet de voir venir les gens de très loin. Il y a surtout des broussailles et des rochers dans le coin. »

Bernie plissa les yeux, l'air sceptique.

« Je ne sais pas trop, pour Santa Fe.

— Vous connaissez? demanda Jane sans s'émouvoir.

— Non, mais c'est un endroit célèbre. Tout le monde en a entendu parler. »

Jane sourit.

« Justement. Les gens y vont pour les vacances. D'autres y vivent une partie de l'année, et peuvent louer chaque fois des maisons différentes. De sorte qu'on ne se retourne pas sur des inconnus... même des inconnus ayant beaucoup d'argent sur eux.

— Mais il y passe aussi beaucoup de monde et on peut se faire repérer. Et si quelqu'un...

— Qui? le coupa-t-elle. Parmi les gens qui pourraient vous reconnaître, y en a-t-il qui vont à Santa Fe lors de leurs déplacements? »

Il détourna les yeux.

« Ça ne m'est jamais revenu, admit-il à contrecœur. Mais ils peuvent s'y arrêter en allant à Las Vegas ou à Hawaii ou ailleurs.

— Santa Fe n'a pas d'aéroport important. Les gens qui veulent y aller prennent en général l'avion jusqu'à Albuquerque et font les cent derniers kilomètres en voiture. C'est sur la route de nulle part sauf de Taos.

— Mais comment vit-on, là-bas? demanda Rita. Que font les gens?

— Rien qui puisse nous inquiéter. C'est la capitale de l'État, mais les États du Sud-Ouest n'absorbent pas l'attention des autorités... de grandes étendues et peu d'habitants.

« — Mais lui ? demanda Rita, soudain protectrice. Il faut qu'il y soit heureux.

— Je serai surtout heureux quand je descendrai de cette fichue bagnole ! »

Mais plusieurs fois, pendant les deux jours qui suivirent, il s'anima. Puis il finit par demander : « Et là-bas, je suis censé être qui ?

— À peu de chose près ce que vous êtes dans la réalité. Vous avez travaillé pour une grosse société pendant cinquante ans, puis vous avez pris votre retraite. Vous viviez en Floride, mais vous ne vous y plaisiez pas, vous avez donc déménagé. Vous n'aurez sûrement aucun mal à devenir incollable sur une activité légale quelconque. Il vous suffira de lire un livre pour être capable de le ressortir. Mais vous devrez éviter de répondre aux questions trop précises. Si on vous interroge, parlez des gens d'autrefois. De toute façon, c'est la seule chose qui intéresse : les histoires des autres. »

Ils arrivèrent à Santa Fe dans la soirée. Pour traverser la ville, Jane choisit un itinéraire destiné à en donner une bonne impression à ses deux passagers. Elle passa par Federal Place, longea la poste et le palais de justice, prit ensuite Lincoln Avenue avec, de part et d'autre, le Musée des beaux-arts et le Palais des gouverneurs, contourna la Plaza du XVIIᵉ siècle où ils virent les magasins et les restaurants éclairés, puis continua dans San Francisco Street-est jusqu'à la cathédrale Saint-Francis.

Avant même d'avoir tourné à droite pour rejoindre Canyon Road, elle savait avoir donné à Bernie et Rita un avant-goût des lieux propre à les rassurer un peu. Ce n'était pas le genre de ville auquel ils étaient habitués, où d'énormes sociétés dressaient à qui mieux mieux leurs tours de quarante étages dans les grandes artères. Mais il ne s'agissait pas non plus d'un avant-poste dans le désert, doté d'un unique feu de circulation et d'une station-essence.

Tout en roulant, elle poursuivit sa visite guidée. « La Plaza est absolument superbe, mais il vaudrait mieux y aller le soir.

— Pourquoi ? demanda Rita.

— À cause des appareils photo. En général, les photos aboutissent dans un album familial à Dubuque, au fin fond de l'Iowa. Mais si l'une d'elles venait à faire la couverture de *Travel & Leisure,* le visage de Bernie s'étalerait dans une foule de kiosques. Il y a une bonne dizaine de restaurants sur le pourtour de la Plaza. Il suffit de prendre n'importe laquelle des petites rues qui en partent. » Sur quoi elle ajouta : « Mais les lieux les plus sûrs sont ceux auxquels les touristes ne s'intéressent pas : les épiceries, teintureries et autres. Chaque fois que vous vous retrouverez au milieu de tapis navajos, de bijoux en argent ou de poteries zuñis, soyez sur vos gardes et ne vous attardez pas. »

Elle suivit Canyon Road pendant six kilomètres, puis tourna dans une allée de graviers signalée par deux poteaux en bois. Elle contourna la maison, ouvrit le garage à l'aide d'une télécommande, et gara la voiture à l'intérieur.

Bernie avait l'air sombre lorsqu'il descendit de voiture et s'étira. Jane s'approcha de lui : « Sortez du garage, lui chuchota-t-elle. Éloignez-vous d'une soixantaine de mètres, et regardez dans ma direction de là où vous serez. Si quelqu'un m'attend pour me liquider, allez jusqu'au fleuve et suivez-le pour regagner la ville. Ne vous risquez surtout pas sur la route.

— Bon Dieu ! souffla-t-il. Si vous n'êtes pas sûre, qu'est-ce qu'on fiche ici !

— C'est simplement la règle du jeu. La première fois, on ne laisse rien au hasard. Pour l'instant, j'ai besoin de vérifier si la maison est exactement dans l'état où je l'ai laissée, et je ne le saurai jamais si vous mettez vos empreintes partout et bougez des choses. Allez-y... »

Elle exerça une légère pression sur l'épaule de Bernie et le regarda faire deux pas, puis s'arrêter. Mais Rita le prit vivement par la main et l'entraîna dans l'obscurité.

Avant d'arrêter son choix sur la maison, Jane avait pris soin de la visiter de jour, mais aussi de nuit. Il n'y avait pas de lampadaires, ni de voisins assez proches pour éclairer le terrain environnant. Ce qui lui donnait l'avantage. Si elle avait besoin d'allumer dans la cour, elle pouvait le faire de l'intérieur. S'il fallait filer, elle disparaîtrait avec Bernie et Rita à la faveur de l'obscurité.

Jane prit une torche électrique dans la voiture et refit le tour de la maison jusqu'à la porte d'entrée en se baissant, examinant le sol avec attention. À trois reprises, elle s'accroupit et projeta le faisceau de la torche sur le sol, mais aucune des traces marquant la surface n'était une empreinte. Tout en longeant sans bruit la maison, Jane s'approcha de chaque fenêtre pour s'assurer que les vitres étaient intactes, la crémone toujours fermée, et la couche de poussière apportée par le vent toujours sur le rebord. Lorsqu'elle atteignit la porte d'entrée, elle avait la quasi-certitude que personne n'était venu.

Elle utilisa sa clé pour ouvrir la porte, entra et alluma. Avant de quitter la maison, elle avait versé un peu de talc dans sa paume et l'avait soufflé sur le plancher de l'entrée où il formait une mince pellicule, presque invisible. Elle se pencha pour l'examiner, mais rien n'avait bougé.

Jane fit le tour des lieux, allumant les lumières et cherchant d'autres signes révélateurs. Les cinq tiroirs qu'elle avait laissés entrouverts n'avaient pas été visités, puis refermés. Aucun des tapis qu'elle avait passés à l'aspirateur pour en redresser le poil n'avait été piétiné par des chaussures. Elle alla jusqu'à la porte d'entrée et resta un moment en pleine lumière, fit signe aux autres de venir, puis referma la porte pour les laisser dans l'ombre.

Lorsque Rita et Bernie entrèrent dans la maison, Jane étendait une couverture sur un canapé du séjour. « Le premier étage est à vous. Il y a deux chambres là-haut, chacune avec une salle de bains.

— C'est plus chouette que je m'y attendais », déclara Rita. Mécontente de sa phrase, elle la rectifia : « C'est vraiment sympa. » Elle regarda Bernie.

Bernie, lui, contemplait l'escalier, mais il parut comprendre ce qu'on attendait de lui. « Vraiment sympa, répéta-t-il. Mais ce n'est pas à vous de dormir en bas. Prenez ma chambre. »

Rita regarda Jane et conclut qu'elle avait dû faire une autre gaffe. « Nous pouvons dormir ensemble. Je ne ronfle pas ni rien.

— Non, merci, répondit Jane. Je tiens à rester en

bas, et je veux que Bernie s'installe et commence à s'habituer à la maison. »

Rita montait déjà, mais Bernie ne bougea pas et fixa Jane d'un air furieux pendant un instant. « Vous montez la garde, c'est ça ? »

Jane poussa un soupir excédé :

« Si vous entendez un grand bruit, ne venez pas me chercher. Et éteignez en montant. »

9

Le lendemain matin, Rita testa la douche, et découvrit qu'elle dépassait ses espérances. Ces derniers jours avaient été une succession d'hôtels minables, où la douche émettait immanquablement un vague filet d'eau sous lequel elle se sentait aussi grosse et gourde qu'une vache sous la pluie ! Elle enfila ses vêtements et s'aventura jusqu'à l'escalier pour jeter un coup d'œil en bas.

Jane était assise sur le canapé, une tasse de café à la main. Elle n'eut pas besoin de lever les yeux pour remarquer la présence de Rita : elle regardait déjà dans cette direction avant que la jeune fille apparaisse.

« Bonjour, dit Rita.

— Bonjour. Le café est sur le plan de travail, et les tasses dans le placard au-dessus.

— Je ne prends pas de café », dit Rita.

À l'entendre, elle paraissait se sentir fautive.

« Il y a du jus d'orange, si tu aimes, des céréales, du lait, des œufs, du bacon et d'autres choses encore. »

Rita alla dans la cuisine. Un peu plus tard, Jane entendit Bernie s'agiter, puis attendit qu'il soit descendu pour renouveler ses instructions. « Merci », marmonna-t-il, puis il entra dans la cuisine.

Vingt minutes plus tard, Rita et Bernie arrivèrent dans le séjour, l'air nettement plus réveillés. Bernie examina les lieux. « Je m'attendais à une maison vide. D'où viennent les meubles, les provisions et tout le reste ?

— J'ai équipé moi-même toute la maison. Je suis allée à l'agence qui a la maison en gérance et on m'a donné la clé. J'ai jeté un coup d'œil et j'ai signé un bail de trois ans. J'ai pris la voiture jusqu'à Albuquerque, où j'ai passé un après-midi à choisir les meubles dans un magasin d'occasion pour donner l'impression qu'ils avaient servi ailleurs, puis je les ai fait livrer à un garde-meuble. Le lendemain une société de déménagement est passée les prendre avec un camion et les a installés dans la maison. Les appareils ménagers venaient de trois magasins différents de là-bas. Les ustensiles de cuisine, la vaisselle, les draps et les couvertures, je les ai achetés ici. Rien de ce que j'ai fait ne devrait attirer l'attention.

— À quel nom est le bail ?

— Renee Moore et Peter Moore. Je suis Renee, vous êtes Peter. »

Elle alla dans le vestiaire, se retourna et tâtonna au-dessus de la porte. Sa main ramena une grande enveloppe en papier kraft collée au mur par du ruban adhésif. Elle la rapporta dans la cuisine, en vida le contenu sur la table et s'assit.

« Qu'est-ce que c'est ? s'enquit Rita.

— L'acte de naissance de Bernie.

— J'imagine que vous avez fait un tour du côté des cimetières ? dit Bernie en étudiant le document.

— La police connaît la combine depuis belle lurette, et elle n'est plus très efficace. L'acte est authentique. Je connaissais un type qui travaillait au bureau d'état civil du comté de Franklin, en Pennsylvanie. Il a ajouté une cinquantaine de noms sur les registres et m'a vendu, il y a quelques années, les actes de naissance correspondants. Je n'ai pas trouvé exactement votre âge — il ne m'en reste plus tellement — mais votre naissance est dûment enregistrée. Vous avez soixante-sept ans. »

Bernie hocha la tête et mit le certificat sur le côté.

« Voici votre permis de conduire, reprit Jane. Il est authentique aussi. J'ai demandé à quelqu'un d'utiliser l'acte de naissance pour s'inscrire à l'examen. Le permis a été délivré dans le New Jersey, cet État n'exigeant pas de photo. Vous pouvez l'apporter au Service des véhicules à moteur et l'échanger contre un permis du Nouveau-Mexique.

— Aujourd'hui ? » demanda Rita.

Jane fit signe que non.

« Nous avons plus pressé à faire. Ce permis restera valide longtemps, et plus Bernie attendra, moins ce sera dangereux. » Elle posa une carte American Express, une Visa et une Master-Card sur la table devant Bernie. « J'ai régulièrement approvisionné le compte de M. Moore. Cela ne va pas chercher très loin, mais vous n'aurez pas besoin de grand-chose.

— Quoi encore ? demanda Bernie.

— Une carte de sécurité sociale. Fausse, celle-là.

— On s'en...

— Bernie, intervint Rita

— Désolé, marmonna-t-il. C'est tout ?

129

— Pas tout à fait, répondit Jane. Voici votre DD-214.

— C'est quoi, ce truc ?

— Une attestation de votre conduite honorable sous les drapeaux. C'est un faux. Il existe une société qui fait de la publicité dans les magazines. Si vous perdez vos papiers militaires, elle vous vend ce qu'elle appelle un "Duplicata souvenir Deluxe, parfait pour encadrements". Il vous servira simplement à étoffer votre fausse identité. » Elle arrivait presque au bas de la pile. « J'ai d'autres documents du même genre. Sans valeur du point de vue légal, mais que tout le monde possède : une carte d'adhérent à un club automobile, une carte de bibliothèque, et j'en passe. Gardez-les sur vous, dans votre portefeuille : ils aideront Peter Moore à exister en tant qu'individu, à prendre de l'épaisseur. »

Jane abandonna le reste des cartes et des documents sur la table et se leva. Elle ouvrit en grand la porte du réfrigérateur. « Vous avez de quoi vous nourrir pendant une semaine ou deux. Le congélateur est plein, les placards débordent de conserves. »

Elle se dirigea vers la porte de la cuisine. « Bien entendu, vous n'oublierez pas de fermer les portes à clé et de mettre le verrou. Comme j'ai posé un pêne dormant dans le plancher, on est obligé de se baisser pour le libérer. De sorte que personne ne peut entrer simplement en cassant la vitre. »

Ils la suivirent dans le séjour. Elle s'arrêta près du canapé où elle avait dormi et décrocha le téléphone pour leur faire entendre la tonalité. « J'ai demandé le téléphone parce que tout le monde l'a. Il est évident que vous ne l'utiliserez pas beaucoup pour l'instant. »

Elle les précéda dans l'escalier. « J'ai rangé tous les

vêtements et objets divers dans cette chambre. » Elle ouvrit le premier tiroir de la commode. « J'ai acheté des verres teintés à fixer sur vos lunettes si vous avez besoin de sortir. »

Bernie fit un essai et se regarda dans la glace.

« Dans le genre camouflage, il y a mieux.

— Ils ne vous recherchent pas, lui expliqua Jane. Vous êtes mort. Si on vous repère, c'est parce que la mauvaise personne se sera trouvée ici et vous aura regardé de près avec attention. Vous ne pouvez pas entièrement écarter cette éventualité, mais vous la rendez un peu moins probable. » Elle fouilla de nouveau dans le tiroir. « Des chapeaux. Ici, les gens en portent : l'été parce que le soleil ne pardonne pas, l'hiver à cause du froid. »

Elle ouvrit deux autres tiroirs. « Des vêtements. Je les ai achetés dans des boutiques de Santa Fe pour que vous vous fondiez mieux dans le décor.

— Vous connaissiez ma taille ?

— J'ai fouillé vos bagages à Niagara Falls », lui rappela Jane. Elle passa dans la salle de bains. « Je vois que vous avez trouvé les brosses à dents et le reste. »

Jane sortit de la salle de bains et redescendit l'escalier. « Et maintenant, l'argent.

— L'argent ? » demanda Bernie.

Jane retourna dans la cuisine et ouvrit un tiroir.

« J'ai ouvert un compte joint. Au nom de Peter James Moore et Renee Moore. Vous devez absolument le maintenir approvisionné. Vous pouvez y déposer dans les mille dollars en espèces de temps à autre sans éveiller l'attention de personne. Vous pouvez changer quelques milliers de dollars en chèques de voyage ou en mandats-poste et les mettre en dépôt. Simplement, n'effectuez aucun transfert d'aucun de vos anciens comptes, ne vous faites aucun virement. C'est un des indices qu'ils guettent. »

Rita regarda le chéquier.

« Il y a déjà dix mille dollars sur le compte.

— Comment avez-vous fait ? demanda-t-il.

— J'ai déposé un chèque.

— Un chèque de qui ?

— C'est mon affaire. Utilisez les chèques quand vous en aurez besoin, pour régler les factures et autres par correspondance. Vous pouvez régler presque tous les petits achats en espèces.

— Ne perdez pas votre temps, lui lança Bernie. Je savais tout ça alors que vous n'étiez pas encore née !

— Désolée, dit Jane. Une dernière chose : la voiture. Vous récupérez celle du garage. Comme j'avais déjà signé la décharge, j'ai signé le reste des papiers et l'ai mise à mon nom, Renee Moore, afin de l'immatriculer au Nouveau-Mexique. Vous signez juste au-dessous, au nom de Peter Moore.

— Et notre marché ? demanda Bernie. On attaque quand ?

— Bientôt.

— Je vous rappelle seulement qu'on a un petit problème de temps. Avec un misérable six et demi pour cent, on se ferait deux millions par jour. Or on fait plus. C'est comme le chiendent. Si on veut s'en débarrasser, plus on s'y prend tôt, moins il y en a. »

Jane sentit pointer une difficulté. « Je sais, dit-elle d'un ton patient.

— On est en sécurité, non ? Vous avez déjà fait le nécessaire. La maison est parfaite. Elle est confortable, mais n'en jette pas. La ville n'est pas trop grande, pas trop petite. Même Dieu doit nous avoir perdus de vue. Alors, où est-ce que ça coince ? »

Jane soupira. Ses yeux se posèrent un instant sur Rita.

« Non, dit Rita.

— Je crains qu'il ne soit temps », dit Jane. Elle se tourna vers Bernie. « Habituez-vous à l'endroit. Si vous vous sentez prêt, commencez à noter les indications dont nous aurons besoin pour récupérer l'argent. À mon retour, nous devrons disposer de toutes les données. »

Jane prit son sac et se dirigea vers la porte de la cuisine. « Rita, on y va », dit-elle.

Rita hésita. Elle regarda Jane, puis Bernie d'un air désespéré et implorant. « Je ne vous ai jamais gênés, n'est-ce pas ?

— Non, dit Jane. Mais là n'est pas la...

— Et vous ne devriez pas laisser Bernie tout seul ici, la coupa-t-elle. On a tous besoin de compagnie. Que se passerait-il s'il tombait et se cassait le col du fémur ou autre chose ?

— Je ramperai dehors pour que les vautours nettoient ma carcasse et qu'on ne la reconnaisse plus, lança Bernie d'un ton sec. Écoute, petite, tu perds ton temps. »

Rita poussa un soupir.

« Je vais chercher mes affaires. »

Elle tourna les talons et monta pesamment l'escalier.

Jane et Bernie s'assirent dans la cuisine, les yeux fixés l'un sur l'autre. « Alors ? demanda Jane. Qu'est-ce que je fais ?

— Je n'ai pas dit un mot, rétorqua Bernie. J'ai le

droit d'être triste de la voir partir sans pour autant la laisser faire une idiotie, non ? »

Ils entendirent les pas de Rita dans l'escalier et se turent. Lorsqu'elle entra dans la cuisine, elle portait son mince blouson bleu aux poches déformées. Elle s'approcha de Bernie, mit ses bras autour de lui, le libéra et recula d'un pas. « Juste une question encore... »

Bernie posa un doigt sur les lèvres de Rita.

« Ne t'inquiète pas, petite. Rester dans cette maison avec moi, c'est la mort presque assurée. Ce que tu as de mieux à faire, c'est de filer. »

Un instant plus tard, Rita était assise à côté de Jane dans la voiture de location, et regardait par la vitre défiler les touffes de végétation sèche et épineuse du désert. Ici et là un arbre — ou ce qui en tenait lieu dans cette partie du pays — pointait au loin. Jane traversa la ville et prit ensuite vers le sud sur la large autoroute qui rejoignait l'Interstate.

« Pourquoi faites-vous ça ? demanda Rita. Pourquoi voulez-vous vous débarrasser de moi ? »

Jane réfléchit un instant, cherchant une réponse que la jeune fille pourrait comprendre, elle qui en savait si peu mais en avait déjà tant vu pour son âge.

« C'est la seule chose que je sache faire et qui me paraisse sensée dans le cas présent. Une personne comme toi, qui n'a rien fait pour le mériter, est en danger. Je sais comment la conduire jusqu'à un endroit où personne ne cherchera à lui faire du mal.

— Vous me laissez tomber, c'est tout, répliqua Rita. Vous voulez retrouver Bernie et son fric. »

Jane laissa passer l'attaque. « Ce n'est pas exactement ce qui se passe, rectifia-t-elle. Quand tu es venue me trouver, tu m'as demandé quelque chose de raisonnable. Tu voulais rester en vie. Comme je pensais être capable de te donner ça, j'ai accepté. Mais tu dois t'en tenir à ta demande.

— Les choses ont changé depuis. Le fait que Bernie soit vivant a tout changé ! Vous me traitez comme si j'étais une enfant. Les gens de mon âge ont des mômes, ils font la guerre !

— Désolée, dit Jane. Mais je ne suis pas d'accord non plus.

— Je n'ai pas peur, vous savez.

— Je m'en suis aperçue, et c'est bien ce qui me tracasse. Un peu d'instinct de conservation ne serait pas de trop chez une fille de ton âge.

— Je peux rendre service. Je peux faire les courses et tout ce qui oblige à sortir, comme ça personne ne vous verra, Bernie et vous. Je peux me charger de la cuisine, du ménage et de tout dans la maison, pour que Bernie et vous n'ayez pas à vous en occuper. Je suis vraiment douée pour ne pas me faire remarquer.

— Tant mieux. Tu seras d'autant plus en sécurité à San Diego, où personne ne se soucie de son voisin.

— San Diego ? répéta Rita, écœurée. Je ne connais rien de San Diego.

— C'est agréable, et très grand. Comme la ville est en pleine expansion, les nouveaux arrivants affluent, en particulier des jeunes. Il n'y a pas d'hiver, chose que tu n'as jamais connue et que tu détesteras sûrement, et c'est au bord de l'océan, ce dont tu as l'habitude.

— Ah non ! dit Rita. Ne me refaites pas le coup ! » Jane vit ses yeux se remplir de larmes. « Quel coup ?

— Les gens passent leur temps à me dire ça !

Depuis que j'ai l'âge de me rappeler, ma mère passait son temps à le faire. Elle me mettait dans la voiture en me disant que nous allions dans un endroit sympa. Et quand nous arrivions, je découvrais que c'était juste moi qui y allais. Elle s'arrêtait le temps de s'isoler dans une autre pièce avec la femme qui habitait là — une amie à elle — et la persuadait de me garder juste la journée, après quoi elle s'en allait. Quelquefois elle restait partie plus longtemps que prévu, en tout cas plus longtemps qu'elle ne l'avait dit à la femme, et je le savais tout de suite. La femme commençait à me regarder avec un drôle d'air, comme si c'était moi qui lui avais menti ! Quand j'ai été plus grande, ma mère ne pouvait plus faire ça. Je rentrais de l'école, et je constatais qu'elle était partie. En général, elle revenait au bout de deux jours. Quand ça se passait bien, elle était juste à cran, déprimée et pénible. Mais à peu près une fois par an, elle ramenait un nouveau copain. Moi, je rentrais à la maison, je voyais la porte et les fenêtres ouvertes, et j'étais folle de joie ! Et puis je remontais l'allée et j'entendais sa voix à l'intérieur, et je comprenais qu'elle ne parlait pas toute seule.

— C'est... je suis désolée, dit Jane. Mais ce n'est pas pareil. C'est fini.

— Non, rétorqua Rita. Ce n'est pas fini. Rien n'a changé. La vie continue, et tous les gens font des tas de choses ensemble, et moi je suis toujours celle qui reste seule, à être exclue, à me poser des questions ! Je n'arrive jamais à m'intégrer ni à participer moi aussi. Je regardais les gens avec qui ma mère passait son temps, riant à ce qu'ils disaient, et je pensais : "Je suis plus drôle qu'eux." Je la voyais les regarder et sourire, et je me disais : "Mais ils sont tous moches, et celui-ci est méchant, et celui-là me vole ma mère. Pourquoi ne veut-elle pas être avec moi ?"

— Je suis sûre qu'elle en avait envie, dit Jane en pesant ses mots. Ta mère se drogue, et la drogue, c'est comme un travail à plein temps. Ça ne laisse pas beaucoup d'énergie ni de temps libre pour faire quoi que ce soit d'autre, élever des enfants par exemple. Mais tu as réussi à te débrouiller jusqu'ici, tu as fait certaines choses plus difficiles depuis, et cela me prouve que tu t'en es sortie. Il n'y a pas de raison pour que la vie ne te sourie pas maintenant, à condition que tu le lui permettes.

— Ça n'arrivera jamais. Il y a quelque chose en moi... quelque chose qui manque. Je ne vous ai pas tout dit, parce que je voulais vous faire bonne impression. Quand je suis allée à Tampa, ce n'était pas pour prendre un nouveau départ. Mais parce que je connaissais un garçon de l'école qui habitait là. Ce n'est pas moi qui me suis trouvé du travail. C'est lui qui leur a demandé de m'engager. Je ne me suis même pas cherché un coin à moi où habiter. Il m'a juste prise avec lui, parce qu'il avait un vieux canapé dans son appartement.

— Si je comprends bien, c'était juste un copain. »

Rita contempla ses genoux. « Je croyais que ça signifiait quelque chose, qu'il avait envie d'être avec moi. Je me suis monté la tête, et je devenais folle à force de me demander quand il allait se décider. Mais il n'a jamais vu les choses comme ça. Il était commis de cuisine, et le loyer était tellement cher qu'il ne pouvait même pas s'acheter de voiture et avait besoin de partager l'appartement pour pouvoir le payer. Au bout de deux mois, il a eu de quoi acheter une vieille voiture à crédit, et il est sorti avec une fille. Un jour je suis rentrée de l'hôtel, et il l'avait déjà installée. On ne pouvait pas faire un pas sans marcher sur ses affaires, elle était dans la salle de bains, et elle se servait de mon sèche-cheveux.

— Tu étais furieuse ? demanda Jane, consciente que Rita ne s'effaroucherait pas de questions trop directes. Jalouse ?

— Non, juste perdue. Je ne savais pas quoi faire ni où aller. Je ne voulais pas être seule. Je suis restée. C'était l'horreur. Je savais qu'ils mouraient d'envie que je m'en aille, mais je ne voyais pas comment. J'avais l'impression d'être un fantôme. Eux étaient vivants, mais pas moi. Ils se regardaient, se parlaient, mais moi, ils m'ignoraient. Pas par méchanceté. Mais c'était comme si je n'étais même pas là. Ça a commencé à me démolir. Chaque jour, je me sentais un peu plus faible, un peu moins réelle. Ils passaient leur temps à... à se caresser, et ça, je ne le supportais pas, car ils ne le faisaient jamais devant personne d'autre.

— Comment cela s'est-il terminé ?

— Danny m'a proposé le travail dans les Keys. »

L'esprit de Jane fut brutalement rappelé à la réalité. « Leur as-tu dit où tu allais ?

— Dans un sens, mais pas vraiment, répondit Rita. J'ai menti, ajouta-t-elle. J'ai fait des courses à l'épicerie pendant qu'ils travaillaient. J'ai pris presque tout l'argent qui me restait de ma paie. J'ai préparé un dîner super, avec un gâteau. J'ai acheté une carte postale, une carte sans rien d'écrit dessus, juste une photo d'une Lamborghini rouge, car je savais qu'il aimait les voitures. À l'intérieur, je lui ai mis un mot de remerciement, vous connaissez le genre, merci de m'avoir permis d'habiter ici, et trouvé un boulot et tout. Et puis j'ai rejoint Danny au parking près de l'hôtel.

— Parfait, dit Jane. Donc, personne d'autre n'est au courant. Que disait le mot au juste?

— Que j'avais fait la connaissance d'un type plus âgé qui m'emmenait vivre avec lui dans les Keys.

— À mon avis, tu mérites l'absolution.

— Mais c'était un mensonge!

— Tu te confesses peut-être au mauvais prêtre. J'en ai moi-même un ou deux sur la conscience.

— J'en ai dit un peu plus.

— Quoi?

— J'ai laissé le mot juste à côté du gâteau pour qu'ils le voient tous les deux en même temps. Quand il avait fini à l'hôtel, il passait la prendre à son boulot à elle et ils rentraient ensemble. Je savais qu'il le lirait le premier, parce qu'il allait toujours droit au réfrigérateur, mais qu'elle le verrait le lire. À la façon dont j'avais fait ma phrase, je disais que j'étais désolée de le plaquer, mais que j'avais rencontré quelqu'un d'autre. Je l'ai fait exprès, pour le coincer. Il ne voudrait pas qu'elle lise ça. Il ne pouvait pas le jeter à la poubelle, car elle l'aurait récupéré dès qu'il aurait eu le dos tourné. Il ne pouvait pas le cacher, car elle aurait cru qu'il essayait de renouer. S'il le déchirait, elle aurait su qu'il ne voulait pas qu'elle le lise, et on pouvait être sûr qu'elle irait repêcher les morceaux pour les recoller. Vous voyez ce que je veux dire?»

Jane regarda Rita d'un œil nouveau. «Je me demande ce qu'il a fait. Tu crois qu'il l'a avalé?»

Rita lui lança un regard ulcéré, puis éclata de rire.

«Je ne sais pas!» Elle redevint sérieuse. «C'était vraiment moche de ma part. De la pure méchanceté.»

Jane sourit.

«Qu'est-ce qui t'a poussée à le faire?

— Je n'y pensais pas au départ. C'est sans doute d'être dans le magasin, en train de leur acheter leur dîner. Je me disais qu'eux n'achetaient jamais qu'une bière ou une pizza, ou qu'ils dînaient sur le chemin en rentrant du travail, et que je mangeais seule. Je faisais les courses à l'épicerie, et quand j'allais voir dans le réfrigérateur, tout était parti, ou au moins ouvert et à moitié mangé. Ensuite j'ai pensé que je continuais à payer la moitié du loyer alors qu'ils étaient deux maintenant. Et ils occupaient le lit, tandis que je dormais sur le canapé complètement défoncé, et que quelquefois je ne pouvais même pas me coucher parce qu'ils travaillaient le soir et s'asseyaient dessus pour regarder la télévision. Et très souvent c'était encore pire parce qu'ils étaient au lit et que je les entendais jusqu'à ce qu'il soit presque l'heure de me lever car je commençais tôt le matin.

— D'accord, dit Jane. Tu n'aurais pas dû le faire, quoiqu'ils l'aient sans doute mérité. Mais n'importe comment, cela s'est passé dans une autre vie. Ce n'était pas toi.»

Rita regarda Jane, ahurie.

«Bien sûr que si!»

Jane secoua la tête.

«Je vais te l'expliquer autrement. La vie de Rita Shelford ressemble à un livre : tu viens de lire la dernière page et tu l'as refermé. C'est fini. Tu ne peux pas le rouvrir et arranger l'histoire pour la rendre plus jolie. À partir de maintenant, tu es dans la vie suivante.

Dans celle-ci, non seulement tu as un autre avenir, mais un autre passé aussi. Tu es Diane Arthur et tu l'as toujours été. Tu dois imaginer ce qui est arrivé à Diane Arthur jusqu'à maintenant, et il n'y aura plus que cela de vrai.

— Pourquoi Diane Arthur ne peut-elle pas rester avec vous et Bernie ? »

Jane fit une grimace.

« Et pourquoi resterait-elle ?

— Je ne vous ai pas parlé de mon travail chez lui. Comme c'était une grande maison, il y avait une jolie chambre de service. Une chambre avec une salle de bains individuelle, et une fenêtre qui donnait sur la partie du jardin de derrière, près du mur, où j'étais la seule à aller. Le travail n'était pas pénible. Bernie ne sortait pas et il ne ramenait pas des chaussures pleines de terre sur le tapis. Et on s'aimait bien.

— C'est-à-dire ?

— Je faisais attention à faire le ménage des pièces quand il ne s'y trouvait pas, et à rester ensuite dans la cuisine à m'occuper du repas, en tout cas je m'arrangeais pour ne pas être dans les pièces principales. Mais on se croisait parfois dans la journée. Il buvait une tasse de café, et il la rapportait lui-même et la mettait dans l'évier. Il me voyait et disait : "Ça va, petite ?" Si je faisais du gros ménage, comme cirer l'immense parquet du séjour, il disait : "Il fait trop chaud pour astiquer aujourd'hui. Si tu laissais tomber ? Je suis seul à voir si ça reluit." »

Jane se dit que Rita avait l'oreille juste. On aurait cru entendre Bernie. « Ce n'est pas exactement ce qu'on appelle des liens étroits.

— Mais si ! insista Rita. Vous ne voyez pas ? Il y

141

avait tous ces autres types. Les deux qui ne décollaient pas, des jeunes, comme Danny, mais pas sympas. Je ne sais pas comment les appeler...

— Des gardes du corps.

— Sans doute. Ils ne me parlaient jamais. Comme si j'étais redevenue invisible. Et quand ils discutaient ensemble, c'était immonde, des "putain" à tout bout de champ, comme si ce mot ne voulait rien dire, comme s'il était juste un son ! Et les autres, ceux qui passaient environ une fois par mois, ils étaient pires. Ils se comportaient toujours comme s'ils ne faisaient confiance à personne, même pour leur vie ! Si je traversais une pièce où ils se trouvaient, ils se retournaient brusquement et me regardaient d'un air furieux.

— C'étaient sans doute des porte-valises. Ils avaient de bonnes raisons d'être nerveux.

— C'étaient eux, les ennemis ; Bernie et moi, on était dans un camp, et eux dans l'autre. Ils ne semblaient pas le porter dans leur cœur non plus. On se serait crus prisonniers dans notre propre maison !

— Vous l'étiez. Mais tu l'ignorais parce que tu n'avais pas essayé de partir.

— Oh, nous le savions plus ou moins. C'est comme ça que nous sommes devenus amis.

— Lui aussi l'a dit... il t'a appelée son amie. C'est assez inhabituel, ce sentiment chez deux personnes si différentes.

— C'est quelqu'un de spécial. Il ne donne pas l'impression de vous regarder juste parce que vous êtes jeune. Il dit parfois des choses... toutes sortes de choses... qu'on ne découvrirait que si on avait son âge et qu'on se rappelait tout. Je lui demandais de jouer aux cartes avec moi, juste pour qu'il me raconte des histoires. Il joue si bien qu'il n'a pas besoin de se concentrer, et alors il parle, il parle ! Et il se rappelle tellement de détails qu'on se croirait dans un film, sauf qu'on peut l'arrêter quand on veut, et il vous montre alors autre chose qui vous intéresse, ou bien il revient en arrière et vous laisse tout voir sur un des personnages, seulement là, tout est vrai ! » Elle se mit à rire en y repensant. « Vraiment vrai ! Et je pouvais lui raconter des trucs aussi, sans jamais avoir peur qu'il me fasse des réflexions, ou qu'il aille le raconter. Je lui demandais de m'accompagner dans le jardin, comme pour se dégourdir les jambes, et il m'écoutait tant que je voulais, et il ne me donnait jamais son avis sauf si je le lui demandais. »

Rita resta silencieuse un long moment ; elle réfléchissait. « Il ne veut pas se comporter comme ça devant vous, mais c'est le meilleur ami que j'aie jamais eu. Regardez les risques qu'il a pris pour me retrouver ! Vous en connaissez beaucoup qui feraient une chose pareille ?

— Dans son métier ? Non, pas beaucoup, admit Jane.

— Bernie n'a pas de métier, rectifia Rita. Il a une bonne mémoire. C'est ce qui est si horrible avec ces gens-là. Ils ne vous quittent pas des yeux pour voir ce qu'ils peuvent prendre. »

Elle se tut soudain.

« Est-ce qu'ils t'ont fait du mal ? demanda Jane.

— Vous voulez dire, s'ils m'ont obligée à coucher avec eux ?

— C'est en effet le sens de ma question.

— Non. La plupart se conduisaient comme si je n'étais pas un être humain. L'un d'eux, un des gardes du corps, s'est mis à me parler, et quelquefois je le voyais qui me regardait. Il me posait des questions : est-ce que j'avais un petit ami, ce genre de truc. Ça, il y pensait, c'est sûr.

— Qu'as-tu répondu ?

— Que je vivais avec le garçon de chez moi, à Tampa. Mais j'en ai rajouté un peu.

— Par exemple ?

— Qu'après mon départ j'avais appris que le garçon avait le sida et que, du coup, je m'inquiétais un peu parce que j'étais vite fatiguée. Après quoi il ne m'a plus tellement parlé ! »

Jane se tut, mais elle commençait à se sentir plus optimiste. Rita avait l'intuition du danger et l'esprit vif. Des fugitifs avaient vécu longtemps avec moins que cela.

« Je n'en ai jamais parlé à Bernie. Je ne voulais pas l'inquiéter. » Elle poussa un soupir. « Il me manque.

— Je comprends.

— Alors on peut faire demi-tour maintenant ?

— Non », dit Jane.

10

Jane sortit la clé de son sac et ouvrit la porte de l'appartement, puis attendit Rita pour pousser le battant et entrer. Quand Rita fut à l'intérieur, elle se dirigea vers le réfrigérateur, ouvrit une canette de coca-cola qu'elle lui donna, puis s'assit et attendit.

On procédait ainsi pour habituer un chat à une autre maison. L'astuce consistait à enduire de beurre les coussinets de ses pattes avant. Tandis que le chat se léchait, ses sens en alerte lui assuraient en permanence que cette nouvelle résidence n'était pas pire que la précédente, et nettement préférable à une voiture en mouvement. Le temps de lécher tout le beurre, l'animal accordait aux lieux le bénéfice du doute.

Jane observa Rita qui, tout en buvant son coca à petites gorgées, faisait le tour du séjour, inspectait la cuisine, puis partait explorer la chambre à l'étage. Elle l'entendit remonter les stores de la fenêtre du haut, et quelques secondes après ceux-ci claquèrent contre le rebord lorsqu'elle les lâcha.

Rita commença à redescendre et, sans cesser de boire, s'assit au milieu de l'escalier. « Que voulez-vous que je vous dise ? Vous l'avez déjà loué !

— Ce n'est pas un bail à vie, lui fit remarquer Jane. Sauf si tu commets une erreur. J'ai habité ici il y a deux ans, et il m'a paru idéal pour toi. Le gérant m'a dit qu'il y avait en ce moment d'autres jeunes femmes dans l'immeuble, la plupart plus âgées que toi, mais pas de beaucoup. Personne ne te remarquera. Il n'y a rien à proximité qui puisse attirer des gens susceptibles de savoir que tu vaux de l'argent ou qui en cherchent : pas de prostituées, pas de dealers dans la rue, pas de bars. Tout l'intérêt de l'endroit tient à la vue sur l'océan, comme tu le sais déjà puisque je t'ai entendue remonter les stores pour voir.

— Mais je suis censée être qui ?

— Diane Arthur. Tu es une jeune femme qui vient d'emménager. Tu cherches du travail, mais comme tu ne veux pas accepter n'importe quoi, du moins pour l'instant, tu te contentes d'entourer les petites annonces dans le journal. Si tu parles à tes voisins, n'en rajoute pas. Tu as ton diplôme de fin d'études, mais tu ne sais pas encore vers quoi t'orienter. Tu as dix-huit ans, pas vingt-cinq. Tu n'es pas une riche héritière voyageant incognito ni une championne de tennis australienne se remettant d'un chagrin d'amour.

— Autrement dit, sans intérêt.

— Pas sans intérêt, mais assez ordinaire pour ne pas t'attirer d'ennuis. Tu feras en sorte que ton arrivée dans le quartier n'occupe pas le centre des conversations. Si on parle de toi, ce sera pour te trouver mignonne, agréable, drôle. Tu ne déclenches pas le tam-tam local. Tu restes discrète sans avoir l'air de te cacher.

— Mais je fais quoi ? J'occupe mon temps comment ?

— D'après mon expérience, si on ne t'a pas trouvée d'ici un mois, tes chances montent en flèche. Donc, pendant le premier mois, tu ne bouges pas. Tu arranges ton appartement, tu lis des magazines, tu regardes les informations locales à la télévision. Tu lis les journaux pour te familiariser avec San Diego. S'il se produit une agression tous les trois jours dans un quartier, tu sauras alors qu'il faut l'éviter. Commence par te faire une idée de la ville.

— Et au bout d'un mois?

— Tu commences à sortir, mais en restant sur tes gardes. Tu peux aller à l'université, personne ne te remarquera, sauf quelqu'un qui te recherche. Tu peux aller à la plage, mais à condition de rester à proximité de groupes de filles de ton âge. Tu peux aller au cinéma, mais à une séance en début de journée dans le quartier des cinémas. » Jane jeta un coup d'œil à sa montre. « Je sors, j'ai des courses à faire. »

Rita se leva et se tourna pour monter l'escalier.

« Je suis prête dans une seconde.

— J'ai dit "je sors". Pas "nous sortons". Je serai de retour avant la nuit. »

Lorsqu'elle revint, Rita demeurait invisible, mais Jane entendit de la musique qui venait de la chambre du haut. Elle rangeait les provisions lorsque Rita fit son apparition. « Salut ! » lança-t-elle.

Jane lui jeta un coup d'œil et continua de ranger. « Salut.

— Je déteste cet endroit.

— Ah bon ? Et pourquoi ?

— Parce que je ne suis pas chez moi. Je ne l'ai pas arrangé moi-même. »

Jane contempla la boîte qu'elle tenait, la posa sur le plan de travail et s'adossa au mur, les bras croisés.

« C'est toujours comme ça.

— Toujours ?

— Cela n'a rien de drôle, d'être un fugitif. D'abord, on doit renoncer à tout ce qu'on possède : son travail, ses amis, et jusqu'à son nom. Ensuite on doit déléguer sa liberté. Laisser quelqu'un de complètement inconnu vous dire ce qu'il faut faire, comment se comporter, où habiter. Quelques-unes des personnes que j'ai mises en sûreté pendant toutes ces années en souffraient bien plus que toi. Elles étaient un peu plus âgées et avaient l'habitude de commander aux gens qui les entouraient... de décider à leur place. Et je peux te répéter ce que je leur ai dit.

— Quoi ?

— Que c'était provisoire. Moi-même je ne fais que passer. C'est un rôle modeste, limité, mais dans lequel je suis assez bonne. Je mets de grands espaces vides entre l'endroit où on t'a reconnue pour la dernière fois et l'endroit où tu aboutis. Je reste le temps d'être sûre de l'avoir bien choisi, et de t'aider à t'y insérer sans rien brusquer. Et puis un matin tu te réveilleras, j'aurai fait mon sac et je serai sur le départ. Après, ce sera à toi de décider seule. Et tu as beaucoup d'atouts qui manquaient aux autres fugitifs.

— Quoi, par exemple ?

— Tu es jeune. Tu n'es pas un président de société qui recommence sa vie dans l'équipe de nettoyage d'un hôtel. Tu es une femme de chambre qui pourrait finir présidente de société. C'est une différence plus considérable que tu ne l'imagines. Et le temps joue pour toi.

— Comment ça?

— Tu es une fille de dix-huit ans qui a mis du temps à devenir adulte. Dans un an, tu auras beaucoup changé. Dans cinq, tu pourrais être transformée. Tu te trouves juste à l'âge où la société commence à faire attention à toi — à s'intéresser à la personne que tu es. Tu n'as pas un long passé derrière toi : références, emploi, études, etc. Mais aucune fille de dix-huit ans n'en a. Tu auras un passé aussi authentique que la plupart d'entre elles, même aux yeux d'un expert. Dans trois ans, personne au monde ne sera capable de le distinguer de celui des autres. Tout ce que j'ai inventé sera étayé par la réalité des faits : pendant des années tu auras conduit avec ce permis, utilisé ces cartes de crédit et réglé tes factures sur ce compte.

— Vous avez pensé à tout, n'est-ce pas?

— Non, rectifia Jane. J'ai pensé à tous les cas qui se sont déjà présentés, et à tout ce qui, selon moi, pourrait t'arriver à toi. C'est ça, mon travail. On ne peut jamais penser à tout. Mais beaucoup d'éléments jouent en ta faveur. La structure même de la société fait que des malfrats de quarante ans ne croisent guère la route d'une fille de dix-huit ans. Tu es la fugitive idéale.

— Je ne veux pas être la fugitive idéale. Je ne veux pas être une fugitive du tout.

— Tu préfères quoi? Être morte?

— Non! » Rita se mit à marcher de long en large avec agitation; elle était en colère. « Je vous ai dit ce que je voulais. Je veux être quelqu'un qui vit, pas un zombie qui va là où on lui dit d'aller, juste pour pouvoir continuer à respirer! J'ai la possibilité de faire quelque chose qui en vaut la peine, mais je suis là à me cacher!

— Quoi donc ?

— Me battre contre eux. »

Jane fixa le plancher et secoua tristement la tête.

« Je t'admire. Sincèrement. Tu n'as pas tort. Mais cette stratégie ne donnerait rien dans notre cas. Tu ne peux pas combattre ces gens-là juste en disant que tu n'as pas peur et en ne bougeant pas d'un pouce. Ils se feraient une joie de te cueillir et de te torturer à mort en te posant des questions sur Bernie auxquelles tu ne peux pas répondre. Pour vraiment leur nuire, tu devrais t'y prendre autrement. Nous irions au bureau local du FBI. Il y en a sûrement un à San Diego. Tu leur dirais que tu veux témoigner contre les gens que tu as rencontrés chez Bernie. Imaginons que tu sois devant eux.

— D'accord.

— Je suis l'agent du FBI. Comment s'appellent-ils ?

— Je ne sais pas.

— Quels délits les as-tu vus commettre ?

— Blanchir de l'argent. Dissimuler de l'argent au gouvernement et ne pas payer d'impôts sur cet argent, énuméra Rita, visiblement fière d'elle.

— Quel argent ? En as-tu vu ?

— Euh... non. Mais je les ai vus, eux. Et je sais que c'était pour cette raison qu'ils venaient chez Bernie.

— Le FBI le sait sans doute aussi, mais il ne les a pas pris en flagrant délit, et toi non plus. Merci beaucoup de votre aide, mademoiselle Shelford. Ne nous téléphonez pas, c'est nous qui vous rappellerons !

— D'après vous, on ne me croira pas ?

— Te rappelles-tu le jour où nous avons fait connaissance ? Je t'ai posé une foule de questions qui t'ont sûrement paru absurdes sur le moment. Quand j'ai entendu le nom de Delfina, j'espérais que tu avais vu quelque chose ou découvert une preuve. Mais tu ne l'as jamais vu, lui, et tu ne savais même pas qui il était. Tu ne mens pas, mais tu n'as pas qualité de témoin.

— J'étais là quand ils sont venus fouiller la maison de Bernie.

— Huit ou neuf individus dont tu ne connais pas le nom et que tu n'avais jamais vus auparavant se trouvaient dans la maison, où ils étaient sans doute entrés avec une clé. Donc même pas de trace d'effraction — en admettant qu'ils n'aient pas tous un alibi, ce qui n'est sûrement pas le cas, au cas où on les interrogerait.

— Ils ont essayé de m'empêcher de fuir.

— Cela ne suffit pas à constituer un délit.

— Ils ont dit qu'ils me conduisaient chez M. Delfina.

— Ce qui ne prouve rien, puisqu'ils ne l'ont pas fait. » Jane poussa un soupir. « Ça suffit. La seule façon de les combattre est de laisser la police le faire à ta place. Quand on n'a pas de preuve, on file.

— Vous ne le faites pas, vous.

— Mais j'en ai bien l'intention ! Je prends seulement le temps nécessaire pour qu'ils soient moins tentés de nous poursuivre. À la seconde où l'argent aura disparu, je prendrai mes jambes à mon cou comme tout le monde. »

Rita la dévisagea un instant, puis fit demi-tour, monta et referma la porte en douceur.

Après minuit, Jane alla jusqu'à la chambre et entendit sa respiration, douce et régulière. Elle ouvrit la porte sans faire de bruit et s'approcha du lit. Sur le drap qui recouvrait Rita, placés de chaque côté de son corps des cuisses aux aisselles, se trouvait tout un assortiment d'objets.

Il y avait un petit porte-monnaie, que gonflaient quelques billets pliés. Une enveloppe écornée et salie, dont le rabat laissait entrevoir un fragment de document administratif encadré de volutes à la façon d'un acte de naissance ou un diplôme. Le coupe-vent bleu de mauvaise qualité que Rita avait récupéré à l'hôtel de Niagara Falls était plié avec soin et placé avec le reste, et il y avait une photographie dans un cadre en plastique. Jane s'agenouilla près du lit pour la regarder.

C'était un instantané de Rita, âgée d'une douzaine d'années, assise sur une plage de sable blanc bordée de palmiers, et, au-dessus d'elle, d'une femme blonde qui devait être sa mère. Celle-ci s'éloignait quand elle s'était à demi retournée à l'appel de la personne qui avait pris la photo. Elle avait trente ans tout au plus, mais le soleil qui l'obligeait à plisser ses yeux bleus révélait des rides naissantes. Jane crut d'abord qu'il y avait une salissure sur la photo, mais s'aperçut que c'était le début d'un tatouage représentant une rose. Comme les pétales commençaient juste au-dessus de la ceinture du bikini et se déployaient vers le bas, il traduisait sans doute moins un souci d'esthétique qu'une preuve d'amour.

Jane sortit lentement sans réveiller Rita et ferma la porte. En se dirigeant vers l'escalier, elle se dit que la fille avait toujours dû dormir ainsi, étroitement entourée de ses quelques pitoyables trésors pour qu'on ne puisse pas les lui subtiliser pendant son sommeil.

11

Jane apporta les vêtements dans la chambre de Rita et déposa les cintres sur le lit sans rien dire. Elle observait Rita du coin de l'œil. D'abord celle-ci parut ne pas avoir conscience de sa présence, puis joua l'indifférence, et parut enfin intriguée. Jane étala la quatrième tenue en travers du lit et partit chercher la suivante dans le couloir ; lorsqu'elle revint, Rita suivait lentement des doigts le pli d'un pantalon neuf.

Elle retira vivement sa main. « J'ai toujours rêvé d'être le genre de fille à m'habiller comme ça, finit-elle par avouer.

— Ce n'est pas sorcier, dit Jane. Il faut juste de l'assurance, de l'intelligence, voire du goût. Si tu as des doutes, tu vas dans le meilleur magasin de la ville et tu choisis la vendeuse qui a le plus d'allure. Elle te guidera. Tout ce qu'on te demande, c'est d'avoir assez d'argent pour passer à la caisse.

— Je suis riche ?

— Pas riche, rectifia Jane. Juste une femme active et célibataire qui est trop jeune pour songer à économiser et dépense tout son argent sur sa personne, comme le reste des filles de la résidence. »

Les yeux de Rita s'attardaient sur les vêtements, mais ils avaient pris une expression vague. « À l'hôtel, quelquefois, je regardais.

— Tu regardais quoi ?

— J'étais en train de faire une chambre, assez tard pour que les gens ne soient pas juste descendus prendre leur petit déjeuner, mais partis au moins jusqu'au déjeuner. Alors j'ouvrais une valise et je regardais tout ce qu'il y avait dedans. Je ne prenais rien, je regardais seulement.

— Tu as vu des choses intéressantes ?

— Les gens riches sont vieux jeu. Ils ne veulent rien avoir en plastique, sauf quand ça imite l'ivoire. C'en était peut-être. De toute façon, je n'aurais sans doute pas fait la différence. Cuir, laine, soie, argent, bois : ils ne connaissent que ça ! Moi, je regardais, surtout les vêtements, et je me posais des questions sur les femmes à qui ils appartenaient. Les gens emportent toujours des affaires neuves quand ils voyagent. Parfois je m'en rendais compte, et la moitié du temps il y avait encore le prix dessus. » Elle regarda Jane d'un air incrédule. « Je me rappelle un jour, c'était juste un jean, et quand j'ai vu le prix, j'en ai avalé mon chewing-gum ! Il coûtait plus cher que ce que je gagnais par semaine. Juste un jean ! » Elle prit un air penaud et rentra la tête dans les épaules, comme prête à recevoir un coup. « Un jour, je me suis fait prendre.

— La personne est arrivée pendant que tu inspectais sa valise ?

— Pas elle. Mais ma patronne, l'intendante. Au début, elle l'a plutôt mal pris et ne voulait rien entendre. Mais je lui ai dit de fouiller mes poches, mon chariot et tout, pour être sûre que je n'avais rien volé.

Elle l'a fait. Puis elle m'a prise par le bras et m'a adressé un petit sourire. Elle m'a dit qu'elle faisait pareil avant. Mais j'ai dû lui promettre de ne jamais recommencer. Elle m'a dit que, la centième fois, on trouvait presque toujours la même chose que la première, et que si on était pris sur le fait, on était renvoyé et on allait en prison.

— Et ça t'a guérie ?

— Pas tout à fait, mais je me suis obligée à regarder les vêtements juste quand les femmes les portaient. J'ai toujours aimé les vêtements, mais jamais je n'aurais cru en avoir de pareils ! » Elle caressa un pull-over d'une main amoureuse, comme s'il était vivant.

« Je t'ai en effet acheté des vêtements plus coûteux que la moyenne, lui expliqua Jane. Parce que je veux tromper l'adversaire. Quelqu'un qui recherche une employée d'hôtel de dix-huit ans en fuite s'attendra à ce qu'elle ait moins d'argent, dorme dans des gares routières et se déplace avec un sac à dos. Nous prenons donc la direction inverse. Nous te donnons un appartement dont le loyer dépasse ton ancien salaire, et nous t'habillons plus chic. Pas pour que tu te fasses remarquer, mais simplement pour te mettre dans une case où ils ne pensent pas à regarder. » Elle alla vers la porte. « Je sais que c'est difficile, mais tu veux bien les essayer pour moi ? Tu me dis si je dois en échanger. »

Jane descendit à la cuisine et prépara, en attendant, un dîner simple : de la salade et des *capellini marinera*.

Lorsqu'elle fut sûre que l'odeur était parvenue jusqu'au premier et embaumait l'atmosphère, elle entendit Rita qui descendait. La fille s'arrêta dans l'encadrement de la porte et observa Jane pendant quelques secondes, puis mit le couvert.

« Je ne sais pas comment vous remercier, pour les vêtements. Je n'en ai jamais vus d'aussi beaux sur des gens que je connais.

— C'est la bonne taille ?

— Ça ira, dit Rita en haussant les épaules. Ils sont tous un peu trop larges, mais je peux les reprendre. »

Jane cessa de remuer les pâtes et les versa dans une passoire dans l'évier, puis reposa la casserole.

« Est-ce que le tour de taille te va et les jambes de pantalon tombent bien ?

— Oui.

— Alors, c'est juste une question de modèle.

— Ce n'est pas exactement mon style.

— J'espère bien, sinon cela m'aura coûté beaucoup de temps et d'efforts pour rien ! Mon idée, c'est de te changer. Réfléchis à tout ce qui t'est habituel, dont tu pourrais dire que c'est ton style, et oublie-le dans la mesure du possible.

— C'est ainsi qu'on se cache ? En faisant le contraire de ce qu'on aime ? »

Jane prit les assiettes pleines et les apporta à table.

« L'identité est une notion insaisissable. Nous croyons qu'on nous reconnaîtra au premier regard. Que les gens seront éternellement capables de nous repérer au milieu de la foule. C'est parfois vrai, mais pas toujours. La personne qui te voit forme une image de toi dans sa mémoire. D'une certaine façon, c'est plus qu'une photo. Plutôt un film. L'image en question comprend notre corps, notre attitude, notre façon de marcher, notre visage et la série d'expressions que nous avons eues quand on nous a vus, notre voix : bref, tout ce qui a pu retenir l'attention à ce moment précis. Cette image, nous devons la manipuler, et on peut faire beaucoup avec un minimum d'efforts.

— Un minimum d'efforts ? demanda Rita d'un ton sceptique.

— Je te donne un exemple. Les détectives passent un temps considérable à suivre les gens. Il ne faut pas qu'on les remarque. Une de leurs astuces consiste à avoir plusieurs chapeaux dans leur voiture sur le siège avant. Ils filent quelqu'un pendant un moment, puis ils en mettent un. Un peu plus tard, ils l'enlèvent ou en changent.

— Et ça marche ? Les gens sont vraiment idiots à ce point ?

— Pas s'ils font attention. Mais la plupart du temps ils pensent à autre chose. Il peut leur arriver de se retourner et de voir le type. Et alors ? Il fait juste partie de la rue : des gens, des objets, des voitures, des oiseaux, des immeubles. Il n'y a aucune raison d'y faire spécialement attention ni de s'interroger sur sa présence, sauf s'il est trop près. C'est la deuxième fois où ils se retournent qui compte. S'ils le voient de nouveau, il sera le seul élément à ne pas avoir changé. Il les suit. Mais s'ils se retournent par hasard et voient cette fois un type avec un chapeau, ce n'est pas le même individu. Le but du détective, c'est de les empêcher d'associer tous ces indices dans une réflexion consciente. Et c'est ce que j'essaie de faire avec toi. Si nous changeons quelques-unes de tes particularités, quelqu'un qui n'a qu'une vague idée de qui il recherche ne te remarquera pas forcément. À mon avis, ils ont juste une photographie. Chacun va dévisager une quantité de filles, en essayant de trouver celle qui y correspond. Or ils ne feront même pas le rapprochement avec toi, parce que tu ne lui corresponds pas *exactement*.

— Ça pourrait en effet marcher.

— Ce n'est pas dit. Mais il existe des moyens simples de te mettre en sécurité, et d'autres plus compliqués. Celui-ci fait partie des simples. » Jane se prépara, puis annonça : « J'ai acheté de la teinture pour tes cheveux. »

Rita porta involontairement la main à son épaule et commença à tripoter l'une de ses longues mèches. Elle baissa les yeux pour la regarder.

« Mes cheveux ? demanda-t-elle, peu convaincue.

— C'est la partie de toi la plus facile à repérer de loin. Une chose que les gens voient encore mieux quand tu ne les regardes pas. Comme ils cherchent des cheveux blonds, nous allons les teindre en brun. J'ai choisi un châtain qui ira bien avec ta peau claire. Cela te fera drôle au début, mais je pense que tu finiras par l'aimer. » Elle marqua une pause. « Nous pourrions le faire ce soir, avant que les gens du coin t'aient vue. »

Rita fixa son assiette et revint à son dîner.

Jane attendit quelques minutes.

« Tu peux y réfléchir un jour ou deux si tu préfères, reprit-elle.

— Non. C'est d'accord. J'attends juste de savoir quoi d'autre ne va pas chez moi.

— Rien. Nous ne corrigeons rien, nous changeons, c'est tout. Tu es mince, et tu portes des vêtements moulants. J'ai donc choisi des modèles fluides. Ils ont une ligne verticale : des pulls et des chemisiers qui tombent sur les hanches, et des pantalons droits. Ils ne cachent pas le fait que tu es mince, c'est ta silhouette que nous changeons. Et ils te donnent aussi l'air plus âgée et plus élégante. »

Même s'ils étaient vrais, Jane s'en voulait de recourir à de tels arguments.

« Mais ils me plaisent ! Ce n'est pas ce que je veux dire. Je les aime énormément. Mais ce n'est pas ma façon de m'habiller. Ils ont tous le même style, comme si on les avait faits pour quelqu'un que je ne connais pas.

— Pour l'instant tu dois veiller à des points précis. Il y a une quantité de pantalons. J'ai acheté la paire de chaussures qui va avec chaque tenue. "Qui va" signifie simplement qui ne jure pas. Autrement dit, il n'y a pas de talons aiguilles, pas de semelles compensées, même pas de mocassins. En cas de danger, ta seule chance sera de courir. »

Rita continuait de manger méthodiquement. Elle semblait attentive, mais désireuse de garder ses pensées pour elle.

Jane termina son repas, se leva, contourna le plan de travail et revint avec deux autres grands sacs. Elle surprit le regard de Rita. « Des accessoires », expliqua-t-elle. Elle en tira un étui à lunettes et l'ouvrit. « Ce sont des verres photosensibles vendus sans ordonnance. Quand tu es au soleil, ils sont foncés comme la plupart des lunettes de soleil, mais quand tu es à l'intérieur, ils sont presque incolores. »

« Des lunettes de soleil ? »

Rita les essaya et guetta la réaction de Jane.

« Parfait ! Les lunettes te vont bien, et elles modifient légèrement la forme de ton visage. Mets-les quand tu sortiras. »

Elle retira du sac un petit écrin en métal argenté et l'ouvrit.

Les yeux de Rita s'écarquillèrent, et restèrent posés sur Jane, comme si elle n'osait pas regarder.

« Un bijou ?

— Les gens en portent. Si tu n'en mets jamais, tu te fais remarquer. Et tu n'y tiens pas. »

Rita contempla le collier et les boucles d'oreilles sur leur lit de coton.

« Ils sont magnifiques...

— Je suis contente qu'ils te plaisent », dit Jane.

Elle sortit le collier, le passa autour du cou de Rita et enclencha le fermoir.

« Comme tu le vois, la chaîne est très fine. Cela au cas où un type essaierait de t'attraper, quelquefois ils passent les doigts dans le collier et tirent. Celui-ci cassera, et toi tu seras déjà loin.

— Mais la pierre... elle paraît vraie ?

— C'est un autre trait de ton image. Tu es une femme comme celles de l'hôtel. Tu ne veux rien qui ne soit pas authentique. Mais c'est un péridot, une pierre semi-précieuse. Elle a la taille de ton ongle de pouce et elle coûte deux cents dollars. Cela renforce ton camouflage. Tes papiers disent que tu es née en août, et c'est ta pierre porte-bonheur. »

Rita saisit les boucles d'oreilles avec précaution.

« Ces deux-là, dit Jane, si on te repère, n'oublie pas de les enlever. »

Rita lui lança un regard noir.

« Vous essayez de trouver des raisons à tout, comme si c'était juste de la comédie. Mais vous me donnez des cadeaux. Pourquoi faites-vous semblant ? »

Jane évita son regard.

« Je n'ai pas dit qu'ils ne devaient pas te faire plaisir ; simplement, je t'apprends. » Elle sortit l'écrin suivant et l'ouvrit avec un déclic. « Encore une chose. La plupart des gens portent une montre. »

Rita retira la montre de son support.

« Qu'elle est belle ! » Elle la mit et tendit son bras pour constater l'effet, puis tourna les yeux vers Jane. « Tout est si... si joli, tellement plus beau que tout ce que j'ai jamais eu !

— Tant mieux. Mais si tu perds quoi que ce soit, ou si tu dois foncer sans t'arrêter pour le ramasser, n'hésite pas une seconde. Ne compromets jamais ta sécurité pour des objets. Et si cela t'ennuie, ajouta-t-elle, fais-le-moi savoir ensuite et je te les remplacerai. »

Rita parut désorientée. Des larmes brillaient dans ses yeux. « Pourquoi faites-vous tout ça pour moi ?

— Je reconnais que j'ai peut-être un peu forcé la dose cette fois, et que souffler deux minutes ne serait pas du luxe. Mais le principe reste le même. Une expédition dans les magasins prend une journée, et elle ne met pas ma vie en danger ni la tienne.

— Oui, mais pourquoi ?

— Pour que cela réussisse. Et parce que je t'aime bien. Inutile de le cacher. Mais aussi pour des raisons pratiques et intéressées. Si tu changes d'apparence, tu deviens plus difficile à repérer. Mais si on te trouve, alors je suis en danger moi aussi.

— Je ne leur dirai jamais rien, dit Rita, le visage soudain tendu.

— Merci », répondit seulement Jane. Il était inutile de lui exposer en détail la vanité de sa détermination. Elle chercha dans l'autre sac. « Je t'ai pris un sac. »

C'était une besace de cuir noir pourvue d'une large bandoulière. Rita s'en empara et palpa le cuir lisse et souple, puis plongea la main dedans et en ressortit la bourre de papier de soie qui mettait sa forme en valeur.

Jane lisait dans ses pensées en la voyant caresser les doublures et prendre la mesure de chacun des grands compartiments intérieurs. Elle vérifiait qu'ils pourraient abriter la modeste collection de trésors dont elle s'entourait pour dormir.

Rita se leva brusquement et se jeta au cou de Jane, la serrant fort dans ses bras. Elle posa sa tête sur son épaule et se balança de façon presque imperceptible, comme si elle se berçait dans les bras de sa mère.

Le lendemain, Jane ramena la voiture. Elle la gara près de l'appartement, entra et conduisit Rita à la fenêtre.

« Elle est à toi, lui annonça-t-elle.

— À moi ?

— Tu ne peux pas vivre ici sans voiture. J'ai choisi une Honda Accord parce que le modèle et le prix conviennent à ta nouvelle personnalité. On en vend plus de trois cent mille par an, et cela m'étonnerait que leurs propriétaires soient capables de faire la différence entre une série et une autre. L'immatriculation provisoire se trouve dans la boîte à gants, la carte définitive te parviendra par courrier. »

Elle tendit les clés à Rita.

« Je peux l'essayer ?

— Il va bien falloir, répondit Jane. J'ai laissé la mienne près du garage du vendeur et j'ai besoin de toi pour aller la chercher. Après, tu la gareras sur ta place de parking. »

Jane étudia les réflexes de Rita au volant avec l'œil

critique d'un examinateur. Elle fut soulagée. Rita conduisait bien, assez prudemment pour la tranquilliser, mais sans être timorée. Elle la suivit pendant le trajet du retour et put constater que Rita reconnaissait le chemin sans hésiter.

« Pour le moment, tu laisses la voiture ici, lui dit Jane une fois qu'elles furent rentrées. Il faudra que tu roules un peu une fois par semaine pour recharger la batterie et lubrifier le moteur. Et assure-toi d'avoir toujours le réservoir plein. »

Elle s'assit à la table de la cuisine, sortit une carte routière de son sac et la déplia.

« Encore une chose à faire, quand tu conduiras. Je t'ai marqué quelques itinéraires. Apprends-les par cœur. »

Rita se pencha.

« Ils sont rudement compliqués !

— Quand tu les auras mémorisés, prends la voiture et parcours-les plusieurs fois. Exerce-toi jusqu'à ce que tu sois capable de les emprunter à toute vitesse, en pleine nuit, tous feux éteints. Ensuite, détruis la carte.

— On dirait qu'ils ne vont nulle part.

— Ils te font sortir de la ville. Et par des rues dont personne ne pensera que tu les connais et qui ralentiront quelqu'un qui n'est pas d'ici. Ils comportent beaucoup de virages, et chacun d'entre eux comporte un endroit où tu peux faire demi-tour.

— Pourquoi ?

— En général, les gens en fuite foncent vers la première bretelle d'accès à l'autoroute, le pied au plancher. C'est un mauvais réflexe. Ces itinéraires-là te mènent à des routes moins connues mais où tu peux rouler presque aussi vite. Aux heures de pointe ça bou-

chonne sur les autoroutes mais ces routes-là sont déga-
gées, alors on gagne du temps.

— Ce que je voulais dire, c'est pourquoi le faire
maintenant ? Vous avez vu quelqu'un nous suivre ?

— Non. Tu prends toutes les précautions dès le
début, comme ça, si tu vois quoi que ce soit de suspect,
tu ne te perds pas en réflexions : tu files.

— Je quitte la ville. Et après ?

— Tu me retrouves, et je t'aide à prendre un nouveau départ.

— J'ai une garantie à vie ?

— Tu as une garantie tant que moi, je serai en vie,
rectifia Jane. C'est moins engageant. Il y a longtemps
que je fais ce travail. Chaque fois que je recommence,
sans doute chaque fois que je quitte ma maison, mes
chances de revenir diminuent. Inutile de te souvenir de
toutes mes tactiques, du moment que tu gardes en tête
le principe de base : tout prévoir. Toujours savoir comment réagir en cas d'imprévu. Ton plan n'a pas besoin
d'être parfait si tu réagis sur-le-champ, sans la moindre
hésitation. »

Jane se leva plusieurs fois toutes les nuits pour se
poster à la fenêtre du premier et observer la résidence
et les rues adjacentes, afin de s'assurer qu'il ne se passait rien d'inquiétant la nuit tombée. À quelques
reprises elle sortit et explora le quartier, en quête
d'indices qui lui auraient échappé. La seule activité
inhabituelle qu'elle releva fut le retour tardif d'autres
locataires de l'immeuble après une soirée ou une sortie
en couple.

Ses journées se passèrent à régler des détails de la
vie de Rita. Elle assura la voiture en prétendant être la
mère de Diane, puis ouvrit un compte-chèques et un

compte d'épargne à son nom, l'abonna à des revues pour qu'elle reçoive du courrier, fit ouvrir la ligne du téléphone. Un matin, Rita se réveilla et trouva Jane assise à la table de la cuisine, ses clés de voiture à côté de sa tasse à café.

« Vous repartez ? demanda-t-elle.

— Le moment est venu.

— Je vois. » Rita contemplait ses mains comme si elle venait de les découvrir et ne savait trop quoi en faire. « Ce n'est pas que je ne veux pas que vous partiez. Mais je veux partir aussi. »

Jane secoua la tête.

« Nous en avons déjà parlé.

— Je sais. »

Jane se leva et serra Rita contre elle.

« Le mieux pour toi, c'est de rester ici et de te construire une vie à toi. Tu as tous les éléments du puzzle. Il ne te reste qu'à les assembler.

— Je veux faire quelque chose.

— Un jour, quand d'autres auront besoin de toi, tu les aideras. »

Rita fit un signe d'assentiment. Jane se dirigea vers la porte et se retourna. « Bonne chance ! » lança-t-elle. Puis elle sortit, referma la porte derrière elle et alla jusqu'à sa voiture. Elle fit encore une fois le tour du quartier pour voir si son départ avait attiré l'attention de quelqu'un. Si ses précautions avaient été vaines, elle saurait au moins à quoi s'en tenir. Lorsqu'elle fut sûre que rien n'avait échappé à sa vigilance, elle prit la direction de l'aéroport.

12

Jane fit le trajet d'une traite, acheta un billet pour Miami avec escale à Dallas-Fort Worth, et s'assit dans le hall d'attente. Rien ne lui semblait plus dangereux qu'un aéroport. Des agents de la sécurité guettaient les fous ou les terroristes, des représentants de toutes les polices — fédérale, d'État et locale — recherchaient une quantité de personnes en fuite, plus une poignée d'individus dont le casier justifiait de consacrer le temps des autorités et l'argent du contribuable à simplement pouvoir les localiser à tout moment. Des agents des douanes et de la DEA traquaient la contrebande, et des policiers de l'immigration les porteurs de faux papiers.

Elle se sentait sûre de ceux qu'elle avait pris dans son coffre à Chicago, car ils étaient authentiques. Un jour, il y avait six ans de cela, elle avait aidé une petite fille à disparaître de l'Ohio. Trois personnes étaient au courant à l'époque : la petite fille, Jane, et une assistante sociale des Services de protection de l'enfance.

La femme était folle d'inquiétude, et Jane avait dû lui donner à l'avance le détail des opérations : comment elle ferait sortir l'enfant de la ville et la conduirait à l'autre bout du pays, et même le lieu de provenance de son nouvel acte de naissance. Elle lui avait parlé de l'employé du comté de Franklin, en Pennsylvanie, qui avait inventé des gens dans les registres d'état civil.

Après, quand tout avait été fini, Jane était revenue lui dire que la petite fille se trouvait en sécurité. L'assistante sociale l'avait suppliée d'accepter de l'argent. « Envoyez-moi un cadeau », avait répondu Jane, puis la chose lui était sortie de l'esprit jusqu'à l'arrivée, quelques mois plus tard, du cadeau en question. C'était l'acte de naissance d'une certaine Donna Parker. L'assistante sociale avait une amie qui travaillait au bureau d'état civil du comté. Depuis cinq ans, elle lui envoyait à peu près chaque année de nouveaux « cadeaux ». Tantôt des certificats de naissance de filles, tantôt de garçons, ou encore d'hommes et de femmes. Mais Jane avait déjà commencé à étoffer le dossier Donna Parker. Elle s'était procuré un permis de conduire et une carte de sécurité sociale sous ce nom, avait obtenu des cartes de crédit, et enfin un passeport.

Jane garda la tête baissée, faisant semblant de lire un magazine, jusqu'à l'annonce du vol pour Dallas-Fort Worth. Elle suivit le mouvement des passagers qui embarquaient, puis ferma les yeux et essaya de se détendre pendant le vol. À la correspondance, l'attente fut plus courte et elle eut un moment de répit, mais dès que l'appareil se posa à Miami, son impression d'être surveillée s'intensifia. Jane savait depuis longtemps que pour elle les aéroports n'étaient pas l'endroit idéal.

Elle chercha la porte de départ de son vol sur les écrans de télévision qui surplombaient la zone d'attente, puis se dirigea vers celle-ci. Il lui restait une demi-heure avant l'embarquement, et le périmètre lui parut trop exposé. La zone d'attente était située au milieu du hall, tous les sièges faisant face à l'espace où allaient et venaient des centaines de gens qui pouvaient la remarquer. Elle continua jusqu'à la dernière porte du hall, où le passage était beaucoup moins important, trouva un siège et se perdit dans la contemplation des pistes obscures en contrebas.

La voix de l'hôtesse annonça le vol de Jane à destination de Tortola, dans les îles Vierges britanniques. Elle se leva et repartit vers sa porte d'embarquement. Elle ne regrettait pas de s'en être éloignée. Cela l'avait occupée et ne lui avait rien coûté.

Elle avait presque atteint la porte lorsqu'elle l'aperçut. L'homme était assis dans un des sièges face à la zone de circulation, un journal sur les genoux, et regardait les passagers disparaître dans la passerelle d'embarquement de l'autre côté du hall. Il ne fit aucun geste pour se lever et les rejoindre, ni de signe d'adieu à personne. Après les avoir examinés l'un après l'autre, il se replongea dans son journal.

Jane obliqua sur sa droite et se dirigea vers un îlot de téléphones publics disposés en hexagone. Elle décrocha le combiné sans quitter l'homme des yeux. Elle le reconnaissait. C'était un des types qui avaient traqué Nancy Carmody quelques années auparavant. Jane avait poussé précipitamment Nancy dans une voiture et les trois hommes s'étaient mis à courir pour les empêcher de démarrer. Pendant cinq ou six secondes, Jane n'avait pas bougé, la porte de la voiture ouverte, mémorisant leurs visages tandis qu'ils fonçaient vers elle. Si elle avait été incapable de les reconnaître lors de leur prochaine rencontre, la vie de Nancy Carmody aurait pu être en danger.

Et cette rencontre venait de se produire. L'homme faisait indiscutablement partie du trio. Comme il travaillait à l'époque pour Frank Delfina, ce soir-là, à l'aéroport, il guettait sûrement Rita. Là n'était pas le problème car Rita se trouvait en sécurité à San Diego. En revanche, si Jane avait vu avec tant de netteté son visage ce fameux jour, comment n'aurait-il pas vu le sien ? Il était assis entre Jane et sa porte d'embarquement. Elle étudia l'espace situé derrière lui, cherchant en vain une possibilité de passer sans se faire voir. Une paroi fermait la zone d'attente sur le côté ; si elle la contournait, elle arriverait à moins de trois mètres de lui.

On répéta l'annonce : « Les passagers du vol 6645 de la TWA à destination de Tortola sont attendus à la porte d'embarquement. » Peut-être réussirait-elle à passer en s'insérant dans un groupe de voyageurs. Elle se retourna : personne n'arrivait dans sa direction. Elle avait éliminé cette possibilité en s'installant dans la partie la moins fréquentée de l'aéroport. Son regard revint vers l'homme.

Il observa le dernier passager qui disparaissait dans la passerelle d'embarquement, baissa les yeux sur son journal et soupira. Puis il se leva, s'approcha de la corbeille la plus proche et y fourra le journal. Après quoi il reporta son attention sur le hall et commença à s'éloigner.

Jane raccrocha le combiné et le suivit lentement, prudemment. Elle le vit entrer dans une boutique qui vendait des magazines, des livres et des journaux. Au moment où il se tournait pour regarder le grand présentoir de magazines le long du mur, elle le dépassa rapidement et se hâta vers sa porte d'embarquement. Quelques passagers seulement la précédaient. Elle attendit, regardant obstinément droit devant elle, et, son tour venu, tendit son billet à l'employé de la compagnie et rejoignit les autres dans la passerelle d'un pas rapide.

C'est seulement quand elle fut calée dans son siège, ceinture bouclée, qu'elle réussit enfin à respirer normalement. Elle chassa l'homme dans un coin de son esprit et tenta de se concentrer sur ce qu'elle allait dire.

Il était minuit passé lorsque Jane longea l'interminable grille en fer forgé de près de deux mètres de haut et s'arrêta devant le grand portail ouvragé. Elle sonna à l'interphone fixé au pilier gauche et attendit. Elle s'était attendue à devoir carillonner plusieurs fois, mais une voix de femme se fit entendre : « Je regrette, mais nous ne recevons plus de visiteurs à cette heure-ci.

— Veuillez dire à George que c'est Jane, et que je désire lui parler de toute urgence.

— Mr Hawkes est couché. » On notait cette fois dans le ton autre chose que de l'agacement. Une contraction de la gorge qui trahissait une ombre de jalousie. Les domestiques peuvent s'énerver, se montrer parfois imbus de leur importance et trop zélés, mais certainement pas jaloux.

« Je suis désolée de vous déranger chez vous à une heure pareille », insista Jane. Excellente amorce, le « chez vous ». « Mais l'affaire qui m'amène ne souffre aucun délai. » Elle espéra que le mot « affaire » aiderait à dissiper la tension.

Cette fois, ce fut sa voix à lui : « Jane ?

— George ? »

On raccrocha, il y eut un « bip », et la grille pivota vers l'intérieur. Jane s'engagea sur une longue allée en courbe recouverte de pavés ronds. Elle distinguait derrière un lointain bouquet d'arbres la toiture en tuiles de l'imposante villa blanche de deux étages. Une lumière vive s'alluma à ce qu'elle jugea être l'entrée principale.

Jane suivit l'allée qui coupait une pelouse de la dimension d'un fairway de golf, passa entre de grands arbres aux frondaisons en parasol émaillées de fleurs dont elle perçut le parfum, mais sans pouvoir l'identifier, traversa un petit périmètre de citrus courts et touffus, puis se retrouva de nouveau à découvert. Lorsqu'elle aperçut l'entrée éclairée, elle sourit. Deux piliers baroques à torsades qu'on aurait dits subtilisés à Saint-Pierre de Rome flanquaient une porte monumentale qui s'élevait sur deux niveaux. Dans la partie inférieure d'un des battants se découpait une petite porte, qui, elle, était ouverte.

George s'avança ; il portait un caleçon blanc, une paire de tongs et un tee-shirt rayé. Sa taille modestement humaine et sa tenue juvénile lui donnaient un air ridicule à côté du majestueux édifice qui lui servait de résidence. La petite silhouette se dirigea vivement vers elle, les tongs claquant sur les pavés. Jane se rappela la remarque de Richard Dahlman à propos de la maison : « Le genre de villa qu'on imaginerait au bord de la Méditerranée, mais qu'on n'y trouverait pas. » Dahlman y avait été appelé en pleine nuit, conduit par une serveuse de son hôtel parce que Dahlman était chirurgien et que George était souffrant. Il l'avait opéré d'une appendicite à l'hôpital local. Dahlman ne voulant pas entendre parler d'argent, George avait tenu à lui donner les nom et adresse d'une femme susceptible de le faire disparaître de la circulation en cas de besoin.

George vit Jane émerger de la petite forêt et trottina gauchement dans sa direction. Il finit par ôter ses tongs et fit le reste du chemin pieds nus. « Jane ! » s'exclama-t-il en pilant net devant elle. « Je n'en crois pas mes yeux ! » Il la serra contre lui, puis recula d'un pas pour la regarder dans le halo de lumière venant du porche. « Entre donc. On est à tes trousses ou tu les as semés ?

— Personne ne me poursuit », le rassura Jane. Son regard cherchait déjà, derrière l'épaule de George, la femme dont elle avait entendu la voix. Elle aperçut un visage à une fenêtre du haut — un visage cuivré à l'ovale parfait, avec d'immenses yeux noirs. Il se détourna et disparut. Jane fixa la fenêtre suivante et vit passer une silhouette mince et élancée, vêtue d'une chemise de nuit blanche et légère. « Pour autant que je sache, je ne suis pas recherchée, suivie, traquée ni surveillée... jusqu'à maintenant. »

George fit semblant d'être déçu.

« Dommage, j'espérais te rendre service à mon tour.

— Tu vas bien ? demanda Jane. Hormis cette histoire d'appendicite ?

— Tu es au courant ? » Son sourire disparut. « Après ça, le toubib s'est retrouvé dans le pétrin. Je le savais ! Les médecins et les avocats américains ne cessent de rappliquer dans le coin pour échapper au fisc. Je lui avais bien dit qu'un jour il pourrait avoir des problèmes. Il n'a pas voulu me croire.

— Il est tiré d'affaire. »

George Hawkes regarda Jane avec affection.

« Je suis dans une forme olympique, pour répondre à ta question. J'ai l'impression de vivre la fable du lion et du rat. Le lion épargne le rat, et plus tard le rat ronge le filet pour libérer le lion. » Il montra les dents et se mit à ronger fébrilement. « Gna-gna-gna-gna ! »

Jane le regarda, les yeux mi-clos.

« Il n'y a pas trente secondes que tu es là, continuait-il, et tu m'envoies déjà au septième ciel !

— Je crois qu'une autre là-haut postule pour l'emploi, dit Jane. Qui est-ce ?

— Clara ? » Il retrouva son sourire. « C'est ma femme. Une fille du coin.

— Elle est ravissante.

— Éblouissante ! Tu devrais voir les mômes que fait cette femme... tu les verras, bien sûr, à leur réveil.

— George, je crains de ne pas pouvoir m'attarder. Je suis venue parce que j'avais besoin de te parler sans risquer qu'on nous entende ou qu'on retrouve l'origine de l'appel. »

Il se tourna pour voir le visage de Jane à la lumière.

« Je croyais que tu n'avais pas d'ennuis ? »

Il la poussait déjà vers la maison, mais elle résista.

« Je n'en ai pas encore. Il s'agit d'affaires, et j'ai besoin que ça reste secret. Je voudrais reprendre un avion avant l'aube. » Elle le dévisagea. « Je suis sûre que si tu as respecté notre accord, ta femme n'a jamais entendu de conversation de cette nature. »

Lorsqu'elle avait fait sa connaissance, il ne s'appelait pas George Hawkes. C'était un « voyagiste », qui faisait circuler des capitaux dans le monde entier par des itinéraires complexes. Il avait filé de son immeuble de Los Angeles au moment précis où la police arrivait à sa porte, et il l'avait fait en beauté, emportant une valise bourrée d'espèces qui appartenait à ses clients et quelques énormes chèques au nom de leur société de Los Angeles. Lesdits clients s'étaient mépris sur sa fuite et avaient cru qu'il voulait les escroquer, et il avait fait appel à Jane. Elle avait négocié un accord : les capitaux des clients achèveraient leur aller et retour, déduction faite du pourcentage qui revenait normalement à George. Celui-ci se retirait des affaires, de sorte qu'ils n'auraient pas à s'inquiéter qu'il soit arrêté et livre leurs noms en échange d'une peine plus légère. Et eux, en retour, s'engageaient à ne jamais lui porter préjudice, le rechercher ni mentionner son existence à un tiers.

« Elle ignore d'où vient l'argent, expliqua George. Elle croit que j'ai hérité de la fortune des frères Wright.

— Il y en a une ?

— Le contraire serait étonnant !

— Je n'en ai aucune idée, dit Jane. En tout cas, je ne serai pas longue. Il me faut juste un nom.

— Un nom de quoi ?

— J'ai besoin de quelqu'un qui puisse effectuer une transaction inhabituelle pour un de mes amis.

— Inhabituelle signifie illégale, dit George avec une grimace. Je vois, mais il faudrait que tu sois plus précise. »

Jane haussa les épaules.

« Quelqu'un qui connaisse la question, mais capable aussi d'amener des avocats, des banquiers et des courtiers à coopérer à des mouvements de fonds susceptibles d'éveiller leur curiosité. En clair, quelqu'un en qui je puisse avoir une confiance absolue, mais dont tout le monde se méfie.

— Tu paies combien ? »

Jane haussa de nouveau les épaules.

« J'ignore le tarif actuel. Cela lui prendrait quelques semaines à temps plein, après quoi il n'entendra plus jamais parler de moi ni de mon associé.

— Ce serait un mouvement de quel ordre ?

— Environ dix milliards de dollars. »

George la dévisagea un moment sans rien dire.

« Dix milliards. Tu les as déjà ?

— Nous savons où ils sont. Et nous sommes seuls à le savoir. »

Elle vit les yeux de George se rétrécir. Son regard la transperça comme une lame brûlante l'espace de quelques secondes, puis fixa la fenêtre de la maison où Jane avait aperçu sa femme. Il secoua la tête, lentement d'abord, puis avec une détermination croissante. « Il vaut mieux que tu ne m'en révèles pas la provenance. Je ne peux plus me permettre de connaître ce genre de détails. » Il soupira, comme s'il se disait adieu à quelque chose. « Aucune importance, d'ailleurs. La réponse serait la même : Henry Ziegler, expert-comptable.

— Henry Ziegler, répéta-t-elle. Si je comprends bien, vous avez travaillé ensemble autrefois ? »

Il secoua la tête.

« Je n'ai jamais eu assez d'envergure pour qu'il me consacre son temps et sa peine, mais on était amis, et il m'a quelquefois rendu service. » Il rectifia. « Plus que quelquefois. »

Jane ne pouvait empêcher son regard de revenir sur la maison. Celle-ci était plus grande que le lycée de

Deganawida où elle avait fait ses études, dans l'État de New York. Il y avait plus à marcher depuis le portail que du bout de la piste d'athlétisme jusqu'au vestiaire des filles. « Une chose m'inquiète, dit-elle. Certains individus vont devenir extrêmement dangereux à la seconde où l'argent commencera à apparaître. Si c'est une grosse pointure, ils risquent de le connaître.

— C'est inévitable dès que tu recycles des fonds. Plus il y en a, plus tu as de gens qui s'y intéressent. Mais Henry Ziegler est une tombe. Même si vous faites affaire, il n'y fera jamais allusion.

— Qui est-ce, à propos ?

— Tu n'as jamais entendu parler de lui pour la même raison que lui n'a jamais entendu parler de toi : il ne tient pas plus que toi à la célébrité. Il est comptable. Quand j'ai fait sa connaissance il y a vingt-cinq ans, il faisait des études de droit la nuit et gérait de petites comptabilités le jour. Pas pour défendre des dossiers devant les tribunaux, mais pour ne pas avoir à témoigner un jour contre un de ses clients. Bref, il est également avocat.

— Qui sont ses clients ?

— Il m'a dit un jour qu'il en avait une centaine. J'ai fait partie des tout premiers, et il n'oublie pas les gens qui l'ont connu en période de vaches maigres. Je le connais depuis tout ce temps, mais je suis incapable de donner des noms. Je peux seulement te les situer.

— Oui ? »

George regarda les étoiles dans le ciel noir et dégagé. « Comment te les décrire ? Imagine : le *Mayflower* jette l'ancre et quatre-vingts quidams posent le pied sur Plymouth Rock, tombent à genoux et baisent le sol. La terre de la liberté religieuse ! Ce qui permet

176

au prochain mec qui débarque de leur faire les poches pendant qu'ils ont le cul en l'air. Il se sert de cet argent pour acheter du rhum et des fusils qu'il revend aux Indiens. Avec son bénéfice il achète un bateau pour se lancer dans le commerce d'esclaves. Quatre siècles après, les descendants du mec sont toujours dans le coin. Ont-ils changé ? Ils s'habillent mieux et ont de plus grandes maisons. Ils ont récupéré quelques patronymes de plus parce que leurs filles se sont mariées aussi — le plus souvent à des gens comme eux. Ce sont eux qui ont occupé le terrain. Si on voulait construire un chemin de fer, faire une guerre ou acheter des friches et mettre des banlieues dessus, ils avaient les capitaux. Les clients d'Henry ne sont pas des guignols de l'informatique de Californie ni des culs-terreux des chaînes de discount du Sud, des gens qui adorent lire leur nom dans la presse. Les clients d'Henry ne tiennent pas à être visibles, sauf quand ça les arrange. C'est ce qui occupe Henry en ce moment.

— Tu veux dire qu'il gère leur argent ?

— Pas seulement leur argent, mais tout ce qu'on peut faire avec. Et dans la discrétion. Mettons qu'un citoyen pas très futé fasse un procès à la famille. Henry va-t-il lui graisser la patte ? Pas du tout ! Il connaît le principal avocat du cabinet qui représente le citoyen en question. Notre avocat est le président du comité de collecte de fonds de l'orchestre symphonique. Sans tapage, Henry fait une grosse donation au comité. Le cabinet conseille à son client un règlement à l'amiable. Si l'affaire va devant les tribunaux, pas question que l'avocat dudit citoyen révèle tout ce qu'il sait sur la partie adverse. Ou alors la famille peut avoir un rejeton qui a besoin de piston pour intégrer une bonne université. Henry s'entremet courtoisement et a un entretien avec un membre du conseil d'administration de l'université en question, quelqu'un qui connaît de nom la famille et peut même avoir un lien de parenté lointain avec elle — côté unions consanguines, ces gens-là sont pires que les chinchillas. Au cours de la conversation, il évoque la possibilité d'agrandissements et de subventions. Si le dossier est délicat, il peut même se pointer avec un chèque.

— Quels genres de services t'a-t-il rendus ? »

George haussa les épaules.

« Oh, il m'a juste amené une petite entreprise. Un membre d'une des familles est mort inopinément ; il avait la quarantaine. Henry devait dégraisser un peu les comptes du défunt et distribuer l'argent à des parents avant qu'on ait vent du décès. Sinon, les frais de succession auraient été gigantesques. À une autre occasion, ils avaient besoin que des fonds atterrissent comme par enchantement dans la poche d'un homme politique.

— Je ne pense pas qu'Henry Ziegler se paie un encart dans les pages jaunes de l'annuaire. Je le contacte comment ?

— Autant ne pas essayer si tu es sur un coup aussi gros que tu le mérites. Il te rencontrera quelque part demain soir.

— Où ça ?

— Tu peux aller à L.A. ?

— Sans problème.

— Il descend à l'hôtel Bel-Air. Il s'y trouve en ce moment. Je lui dirai de t'attendre. »

Jane serra George Hawkes dans ses bras. « Merci, George. » Elle jeta un coup d'œil à sa montre. « J'ai un avion à prendre. » Elle s'écarta et leva les yeux vers les fenêtres de la maison, mais la femme restait invisible. « À ta place, je rentrerais. Plus tu t'attardes avec moi, plus tu le sentiras passer. Mais ne t'inquiète pas. Quelle que soit la tournure que prendront les événements, je ne te reverrai sans doute jamais. »

George leva la tête pour contempler les étoiles.

« La vie est infiniment plus tordue que ça. » Ses yeux revinrent sur elle. « Tu veux que je te dépose ?

— Non. Les voitures sont trop visibles. Mais pas une touriste qui se balade, et puis les piétons n'ont pas de plaques d'immatriculation. » Elle fit demi-tour et s'engagea dans la longue allée conduisant à la grille. Au bout de quelques pas, Hawkes ne distingua plus que la forme sombre de sa silhouette sur la pelouse. Et dès qu'elle eut quitté le halo lumineux venant de la maison, il ne la vit plus du tout.

13

Le vol de Jane la déposa à Miami au petit matin, à une heure où elle pouvait raisonnablement espérer que l'homme en faction la veille au soir serait chez lui en train de dormir, mais elle vit qu'on avait assuré la relève. Les voyageurs étant peu nombreux, elle repéra sans peine la nouvelle équipe. Trois hommes en tee-shirts moulants, appuyés le long du mur, ne s'intéressaient pas à l'arrivée de son vol mais observaient avec attention tous les départs. Ce qui ajouta à ses inquiétudes concernant Rita. Si elle n'avait pas déjà quitté la Floride, Rita serait très vraisemblablement partie de cet aéroport.

La nouvelle génération — celle des vingt, trente ans — semblait peu portée sur l'élégance. Leurs pères affectionnaient le complet de VRP à l'époque où tout le monde était en jean et sweat-shirt, si bien qu'on les remarquait au premier coup d'œil. Jane aperçut quatre policiers dans la zone d'attente suivante. Il y avait deux hommes vêtus de coupe-vent qui dissimulaient leur harnachement, et deux femmes entichées du même modèle de sac. Fabriqués par une société du nom de Galco, les sacs en question comportaient deux compartiments de part et d'autre d'une poche centrale renfermant leur arme.

Jane descendit au niveau inférieur acheter un billet pour Los Angeles, puis entra dans des toilettes pour dames afin de se recoiffer et se changer avant le vol. En quelques jours la pression s'était intensifiée sans qu'elle pût vraiment se l'expliquer. On aurait dit que les autorités avaient noté la présence accrue de la mafia dans les aéroports et décidé de placer quelques policiers de plus dans le secteur pour savoir de quoi il retournait, et qu'ensuite la mafia avait fait venir des renforts pour obliger la police à se disperser. Prendre l'avion allait devenir plus risqué.

En arrivant à Los Angeles, Jane eut l'impression que les effectifs avaient encore été renforcés en l'espace de quelques heures. Elle loua une voiture à l'aéroport au nom de Valerie Campbell et roula jusqu'à Beverly Hills pour faire quelques emplettes. Après quoi elle gagna l'hôtel Bel-Air par l'itinéraire le plus long et le moins direct, puis resta un bon quart d'heure à observer le parking avant d'entrer et de prendre une chambre pour la nuit.

Ce fut seulement le soir qu'elle saisit le téléphone et demanda la chambre de M. Ziegler au standard. Il décrocha.

« Oui ?

— Un ami commun...

— Il m'a téléphoné, l'interrompit Ziegler. Retrouvez-moi devant le pont, là où il y a les cygnes. »

Jane sortit de sa chambre, prit l'étroite allée qui coupait le jardin et longea la pergola où des gens dînaient. L'endroit avait quelque chose d'absurde. Elle avait remarqué, lors d'un séjour précédent, que le dallage en brique au-dessous du patio était artificiellement chauffé par le sol. Elle avait posé son sac par terre, et lorsqu'elle l'avait repris, le fond était chaud. Quelques dîneurs levèrent la tête lorsqu'elle traversa la petite cour, mais aucun regard ne s'attarda sur elle plus d'une seconde.

Elle étrennait une robe en lin noire achetée l'après-midi même, de sorte qu'elle aurait pu s'asseoir à n'importe quelle table et ressemblait assez aux autres femmes pour être la sœur ou la fille immuablement en retard. Elle tourna à gauche au bout de l'allée et déboucha sur le petit pont en dos d'âne qui enjambait l'étang.

À l'autre bout, des voitures s'arrêtaient encore. Des voituriers se précipitèrent, et des clients de l'hôtel aux vêtements coûteux s'y engouffrèrent et partirent vers d'autres restaurants dans d'autres quartiers de la ville, où leurs tables étaient réservées. Jane s'éloigna des dîneurs et s'accouda au garde-fou. Au-dessous, deux cygnes glissaient avec grâce sur la surface de l'eau vers un rideau de grands roseaux qui les isolait du parking.

« Vous êtes Jane ? » La voix était basse, rocailleuse, avec une note autoritaire, nerveuse. Une voix de souffleur de théâtre.

Elle lui parvint avec une telle netteté qu'elle leva la tête et scruta la porte et l'extrémité du parking avant de faire un signe d'assentiment.

« Je suis Henry. » Il était petit et soigné de sa personne, vêtu d'un costume dont la coupe habile camouflait un torse rondouillard. On lui donnait la cinquantaine, mais ses cheveux ondulés étaient assez gris et clairsemés pour qu'il eût soixante ans. « Venez », dit-il en repartant en direction de l'hôtel. Elle le suivit, passa sous la voûte et s'engagea dans un labyrinthe de petites allées jusqu'à la porte d'un bungalow doté d'un jardin privé. Il ouvrit la porte et s'effaça pour la laisser entrer.

La suite était plus grande et un peu plus luxueuse que la sienne, pourvue d'un grand canapé et d'un grand bureau équipé d'un télécopieur. Un ordinateur portable était ouvert et allumé. Sur le scintillement bleu vif de l'écran apparaissaient un graphique à secteurs multicolore et quelques lignes de texte. Elle remarqua que les proportions du camembert ne cessaient de se modifier.

« Je scanne ma chambre, au cas où il y aurait des micros, et j'ai installé un brouilleur sur le téléphone dès mon arrivée », expliqua-t-il. Il montra le canapé à Jane et, dès qu'elle fut installée, tira un fauteuil à dos droit et s'assit face à elle. « George m'en a dit juste assez sur vous pour que je vous situe. Il en a fait sans doute autant à mon sujet.

— En effet.

— Vous et moi, on a le même problème, déclara Ziegler. Compte tenu de notre présence, la police fédérale pourrait bloquer les issues et mettre le feu à l'hôtel sans même évacuer toute cette canaille friquée, et s'en sortir avec la bénédiction des tribunaux ! » Pas une seconde ses yeux ne quittèrent le visage de Jane. Il l'étudiait. « Expliquez-moi ce qui vous amène. »

Jane inspira profondément.

« Nous sommes deux. Nous contrôlons dix milliards de dollars.

— Qu'entendez-vous par contrôler ?

— Nous sommes seuls à savoir où ils se trouvent et à pouvoir mettre la main dessus. Ils sont disséminés dans une infinité d'endroits sous une infinité de noms : portefeuilles de valeurs nationales et internationales, comptes bancaires, biens immobiliers, métaux précieux, liquidités. Accumulés depuis environ cinquante ans. »

Ziegler haussa les épaules.

« Tout ce qui est investi depuis plus de dix ans est hors d'atteinte. S'il devait y avoir un problème, il aurait surgi tout de suite. Il existe un tas de façons de blanchir l'argent, et vous êtes tombés sur la meilleure : le temps. Si vous êtes venue chercher ici le conseil d'un expert, le voici : vous n'en avez pas besoin.

— Nous voulons tout donner à des associations caritatives. »

Le sourcil gauche de Ziegler piqua vers le haut.

« Tiens donc. »

Jane soutint le regard de Ziegler. Au bout de quelques instants, l'expression de celui-ci changea. Il parut plus alarmé qu'intrigué. Sans doute avait-elle ébranlé ses convictions sur le comportement de l'espèce humaine. Elle en éprouva une certaine satisfaction, mais il fallait l'empêcher de passer au stade suivant : décréter qu'elle était folle et la pousser en douceur vers la porte. « C'est pourquoi nous faisons appel à vous, dit-elle. Nous pourrions essayer de laisser définitivement l'argent là où il est. Les autorités confisqueraient sans doute quelques comptes inactifs. Mais d'autres comptes seraient vraisemblablement recherchés et revendiqués par des gens que nous voulons empêcher d'y toucher. »

Il cligna des yeux, comme s'il tentait de lire entre les lignes de ce qu'elle disait.

« Pourquoi n'en voulez-vous pas ?

— Pour une quantité de raisons, répondit Jane. Certaines d'ordre pratique, d'autres non.

— Citez-m'en quelques-unes d'ordre pratique. »

Jane fronça les sourcils.

« Si on leur en donne le temps, ces gens-là réussiront peut-être à retrouver la trace d'une partie de l'argent. S'ils aboutissent à un organisme de bienfaisance, ils n'auront pas de veine. S'ils aboutissent à une personne, c'est elle qui n'en aura pas. Vous disiez que George vous avait parlé de moi, vous savez donc que j'ai d'autres raisons de garder un profil bas. Si j'ai des milliards de dollars, je ne serai plus invisible.

— Et votre associé ?

— Lui aussi a de bonnes raisons de rester invisible. Cet argent est à ne pas prendre avec des pincettes. »

Henry Ziegler avait les coudes sur les bras du fauteuil ; il appuya son menton sur ses poings et la dévisagea d'un air songeur.

« Donc, vous ne voulez pas y toucher. Vous couvez vos dix milliards de dollars en pensant qu'ils pourraient, tant qu'à faire, aller à de bonnes causes.

— C'est à peu près ça. » Elle marqua un temps. « En totalité, sauf vos honoraires... Je compte sur vous pour trouver des fonds assez anciens et gelés pour compenser les risques que vous prenez en nous aidant. Vous déterminerez vous-même votre juste rémunération. »

Il l'étudia avec plus d'attention.

« Vous l'estimez à combien ?

— Je ne sais pas. Ne croyez surtout pas que l'opération sera facile ou sans danger. Nos adversaires sont sûrement les pires ennemis qui puissent exister. Ils recherchent déjà toute personne susceptible de détenir un atome d'indication sur cet argent. Si nous commettons une erreur, le danger ne sera jamais définitivement éliminé.

— J'apprécie votre franchise. Et je suis d'accord sur le fait que nous devons veiller à ne pas nous escroquer mutuellement. Votre associé et vous avez mis la main sur l'argent que Bernie l'Éléphant gérait pour la mafia. »

Jane hésita. L'expression de Ziegler ne laissait aucune place au doute.

« C'est tellement évident ? »

Il eut un haussement d'épaules modeste.

« J'en sais sûrement plus dans ce domaine que la majorité des gens. Du moins je l'espère. » Il se pencha vers elle et prit le ton d'un aîné bienveillant. « Il existe un certain volume de gros capitaux flottants en permanence. À l'heure qu'il est, quelques autres magots de cette importance pourraient faire surface n'importe quand. Mais vous n'auriez pas pu mettre la main sur cet argent. Il provient des trésoreries et des banques centrales, et ses détenteurs ont aussi des armées et des services de renseignement pour garder un œil dessus.

— Mais ce magot-là, vous en pensez quoi ? »

Il leva les mains dans un geste qui préludait à l'énoncé d'une évidence.

« Si vous avez de l'argent, les associations caritatives ne feront pas la fine bouche. Nous devrons être extrêmement prudents et ne pas improviser. » Il se leva et se mit à faire les cent pas dans la pièce. « Le problème est intéressant. » Il s'arrêta. « Je suppose que vous voulez transférer le tout sur une courte période afin que la mafia n'ait pas le temps de comprendre ce qui se passe ni d'où vient l'argent, et juste la mettre devant le fait accompli ?

— Précisément. Si nous lui laissons le temps de nous localiser, nous sommes morts.

— Intéressant », répéta-t-il. Il reprit ses allées et venues, puis s'immobilisa de nouveau. « Et vous ne songez à aucun organisme en particulier ? »

Jane fit signe que non.

« Je voudrais qu'ils présentent des garanties. Ce serait idiot de transférer l'argent d'une bande de truands à une autre. À part ça, je ne vois rien.

— Comprenez-moi bien, insista-t-il. Hormis cette condition, vous n'avez pas tellement le choix. » Il s'assit à côté d'elle. « Laissez-moi vous expliquer ce que représentent dix milliards de dollars. Il existe, en gros, quarante mille fondations dans le pays à ce jour : pour l'action caritative, pour l'art, la science, et ainsi de suite. Dix milliards de dollars représentent le montant de ce qu'elles donnent, toutes confondues, en un an. De quelque façon qu'on s'y prenne, cela va ameuter la presse et faire la une des journaux. En croisant les doigts, on peut espérer voir la chose figurer en fin d'année sous forme de statistique : "Une année particulièrement fructueuse pour les organismes de bienfaisance." »

Jane fronça les sourcils.

« Comment y parviendrons-nous ?

— Nous allons saupoudrer, fractionner suffisamment les dons pour ne pas faire de vagues. » Il agita une main. « Et utiliser quelques astuces.

— De quel ordre ? »

Il eut un large sourire.

« Pour dix milliards ? Tout ce qui nous viendra à

l'idée! » Il regarda sa montre. « Je vais passer quelques coups de fil pour libérer mon emploi du temps pendant les quinze prochains jours. J'aurai quelques idées à vous soumettre demain matin. »

Jane sentit qu'on la congédiait. Elle se leva. « Je vous demanderai seulement d'évaluer vos honoraires. Il me faut le feu vert de mon associé. »

Il se tourna et lui lança un regard en coin.

« Si je vous disais dix pour cent... un milliard de dollars pour en bouger dix... estimeriez-vous que je vous arnaque ?

— Non.

— Alors je vais le faire pour la valeur ajoutée.

— C'est-à-dire ?

— C'est-à-dire que moi aussi j'ai mes raisons, certaines d'ordre pratique, d'autres plus théoriques. Je vous attends ici demain matin, cinq heures. »

Il faisait encore nuit lorsque, à l'heure dite, Jane s'engagea sans bruit dans l'allée et frappa à la porte de Ziegler. Il ouvrit rapidement la porte pour la laisser entrer et la referma aussitôt. Elle nota qu'il portait le même pantalon que la veille et avait déboutonné le col et retroussé les manches de sa chemise immaculée. « Vous avez passé une nuit blanche. Je me trompe ? »

Il prit une feuille sur le coin du bureau.

« Voici le plan. Phase un : nous créons vingt fondations privées. J'ai déjà demandé par fax à vingt cabinets juridiques répartis dans tout le pays de commencer à préparer la paperasse, mais de laisser les noms en blanc jusqu'à ce que je leur téléphone.

— À quoi cela servira-t-il ?

— À mettre en place une filière impersonnelle. S'ils

reçoivent un gros chèque d'un dénommé Joe Smith, 101 Maple Street, les bénéficiaires voudront savoir qui c'est. Si le chèque émane d'un cabinet juridique représentant la Fondation Smith, ils croiront la connaître et ne se poseront pas de questions. Inutile d'aller chercher ses coordonnées avant la parution de l'*Annuaire des fondations* de l'année prochaine. D'ici là, elle aura cessé d'exister. » Il reprit son exposé. « Ensuite nous choisissons deux cents fondations communautaires. Vous savez de quoi il s'agit ?

— Aucune idée.

— Ce sont des fondations qui travaillent pour le compte d'une ville, d'un comté ou d'un État. Les gens versent des dons, elles établissent un budget et distribuent l'argent à des œuvres. Pour nous, elles présentent l'avantage d'être déjà connues, de mélanger notre argent à celui des autres donateurs et de dresser une barrière de paperasses supplémentaire entre la véritable source des dons et l'œuvre. »

Il consulta sa liste.

« Nous créons aussi vingt fondations d'entreprises à nous. Elles effectuent, grosso modo, le même travail. Ces fondations sont très confidentielles, une ou deux personnes fictives détenant la totalité des parts. Le don émane d'Abadabba Tool and Die Foundation, pas d'un particulier. Si le nom et le montant du don atterrissent sur une liste quelconque, personne ne sait rien. Comme on n'a jamais entendu parler d'Abadabba Tool and Die, on ignore si la société est minuscule ou gigantesque, et si le don représente pour elle un gros effort ou une broutille. J'ai déjà des gens qui nous impriment nos statuts constitutifs, après quoi nous établirons ceux des fondations.

— Cela commence à faire beaucoup de papiers.

— Des tombereaux, et qui ne recouvrent que du vent ! Si ce n'était pas compliqué, vous n'auriez pas besoin de moi. Je crée aussi vingt fondations reconnues d'utilité publique. Elles peuvent solliciter légalement les dons des citoyens.

— Pourquoi aller leur demander de l'argent ?

— Nous n'en demanderons pas. Mais vu son origine, il y a forcément de l'argent qui pue comme du poisson pourri, trop suspect pour aller directement à une vraie fondation. Nous le faisons passer par une de nos fondations d'utilité publique pour le blanchir, ensuite la fondation le donne à une œuvre. Sa provenance risque de mettre la puce à l'oreille des services du fisc ? Et alors ? Ils peuvent, au pis, fermer la fondation, mais elle aura déjà cessé d'exister. Ils ne peuvent mettre personne en examen, car ses administrateurs ne sont pas responsables de la provenance de l'argent, mais seulement de sa destination. Et comme ils n'existent pas, ils ne risquent pas grand-chose de toute façon.

— Rien ne me permet de savoir quelle proportion des capitaux est d'origine douteuse », objecta Jane.

Henry Ziegler posa sa liste et secoua la tête.

« À mon avis, ce n'est pas énorme. Bernie Lupus était un de ces génies dont le commun des mortels ne prendra jamais la mesure, compte tenu de ce qu'il faudrait déjà savoir pour simplement imaginer ce qu'il faisait. Il se peut que chaque *cent* ait été si impeccablement lavé, essoré, bichonné et rangé que personne ne le reconnaîtra. Reste le problème de faire confiance à un type qui s'est fait descendre. Nous savons qu'il a commis au moins une erreur, et de taille. »

Jane se sentit légèrement mal à l'aise.

« C'est juste. Il faut prendre le maximum de précautions. »

Ziegler prit une autre feuille sur son bureau.

« On va tomber sur de l'argent qui représentera l'épargne de toute une vie : celui que Bernie l'Éléphant a investi il y a cinquante ans sous un faux nom en lui laissant faire des petits. Là, pas de problème. Tout ce qu'il nous faut, c'est un testament pour chaque compte léguant celui-ci à une œuvre quelconque, et un acte de décès. Nous postons un exemplaire à la banque et un autre à l'œuvre en question et nous les laissons régler les détails. Elles connaissent bien ce genre de boulot, et il prend du temps, ce qui est excellent pour nous. »

Jane se retint d'émettre un sifflement d'admiration.

« Plutôt impressionnant.

— Et ce n'est qu'un début.

— J'aurais quand même une question.

— Terminons ça d'abord. La série de dons suivante va aux mastodontes : United Way, Croix-Rouge, Catholic Charities, United Jewish Appeal, UNICEF, March of Dimes, CARE, Armée du Salut, et j'en passe. Elles fonctionnent comme de grosses chambres de compensation. Tous les dons de nos généreux bienfaiteurs imaginaires se mélangent au contenu d'une énorme marmite. Elles les redistribuent et en rendent compte plus tard. Ensuite nous descendons d'un cran.

— Qui est ?

— Les fondations spécialisées. En général en pathologies diverses et variées : National Cancer Society, Muscular Distrophy, Alzheimer's Association, AIDS, pour ne citer qu'elles. Nous avons de quoi les gaver toutes et elles sont de taille à avaler quelques

191

millions de plus sans sourciller. Après nous descendons encore d'un cran et passons aux organisations humanitaires et autres institutions isolées : accueil aux sans-abris, foyers pour femmes battues, hospices, orphelinats. Vous voyez le topo.

— Ce qui clôt la liste, j'imagine. »

Il secoua la tête.

« Loin de là ! Pour être franc, on va se retrouver à court d'œuvres à un moment ou à un autre. Là-dedans, il y en a une flopée qui vont flipper si elles reçoivent un chèque de plus de cent mille dollars, or il va falloir leur donner plus.

— Mais comment ?

— En nous diversifiant. Nous donnons de l'argent à une foule de causes qui ne sont pas d'ordre caritatif mais reçoivent des dons à l'occasion. Des universités auront besoin de dotations pour des bourses qui porteront le nom d'un donateur imaginaire. Nous donnons de l'argent à des réserves indiennes. » Il lui lança un regard aigu. « Ne me dites pas que vous avez une objection ? Les réserves abritent quelques-uns des citoyens les plus pauvres du pays. Nous envoyons un chèque au conseil tribal de telle ou telle réserve, d'accord ? Il décide de ce qu'il en fait pour aider au mieux sa communauté. Et il n'en parlera pas forcément car ce n'est pas monnaie courante.

— Ce n'était pas une objection, rectifia Jane. Je trouve l'idée géniale. Simplement je suis étonnée que vous... que vous ayez tant d'idées.

— Faire bouger l'argent est un art. Quand on sait s'y prendre, c'est comme quand on se cure le nez. La plupart du temps, les gens aimeraient autant qu'on s'en abstienne...

» En tout cas, continua-t-il, si vous m'avez suivi, vous avez saisi l'idée. Nous mettons les plus grosses sommes dans nos soixante fondations. Nous utilisons les grandes organisations caritatives pour absorber le paquet suivant, et nous procédons ensuite de façon dégressive. Nous devrons calculer soigneusement l'importance de chaque don afin d'empêcher les bénéficiaires de paniquer et de sauter sur le téléphone pour convoquer la presse. S'il nous reste encore de l'argent après ça, on pourra toujours commencer à envoyer des chèques aux orchestres symphoniques, musées, conseils des beaux-arts et autres.

— J'ai toujours ma question. »

Ziegler posa son papier et la regarda dans les yeux.

« Je sais. Pourquoi je ne veux rien pour moi... Pour les mêmes raisons que vous. Je n'en ai pas besoin au point d'y laisser ma peau.

— Et vos raisons plus théoriques ? Vous pouviez dire non et ne courir aucun danger. »

Il eut un sourire sans joie.

« Bernie Lupus. Je n'exagérais pas en parlant de l'homme qu'il devait être. Avec un cerveau pareil, il aurait pu faire n'importe quoi. Être un grand savant ou quelque chose du genre. C'est un des plus énormes gaspillages que je connaisse. Comme si Einstein avait passé sa vie entière à débrancher les détecteurs de fumée des avions pour pouvoir en griller une ou bricoler les téléphones publics pour appeler à l'œil ! Je crois que j'y vois la possibilité de changer la vie de Bernie l'Éléphant de façon posthume. Si j'avais écouté votre baratin et dit non, alors Bernie Lupus n'aurait été qu'un cadavre de plus à enrichir la mafia. Mais si je disais oui, ça changeait tout. Tout ce qu'a fait Bernie

14

Il y avait encore de la lumière derrière les stores de la fenêtre du premier étage lorsque Jane prit le dernier virage. Elle se gara au bord de la route et fit le reste du trajet à pied dans l'obscurité, puis s'avança dans le rond de lumière du porche et sonna. Elle guetta le bruit des pas dans l'escalier, et put constater, quand elle les entendit, que ce n'étaient pas les bons : trop légers, trop vifs pour être ceux de Bernie. Jane s'écarta sur le côté et attendit. La porte s'ouvrit, et Rita Shelford parut sur le seuil.

Jane se rua dans l'entrée, tira Rita à l'intérieur, ferma la porte et la verrouilla. Elle s'appuya contre le battant et fixa Rita sans un mot.

Rita s'efforça de soutenir le regard de Jane, puis voulut détourner les yeux mais n'y réussit pas. Elle prit une grande inspiration : « Je... j'ai décidé...

— Tu as décidé, l'interrompit Jane. Inutile d'en dire plus. Je t'ai expliqué comment tu avais le plus de chance de t'en tirer, mon rôle s'arrêtait là. Mais comme tu n'as jamais prétendu que c'était ton but, je ne devrais pas m'étonner.

— Je suis désolée, commença Rita d'un ton ferme, mais...

— Non, tu ne l'es pas, répliqua Jane avec calme. En tout cas, pas encore. Mais maintenant que l'affaire est enclenchée, je ne peux pas m'interrompre pour te faire retraverser deux États et te convaincre de ne pas bouger. J'espère que lorsqu'elle sera bouclée, tu continueras de penser que tu as fait le bon choix. De toute façon, tu es avec nous. »

Rita fit un pas et lui saisit les mains.

« Merci. Je vais vous aider, promis. Je vais...

— Où est-il? la coupa Jane.

— Où est quoi?

— Le fusil. »

Rita la regarda bouche bée, mais ne répondit rien.

« J'ai décidé, reprit Jane, de rester ici une fois qu'on aura tout éteint et je ne tiens pas à me prendre les pieds dans un fusil de chasse. Parce que c'est bien ce dont il s'agit, non ? »

Rita ouvrit le petit cagibi derrière elle. Entre la serpillière et le balai se dressait une Winchester Defender à canon court. Comme elle allait refermer la porte, Jane s'interposa. Elle se pencha et enclencha la sécurité. « Il y a une balle dans le canon ? Je ne t'ai pas entendue l'engager.

— Je ne sais pas, répondit Rita. Je n'en avais encore jamais vu de près. Bernie m'a demandé de prendre la voiture pour faire le tour des vide-greniers jusqu'à ce qu'il en ait trouvé un. »

Jane soupira. Il avait eu le bon réflexe, bien sûr. Et c'était ce bon réflexe qui l'avait mis en péril et conduit là.

Elle revint vers la porte et défit le pêne dormant.

« Je sors chercher un invité, alors présente-toi sous ton meilleur jour, quel qu'il soit. »

La terreur figea le visage de Rita.

« Un invité? Oh, mon Dieu! vous m'avez vue? » Avec un geste de désespoir, elle montra son débardeur, son short et ses pieds nus. Elle passa ses doigts dans ses cheveux nouvellement châtains pour les coiffer. « Quel genre d'invité? Qui est-ce?

— Tu es très bien, affirma Jane. Tes cheveux sont superbes. À ce propos, je suis toujours satisfaite de la couleur. Il s'appelle Henry Ziegler. Il est déjà au courant, pour Bernie.

— Qu'est-ce qu'il vient faire? demanda-t-elle d'un ton méfiant.

— Nous n'allons pas nous débarrasser de dix milliards de dollars en restant là, à faire des chèques de mille dollars. Nous pourrions continuer jusqu'à nous démancher le coude, et nous finirions par nous faire repérer et tuer en n'ayant presque pas entamé les comptes. Il nous faut de l'aide, et c'est un spécialiste.

— Vous auriez pu me... je ne sais pas, me prévenir.

— J'ignorais ta présence.

— C'est vrai », reconnut Rita.

Jane se glissa dehors et revint une minute après avec Henry Ziegler. Jane vit l'homme et la fille se jauger de part et d'autre des trois mètres qui les séparaient, tels deux chiens méfiants. Au bout de trois secondes, le petit comptable tiré à quatre épingles fit soudain un grand sourire, s'avança vers Rita et lui serra brièvement la main. « Henry, se présenta-t-il.

— Rita, rétorqua la fille, en regardant non pas le visage de Ziegler mais sa main.

— Parfait », conclut Ziegler. Il jeta un coup d'œil

ravi autour de lui. « C'est sympa, chez vous. Je craignais que cela ressemble plus à une planque qu'à une maison. » Tandis qu'il explorait la cuisine, Rita ne le quitta pas d'une semelle, l'observant avec suspicion. Mais Jane vit que Ziegler comptait les prises électriques. Son examen parut le satisfaire. Il se tourna vers Rita.

« Tu sais taper à la machine ? »

Rita le regarda avec de grands yeux, ahurie.

Jane s'avança.

« Moi, oui. »

Rita parut revenir sur terre.

« Je sais taper. J'ai suivi un cours d'informatique au lycée, ajouta-t-elle à l'adresse de Jane.

— Très bien ! » Ziegler se tourna vers Jane. « Il faudra qu'on aille dans une boutique d'informatique demain matin à la première heure. » Il se mit à faire les cent pas. « Nous avons besoin de deux PC et deux imprimantes laser. Un télécopieur, des fournitures. Du papier de qualité supérieure pour imprimer nos propres en-têtes, des enveloppes, et des timbres en masse. Je vais faire la liste ce soir. » Il s'immobilisa et regarda Jane. « Et Bernie, quand est-ce que je fais sa connaissance ?

— Maintenant, je crois, répondit-elle. Bernie ? »

Le vieil homme apparut à la porte de la salle à manger.

« Lui-même. Difficile d'arriver en douce quand on est dur d'oreille. Qui êtes-vous ?

— Je vous présente Henry Ziegler, dit Jane. Je lui ai demandé de nous aider à transférer l'argent. »

Henry Ziegler s'avança, la main tendue. Bernie la

lui serra pour la forme et la laissa retomber. Il s'adressa à Jane.

« Vous assurez notre sécurité ou vous rameutez d'autres cibles ? »

Rita s'interposa.

« Elle a raison, Bernie. Si vous n'avez jamais entendu parler de lui, c'est sûrement sa meilleure référence. Et puis, il a déjà l'expérience de ce genre de truc, et pas nous. »

En voyant l'expression de Bernie, Jane se dit qu'elle reflétait sûrement la sienne.

Bernie haussa les épaules. « Tu as sans doute raison. Tu sais à quoi t'en tenir si ça foire ? ajouta-t-il à l'intention de Ziegler.

— Cela n'avance pas à grand-chose de se ronger les sangs, répondit Ziegler. Si on partait perdants tous les trois, on ne serait pas là, hein ?

— Moi ça m'inquiète, mais si tu préfères voir les choses autrement, libre à toi. J'annonçais simplement la couleur. » Il désigna Jane. « Une femme comme elle commence à te dire deux mots, et aussitôt tu te crois meilleur que tu ne l'es et tu t'imagines que les crocodiles ont perdu toutes leurs dents. Moi, je peux te dire qu'ils les ont encore toutes.

— J'espère seulement qu'ils vont dormir le temps qu'on vide le marécage.

— Dormir, répéta Bernie. Bonne idée. On se verra demain. » Il sortit de la cuisine et Jane l'entendit monter l'escalier d'un pas lent, décidé à ne pas s'en laisser conter.

« Déposez-moi à l'hôtel l'Eldorado, dans San Francisco Street-Ouest, lui demanda Ziegler. J'ai quelques fax et e-mails à envoyer cette nuit. »

Quelques minutes plus tard, Jane s'arrêta avec Ziegler devant la façade illuminée du grand hôtel et coupa le contact. « Inutile de vous arrêter, dit-il. Je suis attendu. Pouvez-vous passer me prendre à sept heures ?

— Comptez sur moi », promit Jane. Comme il prenait sa valise en cuir dans le coffre, elle ajouta : « Voyez si vous ne pouvez pas vous trouver une tenue plus décontractée. On n'est pas à New York. »

Le lendemain matin, à sept heures, il se tenait devant l'hôtel, un gobelet de café dans une main, un attaché-case dans l'autre. Il s'assit à côté d'elle dans la voiture. « Allez jusqu'à Albuquerque. On va faire nos courses maintenant. »

Jane lui lança un regard, puis déboîta. Il avait exactement l'allure qu'elle espérait, celle d'un homme habitué à porter des costumes sur mesure, mais qui était venu au Nouveau-Mexique à l'occasion d'un congé. Il étrennait manifestement son jean et sa confortable chemise kaki. Elle savait qu'elle l'avait obligé à se rabattre sur la boutique de l'hôtel, et le résultat était impeccable. On ne s'étonnerait pas de le voir entrer dans un magasin et acheter un ordinateur et tout le matériel annexe sur un coup de tête.

« Vous savez où aller ? » demanda-t-elle quand ils arrivèrent à la périphérie d'Albuquerque.

Ziegler lui tendit une liste de magasins et d'adresses. « J'ai fait les pages jaunes de l'annuaire cette nuit, pour éviter de perdre du temps. » Jane le conduisit d'un magasin à l'autre, l'observant tandis qu'il explorait les travées avec une autre de ses listes. Il acheta des ordinateurs, des modems, des imprimantes, des rames de papier vergé épais de format A4, des boîtes d'enveloppes : une telle quantité de fournitures que

Jane et lui ne parvinrent pas à tout faire tenir dans le coffre et durent en empiler sur la banquette arrière. Une fois la voiture pleine, Jane s'arrêta près d'une benne à ordures, derrière un immeuble de bureaux barré d'un énorme calicot À LOUER. « Il faut qu'on fasse un peu de place », lui expliqua-t-elle. Ils sortirent le matériel informatique des énormes boîtes et de leur rembourrage en polystyrène et jetèrent les emballages pour gagner de la place.

À une heure ils étaient de retour à Santa Fe, et Ziegler entreprit de transformer la salle à manger de la maison en bureau. Il semblait avoir pensé à tout. Il avait rajouté des régulateurs de tension aux rallonges qu'il brancha dans les prises électriques du séjour et de la cuisine. Tout en s'activant, il instruisait Jane : « On va avoir des informations sur les disques durs pendant qu'on travaillera, et c'est un risque. En cas de pépin, ne croyez pas qu'il suffise d'écrabouiller l'ordinateur à coups de marteau. L'ordinateur est juste une boîte en plastique. Il faut sortir le disque dur et le détruire : le jeter au feu ou le réduire en miettes. Vous avez des gens qui vivent de la récupération de données sur des disques prétendument effacés. Compris ? Vous le dévissez et vous le sortez en même temps que l'unité. »

À la fin de l'après-midi, il brancha son portable sur l'une des imprimantes et sortit les renseignements qui lui étaient arrivés des quatre coins du pays lorsqu'il se trouvait à l'hôtel, à Beverly Hills et à Santa Fe. Une heure plus tard, il était prêt. « Amenez les autres », lui lança-t-il.

Lorsque Jane revint dans le séjour avec Rita et Bernie, ce dernier lança un regard hostile à Ziegler. « Des ordinateurs. Je hais les ordinateurs ! »

Ziegler resta imperturbable.

« Pas de problème, Bernie. C'est elles qui s'en serviront. » Il tendit à Rita une longue liste de noms et d'adresses. « Tu vas d'abord taper cette liste dans la grille inscrite sur l'écran. Quand tu auras fini, tu m'appelles, et je te montrerai comment on imprime les étiquettes. » Il saisit Jane par le bras et la conduisit devant l'autre ordinateur. « Vous commencez par rédiger une dizaine de lettres types. Vous connaissez le but de l'opération. Vous laissez en blanc les noms de l'institution, de la rue et de la ville. La fondation X leur fait un don de X milliers de dollars pour leur permettre de poursuivre leur noble entreprise. Ou c'est M. X. qui joint un chèque. Ou M. X vient de décéder et a tout légué à l'institution en question. Trouvez des formules vagues et pas compliquées, qu'on puisse les compléter et utiliser chaque modèle une cinquantaine de fois. » Il se tourna enfin vers Bernie. « Vous et moi, on commence à mettre par écrit où se trouve l'argent. »

Bernie eut un sourire narquois.

« Elle t'a battu d'une longueur. Il y a plusieurs jours qu'elle me fait bosser dessus. » Il alla vers le buffet à l'autre bout de la table et saisit un carnet à spirale. Il le tendit à Ziegler. « Ce n'est qu'un début. »

Jane s'approcha de Ziegler et le regarda feuilleter les pages. Toutes étaient couvertes de noms, numéros de comptes, noms de banques et de courtiers, jusqu'aux dates auxquelles Bernie avait effectué les investissements, le tout manuscrit. Elle vit que les quinze premières pages concernaient uniquement les années quarante. « Je n'y croyais pas vraiment. J'en avais entendu parler, mais ça ne me paraissait pas possible », déclara Ziegler d'une voix sourde. Lorsqu'il arriva au bout, il reprit par le début et feuilleta une seconde fois toutes les pages. « Il en reste beaucoup ? demanda-t-il.

— Je ne sais pas, répondit Bernie. Ça, c'est la famille Langusto.

— C'est votre système pour vous les rappeler ? Par famille ?

— Évidemment, lâcha Bernie. Tu croyais que je pouvais me fourrer tout en vrac dans le cerveau et leur demander ensuite de me dire qui possédait quoi ? C'était une bande de truands, bon sang ! »

Ziegler acheva son second examen, posa le carnet sur la table et pianota sur le clavier de son portable, puis leva les yeux vers Jane.

« Plus de deux milliards », annonça-t-il.

Elle comprit. Le chiffre laissait loin derrière lui les estimations de Bernie, sans parler des siennes.

« Alors on attaque », dit-elle.

Elle s'assit devant l'ordinateur et commença à taper.

« Maintenant je passe aux Augustino, annonça Bernie.

— Bravo, Bernie, répliqua Jane. Nous démarrons en beauté. Prévenez-nous quand vous aurez fini. »

Elle tenta de chasser un sentiment croissant d'impuissance. Sur la table, en face d'elle, Rita se mit à l'ouvrage avec une application d'écolière, appuyant lentement sur les touches et marmonnant un « merde » toutes les deux minutes, avant de revenir en arrière et de corriger une lettre. Au bout de dix minutes de ce petit jeu, Jane fit le tour de la table et se pencha sur l'épaule de la fille. « Ne t'inquiète pas des fautes de frappe, lui dit-elle gentiment. Vas-y et corrige-les du mieux que tu peux. Même si nous sommes nulles, nous ne risquons pas de nous faire virer. »

Rita la regarda d'un air chagrin, puis reprit son pensum. Au bout d'une heure, Jane nota que le cliquetis de son clavier devenait plus régulier, et les jurons plus rares. Jane, Ziegler et Rita travaillèrent sur les ordinateurs pendant les cinq heures suivantes, tandis que Bernie, installé dans un fauteuil du séjour, noircissait son carnet. De temps à autre, l'un d'eux se levait pour se dégourdir les jambes ou simplement s'étirer et se rasseoir. Ils n'échangeaient que de rares propos, à voix basse, et en s'adressant à quelqu'un en particulier.

« Il va falloir dîner, lança Jane à neuf heures. Je vais préparer quelque chose.

— Non, intervint Ziegler. Écrivez simplement ce qui vous ferait plaisir. Je passe la commande au restaurant de l'hôtel et je la fais porter dans ma suite. Nous avons tous besoin d'une pause, et j'enverrai des fax de là-bas. C'est plus sûr.

— Pas question d'emmener ces deux-là dans un hôtel, rétorqua Jane. C'est trop dangereux pour eux. »

Ziegler ouvrait déjà la bouche pour protester, mais Bernie l'arrêta.

« Écoute-la, petit. Tu es un spécialiste, je suis un spécialiste, et elle aussi.

— Elle est également notre meilleure dactylo, reconnut Ziegler. Je vais commander à dîner et envoyer mes fax le temps qu'on me l'apporte. Vous pouvez continuer jusqu'à mon retour. » Il appuya sur une commande, et l'imprimante à côté de lui commença à régurgiter lentement des lettres types pendant qu'il se dirigeait vers la porte.

Ziegler revint au bout d'une heure et demie avec

deux cabas remplis de boîtes et entreprit de les déballer dans la cuisine. « Comme j'ignorais vos goûts, j'ai pris un peu de tout : steak, homard, poisson, poulet, pâtes, vin blanc et vin rouge. »

Rita alla voir Ziegler pour regarder le contenu des boîtes. Elle semblait mal à l'aise.

« C'est le genre de trucs que je voyais à l'hôtel », déclara-t-elle dans le vide.

Jane lui toucha le bras.

« Fais-toi plaisir. Mais si tu n'es pas habituée au homard noyé dans le beurre, tu devrais peut-être y aller en douceur pour une première fois.

— Elle te dit de ne pas avoir les yeux plus gros que le ventre », traduisit Bernie.

Jane prit une assiette et rejoignit les autres autour de la table de la cuisine. Elle s'assit à côté d'Henry Ziegler. « Nous avançons ?

— Avez-vous complété les lettres types avec la dernière liste de noms que je vous ai donnée ?

— Elles sont imprimées, mises sous enveloppe et timbrées.

— Alors nous devrions avoir un milliard de dollars prêts à être postés demain à cette heure-ci.

— Tu n'oublies pas un détail ? demanda Bernie.

— Quoi ?

— Les chèques. Nous n'avons pas de chèques. »

Ziegler sourit.

« J'en aurai préparé quelques-uns le temps que vous alliez au lit, et le reste demain matin. Je peux fabriquer des chèques avec mon ordinateur. J'entre les numéros de comptes, les adresses et les noms, et l'imprimante me les sort. Un tas de sociétés le font. Si on prend le papier adéquat, ils ressemblent à n'importe quels chèques, et côté papier nous sommes parés. Mais il faudra tout de même les signer. Ils vont comparer votre signature avec celle de vos bordereaux de versement.

— À condition que je n'attrape pas la crampe de l'écrivain à force de mettre tout ça par écrit.

— Si vous préférez dicter, nous pouvons le faire à votre place, proposa Jane.

— Si j'ai un problème, je vous le dirai, rétorqua Bernie. Les Augustino, je les ai terminés tout à l'heure. Et j'ai entamé ces fumiers de Molinari. »

Jane rinça son assiette dans l'évier, repartit dans la salle à manger et se remit seule au travail. Un peu plus tard, l'un après l'autre, chacun regagna sa place, mais Jane se plongea encore plus profondément dans ses pensées.

Elle se souvint d'un jour, il y avait deux ans de cela. Elle avait réussi à faire sortir Mary Perkins d'une ferme où on la séquestrait, et elle fuyait avec elle. La femme était blessée, et elle avait dû la garder à l'intérieur à l'abri des regards, le temps qu'elle récupère assez de forces pour se remettre en route. Jane s'était arrêtée dans l'Oklahoma, dans la seule parcelle de réserve qui subsistait, et avait frappé à la porte de la caravane où vivait Martha McCutcheon. Martha était une mère de clan, que Jane avait rencontrée à une occasion.

Comme il avait été impossible de dissimuler que Mary Perkins avait été torturée — régulièrement rouée de coups, violée et privée de nourriture —, Martha avait emmené Jane dehors, dans les champs plats et à l'abandon qui s'étendaient derrière la caravane, et exigé qu'elle lui raconte tout. Jane savait que ces yeux fatigués, au regard pénétrant, avaient vu bien des choses en soixante-quinze ans, qu'ils avaient exprimé l'horreur mais jamais la peur, aussi lui avait-elle dit la vérité. « Pourquoi une Nundawaono est-elle mêlée à des histoires pareilles ? avait demandé Martha.

— C'est mon travail, avait répondu Jane. Des fugitifs viennent me trouver et je les guide. Je les emmène hors du monde.

— Pourquoi ?

— Parce que si je ne le faisais pas, ils me donneraient de mauvais rêves. »

Et Martha avait dit : « Je parie que beaucoup t'en donnent quand même. » Les mots lui revenaient à présent, mais ils avaient investi sa voix à elle.

Jane tenta de revenir à ce qui l'occupait. Elle se concentra sur les associations caritatives. Il y avait une foule de noms évocateurs, et elle savait bien que chacun représentait des milliers de gens affamés, malades ou dans une situation désespérée. Mais elle ne parvenait pas à loger les associations dans l'espace où la vérité trouvait sa place.

Peut-être avait-elle imaginé ce plan parce qu'il lui fallait une raison pour faire ce que Bernie lui demandait. Se sachant incapable de voir en Bernie Lupus, dit « l'Éléphant », une victime innocente, elle avait réfléchi au prix qu'il aurait à payer pour ses services.

Mais que faisait Jane McKinnon en offrant ses services à n'importe quel prix ? Elle avait essayé de chasser Carey de son esprit, mais il l'occupait à nouveau. Elle n'avait pas simplement été heureuse avec Carey, mais heureuse aussi parce qu'il existait... heureuse qu'il l'aimât plus que tout être au monde, heureuse du temps qu'elle passait avec lui, heureuse d'être

Mrs McKinnon. Elle se surprit à contempler, au-delà de la porte, le téléphone du séjour.

Jane s'obligea à fixer son attention sur son écran d'ordinateur. Cette fois, la prudence s'imposait plus que jamais. Si elle faisait une erreur ou jouait simplement de malheur, on ne devait surtout pas pouvoir remonter jusqu'à Carey. Delfina avait traqué Rita jusqu'à Niagara Falls, bien trop près de chez eux pour ne pas l'alarmer. Si quelque chose tournait mal dans cette maison-ci, on ne manquerait sûrement pas de se procurer une liste des appels téléphoniques qui en auraient été passés.

De toute façon, mieux valait ne pas tenter d'expliquer à Carey les motifs de son absence. Cela l'inquiéterait, le tourmenterait et ne lui apporterait aucun réconfort. Elle l'avait déjà prévenu de s'attendre à rester longtemps sans nouvelles, et elle ne l'appellerait pas avant d'avoir de bonnes raisons de croire tout danger écarté.

Carey survivrait. Ils avaient plaisanté un jour sur le fait qu'il était un mari « à service réduit », mais ce n'était pas tout à fait une plaisanterie. Il était déjà adulte et chirurgien de renom avant de la convaincre de l'épouser. Elle n'avait pas eu besoin de fournir les contributions habituelles : argent, travail, voire patience. Elle avait emménagé dans la grande maison de pierre d'Amherst, bâtie sur les terres qu'un des ancêtres de Carey avait achetées à sa famille à elle dans les années 1790. Les McKinnon avaient procédé à tant d'agrandissements et de remaniements que la maison n'avait eu besoin d'aucune modification pour accueillir le couple.

Carey ressemblait à la maison : on l'avait construit

et amélioré, et les erreurs avaient été rectifiées avant qu'elle entre en scène. Il était parvenu à son architecture définitive. Il ne comptait que sur lui-même et avait l'esprit pleinement occupé. Carey était une personne qui savait ce qu'allaient désormais être ses jours jusqu'à ce que l'âge entrave son activité. Si Jane éprouvait un incommensurable besoin de donner, lui n'avait même pas le temps de recevoir. Il partait au service de chirurgie de l'hôpital à six heures et demie tous les matins et rentrait après ses dernières tournées à huit heures du soir. Si Jane le rejoignait au déjeuner, les médecins et les infirmières qu'il voyait tous les jours s'invitaient à leur table. Dans une ville comme Buffalo, où l'esprit de clan primait, la plupart des gens n'imaginaient pas qu'un mari et sa femme puissent vouloir déjeuner en tête à tête, sauf s'ils avaient un compte à régler.

Jane décela une tonalité bizarre dans ses réflexions. Ce qu'elle pensait n'était pas faux à proprement parler, mais ressemblait de plus en plus à une série d'alibis alambiqués. Cela n'expliquait pas pourquoi Jane n'était pas rentrée chez elle à la minute où Rita avait été mise hors circulation, ni pourquoi elle se retrouvait dans une maison du Nouveau-Mexique avec cette étrange brochette d'individus, engagée dans une entreprise peu ordinaire.

Jane continua de taper et d'imprimer tandis que, un à un, les autres abandonnaient la salle à manger. Ce fut d'abord Bernie qui se leva et monta. Puis Rita. Une heure après, même Henry Ziegler quitta son siège et referma son portable.

« Henry, on en a pour combien de temps, d'après vous ? » demanda Jane sur un ton anodin.

15

Jane se réveilla soudain dans le noir. Rejetant sa couverture, elle se redressa sur le canapé du salon. Un rai de lumière filtrait sous la porte battante de la salle à manger. Elle tendit l'oreille. Le cliquettement étouffé et régulier des touches d'ordinateur était ponctué par le hoquet rythmé de l'imprimante à chaque fin de page, à mesure que les feuilles se dévidaient. Elle approcha sa montre de son visage, inclina le poignet pour distinguer l'heure dans le faible clair de lune, et vit qu'il était trois heures du matin. Après quoi elle se dirigea vers la porte et la poussa.

Bien qu'on eût baissé le rhéostat du lustre de la salle à manger, la lumière lui blessa les yeux. Le visage d'Henry Ziegler baignait dans la phosphorescence fantomatique de son écran d'ordinateur. « Vous ne dormez jamais, n'est-ce pas ? » dit-elle doucement.

Ziegler fit un saut de carpe sur son fauteuil, puis aperçut Jane et se laissa aller, le dos voûté tandis qu'il respirait profondément pour se calmer. « Vous m'avez fait une peur bleue ! Désolé si je vous ai réveillée. J'ai pensé que je ferais aussi bien de m'attaquer à la suite de l'opération. Les papiers des fondations d'entreprises que je crée commencent à arriver en masse à l'hôtel.

— Je ne vous ai pas demandé ce que vous faisiez, mais s'il vous arrivait de dormir.

— Ne dites pas de bêtises », répliqua-t-il, mais ses yeux étaient revenus sur l'écran avant même qu'il eût ouvert la bouche.

Jane s'obstina.

« J'étais avec vous l'autre soir à Beverly Hills, puis quand je suis passée vous prendre le lendemain matin, j'ai vu que vous aviez déjà accompli le travail de toute une journée. Idem à l'hôtel en ville, après notre arrivée ici. Et vous remettez ça. Vous prenez quelque chose ? »

Henry leva les yeux vers elle et secoua la tête.

« C'est sans doute une maladie, mais j'ignore laquelle. Je n'en ai jamais parlé à un médecin, en tout cas elle ne m'a pas encore tué.

— Cela remonte à quand ?

— Aucune idée. À ma naissance, je crois. Ma mère a toujours raconté à qui voulait l'entendre que j'étais un bébé à coliques. Je me rappelle, aussi loin que mes souvenirs remontent, que je me couchais sur un côté jusqu'à être ankylosé et avoir mal partout, puis que je passais sur l'autre et que ça recommençait. À l'aube, je somnolais une heure ou deux. Une nuit, je devais avoir huit ans, je me suis levé. Le lendemain soir, je me suis endormi la tête sur l'oreiller, et je me suis réveillé deux heures après. La nuit suivante, même topo. Et c'est comme ça depuis. »

Plusieurs réflexions traversèrent le cerveau embrumé par le sommeil de Jane. Elle se rappela que George Hawkes lui avait dit que vingt-cinq ans auparavant Ziegler, au tout début de sa carrière de comptable, faisait son droit la nuit. Elle n'avait pas imaginé qu'il voulait dire « toute » la nuit. Elle se souvenait vaguement aussi avoir lu que Napoléon dormait aussi peu que Ziegler.

« Je suppose que je suis réveillée aussi, marmonna-t-elle. Autant m'y mettre pendant une heure ou deux. »

Elle s'assit devant son ordinateur et l'alluma, puis regarda l'écran s'allumer et la série d'autotests se mettre en route. « Et maintenant ? »

Henry saisit quelques feuilles de papier pour lui montrer celle du dessus.

« Vous me rédigez une lettre type pour chacune de ces fondations d'entreprises. Le numéro figurant à côté de la raison sociale est la somme qu'elles doivent lâcher. Vous prenez pour chacune quelques associations caritatives dans cette autre liste, vous imprimez les lettres, vous les signez du nom du président. Puis vous les ajoutez à la pile là-bas. Quand j'aurai fini, je prendrai la pile pour faire les chèques. Rita, lorsqu'elle se lèvera, n'aura plus qu'à imprimer les adresses et le reste, timbrer les enveloppes et les empiler.

— Vu », dit Jane. Elle s'attela à sa tâche. Au bout d'une journée, les réflexes se mettaient en place et elle allait plus vite. C'était comme un jeu. Les gros organismes avaient droit à un million de dollars ou plus. Les petits en obtenaient trois ou quatre cent mille. Les noms des membres des comités directeurs portaient tous des patronymes courants ou à consonance familière : Ziegler ou elle les avaient pris dans des annuaires de téléphone en leur accolant des prénoms et des initiales au hasard. Jane variait les signatures, alternant les fioritures qui brouillaient les caractères et les pattes de mouche illisibles. Depuis dix ans qu'elle fabriquait des faux, ses signatures paraissaient des plus authentiques.

Lorsqu'elle arriva au bas de la liste des fondations d'entreprises, Rita était levée et travaillait à côté d'elle, mâchant du chewing-gum dont elle faisait éclater une bulle toutes les cinq minutes. Jane resta huit heures à son ordinateur, puis prit une douche et partit acheter une nouvelle cargaison de fournitures à Albuquerque. Cette fois, elle choisit d'autres magasins ; elle rattrapa le temps qu'elle avait perdu à les localiser car elle savait exactement ce qu'il lui fallait. Elle régla ses achats avec des cartes de crédit à trois noms différents, regagna la maison à quatre heures de l'après-midi avec des repas à emporter achetés au passage, puis retravailla de cinq heures à onze heures.

Le lendemain, elle écrivit encore des lettres et remplit des chèques, cette fois au bénéfice d'universités. Les dons émanaient tantôt d'entreprises, tantôt de fondations, ou encore de particuliers imaginaires dotés de noms passe-partout, ce qui permettait à Jane de sous-entendre l'existence d'un lien de parenté sans préciser s'il s'agissait d'anciens élèves ou de parents ou grands-parents d'étudiants.

Le jour suivant, Jane dota des conseils tribaux de réserves indiennes. Cette journée-là elle s'attacha au travail avec un plaisir secret. Elle s'était toujours donné pour règle de ne pas mêler son ascendance à ses activités. Elle l'avait enfreinte à deux occasions seulement, quand elle n'avait pas eu d'autre ressource que de cacher un fugitif dans une réserve, et la seule fois où elle en avait parlé — à Celia Fulham, l'assistante sociale de Floride. Le secret faisait partie du bon millier de précautions qu'elle s'était imposées jusqu'à ce qu'elles lui fussent devenues une seconde nature. Si l'un de ses ennemis la croyait d'origine ethnique inconnue, il serait obligé de la rechercher parmi cent cinquante millions d'autres Américaines. Mais s'il apprenait qu'elle figurait dans un registre tribal, il pourrait en éliminer d'office cent quarante-neuf millions. En rédigeant les lettres, Jane s'aperçut qu'elle s'efforçait de grossir les sommes au maximum, et elle se surprit deux ou trois fois en flagrant délit de dons excessifs. Les gros chèques se justifiaient par le fait que les réserves étaient saignées à blanc. Mais cette même raison l'empêchait de faire des chèques encore plus importants. D'énormes dons de provenance incertaine déclencheraient l'alerte.

Puis Jane consacra deux pleines journées aux dons aux sans-abris, aux soupes populaires et aux associations d'aide aux personnes en difficulté qui secouraient les indigents et les affamés des villes. Le jour d'après fut occupé par les services de formation et de réadaptation pour les handicapés, les laissés pour compte du système éducatif et les personnes déplacées.

Les hôpitaux la retinrent un jour et une nuit. Il y en avait des milliers, et des dizaines d'entre eux semblaient porter le même nom. Mais ces établissements, habitués à recevoir des dons d'importance inégale, permettaient de transférer sans trop de risque des sommes disparates — le reliquat des comptes d'un particulier ou d'une fondation. Sa campagne de collecte de fonds pour l'hôpital de Carey lui avait appris à rédiger ce genre de lettres.

Jane se réveillait chaque matin avant l'aube en se demandant s'ils en verraient le bout ce jour-là, mais elle trouvait immanquablement l'insomniaque Henry

Ziegler sur le pont, sortant sur l'imprimante les listes de gens imaginaires qui allaient être les bienfaiteurs du jour. Le soir, Bernie tendait à Ziegler son carnet à spirale fraîchement rempli, et au dîner Ziegler feuilletait les vingt ou trente pages noircies des nouveaux numéros de comptes et domiciliations déversés par la mémoire prodigieuse de Bernie. Chaque fois le contenu des carnets avait été entré dans les ordinateurs, puis Jane était allée brûler les pages dans la cheminée.

Les bourses éducatives exigèrent un jour et une nuit entière. Toutes les associations ou organisations répertoriées dans l'*Annuaire des fondations* qui en octroyaient reçurent une somme importante à affecter à leurs subventions permanentes. Deux jours furent consacrés aux dons aux institutions qui accueillaient les orphelins et les enfants non désirés. Jane fut stupéfaite d'en découvrir autant. Elle passa deux autres jours à s'occuper de foyers d'accueil à but non lucratif et d'institutions caritatives pour personnes âgées ; même les animaux eurent droit à une demi-journée.

Jane s'était mise à l'œuvre avec une détermination calme et froide, à laquelle s'ajouta bientôt, au fil des jours, un sentiment d'irréalité et de confusion. Elle avait mis un point d'honneur à suivre le rythme de Ziegler, mais le manque de sommeil entamait son énergie, et ce travail sombrait peu à peu dans la routine. Des cartons d'enveloppes volumineuses et cachetées s'empilaient le long des murs des chambres à l'étage et du garage, et les placards du séjour avaient commencé à se remplir à leur tour.

Un matin, lorsqu'elle rejoignit Ziegler dans la salle à manger, elle le trouva en train d'entrer une série d'adresses Web dans l'ordinateur. Il en terminait une, attendait quelques secondes, puis hochait la tête d'un air satisfait.

« Qu'est-ce que c'est ? s'enquit Jane.

— Je surveille nos arrières, lui répondit-il. Avant de poster le moindre chèque, je veux être sûr que le compte est approvisionné. Au cas où il y aurait un chèque en bois, nous ne serions pas là pour le couvrir. Et Mr Hagedorn ou Mrs Fuller ne répondront pas à leur courrier.

— Et cela se présente bien ?

— Aucune erreur, aucun problème avec aucune grosse pointure : les cent quatre-vingt-douze fondations, les cinquante-six sociétés et les fonds spéciaux que nous avons créés sont tous solvables. Il ne nous reste plus qu'à distribuer le pactole avant que ces chèques ne soient prescrits et que chacun de ces comptes devienne trop volumineux.

— C'est vrai ! J'ai eu l'esprit tellement occupé que j'avais fini par oublier. Qu'allons-nous faire des plus-values qui continuent de rentrer ?

— Rien. Il est impossible de se délester d'un milliard de dollars sans laisser quelques millions d'intérêts non crédités qui tomberont plus tard. C'est peut-être ce qui nous sauve. Le gouvernement fédéral et ceux des États ne verront qu'en avril que nous ne remplissons pas de déclarations fiscales. Les fondations versent un pour cent d'impôts indirects à l'État fédéral. Le trésor public entend bien le récupérer, mais tant que le compte reste ouvert, il ne s'inquiète pas trop. Ces miettes et résidus vont nous valoir un an ou deux de répit avant que les agents fédéraux se mettent à nous chercher des poux. Au bout de cinq ans, on se retrouve avec un compte que personne ne revendique. L'État le confisque, verse au gouvernement fédéral ce qui lui revient, et empoche le reste.

— C'est comme partir sans vider son verre. Le serveur croit qu'on revient.

— Tout à fait. J'espère que ça ne vous contrarie pas que ça leur aille à eux ?

— Je ne voue pas une admiration sans borne aux pouvoirs publics, avoua Jane. Mais je les préfère encore aux gangsters. Attendez : si nous sommes à court d'associations caritatives, pourquoi ne pas donner quelque chose aux États ?

— Surtout pas ! Nous devons faire exactement ce que les gens attendent de nous. Les pouvoirs publics se moquent pas mal des donations. Ce qu'ils veulent, c'est vous piquer votre argent.

— Eh bien, qu'ils se servent, conclut Jane. Quel est le programme de la journée ?

— Les avoirs à problème.

— C'est-à-dire ?

— Bernie nous a donné l'argent propre, immédiatement disponible, et à dépenser dans les plus brefs délais. Mais ce n'est pas tout. Il a acquis des biens fonciers.

— Et alors ?

— Par définition, le foncier n'est pas du mobilier, et on ne peut pas le camoufler. Il n'est pas facile de le convertir en liquidités. Nous ne pouvons pas faire de publicité. Même si nous trouvions des acheteurs par une filière discrète, qu'il faudrait inventer, nous ne pouvons pas rester soixante jours avec un compte de garantie bloqué pour clôturer la vente de cent vingt terrains dispersés dans tout le pays. Et naturellement,

218

Bernie ne connaît pas sur le bout des doigts les actes notariés et enregistrements d'origine.

— On devrait pouvoir se débrouiller. Les ventes sont sûrement enregistrées aux greffes des comtés. Il se souvient des noms, je suppose ?

— Il ne s'appelle pas Bernie l'Éléphant pour rien. Il se rappelle les dates, les prix, les références cadastrales.

— Pourquoi ne pas mettre les terrains dans les testaments de gens décédés ? »

Henry Ziegler réfléchit un instant.

« Pas mauvais, comme idée. On les laisserait à des organisations qui les exploiteront ou les vendront à leur profit.

— Quels sont les autres avoirs à problème ?

— Il a acheté des titres internationaux sous des noms étrangers. Il m'a fallu plusieurs heures pour m'y retrouver et en faire le tour, mais je crois que ça y est. J'ai placé des ordres de vente, accompagnés de dépôts directs dans des banques locales. Puis j'ai demandé que les banques effectuent un prélèvement libératoire avant de transférer l'argent aux États-Unis. Cela devrait résoudre la question. Ensuite, il y a les œuvres d'art.

— Bernie a investi dans l'art ?

— Hélas, soupira Ziegler. Dans la peinture. Essentiellement dans les années quarante et cinquante. Les tableaux avaient déjà une forte cote à l'époque et je frémis à l'idée de leur valeur actuelle ! »

Jane fronça les sourcils.

« Je m'imagine mal Bernie achetant des tableaux.

— Il l'a fait par l'entremise de marchands européens — il les a utilisés comme courtiers. C'est une pratique courante. Vous achetez une toile qui fait un mètre de haut sur soixante centimètres de large et deux millimètres d'épaisseur, et vous vous retrouvez avec un petit matelas de cinq ou six millions de dollars à l'arrivée. Et ce n'est pas sorcier de trouver un marchand qui se fiche pas mal de la couleur de l'argent. Chuchotez "évasion fiscale", six ou sept se pressent aussitôt au portillon, et il y en aura bien deux qui vous mettront sur la piste d'un Vermeer ou d'un Titien restés invisibles depuis que les Alliés ont bombardé Dresde.

— Où sont les tableaux ?

— Dans un coffre. Je ne nous vois pas rappliquer chez Sotheby's pour nous en défaire. »

Jane se souvint des voyages effectués par Bernie pour rencontrer Francesca Ogliaro.

« À New York ?

— Exact. Et plusieurs sont des pièces volées. Si une œuvre d'un artiste majeur, qui est restée dans un coffre pendant deux générations, refait surface dans une salle des ventes, les caméras de la télé seront là. Les gros acheteurs du monde entier vont se pointer et les enchères flamberont. Et nous en avons une vingtaine de ce calibre. Le mieux, c'est de les brûler.

— Pouvons-nous certifier que quelques-unes ont été volées ?

— Sept ou huit d'après Bernie, donc sans doute plus.

— Parfait, dit Jane. On devrait pouvoir les écouler. A-t-on des documents prouvant l'existence de plusieurs acquéreurs ?

— Non. Il se faisait passer pour un certain Andrew Hewitt et ne traitait qu'avec une poignée de marchands, ce qui lui donnait du poids. C'étaient eux qui le contactaient. Ils ont tous quitté la scène, morts pour la plupart.

— Laissons tomber les marchands. Même s'ils vivaient encore, ils n'iraient pas se vanter d'avoir vendu des tableaux volés.

— Ça ne nous débarrasse pas de la marchandise. Impossible d'éviter la publicité.

— Alors décidons de la forme que nous allons lui donner ! Le fait qu'il les a tous acquis sous le nom d'Andrew Hewitt nous ouvre une possibilité.

— Les gens voudront tout savoir d'Andrew Hewitt, objecta Henry. D'où il tirait son argent, où il vivait, quelle tête il avait. Nous ne pouvons pas inventer le personnage du jour au lendemain et nous attendre à ce qu'il tienne la route, vu l'attention qu'il va susciter. On saura que c'était un prête-nom.

— Eh bien mettons une personne réelle derrière ce prête-nom. Pouvez-vous trouver des dossiers d'homologation sur votre ordinateur ?

— Quelle question !

— Parfait. Dénichez quelqu'un — homme ou femme — qui a légué une collection d'œuvres d'art à un musée.

— Il y en a sûrement des centaines. Voire des milliers.

— Dans ce cas, faites la fine bouche. Il nous faut quelqu'un qui ne mentionne aucun autre légataire dans son testament. Et cherchez des éléments attestant qu'il y avait beaucoup d'argent. Si possible quelqu'un qui soit mort depuis quelque temps, histoire d'avoir les coudées franches.

— Quel intérêt ?

— Andrew Hewitt était l'homme de paille qu'utilisait ce collectionneur authentique pour acquérir ses tableaux. À la mort dudit collectionneur — celui que nous dénichons —, toutes les œuvres devaient aller aux musées, y compris celles du coffre. Sauf qu'il a attendu trop longtemps pour en parler à qui que ce soit, parce que certaines étaient volées.

— Mais comment annonçons-nous la bonne nouvelle? Qui les met au courant?

— Voici comment procéder au mieux. Puisqu'au moins une des peintures a été volée, la personne au courant de la chose a une raison de vouloir garder l'anonymat. Notre collectionneur avait mis un ami dans le secret. L'ami écrit aujourd'hui une lettre anonyme au musée, dans laquelle il explique tout. Il a un pied dans la tombe, et ce secret lui a pesé sur la conscience pendant je ne sais combien années. Il veut s'en libérer. Le musée va prévenir les autorités à New York, qui obtiendront un mandat pour ouvrir le coffre. Les sept ou huit tableaux retourneront à leurs propriétaires. Ceux que Bernie a achetés en toute légalité iront au musée. Toute la procédure prendra peut-être des années, mais elle aboutira. »

Ziegler lui lança un regard admiratif.

« Pas mal vu. On fait l'économie d'un faux, puisque cette fois c'est ce vieux schnock qui écrit une lettre anonyme... Un peu comme s'il détenait le codicille manquant au testament de son copain.

— Tout à fait. Mais si nous laissions de côté les avoirs à problème pour d'abord liquider le plus facile? Pourquoi perdre du temps là-dessus alors que nous avons encore les actions, obligations et autres bricoles du même genre? »

Ziegler acquiesça tout en pianotant des codes sur son clavier.

« Tout à fait d'accord. » Il s'arrêta et lui sourit. « Je crois qu'on aura tout bouclé à huit heures ce soir. » Il attendit. « Vous avez entendu ce que j'ai dit ? Nous avons fait des chèques pour une valeur totale de quatorze virgule trois milliards de dollars.

— C'est ce que vous étiez en train de vérifier quand je suis entrée ? » demanda Jane. Elle avait un regard terne, lointain. « C'est presque fini ? »

Ziegler fit un signe affirmatif.

« Bernie est à sec depuis hier soir. »

16

Le lendemain matin, Jane fit un saut en voiture à Albuquerque pour acheter un Polaroïd et quatre grands sacs de voyage souples à roulettes. Puis elle s'arrêta à un bureau de poste où elle prit trente cartons d'expédition pliables, des étiquettes et du ruban adhésif. Une fois de retour à Santa Fe, elle confia à Rita le soin de trier les enveloppes suivant le code postal de l'envoyeur, et de les ficeler. Bernie assembla et scotcha les cartons. Lorsqu'ils marquèrent une pause, Jane les plaça chacun tour à tour contre le seul mur blanc encore vide et les photographia.

Rita gardait l'œil rivé sur la photo à mesure que l'image se précisait. « Je suis affreuse !

— C'est pour les documents exigeant une photo d'identité, comme les permis et autres, lui expliqua Jane. Si la photo est flatteuse, elle ne fait pas authentique. » Mais elle se laissa fléchir et en prit trois de plus.

Jane passa une bonne partie du reste de la journée à effectuer des réservations depuis des téléphones publics. Lorsqu'elle rentra à la maison, de hautes piles de cartons s'alignaient contre les murs. Rita et elle passèrent la soirée à les remplir, les fermer et les étiqueter. À onze heures, Jane se faufila à travers le passage qu'elle avait ménagé et s'installa sur le canapé afin de dormir.

Pour la première fois depuis des semaines, elle ne se réveilla pas quand Henry Ziegler se mit au travail. Le jour pointait lorsqu'elle le rejoignit dans la salle à manger et le trouva à son ordinateur, faisant défiler sur l'écran une interminable liste de chiffres et de noms. Il leva les yeux.

« Tout se passe bien ? s'enquit Jane.

— Du feu de Dieu ! Absolument génial ! Bernie est stupéfiant. Pas un seul des comptes où j'ai transféré de l'argent ne pose de problème. Je les ai tous vérifiés, et je les revérifie juste une dernière fois. Il ne mémorisait pas les soldes car ça ne servait à rien. Mais il avait une idée rudement précise des montants. Tous ses retraits sont passés comme une lettre à la poste. Nous n'aurons pas un seul chèque en bois.

— Vous vouliez savoir comment il procédait, lui rappela Jane. Eh bien voilà. Il cherche dans sa mémoire non pas des chiffres, mais l'image d'un morceau de papier qu'il a vu. Ensuite il n'a plus qu'à la recopier. À propos, ajouta-t-elle avec un claquement de doigts, vous vous êtes occupé du dossier Weinstein ?

— Les transferts pour la prime d'assurance ont été effectués cette nuit. Il n'a plus qu'à signer. » Il jeta un coup d'œil dans la pièce où s'empilaient les cartons. « Vous avez trouvé un système pour poster toutes ces lettres ?

— Nous attaquons après-demain. Vous voulez voir votre feuille de route ?

— Bien sûr ! »

Jane attrapa ses notes à l'autre bout de la table.

« Vous prenez un vol Albuquerque-Houston. Vous aurez deux sacs de voyage à roulettes bourrés de lettres, autrement dit les bagages que peut porter une personne seule. Vous les enregistrez à l'aéroport. Surtout pas de lettres dans votre bagage-cabine. Inutile que la sécurité tombe dessus en cas de fouille. Une fois arrivé à Houston, vous postez la première série de lettres. Puis vous reprenez l'avion jusqu'à Saint Louis et vous postez la seconde. Escale suivante : Miami. Là, vous louez une voiture et vous filez vers le nord : Atlanta, Charleston, Raleigh, Richmond, Washington. Un deuxième chargement de lettres vous attendra à votre hôtel à Washington pour que vous fassiez un second plein de vos sacs. Vous vous reposez, ou faites ce qui vous chante, pendant la nuit, puis vous remettez le cap sur le nord. Vous vous arrêtez à Baltimore, Wilmington, Philadelphie, plus deux haltes dans le New Jersey, et deux autres au nord de New York. Après quoi vous obliquez vers l'est, vous faites quelques arrêts dans le Connecticut et le Massachusetts et vous terminez à Boston. C'est votre base de départ, si je ne me trompe ?

— Exact. Mais ça nous laisse encore un énorme territoire à couvrir.

— Je pars en même temps que vous, un peu avant d'ailleurs. J'ai un vol pour San Diego avec escale à Phoenix, où je poste les lettres de l'Arizona. Une voiture de location m'attend à San Diego, et je remonte la côte : L.A., Santa Barbara, San Francisco, plus tous les arrêts en cours de route. Après quoi je m'envole pour Seattle avec escale à Portland. Comme mes sacs seront vides, je poste en ce moment d'autres cartons à l'hôtel où j'ai réservé. Nouveau vol jusqu'à Minneapolis, où je loue une voiture, et je m'attaque au Middle West : Milwaukee, Des Moines, Kansas City, Chicago. Je récupère mon second chargement à Chicago, loue une autre voiture et gagne New York via Cincinnati, Cleveland et Pittsburgh. De là, je reviens ici en avion avec un arrêt à Dallas. Vous et moi devrions avoir bouclé le tout en une semaine. »

Le regard d'Henry Ziegler se posa de nouveau sur l'ordinateur, puis revint sur Jane. « Le montage de toute l'affaire — la mise au point du mécanisme — m'a tellement absorbé que je n'arrive pas à croire qu'on arrive au bout, dit-il d'un ton penaud.

— Je sais. Moi, je passe mon temps à tout récapituler pour être sûre que nous n'avons rien oublié.

— Êtes-vous disposée maintenant à m'expliquer ce qui vous a poussée à faire ça ? »

Jane évita le regard de Ziegler et se concentra sur l'écran. L'idée la traversa que les ordinateurs servaient notamment à fuir le contact visuel. « Tout à fait. Je me suis trouvé une kyrielle de raisons depuis que nous avons commencé. C'est ma façon d'être, vous savez.

— Je m'en suis aperçu.

— Et toutes semblent justifiées quand on en parle. Je voulais m'assurer que l'argent ne tomberait jamais aux mains de gens qui veulent ma mort. Je me suis dit qu'avec un peu de chance, si l'argent s'était vraiment et définitivement envolé, ils n'auraient plus de raison de rechercher Rita. Je voulais aider Bernie à tirer son fils d'affaire. Très souvent, pendant que nous écrivions les lettres et signions les chèques, cela me faisait plaisir de penser à une association qui avait aidé quelqu'un que je connaissais, et au bien que ferait une belle rentrée de fonds. Mais quand je m'exposais mes raisons, j'avais l'impression de ces faux prétextes qu'on avance pour justifier ce qu'on fait déjà.

— Et c'est le cas ?

— Oui. Il y en a trop. Je n'ai pas pensé tout de suite aux associations caritatives. L'idée m'en est venue parce que j'avais vu piller un fonds d'affectation spéciale sous couvert de tout donner à des œuvres. J'ai noté qu'il était très difficile de débrouiller ce type d'escroquerie après coup. Il a fallu près d'un mois aux audits pour seulement en démonter le mécanisme. J'ai également constaté qu'après, l'argent n'a pas été restitué.

— C'est justement ce qui m'a plu quand vous m'en avez parlé, reconnut Ziegler. Toutes les associations caritatives font l'objet d'une surveillance et d'audits. Le fisc sait ce qu'elles encaissent et comment elles dépensent ces sommes au cent près. Il sait combien verse chaque donateur car il le lui déduit ensuite de ses impôts. Mais il ne va pas chercher plus loin.

— Et vous ? lui demanda Jane. Avez-vous tiré au clair vos raisons ?

— Je sais sans doute un peu mieux à quoi m'en tenir que le premier soir. Les associations caritatives, c'est bien gentil, mais je n'avais encore jamais risqué ma vie pour leurs beaux yeux et je me vois mal le faire maintenant. Je crois plutôt que c'est par amour du risque : pour me rapprocher de la lumière et du feu. On ne décide pas de son camp. Tout dépend de qui on est. Ou bien on est là où se font les gros coups, ou bien on va voir ailleurs. »

Jane hésita un instant. Le raisonnement lui paraissait trop facile à comprendre, peut-être même familier.

« Je ferais mieux de m'y mettre », dit-elle doucement. Elle partit dans le séjour et entreprit de regrouper les enveloppes par paquets et de les fourrer dans les quatre grands sacs.

Jane ferma les yeux et sa mâchoire se crispa. Elle avait besoin de Carey. Elle voulait être avec lui, là, tout de suite. Elle en avait assez de peser ses mots. Elle voulait parler, tout raconter à son vieil ami, pour voir ce qu'il en pensait.

Jane sentit soudain une présence derrière elle. Elle se retourna et rencontra le regard attentif de Bernie et de Rita.

« Le mien, c'est lequel ? demanda Rita.

— Hein ?

— Vous avez quatre sacs. Un pour chacun, non ?

— Absolument pas, répliqua Jane. C'est Henry et moi qui postons les lettres. J'ai pris quatre sacs car une seule personne est capable d'en porter deux à la fois.

— C'est quoi, cette histoire ? intervint Bernie d'un ton sec. Vous me croyez incapable de poster une lettre ?

— Il ne s'agit pas de savoir si vous en êtes capable, renvoya Jane. Mais du fait qu'on risque de vous voir le faire.

— Personne ne me recherche.

— Mais s'ils vous voient, vous croyez qu'ils ne sauront pas qui ils ont sous les yeux ? »

Rita fit une grimace excédée.

« Nous avons fait tout ce que vous avez demandé. Nous avons le droit d'aller jusqu'au bout. D'accord, on me recherche, mais je me suis teint les cheveux, je ne suis plus habillée pareil... j'ai changé !

— Tu es superbe, dit Jane. Mais tu n'as pas encore l'air de quelqu'un d'autre. » Elle se releva enfin, traversa la salle à manger et murmura « Venez ! » à Ziegler au passage. Puis elle entra dans la cuisine, les autres sur ses talons. Ils la regardèrent ouvrir le placard, en sortir quatre verres et les poser un à un sur le plan de travail avec un bruit sec qui fit ciller Ziegler. Prenant la bouteille de vin blanc déjà débouchée dans le réfrigérateur, elle remplit les verres et en tendit un à chacun.

Jane les dévisagea l'un après l'autre. Rita et Bernie lui rendirent son regard, butés. Henry Ziegler semblait juste un peu étonné. « Mesdames, Messieurs, amis philanthropes — et je prononce ces mots en toute sincérité —, vous avez déjà tiré le meilleur parti de votre vie si vous êtes nés avec cette ambition. Vous avez tout donné. Je bois à votre santé. » Elle leva son verre, avala une gorgée, et le reposa sans douceur sur le plan de travail.

» Cela ne signifie pas pour autant que je me suis jointe à vous pour former une courageuse petite démocratie. Le monde fonctionne par transactions. Ma part du contrat n'est pas entièrement couverte. Vous avez rempli la vôtre, je vais remplir la mienne. Quand tout sera fini, nous nous disperserons pour continuer à vivre. Dites-vous bien que je suis passée par plusieurs aéroports depuis le début de cette affaire, et que chaque fois j'y ai vu un nombre croissant de brutes épaisses en faction près des portes de débarquement et des aires de retrait de bagages, et qui scrutaient le moindre visage avec une extrême attention.

» À l'instant précis où la première fournée de chèques arrivera dans les boîtes à lettres, la situation va s'aggraver. En quelques semaines, voire quelques heures, les gens qui croyaient cet argent entre leurs mains vont se sentir atteints dans leur chair et devenir fous de rage. Ils s'escriment déjà à retrouver Rita. S'ils entrevoient le visage de Bernie, il leur faudra une demi-seconde en tout et pour tout pour digérer le choc de le savoir vivant, et une autre demi-seconde pour se lancer à ses trousses. Autrement dit, Bernie et Rita ne vont pas bouger d'ici et resteront invisibles, tandis qu'Henry et moi posterons les lettres. Fin du discours, fin des récriminations. » Sur quoi elle quitta la pièce.

Rita la suivit des yeux un moment, le regard vague et pensif. Ziegler jeta à la fille un coup d'œil embarrassé, puis repartit vers son ordinateur.

Bernie tapota l'épaule de Rita. « Je pense qu'elle a raison, lui dit-il doucement. On garde un profil bas. Juste pendant un petit moment.

— Ce n'est pas ce que vous disiez quand cette histoire a commencé. Vous disiez qu'ils continueraient à chercher pendant quarante ans ! »

Bernie eut un petit rire.

« Et même, ça change quoi ? Tu es une gamine. Tu peux passer ce temps-là à faire les pieds au mur. Moi, je viens d'en tirer cinquante. » Il attendit que Rita goûte l'humour de sa remarque, mais il parut lui échapper. Il la laissa seule dans la cuisine.

Le lendemain matin, les hommes aidèrent Jane à charger ses gros sacs dans la voiture. Elle prit Rita par le bras et l'attira un moment à l'écart. « Si on n'a pas de pépin, je serai de retour d'ici une semaine. Vous avez tout ce qu'il vous faut, donc inutile de vous faire

savoir au moins d'où lui venait sa sollicitude pour la ville. S'il y était né, on le trouverait dans les registres d'état civil de la mairie. S'il y avait exercé une activité, il figurerait au registre du commerce. Les archives du *Plain Dealer* le mentionneraient certainement. Son nom apparaîtrait peut-être sur un acte notarié dans les rôles des impôts fonciers. Ces quatre millions de dollars ne tombaient tout de même pas pour rien dans l'escarcelle de Cleveland...

Il résolut d'affecter le jour même deux secrétaires de ses bureaux au dossier Ronald Wilmont. Di Titulo entendait ne rien négliger pour prouver ou bien que ses soupçons relevaient de la pure fantaisie, ou bien qu'ils étaient fondés, avant de rameuter tout le monde.

Di Titulo savait qu'ils étaient nombreux à surveiller depuis un mois le moindre recoin du paysage financier auquel ils avaient accès. Tout le monde dans le pays était sur le qui-vive, et il y avait sûrement déjà eu de fausses alertes. Nul doute que le prestige de celui qui tirerait la sonnette d'alarme sans preuve suffisante prendrait du plomb dans l'aile. Tout ce qu'il pourrait faire ou dire serait dénigré et traité par le mépris pendant des années. Ce n'est pas parce qu'ils utilisaient des ordinateurs et des stylos à plume en or au lieu de fracasser des crânes à coups de batte de base-ball que les personnages de son gabarit échappaient au code de conduite qu'impliquait l'appartenance à la mafia.

D'ailleurs, Di Titulo n'aurait pas juré que s'il tirait maintenant la sonnette d'alarme, il ne serait pas le premier à s'y risquer. C'était dangereux d'être le premier, mais ça pouvait rapporter gros. Son travail dans la famille Castananza avait consisté à devenir un pilier de la communauté, à s'insinuer dans l'establishment local en qualité d'homme d'affaires avisé et prospère et de citoyen soucieux du bien public. Le fait qu'on lui ait proposé de siéger au conseil d'administration de la Five C's prouvait assez qu'il y avait réussi. Il ignorait complètement comment les hommes de paille des familles des autres villes avaient tiré leur épingle du jeu. Mais à son avis, et sans vanité superflue, peu lui arrivaient à la cheville. Or sa réussite lui avait permis de recueillir une curieuse information au sein du sérail, peut-être un indice.

Tout le monde dans le pays guettait des signes de mouvements de fonds inhabituels. Si quelqu'un avait descendu le vieux Bernie Lupus pour des raisons personnelles, on n'y pouvait rien. Mais la planète tourne rarement autour d'actes dictés par des mobiles personnels. Bref, toute la mafia attendait sans bruit de voir si de l'argent en dépôt aux quatre coins du pays se préparait à déployer ses ailes pour aller se percher sur une branche bien précise.

L'histoire voulait, dans la version que Di Titulo avait entendue dès le berceau, que Bernie l'Éléphant ne mettait jamais rien par écrit. Mais toutes les histoires ne sont pas vraies, et quasiment aucune ne résiste à l'épreuve du temps. Bernie l'Éléphant, à mesure qu'il prenait de l'âge et perdait des forces, pouvait très bien avoir commencé à tenir des comptes. Les vieux parrains qui le connaissaient avaient traité par le mépris la série de coïncidences entourant sa mort : les gens mouraient à des heures incongrues de façon tout aussi stupide. Mais si ce que Di Titulo avait entendu dire était exact, il devenait alors nettement plus difficile de se satisfaire de cette explication. Il lui était revenu qu'après la mort de Bernie, on avait passé au peigne fin sa maison en Floride. Sans trouver trace du moindre papier, mais pas davantage de Danny Spoleto, un de ses gardes du corps. Et quand l'une des familles — les Langusto de New York, d'après ses sources — avait dépêché une équipe à Detroit pour sonder la famille Ogliaro, l'équipe en question avait découvert que la mère du chef de la famille était morte le même jour. Peut-être l'avait-on tuée parce qu'elle savait quelque chose.

Les membres de la vieille génération tenaient beaucoup à Bernie Lupus et ne cherchaient pas plus loin. Il avait mis depuis longtemps une partie de leur argent à l'abri du fisc — et de leurs tentations réciproques. Quand l'un d'entre eux avait besoin d'un million de dollars pour une urgence, Bernie faisait le nécessaire. Ils ne réfléchissaient pas à tout ce que cela sous-entendait, trop heureux de ne plus avoir à cacher leur magot sous leur matelas. Mais depuis ces dernières années, certains éléments de la génération montante s'étaient mis à se méfier de Bernie Lupus. Ils étaient meilleurs en maths que leur parents, et, dans la mesure où la mafia n'avait pas gaspillé son argent en leur faisant faire des études et en leur mettant le pied à l'étrier, ils se montraient plus éclairés en matière de gestion financière. Quelques-uns avaient commencé à réfléchir au potentiel de Bernie l'Éléphant. Cela faisait près de cinquante ans qu'il récupérait des fonds et, à ce qu'on disait, les faisait fructifier.

En admettant qu'il ait placé la première année un seul million de dollars dans un compte bancaire à cinq pour cent, la somme aurait doublé tous les quatorze ans. Ce qui donnait douze virgule sept millions de dollars à l'heure qu'il était. Et les vieux semblaient ignorer qu'il ne s'en était pas tenu à ce genre d'opération. Le fisc aurait prélevé sa part. Il l'avait plus vraisem- blablement disséminé de façon à éviter les ponctions fiscales trop gourmandes et immédiates. En plaçant sans doute une bonne partie des capitaux en obliga- tions d'État non imposables, en or, banques offshore, immobilier ou actions. Chaque fois qu'il y pensait, Di Titulo se sentait saliver. Depuis 1929, bien avant qu'on eût fait appel à la mémoire de Bernie, la Bourse rap- portait en moyenne dix pour cent par an. Ce seul mil- lion aurait fait cent trente petits à ce jour.

Mais, et c'était tout le charme de l'histoire, l'argent circulait peut-être depuis les jeunes années de Bernie. La mafia tenait essentiellement à recycler l'argent que lui rapportaient ses activités à fort coefficient de main- d'œuvre — jeux clandestins, prostitution, racket, trafic de drogue et autres — dans des secteurs d'affaires sûrs et fiables. Personne ne l'ignorait. D'ailleurs, c'était à ce système que Di Titulo devait sa situation. Mais il existait une solution plus juteuse et plus tentante, qui ne s'était jamais présentée. Si elles mettaient de côté leurs bénéfices, centralisaient leurs ressources, et utili- saient habilement leurs hommes de paille, les familles de la mafia pourraient s'emparer peu à peu des grosses sociétés. À vrai dire, elles n'avaient jamais été assez disciplinées pour se constituer un bas de laine, ne se faisaient jamais assez confiance mutuellement, et n'en inspiraient pas davantage pour centraliser quoi que ce soit. Toutefois, quand on leur parlait de Bernie l'Élé- phant, Di Titulo et quelques autres subodoraient qu'elles avaient peut-être tenté le coup.

Si Bernie était entré assez tôt sur le marché et avait acquis assez de valeurs dès le début, l'argent aurait incroyablement fructifié sur cinquante ans du fait des réinvestissements automatiques, des divisions d'actions et des participations dans de petites sociétés absorbées pour augmenter le portefeuille. Qui sait si la mafia ne détenait pas, et sans l'avoir jamais soupçonné, la majorité des parts de General Motors, IBM, AT &T, General Electric et Coca-Cola ? Un portefeuille sous cinq cents noms différents connus du seul Bernie Lupus ?

Sauf que rien ne le prouvait, rien ne permettait à Di Titulo de savoir ce que ledit Bernie avait fait de tout cet argent. Mais pour peu qu'une seule de ses supputations fût exacte, tout l'épisode Bernie Lupus, soit un demi-siècle, représentait une idée démente qui pouvait avoir abouti. C'était Hannibal jouant son va-tout en franchissant les Alpes avec ses éléphants pour donner Rome à Carthage. Deux mille ans après, Rome ressemblait à un gigantesque palace rempli d'autos étincelantes et de femmes habillées par les grands couturiers, et seul un archéologue pouvait dire où se trouvait Carthage. On oubliait que ç'aurait pu être l'inverse.

Mais peut-être Di Titulo regardait-il par hasard par la fenêtre le jour où on avait négligé de baisser le store. Cela faisait des années qu'il passait au crible les finances de la Five C's dans l'espoir de réussir un jour ou l'autre à détourner en toute sécurité une fraction des capitaux qui y entraient. Il avait eu vent du don Wilmont par pure coïncidence. Et il fallait certes du flair et de l'imagination pour comprendre qu'une arrivée d'argent dans une association caritative de Cleveland pouvait avoir un rapport avec le trépas de Bernie Lupus. Tout le monde était parti du principe qu'on verrait soudain l'argent se déverser en continu dans le compte bancaire d'un type quelconque. Mais Di Titulo savait que le signal attendu ne serait pas forcément si visible. Ce pouvait être un afflux d'argent inhabituel n'importe où. Si quelqu'un procédait à la liquidation de gros investissements, ce quelqu'un pouvait très bien avoir besoin d'en disperser un peu dans des œuvres. Voire le faire à titre de test pour transférer plus tard des sommes plus importantes, histoire d'habituer une maison de courtage ou une banque à l'idée que Ronald Wilmont brassait des millions et signait de gros chèques.

Di Titulo aperçut sa voiture garée à une trentaine de mètres et se sentit content de lui. Il adorait sa Cadillac Eldorado flambant neuve. Comme il avait acheté trois semi-remorques GMC ce mois-là pour la société, il avait obtenu une ristourne pas croyable. Pendant qu'il négociait la transaction, il avait fait tout un cinéma, regrettant bien haut de ne pas pouvoir s'offrir aussi une voiture. C'était une des douceurs qu'on récoltait à s'insinuer dans la petite fraternité des affaires honnêtes.

Il chercha ses clés dans sa poche et tripota le bouton de la télécommande accrochée à la chaîne. Le genre de gadget destiné aux femmes qui garaient leur voiture dans des parkings obscurs. Il déverrouillait les portières et allumait les phares avant qu'on arrive au véhicule. C'était idiot à midi dans une respectable rue de Cleveland par une journée de canicule, mais plus vite il monterait dans sa voiture et mettrait le contact, plus vite la climatisation s'enclencherait.

Di Titulo pressa le bouton, et eut l'impression de recevoir un sac de pierres dans la poitrine. Un souffle d'air brûlant lui dévora le visage et les mains, tira d'un coup sec sur les pans de sa veste et lui rabattit sa cravate en soie sur l'épaule. Il se retrouva plaqué au sol. Ses oreilles vibrèrent avant qu'il ne perçoive le bruit de la déflagration, et une tache verte flotta devant ses yeux avec de petites saccades de pantin avant que l'éclair de l'explosion rejaillisse de sa mémoire en débandade.

Paul Di Titulo finit par reprendre suffisamment ses esprits pour rouler sur le côté et inspecter les dégâts. Ses vêtements n'étaient ni déchirés ni brûlés, et ses bras et jambes semblaient réagir. Encore qu'il ne se fiât pas entièrement à cette sensation. Craignant de déclencher une douleur atroce en bougeant, il remua les bras avec précaution et se mit en position assise. Et regarda les flammes orange vif qui léchaient le fuselage de son Eldorado neuve.

Il vit la chaleur s'élever par vagues dans l'air, masquant le grand immeuble derrière elles qui parut se courber et onduler, et la lumière se fit dans son esprit. Il avait choisi un moment détestable pour dépenser six cent mille dollars en camions neufs, et encore pire pour se montrer dans une Cadillac qui portait encore les autocollants du garage.

En se relevant, il sentit quelque chose d'humide sur sa poitrine, et regarda avec effroi les taches de sang qui apparaissaient sur sa chemise blanche. Il lui fallut une seconde pour comprendre qu'il saignait du nez. Sa main effleura le cartilage ; il ne semblait pas cassé. Le souffle d'air l'avait juste giflé en pleine figure. Mais un bref sentiment de détresse l'envahit. Une famille avait décrété que Paul Di Titulo n'était pas étranger à la mort de Bernie Lupus. Cette conclusion prouvait assez la connerie de certains de ces types, leur manque d'imagination, les limites de leur cerveau. Le petit malin qui avait mis la main sur l'argent de Bernie n'allait pas signaler cet exploit sous la forme de trois camions et d'une Cadillac tout frais sortis du garage ! Il avait d'autres chats à fouetter que de s'intéresser à l'entreprise de camionnage Di Titulo et de se donner le mal de refermer la porte en partant. Il possédait plus d'argent qu'un petit pays, impeccablement blanchi et mis à gauche à la génération précédente.

Di Titulo tourna les talons et s'éloigna d'un pas mal assuré de l'épave ardente de sa superbe auto neuve qui se carbonisait peu à peu. À la première cabine téléphonique il appellerait Al Castananza en personne. Car c'était à quoi servaient les patrons : à neutraliser les autres patrons qui vous en voulaient. Tout en marchant, il résolut de lui parler aussi du reste. Que les Castananza emploient donc leur temps et leur argent à fouiner dans les dons. Toute cette affaire avait déjà pris des proportions excessives et sentait le roussi.

18

Di Titulo passa plus d'une heure dans l'avion à côté d'Al Castananza, à écouter le bruit des moteurs. Le second de Castananza, son vieux copain Tony Saachi, avait informé Di Titulo du protocole pendant qu'il attendait dans la voiture que le vieux prenne ses affaires. Il s'en était acquitté comme d'une formalité, d'un ton égal, affable. Les gens comme Di Titulo n'ouvriraient pas la bouche, sauf pour répondre à des questions. Ils iraient là où on leur dirait d'aller pour faire ce qu'on leur dirait de faire, et, si tout se passait bien, ils rentreraient chez eux. S'ils parlaient trop, c'était moins sûr.

« Est-ce vraiment nécessaire que j'y aille ? » lui avait demandé Di Titulo.

Tony Saachi avait souri ; ses longues dents de requin donnaient le frisson et son visage ressemblait à une tête de mort.

« Al t'a à la bonne. Il te fait une fleur.

— De quel genre ?

— S'il y va et que tu restes ici, les types qui t'ont explosé ta voiture vont remettre ça. Ces histoires de bombe sont compromettantes. Cette fois, ils te ficheraient sans doute un sac sur la tête et le passeraient à la tronçonneuse. Ils ne bougeront pas si tu es avec Al. »

Di Titulo fixa l'appui-tête du siège avant. Il entendit la voix de Saachi, soudain lointaine.

« Tu aurais dû être avec nous en 87, quand l'affaire Castiglione a éclaté. Ils sont venus à près de deux cents, comme ça, en une nuit. »

Il garda les écouteurs sur les oreilles pendant tout le vol, le son coupé, à songer à la bizarrerie de son destin. Il se rappelait que lorsqu'il était gamin, il pensait aux riches et aux puissants qui lui semblaient les vrais maîtres de la ville. Il se les imaginait autour d'une grande table de poker dans une pièce enfumée, comme celles où on disait que se déroulaient les tractations. Il y avait le propriétaire de l'équipe des Indiens, celui des Browns, le maire, deux présidents de grosses sociétés qui signaient une fois sur trois le chèque du salaire paternel, et Big Al Castanaza. C'est ainsi que les journaux l'appelaient à l'époque, avant de juger plus chic d'employer les guillemets. Ils disaient maintenant Alphonse « Big Al » Castananza, 69 ans, précisant toujours son âge, à croire qu'ils comptaient les jours qui le séparaient de la tombe. Jamais encore Di Titulo ne l'avait frôlé de si près, et sa célébrité continuait à l'intimider. Il s'écarta vers l'allée centrale pour ne pas risquer de lui disputer involontairement l'accoudoir séparant leurs deux sièges ; au bout d'une heure, il eut l'impression de s'être dévissé la colonne vertébrale.

Lorsque l'avion atterrit à Pittsburgh, il suivit Castananza jusqu'à un téléphone public et vit qu'il ne composait pas de numéro. Un homme portant des lunettes de sport et ressemblant vaguement à un pilote se dirigea vers lui et s'arrêta à sa hauteur, puis guida

243

Castananza à travers le hall sans un regard pour Di Titulo.

Ils prirent l'ascenseur jusqu'au niveau de la rue et sortirent sur le trottoir. Une voiture aux vitres teintées s'arrêta devant eux, et ils roulaient déjà lorsque Di Titulo s'aperçut que l'homme n'était pas monté avec eux. Le conducteur n'ouvrit pas la bouche, et il ne paraissait pas faire attention aux deux hommes à l'arrière. Di Titulo observait Castananza. Lorsqu'ils passaient sous des lampadaires, une bande de lumière éclairait brièvement son visage, qui se fondait à nouveau dans l'ombre. Castananza regardait droit devant lui de ses petits yeux somnolents, comme indifférent à cet examen. Ses bajoues débordaient sur son col blanc amidonné, et sa mâchoire pendait, à la différence de celle de Di Titulo, crispée et nerveuse.

Plusieurs hypothèses déplaisantes traversèrent l'esprit de Di Titulo. Peut-être le vieux ne tenait-il aucun compte de lui parce que le voyage avait pour objet de le livrer à des tueurs. À moins qu'on n'eût convié le vieux pour les exécuter tous les deux. Non. Il savait sûrement jauger la sincérité d'une invitation. Oui, mais en fonction de quoi ? Des patrons, on en tuait tout le temps...

La conclusion s'imposait à lui, lentement mais sûrement. Castananza ne savait rien. Ses petits yeux avaient l'immobilité des yeux de verre d'un animal empaillé. Il occupait son rang depuis trente-cinq ans, et il avait appris à vivre conformément aux exigences du rôle — ou plutôt, à s'y conformer sans vraiment vivre. Sachant d'entrée de jeu que, dès qu'il franchissait une porte, l'arme risquait d'être déjà braquée sur lui, il avait mis au point mort cette partie de son cerveau. Di Titulo commença à transpirer.

Il se demanda à quoi il ressemblait aux yeux d'observateurs. On le prendrait probablement pour un garde du corps. Sinon quoi ? On le ferait descendre en premier, sans lui laisser le temps de voir venir. Il tenta de se raccrocher à un maigre espoir. Peut-être qu'il ne sentirait même rien.

Comme la voiture semblait ralentir, il regarda par-dessus l'épaule du conducteur, tandis que celui-ci s'immobilisait le long du trottoir. L'endroit semblait désert : l'aire de stationnement d'une place piétonnière derrière eux, une rangée de vitrines de magasin éteintes de l'autre côté de la rue, une poubelle. Castananza étant descendu, Di Titulo en fit autant et le rejoignit sur le trottoir tandis que la voiture redémarrait. Castananza se tourna pour examiner la rue d'un côté, consulta sa montre, puis inspecta l'autre côté, mais ne parut pas porté à dire quoi que ce soit.

Le bus surgit de l'obscurité comme une locomotive qui grossissait à mesure qu'elle approchait. Di Titulo ne devinait son gabarit qu'en forçant son esprit à combler le vide entre l'éclat des phares et le déflecteur lumineux au-dessus du pare-brise, indiquant simplement TRANSPORT SPÉCIAL. Le bus s'arrêta en douceur le long du trottoir avec un chuintement ; Di Titulo tenta de distinguer l'intérieur, mais les vitres étaient en verre teinté, apparemment opaques. La peinture sombre, luisante du flanc plat et anonyme du bus se contentait de refléter des lampadaires éloignés, sans rien de particulier. En suivant Castananza vers les marches, il regarda à trois reprises sur sa gauche, mais ne parvint pas à déterminer si la couleur tendait vers le gris, le vert ou le bleu.

La porte se referma derrière lui avec un couinement, et le bus accéléra aussitôt, alors qu'il se trouvait encore sur la première marche. Le conducteur ressemblait à celui de l'aéroport. Il avait la trentaine, des cheveux coupés ras, et un visage de pilote anonyme, vide d'expression. Il enclencha les vitesses avec l'aisance et la précision d'un automate.

Le bus atteignit sa vitesse de croisière, et Castananza profita du regain de stabilité pour monter les dernières marches et s'engager dans l'allée centrale. Di Titulo le suivit. Quand sa tête arriva à la hauteur du premier siège, il jeta un coup d'œil vers le fond. Il y avait environ cinq rangées de places vides, mais derrière, au fond du bus, les sièges habituels étaient remplacés par deux longues banquettes aux allures d'énormes canapés, de part et d'autre d'une longue table installée dans l'allée. Des hommes les occupaient.

Castananza remonta l'allée, et Di Titulo put bientôt voir l'assemblée par-dessus son épaule. Certains visages lui disaient quelque chose. Il y avait les frères Langusto, Phil et Joe. Il reconnut John Augustino, et un certain DeLuca qui appartenait à une famille de Chicago. Il y en avait un que tout le monde connaissait pour le voir dans les magazines depuis trente ans. C'était Giovanni « Chi-chi » Tasso, de La Nouvelle-Orléans. L'homme à côté de lui devait être son fils — comment diable s'appelait-il, Peter ? — oui, c'était ça, Peter.

L'arrivée de Castananza fut accueillie par un brouhaha chaleureux : « Content de te voir, Al », et

« Mr Castananza » de la part des plus jeunes. Castananza s'arrêta à la table et s'arrima d'une main épaisse à la barre du haut pour garder l'équilibre. « Je vous présente notre ami Paul Di Titulo », dit-il.

Quelques-uns des hommes assis autour de la table adressèrent un vague signe de tête à Di Titulo. D'autres le dévisagèrent deux secondes, non pas en signe de bienvenue, mais comme pour mémoriser ses traits. « Mon bras gauche pour ainsi dire », précisa Castananza d'un ton plein de sous-entendus. Di Titulo faillit s'étrangler. C'était faux. Mais on parut ne pas lui prêter attention.

« Que dis-tu de mon bus ? » C'était John Augustino, de Pittsburgh.

Castananza jeta un regard critique autour de lui, lança un coup d'œil en direction de la porte des toilettes, tripota le porte-verre du siège à côté de lui, puis leva les yeux vers le téléviseur encastré dans la paroi au-dessus de l'endroit où aurait dû se trouver la vitre arrière. « Pas mal. Ça rapporte ?

— Ça va, ça vient. J'en ai acheté cinq. Je me débrouille pas mal du tout pendant la saison de foot si les Steelers sont bons. Hors saison, je fais des virées à Atlantic City. Mais cinq, c'est trop. Si l'envie te prend d'en acheter un, tu m'en parles. Je te le ferai au prix coûtant.

— Si les Steelers se prennent une raclée, je t'appellerai », répondit Castananza. Quelques types levèrent les yeux avec de petits sourires. « Tu me feras une ristourne. »

Di Titulo se sentit un peu mieux. Le bus n'avait pas l'allure d'un vaisseau fantôme sinistre et mortel. Mais juste d'un véhicule d'entreprise. Di Titulo se sentait à l'aise dans le monde des affaires. Des propositions simples et directes, des réponses simples. Tout le monde avait la même motivation, et l'intensité des passions s'y mesurait en chiffres.

Di Titulo sentit que le bus ralentissait de nouveau et regarda, derrière les frères Langusto, les lumières de dehors à travers les vitres teintées. Le bus se rangea le long du trottoir, la porte s'ouvrit, et Di Titulo retint son souffle.

Les trois hommes qui montèrent faisaient froid dans le dos. Le premier avait tout d'un catcheur professionnel, le nez camus et écrasé, et une bouche qui semblait partir juste sous les oreilles et lui barrait le visage sur quinze bons centimètres. Les deux types plus jeunes qui le suivaient donnaient dans le style ado en jeans et coupe-vent, et ils inspectèrent le bus et la rue derrière eux avec une minutie d'agents des services secrets. Di Titulo n'eut pas à se forcer pour les imaginer se retourner brusquement et arroser de balles le fond du bus, mais ils se contentèrent de suivre le gros à l'arrière.

Le catcheur s'arrêta et sa grosse bouche de grenouille s'ouvrit. Il s'adressa poliment aux plus âgés de la compagnie. « Chi-Chi, Al, John, Joe, Phil », articula-t-il. Les autres eurent droit à un « Salut, les gars ». Il recula d'un pas. « Mes cousins : Mitch et Steve Molinari. »

Le gros était donc Salvatore Molinari, de New York. Di Titulo remarqua que les deux jeunes récoltèrent le même regard indifférent que lui, mais pas Molinari. Le bus commençait à se remplir de très grosses pointures. Ce regroupement progressif faisait penser à une gigantesque accumulation de charge électrique, et la nervosité de Di Titulo grandit au fil des arrêts incessants. Il eut bientôt l'impression que le véhicule allait s'embraser, à moins que l'univers ne cherchât à compenser cette intense concentration d'électricité par un éclair de foudre qui le réduirait en cendres.

Tandis que le bus poursuivait son ramassage, les dignitaires discutaient dans un brouhaha décousu où surnageaient des allusions obscures à des sujets dont Di Titulo ignorait tout. Il nota que les jeunes prenaient rarement la parole, mais souriaient ou s'esclaffaient poliment quand leurs patrons le faisaient. Puis le bus prit progressivement de la vitesse, signe qu'il roulait à présent sur une voie dégagée.

John Augustino se leva dans l'allée au bout de la table et prit la parole. « J'aimerais tous vous remercier d'être venus. Le bus va continuer à rouler pendant que nous discuterons. Comme ça, pas de risque qu'on puisse saisir grand-chose avec un micro directionnel. Nous l'avons passé au peigne fin pour vérifier l'absence de micros cachés, et nous avons des voitures devant et derrière pour repérer les flics. C'est l'occasion ou jamais de discuter, profitons-en. » Il s'arrêta et prit un air de circonstance. « Je sais que nous déplorons tous la mort de Bernie l'Éléphant. Je pense que le moment est venu d'exprimer mes regrets personnels. C'est mon père qui a introduit Bernie chez nous il y a cinquante ans, et je fais mes excuses à chacun d'entre vous pour ce qui s'est passé.

— Mais oui, on sait. » Le ton ironique et excédé stupéfia Di Titulo. Il se retourna et vit qu'il s'agissait de Victor Catania, de New York. « Bernie est mort, et tu es désolé. » Deux ou trois des jeunes se raidirent, leurs épaules baissèrent d'un cran, et leurs mains parurent soudain très vides. Mais Catania s'en désintéressa. Il imita le ton de maître de cérémonie adopté par Augustino. « Et permettez-moi de profiter de cette pénible occasion pour vous dire que je vous avais prévenus. Et que j'avais aussi prévenu Bernie. J'avais des experts en informatique, j'avais tout réglé. Tout ce qu'il savait pourrait se trouver sur disque dur à l'heure qu'il est, mais ce connard se croyait immortel. D'abord, il lui fallait le temps d'avoir le feu vert de tout le monde, de rassembler ses idées, de s'assurer qu'on était tous contents !

— C'est quand même pas sa faute s'il s'est fait buter, Victor », intervint DeLuca.

Catania leva les yeux au ciel.

« Mais il s'est fait buter. Et alors ? Le vieux avait soixante-douze berges. Si ce n'avait pas été ça, ç'aurait été un infarctus. »

Di Titulo constata que le mince et longiligne Catania n'avait pas pris de vin comme les autres. Il marchait à l'eau minérale.

« Il est mort, déclara Molinari, et on aura beau discuter, il le restera. J'aurais aussi bien pu traverser la ville pour entendre Catania dire qu'il m'avait prévenu. Je croyais avoir été invité ici parce que quelqu'un avait un plan. »

Ce fut au tour de Phil Langusto de s'exprimer. « Justement, venons-y. Nous sommes tous partis du principe, depuis le début, que personne ne liquiderait Bernie sans avoir une bonne raison de croire pouvoir mettre la main sur cet argent. »

La majorité de l'assemblée considérant que la chose allait de soi, seuls quelques-uns hochèrent la tête ou marmonnèrent des mots d'assentiment.

« Tout le monde guettait l'apparition de gros mouvements de fonds. La coopération a joué à fond et nous avons récupéré des tuyaux en pagaille. Et on dirait que ça y est. L'argent bouge en masse. » Langusto marqua un temps. « Sauf qu'il ne bouge pas dans une seule direction.

— Bon Dieu, ça veut dire quoi ? demanda Catania.

— C'est compliqué, reprit Langusto. Mon frère vous l'expliquera sans doute mieux que moi. »

Joe Langusto s'éclaircit la voix. « Voici ce que nous avons constaté pour l'instant. Quelqu'un, d'une manière ou d'une autre, s'est procuré la liste des comptes où notre argent était planqué. Et ces comptes, on est en train de les clôturer. »

Catania l'interrompit.

« Si tu sais que ce sont nos comptes, pourquoi n'as-tu pas commencé par les vider ?

— Nous ne savions pas, se défendit Joe Langusto. Tu infiltres un gars chez un agent de change. Son attention est attirée par un ordre de vente sur un gros compte. Le compte est là depuis les années cinquante, et il y a neuf millions dedans. Comme le gars est à nous, il se renseigne auprès des banques sur le titulaire du compte. À part ses neuf millions, le bonhomme n'a rien. Pas la moindre trace de débits pour la bonne raison qu'il n'a jamais eu de cartes de crédit. Il n'a pas de permis de conduire, pas de voiture enregistrée à son nom. Là, tu comprends vite que tu recherches un type qui n'a jamais existé. Seulement, l'argent s'est déjà envolé.

— Neuf millions ? répéta DeLuca. Rien ne prouve qu'ils soient à nous. Ils appartiennent peut-être à un civil.

— Nous avons découvert une tripotée de types du

251

même acabit ces derniers temps. L'argent va dans une banque, puis dans un truc bizarre : une société, une organisation à but non lucratif. Nous avons essayé de suivre la piste des comptes, de trouver où va l'argent ensuite. Jusqu'ici, rien. D'après mes hommes, c'est le genre de traque qui prend des mois, et si on perd la piste à un moment quelconque, c'est fichu. Nous n'avons besoin de l'aide de personne pour le pister, mais nous tombons sur des trucs pas normaux. Al, je crois que toi aussi ?

— Exact, répondit Castananza. Mon homme, Di Titulo, a fait une découverte. » Il regarda Di Titulo. « Raconte-leur. »

Di Titulo gardait tout ce laïus sur l'estomac. Joe Langusto n'avait rien à envier aux New-Yorkais qu'il connaissait ! Chez eux, tout était plus grand et mieux qu'ailleurs, c'était là que tout se faisait. Tous les autres étaient des culs-terreux. Et ces parrains étaient encore pires ! Catania, les Langusto, Molinari étaient tous convaincus de l'importance de leurs familles respectives — quatre ou cinq cents membres au lieu de soixante ou quatre-vingts —, et il y en avait cinq dans la même ville. Mais quand il entendit son nom, sa rogne se transforma en peur.

Il se redressa. « Je siège au conseil d'administration d'une association caritative à Cleveland. Cette association a reçu aujourd'hui un don de quatre millions, soit à peu près son budget d'un an. L'argent émanait d'un dénommé Ronald Wilmont. J'ai passé l'après-midi à chercher des renseignements sur lui, mais je n'ai strictement rien trouvé. J'ai téléphoné à d'autres institutions, or toutes avaient reçu aujourd'hui un don important de la part d'un particulier ou d'un groupe dont elles n'avaient jamais entendu parler.

— Mon clebs avait cinquante puces aujourd'hui, annonça Catania. Et tous ceux du quartier aussi.

— Ça veut dire quoi ? s'énerva Molinari. Qu'est-ce qui se passe, bordel ?

— Rien, dit Catania avec un sourire narquois. Laisse tomber. On a eu une année avec des hauts et des bas importants sur les marchés boursiers. Les grands hauts, les gens font de l'argent. Les grands bas, c'est parce qu'ils vendent. Quand ils vendent, ils sont imposés sur les plus-values. Alors ils font des dons ouvrant droit à réduction d'impôts.

— Pas si sûr, intervint DeLuca, jusque-là absorbé dans ses pensées. Quatre millions à un organisme de Cleveland, c'est une broutille. Tu as raison. Mais j'ai une petite histoire, moi aussi. Je possède une entreprise de construction. Mes bureaux de Chicago ont reçu un coup de téléphone aujourd'hui d'un gars qui m'apporte des contrats. Ça fait dix ans que la Croix-Rouge parle d'un nouveau bâtiment. Aujourd'hui, elle dit qu'elle a les fonds et qu'elle prépare les spécifications. Une heure après, je reçois un appel au sujet de la rénovation d'un vieil immeuble pour un Club de jeunes.

— Chicago a aussi des puces, lança Catania. Écoutez, je suis aussi sûr que vous autres que notre argent va finir par bouger. Mais quand il le fera, ce ne sera pas pour aller à une association caritative de Cleveland. »

Di Titulo tenta sa chance. « Puis-je ajouter quelque chose ? » demanda-t-il.

Personne ne lui répondit, mais Catania le dévisagea en réprimant son amusement.

« Cette tactique peut s'expliquer par une quantité de raisons.

— Par exemple ? »

Catania avait l'air intéressé. Sans doute attendait-il l'occasion de prouver que Di Titulo était un crétin — un crétin venu du fond de sa province.

« D'abord, celle que vous venez de donner, le fisc. J'ignore combien d'argent gérait Bernie l'Éléphant, mais ça pourrait être une façon de le blanchir. Vous avez des individus bidon qui font un don à une fondation bidon. La fondation en question donne cinq pour cent de la somme à une association caritative authentique. Imaginons qu'elle verse dix pour cent à une société de gestion bidon qui possède l'immeuble qu'elle n'occupe pas, dix à une agence de publicité tout aussi bidon qui est censée faire rentrer de nouveaux dons, vingt-cinq pour cent à des employés imaginaires, cinquante pour cent à des fondations inexistantes. Vous vous retrouvez en fin de course avec quatre-vingt-quinze pour cent de l'argent entre les mains, pour la bonne raison qu'il n'en est jamais sorti. Le bienfaiteur imaginaire ne doit rien au fisc car il a tout donné à une association caritative. La fondation a observé scrupuleusement les réglementations fédérales. Tout ce qu'elle doit lâcher, c'est cinq pour cent par an. Et la cerise sur le gâteau : on est en juillet. Personne ne doit remplir la moindre déclaration avant avril de l'année prochaine. »

Le bus s'anima soudain. Consultants et conseillers parlaient à l'oreille de leurs patrons en baissant la voix.

« Tu en connais un morceau là-dessus, hein ? » lança finalement Molinari d'un air mauvais.

Le cœur de Di Titulo cessa de battre un instant, puis s'affola. Il resta coi.

Al Castananza haussa ses larges épaules et se cala plus confortablement dans son siège. « C'est une des choses qui me chiffonnent. Quelqu'un a explosé la Cadillac neuve de Di Titulo aujourd'hui. J'aimerais dire deux choses. La première, c'est qu'aucun membre de mon organisation n'a tué Bernie ni fait bouger le moindre dollar. Tuer mes hommes ne rend service à personne. » Les passagers du bus l'observèrent en silence, comme sous le coup d'une paralysie contagieuse. « La seconde, c'est que si quelqu'un veut jouer avec des bombes, j'ai des gars capables d'en faire autant. » Il posa les yeux sur Catania et le fusilla du regard. « J'en ai un qui pourrait démolir l'Empire State Building en s'arrangeant pour que le sommet s'abatte sur la 39e Rue. »

Catania leva les deux mains dans un geste de protestation.

« Du calme, Al ! Je n'y suis pour rien !

— C'est moi », marmonna DeLuca. Il fixa Castananza. « Je te fais mes excuses. On m'avait rancardé. » Les excuses ne concernaient pas Di Titulo.

L'air ambiant gardait une certaine opacité, mais quelques-uns des hommes se tortillèrent dans leur siège et changèrent de position, comme si la tension se dispersait. On entendit un grognement subit, profond, que Di Titulo suivit involontairement du regard. Il avait jailli de la large poitrine de Chi-chi Tasso. C'était le doyen du bus, une masse de graisse affalée sur la large banquette arrière, et on ne pouvait jurer qu'il avait écouté. « C'est pour ça que moi aussi je suis là. J'ai perdu un homme il y a une semaine. Ça me rend

255

malade. Ce n'est pas la première fois qu'on se met à s'entre-tuer pour rien. »

Augustino prit la parole.

« Tu as raison, Chi-chi. Inutile de se bagarrer. On sait qui est derrière tout ça. Bernie s'est fait descendre à Detroit, et le porte-valise qui lui servait de garde du corps, Danny Spoleto, a disparu. De même que l'employée de sa villa de Floride. J'y ai envoyé deux gars le lendemain de leur départ.

— Tu parles d'un scoop ! lâcha Tasso avec un rire de basse. Tu pouvais aussi bien lire les journaux, comme moi.

— J'ai mis des hommes à moi en planque dans l'ancienne enclave de Spoleto, intervint Molinari. Il n'a pas refait surface.

— Vous devriez vous associer pour recruter », marmonna Tasso.

Sa remarque déclencha une rafale de gloussements nerveux dans le bus.

« Quelqu'un a éliminé Vincent Ogliaro ? demanda Phil Langusto. Ce que je veux dire, c'est que ça s'est passé à Detroit, non ?

— Il est en taule, ricana Catania.

— Je sais, grogna Langusto. Et toi, quand tu y étais, tu n'as jamais lancé de contrat, hein ?

— Sa mère est morte dans cette histoire. Tu crois qu'il a monté le coup pour tuer sa propre mère ?

— Va savoir, répondit Langusto. Qu'est-ce qu'elle foutait à l'aéroport ? »

Tasso se racla la gorge.

« Laisse-moi te dire une chose, à propos de Vincent Ogliaro. » Son regard parcourut les hommes qui l'entouraient. « Lui, il se charge du travail lui-même, comme le faisait son père. Tu as de la veine qu'il ne soit plus là pour entendre ça. Mickey Ogliaro t'aurait arraché le bras et rossé à mort !

— Moi non plus je ne crois pas que ce soit Ogliaro, intervint Catania. C'est forcément Danny Spoleto. »

Tasso lança un regard de pitié à Catania, puis s'adressa à la compagnie.

« De toutes les conneries que j'ai entendues depuis que je me suis installé à La Nouvelle-Orléans, c'est comme si on remettait "le Sud revivra". Non, mais écoutez-vous, les gars ! Tout cet argent se balade tous azimuts, au point que vous avez du mal à le suivre vous-mêmes. Ce jeune était un garde du corps, autrement dit deux yeux accrochés à un flingue. Si Bernie s'était fait trancher la gorge avec un million en cash planqué dans la maison mais qui n'y serait plus, vous chercheriez qui ? Un garde du corps ! »

Catania parut blessé.

« Tu dis que Phil est idiot de chercher du côté d'Ogliaro. Je suis idiot de chercher du côté du garde du corps. À ton avis, qui fait bouger cet argent ?

— Moi, je dirais que Bernie a trouvé Jésus, lâcha Tasso.

— Et moi que Jésus a trouvé Bernie, renvoya sèchement Catania.

— Je ne plaisante pas. » Le regard irrité de Tasso fit taire les rires. « Tu as dit tout à l'heure que Bernie était assez vieux pour savoir qu'il allait bientôt passer l'arme à gauche, même sans prendre une balle. Difficile de prétendre le contraire. Moi, je pense que Bernie a très bien pu fourguer tout notre argent.

— Il est froid, Chi-chi.

— Il était tout à fait capable de monter le coup d'avance.

— Et alors ? Il a pris l'avion jusqu'à Detroit et s'est tiré six balles ?

— Ce que je dis, c'est que tu cherches qui a notre argent et que tu nous sors un garde du corps. Tu nous sors Vincent Ogliaro, qui est un fumier de première, mais pas une lumière. Tu nous sors le comptable d'Al à Cleveland. Tu crois qu'un type qui vient de piquer des milliards de dollars foncerait s'acheter une Cadillac ? »

Di Titulo se sentit vexé, mais jugea le moment mal choisi pour faire valoir qu'il était plus qu'un comptable.

Tasso regarda les hommes qui l'entouraient.

« Le seul individu que nous savons, en toute certitude, capable de faire bouger cet argent est le seul auquel vous ne pensez pas : Bernie Lupus. C'est lui qui a commencé à le faire circuler. Il savait où se trouvaient tous ces avoirs, il connaissait les noms sous lesquels il les avait placés. »

Phil Langusto arborait une expression si respectueuse qu'elle parut à Di Titulo frôler le sarcasme.

« Chi-chi, dit-il doucement. Je ne vois pas très bien comment Jésus est mouillé dans cette histoire. »

Tasso eut un haussement d'épaules qui fit tressaillir sa bedaine tombante.

« Tu me crois vieux et gâteux. Je le suis peut-être. Mais je peux te dire qu'après mon triple pontage, moi aussi j'ai fait ma petite crise. J'ai reçu deux fois l'extrême-onction. En réanimation, j'ai eu un tas d'idées bizarres. Et Bernie, qui sait ce qui peut l'avoir pris ? Peut-être qu'il a donné dans une secte tordue. Il était plus ou moins polack.

— Les polacks sont catholiques », rappela Molinari.

DeLuca vint à la rescousse.

« Le pape est polack.

— On s'en fout, répliqua Tasso. D'après moi, la seule hypothèse que j'ai entendue et qui tienne la route, c'est que Bernie a tout combiné avant de plier bagages. Tout le monde dit qu'il a sûrement écrit ça quelque part, sinon l'argent ne serait pas en train de bouger. Moi aussi. Je ne vois pas ce qui l'a motivé. Peut-être qu'il n'a pas aimé qu'on tire des plans sur lui, par exemple de le remplacer par un ordinateur. » Ses yeux se posèrent sur Catania, puis sur les autres. « Si nous ignorons où il a mis notre propre argent, comment d'autres le sauraient ? »

Phil Langusto haussa les épaules.

« À nous de le découvrir, dit-il.

— Où est Frank Delfina ? » lança soudain Molinari.

Di Titulo vit plusieurs têtes se tourner pour regarder Molinari, mais les autres inspectaient le bus, comme s'ils cherchaient en vain Delfina. Molinari haussa les sourcils d'un air interrogateur. « Il devrait être là, non ? »

DeLuca se redressa.

« Moi, je suis là, dit-il. Je n'ai pas jugé utile d'inviter plus d'hommes de chez moi que nécessaire. »

Le regard de Molinari rencontra celui de Tasso — non pas pour s'en étonner, comme le vit Di Titulo, mais pour échanger un message silencieux.

« Ce n'est pas l'accord passé par la Commission, Tommy, déclara Tasso. Il ne fait plus partie de ta famille. Il devrait être là. Tous ceux qui avaient remis des fonds à Bernie devaient venir. »

DeLuca vit que sa réponse l'avait mis en danger. Il haussa les épaules.

« Je n'ai pas dit que je lui ai interdit de venir. Comme tu l'as fait remarquer, il a sa propre famille maintenant. Je voulais juste dire que je ne l'ai pas invité moi-même. Ce n'est pas moi qui ai organisé la réunion. »

Tasso se tourna vers Langusto.

« Quelqu'un l'a invité ? »

Le regard de Phil Langusto se posa sur son frère, puis sur John Agostino, et revint sur le reste de l'assemblée. « On va vérifier. » Il inspira un bon coup, signalant par là qu'il souhaitait changer de sujet. « Je crois que nous mettons la charrue avant les bœufs. Nous essayons de parvenir à une conclusion, mais rien ne nous y oblige. L'important, c'est d'arrêter les dégâts.

— Personne ne paraît connaître le montant de nos avoirs, ajouta Joe Langusto. Je me souviens que notre père nous parlait d'au moins un milliard de dollars quand nous étions mômes. Disons cinq, au bas mot, aujourd'hui. S'il y en a un parmi vous qui a l'occasion de faire rentrer des fonds supplémentaires cette semaine ou la suivante, qu'il n'hésite pas. Tout ce que nous voulons, c'est les récupérer.

— Oui, mais comment ? s'enquit DeLuca.

— Nous montons la pression. Sur tous les fronts. Nous guettons tous les indices signalant de nouveaux mouvements d'argent. S'il y a cinq milliards, le plus gros du gâteau n'a pas encore bougé. Nous mettons des gars sur tous les dons déjà repérés pour qu'ils remontent jusqu'à la source.

— C'est exactement ce que nous avons déjà fait, remarqua Al Castananza.

— Oui, mais nous disposons maintenant de nouveaux éléments sur lesquels travailler, rétorqua Joe Langusto. On ne laisse tomber aucune théorie, aucune possibilité. Certains pensent qu'Ogliaro est dans le coup ? Alors on ne perd pas ses hommes de vue. On voit qui lui rend visite, on le fait surveiller en permanence dans son quartier à la prison. Il pourrait placer un contrat sans qu'on le sache, mais il est incapable de transférer de l'argent tous azimuts sans attirer l'attention. »

Catania laissa échapper un soupir de lassitude résignée. Di Titulo l'observait du coin de l'œil, mais en se gardant de le lui laisser voir.

« D'autres croient que c'est Danny Spoleto ? poursuivit Phil Langusto. Eh bien, compliquons-lui la vie aussi. » Di Titulo le vit brandir une photographie agrandie à partir d'un instantané. Il aperçut un type d'allure sportive, soigné de sa personne, la petite trentaine à tout casser. Il aurait été incapable de le reconnaître cinq minutes plus tard.

— Et il y a l'employée », reprit Langusto. Il montra une autre photographie. « C'est la photo que nous avons prise quand elle est entrée au service de Bernie. » Di Titulo vit un agrandissement d'une fille blonde, avec des cheveux raides qui lui arrivaient aux épaules. Elle paraissait plus jeune que sa propre fille. Une enfant. Il attendit que quelqu'un parle — quelqu'un de fort et de puissant — mais personne n'interrompit le monologue de Phil Langusto.

« Nous avons fait tirer cinq mille exemplaires de chacune de ces photos. Notre intention est de couvrir le pays. Nous avons déjà des gars dans les aéroports et quelques hôtels. Nous aimerions mettre tout le monde sur le pont : tous les confirmés, tous les novices, tous les aspirants. »

Al Castananza parut sceptique.

« Tu ne penses tout de même pas qu'on va les trouver tous les deux ensemble ?

— Tout est possible, rétorqua Langusto avec un haussement des épaules. Mais à des degrés divers. À mon avis, si quelqu'un poste des lettres avec des chèques dedans, ce n'est sûrement pas Vincent Ogliaro, et encore moins le fantôme de Bernie. »

Di Titulo resta assis pendant qu'autour de lui les patrons se laissaient remettre des piles de photos et que leurs gardes du corps, lieutenants et porteurs de manteaux les enfournaient dans les sacs de voyage et les attachés-cases. Di Titulo n'avait pas souffert du mal des transports depuis qu'il était enfant, mais là, il le sentit qui revenait. Son regard se posa sur la fenêtre en face de son siège. Il vit défiler les silhouettes indécises des arbres et, au loin, des lumières fixes pas plus grosses que des étoiles. Il avait tout faux.

19

Frank Delfina se demandait s'il n'aurait pas dû s'occuper du bus d'Agostino, après tout. Ses lieutenants lui avaient exposé un plan qui leur plaisait assez, mais il l'avait écarté. Il avait passé une heure dans sa conserverie de Jersey City à écouter la description de l'itinéraire, à entendre ses hommes lui détailler l'opération, et avait même examiné une partie du matériel. Impressionnant. On lui avait montré comment fonctionnait la herse. Il reconnaissait volontiers que le dispositif passait inaperçu dans la lumière des phares d'un véhicule lancé à cent kilomètres heure. Lorsque les types postés dans l'obscurité pressaient un bouton, une rangée de piques jaillissait de la surface plane et crevait tous les pneus. Après quoi une équipe de gars triés sur le volet fondait sur le bus comme des fourmis sur une charogne, faisait sauter les portes avant et arrière, balançait une ou deux grenades à l'intérieur et arrosait les passagers au Mac-10 jusqu'à ce que le sang leur arrive aux chevilles.

Il avait écouté poliment et avec attention. C'était sans doute la seule fois, en une génération, que des chefs de familles se regroupaient en aussi grand nombre dans un petit espace clos. Mais quelque chose dans son esprit l'avait laissé sur sa faim, pas entièrement convaincu. Les hommes qu'il avait en face de lui étaient crédibles. Ils n'auraient pas une seconde d'hésitation pendant l'exécution du plan, ils ne paniqueraient pas ensuite en oubliant de se renfoncer aussitôt dans l'obscurité et de filer. Tous avaient déjà tué. Leur forme physique, leur force et leur compétence étaient indéniables. Simplement, il se méfiait des opérations quasi militaires qui exigeaient un minutage sans faille et une efficacité de robot. Les gars prêtaient à l'occasion leurs services aux « armées », mais pas toujours. Au moindre accroc, Delfina était un homme mort. Et puis, tout mettre à feu et à sang autour de lui n'était pas son objectif.

« Non, avait-il dit. Ce n'est pas mon truc. »

Ils l'avaient tous dévisagé comme des chiens de meute qui avaient flairé le lapin et entendu le fermoir de la chaîne se refermer sèchement sur leur collier.

Ce qui lui avait rappelé qu'il était seul. Il trouvait sans difficulté des types comme eux pour prendre les risques à sa place, mais la complexité, la subtilité des faits leur échappaient totalement. Toute initiative déclenchait des réactions en chaîne, et chaque réaction modifiait d'autres enchaînements. Il voulait mettre la main sur l'argent que Bernie l'Éléphant avait dissimulé, certes. L'élimination de la plupart de ceux qui avaient une chance réelle d'y parvenir augmenterait d'autant ses chances à lui, d'accord. Mais il ne voulait pas sauter le pas.

Un massacre aurait entraîné une période d'anarchie dans tout le pays, ce qui n'était bon pour personne. Quelques milliers de soldats dans une dizaine de villes se seraient retrouvés du jour au lendemain sans attaches, sans chefs. Ils ne manqueraient pas de se regrouper et de redistribuer leurs allégeances, mais pas tout de suite, et pas de façon prévisible. On assisterait partout à des luttes de succession intestines, et Delfina ne pourrait rien faire pour en infléchir l'issue. Une fois la paix revenue, on aurait une dizaine de têtes nouvelles, voire une trentaine — comment jurer que les grandes familles n'allaient pas éclater ? — avec lesquelles Delfina devrait s'efforcer de pactiser.

Et tant que la guerre ouverte sévirait, les concurrents de la mafia, toujours à l'affût de son affaiblissement, s'empresseraient d'investir des fractions de son territoire et s'infiltreraient partout dans ses affaires. Ce qui entamerait gravement la valeur et la sécurité de ses biens.

La famille de Delfina se révélerait particulièrement vulnérable. Les autres familles contrôlaient des territoires fixes, immuables, compacts, qu'elles pouvaient défendre. Lui, son empire consistait en un réseau de fils tendus sur de longues distances, à la façon d'une toile d'araignée. Il travaillait sans collecteur de fonds ni porteur de valise, il déplaçait l'argent sur Internet. La sécurité de ses entreprises dépendait des vieux dinosaures lents et somnolents. Il lui suffisait de dépêcher cinq de ses hommes chez un concurrent à Cleveland pour faire surgir dans l'imagination de l'intéressé la centaine de soldats dont Al Castananza disposait à moins de deux kilomètres de ses bureaux, et qui ne lâchaient jamais leur proie. Comment aurait-il su que Castananza ignorait tout des activités de Delfina ou de ses intérêts en la matière ?

Delfina avait donc retenu son bras. Mais maintenant,

les yeux plissés pour se protéger du soleil aveuglant de La Nouvelle-Orléans, il se posait des questions. Il prit Iberville Street en cherchant l'immeuble, puis comprit qu'il avait dû le rater et le dépasser d'un bloc au moins. Avisant une grosse Buick ancienne qui déboîtait, il décida de se garer à sa place. Il effectua un créneau, puis s'attarda quelques instants dans l'air climatisé de sa voiture de location pour vérifier son plan des rues de la ville. Oui, c'était sûrement avant la dernière intersection. Il jeta un coup d'œil au rétroviseur et aperçut le bâtiment de trois étages, exactement comme dans son souvenir. Cette fois-ci, il arrivait de son hôtel, par le sud. Comme l'autre fois il venait du nord, il avait cherché du mauvais côté de la rue.

Il replia le plan, coupa le contact et sortit de la voiture. Le poids de l'air chaud et humide lui tomba sur les épaules tandis qu'il regardait l'heure et faisait quelques pas. Il avait un quart d'heure d'avance, et tant mieux. Un retard aurait annulé la bonne impression qu'il voulait donner en venant seul et sans chauffeur.

Il s'engagea dans l'entrée en marbre jauni de l'immeuble et chercha des yeux l'ascenseur. Il n'y en avait qu'un seul, assorti à la décoration vieillotte et surchargée de l'endroit. Sa double porte dorée étincelante se doublait d'une grille accordéon, et un vieux liftier perché sur un grand tabouret actionnait un levier pour vous conduire au bon étage, que rien ne signalait. L'immeuble avait abrité une banque lorsque Chichi Tasso était enfant, et il conservait ce côté massif et cossu. Tasso lui avait dit qu'après l'avoir acheté, il lui avait fallu un an pour se rendre compte que les motifs des piliers, repris en creux dans le plâtre des moulures du plafond, représentaient les filigranes et les vrilles d'un billet de un dollar.

Delfina entra dans l'ascenseur.

« Dernier étage, monsieur ? » lui demanda le liftier.

Il acquiesça et l'homme abaissa son levier jusqu'en bas, puis le remonta à fond. Il vit les étages défiler depuis le rez-de-chaussée, d'abord la brique ancienne, puis un bandeau de béton et des portes dorées, puis à nouveau la brique. L'ascenseur marqua un court arrêt au-dessous de l'étage, et le liftier le fit progresser par petites secousses jusqu'à ce que le bandeau de béton fût à peu près au même niveau que le plancher de l'ascenseur, puis poussa la grille tandis que les portes dorées s'écartaient.

Delfina sortit et s'engagea dans le couloir vide au sol luisant. La porte du fond s'ouvrit, et un type d'une trentaine d'années l'examina, le visage inexpressif.

« Bonjour, Mr Delfina. Vous ne voyez pas d'inconvénient à ce que... ? »

Delfina leva les bras et laissa l'homme lui palper les épaules, les côtes et les jambes, puis lui passer les mains sur la taille et le bas du dos.

« Merci, monsieur. »

Il s'écarta pour laisser Delfina entrer dans la pièce suivante. C'était une aire de réception, qui avait sans doute accueilli en d'autres temps un bureau pour une secrétaire, mais dont le seul mobilier consistait désormais en une série de grands canapés le long des murs ; six hommes les occupaient, fumant et discutant. Ils ne bougèrent pas quand Delfina se dirigea vers la porte ouverte, mais une fois qu'il fût entré, l'un d'eux se leva et la referma derrière lui.

Tasso était assis derrière un bureau volumineux,

auréolé de la fumée de sa cigarette; le soleil qui dardait ses rayons à travers les stores en illuminait quelques lamelles, les autres restaient invisibles. Il se souleva à demi pour lui serrer la main. « Frank. C'est vraiment chic d'avoir fait tout le trajet jusqu'ici pour me voir. Désolé de ne pas avoir pu te rencontrer quelque part, mais j'ai un mal fou à me déplacer.

— Ne vous en faites pas, Chi-chi, répondit Delfina. Ça me fait une coupure. Mes affaires ne m'amènent jamais dans le Sud et...

— C'est préférable », l'interrompit Tasso.

Un large sourire découvrit ses dents plantées en bataille.

Delfina lui renvoya son sourire.

« On pourrait sûrement monter un jour quelque chose ensemble, lança-t-il. Pas forcément basé à La Nouvelle-Orléans. »

Tasso eut un hochement de tête poli.

« J'y ai déjà réfléchi, dit-il. Je t'ai toujours considéré comme le garçon le plus intelligent de la génération montante, mais c'est probablement trop tard. Je me fais vieux, et la période où j'aurais pu t'être utile tire à sa fin. Tu es en place, et tu sais sans doute tout ce que je sais, sans compter quelques trucs en plus. »

Delfina garda un sourire indéchiffrable et attendit.

Le large visage de Tasso, à la mâchoire carrée, prit une expression préoccupée. « Je voulais te parler parce que je crois avoir remarqué un petit problème l'autre soir.

— Un problème? » Delfina affecta une légère inquiétude. « Encore? D'abord, Bernie Lupus, et puis quoi maintenant?

— À vrai dire, le problème Bernie Lupus n'est pas

encore complètement réglé. Et ça en fait partie. L'autre soir, on s'est réunis à plusieurs. »

La légère inquiétude de Delfina parut monter d'un cran.

« Ah bon ? Vous voulez parler de la Commission ?

— Non, dit Tasso, en contemplant le plafond. Juste les chefs des familles qui avaient de l'argent chez Bernie Lupus. » Ses yeux se posèrent soudain sur Delfina. « Je me demandais d'ailleurs pourquoi tu n'y étais pas.

— On ne m'a pas invité. Personne ne m'a rien dit.

— Alors ça règle la question, bougonna Tasso. Mais ça en soulève une autre, pas vrai ? Tu avais de l'argent chez Bernie, non ?

— Bien entendu, répondit Delfina avec un hochement de tête solennel. Pourquoi ? »

Les petits yeux aigus ne le lâchaient plus, mais Delfina eut l'impression que les gros doigts boudinés s'enfonçaient entre ses côtes. « Pourquoi ? répéta-t-il.

— Oui. Le temps que tu en fasses, il n'était plus tout jeune. Les gars de sa génération, comme moi, il leur a acheté cinquante ans de sécurité. Mais toi, pourquoi aller lui confier de l'argent ?

— Je vais vous le dire, rétorqua Delfina, parce que je sais que ça restera entre nous. » Il remarqua que Tasso ne le contredisait pas. « J'avais une idée ou deux en tête. Réfléchissez à ma position, quand Castiglione n'a plus été dans le coup et qu'on a dû se partager la famille, De Luca et moi.

— Ta position, je la connais. J'ai aidé à l'inventer.

— DeLuca a eu la ville. L'argent, il pouvait le placer n'importe où. Moi, j'aurais été obligé de le trimballer dans une valise. Il a donc fallu que je le mette en lieu sûr pendant un moment, jusqu'à ce que je commence à pouvoir l'utiliser. Je n'en ai pas mis des masses chez Bernie, mais un peu. »

Tasso tira sur sa cigarette, puis souffla lentement la fumée.

« Et Bernie était sûr ?

— Naturellement. Vous et les autres, vous le protégiez. » Son sourire revint. « Avais-je un autre moyen de m'assurer que vous protégiez tout mon argent ?

— Pas à ma connaissance. » Il contempla sa cigarette comme s'il avait du mal à s'en séparer, puis écrasa le mégot dans son grand cendrier en verre. « C'est toi que j'essaie de protéger maintenant. »

Delfina vit que ses explications ne suffisaient pas.

« Ce n'est pas tout. Cela faisait des lustres que je n'avais rien mis chez Bernie, à la différence de Castiglione. À ce que j'ai appris, il en a été dès le début.

— Quasiment, admit Tasso. Au départ, c'étaient les Langusto. Et puis les Augustino étaient déjà dans le coup, car c'est eux qui l'avaient trouvé. Après quoi il y a eu les autres familles de New York, puis moi, Castiglione et Castananza.

— Ça fait un bail. Quand Castiglione a été écarté, il était entendu que Tommy DeLuca et moi, on se répartissait le tout. »

Tasso hocha lentement la tête.

« Nous y voilà, dit-il. Ce que j'entends maintenant me donne à penser que tu y as réfléchi. Tu t'imagines que tu as droit à l'argent que Castiglione a mis chez Bernie.

— En tout cas, à la moitié, dit Delfina. C'était l'argent collecté par la famille. La Commission, quand elle lui a retiré la famille et nous l'a donnée, à DeLuca et à moi, n'a jamais dit qu'il pouvait emporter l'argent de la famille avec lui en Arizona.

— Donc tu as mis de l'argent chez Bernie.

— Exactement, répliqua Delfina. De cette façon, je gardais un lien avec Bernie. Je me suis dit que si DeLuca continuait à lui apporter de l'argent et pas moi, il allait considérer DeLuca comme son interlocuteur direct à la place de Castiglione. Et je me suis retrouvé perdant. » Il secoua la tête avec regret. « On a tous attendu trop longtemps pour réclamer l'argent. Et on est tous perdants. »

Tasso haussa les épaules, ce qui se traduisit par un brusque tressautement de son énorme corps.

« On n'a pas encore fait un trait dessus. C'est la raison de la réunion. » Il fouilla dans son bureau et en sortit les deux tracts qu'il avait pris dans le bus. « Ce type, c'est Danny Spoleto. Tu connais ?

— Non.

— Il s'est pointé à New York. Il a été un moment garde du corps de Bernie, puis porteur de valise. Le jour où Bernie est mort, pfuit ! il s'est volatilisé ! » Il soupira. « On lui aura dit, pour Bernie, et aussi qu'on le recherchait, et il a pris peur. Mais ils veulent l'interroger. » Il tendit à Delfina la photo de Rita Shelford. « Celle-là, elle a encore moins de chances de savoir quelque chose. C'est juste une gamine, mais elle a travaillé comme employée de maison chez Bernie.

— Elle a disparu aussi ?

— Il paraît, dit Tasso. Je ne miserais pas sur cette méthode pour découvrir qui a liquidé Bernie. Mais les Langusto et quelques autres surveillaient l'apparition de gros mouvements de fonds, et d'après eux, ça commence à bouger. Quelqu'un aurait une liste ou je ne sais quoi que Bernie détenait, et s'occupe de blanchir l'argent. Je te donne le tuyau. Il vaut ce qu'il vaut, mais au moins tu en sais autant que tout le monde.

— J'en fais quoi? »

Tasso eut un sourire appréciateur.

« À toi de voir. Mais la situation actuelle me convient. Je suis vieux. Ça me dérange que Bernie ait passé l'arme à gauche avec un peu de mon argent coincé dans son lobe frontal. Et si quelqu'un le récupère, j'irai le voir. J'ai toujours eu ma part du gâteau, je n'en ai pas besoin. Mais je tiens à l'équilibre. » Il jeta un regard furieux à Delfina. « C'est la leçon que m'a apprise Castiglione. Nous l'avons laissé prendre du poids. Nous l'avons laissé conclure des affaires avec des familles ailleurs sans nous en parler. Il est devenu presque trop fort.

— Vous êtes inquiet?

— Je réagis avant d'avoir besoin de m'inquiéter. Voilà pourquoi je te parle de tout ça. À la réunion, Molinari s'est étonné de ton absence. Comme s'il se demandait si ce n'était pas parce que tu avais descendu Bernie.

— Moi? demanda Delfina, estomaqué.

— Tu n'arrêtes pas d'aller et venir, et tu es assez malin pour savoir faire bouger l'argent si tu l'avais. Je pense qu'il est calmé, mais n'oublie pas que le sujet est venu sur le tapis. Si on ne revoit pas l'argent, il risque de refaire surface. Peut-être que tu devrais au moins te remuer pour aider à retrouver ces deux-là.

— Qu'est-ce qui a calmé Molinari?

— C'est l'autre chose que tu dois savoir. Tommy DeLuca a dit: "Je n'ai pas jugé utile d'inviter plus d'hommes de chez moi que nécessaire."

— Le fumier, lâcha Delfina.

— Ne t'énerve pas, lui conseilla Tasso. Tu en aurais fait autant s'il existait une possibilité de revendiquer tout l'argent mis à gauche par Castiglione au lieu de le partager. Simplement, penses-y, et tout se passera bien pour toi. Tu n'as pas été invité parce que DeLuca t'a tenu à l'écart.

— Je vois. Si je suis au courant, ça remet le compteur à zéro, et vous, vous rétablissez l'équilibre.

— Pas tout à fait. Une chose encore. Molinari savait qu'Augustino avait convoqué la réunion, et qu'il l'avait fait à la demande des frères Langusto. S'ils ont prévenu DeLuca mais pas toi, alors il existe peut-être entre eux des rapports privilégiés.

— Vous voulez dire qu'ils l'appuieront s'il dit que l'argent de Castiglione lui revient ?

— Peut-être. En tout cas, tu sais.

— En tout cas je sais. Et cela rétablit encore un peu plus l'équilibre.

— Tout à fait. Nous pourrions ne pas bouger et regarder les chefs des familles de Chicago et de Pittsburgh conclure une alliance avec une des familles de New York. Mais on connaît un peu trop la chanson. » Il alluma une nouvelle cigarette. « C'est tout ce que j'ai à dire pour l'instant. Tu en fais ce que tu veux.

— Merci, Chi-chi. » Il se leva. « S'il y a une autre réunion, vous me préviendrez ? »

Tasso fit un signe de tête affirmatif.

« Je ne vais pas rester là, à les regarder tout foutre en l'air ! »

Delfina retraversa le bureau contigu et reprit l'ascenseur avec le liftier à la tête chenue. Il eut l'impression que la température montait à mesure que les étages défilaient, et le hall d'entrée lui parut un four. Le vieux le laissa sortir, puis referma les portes et la grille. Delfina vit les petites lumières s'allumer sur le mur au-dessus des portes tandis qu'il repartait vers des hauteurs plus tempérées.

Delfina marcha jusqu'à sa voiture. C'était à peine s'il pouvait toucher la poignée de la portière sans se brûler. Il monta la climatisation au maximum, baissa les vitres et longea quelques pâtés d'immeubles avant de les refermer.

En arrivant dans sa chambre d'hôtel du Vieux Carré, il vit qu'un fax l'attendait. Il composa le numéro de Caporetto à Niagara Falls. « C'est moi, dit-il.

— Désolé de te déranger, répondit Caporetto, mais il y a du nouveau. On a un type qui a dit être flic et avoir parlé aux employés de la réception à l'hôtel. La fille y est bel et bien descendue. Elle était seule et a pris une chambre avec sa carte de crédit. Ensuite, quand elle a réglé la note, elle était accompagnée d'une femme plus âgée, qui leur a dit de débiter sa carte à elle. Mais la fille avait pris un repas au restaurant en réglant directement avec sa carte, sans le mettre sur le compte de la chambre. C'est comme ça qu'on a la trace du débit et la facturette.

— Comment s'appelle la femme ?

— Kathleen Hobbs.

— Tu as vérifié le compte ?

— Oui. La carte est authentique, mais je pense que la femme peut l'utiliser sous une fausse identité. La carte a été émise il y a cinq ans environ, mais elle n'a pas l'air de s'en servir beaucoup. Il n'y a pas de mouvement récent, ni de grosse dépense sur le relevé de compte. Pas d'hypothèque, pas d'achat de voiture, aucun achat à crédit.

— Évidemment que c'est une fausse identité. Tu aurais réglé sous ton vrai nom, toi ?

— Non. »

Delfina se mit à faire les cent pas dans sa chambre, mais le cordon du téléphone le ramenait sans cesse au bureau. Il baissa les yeux et son regard tomba sur les tracts que lui avait donnés Tasso. « Sa description, tu l'as ?

— Oui. Grande... disons, un mètre soixante-quinze... et mince, cinquante-cinq, soixante kilos. Autour de trente ans et jolie, mais pas le style vedette de cinéma. Plutôt danseuse ou quelque chose du genre, des jambes à n'en plus finir, toute en coudes et en angles. Cheveux noirs, longs. Yeux bleus.

— Déniche un dessinateur, comme font les flics pour les portraits-robots. Tu le fais travailler avec chaque employé séparément jusqu'à ce que tous les deux soient d'accord sur la ressemblance. Ensuite tu imprimes ça au plus vite. Et tu le faxes à tous nos hommes. »

Delfina raccrocha et réfléchit un instant, puis s'approcha du porte-valise pliant près du mur et boucla son bagage. Il avait juste le temps d'attraper son vol pour San Diego.

20

Delfina s'était arrêté sur le côté droit du fairway, à quatre-vingt-dix mètres du drapeau. Le green du dix-huitième trou dessinait un ovale parfaitement lisse qui descendait en pente douce vers lui. Il jeta un coup d'œil en arrière aux trois hommes avec qui il faisait équipe, puis s'arma de patience tandis qu'ils frappaient chacun leur balle.

Jim Flaherty était la cause de cette sortie. Delfina le regarda passer ses doigts roses et grassouillets dans les ondulations blond-roux qui surmontaient son hâle permanent, puis étudier son sac de golf pour choisir un club avec autant de soin que pour un tournoi des Masters. Flaherty était un joueur de golf consciencieux, mais un édile infiniment moins exigeant. À quelques kilomètres de là, à ce moment précis, le conseil municipal se réunissait à l'hôtel de ville. Flaherty s'en souciait comme de l'an quarante. Pour le moment, il calait ses souliers à clous dans le gazon pour assurer son swing.

Delfina savait que Flaherty était né dans un parc de caravaning quelque part dans le lit d'un lac asséché à l'est de San Bernardino, mais il s'était, comme il le disait, « bonifié ». Autrement dit, il commençait à accumuler pots-de-vin et magouillages internes. Delfina ne regrettait pas d'avoir investi dans l'individu, car Flaherty était parti pour durer. Il manipulait en virtuose le jargon tordu de la politique de cette partie du pays, qui comportait notamment un vaste catalogue de déclarations codées sur l'immigration des Mexicains, la prière à l'école et la nécessité d'une défense forte, questions totalement étrangères au champ de compétence des administrations locales. En revanche, Delfina supportait mal son complexe d'infériorité en matière d'argent, qui en faisait un interlocuteur complaisant, mais l'incitait aussi à parler affaires même sur les parcours de golf ou lors de concours hippiques. Flaherty joua un fer 6 ou 7, à ce qu'en jugea Delfina, et sa balle atterrit sur le green.

Delfina détestait arpenter les terrains par une journée de rêve, suant sous le soleil impitoyable du sud de la Californie, portant lui-même, qui plus est, son sac de golf car ni Flaherty ni lui ne pouvaient courir le risque qu'un caddy surprenne leur conversation. Dieu merci, Flaherty avait enfin posé sa balle sur le green et l'épreuve touchait à sa fin.

Delfina observa Mike Cirro, le jeune qu'il avait pris avec lui pour cette tournée. Cirro plongea la main dans son sac sans s'inquiéter de la supériorité de tel club sur tel autre, l'empoigna comme une batte de base-ball et, d'un swing rapide et rageur, frappa la balle qui retomba au milieu du fairway dur et sec à une bonne distance du green. Mais comme il l'avait tapée trop fort avec le mauvais club, elle rebondit deux fois, fit les quarante derniers mètres qui la séparaient du green et s'arrêta pile au bord du trou.

277

Delfina haussa les épaules d'un geste fataliste et sourit à Flaherty, qui semblait s'interroger sur les mystères de la chance et du surnaturel. Puis tous trois attendirent Pucci. Il gérait Parliament Park, la chaîne d'épiceries qui appartenait à Delfina, et ledit Delfina était bien disposé à son égard ce jour-là. Pucci avait réussi à capter l'attention de Flaherty au second trou. Là, Flaherty ne voyait, à première vue, aucun obstacle à la construction d'un supermarché dans la vieille ville, mais il lui faudrait d'abord vérifier les divers intérêts en jeu avant de proposer une modification de zonage. Au dixième trou, la phase de vérification était passée à la trappe lorsque Cirro avait remis à Flaherty l'enveloppe bourrée de billets de cent dollars. Pucci fit semblant d'hésiter et appela Flaherty pour lui demander quel club prendre. Delfina n'entendit pas la réponse depuis l'autre côté du fairway; toujours est-il que Pucci hocha la tête et expédia la balle à la lisière inférieure du green.

Delfina devait surtout veiller à maintenir Flaherty dans de bonnes dispositions d'esprit jusqu'à la fin de la partie, sinon tout ce léchage-de-cul n'aurait servi à rien. Il prit son fer 9 et frappa un coup d'essai dans le vide, puis contempla le green. Ensuite il évalua la distance jusqu'au bunker creusé devant, et lança adroitement sa balle en chandelle pour l'expédier en plein dedans.

Il haussa les épaules avec bonne humeur à l'adresse de Flaherty et partit vers le bunker. De là, il étudia la position des balles de ses adversaires sur le green. Flaherty s'était ménagé un putt de trente centimètres. Il était assez fort pour marquer, mais Delfina décida de ne pas prendre de risque inutile. Il escalopa sa balle qui chut dans le sable au bord du bunker et redégringola jusqu'à ses pieds. Après quoi il l'envoya sur le green et observa le reste de la compagnie. Flaherty mit sa balle dans le trou, Cirro aussi, mais Pucci eut la sagesse de rentrer la sienne en deux putts. Delfina étudia soigneusement le green, envoya sa balle et mit fin à son supplice.

Flaherty le surplombait, prêt à jubiler en cas de ratage. « Très joli, reconnut-il.

— N'empêche que c'est vous le vainqueur, rétorqua Delfina.

— Évidemment ! Je vous l'avais dit, les gars : vous n'aviez aucune chance contre Jimmy Flaherty sur son propre terrain !

— Et vous aviez raison », convint Delfina.

Il releva la tête pour regarder les autres, qui approuvèrent et marmonnèrent des compliments. Pucci en aurait sûrement rajouté s'il n'avait pas été aussi suant et lessivé que Delfina. Cirro était jeune, et le golf était un sport destiné aux gens d'un autre âge. Il paraissait étranger à la procédure, attendant qu'il se passe vraiment quelque chose.

« Savez-vous quand nous pouvons escompter une modification de zonage ? demanda discrètement Delfina à Flaherty alors qu'ils quittaient le green. Nous aimerions démarrer le chantier à l'automne. »

Flaherty lui lança un clin d'œil.

« Vous devriez être fixés d'ici une semaine ou deux. » L'idée qu'il pouvait y avoir un micro quelque part, très loin ou tout à côté, parut lui traverser l'esprit. « J'ai toujours eu la conviction que ma tâche consistait pour une grande part à attirer des entreprises ici, déclara-t-il avec emphase, à ouvrir la ville aux inves-

279

tisseurs et à en faire un lieu où il fait bon vivre et travailler. »

Mais sa péroraison tomba à plat car son auditoire avait l'esprit ailleurs. Un bref regard aux abords du club-house avait révélé à Delfina que deux hommes l'attendaient. « Ça alors, c'est la meilleure ! s'exclamat-il. Je vais faire un parcours, et je retrouve deux de mes comptables à l'arrivée. » Il accrocha le regard de Pucci. « Si tu emmenais Jim boire un verre au club-house ? J'ai perdu, c'est moi qui régale. » Il serra la main de Flaherty. « Jim, c'était un plaisir. »

Il laissa Pucci et Flaherty sur le gazon en haut du green et se dirigea vers le parking. Ses chaussures de golf n'avaient pas touché le trottoir que les deux hommes qu'il avait repérés traversaient rapidement le terre-plein pour venir à sa rencontre. L'un d'eux était Al Mino, un vieux soldat de Castiglione qu'il avait posté à Oakland, pour surveiller le nord de la Californie.

« Frank, on peut attendre si tu veux t'arrêter au club-house, proposa Mino.

— C'est qui, lui ? demanda Delfina, comme s'il attendait pour répondre de savoir à qui il parlait.

— Oh, excuse-moi, Frank, dit Mino. C'est notre ami Sam Zinni. Je croyais que vous vous connaissiez. Il m'a rejoint à Oakland il y a un an. Avant ça, il était...

— Dans l'Illinois, se hâta de répondre Zanni. Je travaillais pour DelaCroce. »

Delfina eut un signe d'assentiment.

« Désolé, Sam. Je savais bien que ta tête me disait quelque chose, mais ce foutu soleil me bousille. L'affaire Maurice Black. »

Zinni sourit.

« C'est ça même, Mr Delfina.

— Frank, rectifia Delfina. Tu es des nôtres depuis assez longtemps pour m'appeler Frank, même derrière mon dos. De quoi s'agit-il ? »

Mino se pencha plus près.

« Le portrait de la fille.

— Tu es en voiture ?

— Elle est juste là. »

Delfina se tourna vers Cirro.

« Mike, mets les clubs dans ta bagnole et apporte-moi mes chaussures. »

Il ouvrit la porte arrière de la voiture de Mino et s'assit les pieds à l'extérieur en attendant que Cirro revienne avec ses souliers, puis enfila ceux-ci et lança ses chaussures de golf sur le plancher. « C'est bon, Al. Roule. »

Il attendit que la voiture ait quitté les abords du club-house. « Bon, cette histoire de portrait ? On a repéré Rita Shelford ?

— Je ne parle pas de cette fille-là, précisa Mino. Mais de l'autre. La brune aux cheveux longs.

— Et alors ?

— Je l'ai reconnue, dit Zinni. À cause de l'affaire Maurice Black. Vous vous rappelez ? Black est entré au Sporting Life. Il était entendu que Stolnick, le flic qui n'était pas de service ce jour-là, devait le faire monter dans une voiture. Comme il ne voulait pas sortir, Stolnick l'a coincé dans le couloir près des téléphones. La serveuse, Nancy Carmody, l'a vu faire et a filé.

— Tu veux dire que la photo ressemble à Nancy Carmody, la serveuse ? »

Zinni secoua la tête.

« Non, je parle du portrait-robot. C'est cette autre femme qui s'est pointée plus tard.

— Une autre ?

— Oui. On a rattrapé Nancy Carmody au campement. Une série de chalets à la noix juste de l'autre côté de la frontière du Wisconsin, à Lake Geneva. On était trois : Jimmy McCormick, le tueur du New Jersey censé être une star, un de ses copains et moi, pour être sûrs de donner toute satisfaction à la famille. Je dis au copain en question de se garer plus bas sur la route, j'envoie Jimmy par le bois surveiller le chalet et s'assurer que tout est à son goût, et moi je vais passer un coup de fil à DelaCroce pour l'informer. »

Delfina commençait à s'impatienter.

« Que s'est-il passé ?

— Je reviens dix minutes après. J'ai les consignes, celles que j'avais prévues. On la tue, on l'enterre dans le bois et on rentre. Je retrouve McCormick et son copain dans le bois, à côté du chalet. Comme ils n'ont jamais vu la fille, ils me demandent de vérifier. C'est bien elle. On la voit très bien par la fenêtre. Elle a un chemisier rouge, un jean et des tennis impeccables, sûrement qu'elle venait de les acheter parce que, quand elle s'était barrée, elle avait juste des vêtements de ville. »

Delfina savait qu'il devait laisser Zinni lui raconter l'histoire à sa façon, mais lui venait de passer trois heures à crapahuter dans ce qui avait été en d'autres temps le désert. « Et alors ?

— Alors, juste au moment où on allait entrer, elle sort. Comme pour faire un tour dans le bois. Eh bien, parfait. McCormick part sur ses talons. Le copain et moi, on suit plus lentement pour ne pas avoir l'air d'une armée et lui faire peur. On fait une soixantaine de mètres sur le sentier et on entend une bagnole qui démarre. Si elle est partie faire un tour, qui a mis le contact ? On repart en sens inverse en courant, et on voit une femme en chemisier rouge au volant tandis que la voiture enfile l'allée de graviers. On court récupérer McCormick. Il dit qu'on s'est trompés car elle continue de marcher devant lui. Il décide de la descendre illico et se met à courir. On fait pareil. Et on l'aperçoit, une centaine de mètres plus loin, en chemisier rouge et tennis blanches !

» Elle sort du bois et s'engage sur une route. On essaie de la rattraper et d'en finir avant qu'une voiture rapplique et la voie. Et bien entendu, une bagnole nous dépasse à toute allure et pile à sa hauteur. C'est celle de Nancy Carmody, avec Nancy Carmody au volant, toujours en chemisier rouge ! On pique un sprint. L'autre nana ouvre la portière et ne bouge pas, comme si elle essayait de bien voir à quoi on ressemblait. Nous, on s'en fout, parce qu'elle va y passer aussi. Mais, du coup, moi aussi je la vois bien. Elle monte dans la voiture, claque la portière et file.

» On se précipite vers notre bagnole, et McCormick les prend en chasse. On fait peut-être cinq kilomètres avant qu'un nuage de fumée noire sorte de dessous le capot, au point qu'on n'y voyait presque plus rien. McCormick se précipite dehors et ouvre le capot. Je descends aussi, pas pour éteindre le feu avec ma chemise. Mais parce que j'aperçois de grandes flammes orange ! En arrivant à l'avant, je les vois qui jaillissent du bloc-moteur et crament la masse de fils sur le côté. Il y a plein de cette espèce de saleté blanche partout, ça flambe tant que ça peut et pas possible d'y toucher ! »

Delfina fixa Zinni, le regard tranchant comme une lame. « Et tu crois que le portrait est la même femme, celle qui s'est tirée avec Nancy Carmody ?

— Absolument, affirma Zinni. C'est elle. »

Delfina resta silencieux pendant quelques secondes. Depuis six ans il avait remisé Nancy Carmody dans un coin de son esprit, et d'autres problèmes, plus récents, s'étaient entassés par-dessus. Il savait qu'il n'avait pas eu le fin mot de l'histoire, à l'époque. La serveuse n'ayant pas reparu, il avait fait exécuter Stolnick, ce qui avait annulé le danger qu'elle représentait dans l'immédiat. « On sait quelque chose sur cette femme ?

— Sans doute une pro », dit Mino.

Delfina poussa un soupir. Pour ces types, penser revenait à charrier des rochers jusqu'à une rivière pour s'en servir comme pierres de gué. Ils en lâchaient un, puis devaient revenir sur leurs pas et refaire le trajet pour trouver le suivant, le rapporter et le lâcher. « On n'a pas une seconde à perdre.

— Comment procède-t-on ?

— Al, tu appelles Oakland. Charge tes gars de téléphoner à tous nos hommes dans les villes de tout le pays. Fais-leur tirer un maximum d'exemplaires du portrait-robot. Disons, deux mille chacun. Il faut les distribuer à toutes les familles dans les plus brefs délais. Dis-leur qu'on a repéré Rita Shelford et que cette femme était avec elle. Rien d'autre. Compris ?

— Oui, mais ça signifie quoi ?

— Qu'on doit trouver une cabine téléphonique. »

Mino arrêta la voiture à une station-service et descendit pour utiliser un des téléphones publics alignés le long de la barrière, où les voitures attendaient de faire le plein. Au bout d'une seconde, grillant d'impatience,

Delfina descendit aussi et se dirigea vers le téléphone à côté de Mino. Il appela ses sous-chefs de Niagara Falls, Omaha, Los Angeles et Boston et répéta ses ordres.

De retour à la voiture, il s'assit et contempla le plafond, s'efforçant d'évaluer sa position. Il avait dévoilé une partie des informations qu'il possédait et qui faisaient défaut aux autres chefs. Dommage. Mais ceux-ci seraient enfin convaincus qu'il recherchait lui aussi l'argent de Bernie, et cela, dans l'ensemble, constituait un point positif. À lui de décider maintenant quelle allait être sa position une fois qu'ils auraient fait le travail pour lui et trouvé cette femme.

21

Jane se réveilla lentement, guettant le cliquetis du clavier de Ziegler, puis ouvrit les yeux pour chercher le rai de lumière sous la porte. Lorsqu'elle l'aperçut enfin, il ne se trouvait pas à sa place habituelle. Elle se redressa sur le lit et reprit ses esprits. La lumière qui filtrait sous la porte était celle du couloir de l'hôtel. L'Olympic Hotel, à Seattle.

Il lui avait fallu une journée entière pour remonter les huit cents kilomètres en bordure du Pacifique, de San Diego à San Francisco. Ses seules haltes avaient été près de boîtes aux lettres et de bureaux de poste, parfois pour ne glisser qu'une seule enveloppe dans la fente. Elle avait passé une nuit à San Francisco, puis la plus grande partie du jour suivant dans l'avion à destination de Portland, puis de Seattle, où elle avait poursuivi les envois.

Jusque-là, tout s'était passé exactement comme elle l'avait prévu. La Californie représentait un dixième de la population du pays et les arrêts avaient été nombreux. Portland et Seattle étant des villes moins importantes, lors de son dernier vol elle avait pu replier un sac vide et le fourrer dans l'autre avec le reste du courrier. Elle avait loué une voiture au nom de Wendy Stein, puis de Katherine Webster à San Francisco, et pris un vol pour Seattle sous celui de Diane Finley. À son arrivée à l'hôtel, les colis de nouvelles lettres l'attendaient.

Elle s'était octroyé deux heures pour les vider et ranger les lettres par ordre d'envoi dans ses deux sacs, les paquets à poster d'abord sur le dessus. Puis elle avait aplati les cartons, arraché les autocollants de la poste, et jeté le tout dans le local à poubelles derrière l'immeuble. Après quoi elle avait essayé de dormir, mais sans succès. Depuis la seconde où elle avait lâché les premières enveloppes à Albuquerque, elle savait avoir engagé une course contre la montre. Dans un jour ou deux seulement, les premiers chèques arriveraient aux bureaux des associations caritatives. Elle s'était efforcée d'exploiter ce délai au maximum, mais se retrouvait bloquée. Son avion pour Minneapolis, point de départ de sa tournée dans le Middle West, ne décollait que le lendemain matin. La pendulette du chevet indiquait deux heures quand la tension nerveuse qui la tenait sur la brèche se relâcha enfin. Les sacs étaient prêts, les billets dans son sac sur la table, et elle avait la confirmation des réservations pour le reste du voyage. Il était cinq heures dans l'Est, et elle savait que pendant qu'elle dormirait, Henry Ziegler aurait pris possession de la voiture qu'elle avait réservée à son nom et remonterait la côte en postant des enveloppes à Orlando, Jacksonville, Savannah ou Charleston. Même si la plus improbable des catastrophes possibles s'était déjà produite et si quelqu'un avait fait le lien entre la dispersion subite de grosses sommes d'argent et Bernie Lupus, personne n'irait penser à Henry Ziegler. Il était sûrement inconnu au bataillon. Et Henry se déplacerait de la façon la plus sûre et la plus anonyme : en évitant les aéroports.

Jane dormit quatre heures ; au réveil, elle avait retrouvé toute sa vigueur et son allant. Elle téléphona à la réception pour qu'un groom vienne prendre ses deux grands sacs et appelle un taxi pour l'aéroport de Sea-Tac. Elle prit ensuite une douche et s'habilla rapidement, puis descendit régler aussitôt sa note. Encore quelques jours, et tout serait fini.

À l'aéroport, Jane tira ses deux sacs sur les quelques mètres qui la séparaient de la file d'enregistrement des bagages. Après quoi, elle pénétra dans l'aérogare, franchit les portiques de détection et examina les gens regroupés dans les zones d'attente. Elle essaya de repérer les deux ou trois truands de service qui guettaient Rita Shelford, mais elle nota tout de suite un changement. Ils semblaient plus nombreux qu'à San Diego. L'homme au bout de la première travée, qui étudiait quelque chose dans son attaché-case, ne semblait pas être là par hasard. Il ne cessait de plonger les yeux dans son attaché-case ouvert, puis de relever la tête pour regarder les gens qui défilaient dans l'aire de circulation. Elle le prit d'abord pour un officier de police, mais écarta cette hypothèse. Ses chaussures étaient trop élégantes. Les flics n'oubliaient jamais qu'ils avaient de fortes chances de rester longtemps debout avant d'être relevés, et risquaient même d'avoir à piquer un sprint pour rattraper un suspect plus jeune et plus rapide, puis le maîtriser. Ils n'aimaient pas les semelles de cuir ni les chaussures pointues.

Elle savait que l'homme ne la recherchait pas, mais fut soulagée quand elle l'eut dépassé. Quelques minutes après, son regard s'arrêta sur un homme qui marchait devant elle. Quand il tourna la tête vers la droite, Jane suivit son regard. Il fixa un type assis dans la zone d'attente. Celui-ci se leva et se mit à son tour en mouvement.

Jane, sans modifier son allure, se rapprocha du milieu de la zone de circulation, où on la remarquerait moins, et observa le manège des deux hommes. Peut-être avaient-ils aperçu une fille qui ressemblait à Rita, mais c'était difficile à dire. Devant elle se pressaient des gens de toutes tailles et de tous gabarits.

Le premier type s'inséra dans le flot de voyageurs devant elle, s'arrêta brusquement devant la personne qui avait attiré son attention, et contempla le panneau fixé au-dessus de lui qui portait une flèche et l'indication PORTES 10 À 22. Le second type s'immobilisa derrière la victime, la prenant en sandwich. Il avait la main dans sa poche où, Jane le savait, se trouvait un objet parfaitement déplacé dans un aéroport — peut-être une lame en plastique effilé. Mais l'homme responsable de l'embouteillage se retourna sans la moindre courtoisie pour dévisager de plus près sa victime, marmonna une excuse et s'écarta vivement.

La victime se remit à marcher, tirant sa valise par la poignée rétractable. Jane se hâta de la rattraper avant que les deux types aient eu le temps de se remettre en position et de l'obliger à passer près d'eux.

Jane vit ce que la femme tenait dans sa main libre. Non pas une enveloppe de compagnie aérienne avec ses billets, mais une petite liasse d'enveloppes de format bureau munies de timbres. La femme obliqua, et Jane accéléra légèrement le pas pour l'observer de plus près. La femme s'arrêta devant un panneau d'acier barré de plusieurs fentes horizontales et portant le logo de la Poste. Elle glissa les lettres dans l'une d'elles et fit demi-tour en direction d'une porte devant laquelle elle était déjà passée. Jane étudia son visage. La femme avait d'abord les yeux dans le vague, regardant simplement devant elle pour voir où elle allait. Puis elle aperçut Jane, vit ses cheveux, ses yeux, et fixa le sol. Un léger sourire flotta sur ses lèvres une fraction de seconde : elle aussi avait été frappée par la ressemblance.

Jane détourna les yeux et hâta le pas. Elle avait croisé une dizaine de femmes correspondant plus ou moins à cette description depuis qu'elle avait posé le pied sur le trottoir devant l'aérogare. Les femmes de son âge et de sa taille aux cheveux foncés — voire noirs — n'avaient rien d'insolite. Ce devaient être les lettres que celle-ci avait à la main qui expliquaient l'intérêt des deux hommes.

Jane sentit un frisson naître au bas de son dos et remonter jusqu'à ses omoplates. Ils savaient. Il n'y avait pas plus de deux jours que les lettres étaient arrivées. Comment avaient-ils pu comprendre le scénario aussi vite ? Elle songea qu'Henry Ziegler n'était peut-être pas tiré d'affaire. Qu'ils avaient mis la main sur lui d'une façon ou d'une autre et l'avaient forcé à tout raconter. Elle s'obligea à se concentrer sur le problème qui se posait à elle dans l'immédiat.

Elle entra dans les premières toilettes pour dames qu'elle rencontra et attendit pour laisser le temps aux types de rentrer dans le flot des voyageurs. En se regardant dans la glace, elle fut frappée par son expression hagarde. Elle composa son visage, puis se contraignit à réfléchir. Elle ouvrit son sac et entreprit de rafraîchir son maquillage, tandis que la porte s'ouvrait et qu'une autre femme passait derrière elle.

Les deux types qui surveillaient les portes d'embarquement n'étaient sûrement pas seuls à l'aéroport. Elle n'avait jamais entendu dire que le crime organisé avait solidement investi Seattle, mais Sea-Tac était un aéroport important, et ils pouvaient facilement avoir envoyé d'un coup d'avion une petite brigade d'une ville où ils avaient des effectifs en surnombre. Non, rectifia-t-elle. Pas facilement. Pas forcément : ils étaient à la poursuite de milliards de dollars.

Jane regarda sa montre. Il restait une demi-heure avant le décollage. Elle devait se calmer et étudier les alternatives possibles. Ses deux sacs étaient déjà enregistrés sur le vol de Minneapolis. Si elle disparaissait maintenant, la compagnie retarderait le vol pour les récupérer. Les compagnies n'acceptaient plus de bagages sans passagers. L'interruption de la procédure de décollage, qui sous-entendait la possibilité d'une bombe ou d'un accident, attirerait l'attention de passagers susceptibles de s'affoler. Voire celle de quelques-uns des types en faction, trop heureux de rompre la monotonie d'une planque dans un aéroport. Les agents de la sécurité ne manqueraient pas d'ouvrir les deux gros sacs et n'y découvriraient que des enveloppes. Elle essaya d'évaluer cette perte. Impossible de déterminer le montant total des chèques de ce chargement, mais sûrement pas moins d'un milliard de dollars par sac. Certaines fondations d'entreprises inventées par Henry avaient reçu des noms propres à évoquer des conglomérats agricoles du Middle West, et elles faisaient partie du lot. Les consonances de plusieurs patronymes de particuliers rappelaient délibérément

291

ceux des anciennes fortunes de l'automobile, des chemins de fer et des grands magasins. Mais il y avait pis que les montants : il était hors de question de livrer quelques milliers de ces chèques au flair des limiers du FBI.

Elle ne pouvait pas abandonner ses sacs. Elle devait absolument prendre ce vol pour Minneapolis afin de les récupérer. Elle attendrait dans les toilettes jusqu'au second avis d'embarquement, puis se dirigerait d'un pas résolu vers la porte pour rejoindre la foule des passagers.

Jane jeta un coup d'œil à ses cheveux. Les garder longs et dénoués n'était sans doute pas la meilleure tactique. Elle les tira en arrière et fit une natte qu'elle tordit et épingla en chignon. Elle chercha dans son sac la paire de lunettes de soleil qu'elle avait prise pour elle en achetant celle de Rita et les mit. Elle entendit le premier appel pour le vol de Minneapolis, rectifia son rouge à lèvres. Le second appel résonna bientôt.

Après un dernier coup d'œil dans la glace, elle tourna les talons et se dirigea vers la porte. Elle l'ouvrit et sortit dans le renfoncement. Elle fut heurtée par un corps massif qui la plaqua contre un des murs. Il y eut la piqûre aiguë d'un objet pointu pressé contre sa colonne vertébrale, un avant-bras puissant lui entoura le cou. La voix était basse et nerveuse, si proche derrière son oreille qu'elle sentit le souffle moite et brûlant. « Tu m'accompagnes gentiment. Parce sinon je te glisse cette lame entre les vertèbres avant que tu aies le temps d'ouvrir la bouche. »

Jane le sentit resserrer son étreinte et enfoncer un peu la lame pour l'effrayer. Elle était incapable, d'après le contact, d'en déterminer la forme ni de dire en quoi elle était faite, sinon qu'elle était courte — quatre ou cinq centimètres — car une partie de la main qui la tenait semblait juste posée sur le dos de sa veste. Il pouvait s'agir d'une clé affûtée. Voire d'un couteau de poche, si la femme de la sécurité l'avait jugé suffisamment petit et inoffensif au passage du portique.

« Maintenant tu repars vers les escalators. »

Jane s'efforça de dissocier ses sensations. La pression aurait été assez forte pour transpercer la peau de son dos si sa veste n'avait pas amorti l'impact. L'homme se tenait derrière elle, mais quand ils sortiraient du renfoncement, il serait obligé de s'écarter légèrement pour donner l'impression d'avoir son bras autour d'elle — sur sa gauche à lui puisqu'il tenait la lame dans sa main droite. Une position bancale, parfaite pour taillader, pas pour poignarder. Pour cela, il serait obligé de se pencher vers elle.

Il poussa Jane en avant, et elle l'entendit se déplacer d'un pas sur sa gauche. Jane accompagna son mouvement pour lui confirmer qu'elle se dirigeait vers la sortie, l'obligeant à se déporter légèrement pour ne pas se prendre les pieds dans les siens. À ce moment précis Jane se laissa tomber par terre et roula sur elle-même vers la droite. Elle remonta ses jambes contre elle et les détendit d'un coup.

L'homme fit ce qu'elle espérait. Il acheva son pas à gauche, puis bascula vers elle, le couteau à la main, et perdit l'équilibre. Les pieds de Jane l'atteignirent à la cheville droite. Il tomba lourdement sur son côté droit. Son premier réflexe fut de rouler sur le ventre et de se jeter sur elle. Il leva la main, et se souvint qu'il tenait le petit couteau et que des gens devaient regarder. Prenant maladroitement appui sur son coude, il glissa le couteau dans la poche intérieure de sa veste.

Ses yeux inspectèrent rapidement le périmètre pour voir si quelqu'un avait aperçu l'arme, quittant Jane une fraction de seconde. Si sa vision périphérique enregistra un mouvement, son cerveau crut qu'elle allait se relever et se mettre à courir. Mais Jane préparait déjà sa jambe gauche. Son talon s'abattit sur l'arête du nez de l'homme et projeta méchamment sa tête en arrière.

Des mains solides saisirent Jane et la relevèrent. Des gens marmonnaient les questions inutiles qui leur donneraient le sentiment d'être idiots. « Ça va ? » « Vous avez trébuché ? »

« Ça va », répondit-elle. « Si seulement les gens regardaient où ils vont ! » ajouta-t-elle d'un ton plus irrité, comme une femme agacée par sa maladresse. Elle repartait déjà vers la porte d'embarquement. Tout en se glissant dans le flot de voyageurs marchant dans la même direction, elle se risqua à jeter derrière elle un dernier regard irrité. L'homme était toujours au sol. Elle n'aurait su dire s'il avait perdu conscience ou s'il ne savait pas comment se débarrasser des gens qui l'entouraient pour se lancer à sa poursuite sans se faire prendre. La foule des badauds le cacha bientôt.

Jane accéléra le pas. Lorsqu'elle eut le sentiment d'être assez loin, elle se mit à courir, évitant les marcheurs plus lents et les voyageurs encombrés de bagages. Elle atteignit la porte au moment précis où l'une des hôtesses affichait un nouveau vol au tableau derrière le comptoir, l'autre s'apprêtant à refermer la porte de la passerelle d'embarquement. Elle lui tendit son billet, entendit la porte claquer derrière elle, puis se précipita vers son siège.

Jane attacha sa ceinture et ordonna silencieusement à l'avion de bouger, ce qu'il fit presque aussitôt. L'aérogare recula tandis que l'avion se mettait en mouvement. S'appuyant au dossier, elle se laissa enfin submerger par la peur et l'épuisement. Pendant une bonne minute, elle éprouva un sentiment de vertige, de faiblesse et de peur, tandis que son cœur battait à tout rompre. L'avion s'immobilisa, puis commença à rouler. Le pilote essayait sans doute de ne pas se faire prendre sa place dans l'ordre d'envol. Sa voix, retransmise par les haut-parleurs, le lui confirma. Quelques minutes après l'avion décollait en bout de piste et Jane luttait déjà contre l'accentuation de la pesanteur pour s'emparer du téléphone sur le dos du siège devant elle.

22

Tandis que l'avion survolait les Rocheuses, Jane cherchait de nouveaux arguments pour se rassurer. L'homme qui l'avait repérée à l'aéroport n'avait pas eu le temps de voir vers quelle porte elle s'était précipitée. Celle-ci était située environ deux cents mètres plus loin, elle avait suivi la zone de circulation qui tournait à cet endroit, et s'était donc retrouvée hors de vue. Un point positif, mais qui ne garantissait rien. Ses collègues étaient tout de même assez malins pour voir sur la liste des départs les avions qui avaient décollé à peu près à l'heure où elle s'était volatilisée. Le pilote avait placé aussitôt son appareil sur la piste d'envol, donc ils devaient être plusieurs à décoller en même temps, mais il serait facile d'en éliminer : ceux qui avaient décollé à l'autre bout de l'aéroport ou ceux qui avaient été retardés. Elle devait partir du principe qu'ils la savaient à bord de ce vol. Se convaincre qu'ils savaient quand et où l'avion allait atterrir, et qu'ils téléphonaient déjà à leurs copains pour qu'ils viennent l'intercepter.

L'esprit de Jane ne cessait de revenir sur les détails de leur plan, tandis que l'avion survolait l'immense plaine rythmée de motifs géométriques verts et ocre qui se déployait en direction du Mississippi. Lorsque son voisin se leva pour aller aux toilettes, elle profita de ce court instant de solitude. Elle prit trois petits oreillers que la compagnie avait placés dans le casier à bagages et se rassit. Jetant un coup d'œil autour d'elle, elle attendit de voir si elle avait attiré l'attention des passagers les plus proches. Le garçon installé de l'autre côté du couloir central dormait, penché en arrière contre le dossier, ses longues jambes ramassées sur le siège vide à côté de lui. Les autres ne semblaient pas avoir remarqué son geste. Elle enveloppa sa veste autour des coussins et garda le tout sur ses genoux.

Quelques minutes plus tard son voisin était de retour. Jane se leva et resta debout dans l'allée pour lui permettre de se glisser dans son siège. Puis elle partit vers l'arrière de l'avion. Elle aperçut des toilettes dont le voyant rouge indiquait LIBRE, entra, ferma le verrou, et chercha, à l'aide du petit miroir en face d'elle, comment utiliser au mieux les oreillers. Elle dut s'y reprendre à plusieurs fois pour les placer correctement et caler celui de derrière dans le gros-grain élastique de sa jupe. Après quoi elle laissa retomber son chemisier en soie sur ces rondeurs. Les coussins étaient bourrés d'une fibre synthétique qui leur donnait une certaine rigidité, et l'effet était assez réussi. Elle pouvait donner le change, à condition de ne pas se plier en deux ou de laisser les oreillers glisser sur le côté.

Jane s'employa ensuite à tenir sa veste de façon à dissimuler les oreillers, perfectionnant ce talent inédit. Comme le type qu'elle avait envoyé au tapis à l'aéroport de Seattle aurait sûrement décrit sa natte en chignon, elle dénoua ses cheveux. Fouillant dans son sac, elle trouva ses ciseaux à ongles, mais constata vite qu'il lui faudrait des heures pour se couper les cheveux avec cet outil miniature.

L'avion commençait à perdre de l'altitude et le temps pressait. Elle remonta ses cheveux et se fit une queue-de-cheval. Puis elle noua un foulard autour en laissant retomber les pans. Son reflet dans le miroir donnait l'impression qu'elle avait plus de foulard que de cheveux. Comme le type de Sea-Tac l'avait vue avec des lunettes teintées, elle les ôta. La voix d'une hôtesse résonna dans le micro au-dessus de sa tête. Après un magma inaudible, elle comprit que les passagers étaient priés de regagner leurs sièges et d'attacher leurs ceintures.

Lorsque l'avion atterrit, Jane descendit en arborant l'expression éreintée et soulagée qu'elle avait observée chez les autres voyageurs. Dans la passerelle couverte, elle resta aussi près que possible de deux hommes assez corpulents pour la cacher en partie, enfila sa veste et laissa son ventre en évidence.

Jane s'aventura sur le côté du flot de voyageurs pour examiner les gens qui attendaient le long du mur, parmi lesquels un homme avec une pancarte qui indiquait DEBORAH. « Bonjour, c'est moi ! », lui lança-t-elle lorsqu'elle l'eut repéré, tout en continuant d'avancer. Il lui emboîta le pas, tandis qu'elle gardait son visage tourné vers lui, sans regarder ailleurs. « Je suis un peu pressée. Je dois donner un coup de fil et passer aux toilettes. Pourriez-vous vous charger de mes tickets et récupérer mes bagages ? »

L'homme fixa le ventre de Jane.

« Bien sûr. Ils sont comment ?

— Deux grands sacs verts à roulettes. » Elle prit les

deux tickets dans l'enveloppe du billet et les lui tendit. Comme il les regardait sans enthousiasme, elle décida de le convaincre. « Comme ils sont très lourds, je peux vous rejoindre là-bas et vous aider.

— Pas dans votre état, répondit-il d'un ton bourru. Je peux me débrouiller seul. Retrouvez-moi à la voiture. Elle est au parc de stationnement temporaire, place 217. Une Audi noire à vitres teintées. » L'homme s'éloigna, vérifiant les numéros des reçus.

Elle se sentit soulagée de voir que sa réservation par téléphone avait abouti. Elle avait demandé à l'opératrice de l'interurbain le numéro du premier loueur de limousines qu'elle trouverait dans l'annuaire. Elle se doutait bien qu'il commencerait par quatre ou cinq « A » d'affilée. D'après l'expérience qu'elle en avait, les chauffeurs à ce point en mal de clients n'avaient pas des voitures luxueuses, mais faisaient preuve de bonne volonté. Il ne lui restait plus qu'à rejoindre la voiture. Regardant droit devant elle, elle suivit le mouvement de la foule. Elle avait savamment dosé son déguisement, veillant à ne pas en faire trop. Comme les médecins dissuadaient toujours les futures mères de prendre l'avion après le huitième mois, elle avait vu très peu de femmes enceintes jusqu'aux yeux dans les aéroports. Elle avait donc visé le septième mois — un ventre à la rondeur explicite, mais encore haut et pas trop volumineux afin de ne pas attirer les regards.

Jane avisa un couple âgé qui attendait près d'un comptoir. La femme s'appuyait sur un déambulateur en aluminium, et l'homme paraissait presque aussi fragile. Les oreilles de Jane captèrent un léger couinement électronique à l'autre bout du hall, et elle y vit une chance à saisir. Elle s'approcha et attira l'attention de l'hôtesse derrière le comptoir. « Croyez-vous qu'il y ait de la place pour une personne de plus ? Je suis un peu... fatiguée. Je ne voudrais surtout pas vous ennuyer, mais... »

L'hôtesse lui décocha un sourire professionnel.

« Pas de problème, dit-elle. Avez-vous un bagage à main ? »

Jane fit signe que non. Le couinement de la voiturette électrique remonta jusqu'au comptoir et le véhicule s'immobilisa avec un hoquet. Un garçon grand et mince descendit du siège du conducteur.

« Trois personnes ? » demanda-t-il.

L'hôtesse hocha la tête, et Jane aida les deux vieillards à s'installer sur la banquette, puis s'assit à côté du conducteur. La voiturette repartit avec une secousse et prit de la vitesse. Le conducteur slaloma à travers les groupes de voyageurs en mouvement, ne ralentissant que lorsque la convergence imprévue de deux escouades menaçait de lui barrer le passage, avant d'actionner son avertisseur.

Jane aurait préféré ne pas se trouver à l'avant à côté du conducteur, mais elle n'avait pas eu le choix. La voiturette se déplaçant avec son clignotant orange au bout d'une tige et son couinement exaspérant, il ne fallait pas compter passer inaperçue. Elle se tourna à demi sur son siège pour regarder le vieux couple : les gens devant eux verraient son ventre mais pas son visage. Elle tenta d'amorcer la conversation.

« Merci beaucoup de m'avoir laissée monter. »

La vieille femme lui adressa un tel regard de réprobation que Jane la crut atteinte d'une forme de démence sénile. Mais le vieil homme intervint, d'un ton curieusement glacial.

« La voiture ne nous appartient pas. Il y a toute la place qu'on veut. »

Jane sentit que quelque chose lui échappait, puis comprit.

« L'avion ne me réussit pas. J'ai toujours les doigts et les chevilles qui enflent. » Elle agita la main par-dessus le siège pour les en convaincre. « Comme j'ai eu un mal fou à retirer mon alliance après le vol à l'aller, je ne l'ai pas remise pour le retour. »

Jane avait vu juste. Les deux visages s'éclairèrent.

« Oh ! ça disparaît vite, la rassura la vieille dame. Bientôt, vous n'aurez plus une minute à vous pour vous en soucier ! » Le mari se mit à rire. « Mais ça non plus, ça ne dure pas longtemps. Ils grandissent et ils quittent le nid, et vous vous demanderez où ils sont passés ! »

Derrière l'épaule du mari, Jane aperçut deux types qui surveillaient le périmètre. Ils se déplaçaient chacun d'un côté de la zone de circulation, en direction de la porte qu'elle venait de quitter. Ils se lançaient un coup d'œil de temps à autre pour rester à la même hauteur.

Elle s'efforça de retenir l'attention du couple.

« Je parie que c'est ce que vous faites en ce moment ! Vous allez voir un fils ou une fille.

— Perdu, dit le vieil homme. Nous sommes partis et nous rentrons. Deux semaines à Los Angeles, une vraie vie de patachon ! »

Jane soupira.

« Je vois ce que vous voulez dire. Cela fait toujours du bien de revenir chez soi.

— Vous habitez ici ?

— Oui », répondit Jane, n'ayant pas le choix. Si Minneapolis n'était qu'une étape, la prochaine destination serait une petite ville, et ils risquaient de la connaître.

Jane aperçut le deuxième peloton ; il se déplaçait comme le premier, mais cette fois, ils étaient trois. Il y avait notamment un grand type bâti en force, qui obligeait les voyageurs venant vers lui à s'écarter et à le contourner en se dirigeant vers les deux autres sur les côtés. Comme elle s'éloignait du trio, elle se rendit compte que la voiturette avait dû passer assez près de lui pour le toucher.

« Dans quel coin ? » demanda le vieil homme.

Jane ne lui donna que le nom de la rue. Elle y avait loué un appartement lorsqu'elle surveillait la maison de Sid Freeman, guettant l'arrivée des gens qui voulaient tuer Richard Dahlman.

« Je vois l'endroit, dit le vieil homme. Au-dessus d'un lac ?

— Tout à fait. Il y a un parc superbe juste au-dessous de chez nous, avec des canards, des écureuils et tout. » Elle regarda son ventre. « Ce sera parfait pour jouer. »

La vieille dame parut soudain curieuse.

« Habitiez-vous là quand il y a eu ces meurtres l'an dernier ?

— Chut », chuchota le vieux, comme si le ventre de Jane risquait d'entendre.

Jane acquiesça.

« C'était à deux rues de la maison. Mais nous n'avons rien entendu. Nous l'avons vu aux informations. Mon mari a dit : "Dis-moi, est-ce que ce n'est pas du côté de chez nous ?" et Dieu sait que si ! Quand ils l'ont montré, on voyait presque notre maison ! »

Jane s'aperçut que ses défenses avaient laissé filtrer,

de manière imprévue et inopportune, une certaine part de vérité. Elle revoyait le corps de Sid gisant dans ce qui avait été autrefois la bibliothèque de la grande maison, la moquette sale trempée de sang. Son souvenir précis du quartier avait visiblement tranquillisé le vieux couple. Elle aurait pu, d'ailleurs, se livrer à ce petit jeu dans une foule de villes. Partout il y avait des rues qu'elle avait vues avec plus de précision que leurs habitants car elle les avait observées pour en évaluer les risques potentiels, des maisons où elle avait caché des fugitifs, et, dans bien trop de cas, elle conservait en mémoire des scènes que les caméras ne pouvaient montrer à la télévision.

« A-t-on fini par éclaircir l'affaire ? » demanda le vieillard.

Jane eut un geste d'ignorance.

« Peut-être, mais personne ne m'en a jamais parlé.

— La drogue, intervint le conducteur.

— Ah bon ? s'exclama le vieil homme. Je ne l'ai jamais entendu dire.

— Moi non plus, rétorqua le conducteur. Mais c'est toujours la même histoire. »

Il paraissait si sûr de lui que le vieux couple resta coi, et Jane n'avait aucune envie de lui raconter ce qui s'était vraiment passé. Pendant quelques secondes, on n'entendit que le couinement obsédant de la voiturette électrique. Le jeune homme longea les détecteurs à métaux et effectua un virage téméraire pour s'arrêter devant la porte de l'ascenseur.

« Terminus ! » annonça-t-il.

Jane descendit et tint le déambulateur de la vieille dame pendant que le conducteur aidait le couple à s'extraire de la banquette arrière. Jane eut la sensation déconcertante que ses oreillers glissaient. Elle garda son bras gauche en travers de sa taille pour les maintenir.

« Merci de m'avoir déposée, dit-elle au conducteur. Ravie d'avoir fait votre connaissance », ajouta-t-elle à l'adresse du vieux couple. Puis elle tourna les talons et partit rapidement vers l'escalator.

Au niveau inférieur, elle se dirigea d'un pas résolu vers les toilettes, entra dans la cabine du fond et poussa le verrou. Elle aurait donné beaucoup pour abandonner son déguisement, mais le chauffeur de la limousine qu'elle avait envoyé prendre ses bagages s'attendait à voir une femme enceinte près de sa voiture. Elle remit soigneusement en place les oreillers et les coinça de nouveau dans sa jupe, puis s'attarda devant la glace pour s'assurer de l'effet. Elle se demanda pourquoi cette vision lui était si détestable, mais elle connaissait déjà la réponse. C'était comme un mauvais signe. Comme si elle jouait avec une force de l'Univers dans le but d'obtenir un avantage minime et éphémère. Qui sait si, de quelque façon mystérieuse, elle ne concluait pas un pacte involontaire ? Plus tard peut-être, lorsqu'elle en brûlerait d'envie, cette silhouette lui serait refusée parce qu'elle avait laissé passer sa chance sans le vouloir.

Elle se dirigea d'un pas résolu vers la porte, se regarda une dernière fois dans la glace, puis sortit rapidement. Au-delà de l'enfilade de portes vitrées, elle vit toutes sortes de voyageurs qui marchaient ou qui s'immobilisaient pour scruter les deux côtés de la rue, en quête de taxis ou de navettes. Deux hommes ressemblaient à ce qu'elle voulait précisément éviter. Ils donnaient l'impression d'attendre quelqu'un qui arriverait par la rue, mais souffraient de tics nerveux qui détournaient leur attention sur les portes, le trottoir et l'aérogare.

Jane longea la vitre donnant sur la zone de livraison de bagages. Son chauffeur attendait derrière un groupe compact ; une lumière clignotait et les bagages avaient commencé à dévaler d'un toboggan sur le tapis roulant en inox qui tournait au-dessous. Elle continua d'avancer et sortit dans l'air tiède et humide. Elle regardait droit devant elle, ne laissant jamais ses yeux s'arrêter sur les visages qui entraient dans son champ de vision. Elle s'était exercée à utiliser sa vision périphérique pour observer les changements de rythme — des mains levées brusquement, un pas régulier se transformant en une course rapide — et à se fier à ses oreilles pour l'alerter de mouvements dans son dos.

Elle se hâta de rejoindre un groupe qui attendait de traverser la rue pour se rendre au parc de stationnement temporaire. Une fois dans le petit troupeau, elle se sentit un peu plus en sécurité. Lorsque le feu passa au vert, elle régla son pas sur celui du groupe de façon à rester entourée, mais dès qu'elle atteignit le parking, ses anges gardiens se dispersèrent. Elle chercha le numéro 217, et la crainte qu'elle avait éprouvée dans l'aéroport commença à se dissiper. Le plus difficile était fait.

Jane zigzagua à travers les longues rangées de véhicules garés au touche à touche afin de se protéger des regards. Chaque fois qu'il lui fallait traverser une allée vide, elle s'arrêtait et regardait dans les deux sens. Elle s'appliquait à rester naturelle, mais en se donnant le temps d'examiner les vitres des voitures en stationnement. Cette prudence et cette légère gaucherie de femme enceinte répondaient à l'idée que s'en faisait n'importe quel observateur. Parmi toutes les idées reçues sur la grossesse, une chose était sûre : au septième mois, les futures mères ne piquaient pas un sprint pour éviter des voitures en pleine accélération.

Elle trouva l'emplacement et inspecta le véhicule en restant à une certaine distance. Si on l'observait de loin, inutile de signaler la voiture avec laquelle elle comptait filer. Elle fit quelques pas sans se presser, en se maintenant à égale distance de la voiture, mais cette fois elle l'abordait de derrière. Elle jeta un coup d'œil vers l'aérogare, aperçut le chauffeur qui sortait de la zone de livraison des bagages, et se sentit mieux.

Son regard revint sur la voiture. Quasiment neuve. Le soleil de l'après-midi éclairait la finition noire et luisante du coffre, qui lui renvoya son reflet. Quelque chose la gêna... l'ondoiement du reflet, comme dans un miroir déformant. Elle se rapprocha, mais l'impression resta la même. Elle alla jusqu'au coffre et passa le doigt sur la peinture autour de la serrure. Il y avait un petit creux, et une fine couche d'huile sur la surface de celle-ci. Jane s'approcha du siège du conducteur et se pencha pour examiner l'intérieur. Le compteur affichait cinq mille kilomètres. Un taxi clandestin pouvait très bien avoir eu sa serrure forcée par un voleur dès les premiers milliers de kilomètres et l'avoir fait remplacer. Elle se pencha pour mieux voir le long fuselage luisant du véhicule.

La finition des parties supérieures était impeccable, mais la peinture au bas des portes se révélait plus épaisse et plus terne, comme appliquée en une seule couche et polie avec nettement moins de soin que le haut. Pas une voiture ne sortait de l'usine dans cet état, et on imaginait mal qu'une voiture récupérée avant la casse compte cinq mille kilomètres au compteur. Et que la compagnie d'assurances qui avait remboursé le sinistre n'ait pas eu la clé du coffre. Jane prit discrètement son canif dans son sac et gratta la finition du bas de la porte. La sous-couche apparut : vert vif. C'était une voiture volée et repeinte.

Jane se redressa et jeta un coup d'œil à l'aérogare. Le chauffeur venait de traverser la rue et pénétrait dans le parking en traînant derrière lui ses deux sacs. Elle avait la quasi-certitude qu'il n'en avait pas encore inspecté le contenu. La zone de livraison des bagages n'était pas l'endroit idéal pour forcer des serrures, et il aurait été difficile de cacher une entaille dans le tissu. Elle inspecta le parking pour voir si les copains du chauffeur étaient déjà là. Il croyait sûrement pouvoir la cueillir et l'emmener sans avoir besoin de renforts, car elle ne demanderait qu'à le suivre. Mais, vu leur nombre entre la porte d'arrivée et la zone des bagages, il avait largement eu le temps de les prévenir. Ils le suivraient parce qu'ils n'avaient aucune raison de ne pas le faire. Si elle résistait, ils aideraient le type à la maîtriser vite fait bien fait et discrètement, sans la tuer. Même leur collègue de Sea-Tac avait compris qu'il la fallait vivante.

Tandis que le chauffeur se rapprochait, Jane ne perdait pas de vue l'aérogare. Elle vit enfin deux hommes franchir ensemble la sortie. Ils se dirigèrent d'un pas rapide vers le passage protégé, l'un d'eux pressa impérieusement le bouton qui commandait le changement de feux, puis tous deux traversèrent en courant. Ses derniers doutes s'évanouirent. On a toujours une bonne raison de courir vers une aérogare, mais presque jamais vers le parking. Reportant son attention sur le chauffeur, elle lui adressa un sourire artificiel.

Il fit le tour de la voiture et lâcha les sacs près du coffre.

« Ça fait longtemps que vous attendez?

— Non, pas du tout, répondit Jane. Vous avez eu des problèmes pour les sacs?

— Aucun. Ils n'ont même pas vérifié les étiquettes. »

Jane le regarda ouvrir le coffre et hisser le premier sac dedans. Elle profita de ce qu'il se penchait afin de prendre le second pour jeter un coup d'œil aux deux hommes par-dessus le coffre. Ils s'engouffraient dans une Chevrolet bleu foncé, quatre rangées plus loin. Son regard revint sur le chauffeur qui s'apprêtait à soulever le deuxième sac. Et s'arrêta sur lui deux secondes. Oh, il se sentait très malin, persuadé d'avoir la situation en main. Il avait réussi à capter la confiance d'une femme seule en danger de mort! Encore un instant, et elle serait sur la banquette arrière, et lui la conduirait dans un endroit quelconque vers lequel convergeaient déjà ses copains. Ils allaient la torturer jusqu'à ce qu'elle leur dise où se trouvait le reste de l'argent, puis la tuer. Après quoi, peut-être ce soir même, il s'en paierait une bien bonne et les ferait sans doute mourir de rire en leur décrivant l'étendue de sa stupidité! C'était elle qui avait appelé le loueur de limousines et choisi juste celui-là! Mais tout le sel était dans les détails: comment il l'avait attendue à la porte pour être certain que la « Deborah » qui l'avait appelé pour une course était bien elle et pas une autre! La morne anxiété des dernières heures et la peur croissante des dernières minutes se changèrent chez Jane en rage irrépressible.

Au moment où l'homme se penchait dans le coffre avec le deuxième sac, elle sentit une poussée d'adrénaline dans ses veines et passa à l'action.

Jane rabattit violemment le couvercle du coffre sur la tête de l'homme au moment précis où il se redressait. Ses genoux plièrent et il tomba en travers du sac, puis tenta de se dégager, toujours plié en deux.

Elle lui empoigna la tête à deux mains et l'obligea à se baisser tandis qu'elle relevait son genou. Comme il paraissait sonné, incapable de reprendre ses esprits, elle leva de nouveau le genou et le frappa plus durement. Cette fois il se redressa, mais en vacillant, le nez en sang. Il plongea vers elle. Jane lui fit un croche-pied et, profitant de son élan, le frappa des deux mains entre les omoplates. Le front de l'homme s'écrasa sur le pare-chocs arrière, et le sang commença à ruisseler de son cuir chevelu. Jane arracha les clés du coffre, rabattit celui-ci avec violence et se dirigea vers la portière côté conducteur.

Au moment où elle passait près de lui, l'homme se redressa soudain sur ses genoux et frappa. Le coup atteignit Jane à l'estomac et la plaqua contre la voiture. Sous le sang qui ruisselait de la coupure, les yeux de l'homme luisaient avec une sorte de joie méchante, jusqu'au moment où il la regarda. Presque aussitôt, il fronça les sourcils et Jane vit son expression intriguée. Il avait tapé dans les oreillers. Ses yeux ronds cillèrent, et il leva les mains pour essuyer le sang qui l'aveuglait. Jane s'appuya de tout son poids contre le flanc de la voiture et lui décocha un coup de pied sous le menton. La tête de l'homme partit en arrière et cogna la voiture d'à côté. Jane ouvrit la portière, se glissa derrière le volant et enfonça le loquet.

Au moment où elle mit le contact, la main de l'homme agrippa la poignée de la portière. Jane partit violemment en marche arrière, la main disparut. Elle pila, repassa en marche avant, remonta l'allée et tourna à droite, au panneau indiquant la sortie.

Les deux hommes dans la Chevrolet bleue lui étaient sortis de l'esprit. Lorsqu'elle jeta un coup d'œil dans leur direction, la place était vide. Un éclair bleu apparut soudain derrière elle, remplissant son rétroviseur. La voiture était grosse, puissante et neuve. Si proche qu'elle vit les ceintures de sécurité qui leur barraient la poitrine. Alors qu'elle remontait l'allée suivante, la voiture bleue tenta de se rapprocher, et elle comprit pourquoi ils avaient pris la peine de boucler leurs ceintures. Ils allaient essayer de la pousser dans les voitures en stationnement et l'immobiliser.

Les ceintures lui rappelèrent quelque chose. Elle tourna au bout de l'allée et appuya sur le champignon, cherchant à tâtons la boucle de sa ceinture. Arrivée au bout de l'allée, elle ralentit juste assez pour prendre son virage et chercha la sortie. Devant elle se trouvait un guichet où les gens présentaient leur ticket et payaient. Elle chercha un billet dans son sac tout en accélérant. Il ne fallait pas qu'elle soit trop près.

Lorsqu'elle eut trouvé l'argent, elle ralentit un peu. La Chevrolet bleue la rattrapa aussitôt. Au moment où la voiture fut à moins d'un mètre de son pare-chocs arrière et commença à louvoyer, Jane s'arrêta, passa en marche arrière, écrasa l'accélérateur et se renfonça dans son siège, la tête contre l'appui-tête. Elle entendit un crissement quand le conducteur de la voiture bleue pila, mais trop tard.

L'Audi de Jane heurta violemment l'avant de la

Chevrolet bleue avec un « bang ! » sonore. Elle ressentit durement le choc et eut la brève impression que tout ce que rien ne retenait dans son corps s'était déplacé : ses viscères, son cerveau, son sang. Jetant un coup d'œil dans le rétroviseur, elle repassa en marche avant.

Le choc avait déclenché les détecteurs de la voiture bleue et les deux airbags s'étaient déployés devant les deux hommes, les plaquant contre leurs sièges. Elle ne vit que les deux gros sacs gonflés dans leur pare-brise, difficilement maintenus par le verre.

Jane accéléra de nouveau et remonta jusqu'au guichet. Elle pressa le bouton sur sa portière et la vitre s'abaissa. L'employée s'était levée de son tabouret et se décrochait le cou en direction du parking.

« Dites donc, lança Jane. Vous avez entendu ce bruit ? C'était quoi ? »

La femme parut revenir à la réalité.

« Sans doute un accident », dit-elle avec un haussement d'épaules fataliste.

Jane lui tendait déjà son billet de vingt dollars. Elle avisa le ticket de parking coincé dans le cendrier, l'arracha et le tendit par la vitre avec l'argent. L'employée le prit, compta quinze dollars en monnaie et manipula une manette pour lever la barrière qui bloquait la sortie. Si elle nota les dégâts à l'arrière de la voiture de Jane lorsque celle-ci fila, la femme ne jugea pas que les constats d'accident entraient dans ses fonctions. Elle s'était déjà rassise et regardait ailleurs, tandis que Jane remontait vivement la rue.

23

Tout en conduisant, Jane s'efforça de retrouver assez de calme pour surveiller les rétroviseurs, se faufiler au plus vite dans le flot de voitures, et réfléchir en même temps à des problèmes moins immédiats. D'abord, se débarrasser du véhicule. C'était une voiture volée, autrement dit probablement destinée à ne servir que pour cette occasion avant d'être abandonnée. La nouvelle couche de peinture et le maquillage des plaques minéralogiques lui auraient laissé de la marge, mais l'état du pare-chocs arrière et du coffre ne manquerait pas d'attirer l'attention. Elle ne pouvait pas la garer et partir à pied en traînant ses deux sacs, ni rester assez longtemps à Minneapolis pour louer une autre voiture, discrète et anonyme. Il lui fallait avant tout quitter la ville. Elle ôta les oreillers et les jeta sur le siège à côté d'elle, et au bout de quelques minutes se sentit déjà moins affolée.

Jane avisa une boîte à lettres à un carrefour et se souvint des enveloppes. Plusieurs devaient être oblitérées à Minneapolis. Elle réprima son désir de continuer à rouler, puis s'engagea sur l'aire de stationnement d'un restaurant, s'arrêta entre deux camions et ouvrit le coffre puis les deux sacs; elle trouva celui dont elle aurait besoin en premier et sortit les lettres. Puis elle se força à marcher d'un pas normal jusqu'à la boîte, posta les lettres et regagna le parking. Au moment où elle ouvrait la portière, elle entendit derrière elle un bruit d'accélération qui dominait légèrement le vacarme de la circulation. Elle tourna la tête juste à temps pour voir la voiture bleue qui filait dans la même direction qu'elle, les deux hommes assis à l'avant fixant intensément la route devant eux. Un frisson involontaire parcourut ses épaules. Elle s'assit au volant, mit le contact et s'éloigna en sens inverse.

Elle prit la A 35 en direction du sud, puis quitta l'autoroute et tourna à gauche à Owatonna. À Byron, elle continua plein sud sur une route secondaire, puis reprit vers l'est en direction de l'aéroport municipal de Rochester. En s'engageant sur la voie qui conduisait au parc de stationnement de longue durée, elle examina les voitures, les gens qui attendaient devant l'aérogare et la route derrière elle. Ne voyant rien d'inquiétant, elle décida néanmoins de ne pas tenter le diable. Elle gara la voiture, marcha jusqu'à l'aérogare, portant l'un des sacs et remorquant l'autre derrière elle, et s'arrêta au comptoir de location de voitures comme si elle venait d'atterrir.

Pendant que l'employée sortait les formulaires et le contrat, Jane jeta un coup d'œil autour d'elle. Cette partie de l'aéroport ne semblait pas surveillée. Peut-être avait-on dépêché tout le monde à Minneapolis, mais elle n'éprouvait aucune envie de monter au niveau des départs pour vérifier cette hypothèse.

Jane utilisa sa carte de crédit et son permis de conduire au nom de Katherine Webster, et prit les clés.

Dix minutes après, elle était de nouveau dehors, cette fois au volant d'une Pontiac verte neuve, un des sacs sur le siège à côté d'elle. À la première boîte, elle posta les lettres qui devaient partir de Rochester et reprit la route.

Jane s'efforça de faire le point. Malgré toutes ses précautions et sa vigilance, quelque chose s'était déréglé. On la recherchait, et en connaissance de cause. Le délai de sept jours qu'elle s'était fixé pour expédier les lettres n'était plus réaliste. Elle devait oublier ses calculs et se concentrer sur son objectif. Il était entendu qu'ils posteraient les chèques dans les villes d'où ils étaient censés émaner, et que tous arriveraient à destination à quelques jours d'intervalle. La pègre entendrait parler d'un boom subit de la générosité publique en même temps que tout le monde, sans se douter de ce que cela cachait. En admettant qu'elle subodore l'origine des fonds, il serait déjà trop tard pour réagir. Les lettres seraient déjà distribuées, les chèques encaissés, et l'argent à l'abri dans les comptes de milliers d'organisations dans tout le pays.

Or la situation avait changé. Elle avait vu la surveillance se renforcer depuis son voyage aux Caraïbes. Chaque fois qu'elle s'était trouvée dans un aéroport, le nombre de malabars à l'allure inquiétante aux portes d'arrivée et de départ semblait s'être multiplié. Jane avait cru qu'ils se borneraient à rechercher quelqu'un qui ressemblait à Rita.

À Sea-Tac, ils ne recherchaient plus seulement Rita. Les deux premiers types filaient une femme qui correspondait à la description générale de Jane et qui avait un paquet de lettres commerciales à la main. Le troisième s'était désintéressé d'un millier de voyageurs pour s'en prendre à Jane. La mafia — en tout cas une partie — savait que l'argent circulait par courrier, et qu'on l'arrêterait en mettant la main sur une femme brune.

Jane tenta de comprendre comment ils connaissaient son existence, mais les possibilités étaient innombrables, et dans chacune un détail la gênait. S'ils avaient découvert la maison de Santa Fe, et si Bernie ou Rita avaient parlé, ils savaient qu'ils pouvaient stopper l'hémorragie en utilisant les fichiers des ordinateurs pour faire opposition aux chèques. En admettant qu'ils aient repéré Henry, ils l'auraient obligé à bloquer les transactions. À quoi Jane leur aurait-elle servi?

Elle abandonna et essaya de voir où elle en était et comment procéder. On était le troisième jour. Jane avait terminé les envois sur la Côte ouest, pris livraison de son deuxième chargement de lettres et poursuivi sa route. Henry, lui, devait avoir presque atteint Washington; il aurait alors son second lot de lettres dans ses sacs et commencerait à les expédier d'heure en heure à mesure qu'il remonterait la Côte est.

Dans la plus grande partie du pays, le courrier du jour était déjà distribué, de sorte qu'une nouvelle avalanche de dons allait s'abattre sur les banques dans l'après-midi. Ceux qui surveillaient les transactions pour la mafia auraient de quoi alimenter leurs réflexions.

À mesure que Jane définissait sa stratégie, certaines décisions se révélaient inévitables. Désormais, et dans la mesure du possible, elle devait fuir les aéroports comme la peste. Et faire une nouvelle tentative, plus décisive, pour changer d'apparence.

Elle s'engagea sur l'Interstate 90 et franchit le Mississippi cent dix kilomètres plus loin, à La Crosse, dans le Wisconsin. Elle roula toute la nuit dans la campagne, ne s'arrêtant que pour poster des lettres — d'abord à moins de deux kilomètres du pont, ensuite à deux cent trente kilomètres plus à l'est, à Madison, puis à quatre-vingt-cinq kilomètres de là, à Beloit. Après quoi elle couvrit d'une traite les cent vingt kilomètres qui la séparaient de Milwaukee.

Jane fit halte dans un hôtel de West Highland Avenue qui lui parut à égale distance du Palais des Congrès, de l'université Marquette et des Brasseries Pabst. Elle prit les sacs avec elle dans sa chambre, puis redescendit, déplaça sa voiture et la gara de l'autre côté du parking de l'hôtel, à un endroit où elle pouvait la voir de sa fenêtre, et se coucha.

Le lendemain matin, elle acheta les journaux locaux à la boutique de cadeaux du hall de l'hôtel et remonta les lire dans sa chambre. Aucun article n'indiquait qu'un brusque accès de générosité dans le pays était venu à la connaissance du *Sentinel* ou du *Journal*. Aucune dépêche d'agence ne faisait état de meurtres à Santa Fe, au Nouveau-Mexique, aucune nouvelle de la Côte est ne laissait supposer qu'Henry Ziegler courait un danger. Les bulletins de la météo confirmaient même qu'il bénéficiait d'un ciel dégagé. Ce fut seulement lorsqu'elle passa aux petites annonces qu'elle tomba sur quelque chose d'intéressant.

VENTE AUX ENCHÈRES DE VOITURES D'OCCASION, QU'IL PLEUVE OU QU'IL VENTE, annonçait la manchette surmontant l'énorme encart. LES VÉHICULES SERONT EXPOSÉS AVANT LA VENTE. Comme pour le prouver, on lisait en petits caractères : « Exposition : 10 h, Vente : midi. » Jane parcourut la longue liste des modèles, des années et des prix, avant de se rendre compte qu'il s'agissait simplement d'exemples de bonnes affaires déjà passées; après tout, c'était une vente aux enchères. L'annonce précisait au bas : « Si vous n'avez pas de liquide nous acceptons les principales cartes de crédit pour la somme totale ou un premier versement. Possibilité de crédit EZ. À Milwaukee depuis 1993. »

Jane prit un taxi et se rendit à l'adresse figurant en bas de page. Il la déposa devant un vaste périmètre, où quelques dizaines de clients, presque tous de sexe masculin, allaient et venaient en examinant des rangées de voiture de tout style et tout gabarit. Quelques-uns étaient munis de blocs ou de bouts de papiers sur lesquels ils prenaient des notes. Jane en conclut qu'ils travaillaient tous dans le marché de l'occasion, car un chaland en quête d'un véhicule à bas prix n'avait sûrement pas besoin de noter celle qui lui plaisait.

Jane choisit un homme au hasard et le regarda arpenter les rangées. Il avait les mains propres, mais quelques taches noires avaient obstinément résisté à ses efforts, et, à en juger par les jointures irritées de sa main droite, il avait dû les râper en tournant une clé en croix dans un espace réduit. Elle fit en sorte de se trouver dans les parages chaque fois qu'il levait la tête de son bloc.

« Vous cherchez une voiture ? finit-il par lui demander.

— Quoi d'autre sinon ? répondit Jane avec un sourire.

— Pour vous ?

— Mmm... »

Il montra un rectangle noir qui dépassait des voitures dans la rangée voisine.

« Si vous aimez les 4 × 4, vous avez là une Ford

Explorer 97 avec treize mille kilomètres au compteur. Comme elle a deux ans et quelques éraflures, elle partira au-dessous de l'argus. » Il se retourna et tendit le bras dans la direction opposée, montrant deux formes grises que Jane distinguait à peine. « Si vous voulez donner dans la fantaisie, ils ont deux Mercedes là-bas. L'une a une bosse que vous pouvez faire disparaître pour deux cents dollars, et elle descendra à mille dollars ou plus au-dessous de la mise à prix.

— J'ai juste besoin d'aller d'un endroit à un autre. D'où viennent les voitures ? »

Il haussa les épaules.

« De saisies pour les unes, des impayés pour les autres.

— Je n'ai pas franchement envie de me retrouver avec la voiture d'un trafiquant de drogue ou d'un maniaque de la tronçonneuse. Que se passera-t-il s'il veut la récupérer ? »

L'homme sourit.

« En général, ce n'est pas aussi émoustillant ! Juste le trop-plein habituel des domaines.

— Merci », dit-elle, puis elle partit voir les voitures qu'il lui avait indiquées.

Lorsque la vente débuta, Jane se joignit à la petite troupe qui suivait le commissaire-priseur le long des rangées. Elle observa les premières enchères. Une espèce d'échalas se tenait un peu en retrait du commissaire-priseur et guettait les enchérisseurs. Si personne ne réagissait, le commissaire-priseur se tournait vers l'échalas. Celui-ci faisait une offre, le commissaire-priseur annonçait « Vendu ! » et passait à la voiture suivante. Jane en conclut que l'échalas lui servait de compère pour que rien ne parte à un prix trop bas.

Lorsque le commissaire-priseur arriva à la Ford Explorer, Jane attendit de voir les enchères. Il y eut quelques offres ridicules, puis son nouvel ami se manifesta derrière elle. « Offrez huit », lui chuchota-t-il. « Huit mille ! » lança Jane. On renchérit à huit mille cent et huit mille deux cents. Jane attendit que le commissaire-priseur se tourne vers son compère, puis hurla : « Neuf mille ! ». Le commissaire-priseur jeta un coup d'œil aux autres enchérisseurs, puis déclara la voiture vendue et s'éloigna.

« Bonne affaire », lui glissa son nouvel ami avant d'emboîter le pas au commissaire-priseur.

Jane eut un grand sourire, puis partit régler son acquisition. Dans le petit bâtiment, elle donna au caissier sa carte de crédit au nom de Diane Ferstein, prit son reçu et quitta les lieux avec la voiture pour l'enregistrer sous ce nom.

Les cheveux posèrent infiniment plus de problèmes que l'achat d'une simple voiture. Il lui fallut du temps pour trouver le bon salon de coiffure, puis téléphoner pour obtenir un rendez-vous en urgence. Elle dut improviser une histoire d'avion à prendre pour le mariage de sa sœur le lendemain à Houston, sa coiffeuse habituelle lui avait promis-juré de s'occuper d'elle, puis avait eu un accident et s'était blessée à la main, et je vous en prie, je vous en supplie... Après son petit numéro, Jane alla dans un stand de presse feuilleter les magazines pour trouver la photo idoine. À quatre heures trente, elle se trouvait dans un salon proche de l'université et tendait le magazine à la coiffeuse.

Dans son fauteuil, Jane se trouva idiote d'avoir des états d'âme, et constata que le fait de le savoir n'arrangeait rien. Elle avait toujours aimé ses longs cheveux noirs. Ils faisaient partie intégrante de sa personnalité. Elle les aimait parce que lorsqu'elle les regardait, elle se rappelait son père lui disant qu'ils étaient beaux, elle revoyait sa mère les brosser, approcher en souriant une mèche de ses cheveux auburn à elle. « Qui aurait cru que j'aurais une petite fille avec ces superbes cheveux noirs et épais », disait-elle. Jane les avait toujours gardés longs, toujours soignés, même dans les périodes de sa vie où elle pouvait difficilement prétendre qu'ils lui simplifiaient les choses. Depuis qu'elle était avec Carey, ils lui paraissaient curieusement indissociables de leur couple. La façon qu'il avait de lui en parler, de passer ses doigts dedans, symbolisait toute la différence entre les hommes et les femmes, ce qui les rendait si mystérieux et si fascinants aux yeux de l'autre.

Lorsque les premières longues mèches tombèrent sur la pèlerine blanche que la coiffeuse lui avait nouée autour du cou, elle eut du mal à retenir ses larmes, à s'empêcher de fermer très fort les yeux pour ne pas les laisser tomber. Mais la coupe ne prit que quelques minutes. Jane devait encore affronter la coloration et la permanente, mais elle s'en moquait maintenant que ses longs cheveux noirs avaient disparu.

Deux heures plus tard, elle contemplait une femme dans la glace, se souvenant que c'était elle désormais. Elle avait des cheveux châtains, courts, légèrement ondulés. La coiffeuse lui avait teint les cils pour les assortir à ses cheveux, et les yeux bleus qu'elle tenait de sa mère paraissaient plus grands, mais moins étonnants qu'au début de la journée. Elle avait l'air d'une femme de trente ans non dépourvue de charme, sans doute mariée, travaillant probablement dans un bureau en ville, mais habitant la banlieue.

Jane se détourna vivement de la glace. Elle se tint obstinément face à la devanture du salon de coiffure tandis qu'elle donnait un énorme pourboire à la coiffeuse, tout en la détestant pour sa compétence, puis, affichant une satisfaction de commande, elle sortit par la porte de derrière sans un dernier regard au miroir. Au volant de sa nouvelle Ford Explorer, elle alla jusqu'à une grande zone piétonnière et passa la fin de l'après-midi à faire des courses.

Dans un grand magasin, Jane acheta deux valises souples grises, classiques, assorties à l'intérieur de l'Explorer, puis une réserve de produits de maquillage, à commencer par un fond de teint d'un ton ou deux plus clair que sa peau. Ensuite, elle passa aux vêtements. Comme on l'avait vue à l'aéroport avec une jupe et une veste qu'elle avait achetées à Beverly Hills et un chemisier en soie, elle s'employa à se démarquer de cette image. Elle acheta le genre de choses que porterait une ménagère de banlieue pour faire ses courses : une quantité de pantalons, des chaussures confortables et des hauts trop grands. Elle prit aussi des jeans et des chaussures de jogging, une casquette de base-ball, des lunettes de soleil griffées et deux vestes d'été légères.

Après quoi elle dîna dans un restaurant de la zone piétonnière, puis remonta la rue en voiture jusqu'à une grande chaîne de quincaillerie, trouva le rayon d'accessoires pour automobiles, et acheta de grands tapis de sol gris, assortis à l'intérieur de l'Explorer. Elle s'en servit pour couvrir ses valises, et regagna son hôtel, où elle se gara dans la rue de derrière.

Avant de partir ce matin-là, elle avait accroché à la porte la pancarte spécifiant NE PAS DÉRANGER. En sortant, elle avait compté le nombre de portes entre la chambre et l'ascenseur, et calculé que la sienne était la quatrième à partir de la gauche de la façade, au deuxième étage. Elle vit que les rideaux étaient toujours ouverts, et la discrète lampe de chevet allumée. Il ne lui restait plus qu'à régler la question de la voiture qu'elle avait louée dans le Minnesota.

Elle continua de marcher jusqu'à un grand immeuble de bureaux, avec un parking couvert attenant. Elle prit l'escalier pour monter jusqu'au troisième étage de l'immeuble, ressortit au niveau supérieur du parking, s'approcha de la rampe et regarda en contrebas.

Le parking du grand hôtel se remplissait pour la soirée. La plupart des rideaux des étages supérieurs de l'immeuble étaient tirés, mais des lumières brillaient derrière beaucoup d'entre eux, et certaines des petites fenêtres en verre dépoli des salles de bains étaient éclairées. Les clients entamaient leur rituel du soir : une douche avant de se changer pour le dîner.

Jane examina les gens qu'elle vit entrer ou sortir de l'hôtel par le parking. On était en semaine dans une ville où rien n'attirait les touristes, et la majorité des clients donnaient l'impression de sortir de réunions d'affaires. Hommes et femmes étaient en costume et tailleur, les mains encombrées : attachés-cases, dossiers, mallettes classiques d'ordinateurs ou d'échantillons. Un minibus s'arrêta, laissant descendre six passagers des deux sexes. Ils étaient tous en jean ou en pantalon de sport kaki, mais tous avec de petits badges orange épinglés sur la poitrine ; comme ils ne se répartirent pas par couples le temps de gagner l'entrée, eux aussi se trouvaient là pour le travail.

Il fallut une autre minute à Jane pour repérer les types en planque. Il y avait deux hommes dans une voiture au bout du parking de l'hôtel, et deux autres dans la rue un peu plus loin, mais elle ne pouvait affirmer qu'ils surveillaient sa voiture. Elle attendit de voir s'ils bougeaient, mais eux aussi attendaient.

Elle revint dans l'immeuble de bureaux et fit le point. Elle avait quitté Minneapolis en catastrophe et effectué le trajet jusqu'à Rochester dans une voiture volée. Les types de Minneapolis n'avaient sûrement pas tardé à apprendre qu'on avait retrouvé la voiture volée sur le parking de l'aéroport, s'ils ne l'avaient pas eux-mêmes repérée. Dans son idée, ils en auraient déduit qu'elle avait pris un avion.

S'ils savaient que non, ils devineraient qu'elle avait loué une voiture. S'ils avaient envoyé quelqu'un au comptoir de location — qui aurait prétendu être un flic, ou juste avancé une raison valable en l'accompagnant d'une liasse de billets —, ce quelqu'un avait très bien pu apprendre quel type de voiture avait été loué par une certaine femme quelques heures auparavant. Jusque-là, c'était plausible. Mais il y avait une trotte de Rochester, dans le Minnesota, à Milwaukee. Pouvaient-ils l'avoir vue à l'aéroport et suivie sur toute cette distance ? Ça ne collait pas. Même si elle avait été trop distraite pour les repérer, elle leur avait donné mille occasions de la coincer sur des routes désertes. Ils avaient dû dire à un de leurs hommes à Milwaukee de rechercher une Pontiac verte immatriculée dans le Minnesota, et lui l'avait aperçue ici, sur le parking de l'hôtel.

Le fait qu'ils ne l'attendent pas dans sa chambre ne prouvait rien. Ils ne tiendraient pas à s'emparer d'elle dans un hôtel à grand passage. Elle descendit dans le hall de l'immeuble, trouva une cabine téléphonique et se plongea dans l'annuaire. Une minute plus tard, elle avait le bureau local de Victory Car Rentals au bout du fil.

« J'ai un problème. J'ai loué une voiture à votre agence de l'aéroport de Rochester dans le Minnesota et j'ai roulé jusqu'à Milwaukee. Et maintenant, elle ne veut pas démarrer.

— Que fait-elle ? demanda l'homme.

— Que fait-elle ? répéta Jane. Rien.

— Je veux dire, quand vous mettez le contact. Le starter réagit ou elle ne bouge pas ?

— Elle fait "vroom, vroom", et puis rien.

— Vous avez dû la noyer. Éteignez tout. N'y touchez pas pendant un quart d'heure et recommencez. Ça devrait démarrer.

— J'ai déjà essayé.

— Ah, dit son interlocuteur. Alors, cette fois, appuyez à fond sur l'accélérateur et gardez le pied sur la pédale pendant que vous allumez le contact. »

Jane soupira bruyamment.

« J'ai déjà fait tout ça ! Je vais être en retard. J'ai appelé un taxi pour me conduire à l'aéroport, et je dois y aller si je ne veux pas rater mon avion ! J'ai un client qui doit me prendre à l'arrivée ! La voiture est à l'hôtel Columbia dans Highland Avenue. Je vous laisse les clés à la réception.

— Ce n'est sûrement pas le fait de la voiture, Madame, répliqua l'homme d'un ton peiné. Peut-être votre décision est-elle un peu prématurée.

— Étant donné que vous travaillez à Milwaukee et que ce véhicule est immatriculé dans le Minnesota, vous êtes mal placé pour le savoir, non ? Si vous voulez le récupérer, il est au Columbia. Mon taxi m'attend, je dois y aller. »

Jane raccrocha, sortit de l'immeuble et contourna deux pâtés de maisons de façon à aborder l'hôtel dans l'autre sens. Elle attendit dans la rue que le bon moment se présente. Un taxi s'arrêta et un homme en descendit. Jane s'arrangea pour arriver devant l'entrée au moment où le taxi repartait et régla son pas sur celui de l'homme.

« Belle soirée, n'est-ce pas ? » dit-elle.

L'homme, un grand type dégingandé aux pieds immenses, une valise dans une main, un imperméable inutile sur l'autre bras, sursauta. Il se retourna vivement, puis reprit ses esprits.

« En effet », dit-il.

Ils atteignirent la porte en même temps, et tandis qu'il essayait de passer sa valise dans l'autre main, elle la lui tint ouverte. Ils se dirigèrent ensemble vers le bureau d'accueil. Jane en profita pour inspecter le hall, mais ne repéra aucune présence suspecte. Le réceptionniste les examina tous deux avec attention, les mains en suspens au-dessus de son ordinateur.

Jane ne laissa pas à l'homme le temps d'ouvrir la bouche.

« Je voudrais ma note. Au nom de Stevens. Mes deux sacs sont prêts dans ma chambre. Pouvez-vous les envoyer chercher ? »

Elle tendit sa carte-clé.

L'employé appela un groom, puis l'envoya dans la chambre avec la carte tandis qu'il établissait la note de Jane. Elle lui donna sa carte de crédit au nom de Lisa Stevens et signa.

« Puis-je vous confier ces clés ? demanda-t-elle. Un employé de Victory Rentals passera prendre ma voiture.

— Certainement », dit le réceptionniste. Il prit les clés, passa un morceau de papier dans l'anneau et inscrivit quelque chose dessus avant de les glisser dans un tiroir. « Autre chose pour votre service ?

— Pouvez-vous vérifier si on a laissé un mot pour moi ? »

Il examina une petite pile de messages.

« Non, Madame. Personne n'est passé.

— Cela change un peu mes projets, dit Jane. Pouvez-vous garder un moment mes sacs en bas ? Je repasserai les prendre.

— Avec plaisir », dit-il.

Jane sentit qu'il commençait à redouter sa prochaine requête.

« Merci », dit-elle, puis elle sortit d'un pas pressé. Elle regagna le parking couvert par un itinéraire différent. Si quelqu'un surveillait l'intérieur de l'hôtel, elle ne l'avait pas vu. Si ce quelqu'un avait trouvé sa chambre, ce n'était pas en prétextant vouloir laisser un message et en se laissant conduire jusqu'à sa porte.

Jane reprit son poste d'observation au bord de la rampe et examina le parking de l'hôtel. Les quatre types étaient toujours en bas. Tandis que le temps passait, elle se remémora ce qu'elle avait dit et fait. Au téléphone, elle s'était efforcée de paraître pressée, exaspérée, agissant sur une impulsion ; avec un peu de chance, l'employé du service de location n'en démordrait pas : elle avait tout bonnement noyé le moteur et était trop énervée pour l'admettre.

Au bout d'une heure, elle eut la confirmation qu'elle attendait. Une Pontiac de même année, modèle et couleur que sa voiture de location entra dans le parking de l'hôtel et s'arrêta près de la porte. Un jeune en chemise de travail bleue et en jean descendit de la place du passager et entra dans l'hôtel. Jane observa les hommes en planque à l'arrière du parking. Ils tournèrent la tête pour se consulter, mais elle ne pouvait jurer que la coïncidence avait un sens pour eux. L'homme au volant de la Pontiac neuve avait sa vitre baissée et le coude à l'extérieur, et semblait morose. C'était manifestement le patron — sans doute la personne qu'elle avait eue au téléphone. Le jeune ressortit de l'hôtel, alla jusqu'à la voiture de location de Jane, l'ouvrit, et s'assit à la place du conducteur en laissant la portière ouverte. Les deux types en planque se consultèrent de nouveau. Cette fois, leurs têtes s'agitèrent avec nervosité.

Le jeune fit démarrer la voiture de Jane. Se levant à moitié, il passa la tête au-dessus du toit et agita la main en direction de son patron dans la Pontiac identique. L'homme, l'air encore plus morose, agita la main à son tour sans enthousiasme, et sortit du parking. Le jeune régla le siège de la voiture de Jane, glissa ses longues jambes sous le volant, et le suivit.

Les deux types en planque n'y comprenaient plus rien, visiblement interloqués. Jane retint son souffle. Au bout de quelques secondes, ils réagirent comme elle l'avait prévu. Ils démarrèrent et remontèrent la rangée de voitures derrière la voiture de Jane. Au cas où le jeune lui aurait ramené le véhicule. Sinon, et si elle n'en avait plus besoin, c'est qu'elle était partie. Depuis des heures peut-être.

Jane attendit et reporta son attention sur les deux autres. Ou bien ils avaient moins d'états d'âme, ou bien ils n'avaient pas le temps d'en avoir. Toujours est-il que si la voiture de Jane était partie, et si leurs collègues l'avaient prise en filature, eux planquaient pour rien. Ils déboîtèrent brutalement et suivirent leurs collègues.

Jane fit aussitôt demi-tour, courut jusqu'à la porte, l'ouvrit et se précipita vers l'ascenseur. Une fois dans la rue, elle ralentit et prit l'allure d'un promeneur décidé, mais arriva vite à la hauteur de son Explorer, monta, l'arrêta devant l'entrée de l'hôtel, ouvrit le hayon et pénétra rapidement dans l'immeuble. Le groom l'avait déjà reconnue. Il sortit les sacs du réduit situé près de la porte et les porta jusqu'à l'Explorer. Elle lui tendit un billet de dix dollars, rabattit le hayon et s'éloigna.

Elle prit la première rue à droite, puis à gauche, et s'arrêta le long du trottoir pour examiner son rétroviseur. Au bout de trois minutes, elle eut la certitude de ne pas être suivie. Elle ouvrit son sac, étudia sa carte routière, et prit la direction de l'entrée sud de l'Interstate 94.

Pour la première fois depuis ce matin-là, elle commença à respirer. Elle avait changé d'apparence, réglé les problèmes de voiture, et plus tard, lorsqu'elle en aurait assez de conduire, elle plierait les sacs verts par trop reconnaissables et transvaserait le reste des lettres dans les valises grises recouvertes par le tapis. La nuit commençait à peine, et elle n'en avait pas fini avec le Wisconsin. Il lui restait encore Racine et Kenosha.

24

Jane effectua les haltes prévues au nord de Chicago
— Waukegan, Lake Forest, Winnetka, Evanston —
alors que la nuit touchait à sa fin. À l'est, le ciel
s'éclaircissait, un gris lumineux mais pas encore assez
clair pour révéler les vraies couleurs des maisons obscures ou des voitures en stationnement, et les arbres
dressaient toujours leurs ombres noires sur le ciel. Au
cours de la nuit, elle avait modifié son itinéraire. Elle
avait prévu de réserver Chicago pour la fin de sa virée
à travers le Middle West, mais elle en était si près
maintenant, au volant d'une voiture non repérée, et
honnêtement acquise qui plus est. Elle s'était coupé et
teint les cheveux, elle avait acheté des vêtements qui
changeaient complètement sa personnalité, et accentué
cette nouvelle image par un peu de maquillage. Elle
avait donc résolu de s'attaquer à Chicago sans
attendre.

Elle aborda la ville à l'heure de pointe du matin,
avec ses convois de banlieusards roulant de part et
d'autre de sa voiture en lentes processions à destination des lieux de travail et des écoles. Elle profita des
ralentissements de la circulation pour examiner les voi-

tures et la tête de ses voisins. Sur moins de deux kilomètres elle dénombra vingt-deux voitures presque identiques à la sienne — des véhicules utilitaires hauts sur roues, surdimensionnés, avec, derrière le volant, les têtes menues et les étroites carrures de femmes qui scrutaient les files de voitures devant elles. Sur cette route, on n'était même pas à court de plaques minéralogiques du Wisconsin.

Jane suivit le lac jusqu'à l'endroit où la route devint Lake Shore Drive. Elle s'arrêta à des boîtes à lettres proches de l'université Loyola et de Wrigley Field, puis continua vers le centre-ville. Quittant Lake Shore Drive à North Michigan Avenue, elle poursuivit vers le sud jusqu'à Van Buren, puis tourna à droite en direction de la grande poste centrale. Les guichets n'ouvriraient pas avant huit heures et demie, mais elle entra dans le bâtiment avec une de ses valises et posta les dernières lettres à expédier de Chicago.

Elle repartit en sens inverse dans Van Buren et tourna à droite dans Franklin Avenue, puis trouva un parking public à proximité de la Sears Tower et y gara son Explorer. En remontant à pied West Adams Street en direction du Dirksen Building, elle observa les autres piétons. À sept heures et demie, ils étaient plus nombreux qu'elle ne s'y attendait, et elle en remarqua quelques-uns — à peu près un par groupe d'immeubles — qui lui parurent mériter un examen plus attentif. C'était le genre d'individus à la carrure imposante, prêts à esquiver un coup de poing sans se poser de question, et leur nez ou leurs arcades sourcilières révélaient qu'ils n'en avaient pas toujours vu la nécessité à temps. Elle observa leurs yeux sans le laisser paraître, mais ne vit aucune lueur d'intérêt s'y allumer. Le temps qu'ils soient sortis de son champ visuel, elle les avait tous absous d'intentions perfides. À mesure qu'on approchait de neuf heures, l'heure d'ouverture de nombreux bureaux, elle observa un nombre croissant de femmes.

Jane attendit impatiemment neuf heures, puis remonta la rue jusqu'à la banque. Elle venait à peine d'ouvrir, et les gens qui faisaient la queue aux caisses étaient pour la plupart des commerçants, des sacs remplis de monnaie ou des classeurs à chèques à la main. Jane les dépassa et se dirigea vers le guichet des coffres, où personne n'attendait. Quelques semaines plus tôt, elle était passée prendre le passeport qu'elle gardait en réserve, et l'employée la reconnut. « Rebonjour, dit-elle en tendant à Jane la fiche à signer. J'adore votre nouvelle coiffure !

— Merci. » Jane la suivit dans la chambre forte, où l'employée monta sur un escabeau, prit la clé de Jane et lui tendit son coffre.

Jane entra dans une des petites pièces attenantes, laissa la porte se verrouiller derrière elle, puis s'assit au petit bureau. Avant d'ouvrir le coffre, elle examina le plafond et les murs. Cette banque n'avait jamais installé de caméras de surveillance pour enregistrer ce qui se passait dans les petites pièces, ni d'ailleurs les autres établissements où Jane louait un coffre. Elle ignorait si ce respect du secret tenait à un règlement fédéral ou simplement au refus des clients. Mais comme elle avait très souvent détourné un danger en s'assurant de l'absence d'éléments inhabituels, elle vérifia.

Elle ouvrit le coffre, remit en place le passeport au nom de Donna Parker, et sélectionna trois jeux de nouvelles identités dans l'assortiment qu'elle y conservait : Mary Corticelli, Karen Pappas et Elizabeth Moody. Son choix se porta sur ces trois-là parce que les photos d'identité des permis de conduire la montraient avec des nattes ou une queue-de-cheval ; même les cheveux courts, elle restait incontestablement la même personne. Et comme les cartes de crédit à ces noms dataient toutes d'au moins deux ans et n'avaient pas atteint leur date d'expiration, elle n'avait pas à s'inquiéter de se les voir refuser. Elle se défit de toutes les identités utilisées au cours de ses déplacements, sauf celle de Diane Fierstein, car elle avait acheté l'Explorer sous ce nom, et celle de Renee Moore, qui avait loué la maison de Santa Fe. Quand tout serait terminé, elle changerait les photos des papiers au nom de Renee Moore et donnerait cette identité à Rita.

L'examen des identités qu'elle gardait au coffre pour d'éventuels fugitifs lui prit plus de temps. Si l'on ne retrouvait jamais Peter et Renee Moore, Bernie et Rita n'auraient pas besoin d'autres papiers que ceux qu'ils possédaient déjà. S'ils étaient repérés, et s'ils avaient le temps de filer, autant prévoir des identités de secours. Il y avait là des actes de naissance pour des gens de trois à soixante-dix ans, avec quelques lacunes. Ainsi que des jeux complets comprenant permis de conduire, carte de sécurité sociale, cartes de crédit, plus les quelques cartes d'affiliation qui lui servaient à étoffer une identité. Elle prit le meilleur des jeux qu'elle destinait aux hommes d'un certain âge. Michael Daily, soixante-neuf ans d'après l'acte de naissance. Cet acte faisait partie des documents d'état civil authentiques qu'une employée avait introduits dans les registres de comté de Cook, convaincue que Jane les utiliserait pour une bonne cause. La photo du permis de conduire montrait un homme qui ne ressemblait pas exactement à Bernie Lupus, mais n'en était pas si différent non plus : un crâne chauve, des lunettes, un visage maigre. En cas d'urgence, Bernie pourrait s'en servir avant même que Jane ait remplacé la photo par celle qu'elle avait prise au Nouveau-Mexique.

Comme elle étudiait la photo, elle se souvint de l'homme. Elle l'avait abordé dans une agence pour l'emploi de Gary, dans l'Indiana. Il avait accepté de faire le trajet avec elle jusque dans l'Illinois pour passer un permis de conduire en échange de trois cents dollars et d'une journée au vert. Elle lui en avait donné cinq cents parce qu'il lui plaisait, plus deux cents en prime pour avoir servi d'intermédiaire, car il l'avait présentée à trois autres personnes désireuses d'effectuer la même virée.

Elle passa en revue les papiers de jeunes filles. Le choix se révélait infiniment plus large et plus varié. Elle était presque décidée à attribuer l'identité de Diane J. Rabel à Rita, lorsqu'une autre lui revint à l'esprit. C'était un permis de conduire qu'elle avait obtenu lorsqu'elle avait inventé Michael Daily. Au nom de Karen Daily. L'idée lui était soudain venue que le jour où elle aurait un fugitif du troisième âge, rien n'empêchait celui-ci d'avoir avec lui une compagne plus jeune. La semaine suivante, elle s'était procuré les papiers d'identité correspondant à une jeune personne de sexe féminin, et lui avait donné le nom de Karen Daily. Elle fouilla dans la pile, trouva ce qu'elle cherchait et ajouta le tout à son butin.

Jane réunit les jeux d'identité en petits paquets, les glissa dans la fente qu'elle avait pratiquée dans la doublure de son sac, puis son regard revint sur le coffre en métal. Elle jugea raisonnable de prendre cinq mille dollars de plus. Les frais d'installation à Santa Fe et l'achat de l'Explorer avait sérieusement entamé sa trésorerie, et elle avait peu d'argent liquide avec elle. Elle s'empara d'une épaisse liasse de billets de cent dollars qu'elle glissa également dans son sac. Il lui restait une dernière décision à prendre.

Il y avait quelque chose au fond de ce coffre, enveloppé dans un morceau d'étoffe. Quelque chose qui s'y trouvait depuis le jour où elle avait pris congé de Bobby Ortiz, six ans auparavant. À ce moment-là, il n'était déjà plus Bobby Ortiz depuis au moins un mois : il avait un air un peu différent, un autre nom, et il menait une vie paisible à Cincinnati, loin des ennuis qu'il s'était attirés à Modesto, en Californie. Si paisible qu'elle ne l'avait su qu'au moment où elle s'apprêtait à partir. Il lui avait simplement tendu un sac en papier en disant : « Vous m'avez dit que si je vous suivais, je devais tout abandonner de mon ancienne vie. Je crois que j'ai oublié quelque chose. » En remontant dans sa voiture, elle avait ouvert le sac et eu la confirmation de ce qu'elle en avait déduit au poids. Il renfermait un Beretta Cougar 9 mm et deux chargeurs de rechange.

Depuis, Jane avait laissé l'arme au coffre, la réservant pour une urgence, mais elle avait toujours su que le genre d'urgence qu'on résolvait en tirant sur quelqu'un surgissait sans prévenir. Si elle la voyait venir, elle avait toutes les chances de l'esquiver.

En certaines circonstances elle avait jugé nécessaire d'avoir une arme avec elle, mais les armes avaient un effet inattendu. Les gens — même réfléchis — modifiaient leur comportement lorsqu'ils étaient armés. Elle avait remarqué que ses yeux restaient alertes et son esprit sur le qui-vive, mais qu'en réalité ils étudiaient et évaluaient le moindre changement de la situation ou des individus pour déterminer quand elle devrait sortir l'arme de sa cachette et tirer. L'arme éliminait toute autre option et devenait soudain la seule stratégie.

Cette fois-ci, ça n'aurait pas non plus été la meilleure décision. Sa survie tenait à ses réactions imprévisibles et à sa capacité de se fondre dans le paysage. Si elle parvenait au terme de son voyage sans attirer l'attention, elle n'avait rien à craindre ; sinon, arrêter la voiture pour saisir un pistolet ne lui serait sûrement pas d'un grand secours.

Elle regarda l'employée remettre le coffre dans son logement, puis prit sa clé et sortit de la banque. Il n'était que neuf heures et quart, mais elle se sentait plus impatiente que jamais de quitter Chicago. Elle n'avait pas mis assez de distance derrière elle depuis qu'ils avaient repéré sa voiture de location à Milwaukee, et Chicago était depuis longtemps infestée et gangrenée par la mafia.

Elle revint au parking, sortit son ticket et observa l'employé qui arrivait vers elle en courant. C'était un Noir, jeune, les cheveux en brosse haute et carrée. NE RIS PAS. LA FOLIE TE GUETTE, lisait-on sur le badge épinglé sur son gilet bleu. Il plongea dans sa petite guérite en bois, accrocha à son tableau perforé les clés de la voiture qu'il venait de garer ; au moment où il tendait la main vers celles de Jane, une voiture entra dans le parking derrière lui et donna un coup d'avertisseur.

Lorsqu'il tourna involontairement la tête pour voir qui klaxonnait, ses yeux s'écarquillèrent un instant, puis ses paupières se rabaissèrent. « Excusez-moi.

Juste une seconde. Faut que je m'occupe de cette voiture tout de suite. » Il se hâta vers le véhicule et ouvrit la portière pour laisser descendre le conducteur. Abandonnée près de la guérite, Jane observa la scène du coin de l'œil. Le conducteur était un homme corpulent d'une quarantaine d'années, vêtu d'une veste de sport déboutonnée pour faire de la place à une bedaine prématurée. Il sortit et resta là un moment, regardant l'employé se glisser derrière le volant, avancer la Lincoln Town Car bleue de quelques mètres, puis faire une marche arrière pour la garer juste derrière la petite guérite.

Jane comprit que c'était une place privilégiée : la plus proche du trottoir, où l'employé pouvait amener la voiture en quelques secondes. Même lorsque l'affluence augmenterait, aucun véhicule ne se garerait devant. L'employé l'avait constamment dans son champ visuel, car il devait passer à côté pour donner les tickets ou recevoir l'argent. Jane s'assura qu'il s'épargnait la comédie de donner un ticket au type, puis détourna la tête de façon à cacher même son profil tandis que celui-ci s'éloignait dans la rue. Elle n'avait qu'une envie : filer. Pour elle, l'homme empestait la mafia.

Comme l'employé revenait et décrochait ses clés, le regard de Jane tomba sur la paroi intérieure de la guérite. Le garçon y avait collé une collection de pin-up. Elle aperçut en haut deux femmes qui flemmassaient sur un lit avec un sourire béat. Au-dessous, au niveau des yeux, il y avait quatre instantanés. Deux d'une jeune Noire entièrement vêtue, la troisième de la même, en compagnie de l'employé. Sa femme ? Sa petite amie ? Quelque chose d'inattendu attira son attention sous les instantanés : un portrait en noir et blanc. Jane fit un pas. La femme avait elle aussi de longs cheveux noirs, mais ce n'était pas sa petite amie. C'était elle. Jane déchiffra ce qui était écrit au-dessous : « Un mètre soixante-dix, soixante-quinze, soixante kilos, jolie. » Puis, griffonné au crayon en haut, un numéro de téléphone.

Jane fouilla dans son sac, en retira un billet de dix dollars, et partit vers la gauche de la sortie tandis que l'employé s'arrêtait avec sa voiture. Quand il en descendit, elle lui tendit l'argent sans le regarder, marmonna « Merci », et monta.

« C'est juste cinq dollars, lui fit-il remarquer.

— Gardez la monnaie », répondit-elle, puis elle remonta la vitre teintée et sortit du parking. Elle laissa trois blocs d'immeubles derrière elle, puis tourna à la dernière seconde aux trois carrefours suivants, surveillant son rétroviseur. Elle trouva la bretelle d'entrée de l'Interstate 90, roula dix minutes en direction du nord, puis sortit à North Avenue.

Jane continua sur la gauche pendant quelques rues, vers la petite artère commerciale. Bien que sûre de ne pas avoir été suivie, elle restait sous le choc du portrait-robot. La ressemblance était assez bien saisie — assez en tout cas pour le type de l'aéroport de Seattle-Tacoma. Elle savait n'avoir été vue que par deux hommes qui connaissaient le portrait, et que ni l'un ni l'autre ne semblait l'avoir reconnue avec ses cheveux courts et les lunettes. Mais l'étendue du rayon d'action des familles la terrifiait.

Le petit retard au parking lui avait rappelé à quel point la mafia avait investi la vie ordinaire de la population. À moins d'un scandale récent, personne ne pensait à la pègre. Elle avait pu s'infiltrer dans tel ou tel secteur d'entreprise, et ses agissements augmenter de dix cents le prix d'un produit. Mais peut-être ne s'agissait-il que d'une rumeur et l'augmentation était-elle simplement imputable à une grève ou à l'augmentation du prix des matières premières. Personne ne le saurait jamais, et comme on ne la contrôlait pas plus que la météo et qu'on n'y pouvait rien, on achetait le produit à son nouveau prix sans se perdre en questions inutiles.

Jane longea la petite artère commerciale et l'étudia. Les magasins n'avaient pas bougé : la boutique de beignets, le salon de coiffure-manucure, la petite quincaillerie, la teinturerie, l'agence postale, et le restaurant qui ne cessait de changer. Là, il était chinois. La dernière fois, il offrait des spécialités cubaines et succédait à une rôtisserie. À croire que tous les locataires de ce point précis de la planète se sentaient tenus d'y ouvrir un restaurant pour mettre ensuite la clé sous la porte, immanquablement remplacés par de nouveaux locataires qui offraient de nouvelles spécialités.

Jane passait une fois ou deux par an pour jeter un coup d'œil à la boîte postale qu'elle louait à la Furnace Company et régler son loyer. La Furnace Company était une société authentique qu'elle avait créée onze ans auparavant. Elle n'en était ni la seule propriétaire ni la seule responsable, mais le reste du personnel était entièrement virtuel. Lorsqu'elle recevait du courrier ou des colis, la Furnace Company les réexpédiait aussitôt à une autre boîte postale, à Buffalo.

La société avait prouvé son utilité. Elle permettait à Jane de procéder à des vérifications de solvabilité et d'antécédents sans attirer l'attention, lui donnait une adresse supplémentaire propre à épaissir encore l'anonymat, et elle lui avait facilité les choses pour étoffer l'identité de gens en fuite. Jane demandait parfois les références ou bulletins scolaires d'employés d'autres sociétés, changeait les noms et les mettait en circulation. Il lui était arrivé aussi de faire passer la Furnace Company pour une agence de chasseurs de têtes qui avait déjà vérifié toutes les références.

Jane fit le tour du pâté d'immeubles et se gara à son emplacement préféré sur la petite bande d'asphalte. Elle entra dans l'agence postale et salua d'un geste Dave, le propriétaire.

« Mary ! s'exclama-t-il. Ça fait un bail qu'on ne vous avait pas vue ! Où sont passés vos cheveux ?

— Pourquoi, vous les vouliez ? »

Dave frotta son crâne chauve d'un air songeur.

« Vous rigolez. C'est pas mon look. Y a une livraison pour vous, là derrière. »

Elle s'approcha du comptoir et le regarda se diriger vers l'arrière-salle. Elle aperçut les dix cartons portant les étiquettes qu'elle avait rédigées à Santa Fe. « Génial ! Je ne pensais pas qu'elle arriverait si vite.

— Minute, dit Dave. Vous n'oubliez pas quelque chose ? Je suis un homme d'affaires, moi, pas quelqu'un de la famille.

— Combien vous dois-je ?

— Quinze par mois pour le carton égale cent quatre-vingts, plus deux cent cinq pour la réexpédition, ce qui nous fait... trois cent quatre-vingt-cinq. »

Jane prit quatre billets de cent dollars dans ce qu'elle avait retiré à la banque. Puis, sur une impulsion, elle lui en tendit deux de plus. « Pour l'année prochaine, dit-elle. Au cas où je ne repasserais pas... avant quelque temps. »

Il lui rendit la monnaie, puis tira une feuille de papier de dessous le comptoir et la contempla, puis Jane.

« Je vous l'avais mis de côté, mais il est moins bon maintenant que vous vous êtes coupé les cheveux. »

Il fit tournoyer la feuille, guettant sa réaction.

C'était le portrait-robot que Jane avait vu au parking. Cette fois on lisait : « Disparue depuis le 20 juillet. Forte récompense. » Elle fut incapable de se rappeler si c'était le même numéro de téléphone. « Vous trouvez que ça me ressemble ? »

Il examina de nouveau le portrait.

« Je me suis dit que ça vous ferait un choc.

— "Forte récompense", répéta Jane, songeuse. Je devrais peut-être me livrer pour toucher le pactole. Qui vous l'a donné ? la police ? »

Il haussa les épaules.

« Un type est entré et l'a collé sur mon panneau d'affichage. Il a pas traîné, sinon il m'aurait entendu ! Mon tableau n'est pas gratuit ! C'est pas la poste, ici, hein ?

— Vous me connaissez, dit Jane. Je ne pense qu'à l'argent. Dites donc, ça vous ennuie si je prends ce portrait ? »

Il le lui tendit.

« Je vous l'avais gardé exprès.

— Merci. J'ai besoin de l'avis de quelqu'un d'autre. »

Elle le plia et le fourra dans son sac, puis inspecta le tableau d'affichage pour voir si on avait aussi collé le portrait de Rita. Mais si cela avait été le cas, il n'y était plus.

Il se mit à rire. « Vous voulez de l'aide, pour votre courrier ?

— Je n'en attends pas moins de vous ! »

Elle sortit ses clés tandis que Dave glissait son diable sous les cinq premiers cartons.

Il la suivit jusqu'à l'Explorer et mit les cartons à l'arrière, puis repartit dans l'agence. Lorsqu'il revint avec les cartons restants, Jane répartissait les cinq premiers derrière le siège avant. « Merci, dit-elle.

— À la prochaine ! » lança Dave.

En s'éloignant, Jane se demanda si elle lui avait payé un an de location d'avance par honnêteté, parce qu'elle n'avait jamais eu l'intention de revenir, ou parce qu'on pouvait commencer à croire qu'elle ne survivrait pas jusque-là. Tenant le volant d'une main, elle saisit la feuille. S'ils étaient en possession de ce portrait-robot, c'est qu'elle avait commis une terrible erreur.

25

« Putain, c'est quoi cette histoire ? hurla Catania. Ça vous ennuierait de m'affranchir ? »

Il se leva d'un geste si brusque que sa boucle de ceinture se prit dans le bord de la table et renversa son verre de jus d'orange. Les deux hommes assis en face de lui regardèrent le liquide plein de pulpe imbiber le jeu de cartes, puis écartèrent leurs chaises pour le laisser dégouliner sur le sol, à côté de leurs pieds. Le parquet du Rivoli Social Club n'était pas de première jeunesse, et beaucoup de liquides divers et variés en avaient imprégné le bois au fil des ans, mais les deux hommes ne voulaient pas que le jus leur colle aux semelles.

Pescati jeta un coup d'œil à son jeu, puis à la table poisseuse, et jeta ses cartes sur le côté. « C'est peut-être juste une invention.

— Et puis quoi encore ? Quel intérêt d'aller inventer une histoire qui prouve juste qu'on est le dernier des abrutis ou qu'on s'est fait avoir par une pouffiasse qui vous a piqué votre bagnole ? » Catania commença à faire les cent pas. « C'est pas croyable, marmonna-t-il. Je rêve ! » Il s'immobilisa, referma ses poings dans le vide et les rouvrit brusquement. « Le monde ne tourne plus rond ou quoi ?

— Si c'est vraiment arrivé, c'est juste un impondérable, hasarda Cotrano.

— Un impondérable ! » Les deux hommes virent que Catania entrait dans une colère noire. Comme sa rogne ne les visait pas, ils gardaient l'âme sereine. S'ils arrivaient à rester polis le temps d'essuyer le grain, ils n'auraient pas de problèmes. « Quel genre d'impondérable ? Des clebs qui parlent ? Des cochons qui volent ? Des garanties à vie ?

— Il veut juste parler d'un contretemps momentané, dit Mosso d'un ton apaisant à l'autre bout de la pièce. Ils ont dit qu'elle a court-circuité l'homme de Langusto à l'aéroport de Seattle. Moi, je pense que c'est plausible. Ce n'est pas sorcier de faire un croche-pied à quelqu'un dans un aéroport avec un million de gens autour. Même s'il en mourait d'envie, il n'allait pas la saigner et la dépecer au milieu des badauds, hein ? »

Catania se calmait.

« Il aurait pu la coincer, ou retenir l'avion ! Il y en a pour des milliards de dollars ! »

Les deux types regardèrent Mosso, mettant leur espoir en lui. Il respira profondément et s'approcha.

« Nous avons réfléchi à toute cette histoire, commença-t-il. Si je me trompe, tu m'arrêtes. Mais nous n'avons pas l'impression que tout ce qu'ils t'ont dit dans le bus soit vrai.

— Ils ne m'ont pas dit grand-chose, répliqua Catania avec humeur. Tu ne sais pas la meilleure ? Tasso croit que c'est le fantôme de Bernie, il serait furieux que j'aie voulu lui faire cracher sur une disquette ce

343

qu'il avait dans le crâne ! D'après Molinari, le coup viendrait de Delfina. Il est le chef d'une famille pas plus grande qu'une équipe de foot, et c'est facile de lui faire porter le chapeau. Les frères Langusto pensent qu'on perd tous notre temps à jouer aux devinettes. Qu'on doit tous prendre les mêmes mesures pour arrêter ce cirque, même si on ignore qui a fait le coup, et qu'on finira par mettre la main dessus.

— C'est bien ça qui me chagrine », dit Mosso. Il avait quatre ans de plus que Catania et, à soixante-trois ans, commençait à avoir un air distingué et plein de componction qu'il cultivait. Lorsque Catania était un gamin des rues n'ayant que la peau sur les os, Mosso avait endossé le rôle du protecteur et de conseiller sagace, laissant à Catania le soin de parler pour lui. Toujours mal à l'aise quand on le mettait sur le devant de la scène, il avait vu tout de suite que Catania ne pouvait pas plus se passer des feux de la rampe que de la lumière du soleil. Chaque fois que Mosso prenait la parole, Catania tournait la tête vers lui et se taisait, ce qui lui ressemblait peu. « Quoi ?

— Les Langusto. On dirait qu'ils ont pris les commandes, non ?

— Ils voudraient bien ! lâcha Catania avec mépris. Comme Joe a des contacts chez les courtiers et les banques, il était bien placé pour savoir à quoi s'en tenir. Il était entendu que les Langusto avaient Bernie à l'œil pendant toutes ces années, donc c'est à eux de bouger. Et Phil est le chef de leur famille, point. »

Mosso hocha la tête et se tut. Catania détourna les yeux et revint près de la table, saisit son verre vide, puis regarda Mosso, toujours immobile et muet. Son silence devenait pesant. Catania posa son verre. « Et alors ?

— Les Langusto convoquent une réunion, reprit Mosso. Ils disent à tout le monde ce qu'on devrait rechercher, mais aussi sur quoi on doit fermer les yeux. Déjà cette décision paraît pas nette : qui est responsable ? Sur quoi cette femme que personne ne connaît se pointe à Seattle et envoie au tapis un homme dans la force de l'âge et pas né de la dernière pluie. Mais qui l'a vue à part lui, et à qui appartient-il, ce gars ?

— Aux Langusto, concéda Catania. Mais c'est peut-être juste une coïncidence. Ils ont mis plus d'hommes que tout le monde sur le terrain. Ils en ont expédié en avion aux quatre coins du pays. Moi, j'aime autant que ce soit Phil Langusto qui casque. »

Mosso resta muet. Son silence emplissait à nouveau l'atmosphère, et Catania commençait à le trouver envahissant. « D'après toi, la famille Langusto ne veut pas qu'on retrouve l'argent ?

— Je ne dis pas que les Langusto essaient de mettre la main sur le pactole. Rien ne prouve qu'ils iraient jusque-là...

— Mon œil ! lança Catania. Moi je le ferais, toi aussi, on le ferait tous ! »

Mosso secoua la tête d'un air faussement étonné.

« Je ne suis pas aussi intelligent que beaucoup de gens : toi, eux... Mais est-ce que ce serait plus malin d'envoyer tout le monde sur un tas de pistes, sauf sur celle qui paierait ? »

Catania sentit que ses yeux commençaient à le brûler. Il hocha la tête.

« C'est comme de jouer aux cartes quand le type qui distribue est un peu trop adroit, poursuivit Mosso. On ne sait pas s'il triche car on ne le voit pas, mais on est sûr qu'il pourrait le faire s'il en avait envie. Et s'il ne triche pas, pourquoi ?

— Exact. Qui dit que les Langusto n'essaient pas de nous mettre tous en touche pendant qu'ils cherchent les gens qui ont l'argent et les forcent à le cracher ? »

Mosso eut un geste d'ignorance.

« Je suis pas assez malin pour imaginer ce qu'ils fichent, mais pourquoi pas ? Moi, je demande seulement : si les Langusto ont tellement de contacts et sont assez futés pour débrouiller ce sac de nœuds, pourquoi convoquer une réunion ? Pourquoi mettre tout le monde dans le coup ? Le font-ils par souci d'équité et pour s'assurer que chaque famille récupère l'argent qu'elle a confié à Bernie ? Pourquoi ? Comment ? »

Catania se perdit dans la contemplation des cartes poisseuses. Il paraissait incapable de trouver une réponse.

« Attention, reprit Mosso avec un geste prudent. Je ne dis pas que c'est comme ci ou comme ça. Nous sommes venus te voir parce que tu es notre capo, et que tu es plus intelligent que nous. Nous te posons la question. » Cotrano et Pescati regardèrent Mosso avec une admiration non déguisée.

« Vous êtes venus me dire que je me suis fait avoir comme au coin d'un bois, pesta Catania.

— Pas du tout, Victor, intervint Pescati qui avait repris du poil de la bête. C'est juste qu'à notre avis, toute cette histoire sent un peu le roussi, tu sais. On est tous censés repérer le moindre mouvement d'argent et avertir le gars de Langusto, Pompi — qui, soit dit au passage, irait jusqu'à te piquer les saletés que tu as sous les ongles ! Ça fait un bail que je le connais. On recherche un garde du corps et une femme de ménage. Si on les trouve, on fait quoi ? On les amène aux Langusto ?

— C'est un peu comme si Phil Langusto était le boss et qu'on travaillait tous pour lui », glissa Cotrano d'un ton neutre.

La tête de Catania se tourna vivement pour faire face à Cotrano.

« Il veut dire..., commença Pescati.

— Je sais ce qu'il veut dire, le coupa Catania. Il veut dire ce qu'il dit. » Catania accéléra l'allure, fit demi-tour en arrivant au mur, repartit à l'autre bout de la pièce, et pivota de nouveau. « Franchement, je n'en sais pas plus que vous. Peut-être que Bernie a vraiment fait comme on l'a tous cru et commencé à écrire où il avait mis l'argent. Peut-être même qu'il l'a fait parce que je lui ai demandé d'y réfléchir. C'est peut-être entièrement de ma faute. C'est peut-être à cause de moi qu'il a mis ça sur le papier et qu'un enfoiré se démène maintenant pour blanchir l'argent. Mais tu as raison. Phil Langusto essaie de prendre le contrôle des opérations. Peut-être qu'il veut seulement nous rouler tous en nous demandant de l'aider à rechercher ces deux zigotos, et mettre le premier la main sur le fric en jurant qu'il ne l'a jamais retrouvé — ou payer à chacun le dixième de sa mise et planquer le reste. Mais c'est peut-être pas ça le pire.

— Tu penses à quoi ? » demanda Mosso.

La fureur se ralluma dans les yeux de Catania.

« Rappelle-toi ce qui s'est passé il y a quelques mois. Imagine que pendant qu'on se rongeait les sangs à l'idée de ce qui se passerait si Bernie clamsait, les Langusto ont vu l'affaire sous un autre angle.

— Comment ça, un autre angle ?

— Tout le monde savait que Bernie n'était pas immortel. Les Langusto ont fait le calcul de ce qu'ils perdaient si Bernie claquait dans la seconde. Cela faisait dans les, je ne sais pas, un milliard de dollars. Ils se sont dit qu'ils toucheraient peut-être plus s'ils le liquidaient.

— Je suis complètement dans le brouillard, avoua Pescati.

— Ils tuent Bernie, expliqua Catania d'un ton rapide mais patient. Ils réunissent les familles qui risquent de perdre leur mise et disent : "On cherche l'argent tous ensemble, car personne ne peut le trouver tout seul. Vous nous racontez ce que vous trouvez et nous, on prévient tout le monde, pour plus d'efficacité." Du coup, nous filons tous nos tuyaux aux Langusto au lieu de nous mettre au courant entre nous. En un rien de temps, les Langusto indiquent aux hommes de toutes les familles où chercher l'argent et qui prévenir s'ils voient quelque chose. Et décident qui doit être averti ou non. Je vous ai dit qu'ils n'ont pas invité Frank Delfina à la réunion, hein ? » Son esprit parut effectuer un virage dont il fut le premier surpris. Il demanda : « Juste là, on a qui sur le coup ? »

Mosso fit la moue et contempla le plafond.

« Je dirais trois cents gars d'ici, plus ceux qui travaillent avec leurs équipes. Disons mille, mille cinq cents.

— À supposer qu'il se passe quelque chose maintenant, en plein New York. Disons que j'aie besoin d'hommes sur la 39e pour protéger cet immeuble contre les Langusto. Je peux compter sur combien ? »

Cotrano tiqua.

« Bon Dieu, Victor, tu...

— Combien ?

— D'ici vingt-quatre heures, tout le monde, équipes comprises. D'ici une demi-heure, je ne sais pas. Une cinquantaine, sans doute moins. On a gardé les encaisseurs, pas les flingueurs. On en a même qui épluchent les comptes en banque, les adresses et tout le bordel.

— Avec les hommes des autres familles, c'est ça ? Les hommes de Molinari, ceux de Langusto... »

Pescati et Cotrano semblaient de plus en plus inquiets. Même Mosso parut mal à l'aise.

« Vous suivez mon regard ? conclut Catania. Ça sent le coup monté contre des gens comme moi. Si je garde mes hommes à la maison et que les copains dénichent notre argent, on va le récupérer ? Bien sûr que non ! Alors moi, j'envoie mes soldats, histoire de ne pas être perdant. Mais si c'était justement leur but ? Les familles qui suivent les consignes comme si elles travaillaient déjà pour les Langusto... moi je vous garantis qu'elles vont vite comprendre ! Mais celles dont les Langusto savent qu'elles posent un problème, on peut les manipuler. Comme moi ! Au lieu de mes quatre cents hommes contre leurs quatre cent cinquante à eux, ils ont juste en face d'eux les cinquante gars que nous avons gardés parce qu'ils sont forts en maths, mais qui sont moins doués dans une allée obscure.

— Tu penses que Phil Langusto avance son pion, comme Castiglione avant ? » demanda Mosso.

Catania eut un geste d'ignorance.

« Je ne sais pas. Je me suis dit dès le début que si quelqu'un butait Bernie l'Éléphant et mettait la main sur l'argent, ce ne serait pas pour le recycler au profit de la polio. La seule chose dont je sois sûr aujourd'hui, c'est que c'est du gâteau pour celui qui veut s'emparer d'une autre famille. » Il regardait la rue depuis la fenêtre du Rivoli Social Club, les yeux soudain tristes et mélancoliques. « Je regrette de ne pas y avoir pensé moi-même. »

26

Tandis qu'elle quittait Chicago par l'ouest sur l'Interstate 90, ses regards constants dans le rétroviseur et son examen prudent et systématique des voitures qui la doublaient permirent à Jane d'étudier le genre de femmes dont elle voulait donner l'image. Celle qui la précédait dans la file de droite venait sans doute de déposer quelqu'un en ville — un mari à son travail, un enfant à l'école — et rapatriait sa Land Rover en banlieue. Jane lut autour de la plaque d'immatriculation : Valley Imports, Elk Grove Village. Elle donna un petit coup d'accélérateur pour se rapprocher. La femme était coiffée presque exactement comme elle. Beaucoup de jeunes mères se coupent les cheveux pour empêcher les petits doigts des bébés de s'y emmêler. En arrivant à la hauteur de la femme, Jane vit à l'arrière un enfant sanglé dans son siège-auto.

Jane la doubla. Elle devait guetter le danger au lieu de vouloir se convaincre qu'elle était en sécurité. Elle avait vérifié que les changements opérés lui avaient donné un profil plus banal : elle ressemblait à présent à des millions d'autres femmes, inutile de chercher d'autres assurances. Elle se conformait à sa décision, et en connaissait exactement les risques. Une quantité de gens avaient été éblouis par les sommes d'argent fabuleuses que faisait rentrer la mafia et avaient concocté des plans habiles pour s'octroyer une part du gâteau. Des fraudeurs, arnaqueurs, gangsters et escrocs en tout genre, des jeunes de bandes organisées qui se mêlaient des rackets des adultes sans se poser de questions sur ceux qui avaient amassé autant d'argent avant même qu'ils fussent nés. Ils peuplaient les cimetières des grandes villes. Son semi-camouflage pouvait passer, surtout dans ce genre de situation ; entrevue de loin, elle se perdait dans la foule. De près, elle restait Jane. Elle réfléchit pendant quelques secondes à la fin de l'itinéraire qu'elle avait prévu et le jugea risqué. Ils avaient sa photo, ils savaient qu'elle postait des lettres. La seule façon de leur résister consistait à en finir vite.

Jane s'arrêta à des boîtes à lettres à Hoffman Estates, Elgin et Rockford. De là, elle prit la 39 vers le sud jusqu'à l'aire de repos d'un péage juste à l'ouest de De Kalb. Après avoir posté ses lettres, elle fit le plein, passa quelques minutes à réorganiser ses cartons dans l'Explorer afin de placer les prochains envois sur le dessus, et entra dans la boutique pour s'équiper en cartes routières.

Puis elle reprit la route. Les longues voies rectilignes défilaient devant elle tandis qu'elle roulait à vitesse égale, juste assez vite pour dépasser légèrement la vitesse autorisée, mais pas assez pour se faire arrêter par la police de la route. À Moline, elle traversa le pont qui enjambait le Mississippi et pénétra dans l'Iowa, s'arrêtant à Davenport, Iowa City et Cedar Rapids. Elle repartit vers l'ouest sur la nationale 30, fut à Ames à six heures, puis fila plein sud vers Des Moines. Elle ne s'arrêta pour dîner que lorsqu'elle arriva à la lisière sud de la ville.

Après avoir expédié son repas, elle passa cinq minutes à mettre en place les cartons de lettres suivants à l'avant de l'Explorer, aplatit les cartons vides et les jeta dans une poubelle, et prit ensuite l'Interstate 35. Elle rallia Kansas City à la nuit tombée et aperçut un grand centre de tri postal juste à droite de l'embranchement de l'Interstate 70. Estimant que même si on la recherchait activement, on ne surveillerait pas les bureaux de poste après l'heure de fermeture, elle remonta jusqu'à sa hauteur, glissa le courrier dans la boîte extérieure, et prit la direction de l'entrée de l'autoroute.

Elle fit halte à Columbia, atteignit Saint Louis juste avant l'aube et se glissa dans la ville avant la vague de banlieusards. Elle s'arrêta à cinq reprises en la traversant, et, au moment où la circulation s'engorgeait et ralentissait, elle reprit la 70 et franchit de nouveau le Mississippi pour entrer dans East Saint Louis.

Son énergie nerveuse commençait à l'abandonner après une nuit à rouler à la lumière des phares sur des autoroutes presque désertes. Elle réfléchit aux choix qui s'offraient à elle. Ne tenant pas encore à s'arrêter dans un hôtel car cela lui aurait pris trop de temps, elle sortit de l'immense autoroute, gagna l'aire de repos — une petite étendue d'herbe verte ombragée par des arbres — qu'elle avait aperçue depuis la route, gara l'Explorer, escalada le siège pour s'installer sur la banquette arrière et dormit.

Un bruit de voix la réveilla. Immobile, elle écouta une seconde, puis s'assura que c'étaient bien des voix d'enfants. Levant la tête, elle regarda l'horloge du tableau de bord. Il était midi, et d'autres voitures stationnaient sur l'aire. En réintégrant le siège avant, elle vit que trois familles occupaient les tables de pique-nique; les parents sortaient la nourriture et les boissons, les enfants couraient çà et là, comme toujours après être restés confinés dans une voiture — essayant de s'attraper, puis revenant à toute vitesse pour de nouveau s'éparpiller. Jane effectua une marche arrière et repartit vers l'autoroute.

Le soleil de midi brillait, le ciel était dégagé, et une grande distance séparait chacun de ses arrêts. Elle fit halte à Vandalia et à Effingham pour poster des lettres, puis, toujours sur l'Interstate, entra dans l'Indiana à quatre heures de l'après-midi.

Elle s'arrêta juste de l'autre côté de la frontière de l'État, à Terre-Haute, puis à Indianapolis, puis à Fort Wayne. Elle avala quelque chose dans un routier, où elle savait qu'on ne lui disputerait pas les toilettes pour dames. Verrouillant la porte, elle fit une toilette de chat et entreprit de changer encore une fois son style.

C'était parfait d'être une jeune ménagère de banlieue au volant de son quatre-quatre dans la journée, mais la journée prenait fin. Ce soir-là, elle n'allait pas rouler sur de longues distances peu habitées. Dans certains secteurs qu'elle s'apprêtait à traverser, la ménagère de banlieue se ferait rare. Elle fourra ses cheveux courts dans sa casquette de base-ball, passa son mince coupe-vent sur un sweat-shirt confortable et laça ses chaussures de jogging. Elle observa le résultat dans la glace. Sans avoir vraiment l'air masculin, elle était aussi grande que beaucoup d'hommes, et dans une rue obscure sa silhouette ne claironnerait pas : « Que fais-je là toute seule ? » Elle glissa son portefeuille dans sa poche arrière comme un homme, et se demanda comment les intéressés pouvaient supporter cette sensation. Mais en reculant assez pour se voir en entier dans la glace, elle fut satisfaite. Ce détail camouflait avec succès la féminité de ses hanches, à condition de laisser retomber les pans du coupe-vent.

Remontant dans l'Explorer, elle roula jusqu'à l'embranchement de l'Interstate 69. Elle arriva à la frontière du Michigan à neuf heures, puis s'arrêta à Battle Creek, Lansing et Flint. Il était minuit largement passé lorsqu'elle quitta l'Interstate 69 et prit la 75 en direction de Detroit.

Jane agissait avec détermination et méthode car le temps constituait un facteur décisif. À chaque halte, elle marchait vite, la tête droite et les yeux alertes, postait son courrier et revenait aussitôt au véhicule. Chaque fois qu'elle quittait l'autoroute, elle mémorisait la sortie qu'elle avait prise et refaisait le trajet en sens inverse jusqu'à la bretelle d'accès. Elle passa la nuit à effectuer la tournée des villes autour de Detroit.

Jane conduisait depuis un jour entier et presque toute une nuit en s'étant juste octroyé un somme sur la banquette arrière; elle se sentait éreintée et sale. Elle avait un jour caché une personne en fuite à Ann Arbour, et elle gardait un assez bon souvenir de la ville pour juger pouvoir y passer le peu qui restait de la nuit. Comme l'université du Michigan représentait près de la moitié de la population et qu'on était en été, elle trouverait sans peine un endroit où dormir. Ses plaques du Wisconsin n'attireraient pas l'attention dans une ville universitaire, où les voitures immatriculées dans d'autres États abondaient.

Jane quitta l'Interstate 94 à la sortie de State Street

et prit vers le nord en direction du campus. Au deuxième carrefour, elle aperçut une boîte, posta ses lettres, et se mit en quête d'un motel à sa convenance. En traversant Huron Street, elle trouva son bonheur. Il s'agissait d'une grande bâtisse avec la réception et un restaurant sur le devant et, derrière, plusieurs pavillons relativement protégés du bruit de l'autoroute, où les clients pouvaient garer leur voiture devant leur chambre.

Elle se gara devant le bâtiment principal et partit à pied vers les portes vitrées éclairées, où elle aperçut un petit bureau d'accueil. Elle tendit la main vers la poignée de la porte vitrée, et s'immobilisa. Un panneau d'affichage se dressait juste de l'autre côté, à l'intérieur. Au beau milieu, parmi les affiches annonçant des concerts de fanfare, et les publicités pour des services de nettoyage à sec et des restaurants, s'étalait le portrait-robot de Jane. Cette fois on lisait en capitales, au-dessus du numéro de téléphone : ÉTUDIANTE DE TROISIÈME ANNÉE RECHERCHÉE.

Jane fit demi-tour, retrouva l'Explorer et remonta la rue vers le nord. En arrivant à l'A 23, elle tourna de nouveau à droite, en direction de Detroit. Lorsqu'elle fit halte à Plymouth dans une station-service ouverte toute la nuit pour faire le plein, elle savait qu'il n'existait qu'une solution à son problème : continuer de rouler.

Un quart d'heure ne s'était pas écoulé qu'elle regrettait sa décision. Elle commençait à éprouver cette impression de flou et de vertige annonçant qu'elle ne pourrait plus conduire très longtemps. Chaque fois qu'elle tournait la tête pour regarder ses rétroviseurs, elle voyait des éclairs blancs et des images à peine formées qui s'effaçaient dès qu'elle clignait des yeux. Lorsque leur forme se préciserait et s'incrusterait, l'état de veille aurait fait place au sommeil et elle aurait commencé à rêver.

Elle se frotta les yeux et se donna quelques claques vigoureuses pour que ses joues lui cuisent pendant quelques secondes, s'obligeant à fixer la route devant elle, noire et interminable. Il n'y avait pas loin jusqu'à Toledo, une centaine de kilomètres de route droite et plate tout au plus, mais qui lui paraissaient maintenant le bout du monde.

Lorsqu'elle arriva à la périphérie de la ville, la lumière changeait déjà. Dans moins d'une heure le soleil allait surgir à l'autre extrémité du lac et l'éblouir. Il fallait absolument qu'elle trouve un endroit où se reposer. Elle guetta les sorties jusqu'à l'apparition de grands immeubles. Lorsqu'elle aperçut un panneau signalant PALAIS DES CONGRÈS, elle sortit à la bretelle suivante et s'engagea dans Monroe Street. Elle voulait s'arrêter en centre-ville, à un endroit où des visiteurs venaient pour affaires, et où l'on se garait en sous-sol ou dans un immeuble de parking. Elle trouva un Holiday Inn près du palais des congrès et se gara au deuxième sous-sol du parking de l'hôtel. En prenant l'une des valises et en s'apprêtant à entrer dans l'hôtel, elle remarqua qu'un des cartons de courrier était visible, les lettres bien en vue. Elle rabattit rapidement le tapis sur les cartons et verrouilla l'Explorer. Elle venait d'avoir la preuve de la nécessité de cette pause. Sa vie dépendait de sa vigilance et de sa détermination, or depuis longtemps son esprit s'était mis en veille.

Une fois dans sa chambre et sa porte fermée à clé, Jane céda enfin à l'épuisement des dernières quarante-huit heures. Elle dut prendre sur elle pour porter sa valise jusqu'à l'endroit prévu, près du lit. Elle se déshabilla et ouvrit le lit, et constata avec exaspération qu'elle répugnait à se glisser entre les draps immaculés. Depuis quand roulait-elle sans avoir pris de bain ou de douche ? Depuis Milwaukee ? Elle alla dans la salle de bains, fit couler la douche et se lava vigoureusement. Puis elle ferma la bonde et laissa la baignoire se remplir. Elle resta un moment allongée dans l'eau brûlante et apaisante, écoutant le silence. Plongeant la tête sous l'eau, elle sentit ses cheveux courts flotter au-dessus de ses oreilles, puis sortit la tête de l'eau en restant immergée jusqu'au cou, les yeux toujours fermés.

Jane se réveilla brusquement et se redressa. La vague d'eau buta contre l'extrémité de la baignoire et reflua vers elle. Elle s'était endormie. Elle sortit de la baignoire, s'essuya avec les grandes serviettes éponges moelleuses, prit le sèche-cheveux et se coiffa. Elle n'aurait pas cru que les cheveux courts séchaient si vite : c'était plutôt un avantage.

Se glissant enfin entre les draps, elle éteignit la lampe de chevet et ferma les yeux. Les images des deux derniers jours se bousculèrent derrière ses paupières, le défilement de la route interminable devant l'éclat de ses phares, soudain illuminée et fusant vers elle comme un projectile...

Jane sut qu'elle rêvait car les arbres autour d'elle semblaient prendre forme une fraction de seconde avant qu'elle ne les voie. Ils se modifiaient et s'ordonnaient comme pour former les rangs.

Jane courait. Lancée sur le sentier étroit qui filait entre les arbres, elle tenait son regard fixé à six mètres devant elle, enregistrant les bosses et les obstacles et assurant chaque foulée, tandis que ses yeux mémorisaient déjà la fraction suivante. Elle mobilisait une énorme concentration, à cause de ses poursuivants.

Chacune de ses foulées devait être plus longue que les leurs, et le rythme de ses pieds frappant le sol plus rapide que leur allure. Ils se trouvaient trop loin pour qu'elle les entende, et l'épaisse forêt les cachait. Elle savait qu'à chaque courbure du sentier, les arbres semblaient se refermer sur elle.

Un seul souci l'habitait : le soleil s'était couché. La lumière qui filtrait à travers le couvert ne rayait plus le chemin de flèches lumineuses et mouvantes, et elle devait faire un effort pour ne pas ralentir. L'obscurité l'aurait rassurée, si elle avait pu se couler dans les taillis profonds et s'y tapir, mais non. Elle devait continuer.

Au moment précis où l'obscurité tombait, elle aperçut la femme. Elle avait d'épais cheveux noirs, mais pas comme ceux de Jane : légèrement ondulés alors que ceux de Jane étaient longs et raides. Sa peau était lisse et d'un blanc crémeux, et elle portait une robe de soie blanche que Jane reconnut. Elle avait appartenu à sa mère autrefois, avant sa naissance à elle, et elle la portait sur une photographie qui la montrait avec le père de Jane, et qui se trouvait toujours sur la cheminée. Pour Jane, elle symbolisait toutes les robes passées de mode.

La femme se dressait dans une immobilité parfaite au milieu du sentier, le regard fixé sur Jane. Elle se tourna et partit vers la droite, là où la végétation était moins exubérante, et Jane sut qu'elle devait la suivre. La femme franchit une barrière de broussailles denses, et Jane voulut passer elle aussi, mais la brèche ouverte par la femme s'était refermée. Jane dut se frayer un chemin au travers, se griffant les bras et les jambes dans un craquement sec de branches brisées.

Elle émergea de l'autre côté et s'arrêta. D'abord, elle se crut dans la grande clairière à laquelle elle s'attendait : les fourrés ne poussent pas à l'ombre de hautes futaies, mais là où les troncs sont couchés. Mais il s'agissait d'autre chose. D'une pelouse. Il y avait une grande piscine éclairée par des projecteurs immergés, puis une rangée de courts de tennis, et un grand hôtel d'une autre époque. Au rez-de-chaussée, un éclairage indistinct brillait derrière les portes-fenêtres, et Jane aperçut des hommes vêtus de sombre et des femmes en robes d'été légères et de couleurs vives qui dansaient. Ensuite seulement, elle perçut un bruit de musique, les notes légères et mélodieuses d'un orchestre des années quarante.

La femme se tenait sur la pelouse ; Jane s'avança. Lorsqu'elle fut à moins de deux mètres d'elle, la femme se retourna et Jane s'immobilisa. « Vous êtes un esprit », dit-elle.

La femme haussa les épaules. Elle était très jeune, presque une adolescente encore, et en voyant le mouvement vif et espiègle de son corps, Jane se sentit lourde et fatiguée d'avoir couru. « Je suis une femme, comme toi. »

Jane la reconnut soudain. « Vous êtes Francesca Giannini. La mère de Vincent Ogliaro. »

La femme sourit. « Pas encore, dit-elle. Pas avant neuf mois au moins. » Elle se tourna à demi et montra la grande maison au bout de la pelouse. « Ce soir, j'ai juste vingt ans. Je suis en haut là-bas, au quatrième étage, la troisième fenêtre à partir de la droite.

— Comment...

— Je dors, je suis en train de rêver. Mon père m'a conduite ici en train. Il est dans la salle de banquet privée du haut, avec ses amis et ses ennemis et plusieurs soldats. Les femmes et les enfants dorment.

— Je suis dans votre rêve et vous êtes dans le mien ?

— Il y a des choses que tu ne sais pas, dit Francesca Giannini, d'autres si. Hawenneyu-le-jumeau-droitier crée les choses : des femmes au visage lisse, jeunes et belles. Hanegoategeh-le-jumeau-gaucher crée le poids du temps qui nous ride, nous courbe et nous prend notre force. Hawenneyu nous donne l'amour pour emplir à nouveau le monde, qui nous rend insouciants du temps qui passe. Hanegoategeh sépare les amants, et l'amour se change en douleur.

— C'est votre histoire, dit Jane.

— Tu crois ? demanda Francesca. Les frères se combattent. L'un est droitier et l'autre gaucher, telles des images dans un miroir. Chacun devance le prochain stratagème de l'autre et organise la contre-attaque avant qu'il ne le mette en place. Le premier peut prévoir la parade et modifie insensiblement sa tactique, ou fait le contraire. C'est comme si tu passais ta main droite sur la surface du miroir : la main gauche de ton reflet vient à sa rencontre. Comme ils se battent ainsi depuis que le monde est monde, le temps se replie, et ce qui est arrivé il y a cinquante ans et ce qui arrive maintenant se fondent en un seul et même instant : l'attaque et la contre-attaque conçues simultanément. »

Francesca Giannini se tut, et insensiblement ses yeux noirs brillants parurent devenir ceux d'une femme mûre, rusés et prédateurs, comme Jane se l'était imaginé. « Tu crois que j'ai passé ma vie à étreindre Hanegoategeh-le-gaucher. Peut-être n'était-ce qu'une ruse de Hawenneyu visant son frère. Peut-être que si l'on m'a conduite ici ce soir » — elle montra le grand hôtel à l'architecture alambiquée — « c'est un stratagème.

— Pourquoi ? Pour que Bernie Lupus vous rencontre et tombe amoureux ? Parce qu'il a été... parce qu'il sera pris au piège, contraint de cacher l'argent de la mafia sa vie durant ?

— Peut-être, dit Francesca avec un geste d'indifférence. Et peut-être pas. Peut-être fallait-il que Bernie passe sa vie à collecter cet argent, et qu'ensuite quelqu'un — moi — l'aime assez pour le libérer avec ce même argent.

— Comment le saurai-je ? »

Francesca Giannini secoua la tête avec chagrin.

« Nous savons seulement ce que tu as toujours su. Tout ce qui arrive s'inscrit dans cette lutte.

— Lequel des deux a créé cette situation ? »

Francesca haussa les épaules.

« Hawenneyu crée un homme qui se souvient de tout ce qu'il voit. Hanegoategeh en fait un homme pauvre et malheureux. Hawenneyu veille à ce que des inconnus le prennent en charge et le nourrissent. Hanegoategeh a déjà fait en sorte que les inconnus soient une tribu de cannibales. Hawenneyu donne à l'un des cannibales une fille de son sang, jeune. » Elle rassembla sa robe blanche et virevolta devant Jane.

362

« Une fille si belle, dit Jane. Un homme incapable d'oublier...

— ... ne l'oubliera jamais, l'interrompit Francesca. Je porte cette robe dans mon rêve parce que je l'ai déjà préparée pour la mettre demain au réveil. C'est demain que nous faisons connaissance, Bernie et moi. » Elle ferma les yeux et inspira profondément, comme de plaisir. « Plus tard je vieillirai, comme Hanegoategeh l'a voulu. J'agirai peut-être avec violence, comme il l'a voulu. Mais c'est Hawenneyu qui a fait Bernie de façon à ce qu'il garde éternellement le souvenir de moi telle que tu me vois.

— Mais qu'attend-on de moi ? » demanda Jane.

Francesca haussa les épaules.

« Je suis juste une fille de vingt ans. Fais ce qui te paraît le mieux.

— Mais toute cette histoire, tout ce que qui nous retient tous, vous appartient. Ce sont votre fils, votre amant, votre mort, vos ennemis.

— Je ne vois que l'infime point de la terre sur lequel mes yeux se posent durant le court moment où ils sont ouverts. C'est peut-être la raison de ta présence : parce que c'est une histoire plus longue que la vie d'une femme. Peut-être faisons-nous partie toutes les deux de la ruse d'Hawenneyu pour obliger Hanegoategeh à rassembler l'argent pour les pauvres et les malades. Peut-être que tout ton voyage a pour but de t'éloigner de Carey afin qu'il puisse travailler tard le soir et se trouver à l'hôpital pour opérer quelqu'un et lui sauver la vie. Peut-être pour que Rita soit tuée en un lieu plutôt qu'un autre. Tout ce que je sais, c'est qu'il fallait que tu conduises la Ford Explorer de Milwaukee jusqu'à l'endroit où tu l'abandonneras. Mais fais attention. Tu commets des erreurs, et le temps passe si vite. »

Jane se réveilla le cœur battant, les yeux grands ouverts. Elle regarda autour d'elle, et il lui fallut une seconde pour se rappeler ce qu'elle faisait dans une chambre d'hôtel. Pendant une minute elle ne bougea pas, déchiffrant les bruits du couloir. Lorsqu'elle fut sûre que les pas masculins, pesants, n'étaient que ceux d'un groom conduisant un nouveau client à une chambre presque au bout du couloir, elle se redressa et jeta un coup d'œil au réveil. Il était deux heures et demie de l'après-midi.

Elle prit une douche et enfila un pantalon correct, un chemisier propre et une veste. Elle déjeuna au restaurant de l'hôtel et essaya de tout remettre à plat. À un moment quelconque, depuis que toute cette histoire avait commencé, elle avait commis une erreur. Elle postait les lettres depuis trois jours seulement lorsque le type de Seattle avait tenté de l'intercepter. Depuis, elle n'avait cessé de remettre à plus tard le soin d'y réfléchir sérieusement.

Depuis l'instant où elle avait observé la recrudescence de guetteurs dans les aéroports, elle avait redouté que l'un d'eux fît partie de ceux qui l'avaient déjà vue. À Seattle, son agresseur avait confirmé sa peur, en la matérialisant. Elle ne s'était même pas posé de questions, prête à croire qu'il la reconnaissait alors qu'elle-même ne l'avait pas identifié. Plus tard, lorsqu'elle avait vu les portraits-robots, ceux-ci lui avaient paru tout expliquer. Or c'était faux.

Elle avait négligé le fait qu'à Seattle les hommes filaient une autre femme. Celle-ci lui ressemblait un peu, mais, surtout, elle postait des lettres. Peut-être qu'un des hommes avait reconnu Jane, et qu'ils savaient déjà, à ce moment-là, que quelqu'un postait des chèques à des associations caritatives. Mais comment avaient-ils fait le lien entre les deux ? Y avait-il eu une erreur dans le premier lot de lettres ?

Jane prit l'ascenseur jusqu'au garage et ouvrit le hayon de l'Explorer. Elle défit la fermeture éclair de la première valise et prit un paquet de lettres maintenues par un élastique. Toutes les adresses d'expédition étaient situées dans l'Ohio, et les codes postaux se suivaient en bon ordre. Non. S'il y avait eu une erreur de cette nature — une lettre postée dans un État différent de celui de l'expéditeur —, ce détail aurait échappé aux associations, et encore moins attiré l'attention de la pègre.

Une erreur dans les lettres elles-mêmes ? Mais elles n'étaient pas toutes sur le même modèle. C'était elle qui les avait presque toutes rédigées, et Henry les avait toutes lues avant de les fermer. Dans un chèque ? Mais elle ne le saurait qu'en posant la question à Henry. Et comment les familles avaient-elles été alertées si vite ? Il s'agissait sans doute d'un détail qui sautait aux yeux du premier venu. Et ce premier venu — quelqu'un de l'extérieur — avait toutes les chances de n'avoir vu que l'enveloppe. Un nouvel examen s'imposait.

Elle passa en revue les paquets d'enveloppes, puis inspecta celles-ci une à une. Elles étaient toutes timbrées, elles portaient toutes une adresse d'expéditeur plausible, leurs codes postaux s'enchaînaient dans un ordre logique, et elles étaient toutes adressées à une association.

Il lui fallut dix minutes pour trouver la lettre sans nom d'expéditeur. Elle se cachait dans les lettres à poster à Lancaster, en Pennsylvanie. D'abord Jane pensa l'expédier de toute façon, mais elle vérifia l'adresse : Ann Shelford, FSP, Box 747, Starke, Florida 32081.

Jane remit le reste de ses piles de lettres dans les valises. Elle les plaça calmement dans l'ordre correspondant à son nouvel itinéraire, et referma les valises. Récupérant la lettre isolée, elle referma le hayon et s'installa sur le siège avant. Puis elle l'ouvrit.

La police de caractères était celle que Jane avait eue pendant un mois sous les yeux, celle de l'imprimante au laser de Santa Fe. On avait glissé la lettre parmi celles dont Jane avait pris livraison à Chicago pour éviter le cachet de Santa Fe.

« Chère Maman », lisait-on. Son indiscrétion éveilla chez Jane un léger sentiment de malaise, ainsi qu'une immense tristesse. « La vie est super-géniale en ce moment. Je vis toujours dans cette maison à la campagne avec la personne dont je t'ai parlé. » Le cœur de Jane s'arrêta une seconde, puis se remit à battre, plus fort cette fois. Elle se souvint que la « personne » en question devait être Bernie. Rita pouvait en avoir parlé à sa mère depuis un an déjà. Jane obligea ses yeux à revenir sur la lettre.

« Nous avons toutes les deux beaucoup de choses en commun, et nous nous entendons bien. Nous aimons vivre au grand air, voyager, bien manger. De temps en temps nous prenons la voiture et nous allons déjeuner en ville au restaurant d'un hôtel qui s'appelle l'Eldorado. J'essaie de repérer les différents goûts pour voir si j'arrive à trouver la recette. Quand je te reverrai, je serai peut-être capable de te mitonner quelque chose de spécial. Surtout, ne sois pas jalouse. Elle est comme une grande sœur, pas une mère ni rien. » Jane sentit sa tristesse grandir. Rita était une enfant, et dans son désarroi et sa peur, elle avait inventé de toutes pièces une Jane à l'image de son attente. Jane éprouvait aussi un sentiment de culpabilité grandissant. Elle ne savait plus si elle le lui avait déjà dit, mais Rita ne pourrait raisonnablement pas revoir sa mère avant des années.

« J'espère que tout va bien pour toi. Je sais que la prison n'a rien d'agréable, mais sois patiente, et peut-être qu'on te laissera sortir plus tôt. Je ne peux pas venir te voir comme avant, mais je pense à toi et je t'envoie plein de tendresse. Il faut que je mette ma lettre dans l'enveloppe, car mon amie sort poster du courrier. Je voulais juste t'écrire de nouveau le plus vite possible, pour te dire que les choses vont mieux. J'ai peur que tu te sois fait du souci avec ma dernière lettre. »

« Elle, je ne sais pas, mais moi oui », murmura Jane. Elle tenta de rassembler ses idées, mais elle eut du mal car trop de questions restaient sans réponse. Elle ressortit dans la rue et roula jusqu'à ce qu'elle aperçoive un téléphone public attenant à un commerce de proximité.

Jane composa le numéro de la maison de Santa Fe, puis glissa le nombre requis de pièces dans la fente. Le téléphone sonna une fois, deux fois, trois fois, cependant qu'une image se formait dans son esprit. Bernie et Rita devaient se trouver dans le séjour, le téléphone entre eux. L'un d'eux tendait le bras pour décrocher, mais l'autre l'arrêtait : « Non, surtout pas ! Personne ne sait qu'on est ici. — Mais c'est peut-être Jane, ou Henry. — Si elle pensait appeler, elle nous l'aurait dit. — Peut-être qu'elle ne le savait pas ? — Ils veulent

367

peut-être s'assurer que nous sommes là pour venir nous tuer ! »

Elle laissa sonner quinze fois, mais personne ne décrocha. Jane ferma les yeux et ne bougea pas ; elle réfléchissait. Peut-être étaient-ils déjà morts, tués par ceux qui avaient lu la première lettre de Rita. À la vingtième sonnerie, elle raccrocha. Il y eut un déclic, et ses pièces dégringolèrent dans la sébile.

En revenant vers l'Explorer, elle comprit que la décision était prise. S'il y avait déjà eu une lettre, celle-ci se trouvait probablement parmi celles qu'elle avait postées en Californie ou en Arizona, ou alors dans le premier lot posté par Henry. Les familles avaient forcément mis quelqu'un à la prison de l'État de la Floride sur le courrier d'Ann Shelford. Un seul détail de la lettre qu'elle venait de lire suffisait : le nom de l'Eldorado. Impossible de savoir ce qu'avait écrit Rita dans sa lettre précédente. S'ils étaient encore en vie, elle devait les tirer de là.

27

Jane parcourut les derniers kilomètres jusqu'à Santa Fe. La fatigue du voyage, de sa durée, du travail accompli se faisait sentir. Quoi qu'il arrive, le plus gros de l'argent était maintenant en passe d'être distribué là où elle le voulait. Elle avait couvert la moitié du pays en écoutant les bulletins d'information des radios locales, et rien ne laissait entendre qu'Henry Ziegler était mort. Rien n'indiquait non plus qu'on avait repéré Bernie et Rita. Peut-être que la première lettre de Rita ne révélait rien de particulier. Que le cachet de la poste avait suffi à envoyer les chasseurs sur une fausse piste. Mais inutile de se leurrer, ni de compter sur ce que Rita lui dirait pour se rassurer.

Personne n'avait encore identifié l'Explorer, Jane en avait la quasi-certitude. Elle allait profiter de l'anonymat du véhicule pour jeter un coup d'œil en ville. On avait vite fait le tour de Santa Fe, et les endroits fréquentés les soirs d'été se concentraient dans le même périmètre. Elle explora les rues proches des grands hôtels qui bordaient la zone piétonnière, puis se gara et partit à pied. Les piétons se pressaient dans les rues, mais les groupes qu'ils formaient n'avaient rien d'inquiétant. On remarquait de nombreux couples, parfois avec des enfants, parfois trop âgés pour être dangereux. Les individus sans femme à leur bras n'étaient pas du genre à lui donner un frisson dans la nuque. Les jeunes loups en chasse semblaient moins à l'affût d'une ressemblance que d'une réaction complice. Leurs regards l'effleuraient avec un intérêt d'abord admiratif, qui faisait place à un semblant d'espoir, et enfin à la déception quand elle vidait son visage de toute expression pour les regarder comme s'ils étaient transparents.

Après cette courte inspection, elle se sentit pleinement rassurée. Si une équipe d'éclaireurs avait presque localisé la maison, Jane aurait déjà repéré des soldats. Ses déambulations dans le quartier le plus fréquenté de la ville auraient attiré l'attention d'au moins deux ou trois individus qui ne bougeaient pas beaucoup et dévisageaient tous les passants.

Mais il n'était pas question de gagner la maison sans en avoir vérifié les abords. Si elle arrivait à pied une fois la nuit tombée, elle avait une chance de voir l'ennemi la première. Elle gara l'Explorer dans Canyon Road, dans une partie de l'avenue bordée de galeries d'art qui avaient déjà baissé leur rideau, ferma à clé les portières et s'éloigna. Jane vit qu'il ferait bientôt nuit, mais elle ne risquait pas de ne pas retrouver le chemin de la maison de Bernie. Elle avait fait plusieurs fois le trajet à pied et, à deux ou trois kilomètres de la ville, elle se guiderait grâce aux lumières de la maison.

En traversant Apodaca Hill Road pour s'enfoncer dans la végétation basse, rythmée par quelques arbres malingres au loin, elle se sentit mieux. Si tout se passait bien, ce serait juste une agréable promenade nocturne.

Elle marchait sans bruit, regardant droit devant elle, attentive aux bruits qui l'entouraient. Jane n'avait jamais eu peur de marcher seule dans la nature. Le sol aride du Nouveau-Mexique lui était encore étranger, mais il se parait d'une beauté mystérieuse au crépuscule, lorsque les derniers rougeoiements du soleil couchant éclairaient encore la sauge et les pins et lui permettaient de voir où elle posait ses pieds. Au fil des minutes, l'ombre qui s'épaississait augmenta encore son assurance. Elle savait depuis longtemps que, à moins de faire une mauvaise chute ou de s'égarer, les pires dangers qui guettaient un être humain sur le continent américain venaient de ses congénères.

Tout en marchant, elle reconnut les silhouettes et la disposition des rochers et des buissons épineux dont elle se souvenait. Elle gardait quelque part en mémoire la topographie des lieux, ce qui l'aidait à se diriger. Elle savait qu'elle devrait bientôt tourner à gauche et faire quelques pas, parce qu'il y avait un arroyo à sec et que c'était la pente la plus douce pour arriver en bas. Après quoi, elle remonta de l'autre côté. Elle savait qu'un grand pin se dressait à onze heures par rapport à l'endroit où elle se trouvait, et elle progressa dans cette direction. Plus elle marchait, plus la lecture du paysage devenait limpide.

La maison apparut bientôt à l'horizon. Tout semblait d'un calme rassurant. Il y avait de la lumière dans la cuisine mais les stores étaient baissés, et une lampe brillait au premier dans la petite chambre. Elle essaya de les imaginer. Ils avaient sans doute dîné tard, ou bien ils faisaient la vaisselle, et ils avaient laissé allumé à l'étage.

Jane avait ralenti l'allure et avançait avec plus de précaution. Si la maison était surveillée, autant ne pas buter sur le guetteur dans l'obscurité. Elle se pencha pour examiner le sol et voir si quelqu'un était passé par là récemment, mais il ne faisait pas assez clair pour distinguer une empreinte d'une autre trace.

Puis elle distingua quelque chose devant elle, une forme bizarre, inattendue, qu'elle ne se rappelait pas. La forme faisait environ soixante centimètres de haut et donnait une impression de broussailles, mais elle était trop longue et trop régulière pour être naturelle. Jane changea de direction pour s'en approcher. À quelques mètres de la chose, elle comprit. Il y avait des pieux — quatre — qui pointaient, et, tendu entre eux, un filet. Elle alla au bout du filet et le contourna. On avait piqué de la végétation dans les mailles et placé de grosses pierres au bas. Elle repassa de l'autre côté. Le sol, lisse et plat, était recouvert d'une bâche en plastique. De ce côté-là, il y avait des empreintes. Grandes et profondes, comme si un homme costaud, voire deux, s'y étaient postés. Ce n'était pas un fort construit par des gamins.

Mais un affût. Quelqu'un avait construit un affût. Mais que chassait-on à l'affût dans le coin, en plein été ? Elle posa le pied sur le plastique, s'agenouilla derrière l'affût, et regarda. On avait une vue nette et dégagée de la maison et du chemin par lequel elle s'apprêtait à gagner la porte de la cuisine. Elle évalua la distance. Environ deux cents mètres. L'affût faisait un angle sur le côté ; elle s'approcha et jeta un coup d'œil par-dessus. On avait rajouté ce prolongement pour voir le premier virage de la route. Une voiture quittant la maison pour aller en ville passerait forcément par là, puis arriverait droit sur l'affût pendant — combien ? — dix secondes, avant d'aborder le virage suivant et s'éloigner.

Jane faillit se ruer vers la maison, mais elle se domina. Elle revint devant l'affût et toucha une des plantes du filet. Le contact sec et spongieux trahissait une longue exposition au soleil. D'après le résidu humide et poisseux à la base de la tige, la plante avait été coupée deux jours plus tôt tout au plus. Ils avaient dû construire l'affût la veille, une fois la nuit tombée pour ne pas attirer l'attention de Bernie et de Rita. Jane contempla l'affût. Sans doute prévoyaient-ils de revenir s'y poster ce soir-là. Il y avait déjà une demi-heure que le soleil était couché. Son regard balaya le paysage, à la recherche d'autres modifications. Trois mètres plus loin, à droite, elle aperçut un petit amas de rochers dont elle gardait le souvenir, mais ce soir-là ils lui parurent différents.

En s'approchant, elle vit, à moins d'un mètre derrière, une ombre plus sombre qu'elle ne parvenait pas à définir. Une autre bâche ? En arrivant à la hauteur des rochers, elle baissa les yeux. Ce n'était pas une bâche. Mais un trou... un poste d'observation ? Elle s'agenouilla et aperçut une ligne indistincte dans l'ombre. Sa main rencontra un manche en bois lisse. Elle le saisit et fut surprise par sa longueur, largement plus d'un mètre. C'était une pelle. Et ce n'était pas un poste d'observation. Personne ne pouvait se poster dans un trou de près de deux mètres sans être gêné par les rochers. Elle examina la pelle. La lame luisait bizarrement dans la nuit.

Elle l'approcha de ses yeux. Une fine poussière blanc vif s'y attachait. Jane se servit de la pelle pour explorer le trou, et entendit un bruit de papier froissé. Plongeant la pelle plus bas, elle ramena l'objet plus près de la surface afin de mieux voir. Il s'agissait d'un grand sac vide. « Chaux », lut-elle. Elle lâcha la pelle et recula pour jauger le trou. C'était une tombe.

Jane se tourna vers la maison et se mit à courir, filant droit vers la cuisine. Elle franchit les marches d'un bond et frappa de grands coups à la porte.

Elle fit un pas en arrière pour se placer exactement sous la lanterne, afin que Rita puisse bien la voir, mais personne n'alluma. Au lieu de quoi la porte s'ouvrit. « Désolé, ma belle, dit Bernie. C'est le jour de congé du concierge et je n'ai pas entendu votre voiture. »

Jane entra et le poussa à l'intérieur.

« Je l'ai laissée en ville. Où est Rita ? »

Bernie ouvrit le placard à balais pour ranger son fusil.

« En haut. Elle a dit qu'elle allait lire. Comme elle a mis la radio, ses yeux et ses oreilles ne sont sans doute pas sur le même circuit. » Il redevint sérieux. « On a des ennuis ? »

Jane passa à côté des ordinateurs, traversa vivement la salle à manger et le séjour, vérifiant que les fenêtres étaient protégées, puis bondit dans l'escalier.

« Rita !

— Oui ? » La voix venait de la chambre du fond.

Jane entra. Rita était allongée sur le lit, ses pieds nus sur un oreiller, les orteils séparés par des bouts de klee-nex pendant que son vernis séchait. Un magazine était ouvert à l'envers sur l'autre oreiller. Elle se redressa brusquement. « Qu'est-ce qui se passe ? »

Jane coupa la radio près du lit. La fille avait un

regard d'enfant terrifié. La colère de Jane se dissipa. Elle s'assit à côté d'elle sur le lit.

« On a un problème.

— Lequel ?

— Je sais que ta mère te manque, dit Jane avec douceur. Je ne te reproche pas d'avoir voulu la rassurer. Je n'ai jamais dit explicitement "N'écris pas à ta mère". Mais je le regrette.

— Mais je ne lui ai rien dit ! Je n'ai pas dit où j'étais, ni qui vous étiez, ni que Bernie était vivant, ni rien !

— Combien de lettres as-tu écrites ?

— Deux. Et à ma mère et à personne d'autre. Pourquoi ? Je n'ai pas le droit d'écrire à ma mère en prison ? »

Jane soupira.

« Le problème avec les prisons, c'est qu'elles sont pleines de criminels. Je pense que quelqu'un a lu ta lettre. C'était forcément la première, car l'autre, c'est moi qui l'ai lue. » Jane montra la fenêtre. « Quelqu'un a construit un affût là-bas dehors. »

Dans son dos, Jane entendit Bernie qui entrait dans la chambre.

« Comment ça, un affût ?

— Comme pour la chasse au canard. Une petite barrière camouflée derrière laquelle on se poste pour tirer. » Elle regarda Bernie, puis Rita. « Ça leur permet d'observer la maison et la route. Il a été construit depuis peu, un jour peut-être. Y avait-il quelqu'un dehors hier ?

— Pas moi », dit Rita.

Bernie ne répondit rien, mais, à voir son expression, la question était superflue.

« Je veux dire, avez-vous *vu* quelqu'un dehors, reprit Jane d'un ton patient.

— Non, dit Rita.

— Alors, c'est ce que je pensais. Ils se préparaient pour ce soir. » Elle regarda sa montre. « Ça paraît absurde de vouloir faire un carton de loin quand tout le monde dort. À mon avis, ils viendront quand ils nous croiront encore debout, et attendront qu'on passe devant des fenêtres éclairées.

— Vous m'avez toujours paru maligne, commença Bernie, mais...

— Quand vous êtes-vous couchés hier soir ? l'interrompit Jane.

— Je ne sais pas, répondit Bernie. Pas tellement tôt.

— Onze heures et demie, précisa Rita. J'ai regardé les infos de onze heures.

— Ce qui nous donne deux heures au maximum. Tablons plutôt sur une. » Jane se pencha, attrapa les tennis de Rita et les lui lança sur le lit. « Faites vos bagages le plus vite possible. Ne prenez que le strict minimum, mais n'oubliez ni l'argent ni les papiers d'identité que je vous ai donnés. »

Bernie partit dans sa chambre, où Jane l'entendit ouvrir et fermer des tiroirs. Rita posa la valise que Jane lui avait achetée sur le lit, puis saisit des brassées de vêtements et les fourra dedans. Le temps que Bernie revienne, Rita avait terminé. Elle enfila ses tennis.

« Tout le monde est prêt ? Parfait », dit Jane. Elle ouvrit sa veste et tendit à Rita le paquet qu'elle avait préparé. « Ce sont de nouveaux papiers d'identité pour Bernie et toi. Tout ce que vous avez à faire, c'est prendre votre voiture et filer. Partez vers l'est, pas vers la ville. Ils semblent croire que vous fuirez par là.

« — Et vous ? » demanda Bernie.

Jane lui lança un regard étonné.

« Je serai plus en sécurité sans vous. Henry a dit qu'il fallait retirer les disques durs des ordinateurs et les détruire. Ça ne me prendra que quelques minutes. Après quoi, je file de mon côté. »

En se dirigeant vers la porte, Jane entendit Bernie dire à Rita : « Je t'attends en bas, petite. » Jane alla dans la salle à manger ; une minute plus tard, Bernie l'avait rejointe.

« Ils nous ont retrouvés comment ? »

Jane garda les yeux sur l'ordinateur.

« Je ne pense pas avoir envie de vous le dire.

— Rita a contacté quelqu'un, c'est ça ? »

Jane acquiesça.

« Sa mère », dit-elle.

Bernie parut triste, mais pas en colère.

« Désolé », dit-il.

Jane lui lança un regard étonné.

« Désolé ?

— C'est juste une gamine. Il ne faut pas lui en vouloir. Sa mère est tout ce qu'elle a jamais eu. Je regrette que vous soyez revenue à cause de ça. Vous n'étiez pas obligée. Ce n'était pas dans notre contrat.

— Nous aurons tous filé d'ici quelques minutes, avant que ces types arrivent à leur affût.

— Je ne crois pas que ça va se passer comme ça », dit-il.

Jane approcha l'ordinateur pour mieux voir et ouvrit le capot sur le côté.

« À quelques mètres de l'affût, ils ont creusé un trou de près de deux mètres avec de la chaux au fond. À votre avis, c'est pour quoi ?

377

— Sûrement pour la raison que vous supposez. Mais je ne parle pas de ça. Le plan ne tient pas. C'est peut-être ce qu'ils vont faire, mais pas ce qu'ils veulent faire.

— Que veulent-ils ? demanda Jane d'un ton las.

— Leur argent. Comme ils ignorent que je suis vivant, ils recherchent Rita, et toute personne susceptible d'être avec Rita. Probable qu'ils vous veulent vivante, pour savoir où est passé leur argent. » Il marqua une pause. « Bien sûr, ce n'est pas franchement réconfortant. C'est pire de se faire prendre que d'être mort. Ils ne vont pas se contenter de vous descendre de loin. Ce n'est pas ce qu'ils ont fait quand Tony Groppa s'était sucré sur l'argent des chevaux, ni la façon dont ils ont chopé Tippy Bono après qu'il avait intercepté le porte-valises des Augustino, ni...

— Je croyais que vous ne saviez rien de tout ça. » Elle ouvrit son canif et s'en servit comme tournevis.

Bernie leva les mains pour protester de son innocence. « Minute, on me l'a raconté. Ces mecs tuent quelqu'un, et on en entend parler pendant des années ! Ceux qui n'ont pas tué, ça leur court dans la tête aussi, ils veulent connaître tous les détails.

— Supposons qu'ils croient l'argent définitivement envolé. Ils renonceraient à se venger ?

— Ils enverront peut-être deux types avec un flingue pour buter quelqu'un dont ils ne pourraient pas s'approcher, mais dans ce cas précis, qu'est-ce qui va les arrêter ? »

Rita apparut à la porte avec sa valise.

« Je crois que Bernie a raison, dit-elle. Même s'ils veulent nous tuer, est-ce que ce ne serait pas plus facile si on dormait ? »

Jane lui renvoya un sourire excédé en ôtant la dernière vis. « Ce serait génial. Ça te donnerait un net avantage au départ. Si vous en parliez plutôt en voiture, tous les deux ? Au moins, je n'aurais pas risqué ma vie pour rien en revenant vous chercher. » Elle se pencha et s'aida de son canif pour extraire le disque dur du premier ordinateur et déconnecter les fils. « Ça au moins, c'est facile, marmonna-t-elle pour elle-même. Merci Henry, où que vous soyez.

— On ne peut pas se tirer comme ça, dit Bernie. C'est ce que j'essaie de vous faire comprendre. S'ils nous savent ici, ils ne vont pas filer pour revenir plus tard, comme ils le feraient pour un contrat normal en pleine ville. Ils surveillent forcément la route pour qu'on ne puisse pas fuir. »

Jane sortit le second disque dur et le mit avec l'autre dans ses poches de veste. « Je ne vous dirai pas combien ces précisions m'impressionnent. » Elle prit son temps. « Parce que ce serait trop long et que je serais déjà partie. » Elle se dirigea vers la porte de la cuisine.

« Je ne sors pas d'ici », dit Bernie.

Jane se retourna.

« Tout ce que vous dites est probablement vrai. Résumons : si nous restons ici, nous sommes morts. Si nous prenons la voiture, nous sommes morts. Si nous essayons de filer à pied avant qu'ils arrivent, nous avons une chance. »

Rita regarda Jane, puis Bernie.

« Qu'en pensez-vous, Bernie ? »

Bernie haussa les épaules d'un geste irrité.

« Décidez. Moi, je m'en fous. Je suis vieux.

— Alors laissez les valises, dit Jane. Prenez l'argent

379

et les papiers. » Elle s'approcha du placard à balais et l'ouvrit. « Je me charge du fusil. »

Elle se saisit de l'arme et tourna la poignée de la porte.

« Allez avec elle, Bernie », dit la voix de Rita.

Rita était livide, sa main tremblante chercha le comptoir pour s'y accrocher, mais sa voix était calme et ferme. « La meilleure solution, vous n'en avez pas parlé. C'est seulement moi qu'ils veulent, et c'est moi qui ai tout déclenché. Ils ne peuvent pas savoir qu'il y avait quelqu'un d'autre. Je vais continuer à bouger, à allumer et à éteindre les lumières, à mettre fort la musique, n'importe quoi pour qu'ils sachent que je suis toujours là. »

Jane s'approcha et fixa Rita un moment, l'étudiant avec attention. Rita releva le menton pour bien montrer que, cette fois, elle ne céderait pas. Soudain le bras droit de Jane se détendit, sa paume s'abattit sur l'épaule de Rita et l'obligea à pivoter, et dans le même mouvement son bras se referma, coinçant la fille.

Rita ouvrit la bouche pour crier, mais le bras lui bloquait la cage thoracique. En une seconde elle fut propulsée vers la porte d'entrée.

Bernie sortit et referma la porte derrière lui ; Jane relâcha la pression de son bras. « Pourquoi..., chuchota Rita.

— Parce que j'ai autre chose à faire que te convaincre, rétorqua Jane. Traverse la partie à découvert le plus vite possible. Après il y a des arbres. »

Ils marchaient vite, leurs pas crissaient sur le tapis d'herbes sèches qui entouraient la maison. Les étoiles apparaissaient peu à peu dans le ciel noir, mais au moins la lune ne brillait pas. Jane s'inquiétait surtout pour Bernie. Rita était une adolescente en bonne santé, capable de marcher toute la nuit, mais Jane pressentait que Bernie allait peiner. Sa silhouette courbée se détachait dans l'ombre, et sa respiration s'essoufflait déjà, alors qu'il n'avait traversé que la moitié du terrain découvert. Elle se demanda soudain s'il viendrait à bout des sept ou huit kilomètres qui les séparaient de la ville.

Au moment précis où elle arrivait au bout du terrain, elle perçut un faible bruit de voiture. Jane accéléra, l'oreille aux aguets. Le bruit était égal et régulier, mais il semblait un peu plus assourdi que celui d'un moteur normal. Elle se tourna et regarda en direction de la route.

Dans le virage, elle vit la forme sombre d'une voiture qui roulait lentement, tous feux éteints. En arrivant sur le côté de la maison à un endroit où les buissons la dissimulaient aux fenêtres de devant, la voiture s'arrêta. Une deuxième voiture s'engagea, puis une troisième et une quatrième. L'une après l'autre, elles se rangèrent sur l'accotement avant de s'immobiliser.

Jane se tourna vers Rita et vit qu'elle regardait les voitures, les yeux terrifiés. Jane la poussa en avant, puis ralentit pour obliger Bernie à continuer d'avancer. Jetant un coup d'œil par-dessus son épaule, elle vit les deux premières portières s'ouvrir et des hommes commencer à mettre pied à terre.

« C'est ça que vous aviez prévu ? chuchota-t-elle.

— En gros, dit Bernie. Bon, et maintenant ?

— Paniquez un bon coup, dit-elle. Vous avancerez plus vite. »

28

Dès qu'ils eurent dépassé l'affût, Jane s'arrêta de nouveau pour se retourner. Plusieurs silhouettes convergeaient à présent vers les portes de la maison. Certaines gardaient le bras collé au corps, sans doute un pistolet à la main. Puis elle vit qu'on bougeait dans le feuillage près des voitures à l'arrêt et ses craintes grandirent. Il y avait des hommes là aussi ; ils se déplaçaient dans les buissons avec des armes à canon long. Elle essaya de les compter, mais l'obscurité et les buissons près de la route l'en empêchaient. Elle distinguait une silhouette, puis la perdait de vue. Elle percevait un autre mouvement, mais sans pouvoir dire s'il s'agissait d'un homme ou du vent.

Finalement, elle aperçut deux types armés de fusils qui sortaient des taillis derrière la maison. En les voyant se diriger d'un pas rapide vers l'étendue d'herbe sèche qu'elle venait de traverser, elle retint son souffle. Ils venaient vers l'affût.

Elle pivota vivement et rattrapa Rita et Bernie.

« Il faut sortir d'ici.

— À votre avis on fait quoi ? Un parcours d'obstacles ? »

Elle le prit par la main et le tira. « Dès qu'on se sera éloignés de l'affût, on se trouvera derrière eux. »

Bernie accéléra l'allure, mais Jane vit ce que lui coûtait cet effort supplémentaire. Il n'essayait même plus de cacher son essoufflement. Bouche ouverte, mâchoire pendante, il était au bord de l'asphyxie. Ses pieds collaient au sol au lieu de le propulser. Sachant qu'il ne continuerait pas longtemps sur ce rythme, Jane chercha dans ses souvenirs un endroit où ils pourraient se cacher. Elle dut bientôt admettre qu'il n'y arriverait pas.

Elle s'arrêta et retint Rita. « Tiens, dit-elle. Prends ça. » Elle lui tendit le fusil. Rita s'en saisit d'une main hésitante.

Jane s'accroupit. « Aide Bernie à grimper sur mon dos.

— Hein ? lâcha Bernie, pétrifié. Vous n'allez pas me porter !

— Je peux toujours essayer.

— Je ne suis pas encore mort », dit-il, haletant. Il mit un certain temps à retrouver son souffle. « Je peux marcher.

— Pas assez vite. Montez. » La voix de Jane était calme, mais quelque chose dans le ton rappela à Rita que ce n'était pas un jeu. Elle guida Bernie derrière Jane. Celui-ci passa ses bras autour du cou de Jane et croisa solidement ses mains, tandis que Jane glissait ses bras sous ses genoux. Rita poussa Bernie vers le haut pour aider Jane à se redresser.

« Passe devant, je te suis, dit Jane à Rita. Avance le plus vite possible sans trébucher ni revenir sur tes pas. Moi, j'essaie de ne pas te perdre de vue. »

Jane jeta un dernier regard derrière elle. Les deux

types aux fusils arrivaient à la lisière de l'étendue d'herbe sèche. Dès qu'ils se seraient postés derrière l'affût et auraient pris leur visée, ils donneraient le signal de l'assaut.

Jane se remit en mouvement, se frayant un chemin à travers le chaparral desséché et les plantes épineuses, peinant à travers les rochers et les inflexions du terrain inégal, distinguant mal la silhouette de Rita devant elle. Le poids de son fardeau mettait à l'épreuve ses pieds, ses mollets et ses genoux, mais elle s'aperçut qu'en gardant les mains croisées sur le ventre et le dos droit elle pouvait marcher d'un bon pas.

En dix minutes ses épaules et son cou étaient noués et douloureux, et le souffle rauque, saccadé, qu'elle entendait était le sien. La sueur lui piquait les yeux et gouttait sur son nez et son menton.

Lorsque Jane atteignit l'arroyo à sec, Rita l'attendait, la regardant d'un air horrifié. Jane s'arrêta et plia les genoux pour laisser Bernie descendre. « Comment pouvez-vous faire ça ? » murmura Rita.

Jane se laissa tomber de tout son long sur le sol. « Je n'arrête pas de penser à ce qui se passerait si je m'arrêtais », répondit-elle d'une voix blanche, essoufflée. Au bout d'une minute, sa voix avait repris de la force. « Comment vous sentez-vous, Bernie ?

— Mieux.

— Parfait, dit Jane. Rita, donne-moi le fusil. Je passe un moment devant. Marche avec Bernie à son rythme. S'il y a un problème, rejoins-moi en courant. Surtout, n'appelle pas.

— Compris », dit Rita.

Jane se releva.

« Regardez où vous mettez les pieds. Le terrain est

en pente. » Elle descendit dans l'arroyo et remonta de l'autre côté, puis accéléra progressivement l'allure.

Loin derrière, Jane entendit un bruit de verre cassé, puis un craquement sonore et une détonation, comme si l'on venait d'enfoncer la porte d'entrée et que le pêne dormant avait arraché le chambranle. Elle continua d'avancer jusqu'à ce qu'elle crût entendre des cris lointains. Elle jeta un coup d'œil par-dessus son épaule.

Bernie et Rita arrivaient dans sa direction. Bernie avait la tête baissée, mais il semblait marcher d'un pas régulier. Rita se penchait vers lui comme pour lui parler à l'oreille. Mais, loin derrière eux, les lumières s'allumaient dans la maison.

Jane se remit en mouvement, les yeux sur le sentier, s'efforçant de choisir des passages faciles, à la surface plane, qui ne ralentiraient pas les deux autres. Elle tenait le fusil contre elle, la main gauche sur la culasse, la droite sur la crosse, prête à ôter la sécurité. Quelques minutes après, elle entendit des portières claquer, et un moteur embrayer et démarrer. Elle se retourna juste à temps pour voir une des voitures remonter la longue allée et s'immobiliser à côté du rectangle éclairé de la porte de la cuisine. Un homme s'encadra dans la porte, barrant en partie la lumière, puis s'avança, et un autre le remplaça. Ils semblaient transporter des objets volumineux. Ils chargeaient les ordinateurs dans la voiture ?

Jane hésita, tentée de sortir les disques durs de ses poches et de les enterrer, mais elle y renonça. Elle n'avait pas le temps, et les hommes risquaient de passer à cet endroit précis quand il ferait jour et de voir des traces qui lui avaient paru invisibles dans l'obscurité. Comme les pas de Bernie et de Rita se rapprochaient, elle repartit. Elle entendit Bernie trébucher, mais quand elle fit un pas vers lui, elle vit qu'il avançait de nouveau, la main de Rita sur son bras.

Plus tard Jane commença à repérer, sans trop oser y croire, certaines configurations de plantes et de rochers, puis elle aperçut des lumières au loin et sut qu'ils arrivaient à Apodaca Hill Road. Elle s'arrêta et se retourna.

Elle distinguait à présent les visages de Rita et de Bernie. Le front de Bernie luisait de sueur, et, à en juger par leur ton plus foncé dans l'obscurité, il avait le cou et les joues écarlates. Elle s'approcha pour l'examiner.

Bernie s'en aperçut. « Vous regardez quoi ? lui lança-t-il d'une voix rauque.

— Asseyez-vous et soufflez deux minutes », dit Jane. Se tournant, elle se rapprocha avec prudence du bord de la route. Elle se mit à plat ventre, rampa sur un mètre ou deux et se faufila entre d'épais buissons, puis jeta un coup d'œil sur un côté. Les voies étaient désertes aussi loin que le regard portait. Elle regarda dans l'autre sens. Une voiture stationnait à une soixantaine de mètres de là, de l'autre côté du croisement avec Canyon Road. La nuit était trop noire et la voiture trop éloignée pour en avoir le cœur net. Elle ne distinguait personne à l'intérieur, mais qui d'autre se serait garé dans cet endroit inhabité ?

Elle pensa aux types dans la maison, essayant d'imaginer leur raisonnement. En découvrant que la maison était vide et la voiture toujours dans le garage, ils avaient deviné que les occupants s'étaient enfuis à pied. En bonne logique, en direction de la ville. Donc, ils devraient traverser cette route.

386

Un gros camion apparut sur la route, à la gauche de Jane ; elle plaqua son visage au sol pour être sûre que les phares n'éclairent que ses cheveux, pas sa peau. Dès qu'elle sentit la bourrasque d'air déclenchée par son passage, elle releva la tête pour le suivre des yeux. En dépassant la voiture, ses phares illuminèrent le pare-brise et révélèrent les têtes de quatre hommes à l'intérieur.

Comme elle commençait à reculer, toujours à plat ventre, Jane vit un nouvel éclat de phares, cette fois sur Canyon Road, venant de la direction de la maison. La voiture apparut, tourna à droite, remonta jusqu'au véhicule garé dans Apodaca Hill Road, et s'arrêta un moment à sa hauteur. Puis la voiture fit demi-tour et repartit sur Canyon Road vers la maison. Quand elle tourna, Jane vit des têtes à l'arrière comme à l'avant.

Jane réfléchit. Cela faisait huit pour l'instant ; ils avaient une voiture en planque à cet endroit précis, et une autre qui faisait la navette sur la route. Elle s'était remise en mouvement lorsqu'elle entendit une troisième voiture. Elle s'immobilisa et la vit effectuer le même manège. En arrivant dans Apodaca Hill Road, la voiture marqua une pause à la hauteur de la voiture à l'arrêt, fit demi-tour et reprit Canyon Road. Celle-là n'avait que deux hommes à bord. Jane attendit, la quatrième voiture surgit. Quand celle-là fit demi-tour, elle vit qu'ils n'étaient que deux aussi.

Les sièges vides à l'arrière des deux dernières voitures l'inquiétèrent. Quatre hommes, au moins, risquaient d'arriver à pied par l'intérieur, comme eux venaient de le faire. Essayer de traverser la route devant la voiture en planque revenait à sauter dans la tombe, rebrousser chemin ne paraissait guère plus engageant.

Jane revint vers les autres en rampant et resta couchée dans l'herbe à côté de Bernie. « Il y a une voiture en planque avec quatre types à bord juste au bas de la route, garée vers nous. Les trois autres voitures patrouillent dans Canyon Road.

— On reste ici en attendant qu'ils se tirent ? demanda Bernie.

— Il y a des sièges vides dans les voitures. On a pu nous suivre à pied depuis la maison. »

Bernie tendit la main.

« Passez-moi ce flingue.

— Pour faire quoi ?

— Je descends jusqu'à la voiture, je fais voler le pare-brise du côté du conducteur. Il leur faudra une minute pour reprendre leurs esprits, plus une autre pour le sortir et se mettre au volant. D'ici là, on sera déjà en ville. »

Jane essaya de deviner ses traits dans l'obscurité.

« Dites-moi, Bernie. Vous avez déjà effectué ce genre d'exercice ?

— Pas vraiment. Mais c'est la meilleure solution, et ce que je risque d'avoir sur la conscience maintenant ne m'obsédera plus très longtemps.

— Ce n'est pas une bonne idée, dit Jane.

— Pourquoi ?

— Trop bruyant. J'aimerais autant que les autres continuent à fouiller la route et les buissons là-haut plutôt que de les voir rappliquer ici.

— Quand Frank Delfina vous écorchera vive avec un épluche-légumes, j'espère que vous vous rappellerez ma proposition, dit-il avec humeur. Votre idée, c'est quoi?

— On imagine ce qu'ils savent, et on s'arrange pour qu'ils aient tout faux.

— Seigneur, souffla-t-il. Et ils savent quoi?

— Ils paraissent sûrs que nous sommes ici, au bas de Canyon Road, et que les voitures qui patrouillent nous empêchent de bouger. Ils ont juste à attendre que les types à pied rappliquent ou qu'il fasse assez jour pour qu'ils nous voient.

— Qu'est-ce qui vous fait dire ça?

— La voiture en planque est tournée dans notre direction, de l'autre côté du croisement. S'ils croyaient qu'on avait une chance d'être de l'autre côté, il y en aurait un ou deux de sortis, pour surveiller. Or il n'y a personne. On va donc là.

— Les rétroviseurs, vous connaissez? »

Jane lui tapota gentiment l'épaule et se leva.

« Aucun plan n'est parfait! »

Bernie se releva avec difficulté et fit quelques pas. Rita s'approcha et posa sa main sur son bras, mais il l'écarta.

« J'ai eu tout le temps de me reposer, dit-il. Je tiens encore le coup.

— Oui, mais pas moi », chuchota Rita.

Intriguée, Jane attendit de voir si Bernie fermerait les yeux sur ce mensonge et accepterait son aide.

Bernie posa la main de Rita sur son bras. « Dans ce cas, d'accord. »

Jane passa devant, puis s'écarta d'Apodaca Hill Road de façon à rejoindre Canyon Road à cent cinquante mètres du croisement. À quinze mètres de

Canyon Road, elle s'arrêta dans les taillis, s'assit, et attendit.

« Vous attendez quoi ?

— Les voitures. Je veux savoir où elles sont. »

Les phares de la première voiture apparurent à leur droite quelques secondes après ; ils s'allongèrent sur le sol pour ne pas se faire voir. Jane compta quatre hommes à l'intérieur. Lorsqu'elle fut passée et eut fait demi-tour pour repartir en sens inverse, la deuxième voiture avec deux hommes à bord arriva, puis la troisième. Dès qu'elles se furent éloignées, Jane tapota l'épaule de Bernie. « Vous d'abord. Traversez la route et continuez d'avancer. Partez à gauche vers l'autre route. Ne vous arrêtez pas avant d'y être, puis attendez-nous sans vous montrer. »

Jane épaula le fusil et attendit que Bernie eût traversé rapidement la route et disparu dans les taillis de l'autre côté. « À toi maintenant. »

Rita se leva et posa le pied sur la chaussée. Elle fit deux pas et parut soudain prise d'un doute. Elle s'arrêta et tourna la tête vers la gauche.

Jane vit les traits de Rita devenir plus clairs, plus éclatants, à mesure que les phares se rapprochaient. Jane regarda dans cette direction. La voiture en planque dans Apodaca Hill Road venait de tourner au croisement et remontait Canyon Road vers elles.

Jane regarda de nouveau Rita. La fille fixait l'éclat des phares comme si elle l'attendait. Jane vit sa poitrine se soulever à petits coups rapides : elle allait essayer de donner sa vie pour sauver Jane et Bernie.

« Cours ! » lui souffla Jane.

Rita eut l'air d'une somnambule soudain rappelée à

la réalité. Elle jeta un coup d'œil autour d'elle, puis se décida. Et revint en courant s'accroupir à côté de Jane.

Jane, toujours au sol, ne bougea pas et regarda l'éclat des phares grandir jusqu'au moment où il illumina la poussière de la chaussée et fit rougeoyer l'air. Comme la voiture ralentissait avant de s'immobiliser devant elle, Jane engagea une balle dans le canon et ôta la sécurité.

La porte du côté passager s'ouvrit brutalement et les deux hommes assis à l'arrière descendirent. Ils firent quelques pas jusqu'au bord de la route et jetèrent un coup d'œil vers Jane et Rita, mais Jane jugea qu'ils avaient tous deux la tête trop haut : ils regardaient au loin. Elle resta immobile et attendit.

Les deux hommes firent quelques pas devant la voiture, tendant le cou pour voir si les phares révélaient quelque chose sur le terrain obscur devant eux. Un homme sortit un pistolet glissé dans sa ceinture au creux du dos et le tint contre sa cuisse.

Jane leva lentement son fusil et le cala solidement contre son épaule pour annuler le recul. Elle baissa les yeux sur la rainure du haut de la culasse et ajusta son tir. Elle ferait feu d'abord sur l'homme au pistolet, puis sur l'autre, avant qu'ils aient le temps de plonger dans l'ombre. Si le conducteur avait la présence d'esprit d'accélérer, elle le viserait à travers la vitre arrière, puis logerait une balle de l'autre côté avant de s'enfuir.

L'homme au pistolet leva sa main libre au-dessus de sa tête et fit un rapide moulinet. Les feux arrière de la voiture s'éteignirent tandis que le conducteur levait le pied du frein. Jane abaissa son fusil et plaqua Rita sur le sol à côté d'elle. « Ne bouge pas. »

Le conducteur partit vers le mauvais côté de la route

et effectua un demi-tour serré, ses pneus gauches butant sur l'accotement tandis que les phares balayaient les taillis vides, au-dessus de Jane et Rita, puis revinrent sur la route. Les deux hommes remontèrent sur la banquette arrière et la voiture repartit en sens inverse.

Jane donna une petite tape réconfortante à Rita. « Il y a un autre chemin. Viens. »

Elle se leva et partit d'un pas rapide dans le champ, s'éloignant de la route en direction de la maison.

Dans son dos, les pas de Rita s'arrêtèrent soudain. Elle entendit sa voix, quelques mètres derrière. « Attendez ! Je ne laisse pas Bernie mourir là-bas ! »

Jane se rapprocha d'elle. « Parle plus bas, lui glissat-elle. Si Bernie a suivi mes instructions, il est en sécurité jusqu'à ce que nous le rejoignions. Ce que nous ferons n'y changera rien.

— Où allons-nous ?

— Tu te souviens de l'arroyo ?

— C'est quoi, un arroyo ?

— Le lit de la rivière à sec où j'ai remis Bernie à terre. Il est orienté nord-sud, la route est-ouest. L'eau ne s'arrête pas sous prétexte qu'il y a un croisement. Il faut bien qu'elle traverse. »

Des phares apparurent de nouveau sur la route, obligeant Jane et Rita à se plaquer de nouveau au sol le temps que l'auto passe. Puis Jane se releva et repartit d'un pas vif, obligeant Rita à en faire autant pour ne pas la perdre de vue. À peine la route redevint-elle obscure que les phares de la voiture suivante apparurent.

Rita s'arrêta et s'accroupit de nouveau, mais Jane l'obligea à continuer. « Ils ont calculé leurs intervalles. Les voitures se suivent trop vite pour qu'on attende. »

Lorsqu'elles arrivèrent à l'arroyo, Jane dévala la pente. Rita la rejoignit. « Tu vois ? dit Jane. Il est profond. Quand il pleut, il y sûrement beaucoup d'eau.

— Mais elle coule dans quel sens ?

— Aucune importance. Ce qui compte, c'est qu'elle traverse la route. » Jane se courba en deux et suivit rapidement le fond de l'arroyo en direction de la route.

Comme elles s'en rapprochaient, Rita vit que Jane avait raison, au sujet des voitures. Elles roulaient plus vite et se succédaient à intervalles réguliers.

À une trentaine de mètres de la route, Jane s'arrêta et attendit. Lorsque Rita la rattrapa, elle tendit le bras. « Tu vois ? »

Rita écarquilla les yeux. Il y avait la route. Elle traversait l'arroyo, mais restait plate. D'où elle se trouvait, la route semblait posée sur une pile de gros rochers. Pour laisser passer l'eau ?

Comme la voiture suivante se rapprochait, Jane détourna son visage. « Tiens-toi prête, dit-elle. Dès qu'elle sera passée, on bouge. »

La voiture les dépassa à vive allure et s'éloigna. Jane se releva et se mit à courir. Rita éprouva une seconde d'affolement. Jane semblait avoir son idée, mais Rita ne savait absolument pas vers quoi elle courait. Jane ne s'arrêta qu'en arrivant au bord de la route. Rita vit qu'elle se trouvait en contrebas de la chaussée, à quatre pattes près d'un tapis de plantes basses et touffues. Jane écarta les plantes et se pencha plus bas, puis disparut.

Rita arriva à son tour et s'agenouilla devant les plantes, puis les écarta tant bien que mal pour voir. Derrière les plantes, elle toucha quelque chose de dur et de froid, comme un rocher, mais parfaitement circulaire. Elle allongea le bras. C'était un grand tuyau en ciment. Rita se sentit soulagée et honteuse à la fois. C'était ce qu'avait voulu dire Jane. Elle savait qu'il y aurait un gros tuyau — comment disait-on ? — ah oui, une canalisation. Sans cela, l'arroyo se remplirait après la pluie et l'eau inonderait la route. C'est pourquoi il y avait toutes ces plantes. À cause de l'eau.

Rita entendit des raclements amplifiés par le vide à l'intérieur de la canalisation. Sa poitrine se gonfla d'appréhension au moment où elle se faufila à plat ventre à l'intérieur du trou rond et sombre. C'était sale, et le ciment lui râpait les coudes et les genoux. C'était dur d'avancer, et cela faisait mal, mais comme elle traversait la route par en dessous, elle oublia la douleur et continua.

L'écho du bruit que faisait Jane devant elle se tut soudain. Rita s'arrêta, entendit un bourdonnement sourd, puis sentit une vibration aiguë au moment où une voiture passa au-dessus de sa tête. Puis Jane se remit en mouvement, et Rita fit de son mieux pour ne pas se laisser distancer.

Quelques instants plus tard, les bruits faits par Jane faiblirent et disparurent. Elle avait dû arriver au bout. Rita fournit un gros effort pour avancer plus vite et sentit enfin un souffle de vent frais et pur sur sa joue. « Tu t'es débrouillée comme un chef, lui chuchota la voix de Jane à l'oreille. Reste une seconde sans bouger. »

Cette fois, Rita vit le rayon des phares balayer la pente de gauche de l'arroyo, six mètres plus loin. L'éclat s'aviva, et le bruit du moteur devint plus fort et plus grave. Puis l'obscurité revint et le bruit remonta la gamme des aigus jusqu'à ne plus être qu'un gémisse-ment lointain. « On peut y aller », dit Jane.

Elle aida Rita à s'extraire de la canalisation et à se relever, puis se remit en route. Ce côté de la route présentait le même fouillis de rochers, de buissons et de végétation que l'autre côté, mais Jane semblait savoir où elle allait. Après une distance qui lui parut longue, Rita vit l'autre route qu'ils craignaient de traverser.

Jane s'arrêta à une trentaine de mètres de la route, puis la suivit parallèlement, courbée, le regard fixé sur les rochers et les buissons devant elle. Soudain elle se tourna, se précipita vers la route, et s'agenouilla pour ramasser quelque chose. Quand Jane se releva, Rita vit qu'elle s'était baissée pour saisir le bras de Bernie. Elle l'aidait à se relever.

Rita hâta le pas pour les rattraper, puis observa Jane qui posait le fusil sur le sol et le recouvrait de terre avec le pied.

« On traverse ici, et on longe deux pâtés de maisons avant de revenir sur Canyon. La voiture est une Ford Explorer noire, garée sur la droite à trois rues d'ici. »

Jane les poussa sur l'accotement. Rita vit que la voiture qui s'était arrêtée pour les chercher avait regagné sa place à une centaine de mètres plus loin. « Bernie et vous, partez en premier, dit Rita. S'ils vous voient, je peux encore prendre le... » La main de Jane se referma sur son poignet et la tira d'un coup sec vers la route. Ils coururent et se retrouvèrent de l'autre côté, protégés par les ombres des immeubles et des arbres tandis qu'ils avançaient. Ils suivaient une route parallèle à Canyon Road et marchaient vite. Au bout de quelques minutes, Jane tourna à gauche, puis à droite. « Là-bas. Vous la voyez ? » demanda-t-elle.

Ils marchèrent jusqu'à la forme noire que Jane avait montrée. Jane ouvrit la portière, monta devant et mit le contact. Quelques secondes après, Rita avait poussé Bernie sur la banquette arrière et s'asseyait à côté de Jane, refermant la portière. Jane déboîta, remonta la rue et tourna au premier carrefour avant d'allumer les phares.

Rita eut l'impression que Jane mit un temps fou à traverser la ville. À chaque croisement, Jane jetait un coup d'œil dans le rétroviseur avant d'immobiliser l'Explorer. Mais ensuite elle accéléra, prit un virage, et en quelques minutes ils furent sur la bretelle d'accès à l'autoroute. Ils passèrent sous un panneau indiquant ALBUQUERQUE.

Jane conduisait ; tous restèrent longtemps silencieux.

« Je vous demande pardon, dit enfin Rita.

— À cause de quoi ? demanda Bernie.

— C'est ma faute, expliqua Rita, plus fort cette fois. C'est moi qui suis responsable. Jane nous avait mis en sécurité et j'ai tout fichu en l'air. »

Jane attendit une minute que Rita poursuive, puis une autre minute. « Ce n'était pas très malin, dit-elle enfin. Mais ça n'avait rien de mal, ni d'égoïste, ni de lâche. Tu as commis une erreur, tu as fait tout ce que tu pouvais pour réparer, et c'est fini. Nous sommes tous vivants, et ils ne savent pas où nous sommes partis.

— Où va-t-on ? demanda Rita.

— Bonne question, répondit Jane. Je l'ignore encore. Il va falloir réfléchir un peu. Nous allons choisir un endroit, et je vais commencer à vous installer : louer une maison, vous équiper... »

Bernie l'interrompit.

« Dites donc, ma belle, où étiez-vous quand vous

396

avez trouvé la lettre de Rita et êtes revenue nous chercher ?

— À Toledo, dans l'Ohio. Pourquoi ?

— Juste à la sortie nord d'Albuquerque on tombe sur l'Interstate 40. Prenez-la vers l'est. »

Jane hésita.

« Vous ne voulez tout de même pas...

— Votre tank ou je ne sais quoi, il est bourré de lettres à l'arrière. Cette saleté prend tellement de place que je peux à peine remuer les bras et les jambes, ou m'allonger ou m'asseoir. On va les poster.

— Je ne sais pas si... », commença Jane d'une voix hésitante. Elle tourna involontairement les yeux vers Rita.

La fille était recroquevillée au fond de son siège ; elle paraissait infiniment jeune et gracile, et noire de poussière. Ses yeux brillaient de larmes, et elle fixait Jane. « Je vous en prie, dit-elle. Donnez-nous au moins ça. Nous nous cacherons tout le reste de notre vie. »

29

Frank Delfina aimait son entreprise d'embouteillage d'eau de source parce qu'elle ne puait pas. Les boutiques de fleurs puaient, les boulangeries empestaient. Même les supermarchés, si on arrivait par la porte de derrière, par où se faisaient les livraisons d'alimentation. Il y avait toujours de la casse, et on mettait régulièrement le pied là où cela vous collait à la chaussure, après quoi la semelle faisait un bruit de succion pendant plusieurs minutes. Son regard traversa l'usine et se posa sur les bouteilles propres et transparentes, prêtes à être remplies par l'équipe du matin.

Il aimait tout. Il aimait que les gens soient assez niais pour croire que l'eau de source trimbalée depuis la montagne en camion était plus pure que celle qui venait du même bassin de rétention dans une conduite. Il le savait, car son usine remplissait les cinq derniers centimètres de chaque bouteille avec de l'eau du robinet.

Mais Delfina n'aimait pas prendre un vol jusqu'à Albuquerque pour qu'on le laisse poireauter. Il aperçut Buccio qui arrivait depuis la porte du fond, et le regarda venir vers lui d'un air exaspéré. Il avait eu la faiblesse de faire confiance à Buccio et à son équipe, et il s'en mordait les doigts. Buccio avait les cheveux en brosse et la carrure d'un officier de *marines,* toujours raide comme la justice, ses manches de chemise roulées au-dessus de ses avant-bras puissants, comme s'il s'apprêtait à exécuter un tour de force. Il semblait toujours capable de réussir n'importe quelle mission, et, il fallait le reconnaître, il était toujours partant. Mais les choses ne fonctionnaient pas toujours pour autant. Delfina avait failli se laisser convaincre par Buccio et ses gars de prendre en embuscade un bus qui transportait les chefs de la moitié des familles du pays ! Encore une chance qu'il ne l'ait pas laissé faire cette connerie !

« La bagnole de Vanelli vient d'arriver au parking extérieur, annonça Buccio.

— Parfait, dit Delfina. Dis au reste de tes hommes de se pointer. »

Buccio lui lança un regard intrigué, puis tourna les talons et partit à grandes enjambées dans l'aire d'embouteillage.

Delfina pivota sur son siège et leva les yeux vers Mike Cirro, puis tendit la main. Cirro chercha dans sa veste de sport et en sortit un semi-automatique Smith & Weston calibre .45 qu'il posa sur la paume de Delfina. Celui-ci l'examina, manœuvra la culasse pour introduire une cartouche dans la chambre, puis le glissa à l'arrière de sa ceinture et rectifia l'aplomb de sa veste pour le dissimuler, et se renversa contre le dossier de son siège.

Quelques heures plus tôt, Delfina avait autorisé Buccio à monter une de ses pseudo-expéditions de commando à la périphérie de Santa Fe. Buccio avait expédié une douzaine d'hommes à Albuquerque en avion, fixé un point de rendez-vous à l'aéroport, puis déployé ses troupes. D'après ce qu'il avait expliqué à Delfina, il avait envoyé dans le désert des tireurs d'élite camouflés pour couvrir la maison et la route, puis lancé un assaut généralisé afin d'enfoncer toutes les portes en même temps et se ruer à l'intérieur. En y repensant, Delfina aurait mis sa main au feu que Buccio avait lancé : « Synchronisez vos montres » à un moment quelconque de l'opération.

Seulement, Buccio avait fait irruption dans une maison vide. Rita Shelford avait filé. La femme qui l'aidait à se cacher s'était volatilisée. Ils avaient trouvé des ordinateurs, tous installés dans la salle à manger, et des tonnes de papier et d'enveloppes. Buccio avait eu le réflexe de prendre les ordinateurs. Tout compte fait, Delfina pardonnait presque à Buccio son cabotinage de gamin. Il était plus important d'avoir les ordinateurs que la fille.

Delfina se félicita d'avoir écouté le rapport de Buccio sans l'interrompre ni s'énerver, car on l'avait déjà prévenu. Il observa le reste de son équipe qui arrivait de l'usine et du dehors. C'étaient les protégés de Buccio, tous triés sur le volet, tous sur le même modèle : cheveux ras et musculation intensive, une encolure de taureau et un visage dénué d'expression.

Delfina entendit la porte conduisant au parking qui s'ouvrait et se retourna pour jeter un coup d'œil aux quatre derniers arrivants. Il reconnut Vanelli et Giglia. Ils riaient et discutaient avec les deux autres types, qui paraissaient un peu plus déconfits. Lorsqu'ils entrèrent dans la grande salle et aperçurent Delfina, Vanelli se détacha du groupe. « Frank, dit-il d'un ton respectueux, j'ai amené des amis à nous que je veux te présenter. Voici Paul Lomarco. » Il désigna un grand brun, jeune, en jean et coupe-vent. « Et Pete DiBiaggio. » Celui-là avait un sweat-shirt au-dessus de son jean, où on lisait « NOUVEAU-MEXIQUE, TERRE DE RÊVE ».

Les deux hommes sourirent et saluèrent timidement Delfina.

Delfina leur renvoya leur sourire et leur serra la main. « Ravi de faire votre connaissance. » Il se tourna vers Buccio. « Donne-leur une bière. » Buccio s'apprêta à répercuter l'ordre sur un de ses gars, mais le regard de Delfina se posa sur lui jusqu'à ce qu'il parte lui-même vers le bureau. Delfina se tourna vers les deux hommes. « Vous êtes de Cleveland, non ? De la famille d'Al Castananza ? »

Les deux types acquiescèrent.

« Ils nous ont envoyés ici pour surveiller l'aéroport, pour les deux femmes, dit Lomarco.

— J'y ai mis des hommes partout aussi. » Delfina leur sourit et haussa les épaules d'un air fataliste. « En tout cas, je parie qu'on vous a déjà mis sur des boulots plus pénibles que rechercher des femmes aux frais de la princesse. Alors comme ça, vous vous êtes rencontrés par hasard à l'aéroport ?

— Exact, répondit DiBiaggio. Comme j'avais fait la connaissance de Vanelli il y a deux ans, je suis allé lui dire un mot. Lui aussi se souvenait de moi. »

Delfina hocha la tête. « Ah, voilà Buccio avec les bières. »

Buccio leur tendit à chacun une canette.

Les deux types semblaient de plus en plus mal à l'aise. Lomarco jeta un regard autour de lui. « Dites donc, y a de la place !

— Ma foi, dit Delfina, je me suis dit que tant qu'à

401

faire, autant construire assez grand pour ne pas avoir à recommencer cinq ans après. » Il lança un coup d'œil aux douze hommes alignés contre le mur à sa droite. « Allons, les gars. Relax. Je ne vous ai pas mis au piquet. »

Les hommes s'approchèrent, légèrement sur la défensive. Deux d'entre eux firent un signe de tête à Lomarco et à DiBaggio, qui ne parurent pas franchement rassurés par ces nouveaux visages. « Eh bien quoi ? Ce sont nos amis. Qu'est-ce que vous attendez pour leur serrer la main ? »

Deux des hommes de Buccio s'exécutèrent. Delfina s'écarta pour faire de la place aux autres. En une seconde, il fut derrière ses deux invités. Au moment où Buccio et Vanelli s'avançaient pour saisir la main des deux hommes, Delfina passa la main sous sa veste, leva son arme derrière la tête de Lomarco et tira. Le bruit parut solidifier l'air du bâtiment et percuter les tympans. Quatre ou cinq types eurent un mouvement de recul ou baissèrent vivement la tête, mais Delfina avait déjà son pistolet sur la tête de DiBiaggio. Il tira.

Enjambant les deux hommes au sol, il se dirigea vers son siège. Le sang avait éclaboussé Buccio, Vanelli et deux autres. Ils fixaient leurs mains et leurs chemises, et leurs collègues semblaient émerger de leur paralysie. Ils contemplèrent les cadavres, puis se regardèrent les uns les autres, et enfin Delfina, qui secouait la tête d'un air chagriné.

« Des types rudement bien à première vue, remarqua Delfina. Dommage. » Il leva les yeux vers l'équipe de Buccio. « Et du pur gaspillage. Dois-je vous rappeler de quoi il s'agit, les mecs ? »

Quelques-uns des hommes devant lui s'intéressèrent

à leurs pieds, mais Buccio, Vanelli et quelques autres regardèrent droit devant eux.

« Vous voulez que je précise ? continua Delfina. Vous avez une idée de la raison ? Depuis des semaines j'avais des gens dans une prison de Floride qui surveillaient la mère de Rita Shelford vingt-quatre heures sur vingt-quatre. Enfin on a du pot. La fille lui écrit une lettre. Il faut deux jours pour déterminer que l'endroit qu'elle décrit est Santa Fe. Il en faut quelques-uns de plus pour retrouver dans de vieux journaux les annonces de maisons à vendre ou à louer qui ne le sont plus, puis pour les vérifier une à une. Quand le plus dur est fait, je décide : "D'accord, ces types passent leur temps à me parler de leur précision et de leur efficacité et de tout ça. Je tente le coup." »

Delfina leva les mains dans un geste d'incompréhension. « Devais-je vraiment dire : soyez discrets ? Ne laissez pas les gars d'autres familles voir douze de mes hommes prendre l'avion au même moment et se donner rendez-vous dans un aéroport qu'on sait surveillé ? »

Le regard furieux de Delfina s'adoucit. Il tendit le pistolet, Mike Cirro s'approcha, le prit et le renfila dans sa veste. « Je sais que vous avez pas trop mal préparé votre coup, puisque vous n'avez pas été abattus ni arrêtés. Vous avez investi la maison, vous avez pris ce qu'il y avait à prendre, et vous êtes rentrés chez vous. Parfait. Mais regardez ces deux-là. Ce n'est pas moi qui les ai tués. Mais vous. »

Il estima que les hommes en avaient assez pris pour leur grade. « Évacuez-les. Ils me dépriment. »

Plusieurs des types traînèrent les cadavres hors de la pièce, tandis que d'autres épongeaient le sang avec des chiffons rouges de mécanos de l'usine. Delfina se réinstalla sur son siège et les regarda vaquer.

Au bout d'une demi-heure, il entendit s'ouvrir la porte du fond et vit entrer quatre hommes chargés de grandes boîtes en carton. Il se laissa lentement gagner par l'émotion. Cette fois il tenait le gros lot.

Il se tourna vers Mike Cirro. « Tu es vraiment sûr que tu peux te débrouiller seul ? Si tu as besoin de spécialistes, je t'en trouve. Nous avons des hommes de chez nous dans des boîtes d'informatique à travers tout le pays. »

Cirro haussa les épaules.

« Tout dépend de leurs mots de passe et de la difficulté de les contourner. Si je n'y arrive pas, je ne touche à rien et on appellera les experts. »

Delfina observa les hommes qui arrivaient avec d'autres cartons. Il se tourna vers Buccio.

« File-leur un coup de main. »

En un rien de temps Buccio et ses hommes déposèrent les cartons aux pieds de Delfina. Cirro s'approcha et regarda à l'intérieur, puis en saisit un et partit en direction du mur avec un des hommes de Buccio. Il le posa sur un établi.

« Je vais chercher une rallonge », dit l'homme de Buccio.

Delfina avisa un autre type qui se dirigeait vers l'établi avec un deuxième carton, puis regarda ceux qui se trouvaient devant lui.

« Il y a quoi dedans ?

— Celui-ci, c'est sa valise à elle, répondit Buccio en s'agenouillant à côté de l'un d'eux. On a vérifié et il y a pas grand-chose. Juste des fringues. Mais il y en a une autre, et ça pourrait être important.

— Pourquoi ?

— Parce que ce n'est pas pour elle ni pour une autre femme. Ce sont des vêtements de mec. »

Delfina se redressa.

« Montre un peu, qu'on se fasse une idée. »

Buccio sortit la valise, la posa par terre et l'ouvrit. Delfina saisit un pantalon, une chemise. Il les posa sur le sol et les examina, puis il se leva et les plaça devant lui pour en donner une idée à Buccio. « Tu as vu la taille ? »

Le pantalon lui arrivait à mi-mollet.

« Pas balèze, le mec », remarqua Buccio d'un ton pénétré.

Delfina jeta les vêtements dans la valise.

« Parce que c'est pas un mec. C'est un déguisement de bonne femme. Ne me dis pas que vous avez vu un type près de la maison cette nuit et que vous l'auriez laissé filer ?

— Non, Frank, se hâta de répondre Buccio. Pas un de mes hommes ne ferait une connerie pareille.

— Parfait. » Delfina lança un coup d'œil à l'autre bout de la salle, où Cirro branchait des câbles à l'arrière des ordinateurs. C'était cela qui l'intéressait. Si la femme qui avait mis la main sur Rita Shelford s'en était servi pour transférer l'argent, les ordinateurs gardaient la trace des transactions. Il était peut-être trop tard pour inverser le mouvement, mais pas pour savoir avec précision où était vraiment allé l'argent. Les autres familles allaient s'échiner pendant des mois à remonter jusqu'à des gens, des sociétés et des associations caritatives bidon qui s'évaporaient dès qu'on y regardait de près. Delfina, lui, aurait déjà le magot.

Il vit l'homme de Buccio qui revenait avec une immense rallonge orange.

« Qu'avez-vous trouvé encore ? demanda Delfina à Buccio.

— Ce qu'on pensait. Du papier à lettres, des enveloppes, des cartons, des étiquettes, sans rien de marqué dessus. Ils avaient installé un vrai bureau. »

Le regard de Delfina se posa sur Cirro à l'autre bout de la salle. Il allumait les ordinateurs. Les écrans s'éclairèrent, on entendit des bips et des bourdonnements. Cirro appuya sur une touche au moment précis où Delfina le rejoignait. Puis il en actionna d'autres et commença à pianoter. Delfina sentit son émotion grandir.

« Alors ? »

Cirro se retourna. Il semblait soucieux.

« Y a un lézard.

— Il ne marche pas ? »

Cirro saisit le tournevis dont il s'était servi pour effectuer les branchements et défit les vis sur le côté de l'ordinateur. Il ôta le grand capot en plastique et le posa plus loin. « Merde », lâcha-t-il. « Pas de disque dur. »

La déception envahit brutalement la poitrine de Delfina et se transforma peu à peu en un bloc de colère froide. Il regarda Cirro ouvrir l'autre ordinateur, mais il savait, et Cirro aussi, que le disque manquait. Il attendit que Cirro le lui confirme.

« Ils ont sorti les disques avant de filer, dit Cirro. Il n'y a rien. »

Delfina fit demi-tour, regagna son siège, et contempla les autres cartons. Son silence et son immobilité attirèrent ses hommes autour de lui avec la force d'un aimant. Ils attendirent tandis qu'il fixait obstinément les cartons, de plus en plus inquiets. Delfina leva la tête.

« Tuez la mère de la fille, dit-il. Appelez la Floride et dites-leur. Si les femmes qu'on a mises avec elle ne sont pas chaudes, qu'ils trouvent quelqu'un d'autre. » Une telle tension l'habitait que les hommes n'en menaient pas large.

« Mais si elle a déjà écrit, tu ne crois pas qu'elle pourrait remettre ça ? demanda Buccio. Si sa mère cane...

— Ils savaient qu'on venait. J'ignore si c'est la mère qui les a prévenus, et si elle peut recommencer. Rien ne dit que cette femme mystérieuse n'a pas fait écrire la lettre à la fille, histoire de nous faire perdre une semaine à retrouver une planque qu'elle avait déjà quittée. N'importe comment on s'en fout. Si on supprime la mère, je n'aurai plus à me demander ce qu'elle va encore inventer.

— O.K., dit Buccio. Je les appelle demain à la première heure.

— Ce soir. Demain, je veux que tout ça ait disparu pour que le personnel ne voie rien et que vous ayez tous quitté le Nouveau-Mexique. » Il se leva en faisant signe à Cirro de venir. « Dispersez-vous, et en voiture. Plus question qu'on vous voie ensemble dans un aéroport. » Cirro arriva près de Delfina. « On file à l'aéroport, Mike. » Ils firent tous deux quelques pas en direction de la porte, puis Delfina s'arrêta. « La femme du portrait-robot, dit-il. Elle est forcément derrière toute cette histoire. Vous laissez tout tomber sauf elle. »

Tandis que Cirro le conduisait à l'aéroport, Delfina réfléchit à la femme. Tous ses hommes la recherchaient vingt-quatre heures sur vingt-quatre, la plupart des soldats des autres familles en faisaient sûrement autant, or personne ne l'avait vue depuis Milwaukee. Il était temps de mettre le paquet et de lancer le monde entier à ses trousses. Il prit un stylo et un morceau de papier et entreprit de composer un nouvel avis de recherche. Elle aimait se déguiser ? Eh bien on mettrait son portrait, mais cette fois le dessinateur proposerait des variantes : cheveux longs, cheveux courts, cheveux blonds, lunettes de soleil. Au lieu de juste dire qu'on la recherchait, on préciserait « pour enquête ». Cela laissait entendre que les recherches étaient légales, mais sans dire pour autant qu'elle avait commis un délit.

Au lieu de simplement mentionner une récompense, il allait donner un chiffre. Cent mille ? Non, ce n'était pas assez. Les gens recevaient tous les jours des prospectus de diffuseurs de magazines qui leur offraient des millions. Disons un demi-million de dollars.

Ce n'était pas tout. L'endroit. On écumait déjà tout le pays, mais cette méthode aléatoire ne conduisait visiblement nulle part. Lui serait sélectif. La première chose qu'avait faite la femme, ç'avait été d'extraire la fille de Floride. On avait oublié ce détail. Bernie vivait en Floride, la fille était née là-bas, et c'était là-bas que tout avait commencé. D'ici un jour ou deux, la mère de la fille manquerait à l'appel dans une prison de Floride, et il faudrait l'enterrer. Il allait préciser qu'on la pensait en Floride. Quoiqu'on ne pouvait en jurer. Où encore ?

Bernie avait été buté à Detroit. Rien ne prouvait d'ailleurs que le coup n'avait pas été entièrement monté par la famille Ogliaro. D'accord, Vincent Ogliaro se trouvait dans une prison fédérale, donc, si elle communiquait avec lui, elle n'irait pas à Detroit pour cela. Il leva les yeux vers Cirro. « Rappelle-moi. Où Vincent Ogliaro purge-t-il sa peine ?

— À Marion, dans l'Illinois. »

Il ajouta cette précision à son avis de recherche : « Elle se trouverait en Floride ou dans le secteur de Marion, dans l'Illinois. » Puis il vit que cela ne collait pas. C'était du travail d'amateur. Il aurait dû mieux regarder comment les bureaux centraux procédaient. L'avis de recherche devait donner l'impression que c'était un jeu d'enfant, comme si on allait décrocher le gros lot dès qu'on réagirait. Il allait faire plusieurs avis différents. En envoyer un en Floride disant qu'on la croyait en Floride. Un autre dans le nord du Middle West disant qu'elle se trouvait probablement dans la région de Detroit. Et un troisième dans le sud du Middle West disant qu'elle avait des chances de se trouver du côté de Marion, dans l'Illinois. Après quoi il pourrait commencer à concentrer ses hommes dans la fraction du pays qu'elle traverserait forcément à un point quelconque : la mince bande qui allait de l'est de Chicago à New York en longeant les Grands Lacs.

30

Dans le bureau de sa maison de Prospect Park, Phil Langusto tentait de se convaincre qu'il n'y avait pas de quoi s'affoler. Son frère Joe avait la bosse des finances, et il couvrait ce secteur avec Tony Pompi. Mais ce qu'ils lui disaient était tout bonnement catastrophique. Il jeta un coup d'œil à sa montre. Cinq minutes qu'il les écoutait. Il aurait dit cinq heures.

« Joe, ça t'ennuierait de me dire quand tu auras un nom et un lieu précis ? Ton histoire, c'est aussi clair qu'une sigmoïdoscopie, quand les toubibs commentent les images sur l'écran de télé pendant qu'ils te remontent leur bidule de plus en plus loin dans le cul !

— Écoute, Phil, protesta Joe. Je pense qu'on tient une piste. Tony a créé cette société. L'idée, c'est de récolter des tuyaux sur les associations caritatives. On leur raconte qu'on est en train d'établir le fichier de gros bienfaiteurs le plus complet à ce jour, et qu'on va le leur filer si elles nous aident. On a mis en place le réseau bidon habituel, cinquante gars au téléphone. Comme elles croient qu'on les aide, les associations répondent. Et même elles nous appellent.

— Ah oui ? Et elles vous disent quoi ?

— De gros dons arrivent, ça ne fait pas un pli. Ça, c'est la mauvaise nouvelle. Et tous par la poste. Nous avons essayé de trouver un rapport quelconque entre les bénéficiaires. Impasse totale. Nous nous sommes donc intéressés aux lieux d'expédition. Et là, on a un profil. Un jour, il y en a toute une tripotée qui arrive de la Côte ouest. Ensuite, plus rien. Le lendemain, tout a été posté dans le Sud, ça va de la Floride au nord de la Georgie. Après quoi, plus rien de là-bas non plus.

— Tu veux ma mort ? demanda Phil. Ça nous avance à quoi ?

— Nous établissons une carte.

— Une carte ?

— Parfaitement. Si nous pouvons déterminer par où ces zèbres sont passés et vers où ils se dirigent, nous n'avons plus qu'à continuer le trait pour savoir où les trouver le lendemain. »

Phil Langusto ôta ses pieds de son bureau et se redressa. Peut-être qu'après tout Joe tenait quelque chose.

« Tu l'as ici ? »

Joe fit un signe de tête à Tony Pompi, qui ouvrit une grosse enveloppe, en sortit une grande feuille blanche pliée, et entreprit de la mettre à plat. Les yeux de Phil Langusto s'arrêtèrent sur le visage de son frère ; son expression finaude d'handicapé mental lui tordit le cœur. Joe avait toujours été le plus doué. C'était Joe qui ramenait les bonnes notes de l'école, Joe dont on disait qu'il irait loin. Joe était un extra-terrestre. Il avait de l'intelligence à revendre, mais pas un atome de subtilité, et ça, c'était de naissance ! Comme de ne pas comprendre une blague ou de ne pas avoir d'oreille. Et ça ne se soignait pas.

Joe et Pompi achevèrent de déplier la carte et s'age-nouillèrent sur le grand tapis d'Orient pour bien aplatir les coins. Phil se leva et s'approcha du bord inférieur. La carte faisait deux mètres de long sur un mètre cin-quante de large et montrait tout le pays. Elle était écla-boussée de points rouges, à croire qu'ils avaient giclé d'une artère sectionnée. La Côte ouest était un vrai car-nage. Quelques gouttes souillaient l'Arizona et le Nou-veau-Mexique, un caillot s'étalait sur le nord des Gran-des Plaines et continuait jusqu'aux Grands Lacs, après quoi toute une ligne en pointillé dégoulinait sur la Côte est de la Floride à la Virginie.

« Tu vois ? demanda Joe, guettant sa réaction. On commence à comprendre. »

Phil serra si violemment la mâchoire qu'il en eut mal aux muscles faciaux.

« Tu parles de quoi ? San Francisco, Miami, Atlanta, Minneapolis... Qu'est-ce que tu veux que je fasse de ça ?

— L'argent part de ces villes, et dans un certain ordre. Nous pensons que quelqu'un poste les chèques en se déplaçant dans une voiture. » Il montra la carte. « Peut-être deux, d'ailleurs. Ça ne change rien.

— Joey », dit Phil, parce que le fait de l'appeler par son diminutif l'obligeait à la patience : Joe restait son petit frère. « Tu es un type intelligent. Et c'est pour ça que je t'aime. Mais ce que je te demande pour l'ins-tant, c'est de trouver ce qui se passe : je veux le tableau complet. Quelqu'un est en train de vider l'argent que gérait Bernie l'Éléphant, exact ? Ça au moins, c'est sûr ?

— Évidemment, répondit Joe avec un haussement d'épaules. Nous attendions de voir de gros mouve-

412

ments de fonds. Cette fois, ça bouge, ça gicle même de partout ! On a des centaines de gars dessus.

— Mais tu ne me dis pas ce que je veux savoir. Comment fonctionne le coup ? Ils pompent l'argent là où l'avait planqué, ou investi, Bernie. Exact ? Ensuite ils font un don à, disons, l'United Way. Pas d'impôts, pas de questions. Jusque-là, je comprends. Mais comment l'argent boucle-t-il la boucle ? »

Joe contemplait sa carte avec orgueil.

« Quelle boucle ?

— Il veut dire, traduisit Tony Pompi, comment l'argent revient-il ensuite de l'United Way aux gens qui l'ont piqué ? C'est bien ça, M. Langusto ?

— Exact, dit Phil. Comment ? »

Joe eut un geste d'ignorance.

« Nous ne le savons pas encore.

— Alors devinez ! hurla Phil. Toi ou lui ! »

Tony Pompi lança un regard inquiet à Joe, qui acquiesça sans rien dire

« On a des gars qui étudient le problème, reprit Pompi, mais les associations sont nickel. La seule possibilité à laquelle on a pensé et qui tienne la route, c'est que ces gens ont trouvé un moyen pour repiquer l'argent aux associations. Vous leur envoyez un chèque, elles l'endossent au verso en tamponnant un numéro de compte et la mention "Pour acquit". Leur banque l'accepte et le renvoie à votre banque, qui vous le fait suivre.

— Ça va, j'ai des comptes, je sais au moins ça, s'énerva Phil. Ensuite ?

— Ensuite vous avez l'adresse de la succursale de leur banque et leur numéro de compte.

— Et alors ? Vous fabriquez un faux chèque de chez eux et vous le faites à votre nom ? »

Du regard, Tony Pompi appela Joe à la rescousse.

« Pour faire court, oui, dit Joe. Bien sûr, ce serait plus compliqué. »

Phil ferma les yeux d'un air excédé.

« Explique.

— Si tu fais un gros chèque, la banque pose des questions avant de le couvrir. Ce serait donc fait par voie électronique, un virement par câble. De cette façon, ils pourraient faire tous les virements en même temps par ordinateur. Ils procéderaient après la ferme-ture, disons à huit heures du soir, de sorte que les asso-ciations ne se rendraient compte de rien avant douze heures, et encore. Et quand elles s'en apercevraient, elles sauraient juste qu'on les aurait arnaquées. Elles devraient encore attendre vingt-quatre heures pour apprendre qu'elles ne sont pas les seules, en lisant les journaux du lendemain.

— Donc, vous recherchez un compte qui aurait brusquement gonflé pour lui sauter dessus. Exact ? »

Joe lança un coup d'œil embêté à Pompi.

« En fait, ils vireraient probablement l'argent sur un compte à l'étranger. À la seconde où l'argent arrive, ils opèrent un nouveau transfert, et le compte disparaît.

— Bien. Vous faites quoi pour l'arrêter ?

— Nous ne savons même pas si c'est leur combine. C'est juste une hypothèse. Si nous savions comment nous y prendre, nous serions les premiers à le faire. » Une expression de désespoir s'inscrivit sur le visage de son frère. « C'est bien pour ça qu'on essaie d'inter-cepter l'argent avant. »

Phil paraissait épuisé.

« Et vous ne savez toujours pas qui est derrière ?

— On y travaille », répondit Tony Pompi, perdant une occasion de se taire.

Phil lui adressa un regard torve. Joe s'interposa avant d'être privé d'un ami. « Les candidats ne se bousculent pas : le garde du corps de Bernie, son employée, et Vincent Ogliaro. Tu connais Vincent Ogliaro. Ça lui ressemblerait ? »

Phil poussa un soupir. C'était reparti pour un tour. Joey ne connaissait pas son monde.

« Si tu voulais quelqu'un pour faire chanter le président d'une association caritative — en enlevant sa femme, n'importe quoi — il ferait assez bien l'affaire. Mais un coup pareil ? C'est pas son style.

— Et son garde du corps ? suggéra Joey avec prudence. Danny Spoleto ? S'il était une espèce de génie qu'on n'aurait pas remarqué, ou alors que Bernie aurait formé ?

— Joey, dit Phil. Tu l'as rencontré. Il a travaillé pour notre famille. En admettant qu'il ait piqué une liste de numéros de comptes laissée par Bernie, il n'aurait pas pu l'exploiter : c'est tout juste s'il sait lire ! Ce gars n'a rien trouvé de mieux à faire que de s'arrêter à Tampa quand je l'avais envoyé faire des courses et de s'envoyer la femme de Manny Maglione. Il ne lui est pas venu à l'idée que j'étais au courant !

— Alors tu as sans doute raison, reconnut Joe. On ne sait pas qui c'est. La seule piste un peu intéressante est la femme qui, d'après Delfina, escortait l'employée de Bernie.

— Elle, c'est la seule dont je sois sûr. Elle a envoyé Nick Fuletto au tapis à l'aéroport de Seattle. Je veux savoir pour qui elle bosse. Et on ne le saura que si on met la main dessus.

— Est-ce que je peux juste te montrer ce que nous pensons ?

— Je le sais déjà, dit Phil. Des points rouges sur une carte. Moi, il me faut du concret, quelque chose à présenter à des gens comme Catania, Molinari et DeLuca, pour dire à leurs hommes ce qu'ils doivent faire.

— Justement, insista Joe. Notre idée, c'est qu'ils dispersent l'argent au maximum, pour qu'on ne le remarque pas. Ils le postent de toutes les grandes villes où ils peuvent poser le pied. Phil, regarde la carte et pas les points. Les points, c'est tous les endroits par où ils sont passés et ne repasseront plus. Regarde les blancs : c'est là qu'ils comptent encore aller. »

Phil Langusto contempla la carte à ses pieds pendant quelques secondes ; ses yeux se rétrécirent et ne furent plus bientôt que deux fentes. Soudain il les rouvrit tout grands et se précipita vers le téléphone. Il composa un numéro, puis s'approcha de la carte autant que le fil le lui permettait. « Bobby ? Écoute, je veux que tu fasses passer le mot le plus vite possible. Primo, on appelle toutes les familles. Tu leur dis d'enlever tout le monde de la Côte ouest. »

Il y eut une courte interruption pendant laquelle son interlocuteur dit quelque chose.

« Tu la fermes et tu m'écoutes. Tu les postes à l'est de Minneapolis. C'est là qu'on a vu cette femme. Exact ? À Milwaukee aussi ? Inutile d'aller jusque-là pour le moment. Tu leur dis d'envoyer leurs hommes à l'est, et de les déployer entre Minneapolis et... Buffalo. Les grands aéroports sont déjà couverts. Tu les mets dans les aires de repos des principales autoroutes, les bureaux de location de voitures, les hôtels. Compris ? »

La réponse de l'homme à l'autre bout du fil parut satisfaire Phil. « Secondo, tu retires tout le monde de la Côte est au sud de... de Washington, et tu les remontes au nord. »

Il écouta. « Exact. Je veux que la zone à l'est du Mississippi et au nord de Washington soit tellement saturée qu'on ne trouve plus une seule chambre d'hôtel ni de place de parking. Et je veux que tout le monde recherche la femme du portrait-robot. Elle va bientôt poster des lettres. »

31

Jane se réveilla; elle était allongée sur la banquette arrière de l'Explorer. Les yeux fermés, elle écouta le ronronnement régulier du moteur et le léger sifflement du vent qui entrait par la vitre entrouverte au-dessus de sa tête et la rafraîchissait. Elle prêta attention aux voix et se rendit compte qu'elle les entendait depuis déjà longtemps.

« J'en ai vu aller et venir, disait Bernie. Des chanteuses, des actrices. Si tu essaies de leur ressembler, le jour où elles cesseront de plaire, toi aussi.

— C'est juste une question de style. Vous aviez un style particulier quand vous étiez jeune ?

— Bien sûr. L'important avec les styles, c'est qu'ils changent. Mais pas les tatouages. » Il poussa un soupir. « La plupart des hommes ne cherchent pas une femme qui ressemble à une photo. » Il s'aperçut qu'elle le fixait d'un air sceptique. « Regarde plutôt la route sinon tu n'auras plus à t'inquiéter de ton style.

— Je voulais voir si vous parliez sérieusement.

— D'accord, il y a des exceptions, admit Bernie. Si quelqu'un fait attention à toi, tu prends tes jambes à ton cou.

— Bien sûr ! Ce sera forcément un type qui m'aura reconnue et croira que je sais où se trouve l'argent.

— Ce que je veux dire, c'est que c'est lui qui sera mal parti, rectifia Bernie. Je l'ai toujours constaté, et crois-moi, comme mon rôle dans toute l'affaire consistait surtout à observer, je ne suis pas mauvais à ce petit jeu. Poochie Calamato était ce genre de gars. Le nom te dit quelque chose ? Probable que non. Chaque fois que je le voyais, il avait le bras autour de la taille d'une nouvelle femme, mais elles se ressemblaient comme deux gouttes d'eau. C'était toujours le même modèle — des grandes blondes coiffées à la Marilyn Monroe — et toutes habillées comme la précédente. Je ne sais pas s'il les trouvait déjà formatées ou s'il les transformait. Peut-être qu'il leur faisait faire les boutiques et choisissait lui-même les vêtements dans les rayons.

— Ça ne paraît pas une si mauvaise idée », remarqua Rita. Jane perçut un peu de gêne dans sa voix tandis qu'elle ajoutait : « En tout cas, ça prouve qu'il les regardait, et il faisait sûrement attention à ce qu'elles se sentent bien dans leur peau.

— Il ne t'aurait pas plu.

— Je ne sais pas. Enfin, si les vêtements n'étaient pas, comment dire, trop olé-olé ni rien.

— À peu près une fois par an, sinon deux, il en dénichait une autre qu'il jugeait plus conforme à l'idéal. Du coup il larguait la dernière en date. Et quand Poochie te larguait, c'était du sérieux. On en a retrouvé une dans la Cuyahoga et une autre dans un fossé à l'extérieur de Memphis. »

Jane se redressa et jeta un regard autour d'elle.

« Où sommes-nous ?

— Toujours sur la 40, répondit Bernie. On vient

juste de quitter Shamrock, Texas. Prochain arrêt : Texola, Oklahoma.

— J'ai dû dormir un bon bout de temps, constata Jane. Rita, je te remplacerai à Texola. »

Ils sortirent à Texola et s'arrêtèrent à une station-service pour faire le plein et profiter des toilettes. En revenant, Jane s'installa au volant. Rita monta à côté d'elle, repliant une nouvelle barre de chewing-gum sur sa langue. « Tu ne veux pas dormir ? » demanda Jane.

Rita fit signe que non.

« Bernie a conduit plus longtemps que moi », expliqua-t-elle.

Bernie monta sur la banquette et s'allongea. « Restez sur la 40 jusqu'à Oklahoma City. Quand vous y serez, vous chercherez la sortie 146, qui vous mettra sur la 44, direction nord.

— Quelles sont les sorties avant ?

— MacArthur Boulevard, puis Meridian Avenue. Celle-là, c'est la 145. Si vous ratez la 146, vous retrouverez la 44 quelques kilomètres plus loin, à la sortie 153.

— Merci, Bernie. »

Rita leva les yeux au ciel.

« Je ne m'y ferai jamais », lui souffla-t-elle.

Jane entra dans Oklahoma, gardant toujours un œil sur son rétroviseur pour s'assurer qu'ils n'étaient pas suivis. Elle régla son allure sur celle de la circulation, ne changeant de file qu'en cas de nécessité. Au bout d'une demi-heure Bernie ronflait.

« Vous écoutiez ce que Bernie disait ? » demanda Rita.

Jane acquiesça.

« Êtes-vous d'accord avec ce qu'il a dit ?

— Je suis d'accord avec ce que j'ai entendu. » Elle lança un regard compréhensif à Rita. « Il n'est pas né de la dernière pluie, et il n'a sûrement pas gardé ses yeux dans sa poche.

— Je veux dire, au sujet des hommes.

— Ceux qu'il a connus n'étaient pas des spécimens très ragoûtants, mais je pense qu'il les juge assez bien. » Jane lança un nouveau regard à Rita.

Elle s'était renfoncée dans son siège, les yeux baissés. « En tout cas, je ne le saurai jamais. »

Jane soupira.

« Pour le moment, nous essayons de t'isoler et de te rendre invisible ; or tu es une fille de dix-huit ans qui aimerait sortir et se montrer, rencontrer un garçon sympathique et s'amuser. Je suis désolée, mais ça ne va pas durer éternellement.

— Je ne me plains pas de ça, je l'ai voulu. Mais quand on aura fini de poster l'argent...

— Il ne s'agit pas seulement de donner l'argent. Mais de survivre après. C'est le plus difficile.

— Si j'avais une vie comme vous, je me sentirais sûrement mieux. » Rita resta un moment silencieuse. « Comment s'appelle votre mari ? »

Jane hésita.

« Là encore, désolée. Tu en sais déjà bien plus sur moi qu'aucun autre fugitif. » Elle regarda Rita d'un air soucieux. « Si un de ces types — disons, Frank Delfina — te retrouvait dans cinq ans, tu en saurais assez pour me tuer. Ils ont déjà mon portrait. Je n'y peux rien, mais c'est inutile d'aggraver la situation. »

Rita secoua la tête.

« Je ne le dirais pas. Jamais !

— Je sais, dit Jane. J'avais... j'ai une vie agréable, tranquille. » Elle sourit. « C'est mon secret.

— Comment ça ?

— C'est dur de rester invisible. Le secret est de découvrir un endroit quelque part où d'autres gens t'entourent, des gens pas tellement différents à première vue, et de t'occuper pendant quelque temps à te faire plaisir.

— Pourquoi ? Ça change quoi ?

— Ça change que tu ne prends pas de risques sous prétexte que tu as envie de bouger ou que tu t'ennuies. Tu te fais discrète. Très vite, les gens s'habituent à toi. Ils ne se rappellent plus quand ils ont remarqué ta présence ni depuis quand tu es là. Toi-même, insensiblement, tu oublies aussi. Le temps commence à travailler pour toi.

— Vous me l'avez déjà dit à San Diego.

— Et c'était vrai. Tu as beaucoup d'atouts, mais pas de meilleur que le temps. Les hommes dont nous devons nous inquiéter sont des professionnels du crime. Autrement dit, nos difficultés dans l'immédiat sont aussi redoutables qu'eux : ils savent ce qu'ils font, et ils n'hésiteront pas à te tuer. Mais le temps sera d'un grand secours. Les professionnels du crime passent le plus clair de leur vie à aller en prison et à en sortir. Certains se font liquider. Comme ils ont choisi le crime surtout pour se faire de l'argent vite sans travailler beaucoup, ils n'ont pas la patience de s'intéresser à ce qui ne rapporte rien avant des années.

— Vous n'arrêtez pas de parler d'années ! Vous voulez dire que je vais rester terrée tout ce temps-là ? Jusqu'à quand ?

— Absolument pas. Tu dois au contraire te faire une

vraie vie. Pendant que ces types font le pied de grue sous la pluie devant un aéroport en te guettant jour après jour, toi tu es dans une ville agréable en train de dîner avec des amis, et tu dors dans un bon lit.

— Je ne sais pas faire ce genre de chose, dit Rita. Ça ne m'est jamais arrivé.

— L'avantage, quand on est obligé de se refaire une identité en profondeur, c'est qu'on choisit le genre de personne qu'on veut être, expliqua Jane. Il ne s'agit pas de jouer un rôle. Cette nouvelle personne a ta personnalité : pas ton aspect extérieur mais les traits que les autres ne voient pas. Tu es une jeune femme assez étonnante. Tu as pris ta vie en main et commencé à te conduire en adulte depuis deux ans au moins. Tu as travaillé dur, tu as gagné ta vie sans l'aide de personne, et tu as subvenu à tes besoins. Je t'ai observée pendant tout ce cafouillage, et tu as plus de courage qu'il n'est bon pour toi. À mon avis, tout ce qu'il te faut, c'est une nouvelle ville et une bonne couverture.

— Vous avez déjà fait ça pour moi. Mais je me cachais. Je ne veux pas être seule, ni avoir seulement réussi dans ma vie à rester vivante !

— Que puis-je faire pour toi ?

— Je veux vivre avec Bernie. Et lui veut vivre avec moi. Au moins nous aurons chacun quelqu'un à qui parler, dont nous occuper.

— On va étudier le problème. Pourquoi ne pas aller à l'université, si tu en as envie ? J'ai fabriqué des dossiers très convaincants dans le temps, je peux recommencer. »

Rita ne dit rien. Elle semblait réfléchir.

« Cela t'occuperait. Bien entendu, tu devras toujours prendre quelques précautions élémentaires. La mafia

423

tire la plus grande partie de son argent de la faiblesse humaine : drogue, jeu, prostitution, j'en passe. Il faudra rester à distance des lieux où ces choses se passent. Et tu ne pourras jamais dire à personne ton vrai nom ni parler de ta vie jusqu'à maintenant.

— Même pas à mon mari si je me marie ? »

Jane secoua la tête.

« Tu ne voudrais surtout pas nuire à la personne que tu aimes. Il n'en serait pas plus heureux, ni plus fort, ni plus en sécurité. Il ignorera toujours cette part de ta vie, mais toi, tu lui apporteras, entre autres, la paix de l'esprit. »

Jane resta longtemps dans ses pensées ; elle s'aperçut soudain que Rita la regardait avec curiosité. « Votre mari sait ? lui demanda Rita.

— Je ne souhaite pas en parler », répliqua Jane.

Rita se tut, et, peu après, Jane la vit ôter son chewing-gum et se caler dans son siège pour dormir.

Il ne leur fallut qu'un jour pour atteindre le point où la route remontait dans le Missouri pour rejoindre l'Interstate 70, qui les conduisit dans l'Illinois et l'Indiana. Ils dormirent à tour de rôle, ne s'arrêtant que pour se restaurer et acheter de l'essence pour l'Explorer. Chaque fois, Jane en profita pour s'écarter de l'autoroute et entrer dans une petite ville. Le deuxième jour, à quatre heures et demie de l'après-midi, ils arrivèrent à Sandusky, où Bernie posta quelques lettres dans une boîte près d'un distributeur de journaux, puis ils continuèrent vers l'est en direction de Cleveland, tandis que Rita dormait et que Jane feuilletait les journaux qu'il avait achetés.

« Que cherchez-vous ? s'enquit Bernie.

— Je ne sais pas. N'importe quoi, un indice montrant qu'Henry a été repéré, qu'on commence à noter un afflux de dons importants, que la météo risque de nous coincer.

— Je vous ai entendu dire à Rita qu'ils avaient votre photo.

— Juste un portrait-robot. Vous voulez le voir ? »

Bernie tendit la main sans quitter la route des yeux. Jane sortit l'avis de recherche provenant de sa boîte postale à Chicago. Il le prit, l'examina une seconde, puis le lui rendit sans rien dire.

« Alors ? demanda Jane. Qu'en dites-vous ?

— Ça explique vos cheveux. Rita disait que c'était pour changer de tête. Je croyais juste... à un problème capillaire. Pourquoi chercher une mauvaise nouvelle dans les journaux ? Le portrait devrait vous suffire !

— Ça ne change rien.

— Du coup je m'en veux. On aurait dû vous empêcher de continuer.

— Vous n'avez rien à vous reprocher. J'aurais procédé autrement : sans doute essayé de vous installer d'abord, Rita et vous, avant de poster le reste des lettres, mais je n'aurais pas renoncé. » Elle haussa les épaules. « Cela n'aurait pas été moins dangereux. L'autre camp aurait eu plus de temps pour comprendre ce qui se passait alors que j'étais encore sur la route. J'aimerais juste savoir comment ils l'ont eu.

— Niagara Falls, dit Bernie. Le jour où je vous ai rencontrée.

— Comment le savez-vous ?

— Le dessin. Pas la figure. Mais on voit le col du chemisier que vous portiez. Un chemisier blanc. En tout cas, celui ou celle qui a donné votre description a sûrement remarqué qu'il y avait un motif dans le tis-

425

sage. Le dessinateur a mis des fleurs, mais il faut avoir le nez dessus pour les voir. Vous ne l'avez pas remis depuis.

— C'est sûrement l'employée à la réception, réfléchit Jane. Vous, c'est normal que vous vous en souveniez, mais je ne la savais pas du même club !

— Vous en avez chez qui l'argent force le talent. »

L'A 2 se fondit dans l'Interstate 90 à Clearview, après quoi la circulation s'accéléra jusqu'à cinq heures et demie, où l'on commença à voir s'allumer les feux arrière tandis que les voitures affrontaient l'heure de pointe. Bernie quitta l'Interstate à Pearl Road.

« Où allez-vous ? demanda Rita.

— Il y a une grande poste près de la gare, dit Jane. C'est indiqué sur la carte.

— Quelle carte ?

— Celle que Bernie a dans la tête. »

Cinq minutes après, la poste apparut au croisement suivant. Jane et Rita sortirent tous les paquets de lettres de Cleveland de leurs valises, et Jane les glissa dans un grand sac en papier. « Arrêtez-vous où vous voulez, je fais juste un saut pour les poster à l'intérieur », dit Jane. « Rita, baisse la tête. »

Bernie se rangea le long du trottoir, mais au moment où Jane allait ouvrir la portière, Rita la retint. « Attendez, souffla-t-elle. L'homme, là-bas. »

Jane leva la tête vers les marches du bâtiment et aperçut un grand type près de la porte, qui allumait une cigarette. « Tu le connais ?

— Je ne suis pas sûre. Il ressemble un peu à l'un des types qui sont venus chez Bernie après son départ. »

Bernie jeta un coup d'œil par la vitre. « Elle a raison, confirma-t-il. Je l'ai déjà vu.

« — Continuez de rouler », dit Jane.

Bernie déboîta et réintégra la file de véhicules. « Je ne connais pas son nom. Mais je l'ai vu un jour sur une photo. Un instantané pris au mariage du fils de Joe Langusto. Il était au dernier rang, le troisième en partant du bout.

— Génial, dit Jane. Des truands de New York en faction devant une poste de Cleveland !

— Peut-être, remarqua Bernie. Sauf qu'il ne fait pas partie de la famille Langusto. Il travaille pour Frank Delfina. »

Jane tendit le cou pour mieux distinguer l'homme, mais il n'était plus qu'un point minuscule devant le grand bâtiment gris. « Il va falloir qu'on change de tactique. Continuez de rouler jusqu'à ce que vous trouviez une boîte dans une rue. »

Dix minutes plus tard, Bernie arrêtait l'Explorer devant une rangée de magasins. Jane descendit et vida son sac dans la boîte, puis remonta sans traîner.

« On a un problème, annonça Bernie en redémarrant.

— Encore ?

— Vous avez couvert le pays. Henry est en train d'en faire autant. Mais vous vous êtes arrêtée durant cinq jours pour nous sortir du Nouveau-Mexique. Pendant ce temps-là, tous vos envois ont dû arriver, et faire du bruit.

— C'est-à-dire ?

— Ils connaissent sûrement tous les endroits où vous êtes passée. Ils n'ont pas assez de types pour en poster devant toutes les postes du pays, mais ils en ont ici. Ils savent où vous n'êtes pas encore allée.

— Ils auraient déployé tous leurs effectifs par ici ?

— Absolument.

— Alors autant changer d'itinéraire. Vous nous faites sortir de la ville, tandis que Rita et moi voyons ce qui nous reste encore. Pour l'instant, on file vers le sud. »

Jane et Rita entreprirent de vérifier les adresses d'expédition des piles de lettres à l'arrière de l'Explorer. Rita lisait le nom d'une ville, Jane mettait la pile par terre. Au bout d'un moment, toutes les piles s'alignaient en bon ordre sur le plancher.

« Parfait, dit Jane. Je crois savoir comment faire. Ils ont peut-être assez d'hommes pour surveiller tous les bureaux de poste des grandes villes. Nous allons donc rester à la périphérie, juste nous arrêter dans les banlieues et reprendre aussitôt l'autoroute. Si nous réduisons encore le nombre d'arrêts, si nous évitons les endroits trop prévisibles, et si nous conduisons à tour de rôle, à mon avis nous avons une chance.

— Je fais quoi ? demanda Bernie.

— Vous filez sur Akron. »

Il était près de sept heures lorsqu'ils arrivèrent à l'ouest d'Akron après soixante kilomètres de route. Rita posta quelques lettres et prit ensuite le volant. « Prochaine étape ?

— Youngstown, répondit Jane.

— Tu continues tout droit sur l'Interstate 76, précisa Bernie à Rita. Pendant quatre-vingts kilomètres. Et tu t'arrêtes au Southern Park Mall. »

En arrivant à la rocade, Jane posta les lettres de Youngstown et se mit à son tour au volant. « C'étaient les dernières lettres de l'Ohio », leur annonça-t-elle. Elle regarda le soleil dans le rétroviseur en traversant la frontière de l'État de Pennsylvanie. Il s'attardait encore de quelques degrés au-dessus de l'horizon, et elle se sentit rassurée. Ils continuaient de se déplacer, conservant un peu d'avance sur leurs poursuivants.

Neuf heures du soir approchaient lorsque Jane contourna la banlieue nord de Pittsburgh et sortit à Monroeville. En cette soirée d'été, il y avait peu de circulation, et l'on voyait surtout des jeunes. En les regardant marcher d'un pas nonchalant, presque langoureux, elle eut l'impression d'un autre monde derrière la vitre, où tout se déroulait au ralenti. Le pied de Jane donnait en permanence de petits coups sur l'accélérateur pour maintenir l'aiguille du compteur deux ou trois crans au-dessus de la vitesse autorisée, et son esprit se projetait déjà dans la ville suivante.

Toute la nuit ils se relayèrent au volant, ne voyant des villes que leurs boîtes à lettres et leurs stations-service : Harrisbourg, York, Lancaster, Reading, Allentown, Bethlehem. Jane se réveilla à la place du passager au moment précis où ils franchissaient le pont sur le Delaware pour pénétrer dans l'État du New Jersey à trois heures trente du matin. Une impression d'euphorie s'empara d'elle. Se redressant, elle se retourna et vit Bernie qui dormait comme un bébé sur la banquette arrière. Elle tenta de démêler ses sentiments pendant que Rita conduisait. Elle éprouvait la même exaltation à l'université, lorsqu'elle courait sur la piste du stade. Elle se revit, puisant dans ses dernières forces, à bout de souffle, la bouche déformée par une grimace, les narines élargies comme les naseaux d'un cheval. Mais à l'instant où elle avait vu son pied toucher la cendrée pour entamer le dernier tour, elle s'était métamorphosée. Ses foulées s'étaient allongées, sa tête s'était redressée pour faciliter le passage de l'air, et ses bras fatigués, sans énergie, avaient accéléré leur rythme.

Elle retrouvait ces sensations. Elle abordait la dernière ligne droite et la voyait s'ouvrir devant elle.

Elle résista à son désir de prendre le volant. Il ne restait que quatre-vingts kilomètres jusqu'à Newark, le temps était clair, la chaussée rapide, et la circulation très fluide à cette heure-là. Elle donna une petite tape amicale à Rita. « Tu tiens le coup ?

— Pas de problème, répondit Rita.

— Quand tu arriveras à Newark, gare-toi quelque part pour que je te remplace. » Jane se cala dans son siège et ferma les yeux. Elle avait déjà couvert la plupart des grandes villes d'une bonne dizaine d'États et posté une masse d'enveloppes avant de revenir chercher Rita et Bernie. Et maintenant les enveloppes continuaient de partir d'heure en heure. Elle n'avait aucune idée de la quantité d'argent qu'elle avait expédiée depuis les derniers cartons chargés à Chicago, mais les enveloppes se comptaient par milliers. Tous les cartons vides avaient été mis à plat et posés par terre derrière la banquette arrière ; ils jonchaient le plancher, et il n'en restait plus que cinq à expédier.

Jane éprouvait aussi un autre sentiment : une satisfaction d'ordre purement géométrique. Dans une heure — non, quarante minutes maintenant — ils atteindraient l'Atlantique et leur route croiserait celle suivie par Henry Ziegler. Le quadrillage serait achevé.

Aux abords de Newark, Rita quitta l'Interstate 78 à une station-service. Jane descendit et fit le plein. Lorsqu'elle se réinstalla au volant, elle trouva Bernie sur le siège avant, frais comme une rose, tandis qu'à l'arrière Rita remettait les cartons de lettres en bon ordre.

Jane revint sur l'autoroute. « Comment vous sentez-vous ? demanda-t-elle à Bernie.

— Comme si j'avais dormi un an ! Tout à l'heure, j'ai jeté un œil sur les cartons, et j'ai réfléchi à l'itinéraire. Vous allez reprendre la 78 et passer le pont à Newark Bay. Ensuite, on file sur Jersey City et Hoboken. »

Jane suivit les instructions de Bernie, et à chaque arrêt Rita sauta prestement du véhicule pour poster les lettres.

« Quelle heure est-il ? demanda Bernie.

— Autour de quatre heures et demie.

— On essaie d'atteindre Manhattan avant qu'il fasse jour ?

— On essaie », dit Jane

Ils entrèrent dans Manhattan par Holland Tunnel, et Bernie la guida. Quand ils arrivèrent au croisement de Broome Street et de Mott Street, dans la Petite Italie, Bernie lança : « Arrêtez-vous là. Rita, donne-moi le carton. Celui-là, je m'en charge personnellement. »

Jane suivit Bernie des yeux pendant qu'il s'approchait de la boîte et glissait les lettres dans la fente d'un air réjoui, puis se délestait du carton dans une poubelle publique. Il remonta dans l'Explorer et sourit. « Suivez Delancey jusqu'à Williamsburg Bridge. »

Elle sortit du pont et s'engagea sur la voie express de Queens. « Maintenant, Long Island Expressway », lui enjoignit Bernie. Jane s'exécuta.

« Arrêtez-vous dans Manhasset », dit-il quelques minutes plus tard. Lorsque Jane eut immobilisé l'Explorer, Bernie descendit et s'installa sur la banquette arrière. Il tendit à Rita le dernier carton. « Garde-le sur tes genoux. Les paquets sont dans le bon ordre. Tu dis juste à Jane quel est le suivant, et quand elle arrête la voiture, tu descends le poster. Moi, je vais faire un petit somme. »

Quelques minutes après, Jane l'entendit ronfler de nouveau. Rita égrena les noms des arrêts : Great Neck, Port Washington, Glen Cove, Stony Brook et Port Jefferson. Jane traversa ensuite l'île, en direction de Mastic, Center Moriches, Westhampton, Hampton Bays, Southhampton, East Hampton et Sag Harbor.

À chaque arrêt, Rita sautait poster les lettres, puis annonçait la prochaine destination. L'après-midi touchait à sa fin lorsqu'elle remonta en voiture avec le dernier carton vide. Elle trouva Bernie et Jane tournés l'un vers l'autre ; ils se regardaient.

« Vous n'êtes pas obligée, dit-il.

— Cela fait partie de notre accord, répondit-elle. Dès le premier jour, c'était prévu.

— La situation a changé depuis. Ils nous ont repérés au Nouveau-Mexique et ils ont votre portrait. Et ils savent ce qu'on fait.

— Quoi ? demanda Rita. De quoi parlez-vous ?

— Regarde sous les sièges et partout. Vérifie que toutes les lettres sont bien parties.

— Je l'ai déjà fait. On a réussi. C'est fini.

— Pas tout à fait, dit Jane. Nous allons nous arrêter pour avaler quelque chose, ensuite on décidera qui va prendre le volant pour le dernier bout de trajet pendant que les autres dormiront.

— Le dernier bout de trajet ?

— Il nous reste encore un arrêt.

— Lequel ?

— Marion, dans l'Illinois. »

32

Al Castananza s'installa dans son box du Villa et attendit son dîner. Il avait appris dès son enfance qu'il valait mieux ne pas montrer ce qu'on pensait. Cela lui avait valu, en effet, tellement d'ennuis à l'école que son instruction n'avait représenté qu'un bref épisode, encore incompréhensible dans son souvenir au bout de cinquante ans. Après quoi il avait effectué ses premiers séjours en prison, et là, son éducation n'avait pas traîné.

Ce soir-là, il se sentait inquiet et déboussolé, mais il savait qu'abandonner son masque imperturbable tenait du suicide. Il contempla avec attention l'affiche de la Biennale de Venise accrochée au mur en face de lui, et tenta de se changer les idées en se demandant ce qui pouvait bien se passer tous les deux ans dans cette ville. Un grand prix automobile? Mais pourquoi diable organiser une course de bolides dans une ville à moitié sous l'eau?

Saachi arriva de la salle à manger de devant et prit place à sa droite, comme toujours. Saachi n'avalerait rien jusqu'aux environs de minuit, après le départ de Castananza. Il ne bougerait pas d'un pouce, protégeant le flanc exposé de Castananza pendant que celui-ci dînerait. Payant qui de droit sur la liasse de billets fourrée dans sa poche et gérant les petits problèmes des gens qui passeraient, afin que Castananza puisse se sustenter sans piquer un coup de sang.

Castananza écoutait toujours pendant qu'il mangeait, mais si rien ne l'obligeait à avaler tout rond une bouchée pour dire quelque chose, tant mieux. Et si Saachi prenait une mauvaise décision, il ne le lui disait jamais en public. Il attendait qu'ils soient seuls, ce qui permettait à Saachi de rectifier le tir.

Le plat du lundi soir était une escalope *a la milanese,* et il se délectait d'avance. Il aurait pu aller dans n'importe quel restaurant et commander tout le menu si le cœur lui en disait, mais il avait assez d'expérience pour ne jamais commettre cette erreur. S'il avait demandé à Marone, le patron du Villa, un menu spécial à base d'ingrédients rares et hors de prix, Marone se serait mis en quatre pour le satisfaire, mais Castananza affectionnait les plats du jour. Quand la moitié de la clientèle d'un restaurant ingurgite le même plat, allez donc mettre une cuillère de mort aux rats dans la bonne assiette !

Saachi attendit une seconde avant de se lancer : « Al, je suis content d'être arrivé avant le serveur. »

Les espoirs de Castananza s'envolèrent. Saachi le prévenait que ça ne lui plairait pas d'entendre ce qu'il avait à lui dire pendant son dîner. « Ah... C'est quoi, le problème ?

— Ce truc avec Bernie. »

Le patron du restaurant en personne s'approcha de la table avec un plateau sur lequel quatre assiettes d'escalopes *a la milanese* se chevauchaient avec adresse, chacune calée en porte à faux sur la suivante. Castananza secoua discrètement la tête avec regret. Ce que voyant Marone distribua les quatre assiettes à d'autres clients moins éminents, sans leur laisser soupçonner qu'elles n'avaient pas eu l'heur de plaire à Castananza.

« Vas-y.

— Peut-être qu'on ferait mieux d'aller discuter dans la voiture. »

Castananza examina Saachi. Son vieil ami était soucieux ; on voyait clairement les plis de son front malgré l'éclairage tamisé du Villa, mais les yeux ne trahissaient aucun affolement. Sinon, Castananza aurait réagi autrement. Il était toujours attentif aux signes montrant que Saachi avait peur, car l'intéressé aurait la même expression le jour où il déciderait qu'être le bras droit de Castananza et être Castananza revenait au même. « O.K. On sort par-derrière ?

— C'est là que je suis garé », répondit Saachi.

Les deux hommes s'extirpèrent du box et se dirigèrent vers la sortie de service du restaurant, passant devant les téléphones qu'aucun des hommes de Castananza n'utilisait jamais parce qu'ils étaient sur écoute, et allèrent jusqu'au petit carré de bitume réservé aux voitures du personnel.

Deux types attendaient près de la Continental de Saachi. Castananza les reconnut. « Salut Mike. Ça va, Bobby ? » Il se glissa sur le siège de devant sans écouter leurs marmonnements respectueux. Ils étaient trop impressionnés pour dire quoi que ce soit d'utile.

Saachi mit le contact, tandis que les deux jeunes faisaient le tour de l'immeuble pour monter dans leur véhicule et les suivre. Roulant en première dans la ruelle qui débouchait sur la rue, Saachi poussa un soupir pour signifier qu'il était prêt.

« Alors ? demanda Castananza.

— Les deux gars qu'on a envoyés à l'aéroport d'Albuquerque à la recherche de Danny Spoleto et de la fille, DiBaggio et Lomarco. Ils ont appelé l'autre jour pour dire qu'ils avaient vu un truc pas net.

— Et c'était quoi ?

— Des types à l'aéroport. Je crois qu'il y en avait un que DiBaggio connaissait. Un "confirmé" qu'il se rappelait de l'époque du vieux Castiglione. Ils discutent, et quand ils en viennent à Spoleto, ces deux-là restent muets et rigolent.

— Comment ça ?

— Comme s'ils savaient où il était. Ou plutôt, comme s'ils avaient déjà mis la main dessus. Comme si on avait fini de jouer et qu'ils avaient déjà gagné. Ils disent : "Salut. Faut qu'on se tire." Lomarco garde un œil sur eux, histoire de voir où ils vont. Peut-être qu'ils changent juste d'avion pour aller ailleurs, et lui se demande où. Mais pas du tout, ils vont juste à un restaurant dans une autre partie de l'aéroport. Et puis deux autres gars arrivent par un autre vol, et tout le monde attend.

— Et après ? Moi aussi, j'aurais été curieux. Mais il n'y a pas de quoi s'affoler.

— Pendant l'heure qui suit, ils continuent à rappliquer. Douze bonshommes au total. Après quoi tout le monde file.

— Et c'est là que Lomarco et DiBiaggio t'ont appelé ?

— Oui. Je ne savais pas trop quoi penser, mais ça ne paraissait pas très grave. Je leur ai dit qu'une douzaine de familles avaient mis leurs hommes sur le coup, et qu'ils pouvaient tomber dessus n'importe où. Comme on n'a plus entendu parler d'eux, j'ai laissé courir. Mais deux jours après on n'avait toujours pas de nouvelles, et j'ai commencé à me poser des questions. Il y a deux heures, nous avons commencé à passer des coups de fil.

— Et vous avez trouvé quoi ?

— C'est pour ça que je me suis permis de te bousiller ton dîner, Al. À ce qu'on dirait, la police d'État du Nouveau-Mexique a découvert leurs corps. Dans un coin archipaumé, la forêt domaniale de Cibola.

— Ils n'étaient pas censés se faire remarquer ni causer d'ennuis, grogna Castananza.

— Je suis sûr qu'ils n'y sont pour rien, Al. Quand tu m'as dit d'envoyer des hommes, j'ai pensé que tu ne voulais pas des cibles ambulantes. J'ai envoyé des gars solides, fiables. Ces deux-là étaient jeunes, mais pas des gamins. J'étais présent, la nuit où Lomarco a été initié. Il est parti seul, il a dessoudé le mec au couteau, et il est revenu sans se presser jusqu'à la voiture en souriant. Un gars qui en avait.

— Leurs familles sont au courant ?

— Pas encore. Je viens de l'apprendre.

— On ferait bien de passer chez eux ce soir, pour que je leur annonce moi-même, décida Castananza. Tu as assez d'argent sur toi ? »

Saachi retrouva son air inquiet.

« C'est juste une opinion, Al, mais je ne crois pas que ce soit une bonne idée.

— Ça ne prendra pas longtemps, et c'est ce qu'on attend de nous. Si je ne le fais pas, on va se demander pourquoi. D'ici peu, les épouses vont s'inquiéter pour elles et leurs mômes.

— Je peux leur filer du fric moi-même, proposa Saachi. Nous ne savons pas encore si c'est grave. »

Catananza lança un regard en coin à Saachi. Celui-ci vérifiait dans le rétroviseur si les deux garçons les suivaient bien. « Tu as une théorie ?

— Je ne sais pas, Al. Tu as deux gars parfaitement compétents postés dans un aéroport, et quelques jours après on les retrouve refroidis à cent cinquante bornes de là. Ça donne à réfléchir.

— Et le résultat de tes réflexions ?

— Il se passe quelque chose, mais quoi ? Personne ne les aurait butés dans un aéroport. Peut-être qu'ils ont suivi les douze autres et sont tombés dans une embuscade. À moins que quelqu'un les ait convaincus de quitter l'aéroport. Si DiBaggio se souvenait que l'un d'eux faisait partie de l'équipe de Castiglione, maintenant il appartient forcément à DeLuca.

— Ou à Delfina. Il en a récupéré quelques-uns quand la famille a éclaté.

— C'est vrai. Comme ils sont allés presque tous à DeLuca, ça m'arrive d'oublier. Mais Delfina ou DeLuca ou qui tu veux, pourquoi ils iraient tuer nos hommes ?

— Tu penses que les nôtres ont trouvé quelque chose... l'argent de Bernie ?

— Ou leurs hommes à eux, et ils voulaient être sûrs que ça ne se sache pas.

— À moins que ce soit un coup monté dès le début.

— Tu crois vraiment ? »

Castananza haussa les épaules.

« Je l'ai toujours craint, dit-il. Nous apprenons que Bernie l'Éléphant est mort et que nous avons perdu des masses d'argent. Ensuite on nous dit que nous devons envoyer des hommes dans tout le pays. Pourquoi ? Pour rechercher le garde du corps de Bernie, qui est soudain porté manquant. Peut-être que "manquant" signifie qu'il

438

a tué Bernie. Mais peut-être aussi que quelqu'un d'autre les a liquidés tous les deux

— Moi, ça me dépasse qu'on ait pu mettre la main sur l'argent de Bernie après sa mort. »

Castananza haussa de nouveau les épaules.

« Vincent Ogliaro est en prison, mais on le disait malin. Et cette famille a toujours été très soudée. Tasso a dit que le vieux d'Ogliaro était un sacré fumier, et du coup ça me l'a remis en tête.

— En tout cas, sa famille n'a plus rien de soudé. C'est à croire qu'on les a raccourcis et qu'ils sont au tapis. À mon avis, quelqu'un va attendre un intervalle décent, et puis s'en emparer.

— DeLuca ? »

Une expression de doute froissa le visage de Saachi. Il releva le menton.

« Il a bien fichu la bombe dans la voiture de DiTitulo. Et j'ai entendu dire qu'une tripotée de types de Chicago traînaient à Detroit.

— Et ailleurs, renchérit Castananza. Il y en a apparemment dans tous les aéroports que nos hommes couvrent.

— Que veux-tu que je fasse ? demanda Saachi.

— Je te l'ai dit. Tu me conduis chez DiBaggio, et après chez Lomarco.

— Tu es sûr ? » Saachi prit la direction de la maison de DiBaggio.

« On n'a plus le choix. Quand tous les autres apprendront qu'ils sont morts, autant qu'ils sachent aussi que j'ai déjà donné un bon paquet à leurs femmes pour les dépanner. S'il doit y avoir la guerre, il faut qu'on sente que nous sommes une famille unie.

— La guerre ? s'étrangla Saachi. Avec qui ? DeLuca ?

— Pas DeLuca, répondit Castananza. Il n'a pas la carrure.

— Alors qui ?

— Peut-être lui, mais pas tout seul, lâcha Castananza, dont l'irritation montait. DeLuca, au moins deux familles de New York, et Chi-chi Tasso à La Nouvelle-Orléans. Je ne sais pas qui d'autre, mais je prends les paris.

— Chi-chi Tasso ? » La voix de Saachi trahissait sa perplexité.

« Parfaitement ! C'est lui qui a dit que tout ça était de l'invention. Il a prétendu que Bernie avait pris l'argent pour le filer aux associations. On ne pouvait pas en placer une ! Il a accaparé la moitié du trajet avec cette connerie : comme quoi Bernie serait devenu cinglé et aurait entendu des voix qui lui donnaient le feu vert !

— D'après toi, ils préparent quoi ?

— Juste ce que j'ai dit. Ils ont eu Bernie. Ils nous ont fait envoyer nos hommes aux quatre coins du pays pour retrouver l'argent de Bernie. Maintenant ils vont faire tomber quelques têtes et prendre la main. Et nous ne pouvons rien faire contre eux sur ce plan-là. Toutes ces familles sont plus grandes que la nôtre. On a intérêt à se sortir de leur piège avant qu'ils aient tout mitonné et mis en place.

— On procède comment ?

— Tu rapatries tout le monde. J'ai bien dit : tout le monde. Je ne veux pas apprendre plus tard qu'un ou deux gars n'ont pas été prévenus et se sont retrouvés seuls dans la nature. Mais d'abord tu me conduis chez DiBiaggio et chez Lomarco. »

33

Pendant qu'elle roulait en direction de l'ouest, Jane s'occupa de garder Bernie et Rita hors de vue. Elle s'arrêta à des épiceries pour acheter de quoi manger, et ils se restaurèrent tout en roulant. Chacun prit le volant à tour de rôle, tandis que l'un dormait sur la banquette arrière de l'Explorer, et l'autre se reposait et somnolait sur le siège avant.

En s'enfonçant dans le pays, Jane peaufina les nouvelles identités qu'elle destinait à Bernie et Rita. Elle acheta des porte-clés et des portefeuilles auxquels elle fit ajouter leurs initiales. En entrant dans l'Illinois, région d'origine des Daily, elle fit provision de souvenirs : tee-shirts, casquettes de base-ball, blousons aux logos des Cubs, des White Socks, des Bears, des Bulls, de l'université de l'Illinois, et même des sweat-shirts estampillés CHICAGO. Elle savait que les commerçants, les banques et les logeurs craignaient toujours de se faire rouler par des individus usant d'une fausse identité. Ce genre d'escrocs ne travaillaient pas dans la durée. Ils se contentaient de voler un portefeuille et d'utiliser les cartes qu'ils y trouvaient jusqu'à ce que cela devînt trop dangereux. Cela ne durait qu'un jour ou deux. Ils n'avaient pas le temps de s'occuper de monogrammes et autres détails, et leurs vêtements affichaient rarement les endroits où ils habitaient et où ils avaient déjà sévi.

À Chicago, Jane prit vers le sud. Tard le second soir, elle arrêta l'Explorer près d'un fast-food à la périphérie d'Urbana. En attendant que la serveuse eût mis sa commande dans un sac, elle alla jusqu'au téléphone près des toilettes pour dames. Insérant des pièces, elle composa le numéro qu'Henry Ziegler lui avait donné. Et retint son souffle pendant que le téléphone sonnait. Les bureaux étaient fermés depuis longtemps à Boston, mais Henry s'en moquait éperdument. Il y eut une nouvelle sonnerie, puis elle entendit sa voix. « Allô ?

— J'ai pensé que vous ne seriez sûrement pas chez vous en train de dormir, dit Jane. Je voulais juste m'assurer que vous étiez bien arrivé.

— Moi aussi, j'ai essayé de vous appeler, mais le Nouveau-Mexique est resté muet.

— Les dernières sont parties avant-hier, annonça-t-elle. Elles arriveront sans doute demain.

— On a réussi ? demanda Henry.

— Oui. Bonne chance. Et merci.

— Ne me remerciez pas. Si jamais vous avez encore besoin de moi, vous savez où me trouver.

— La prochaine fois que je serai en fonds ! lança Jane en riant. Il faut que j'y aille. » Elle raccrocha, paya à la serveuse les repas à emporter, et rejoignit l'Explorer. Elle continua vers le sud et prit ensuite à l'est.

Jane quitta l'autoroute juste de l'autre côté de la frontière de l'Indiana, à Terre-Haute, et commença à

442

explorer l'endroit. Bernie se réveilla quelques minutes plus tard et se frotta les yeux. « Qu'est-ce qu'on fait ?

— On cherche le bon hôtel.

— C'est quoi, le bon hôtel ?

— Je le saurai en le voyant. Il y a des hôtels à proximité des aéroports et des grandes autoroutes. Le genre d'endroit où s'arrêteraient des gens très pressés. Moi, je cherche un hôtel où l'on descendrait si on était en vacances, ou bien où les gens du coin vont dîner. »

Jane trouva son bonheur près de la Wabah River. L'hôtel s'appelait le Davis House, il avait le charme d'une auberge de campagne ou d'une maison d'hôtes, mais était assez grand pour préserver l'intimité ou l'anonymat. Elle prit trois chambres au premier étage, et y conduisit les autres après avoir inspecté les lieux et vérifié les couloirs.

Une fois qu'ils se furent installés, Jane convia tout le monde dans sa chambre. Lorsqu'ils entrèrent, elle étalait des vêtements sur le lit. « Vous nous laissez de nouveau ? demanda Rita.

— Pas vraiment. J'ai une course à faire demain matin, mais je devrais être de retour à la tombée de la nuit. Si tout va bien, nous coucherons ici demain soir aussi.

— Super ! s'exclama Rita. Les deux dernières fois que je me suis endormie, j'ai rêvé d'une douche et d'un vrai lit !

— Et si ça ne se passe pas bien ? demanda Bernie.

— Je suis sûre que l'Explorer n'a toujours pas été repérée. Je vais vous la laisser et prendre une voiture de location. Si demain soir je ne suis pas rentrée, pas de panique. Si je ne suis toujours pas là le soir suivant, ne m'attendez plus.

— Rien ne vous oblige à continuer, insista Bernie. Vous l'avez dit vous-même à Santa Fe. On a déjà fait ce qu'on pouvait faire de mieux dans la vie si on avait eu l'intelligence d'y penser. Et on a gagné.

— Ça ne suffit pas, répliqua Jane. Nous avons passé un accord, tous les deux. Quand nous l'aurons respecté, alors ce sera vraiment fini. »

Jane partit louer une voiture et faire encore quelques achats, puis téléphona à la prison en se présentant sous le nom d'Elizabeth Moody. Le lendemain matin avant l'aube, elle monta dans la nouvelle voiture et repassa la frontière de l'Illinois. Elle prit l'Interstate 70 jusqu'à Effingham, puis la 57 en direction du sud jusqu'à Marion. Elle arriva aux abords de la prison fédérale dans l'après-midi.

Les hauts murs et les miradors appartenaient à une autre ère, à des temps où les prisons évoquaient plus la rigueur médiévale que le progrès industriel. Elle s'arma de courage en se rappelant qu'elle participait à un rituel. Les procédures et les mouvements étaient déjà codifiés.

Elle se dirigea vers la porte à neuf heures moins dix et attendit avec le groupe de visiteurs. À neuf heures, un gardien arriva, un bloc à la main, et se mit en devoir de les faire entrer un par un. Il y avait une quantité de femmes de détenus, jeunes pour la plupart, le visage volontairement dénué d'expression, parfois accompagnées de jeunes enfants que l'horreur des lieux ne paraissait pas intimider ni effrayer. Et aussi deux hommes en complet veston, munis de serviettes identiques à celle de Jane, qu'elle écouta attentivement lorsque vint leur tour. Quand ce fut le sien, elle s'adressa au gardien d'une voix claire mais blasée : « Elizabeth Moody, avocate. Pour une consultation. »

Le gardien parcourut sa feuille de bloc sans hâte excessive, un peu à la façon d'un maître d'hôtel vérifiant les réservations. Il inscrivit quelque chose à côté d'une ligne et ouvrit la porte. Jane entra et se dirigea vers un bureau d'accueil, où elle remplit un formulaire qu'elle signa, puis attendit encore, regarda le gardien effectuer une fouille superficielle de sa serviette, passa dans un détecteur à métaux, et se retrouva dans une autre zone d'attente.

Un nouveau gardien apparut et appela Elizabeth Moody ; il la précéda dans un immense couloir en passant deux portes à barreaux qu'il ouvrit devant elle, puis referma aussitôt qu'elle fut passée. Il la laissa dans une petite pièce sans autre ouverture qu'un judas à doubles vitres en Plexiglas armé.

Elle s'assit sur une des deux chaises de métal esquintées devant une table vide, et attendit encore. Lorsqu'il revint, le gardien avait la main sur le bras d'un détenu, mais pendant une seconde Jane crut à une erreur. Il était beaucoup plus mince et paraissait en bien meilleure forme que sur les clichés des journaux. Il était vêtu d'un jean de détenu et d'une chemise de travail, et il se dégageait de lui une impression curieuse, qu'elle finit par identifier : il paraissait trop angélique. Il n'y avait pas d'autre mot. Les prêtres en vêtements de ville vous faisaient parfois la même impression. Ses traits n'avaient pas vraiment changé. On lui donnait le milieu de la quarantaine — alors qu'elle le savait plus vieux — et ses épais cheveux noirs et ondulés semblaient partir un centimètre trop bas sur son front. Il la regardait sans manifester autrement d'intérêt.

Jane reporta son attention sur le gardien. « Merci », lui dit-elle. Comme il ne bougeait pas, elle continua de le fixer, avec l'air d'attendre quelque chose. Il parut reprendre ses esprits, tourna les talons et sortit.

Dès que la porte se fut refermée, Jane tendit la main sans sourire. « Bonjour, Mr Ogliaro. Je suis Elizabeth Moody. »

Ogliaro se pencha, prit sa main et la serra, sans plus. « Zabel n'est pas venu avec vous ? »

À Santa Fe, Jane avait étudié sur Internet les articles des journaux de Detroit relatant le procès. Lors des premières audiences, il se trouvait toujours un avocat du cabinet Zabel, Dunstreet et Bibberly pour nier à l'intention des reporters chacun des chefs d'accusation. Plus tard, Zabel avait résumé les débats. En prenant son rendez-vous à la prison, Jane avait dit faire partie du cabinet.

« Pas aujourd'hui, répondit-elle. Il ne s'agit pas de vos appels. Je ne fais pas de judiciaire, je suis au département financier du cabinet. J'ai simplement une affaire à régler. »

Ogliaro s'assit à la table.

« Quoi ? »

Jane prit place en face de lui et se mit en devoir d'extraire des papiers de sa serviette.

« Quelques documents à vous soumettre. » Elle lui tendit le premier.

Il regarda la feuille d'un air furieux. « Une société d'assurances ? Elle veut quoi ? Me vendre une police ?

— Ce document nous est parvenu du fait que votre courrier d'affaires est domicilié pour l'instant à nos bureaux. Francesca Giannini Ogliaro était bien votre mère ?

— Exact.

— Et elle est décédée récemment ? »

Il acquiesça, lui envoyant un regard hostile.

« De quoi s'agit-il ?

— Il apparaît qu'elle a souscrit en 1948 une assurance sur la vie à taux variable à votre nom auprès d'International Vie et Prévoyance.

— Ah ? » Les yeux d'Ogliaro s'arrêtèrent un moment sur le mur derrière Jane.

« C'est ce que précise ce document. La prime était légèrement inférieure à trois cent mille dollars, une somme assez considérable à l'époque, et elle a fructifié. » Elle consulta une autre feuille, qui semblait faire suite à la précédente. « Si vous la touchiez aujourd'hui, cela représenterait environ quarante mille dollars par mois.

— Elle n'en a jamais parlé. »

Jane parut peu intéressée par cette information. « La rente viagère consiste en l'occurrence en un fonds spécial, soumis à certaines conditions.

— Lesquelles ?

— Elles sont un peu particulières. En ma qualité d'avocat, je dois vous dire que personne ne peut vous obliger à accepter un legs. Il vous suffit de signer cette attestation. Elle précise que je vous ai informé des conditions en question et que vous avez refusé, je m'occupe du reste. »

Il s'énerva.

« Bon, ces conditions ? »

Jane consulta la liste qu'elle avait établie sur l'ordinateur de Santa Fe. « À compter du jour où vous accepterez la rente viagère, vous devrez respecter les conditions suivantes. Un : Ne jamais être condamné pour infraction majeure après cette date.

— Comment le savoir ? Ce n'est pas moi qui contrôle les accusations d'un procureur.

— Le texte stipule "condamné". On peut imaginer que si vous ne commettez pas d'autres délits, vous pouvez être accusé, mais pas condamné. »

Il leva les yeux au ciel, puis respira profondément pour se dominer. « Quoi d'autre ?

— Deux : Renoncer à toute direction, gestion ou participation aux bénéfices d'une entreprise. »

Les yeux d'Ogliaro s'arrondissaient lentement.

« Trois : Ne pas résider dans un rayon de moins de quatre cents kilomètres de Detroit, Michigan. De même, ne pas posséder, louer, affermer ni détenir à quelque titre que ce soit de biens immobiliers à l'intérieur de ce rayon.

— Mais...

— Quatre, enchaîna Jane. Ne plus porter le nom de Vincent Ogliaro. Vous prendrez, légalement et officiellement, celui de Michael James Weinstein. Tous les versements du fonds spécial seront effectués à ce nom, aucun ne pouvant aller à Vincent Ogliaro. »

Jane s'interrompit et leva les yeux vers lui, puis les rabaissa sur le document. Il ne réagissait plus, comme elle s'y attendait. Il paraissait toujours interloqué, mais hochait la tête sans rien dire, comme incapable d'ahurissement ou d'indignation. « Nous pouvons effectuer pour vous les formalités du changement de nom. Tout ce que vous avez à faire, c'est signer cette demande ; nous la déposons auprès d'un tribunal quelconque, loin d'ici — disons, en Californie —, où elle passera ina-

448

perçue, et le tour est joué. Le document certifie simplement que votre démarche n'est pas motivée par le désir de vous soustraire à des dettes ou à des obligations, ce qui va de soi, n'est-ce pas ? »

Comme il se taisait, Jane étudia sa liste, passant rapidement sur des stipulations dont elle ne lisait pas l'intégralité. « Les versements devront être effectués sous forme de virements au compte que vous ouvrirez au nom de Weinstein, bla-bla-bla, et prendront fin le jour de votre décès, j'en passe. Le reste est la cuisine habituelle des fonds spéciaux.

— Mais les conditions, elles, ne sont pas habituelles ! »

Elle haussa les épaules.

« Non, en effet. Résumons : si vous cessez d'être Vincent Ogliaro, gardez vos distances avec Detroit et évitez les ennuis, vous n'avez aucun souci d'argent jusqu'à la fin de vos jours. Bien entendu, la société d'assurances ne peut pas commencer les versements tant que vous serez ici. Je n'ai pas vérifié votre dossier avant de quitter le bureau. Quand sortez-vous ?

— Le dix août de l'année prochaine. Dans treize mois et vingt et un jours.

— Les peines fédérales ne prévoient pas de libération anticipée pour bonne conduite, mais vous n'avez pas de libération conditionnelle non plus, donc la date est ferme. » Elle jeta de nouveau un coup d'œil à la feuille comportant les calculs. « Je ne peux pas vous donner de chiffre exact car les taux d'intérêt varieront un peu d'ici là, mais, à la date de votre sortie, ça vous fera environ... un demi-million de dollars par an, en arrondissant. »

449

Ogliaro fixait maintenant Jane d'un regard intense. « À votre avis, pourquoi a-t-elle fait ça ? »

Jane haussa les épaules, pour montrer non seulement qu'elle l'ignorait, mais que cela lui était indifférent. Son regard parcourut la petite pièce lugubre aux murs aveugles. « Sans doute les mères ont-elles envie que leurs fils vivent dans des maisons qui ont des fenêtres. Mais c'est juste une supposition. Je n'ai pas l'instinct maternel, je suis avocate.

— C'est assez d'argent pour vivre sans jamais rien faire, à condition que je ne fasse jamais rien. Que je me contente de mener une existence agréable, confortable, en toute sécurité. Ce n'est pas assez pour me donner du pouvoir, mais pas assez non plus pour attirer l'attention et me faire tuer.

— Sans doute était-ce son intention. Nous avons vérifié que le fonds existait bien, et que la rente était authentique et irrévocable. »

Ogliaro gardait les bras croisés. « Ça ne vient pas d'elle. » Il attendit, mais Jane ne parut pas souhaiter en débattre. « Mais il n'y a pas qu'elle qui soit morte, n'est-ce pas ? Bernie aussi ?

— Bernie ? »

La voix d'Ogliaro devint un murmure. « Elle m'a tout dit. Bernie ne le sait pas, du coup vous non plus. Elle est venue me voir avant d'aller l'abattre. Elle m'a raconté comment elle avait tout prévu, qui faisait quoi. Vous savez pourquoi ?

— Pourquoi ?

— Parce que si quelque chose foirait, elle voulait que je sache qui je devais traquer et tuer à sa place.

— Et que lui avez-vous dit ?

— J'ai essayé de la faire changer d'idée. »

Jane resta silencieuse un moment. « D'accord, dit-elle enfin. Donc, vous savez. La prime n'a pas été payée en 1948. Il s'agit de dix millions versés il y a quinze jours.

— Il ne m'a jamais rencontré. Pourquoi faire ça maintenant ?

— C'est sa dernière chance », répondit Jane. Elle réfléchit. « La vôtre aussi, probablement. »

Il la dévisagea un moment, puis tendit la main. « Vous avez de quoi écrire ? »

Elle prit un stylo dans sa serviette et le lui tendit. Elle le regarda signer les papiers marqués par des signets en plastique, et parafer les autres. « Vous allez vous y tenir ? »

Il lui rendit les papiers et se leva. « Ou j'ai signé les papiers parce que je veux changer et avoir une seconde chance, ou je les ai signés parce que je suis Vincent Ogliaro et que je pense pouvoir me faire un demi-million par an sans rien changer à ma vie. Vous allez vous poser la question un moment, pas vrai ?

— Non », répondit Jane.

Il fit demi-tour et se dirigea vers la porte ; il tendait déjà la main pour appeler le gardien mais retint son geste. « Dites merci à Bernie d'avoir gardé ses distances pendant toutes ces années. Sinon, je serais mort. » Il tendit de nouveau la main vers la porte. « Ma mère l'aimait, ajouta-t-il.

— Je sais, répondit Jane.

— Dites-lui. » Ogliaro frappa la porte du poing et le gardien ouvrit. « On a fini », lui dit-il.

34

Pendant le trajet du retour, Jane tenta de mettre un peu d'ordre dans ses idées. Elle avait passé sa vie à se concentrer sur un objectif élémentaire : ne pas perdre. Si l'autre camp gagnait, son fugitif mourait. Si elle gagnait, son fugitif avait simplement encore un jour, une semaine de sursis. Mais cette fois, elle se retrouvait partie prenante dans ce qui avait tout d'une victoire.

Ce jour-là, tandis qu'elle rencontrait Vincent Ogliaro au parloir, les facteurs avaient dû distribuer dans tout le pays les dernières lettres aux bureaux des associations caritatives. Henry Ziegler occupait son fief à Boston. Rita et Bernie goûtaient le confort d'un hôtel de charme à Terre-Haute, et Jane roulait sur une autoroute rapide et dégagée dans une voiture de location impeccable et impossible à repérer. Elle avait vérifié une bonne douzaine de fois son rétroviseur au cours des dix derniers kilomètres, et derrière elle la voie était libre.

Tout s'était passé comme elle l'espérait, et il ne lui restait plus qu'à décider de sa stratégie pour la phase suivante. Elle allait recommencer ce qu'elle avait si souvent accompli pour tant de personnes : les faire disparaître puis réapparaître ailleurs, dans un endroit où ils seraient en sécurité.

Jane commençait à avoir faim ; en identifiant cette sensation, elle se souvint qu'elle n'avait rien avalé de la journée. Elle regarda sa montre. Elle avait espéré rentrer à temps à l'hôtel de Terre-Haute pour dîner avec les autres, mais c'était déjà l'heure du service. Elle décida de quitter l'autoroute à Effingham. Elle y dînerait et se changerait pour enfiler une tenue plus confortable.

À Terre-Haute, s'impatientant sur son siège de la salle à manger du Davis House, Mary Ellen Tolliver étudia le menu pour la dixième fois. Sa serviette blanche raide d'amidon sur les genoux, elle souleva avec précaution le crémier et le sucrier en métal argenté pour vérifier le poinçon de l'orfèvre sur le fond, regarda par la fenêtre un oiseau perché sur le pommier sauvage du jardin, et attendit John.

Le restaurant lui plaisait. Il avait le charme de ceux où ses parents l'emmenaient quand elle était petite, avec les coquilles de beurre posées sur des glaçons dans une coupelle, l'argenterie trop grande pour ses mains d'enfant, et tout le décor cossu : les verres en cristal épais, les nappes en vrai lin. Elle brûlait d'en parler à John, mais il était toujours au téléphone, à l'extérieur de la salle.

En le voyant revenir, le visage enflammé et tout excité, Mary Ellen reporta son regard sur la fille. Non, elle n'avait apparemment rien remarqué. Elle picorait son dîner, à la façon des filles de son âge.

John lui jeta aussi un coup d'œil en biais. « Toujours pas vu l'autre ? » demanda-t-il.

Mary Ellen fit signe que non, le rappelant à l'ordre d'un froncement de sourcil. John n'avait jamais su parler bas. La période où il travaillait encore à la chaîne de montage de carrosseries avait peut-être nui à son acuité auditive. Mais il ne fallait pas compter sur lui pour ce qui exigeait un tant soit peu de subtilité.

Il parut ne prêter attention au restaurant que lorsqu'il déplia la grande serviette sur ses genoux. « J'aime bien cet endroit. Ça me rappelle les restaurants d'autrefois. »

Du coup, Mary Ellen lui accorda l'absolution plénière et se replongea dans l'aventure. Depuis qu'ils avaient pris leur retraite, ils avaient effectué une quantité de petites expéditions de ce genre. Elle disait toujours « depuis que nous avons pris notre retraite », quitte à s'entendre demander, et Dieu sait si cela l'agaçait, ce qu'elle faisait avant. Leurs deux vies avaient suivi le même cours, elles en suivaient un autre, un point c'est tout. John et elle avaient simplement changé leur fusil d'épaule.

L'ennemi, dans la retraite, c'était de ne jamais rien attendre de ce qu'on faisait. Les jours de fin de semaine ne se distinguaient en rien des autres, et le jour de paie se résumait à un avis de la banque vous informant comme d'habitude de l'arrivée de votre chèque. C'était Mary Ellen qui avait peu à peu introduit un peu d'imprévu dans leur vie. Trois ans auparavant, pour la Fête des pères, elle avait acheté à John un détecteur de métaux. Ils l'avaient d'abord emporté en vacances en Floride, et tandis que Mary Ellen était restée assise sur la plage à bronzer, John avait trouvé quatorze dollars en petite monnaie et une montre-bracelet pas mal du tout. Ils se promenaient avec leur poêle à frire dans les parcs, et même à l'occasion le long du Mississippi.

Ces deux dernières années, beaucoup de leurs petites aventures avaient eu un but intéressé. Oh, la retraite de John après ses années d'usine et la Sécurité sociale leur permettaient de voir venir. Ce n'était pas l'argent proprement dit qui les motivait. Un jour, quand la cagnotte de la Loterie de l'Illinois avait atteint les quarante millions, ils avaient pris la voiture et fait tout le trajet pour acheter des billets. Ils n'avaient pas gagné, mais ils faisaient maintenant une petite virée environ une fois par mois avant le tirage.

C'est ainsi qu'ils étaient tombés sur les tracts disant « Jeune fille disparue » et « Femme recherchée ». Un jour qu'ils arrivaient de Paducah, ils s'étaient arrêtés pour acheter des billets de loterie, et John avait pris les avis de recherche sur le comptoir. Ils avaient décidé de s'enfoncer plus avant dans l'Illinois, dévisageant avec attention toutes les femmes qu'ils croisaient. Ils étaient allés jusqu'à Marion, là où se trouvait la prison. Ensuite ils s'étaient dit que si les deux femmes rôdaient dans les parages, les seuls accès principaux qu'ils n'avaient pas couverts en remontant de Paducah étaient au nord. Et ils avaient atterri à Terre-Haute, dans l'Indiana. Tout s'était passé comme dans un rêve ! Ils étaient entrés dans cet hôtel pour dîner, et avaient vu « la jeune fille disparue » assise toute seule à une table donnant sur le jardin.

« Tu les as eus ? » demanda-t-elle à voix basse.

Il hocha la tête avec jubilation.

« Oui. Ils ont dit qu'ils vérifiaient tout de suite.

— Et ils ont pris ton nom, ton adresse et tout ?

— Fais-moi confiance ! chuchota-t-il. Ils n'ont plus qu'à venir voir eux-mêmes si c'est bien elle, après quoi, à nous le pactole.

— Si c'est bien elle, lui rappela-t-elle.

— Cette question ! Regarde toi-même. »

Mary Ellen s'efforça de modérer son excitation afin de ne pas avoir de palpitations ou autre chose. Elle hasarda un nouveau regard en coulisse, et sentit son cœur s'accélérer un peu. Pas de doute possible, c'était la « jeune fille disparue ». Elle se plut à espérer que la « femme recherchée » allait se manifester avant les enquêteurs. Cela doublerait la prime.

Tout en savourant son dîner, Mary Ellen se sentit un tantinet coupable d'avoir autant de chance. Les avis de recherche laissaient entendre que la « jeune fille disparue » était plus ou moins une fugueuse. Ce genre de situation cachait parfois une affreuse histoire de sévices. Ou c'était la raison de leur fugue, ou alors ce qu'on craignait leur arrivait après coup. Ce serait trop dommage de devenir riches pour découvrir ensuite ce coup de veine était dû à de telles horreurs. Pour se rassurer, elle pensa à la « femme recherchée ». Celle-là semblait un peu plus vieille, et on la présentait indirectement comme une délinquante, pas comme une victime. Grâce à Mary Ellen, on allait peut-être sauver la fille et mettre la criminelle sous les verrous !

Mary Ellen arrivait à son dessert — une tourte aux pommes accompagnée de glace à la vanille — sans avoir vu le moindre policier ni inspecteur. Peut-être que John leur avait donné des indications trop vagues, ou complètement fausses. Ou qu'ils l'avaient pris, au son de sa voix, pour un détraqué.

Le serveur apporta la note à la fille dans une pochette en cuir. Elle la signa, se leva et partit. Mary Ellen jeta un regard horrifié à son mari : « Elle s'en va !

— Aucune importance, répondit-il.

— Mais s'ils ne l'attrapent pas ici, elle va filer et nous ratons la récompense !

— Pas du tout. Tu n'as pas vu comment elle a réglé l'addition ? »

Mary Ellen ne doutait plus que son mari avait perdu la tête. « J'aurais dû voir quoi ?

— Elle n'a pas donné de carte de crédit. Elle a juste signé, et écrit un numéro de chambre. Elle ne part pas. Elle séjourne à l'hôtel. »

35

Jane rallia Terre-Haute à onze heures et demie du soir. Éreintée, mais goûtant curieusement cette sensation. Dans une semaine ou un mois, lorsqu'elle repenserait à ces heures passées au volant, à la tension, à cette vigilance de chaque instant, elle aurait sûrement du mal à reconstituer les événements. Pour l'instant, la perspective d'un long bain brûlant et d'un lit moelleux suffisait à son bonheur.

Elle arriva à la hauteur de l'agence de location de voitures, vit qu'elle pouvait laisser le véhicule et glisser les clés dans une boîte, ralentit à la hauteur de l'entrée, puis accéléra de nouveau. Personne ne semblait être de garde et pouvoir la déposer ensuite à l'hôtel. Elle prit la direction du Davis House, mais résista à la tentation de se garer directement sur le parking et d'entrer dans le hall. Tout l'argent avait filé, mais Rita, Bernie et elle-même n'étaient pas encore tirés d'affaire. Disposer d'une voiture que personne ne connaissait constituait un atout au cas où la situation aurait évolué pendant son absence. Elle remonta la rue à gauche de l'hôtel jusqu'au pâté de maisons suivant et se rangea le long du trottoir.

Jane continua à pied jusqu'au coin de la rue et tourna pour rejoindre l'hôtel. C'était une nuit d'été chaude et moite, et, même dans ce quartier commercial de la ville, elle entendit des grillons. Sans doute à cause des pelouses et des jardins de l'hôtel, mais leurs stridulations provenaient aussi de buissons de rosiers qui bordaient la façade d'une agence d'assurances à sa droite, ainsi que d'un petit massif d'azalées devant une boutique de mode.

Jane arriva à la hauteur de la rue sur laquelle donnait l'entrée de l'hôtel, mais ne traversa pas au croisement. Elle tourna et remonta le trottoir d'en face. En se positionnant correctement, elle aperçut le reflet du lustre sur le parquet ciré de la réception brillamment éclairée. Encore trente pas, et elle verrait aussi le parking.

Il y avait peu de chances que Rita et Bernie aient dû partir en catastrophe, mais autant vérifier. L'Explorer stationnait toujours là où elle l'avait garée à leur arrivée. Comme elle s'apprêtait à faire demi-tour pour revenir vers le croisement et traverser, quelque chose l'arrêta.

Une camionnette stationnait sur le parking réservé aux clients de l'hôtel. Il était presque minuit, un peu tard pour des livraisons, et il ne s'agissait pas d'un véhicule personnel car on lisait sur la porte arrière : « Suis-je un bon conducteur ? Appelez le (800) 555-1100. » Elle continua d'avancer, essayant de trouver le bon angle pour voir le nom de l'entreprise sur le côté. Mayfair Products, lut-elle quand elle atteignit l'endroit voulu. Peut-être des semaines d'extrême prudence annulaient-elles son sens des proportions, mais elle décida d'en avoir le cœur net.

Jane marcha jusqu'à ce qu'elle eût trouvé un téléphone public devant un grand magasin de discount, à une rue de là. Elle prit dans son sac la pochette que l'employé de la réception lui avait remise avec les cartes-clés et composa le numéro de téléphone qui y était indiqué. « Chambre 224, je vous prie », dit-elle lorsque la standardiste décrocha.

Il y eut trois sonneries, puis un déclic et un bruit de respiration. Elle ne laissa pas à Bernie le temps d'ouvrir la bouche. « Bernie ? C'est moi.

— Hein ? dit-il, la voix enrouée de sommeil. Où êtes-vous ?

— De l'autre côté de la rue, un pâté de maisons plus loin, à un téléphone public. Au moment d'entrer dans l'hôtel, j'ai vu quelque chose qui m'a inquiétée. Vous n'avez pas eu d'ennuis depuis que je suis partie ?

— Je n'ai rien vu. Nous n'avons pas bougé. La seule fois que l'un de nous deux est sorti de la chambre, c'est quand Rita est descendue dîner. Elle m'a dit qu'il n'y avait que de vieux schnocks. Vous avez vu quoi ?

— Il y a une camionnette de livraison dans le parking. Pourquoi pas, mais elle est garée à un endroit bizarre : pas à proximité d'une zone de livraison, mais tout près de la porte de côté qui dessert les chambres du rez-de-chaussée. Il est écrit dessus "Mayfair Products". Mais je me suis rappelée Trafalgar Flowers, et...

— Trafalgar Square Fleurs, Épiceries Parliament Park, Radio-Télévision Belgravia.

— Delfina ?

— Je ne tiens pas la liste de toutes les entreprises de cette ordure, mais vous croyez que c'est juste un crétin qui a le mal de Londres ?

— Non, dit Jane. Réveillez Rita. S'ils nous savent ici, c'est qu'ils ont repéré l'Explorer. J'ai la voiture de

460

location garée dans une rue parallèle, à un pâté de maisons d'ici. Vous vous rappelez à quoi elle ressemble ?

— Cette question ! Chevrolet blanche, immatriculée...

— Parfait, le coupa-t-il. Je laisse les clés par terre, derrière le pneu avant droit. Descendez tous les deux par l'escalier, puis sortez par la porte près de la piscine. Traversez le jardin du restaurant et prenez la rue de ce côté-là. Remontez ensuite le pâté de maisons suivant et coupez vers la rue où se trouve la voiture.

— Et vous ?

— Je surveille la camionnette, le parking et l'entrée principale pour voir s'ils vous ont repérés. Si ce n'est pas le cas, j'arriverai à la voiture avant vous. Sinon, je vous rejoindrai autre part.

— Où ?

— Disons... Evansville, dans l'Indiana. Devant le commissariat à neuf heures demain soir. » Elle ne lui laissa pas le temps de protester. « Réveillez-la », répéta-t-elle, et elle raccrocha.

Jane s'éloigna de l'hôtel et marcha jusqu'au carrefour suivant avant de revenir vers la rue où elle avait laissé la voiture. Elle s'en approcha d'un pas vif, se pencha le temps de glisser les clés à côté du trottoir sous le pneu avant droit, et continua. La rue était déserte et elle était sûre que personne n'avait remarqué son geste. Les clés ne risquaient pas d'être éclairées par les phares d'une voiture, et le trottoir les cacherait à la vue du prochain passant.

Jane tourna au coin de la rue et continua jusqu'au moment où elle se retrouva de nouveau en face de l'hôtel. Elle se rencogna dans l'ombre entre une petite librairie et un restaurant fermé et observa la camion-

461

nette. Ne voyant aucune tête derrière les vitres, elle examina les autres voitures en stationnement. Elles étaient nettement plus nombreuses que la veille au soir. Or la cuisine de l'hôtel fermait à dix heures, et le petit bar au fond de l'entrée accueillait tout au plus une dizaine de clients.

C'est à ce moment-là que Jane vit la camionnette bouger. Une oscillation infime, subtile, à peine le déplacement du centre de gravité du véhicule, provoqué par le mouvement d'un passager à l'arrière. Mais elle en était sûre. Puis elle devina un autre mouvement dans l'ombre, à l'autre bout du parking. Un homme s'avança vers l'arrière d'une voiture et ouvrit le coffre. La lumière du coffre ne s'alluma pas. La voiture semblait pourtant neuve. L'homme prit quelque chose et se renfonça de nouveau dans l'ombre.

Jane attendit, le temps paraissait suspendu. Si Bernie et Rita réussissaient à sortir sans se faire voir, elle pourrait les tirer d'affaire. Elle scruta le devant de l'hôtel, d'abord la façade, puis la véranda vieillotte à l'extérieur du restaurant. Ils restaient invisibles. Elle élargit son champ de vision, fixant le jardin, attendant que leurs silhouettes émergent de l'enchevêtrement indistinct des buissons et des plantes grimpantes et la rassurent.

On bougeait dans le parking. Il y avait trois hommes à présent près de la camionnette. Des portières s'ouvrirent, et trois autres types s'avancèrent dans la zone éclairée. Ils semblaient se désintéresser de l'hôtel et regarder en direction du magasin où Jane avait passé son coup de téléphone. Un des hommes porta la main à son visage, il tenait quelque chose dans sa paume. Un rectangle noir. Il parlait dans une radio tout en regardant la rue.

L'instant suivant, arrivant de là, un véhicule apparut. C'était une grosse Suburban, et elle remontait rapidement la rue. Elle tourna dans le parking, s'arrêta une seconde à côté du groupe, puis s'éloigna en décrivant une courbe et se gara le long du parking. Il y eut un nouvel échange entre le type à la radio et quelqu'un dans la Suburban.

Jane jeta un regard anxieux vers l'autre extrémité de l'immeuble. Pourquoi tardaient-ils tant ? Où étaient-ils ? Au bout d'une minute, elle distingua une ombre mouvante, puis une autre. Ils longeaient l'immeuble près du restaurant.

Le regard de Jane revint sur le parking. L'homme à la radio agita son bras droit. Trois types commencèrent à se diriger vers l'entrée de l'hôtel, près de la camionnette Mayfair. Jane retint son souffle. Dans deux minutes, ils sauraient que les chambres étaient vides.

À l'extrémité de l'immeuble, Rita et Bernie s'étaient arrêtés. Ils semblaient attendre quelque chose dans l'ombre d'un arbre. « Non, chuchota Jane. Continuez d'avancer ! »

Puis elle vit que c'était la Suburban. Le véhicule avait rejoint l'arrière du parking, puis contourné la voie d'accès pour revenir de l'autre côté. Il semblait s'être immobilisé, coupant la route à Rita et Bernie.

Jane reporta son attention sur le parking. Le type à la radio fit un geste, et les trois hommes dont il s'était éloigné commencèrent à longer l'extérieur de l'immeuble. Il les envoyait sûrement surveiller les autres issues. Rita et Bernie étaient déjà dehors, mais coincés dans le jardin. Ces types-là allaient droit sur eux.

Jane ferma les yeux et serra les dents. Un cocktail

d'émotions puissant, explosif montait en elle : de colère à l'endroit de ces hommes venus arracher un vieil homme et une adolescente à leur sommeil et les emmener, d'exaspération impuissante devant la lenteur de Bernie et Rita et leurs hésitations devant la mort en embuscade, de honte parce qu'elle n'avait pas été assez intelligente pour éviter tout ce gâchis. L'indignation la submergea au moment où elle voulut prendre une décision. Mais sa main était déjà dans son sac, cherchant dans la poche intérieure la seconde clé de contact qu'on lui avait donnée quand elle avait acheté la Ford Explorer.

Après quoi, elle sortit de l'ombre. Elle traversa vivement le trottoir, puis s'éloigna. Une image étrange traversa sa conscience lorsqu'elle vit les hommes dans le parking de l'autre côté de la rue, qui se regardaient et se parlaient par radio.

C'était ainsi que des centaines de Senecas étaient morts, et c'était ainsi qu'un Seneca mourait. Dans les temps anciens, ils partaient à trois ou quatre amis effectuer un raid, s'introduisant secrètement et sans bruit dans le territoire de leurs ennemis. Ils sortaient de la forêt, leur infligeaient le maximum de dégâts, puis disparaissaient à nouveau dans la forêt. Ils couraient l'un derrière l'autre sur la piste, parfois pendant plusieurs jours d'affilée. Mais de temps à autre leur stratégie échouait. Le moment venait où, quelque part dans les grands espaces, à des centaines de kilomètres de chez eux, l'épuisement les obligeait à ralentir. Les guerriers ennemis qui s'étaient ligués pour les frapper à leur tour se rapprochaient. C'est alors que le plus fort et le plus brave du groupe s'arrêtait soudain. Il reprenait la piste en sens inverse jusqu'à un endroit où elle se rétrécissait, et commençait à chanter son chant de mort en attendant ses poursuivants.

Il se battait comme un lion, afin de laisser à ses pieds le plus grand nombre possible de corps. Ses ennemis, eux, se battaient autrement. Ils s'efforçaient de le blesser à coups de flèches et de massue, l'attaquaient par vagues et se repliaient afin d'user sa force et de lui faire mordre la poussière ; ensuite ils le traînaient jusqu'au lieu de son supplice.

Jane était si lucide qu'elle lisait dans l'esprit des hommes qui cernaient l'hôtel. Elle connaissait avant eux leurs pensées. Lorsqu'ils aperçurent la femme seule qui traversait d'un pas pressé la rue devant eux, ils se détournèrent, dissimulant leurs radios et cherchant à se fondre dans l'ombre. Ce n'était qu'une femme, à qui ils voulaient cacher leur visage. Dans un instant elle entrerait dans l'hôtel et ils reprendraient leur approche. Elle sentit leurs regards quand ses pieds se posèrent sur le trottoir devant le parking. Elle marchait vite, consciente que chaque seconde leur donnait plus de temps pour flairer sa peur. Elle continua d'un pas déterminé, empêchant ses yeux de se tourner dans leur direction. Consciente que, dès qu'elle agirait, elle ne serait plus un danger mineur, mais une proie.

Elle goûta les quelques secondes pendant lesquelles elle se prépara, savourant leur affolement d'être brutalement interrompus dans leurs plans et leur désir de la voir disparaître. Elle se rapprocha de la camionnette Mayfair Products, comme pour entrer dans l'hôtel. En arrivant à l'avant du véhicule, elle prit une profonde inspiration et se glissa brusquement sur le côté, un moment cachée par sa masse. En deux pas elle émergea de la rangée de voitures suivante, enfonça la clé dans la serrure de l'Explorer, ouvrit vivement la portière, sauta sur le siège et verrouilla aussitôt la fermeture.

Elle mit le contact, se dégagea rapidement en marche arrière, et accéléra brutalement, le pied presque au plancher. Un homme tenta de s'interposer devant elle, mais elle ne fit rien pour l'éviter. Il plongea sur le trottoir, et elle crut entendre un choc, comme si l'aile lui avait cogné le pied. Avec un rugissement, la voiture fonça sur la route, et elle dut braquer au maximum pour éviter les voitures arrivant en sens inverse.

Dans le rétroviseur, Jane vit des hommes se ruer dans des voitures garées sur le parking. Elle accéléra, car la grosse Suburban allait tenter de lui bloquer le passage un peu plus loin.

Avec un dernier regard vers l'hôtel, elle tourna à droite, puis à gauche. Elle analysa l'image qu'elle conservait dans son esprit. Devant l'hôtel, des hommes couraient en direction du parking, s'éloignant du jardin du restaurant. Elle avait réussi. Dans quelques minutes le bruit des voitures décroîtrait au loin, et Bernie et Rita pourraient rejoindre d'un pas tranquille de promeneurs la voiture qu'elle leur laissait.

Une curieuse sensation de liberté avait envahi Jane. Il était minuit passé, et elle atteignait déjà la lisière de la ville. Devant elle se déployaient des centaines de kilomètres de plaines dotées d'excellentes routes. Elle jeta un coup d'œil sur la jauge de carburant. Le réservoir était plein. Si elle ne commettait pas d'erreur, elle réussirait peut-être à les garder un bon bout de temps à ses trousses. Bernie et Rita prendraient le nouveau départ qu'elle avait voulu leur donner.

Elle conduisait vite, mais n'espérait pas sérieusement les semer. Elle prit quatre virages à la corde, puis se retrouva sur la nationale 41, roulant en direction du sud. Dans le rétroviseur, trois voitures tournèrent derrière elle, puis la Suburban. Elle donna de petits coups d'accélérateur, mais ils revenaient sur elle.

Des panneaux annoncèrent successivement Farmersburg, Shelburn, Sullivan. Ces noms ne signifiaient rien. Le monde s'était condensé en un ciel noir et une ligne légèrement plus claire de terrain au-dessous, comme si sa vie se réduisait désormais à deux bandes avec une route en leur milieu. De temps à autre, elle distinguait devant elle le minuscule rougeoiement de feux arrière, mais quelques minutes après la voiture s'effaçait de la route et les phares disparaissaient. Puis elle apercevait une lumière blanche de phares, qui grandissait lentement et s'avivait. Elle espérait que c'était une voiture de police, mais le temps que les phares se rapprochent, elle voyait que ce n'était pas le cas, ils la croisaient en un éclair et disparaissaient.

Au bout de quelques minutes, elle comprit que se faire arrêter par une voiture de patrouille isolée ne lui servirait à rien. Ce serait un flic de la police rurale contre... combien ?... quatre véhicules remplis de types armés jusqu'aux dents. Inutile de recruter une nouvelle victime en puissance. Pourquoi ne pas essayer plutôt de gagner une des grandes autoroutes qui traversaient le pays d'est en ouest ? La 64 devait se trouver devant elle. À n'importe quelle heure de la nuit, il y aurait des routiers effectuant de longs parcours et des touristes pressés d'arriver, et à chaque sortie des stations-service bien éclairées et des relais de restauration rapide. Peut-être que ces types n'oseraient pas s'emparer d'elle dans un endroit public, devant des témoins...

Inutile de se leurrer. Ils avaient pris un avion

jusqu'ici dans l'intention de lancer une opération à main armée contre un hôtel et de kidnapper des gens. En pensant à eux, la colère l'envahit. Quelque chose surtout, dans leurs agissements, la mettait hors d'elle. Leur arrogance. Ils se sentaient invincibles. Ils avaient toujours l'avantage du nombre, un avantage écrasant. Ils comptaient sur la peur qu'ils inspiraient. Elle pensa soudain au fusil qu'elle avait eu entre les mains dans le désert du Nouveau-Mexique. En atteignant la lisière de la ville, elle l'avait lâché et enterré. Si seulement elle avait pu revenir à temps pour le récupérer et le jeter à l'arrière de l'Explorer avant de filer vers l'est...

Elle roulait aussi vite qu'elle l'osait. Chaque fois qu'elle arrivait au sommet d'une déclivité, elle sentait l'Explorer décoller un peu et ses suspensions se détendre, tandis que la ceinture de sécurité se bloquait pour la maintenir. Puis elle atterrissait, les bras plus lourds pendant quelques secondes. Chaque bosse de la route l'obligeait à redresser le volant. Un coup d'œil dans le rétroviseur lui montra qu'elle avait gagné un peu de terrain.

Lorsque son regard revint sur le pare-brise, elle aperçut la ferme. Une ferme énorme comparée à celles près desquelles elle avait grandi dans l'ouest de l'État de New York, plusieurs corps de bâtiments regroupés au milieu de l'immensité des champs. Ils faisaient songer à une oasis dans le désert, car on avait laissé une ceinture de gros arbres pour dispenser la seule ombre existant sur des kilomètres, et une pelouse s'étendait devant l'un d'eux.

Aucune lumière ne brillait nulle part. En descendant la côte dans cette direction, elle distingua mieux les champs. Du maïs. Juillet touchait à sa fin, et les tiges proches de la route lui parurent plus hautes que le toit de l'Explorer.

Elle tenait sa chance. Ils étaient capables de rouler avec assez d'endurance et de rage pour la rattraper et lui rentrer dedans, et ils ne la quitteraient pas des yeux tant qu'elle ne serait pas forcée de s'arrêter. Mais elle savait courir. Elle avait toujours couru. Tous les matins depuis l'âge de douze ans, elle descendait au bord du Niagara pour courir le long de la berge jusqu'au pont de Grand Island et revenir. Elle faisait partie de l'équipe de course de fond à l'université, et avait gagné plus de compétitions qu'elle n'en avait perdu. Les dernières semaines risquaient d'avoir un peu entamé sa forme, mais on verrait bien.

Elle regarda défiler les piquets de clôture, puis s'obligea à reporter son attention sur la route. Et elle l'aperçut. Un chemin de terre qui partait de l'autoroute jusqu'aux granges et bâtiments annexes. Elle releva le pied sans toucher à la pédale de frein afin de ne pas alerter ses poursuivants avec ses feux arrière. Elle continua en roue libre, puis tourna sèchement à droite et s'engagea sur la petite route.

Au bout de cinquante mètres, elle braqua à gauche et s'enfonça dans le champ de maïs. Plaçant ses roues avant dans deux sillons, elle continua d'avancer au milieu des hautes tiges qui surgissaient devant le pare-brise avant de s'incliner devant elle. Elle roula pendant une minute pleine, puis coupa le contact, sortit, et se glissa sans bruit dans l'immensité sombre du champ.

36

Assis à l'avant de la Suburban à côté de Cirro, Delfina tourna la tête à droite et à gauche pour essayer de voir quelque chose. « Où elle est passée ? »

Cirro tendit le cou tout en continuant de rouler. « Je peux pas dire encore. » Puis : « Elle a dû tourner quelque part. »

Devant eux, Delfina vit les autres voitures ralentir, puis s'immobiliser sur le bas-côté. Cirro les rattrapa et s'arrêta. Delfina avisa Buccio qui courait le long de la rangée de véhicules en criant des ordres par les vitres baissées. « C'est quoi, ce cirque ? » demanda Delfina lorsque Buccio s'approcha.

Buccio se pencha à l'intérieur. « Frank, à mon avis elle a tourné en direction de la ferme. Il y a une barrière ouverte, et une route qui mène aux bâtiments et tout.

— Et tu fais quoi ?

— J'attends de connaître ton opinion. »

Les yeux de Delfina perdirent toute expression.

« À ton avis ?

— Tu sais bien. C'est une ferme. Il y a sûrement un tas de monde là-dedans. Elle est grande.

— Bon Dieu, marmonna Delfina. Tu la suis et tu la trouves ! »

Buccio repartit en courant vers sa voiture. Un instant après, Delfina vit le véhicule déboîter, puis s'engager sur la petite route. Les trois autres suivirent le mouvement. Delfina fit un signe de tête à Cirro, qui roula jusqu'à la barrière. Il tourna. « Mike, tu attends ici », lui dit Delfina.

Les voitures s'étaient arrêtées en file indienne à soixante mètres de la route. Delfina descendit de la Suburban et s'approcha. Des hommes sortaient des véhicules et attendaient la suite des opérations. Buccio aperçut Delfina et tendit le bras vers le champ de maïs. « À mon avis, elle est entrée droit dedans. »

Delfina saisit Buccio par le bras et l'emmena un peu à l'écart. « Écoute, Carl. J'ai tout fait pour te donner le maximum de chances de réussir. Et voilà le résultat. Il y a dans ce foutu champ une bonne femme qui a la clé de milliards de dollars qui nous appartiennent. Je suis mouillé jusqu'au cou maintenant. Je ne peux pas dire aux autres familles que je ne savais pas où elle était, ni que j'allais les court-circuiter après l'avoir attrapée. Est-ce que tu comprends ?

— Sûr, Frank.

— Moi, je n'en suis pas sûr, même maintenant. Quand je dis que je la veux, je veux dire que si elle ne rentre pas avec nous, toi non plus. »

Il observa le visage de Buccio, attendit que ledit Buccio médite l'information, puis ajouta : « Et ne crois pas que si tu la rates, tes gars pourront me buter et dire que c'est elle. J'ai déjà discuté calmement avec quelques types de ton équipe, et tu n'es pas près de savoir lesquels. »

Buccio resta silencieux un moment, comme si la main que Delfina avait posée sur son épaule pesait des centaines de tonnes. Finalement, cette main lui donna une petite tape encourageante. « Tu restes aux commandes. Remplis ta mission. » Delfina tourna les talons et repartit vers la Suburban.

Le corps de Buccio se gonfla d'énergie. Il savait que Delfina ne parlait jamais avant d'avoir examiné sa position sous tous les angles. Buccio jeta un regard au cadran lumineux de sa montre. Il était presque une heure du matin, et le soleil se lèverait vers cinq heures trente. Il retrouvait une lucidité aussi exceptionnelle que précieuse, à croire que sa vie entière se résumait aux quatre heures et demie suivantes. Tant qu'il ferait nuit, il aurait un pouvoir d'action absolu. Quand le soleil se lèverait, ce serait la femme ou la mort.

Il fit quatre pas sur le chemin de terre en direction de ses hommes, prenant une décision à chacun de ces pas. Le temps de les rejoindre, il avait défini une stratégie. « Je veux deux hommes avec des fusils pour couvrir la barrière et la clôture nord-sud le long de la route, ordonna-t-il. Attention qu'elle ne vous file pas entre les doigts et se mette à faire du stop. Si une voiture s'engage sur le chemin, tuez le conducteur. »

Son regard s'arrêta sur les types suivants. « Vous deux, vous descendez couvrir le bout de la clôture. Magnez-vous. » Il attendit quelques secondes que sa première escouade parte se mettre en position. Il se tourna vers les autres. « Nous avons trois véhicules. Je veux deux hommes postés près de chacun. Ne les quittez pas des yeux. Elle est peut-être à quelques mètres de vous, à attendre une occasion de se glisser dans une

472

bagnole et de filer avec. Les autres, vous venez avec moi.

— Tu vas où ? demanda un des hommes.

— Surveiller le bâtiment principal. » Il partit sur le chemin de terre, et quatre hommes lui emboîtèrent le pas.

Jane s'accroupit au milieu des tiges de maïs et observa les cinq hommes qui s'éloignaient. Comme il en restait encore six près des voitures, inutile de compter se faufiler dans l'une d'elles. Elle s'approcha en rampant et examina le chemin de terre menant à l'autoroute. La Suburban n'avait pas bougé non plus et bloquait le passage.

Ce qu'elle ne pouvait pas faire lui dicta donc sa stratégie. Elle se releva et se fraya un passage à travers les hautes tiges, suivant sa propre piste jusqu'à l'Explorer. Elle avait espéré réussir à neutraliser leurs voitures d'une façon ou d'une autre pendant qu'ils seraient occupés à la chercher, mais cette option tombait à l'eau. En tout cas, elle les avait sortis de leurs véhicules, et certains s'étaient déjà éloignés. Toute sa stratégie allait consister à essayer de les distancer.

Elle remonta dans l'Explorer, mit le contact, et démarra. Elle garda ses roues dans les sillons entre les rangées de maïs, rabattant les tiges à mesure qu'elle progressait. L'épaisseur des tiges l'empêchait de voir très loin et elle ne pouvait pas allumer ses phares, mais aucune importance. Elle se guiderait aux tiges pour ne pas dévier. Trois minutes s'écoulèrent. Chaque fois qu'une tige tombait devant le capot, elle espérait que ce serait la dernière. Elle aurait déjà dû atteindre le bout du champ, mais il était bien plus grand qu'elle ne s'y attendait.

Elle vit dans le rétroviseur qu'elle avait tracé un andain dans le maïs, en fait simplement les deux rangées de tiges entre l'espacement de ses pneus. Et encore, l'Explorer était trop haute sur roues pour les avoir couchées au ras du sol. Personne ne la suivait, et elle commençait à craindre de les voir seulement lorsqu'ils seraient juste derrière elle.

Elle continua d'avancer. Elle espérait pouvoir tenir son cap sans faire de bruit ni attirer l'attention, mais en roulant assez vite pour ne pas laisser le temps à ces types de réfléchir.

Elle crut entendre un chien aboyer au loin. Elle baissa sa vitre, mais ou il s'était arrêté, ou elle avait rêvé. Elle continua, surprise par le sifflement cinglant des tiges sur l'Explorer. Il y eut soudain un choc métallique, et l'Explorer pila, butant contre une résistance invisible.

Elle descendit et se faufila jusqu'à l'avant de la voiture. Elle avait atteint une clôture. Cinq gros fils de fer barraient la calandre qui saillait vers l'extérieur. Elle les suivit des yeux et distingua le premier piquet sur sa droite. La tension des fils le faisait pencher vers l'avant. Elle s'approcha et essaya de les arracher, mais ils continuaient de piquet en piquet, maintenus par de grosses agrafes enfoncées profondément dans le bois.

Remontant dans l'Explorer, elle fit ronfler le moteur. Il y eut des craquements plus forts et plus secs tandis que le véhicule se lançait en avant, mais les roues commencèrent à patiner et à tourner à vide. Jane se mit au point mort, passa en position 4 × 4, puis essaya de reculer. Les pneus s'étaient déjà enfoncés dans le sol meuble. Elle repassa en marche avant, puis en marche arrière, sentit l'Explorer répondre, continua à reculer sur une quinzaine de mètres, repassa en position routière et accéléra progressivement. Elle fonça dans les fils de fer, entendit un craquement sonore, et l'Explorer se libéra. Les fils de fer crissèrent sur l'avant de l'Explorer, puis un bang assourdissant secoua le véhicule. Jane se retourna juste à temps pour voir le piquet, projeté en l'air par les fils, s'abattre sur le côté. Elle jeta un coup d'œil autour d'elle. Elle était sortie des maïs et se trouvait dans un champ découvert et herbeux, sans doute de la luzerne. Elle s'arrêta une seconde pour regarder à gauche, en direction du chemin de terre.

Cette fois le bruit fut nettement plus fort, *bam* !, tandis que le verre de sécurité de sa vitre arrière explosait dans une giclée de cristaux étincelants. Il y eut une deuxième détonation, et elle vit un trou apparaître dans le métal nu de la porte au-dessus de son genou gauche, une délicate fleur de métal tordu s'épanouissant autour du point d'impact. Puis une troisième. Cette fois, le pare-brise parut se désintégrer, retombant en véritable cataracte.

Jane roula entre les sièges avant et se propulsa à l'arrière, ouvrit le hayon et plongea dans l'herbe. Tandis qu'elle rampait vers les maïs, elle entendit un nouveau coup de feu, mais elle savait qu'on ne la visait pas. Des morceaux de verre et de métal volèrent sous l'impact des balles et ricochèrent sur les parois intérieures.

Lorsqu'elle fut à l'abri des hautes tiges, elle tenta vainement de voir l'homme qui tirait. Il se trouvait forcément près du chemin. Elle jeta un dernier regard à l'Explorer. Le tireur avait visé le moteur. Jane vit le capot frémir lorsque deux balles le perforèrent coup sur coup. Elle se coula plus avant dans le champ de maïs, se releva, et se mit à courir.

Jane modifia sa trajectoire, changeant de rangée au fil de sa course, puis s'arrêta un instant pour écouter. Elle tourna la tête à droite en direction de la ferme, essayant d'apercevoir quelque chose au bout de l'alignement de tiges et de détecter l'approche d'hommes à pied. Elle fit encore trente mètres et de nouveau s'arrêta. Les maïs étaient assez hauts pour cacher un homme ou une voiture et il lui était impossible de voir où elle allait, mais elle se fiait à la configuration du terrain. Elle sentait à ses pieds et à ses mollets qu'elle montait une côte peu prononcée, et elle savait qu'elle trouverait en haut les bâtiments de ferme.

Elle maintint son allure, se fiant à ses oreilles et à ses sensations. Et lentement, très progressivement, elle prit conscience des bruits. Ils lui parurent d'abord loin derrière elle. Des bruits de moteurs, de voitures qui se déplaçaient, sans doute sur l'autoroute. Elles devaient rouler dans les deux sens, car le bruit semblait partir derrière son oreille droite, s'intensifier, puis décroître sur la gauche. Il reprenait quelques secondes après, mais en sens inverse.

Et puis il y eut un bruit beaucoup plus fort. Elle s'arrêta et scruta les maïs à sa droite, en direction du chemin de terre. Elle ne vit rien. Elle se retourna, et la peur lui étreignit brutalement la poitrine, l'obligeant à respirer par petits halètements. Elle voyait des lumières.

À cinquante mètres seulement derrière elle, les faisceaux lumineux traversèrent les hautes tiges. Ils balayaient le champ de gauche à droite, la lumière des phares précédant le bruit des moteurs. Puis les phares décrivirent un arc de cercle et revinrent : les trois voitures ratissaient méthodiquement les rangées de maïs, couchant les tiges pour la débusquer. Elle tourna la tête et fit un pas sur le côté pour mieux voir. Les voitures étaient déjà à mi-pente. Impossible de repartir vers l'autoroute sans se faire repérer.

Les phares progressaient vite. Les hommes avaient découvert, comme elle un peu avant, que les sillons du champ étaient parfaitement réguliers et que seules les hautes tiges fragiles obstruaient la vue. Ils semblaient effectuer leur ratissage à trente ou quarante à l'heure. Dans une minute ou deux ils l'auraient rejointe.

Jane se retourna et reprit sa course. Il lui fallait atteindre la ferme. S'y réfugier. Il y aurait bien un téléphone. Voire un fusil. Et puis c'était une ferme énorme, en pleine région agricole. On pouvait tirer dans n'importe quelle direction sans risquer de toucher quelqu'un par accident, et il n'y avait pas de voisins pour se plaindre du bruit. Il y avait forcément un fusil. Je vous en prie, supplia-t-elle, faites qu'il y ait un fusil !

Le bruit des voitures lui parut plus fort. Elle allongea sa foulée, enfonçant son pied dans le sol élastique pour gagner de la vitesse. Renonçant à s'arrêter pour inspecter les rangées de maïs. Rien ne pouvait être plus menaçant que ce qui la suivait déjà, et, en s'arrêtant, elle donnerait seulement à quelqu'un le temps d'ajuster son tir.

Elle se savait encore loin des bâtiments de la ferme. Ils lui avaient paru minuscules depuis l'autoroute, un petit village perdu, oublié de tous. Mais elle avait aperçu une sorte de grange, et elle la verrait au-dessus des maïs bien avant de l'atteindre. Elle continua de courir, entendant maintenant sa propre respiration, la bouche ouverte pour inspirer plus d'air.

Mais la première chose qu'elle vit fut un arbre. Un vieux marronnier immense dont l'ample frondaison obscure cachait les étoiles. Jane ralentit, s'avança entre les rangées de maïs, puis s'arrêta devant la dernière rangée de hautes tiges qui se dressaient comme une palissade entre elle et les bâtiments.

Elle aperçut au travers une grange, aussi massive qu'elle l'imaginait. Sa grande porte blanche était close, et un embranchement du chemin arrivait droit dessus. Ce n'était pas une ferme qui se consacrait à l'élevage. La grange devait être un énorme garage abritant le gros matériel.

Se penchant légèrement, elle observa la maison. C'était une construction d'un étage en bardeaux blancs, bordée d'une longue véranda couverte qui abritait une table et plusieurs sièges, et une causeuse en osier. Toutes les fenêtres étaient éteintes. Un peu plus loin à gauche, elle aperçut une forme haute et large qu'elle n'identifia pas tout de suite, puis son œil accommoda : c'était une piscine surélevée.

Jane attendit encore quelques secondes, tentant de déchiffrer les nuances de l'obscurité, de repérer une silhouette embusquée. Elle avait cru entendre un chien un peu plus tôt, mais les aboiements ne venaient sûrement pas de là, car l'animal aurait flairé sa présence et serait venu aux nouvelles. L'endroit semblait désert. Puis le bruit des moteurs parut se rapprocher au moment où ils effectuaient un nouveau passage, et Jane s'avança.

Sortant des maïs, elle se dirigea vers le bord d'une pelouse. Elle marchait vite et sans bruit. Si quelqu'un était posté dans l'ombre, elle espérait qu'elle se fondait dans le mur de maïs derrière elle. Elle s'approcha rapidement de la maison.

Jane n'avait pas le temps de réfléchir à ce qu'elle espérait trouver. Un fusil, un téléphone, une autre route à travers champs derrière la maison ? Elle gravit silencieusement les marches de la véranda, mais jugea peu sage de marteler la porte.

Comme elle scrutait la véranda, elle vit bouger quelque chose. Elle se figea, le regard tendu. Une fenêtre était ouverte, et le rideau avait frémi sous l'effet du vent léger. Elle s'approcha de la fenêtre, inséra sa carte-clé dans l'encadrement de la moustiquaire, leva la clenche, se glissa à l'intérieur, et la rabaissa.

Elle découvrit un salon désuet remis au goût du jour par quelqu'un qui aimait le style contemporain. Il y avait un canapé neuf en cuir à côté d'elle, et, devant, une table basse dont le plateau de verre reposait sur une sculpture en pierre. Un téléviseur à grand écran occupait un angle de la pièce. Jane baissa les yeux pour voir si le sol risquait d'émettre des craquements. Elle ne le discernait pas clairement, mais quand elle s'agenouilla pour le tâter, la lune lui permit de s'en faire une idée. Un plancher en bois plein blanchi.

Elle s'éloigna de la fenêtre et traversa la pièce, puis trouva l'escalier. Quelqu'un dormait peut-être au premier. Les tirs qui avaient démoli son Explorer à huit cents mètres de là avaient sûrement résonné moins fort qu'à ses oreilles. Elle commençait à monter les marches vite et sans bruit lorsqu'elle sentit quelque chose de curieux sous ses pieds. Une ombre longue et noire qui tombait en ruban sur chaque marche. La rampe ? Elle agita la main pour s'en assurer, mais rien ne changea.

De plus en plus mal à l'aise, Jane se pencha et toucha une marche. C'était humide. Approchant ses doigts de ses yeux, elle vit que c'était foncé. Une sorte d'enduit collant en train de sécher. Elle leva les yeux et aperçut le chien.

Il gisait sur le flanc en haut des marches ; ses yeux ouverts avaient le regard fixe et éteint des morts. Elle s'approcha et comprit que c'était son sang, qui ruisselait d'une blessure à la gueule. Elle monta les dernières marches, l'évitant au passage. Et s'approcha de la première porte ouverte, redoutant ce qu'elle allait voir.

Jane risqua un coup d'œil dans la pièce. Il y avait un grand lit, sur lequel un homme et une femme étaient étendus — la femme dans une chemise de nuit trempée de sang, l'homme en caleçon court et tee-shirt, et trois trous dans la poitrine. Elle battit en retraite et alla dans la chambre suivante. C'était une chambre d'amis vide et impersonnelle, avec un couvre-lit à fleurs et des napperons de dentelle sur la commode et la table de chevet. Elle explora le couloir pour voir s'il y avait d'autres victimes, mais ne trouva rien.

Chassant de son esprit ce qu'elle venait de voir, Jane se concentra sur ses priorités immédiates. Elle s'obligea à revenir dans la chambre principale. Il y avait un téléphone sur la table de nuit près du lit, du côté de la femme. Lorsqu'elle décrocha, elle n'entendit aucune tonalité.

Elle ferma les yeux d'impuissance et remit en place le récepteur. Bien sûr. Ils avaient coupé la ligne de raccordement avant d'entrer. Le chien avait dû apparaître en haut des marches et se mettre à aboyer. Ils avaient abattu l'animal, fait irruption dans la chambre avant que le fermier et sa femme aient eu le temps de se lever, et ils les avaient tués.

Jane s'approcha de la penderie près du lit, du côté de l'homme. S'il avait un fusil, il le rangeait sûrement là, ou dans sa commode. Elle s'agenouilla par terre et passa la main à l'intérieur, palpant tout ce qui pouvait ressembler à un fusil. Elle ne trouva que des bottes et des chaussures. Sur l'étagère du haut, sa main ne rencontra que des chapeaux. S'approchant de la commode, elle explora les tiroirs en commençant par le haut. Il n'y avait pas d'arme. L'homme avait posé son portefeuille et ses clés sur le meuble. Elle prit les clés et les glissa dans sa poche. Elle n'avait pas encore vu la voiture, mais elle la découvrirait probablement dans la grange. Elle se mit à plat ventre et chercha sous le lit, mais en vain.

Jane se releva, sortit dans le couloir et se dirigea vers l'escalier. Évitant le chien, elle descendit les marches en veillant à ne pas marcher dans le sang. Elle traversa la salle à manger et entra dans la cuisine, située au fond de la maison. Sans bruit, elle ouvrit un à un les tiroirs placés sous le plan de travail. Elle trouva des torchons fraîchement lavés et repassés, puis des couverts, puis un tiroir abritant le petit fouillis habituel : tire-bouchons, élastiques, bons d'achat. Et découvrit enfin le tiroir qu'elle cherchait : celui des couteaux. Le couteau à désosser ferait exactement l'affaire. Elle le glissa dans sa poche arrière de jean, laissant dépasser le manche de façon à pouvoir le saisir facilement. Un second couteau retint son attention. Il était à peu près de la même taille, avec une lame de dix-huit centimètres, mais crantée, et une poignée plus plate. Remontant la jambe droite de son jean, elle le glissa dans sa chaussette, puis rabattit le tissu.

Le bruit des voitures s'imposa de nouveau à sa conscience, plus sonore et plus proche que jamais. Il fallait qu'elle les localise avec précision avant d'essayer de traverser la cour en direction de la grange.

La fenêtre de la cuisine ne lui révéla qu'un champ de luzerne courte. Revenant sur le devant de la maison, elle jeta un regard à la fenêtre par laquelle elle était entrée. Les phares des trois voitures ratissaient toujours le champ de maïs, couchant un peu plus d'un mètre de tiges à chaque passage. Plus loin derrière, elle distingua les silhouettes parallèles de plusieurs rabatteurs espacés d'une cinquantaine de mètres les uns des autres, qui convergeaient lentement vers la maison, foulant les tiges au sol. Elle évalua la distance et jugea qu'elle disposait de quelques minutes encore. Au moment où elle allait quitter la fenêtre, elle vit l'autre paire de phares.

Ils étaient placés plus haut que ceux des voitures et venaient vers la maison, tressautant à chaque bosse et ornière du chemin. C'était la Suburban. Jane fit demi-tour et se précipita vers le côté de la maison le plus proche de la grange. Elle ouvrit une fenêtre et commença d'enjamber le rebord au moment précis où la Suburban surgissait et tournait, éclairant à présent la grange. Non, pensa-t-elle. Pas devant la grange. Tout sauf ça ! La Suburban s'immobilisa, bloquant la porte de la grange. Ses phares s'éteignirent.

Jane repassa sa jambe à l'intérieur et se baissa vivement. Elle vit les portières s'ouvrir, le plafonnier s'alluma. Il y avait deux hommes à l'intérieur. Le conducteur était jeune et athlétique. L'homme assis à côté de lui paraissait un peu plus vieux, avec quelques mèches grises dans ses cheveux noirs. Tous deux étaient en veste de sport, comme s'ils venaient rendre visite aux morts d'en haut. Ils sortirent de la Suburban, claquèrent les portières, puis se dirigèrent vers la maison.

Jane entendit le plus vieux qui disait : « Je ne prétends pas que Buccio et ses hommes sont nuls. Mais ça m'a pris du temps de comprendre ce qu'ils avaient dans la tête, comment ils se voyaient, et d'essayer de m'y faire. Ils jouent à la guerre. Buccio a besoin de risquer le tout pour le tout, comme un Béret vert derrière les lignes ennemies ou je ne sais quoi. Avec lui, tu gagnes ou tu crèves. Regarde-les un peu. Ils adorent ça, et ils sont bons.

— Vous croyez qu'ils vont la trouver, Mr Delfina ? »

Jane se figea. Delfina. Ce type était Frank Delfina... Elle les entendit se diriger vers la véranda.

« Si je ne le croyais pas, ils ne seraient pas là. »

Jane se rua au premier. Elle enjamba le cadavre du chien et se plaqua contre le mur au moment précis où la porte s'ouvrait. Leurs pas claquèrent sur le plancher.

Une lumière s'alluma. Les pas se rapprochèrent de l'escalier. « Mike, dit la voix de Delfina. Regarde-moi ça. Ils ont même tué le chien. »

Les pas du plus jeune résonnèrent, puis s'arrêtèrent. « Il a dû aboyer, dit-il.

— Probable. Éteins en bas, on va monter et surveiller depuis la fenêtre.

— Compris. »

Jane parcourut des yeux les portes du couloir. La

chambre du fermier et de sa femme donnait sur l'arrière de la maison, là où commençait le champ de luzerne. Eux chercheraient une fenêtre donnant sur le devant. Elle se glissa dans la chambre, puis entra vivement dans la penderie. Elle s'accroupit au fond et tira la porte en ne laissant subsister qu'une mince fente. Elle approcha son oreille et écouta les pas.

Elle entendit Delfina. « Le terrain est à peu près plat. D'ici, on voit jusqu'à plus d'un kilomètre. »

Ils entrèrent dans la chambre d'amis. Jane se demanda si elle pouvait sortir de la pièce et arriver jusqu'à l'escalier sans se faire repérer.

« Je me poste ici, dit Delfina. Toi, tu entres là et tu ouvres grands les yeux. »

Le plus jeune apparut à la porte de la chambre principale. Jane retint son souffle tandis qu'il s'approchait de la fenêtre à côté du lit. Sa voix la fit sursauter. « Mr Delfina ?

— Oui ?

— On ne voit pas le champ de maïs d'ici. C'est le mauvais côté de la baraque.

— Exact ! Si elle est dans le champ, ils la verront, ou alors moi. Toi, tu couvres le champ où elle n'est pas encore allée. Si tu l'aperçois, tâche de l'avoir depuis la fenêtre. Même si tu la rates, les gars de Buccio t'entendront et rappliqueront en vitesse.

— Compris. » Jane le vit sortir un pistolet de sa veste. Il resta quelques minutes à surveiller le champ, tandis que Jane récapitulait fiévreusement tout ce dont elle était sûre. Chaque fois qu'elle entrevoyait une solution, quelque chose l'arrêtait. Attendre dans la penderie que le jour se lève ? Peut-être que Delfina serait obligé de se replier avec ses hommes. Mais il y avait les autres, ceux qui ratissaient méthodiquement les champs, détruisant toute possibilité de se cacher ; quand ils auraient fini, ils arriveraient à la maison. Ils seraient là dans dix ou quinze minutes. Ils comprendraient que s'ils ne l'avaient pas débusquée, c'est qu'elle se trouvait à l'intérieur. Et à supposer qu'ils abandonnent, ils décideraient peut-être d'incendier la maison pour couvrir les meurtres...

Jane attendit. La moindre faille améliorerait ses chances de filer. Elle la guetta avec impatience. Le garçon soupira d'ennui. Il semblait en avoir assez de contempler un champ immuablement vide. Ses yeux se portèrent ailleurs. Il regarda les deux cadavres sur le lit. Sans manifester d'horreur, ni même de dégoût visible. Il reprit sa surveillance. Puis il inspecta la pièce. Son regard tomba sur la commode du fermier, et sur le portefeuille bien en vue.

Le garçon se retourna et jeta un coup d'œil vers la porte. Sûr que Delfina ne le surveillait pas, il posa son pistolet, contourna le lit, s'empara du portefeuille et l'examina. Jane le vit en extraire les billets et les fourrer dans sa poche. Il jeta un nouveau coup d'œil furtif vers la porte, puis s'intéressa aux tiroirs. Comme il n'y découvrit rien d'intéressant, il s'approcha de la commode de la femme. Il y avait un coffret à bijoux, mais lorsqu'il l'ouvrit, Jane l'entendit pousser un grognement de mépris. Il revint à la fenêtre.

Une minute après, Jane vit ses yeux regarder ailleurs. Il fit un demi-tour complet. Le sac de la femme ? Il avait trouvé le portefeuille du fermier, mais pas le sac. Il abandonna la fenêtre, et elle crut qu'il allait fouiller l'autre bout de la chambre, mais il se dirigea droit sur la penderie et ouvrit la porte.

Jane bondit, le couteau à désosser à la main. Elle le lui enfonça au-dessus de l'estomac en remontant vers la cage thoracique, espérant atteindre le cœur. Le bras droit du garçon se détendit et la repoussa violemment. Il avait toujours le couteau fiché dans la poitrine, mais ne paraissait pas s'en apercevoir. Il glissa la main dans sa veste sans en tenir compte et saisit son pistolet. Jane se jeta sur lui pour le ceinturer, son visage à cinq centimètres du sien. Il eut un réflexe instinctif et se porta de tout son poids contre elle pour la plaquer au mur.

L'impact lui coupa le souffle, mais elle s'accrocha au garçon. Elle ouvrit les yeux et vit son expression ahurie, vide. La violence de son mouvement avait enfoncé le couteau plus profond. Ses genoux plièrent, et il s'effondra d'un coup sur Jane. Incapable de le soutenir, elle se laissa glisser à terre avec lui, sa poitrine contre la sienne. Jane écarta brutalement la main du garçon et saisit la crosse de son pistolet.

Elle leva les yeux et aperçut Frank Delfina dans l'encadrement de la porte. Il s'avança dans la pièce à demi obscure. « Bravo Mickey ! Tu l'as eue ! »

Jane aspira une gorgée d'air et attendit.

Delfina s'approcha du couple emmêlé, le dominant de toute sa hauteur. « Je serais toi, bébé, je ne gaspillerais pas trop d'énergie. Il peut en soulever deux comme toi. Debout ! »

Le sourire de Delfina fit place à la perplexité. Mike Cirro ne semblait pas dans une forme éblouissante. C'est alors qu'il vit la main de Jane. Et cette main tenait un pistolet.

Jane repoussa le cadavre de Cirro et se releva. « Les clés de la Suburban », ordonna-t-elle.

Il ne bougea pas, levant les deux mains d'un geste

apaisant. « Ne vous énervez pas. Je voulais juste vous parler. Il n'y avait pas de quoi tuer quelqu'un.

— Les clés. » Jane longea le mur en s'écartant de Delfina. Elle le regarda s'agenouiller et tâter les poches de Cirro. Puis il fourra la main dans sa poche avant de pantalon. Il semblait avoir les clés. Elle les entendit tinter alors qu'il retirait sa main.

Jane avisa son autre main. Lorsqu'elle la vit serrer le manche du couteau, elle tendit le bras, le visant au cœur. « Lâchez ce couteau ! »

Il se releva lentement, tendant les clés pour qu'elle puisse les prendre.

« Gardez-les, ordonna Jane. Allez vers l'escalier. »

Il se dirigea vers la porte.

« Vous croyez vraiment que je vais faire un bon otage ?

— Nous allons prendre la voiture et quitter la ferme ensemble », dit Jane. Elle passa la main sur l'étagère du placard sans le quitter des yeux et trouva la casquette de base-ball. « Après, je vous laisserai sur la route. »

Au moment où Delfina franchit la porte, Jane se prépara à le voir plonger sur le côté et utiliser l'effet de surprise. Il parut le deviner et se contenta de prendre le couloir et l'escalier. Jane resta à trois mètres derrière, ce qui lui laisserait du temps s'il tentait de s'emparer du pistolet.

« Parfait, dit Jane lorsqu'ils arrivèrent à la porte d'entrée. Lâchez les clés et écartez-vous. »

Il s'exécuta, s'éloignant d'un mètre.

« Plus loin ! »

Delfina obéit. Jane ramassa les clés.

« Franchissez la porte et descendez les marches. Si

on vous appelle, répondez. Quoi qu'il arrive, continuez à marcher d'un pas normal. Allez directement à la portière droite de la Suburban, ouvrez-la, montez et refermez-la ». Lorsqu'il avança, Jane mit la casquette, fourra ses cheveux dedans, puis le suivit.

Delfina descendit les marches le premier. Elle le regarda traverser la cour, prendre la petite allée jusqu'à la grange, et monter dans la voiture. Elle le rejoignit et contourna la voiture en surveillant le terrain à travers les vitres arrière, sans jamais cesser de viser sa nuque.

Elle ouvrit la portière, vit l'arme dans sa main. Il souriait et braquait le pistolet sur sa poitrine.

« Mike en avait laissé un de secours sous le siège. Alors ? »

Plusieurs pensées se disputèrent l'attention de Jane. Quoi qu'il pût dire, il mentirait. Il allait la torturer, finirait par apprendre que l'argent de Bernie s'était volatilisé, ensuite il la tuerait. Il braquait une arme sur sa poitrine, elle en braquait une autre sur lui. Si l'un tirait, l'autre en ferait autant. Jane savait aussi que le système nerveux humain était capable d'exécuter plusieurs tâches à la fois, mais pas toujours avec la même rapidité. Une action avait toujours la priorité. Elle décida de faire parler Delfina. Si elle bougeait, il aurait besoin d'une fraction de seconde supplémentaire pour modifier ses priorités et tirer. Il ne tirerait jamais s'il était au milieu d'un mot. « Que voulez-vous ?

— J'ai besoin de vous pour récupérer mon argent, vous avez besoin de moi pour quitter la ferme. Peut-être qu'on peut s'ent... »

Jane fit feu à quatre reprises, lui trouant la poitrine. Elle arracha le pistolet de la main inerte de Delfina et le jeta sur le siège arrière, puis se glissa derrière le volant et mit le contact. Dominant sa répulsion au prix d'un énorme effort, elle le redressa en position assise. Elle se pencha pour attraper la ceinture de sécurité, la lui passa en travers du corps, et la boucla.

Allumant les phares, elle effectua une marche arrière, puis s'engagea lentement sur le chemin de terre. Soudain elle vit les trois voitures arriver à travers champ dans leur direction, juste un peu plus loin sur sa droite, fauchant les hautes tiges devant elles. Ils avaient entendu les détonations. Elle pensa d'abord accélérer pour essayer de passer avant qu'ils soient trop près, mais elle se souvint des rabatteurs armés de fusils qui suivaient les voitures.

Elle ralentit encore l'allure. Elle posa sa main droite sur la poitrine de Delfina, sous son menton, afin d'empêcher sa tête de retomber à chaque cahot. Devant elle, les trois voitures couchaient les dernières rangées de maïs. Elles avaient presque atteint le chemin. En voyant la Suburban, les conducteurs s'arrêtèrent. Leurs phares éclairèrent violemment le flanc de la voiture, illuminant le visage, la tête et les épaules de Frank Delfina, tandis que son chauffeur continuait de rouler, l'emmenant vers l'autoroute, loin des hectares de maïs saccagés.

37

Le lendemain, à neuf heures du soir, la voiture de location de Terre-Haute s'immobilisa en face du département de police d'Evansville. Le vieil homme qui était au volant jeta un coup d'œil inquiet aux larges portes d'entrée et aux deux policiers en tenue qui descendaient les marches, puis à la jeune fille assise à côté de lui.

« Après tout ce qui s'est passé, ça me fiche encore la chair de poule de les côtoyer de si près.

— Vous n'êtes plus un criminel, Bernie. Ils sont là pour protéger des gens comme nous. Enfin, peut-être pas exactement comme nous, mais le genre de personnes que nous serions si nous n'avions rien fait. »

Bernie regarda sa montre, puis Rita.

« Tu sais, j'espérais que je n'aurais pas à dire ça. Mais on n'a pas de grandes chances de la voir arriver.

— Je sais, reconnut Rita. Mais elle viendra.

— Ce n'est sûrement pas l'envie qui lui manque, dit-il doucement. Et elle est douée. Mais quelquefois, être doué ne suffit pas.

— Vous dites quoi au juste, que vous voulez partir sans elle ?

— Non, pas du tout. Je n'ai pas de rendez-vous urgent. Je me disais qu'on pourrait l'attendre ici un moment sans attirer l'attention des flics. Et ensuite aller dormir un peu et revenir demain soir à la même heure. C'est juste que... il ne lui restait plus tellement de cartes. Si tout s'était passé comme elle le voulait, à mon avis elle aurait déjà été là, à nous attendre. Autrement dit, ça ne s'est pas passé comme elle le voulait. On devrait peut-être réfléchir à la suite des événements... à ce qu'on va faire si elle n'arrive pas.

— Je ne sais pas. Vous savez, vous ?

— Ma foi, c'est une spécialiste, et à première vue elle a fait du bon boulot. À mon avis, on devrait probablement faire comme elle nous l'a dit. Aller quelque part, utiliser les papiers d'identité qu'elle nous a donnés, nous installer, et essayer de nous occuper l'un de l'autre. » Bernie resta silencieux quelques secondes. « Tu serais d'accord ? »

Rita se tourna vers lui, se pencha et lui donna un petit baiser sur la joue, puis regarda droit devant elle. Bernie vit qu'elle avait les larmes aux yeux.

Il y eut de petits coups vifs sur la vitre, Bernie sursauta. Le temps qu'il se retourne, Jane ouvrait déjà la portière. « Je prends le volant », dit-elle.

Bernie monta derrière, Jane s'installa à sa place et démarra.

« Que s'est-il passé ? demanda Rita. Vous allez bien ? »

Jane la regarda. « Je suis dans une forme olympique », déclara-t-elle. Elle continua de rouler pendant quelques pâtés de maison. Puis : « Bernie ?

— Oui, ma belle.

— Coos Bay, dans l'Oregon. »

Bernie réfléchit.

« C'est au diable, mais d'un autre côté ça ne ressemble pas beaucoup à la Floride, et j'ai assez vu la Floride. Et le Middle West aussi, d'ailleurs. Et puis Coos Bay est juste sur le Pacifique, Rita pourra aller à la plage. Moi, la plage, je ne suis pas tellement chaud, mais...

— Je ne vous demandais pas ce que vous en pensiez.

— Compris. Interstate 64 jusqu'à Saint Louis, ensuite la 70. La jonction se trouve juste après le passage du Mississippi, on ne peut pas la rater. Si vous traversez la 7ᵉ Rue, c'est que vous l'avez dépassée. Ensuite deux jours de route, et une petite balade sur la 15 jusqu'à la 84 dans l'Utah. Vous sortez à la nationale 20, vous traversez tout l'Oregon, et vous tournez à gauche à l'océan. »

Il fallut quatre jours pour reparcourir le pays en sens inverse. Jane dénicha une maison sur une hauteur dominant l'océan et fit établir par le propriétaire un contrat de location-vente au nom de Michael Daily.

« Et moi ? s'exclama Rita en voyant les papiers. Je suis quoi ?

— Sa seule parente encore en vie : sa petite-fille. »

Rita parut gênée.

« Bernie, si ça ne vous plaît pas, je peux juste être votre employée de maison comme avant.

— Non, tu ne peux pas, dit Jane.

— Pourquoi ? »

Jane soupira.

« D'abord, les papiers d'identité que je t'ai faits sont au même nom. Cela parce que vous vous en tirerez mieux en vous protégeant mutuellement. S'il arrive quelque chose à l'un de vous, la seule personne qui sera admise dans sa chambre à l'hôpital est un parent. Bernie est fringant comme un jeune homme, mais il a déjà plus de soixante-dix ans. S'il disparaît brutalement, on ne laissera pas son employée continuer à vivre dans sa maison. Une petite-fille, elle, en héritera, pour peu qu'on s'occupe de faire un testament. Si on t'arrête, on te confiera à la garde d'un grand-père, pas d'un employeur âgé. Je pourrais continuer longtemps comme ça, si tu avais la patience de m'écouter.

— Excusez-moi, dit Rita. Simplement, je ne voulais pas vous créer de complications.

— Laisse-la faire comme elle l'entend, petite, intervint Bernie. Après qu'on aura tout réglé, je ne tiens pas tellement à la rappeler pour lui demander de remettre ça. »

Jane acheta une voiture pour Michael Daily et sa petite-fille Karen, puis passa une semaine à leur apprendre à ne plus ressembler tout à fait à Bernie Lupus, dit « l'Éléphant », ni à Rita Shelford, et à tirer parti de leur nouvel environnement pour rester cachés au lieu d'attirer l'attention sur eux. Elle les emmena dans les magasins qu'ils pouvaient fréquenter en toute sécurité, et leur montra les diverses façons de quitter la région s'ils étaient repérés. Elle les aida à ouvrir des comptes joints à la banque. Sa dernière initiative fut de les conduire chez un notaire. Bernie rédigea un testament dans lequel Michael Daily léguait tous ses biens à sa petite-fille.

Lorsque Rita se réveilla le lendemain matin, Jane faisait son sac. Elle aperçut Rita qui l'observait dans l'encadrement de la porte.

« Ça va me faire de la peine de vous voir partir », dit Rita.

Jane sourit.

« Il est temps. » Elle hésita, puis dit : « Tu étais chez moi le jour où nous avons fait connaissance. Tu as ta nouvelle vie, moi j'ai la mienne. Je ne te demande qu'une chose : souviens-toi de ce que tu m'as promis. De ne jamais en parler à personne.

— Je comprends.

— Et une chose encore, dit Jane avec douceur. Je sais que ta mère te manque. Mais je t'en prie, laisse passer deux ans. Attends qu'elle soit sortie de prison et qu'elle ait eu le temps de semer les gens qui pourraient la surveiller. Après, n'écris pas. Vas-y de nuit, fais-la monter dans ta voiture, et parlez pendant que tu conduiras. »

Elle remarqua que Rita avait commencé à secouer la tête avant qu'elle eût fini sa première phrase.

« Quoi ? demanda-t-elle.

— Ma mère est morte.

— Qui te l'a dit ?

— Je le sais depuis longtemps. Presque quand c'est arrivé. J'ai commencé à regarder dans les journaux de Floride chaque fois que j'en ai eu l'occasion depuis Albuquerque. Un jour, c'était dedans. Elle a été tuée en prison.

— Pourquoi ne m'as-tu rien dit ?

— Je ne voulais pas que vous le sachiez. » Après un silence, elle ajouta : « N'en parlez surtout pas à Bernie. Il me plaindrait. Je ne veux plus jamais qu'on me plaigne. »

Jane serra Rita dans ses bras et la garda contre elle un moment.

« Je ne lui dirai rien », promit-elle.

Elle saisit son sac et sortit pour rejoindre la voiture. Bernie l'attendait.

« J'ai pris votre sac à main, annonça-t-il. Il est sur le siège avant. Je savais que vous alliez l'oublier, et on aurait risqué gros à vous le rapporter !

— Merci », dit Jane.

Elle ouvrit la portière, mais Bernie l'arrêta.

« Une chose encore. Ne vous faites pas de souci. Pour l'instant ils semblent marcher ensemble dans le seul but de nous traquer. Ça ne durera pas. Je les connais. Ils se laissent facilement déconcentrer. S'ils sont en train de chercher un paquet de billets de cent dollars et qu'ils voient un gamin dans la rue avec une pièce de cinq *cents* dans la main, ils s'arrêteront pour lui piquer sa pièce. Après quoi ils se battront entre eux pour la garder. »

Jane haussa les épaules.

« J'espère que vous avez raison.

— Évidemment que j'ai raison ! lui renvoya sèchement Bernie. Je suis B... Michael Daily. » Il fit demi-tour et se dirigea vers la maison, puis s'arrêta. « Merci pour la balade ! »

Jane lui fit un geste d'adieu, puis serra Rita contre elle. « Je penserai à toi. »

Jane roula toute la journée. La soirée était largement entamée lorsqu'elle s'arrêta à un téléphone public sous un lampadaire à Provo, dans l'Utah. Elle composa le numéro de la maison à Amherst, et tomba sur le répondeur.

« Je rentre à la maison. Cela me prendra quelques jours. Je t'aime », dit-elle.

Elle raccrocha et plongea la main dans son sac pour

remettre l'excédent de monnaie rendu par l'appareil. Sa main sentit dans un coin quelque chose d'inattendu. Au contact, cela ressemblait à un kleenex. Un reste du papier qui bourrait le sac quand elle l'avait acheté? Elle le saisit, étonnée par son poids. En le palpant, elle sentit quelque chose de dur et de rond à l'intérieur, comme de petits cailloux. Tandis qu'elle le sortait, le dépliait avec précaution et regardait, elle revit Bernie lui tendre le sac. Sous la lumière du lampadaire les facettes des diamants scintillèrent comme autant de petites étoiles froides.

38

Assis sur le banc près de l'énorme bâtisse en faux adobe, Molinari contemplait les cactus rabougris de l'autre côté de l'allée. Le soleil était bas, et où qu'il tournât la tête, les arbres secs et clairsemés de l'Arizona projetaient trop peu d'ombre pour en atténuer l'éclat impitoyable et protéger ses yeux.

« Mitch, mets-toi devant moi. » Il montra les briques et regarda son neveu se placer à l'endroit désigné et se caler sur ses pieds de façon à faire écran, puis rester parfaitement immobile. Molinari se tassa dans l'ombre fraîche et sentit sa température cutanée commencer à chuter.

« Ça va ? s'enquit l'autre neveu, Steve.

— On se croirait sur une autre putain de planète, maugréa Molinari.

— Qu'est-ce qu'un type comme lui est venu foutre ici ? » glissa Steve en douce.

Mitch se pencha d'un air de confidence, et le soleil explosa dans la figure de Molinari.

« C'est peut-être pour ses poumons.

— Bien vu, lança Molinari. Il voulait être sûr de ne pas manquer d'air.

— Je ne parle pas de ça. Ce que je voulais dire, c'est ici et pas ailleurs. » Tout le monde savait que Castiglione avait été l'instigateur du complot de 1987. La tentative s'était soldée par l'exécution des deux autres patrons, mais la Commission avait accepté la proposition de Castiglione : un exil discret.

« Entrez », dit une voix féminine.

Molinari se dirigea vers la véranda protégée par un store, flanqué de ses deux immanquables neveux, mais la jeune femme en robe blanche qui attendait dans l'entrée baissa les yeux et secoua la tête. « Attendez ici », intima Molinari à ses neveux.

Il suivit la femme dans un vestibule carrelé de la taille d'un hall d'hôtel. Conscient du bruit de ses semelles en cuir sur le carrelage, Molinari baissa les yeux et vit que la femme avait les pieds nus. Ce détail l'intriguait depuis qu'il l'avait vue. Il ne se rappelait pas avoir entendu dire que Castiglione avait des filles. Sans doute une employée. Peut-être qu'elle cachait une arme sous son tablier brodé.

Il trouva Castiglione assis à une table en bois dont les planches, maintenues par d'énormes clous, semblaient avoir été taillées à la hache. Le vieux avait maigri depuis la dernière fois que Molinari l'avait vu, mais sa peau tannée respirait la santé, et ça, c'était nouveau.

Molinari inclina la tête en signe de respect. « Don Paolo, vous êtes en pleine forme à ce que je vois. Le coin doit être bon pour la santé. »

Sa maladresse arracha un sourire à Castiglione.

« Il n'est pas aussi pourri que tu le crois. Assieds-toi. »

Molinari obtempéra. La jeune femme arriva d'un pas feutré dans le dos de Castiglione avec une bouteille de vin dans une main et deux verres dans l'autre. Molinari la regarda les poser, remplir les verres et disparaître sous l'arcade de la porte. Castiglione leva un des verres. « *Salute !* » dit-il, puis il but.

Molinari l'imita

« *Salute !*

— Qu'est-ce qui t'amène, petit ? »

Molinari en resta sans voix. Au bout d'un moment, il se rappela que la dernière fois que le vieux l'avait vu, il était un gamin, pas tellement plus vieux que ses deux neveux, dehors.

« C'est une longue histoire.

— Je la connais presque en entier. Les familles qui ont donné de l'argent à Bernie Lupus essaient de le récupérer. Laisse tomber. Bernie est mort intestat.

— Hein ?

— Ça ne veut pas dire sans couilles, mais sans testament, sans rien d'écrit disant où se trouve l'argent. Tout ce qu'on raconte, comme quoi il l'aurait dit à quelqu'un avant de mourir, c'est de la pure invention. Il court dans le coin une histoire qui a la vie dure, au sujet d'un chercheur d'or. Il a trouvé un filon large comme un boulevard dans une montagne. Il est mort. Mais régulièrement une nouvelle bande de gogos se persuade qu'il a laissé une carte. Pourquoi, bon Dieu, aller faire une carte ? Tu crois qu'un gars qui a mis la main sur une montagne d'or aura envie de montrer l'emplacement aux copains ? Tu crois vraiment qu'il va oublier le chemin ?

— Ça m'étonnerait.

— Bernie l'Éléphant vivait de sa mémoire. Pourquoi aurait-il écrit quoi que ce soit ? Parce qu'il voulait que tous ses excellents amis récupèrent leur argent ?

Les fameux amis auraient pris le papier, et lui, ils l'auraient balancé dans une benne à ordures. Et il le savait. »

Castiglione but une gorgée de son vin et reposa le verre.

« Attention. J'aimais bien Bernie. C'était toujours agréable de discuter avec un homme qui savait des choses, et Bernie ne pouvait s'empêcher de se souvenir d'absolument tout ce qu'il avait vu ou entendu. Je serais volontiers allé à son enterrement, mais des gens auraient estimé que je manquais à ma parole.

— Pas moi », affirma Molinari.

Castiglione eut un petit rire silencieux. Sa tête se tourna vers le jardin, mais ses yeux brillants continuaient d'observer en coin Molinari.

« Tu devrais écouter tes aînés. Beaucoup de transactions se font aux enterrements. »

Molinari hésita.

« Vous pensez revenir ? »

Castiglione écarta l'idée d'un geste paresseux de la main.

« Il y a encore bien trop de gens en vie qui se souviennent. Ils sont obligés parce qu'ils savent que moi, je me souviens, et que je pense à eux tous les jours. »

Au ton de Castiglione, Molinari sentit un frisson lui parcourir le dos. Il se lança. « Je suis venu vous parler parce qu'il se passe beaucoup de choses que je n'arrive pas à comprendre. J'ai besoin d'un conseil. Après la mort de Bernie, nous sommes tous tombés d'accord pour marcher ensemble et surveiller l'apparition de gros mouvements de fonds.

— Je ne te jette pas la pierre, dit Castiglione en hochant la tête. Ça fait mal, des pertes pareilles.

— On s'est entendus, et on a tous ouvert l'œil. Et voilà que tout d'un coup, il y a à peu près une semaine, l'argent commence à débouler de nulle part. Comme quand une canalisation pète sous la rue, et que l'eau jaillit par les bouches d'égouts et les fissures des trottoirs. Seulement, tout semble aller à des associations caritatives.

— C'est ce qu'on m'a dit. »

Molinari se garda de montrer que la réponse n'était pas tombée dans l'oreille d'un sourd. Castiglione savait des choses que rien ne lui permettait, théoriquement, de savoir. Il poursuivit : « Nous mettons donc tous nos hommes sur le coup pour voir ce qui se passe. Nous tirons toutes les ficelles, nous mettons la pression sur tous les banquiers ou courtiers et tout ce qui travaille pour nous, afin de remonter la trace de l'argent et savoir qui l'envoie aux associations. Résultat, zéro : tous les donateurs sont bidon ! Nous décidons alors de trouver les gens qui pourraient avoir un rapport avec la mort de Bernie. Il y a Vincent Ogliaro. Bernie s'est fait descendre à Detroit, et c'est la ville d'Ogliaro, même s'il est en prison. Mais il y a peu de chances qu'il ait pu faire le reste du travail. »

Castiglione acquiesça.

Molinari fronça les sourcils, comme s'il peinait à reconstituer la liste. « Il y a un garde du corps de Bernie. Il a pris le large à peu près au moment de la mort de Bernie. Il y a cette fille qui faisait le ménage chez Bernie. Et il y a cette femme. » Il eut un geste d'incompréhension. « Personne ne sait rien sur elle, mais quelqu'un l'a vue avec l'employée de Bernie. Ils en ont fait un portrait-robot, à la façon des flics. »

Castiglione observait Molinari, une lueur d'amusement dans les yeux.

« Nous avons envoyé des gens partout avec des photos, nous avons offert des récompenses. Nous avons surveillé les aéroports, les hôtels, les agences de location de voiture, tout ! La seule qu'on repère, c'est la femme, et rien ne prouve que c'est la même ! »

Castiglione écoutait, perdu dans la contemplation du vin à la robe foncée et aux épais tanins, laissant le soleil s'y réfléchir et le transformer en rouge sang.

« Hier, mes hommes se mettent à y regarder de plus près et voient que le tableau a changé, continuait Molinari. Les hommes de Castananza ont filé. Moi, je veux bien, sa famille est petite, et il s'est dit qu'il avait perdu assez de temps avec cette histoire. Ensuite, ce sont les hommes de Catania : pas tous, mais quelques-uns. Et ce matin, mes hommes commencent à voir les hommes de Delfina rentrer chez eux.

— Et pourquoi viens-tu me voir ? Tu crois que j'ai l'argent de Bernie ? »

Le visage de Molinari exprima l'étonnement qu'attendait Castiglione.

« Je vais être franc avec vous, don Paolo. Je suis inquiet. Je veux avoir votre opinion. »

Castiglione poussa un soupir.

« Je vais être franc avec toi. Dès le début, nous avons mis beaucoup d'argent à gauche avec Bernie. C'était à l'époque où un million de dollars était encore un million de dollars. Ça fait des milliards à l'heure qu'il est.

— C'est ce qu'on a tous pensé. »

Castiglione cracha sur le carrelage.

502

« Tu peux lui dire adieu. Il est mort avec lui.

— Mais quelqu'un le fait bouger !

— Peut-être qu'un type du FBI qui surveillait Bernie a découvert où il l'avait mis, et qu'ils sont en train de le blanchir parce qu'ils sont fatigués de réclamer des fonds au Congrès. À moins que Bernie se soit confessé et ait dit à son prêtre où était l'argent, et qu'un escadron de comptables jésuites le refile maintenant sous le manteau aux boiteux, aux estropiés et aux aveugles. Tout le monde s'en contrefout. Si vous n'arrivez pas à le retrouver et à le tenir entre vos mains, c'est qu'il s'est envolé. » Il incendia Molinari du regard. « La seule question est : qui a compris le premier ?

— Je ne sais pas... Castananza a été le premier à retirer ses hommes.

— Navré, petit, dit Castiglione d'un ton plus doux. Mais vous avez des années-lumière de retard. Quelqu'un s'est servi de cette affaire pour voir ce qu'il pouvait prendre qui avait plus de valeur que l'argent de Bernie. Cette réunion où vous vous êtes vus pour tout décider, qui l'avait organisée ? Où s'est-elle déroulée ?

— John Augustino a convoqué tout le monde en Pennsylvanie. Nous nous sommes rencontrés dans un bus à lui.

— Ça cadre.

— Comment ça ? Ce sont les Langusto qui ont parlé, et ce sont eux qui avaient fait venir Bernie à New York. Eux ou leur père.

— Je te parle de bien avant. Bernie était de Pittsburgh. Il y a eu une réunion dans les années quarante à Miami. C'est Sal Augustino, le père de John, qui a amené Bernie et nous l'a vendu à tous. Les Langusto

503

étaient juste chargés de nourrir et de protéger Bernie parce que, à l'époque, nous le voulions à New York. À mon avis, celui dont vous devriez vous méfier n'est pas celui qui parle. C'est celui qui est assis derrière lui et qui observe le visage de tout le monde. Si vous n'avez entendu que Phil et Joe Langusto, tu peux les rayer de la liste. L'homme qui se prépare à vous trancher la gorge est John Augustino.

— Je n'aurais jamais vu les choses de cette façon », souffla Molinari. Il fixa Castiglione pendant quelques secondes. « Je sais que quand vous êtes venu ici, vous n'avez pas lâché le milieu. À ce que je vois, vous avez encore de l'argent qui rentre, et quelqu'un qui vous informe. »

Le visage de Castiglione ne trahissait rien.

« Je pense, reprit Molinari, que vous avez peut-être encore des gens qui travaillent pour vous mais ne le disent pas. Que peut-être, si vous donniez le signal, vous auriez brusquement des soldats. »

Castiglione contempla le contenu de son verre. On y arrivait enfin.

« C'est un sujet dont il est dangereux de parler. Si quelqu'un pensait que tu attendais ça, ils marcheraient ensemble pour avoir ta tête. »

Molinari haussa les épaules.

« Si je m'en sors et pas eux, ce qu'ils auront fait n'aura plus d'importance. »

Castiglione leva son verre de vin, tint le pied entre son pouce et son index et lui imprima un mouvement de rotation, regardant le vin adhérer à la paroi. « Cela fait un bail que je vis ici. Mes soldats, ils n'ont pas bougé. Leurs chefs ne se rappellent probablement pas à quelle famille ils appartenaient avant.

— Je veux que vous rentriez avec moi. »

Castiglione fit mine d'étudier la proposition. Il savait que ce jour viendrait. Après tant d'années à se tourner les pouces dans le désert et à attendre, tout se mettait en place. Molinari ignorait complètement à qui il demandait de l'aide. Il était trop jeune pour se souvenir. Dans un mois ou un an, tous les capos qui avaient obligé Castiglione à s'exiler seraient morts. Ensuite il ne resterait que Castiglione et Molinari, et enfin juste Castiglione. « Je vais essayer de t'aider, dit-il.

— Combien d'hommes d'autrefois répondront à votre appel ? De combien êtes-vous sûr ? »

Castiglione fit la moue.

« Pas tellement. Deux cents. »

Le cœur de Molinari se mit à cogner dans sa poitrine. Il avait vu juste tout du long, mais cela dépassait ses attentes. Qu'il vienne donc, Augustino ; qu'ils viennent tous ! Et lorsqu'ils seraient là, les soldats dont ils ne se méfiaient plus, ces hommes d'âge mûr, fiables, qui travaillaient pour eux depuis une dizaine d'années et avaient appartenu en d'autres temps à l'organisation du vieux Castiglione, leur colleraient le fusil sur la nuque.

39

Phil Langusto lança un regard interrogateur à son frère, puis à Tony Pompi. Tous deux avaient le visage lisse, bien décidés à ne rien lui dire qui les oblige à tirer des conclusions. Ils voulaient juste se poser en techniciens, lui mettre sous les yeux des faits et des chiffres, parce que ça, ils n'y étaient pour rien. Phil attendit avec impatience que Pompi ait fini de sortir la carte de son enveloppe et de la déplier. Son frère Joe la saisit par l'autre bout, et tous deux, la tenant comme une couverture, la posèrent par terre.

Phil s'approcha du bord de la carte et l'examina. Elle lui donna la nausée. Le pays ressemblait à un cadavre d'hippopotame gisant sur le flanc, constellé de points rouge sang. Les éclaboussures, jusque-là concentrées sur les deux côtes, se chevauchaient à présent pour former d'énormes dégoulinades du Canada au Mexique à l'ouest, et de la Nouvelle-Angleterre à la Floride à l'est. Quant au milieu de la carte, on ne le reconnaissait plus. Les points se pressaient dans presque toutes les grandes villes, de Minneapolis à New York, et du sud des Grands Lacs à la ligne Mason-Dixon.

« Et c'est ça que vous vouliez me montrer ? » demanda Phil sans s'énerver.

Joe hocha la tête.

« C'était bien ce que nous pensions. Ils allaient vers le Middle West pour poster le reste des dons. »

Phil lança un regard noir à Joe, puis à Pompi.

« Vous êtes juste venus me dire que vous aviez raison pour que je vous félicite ? Vous avez une nouvelle théorie, un nouveau plan ?

— Pas vraiment, avoua Joe avec un regard contrit vers la carte. On s'est juste dit qu'il était temps de te montrer ce qu'on voyait.

— Moi, je vois des milliers de points rouge vif. Et vous ? »

Joe, dans ses petits souliers, s'éclaircit la voix.

« Ces derniers jours, la carte n'a pas changé.

— Comment ça ? Elle est immonde !

— Elle l'est. Mais ce qui nous inquiète, c'est qu'elle ne le soit pas plus qu'il y a une semaine. » Il attendit que Phil saisisse la perche, mais celui-ci se contenta de le fusiller du regard. « Nous pensons qu'ils ont terminé leurs expéditions. »

Phil contempla la carte.

« Mais il y a encore des vides, dit-il. Tiens, là. » Il pointa sa chaussure vers le bas de la carte, indiquant vaguement le Mississippi, l'Arkansas et la Louisiane.

« Nous l'avons remarqué aussi, intervint Tony Pompi. Mais les lettres se sont arrêtées. Ou bien il n'y en avait pas de prévues, ou alors... » Il haussa les épaules.

« Ou alors quelqu'un les a interceptées ?

— C'est une possibilité », déclara Joe Langusto.

Phil alla jusqu'à son bureau et composa un numéro

de téléphone. « Bobby ? Ici, Phil. Tu l'as trouvé ? » Il écouta pendant quelques secondes. « Hein ? Tu es sûr ? » Les yeux au sol, il parut réfléchir. « Bobby, tu ne bouges pas. Je te rappelle dans quelques minutes. » Sur quoi il raccrocha.

« Alors ? s'enquit Joe.

— Pendant que vous faisiez joujou avec votre carte, il s'est passé pas mal de choses, répondit Phil. Des choses qui ne me plaisent pas.

— De quel genre ?

— Pour commencer, les gars sont en train de se barrer. Ils surveillent la zone de retrait des bagages dans un aéroport, et deux minutes après on les retrouve à l'étage supérieur en train d'acheter un billet. Nos hommes nous appellent de partout. Ils veulent savoir ce qui se prépare.

— Et c'est quoi ? » demanda Joe.

Phil lui lança un regard presque haineux. Il se ressaisit, son expression se radoucit, il parut un instant avoir oublié le visage de Joe, puis le reconnut. « D'abord Castananza. Tous ses hommes sont partis au milieu de la nuit. Après, ceux de Catania. Quelques-uns par-ci, quelques autres par-là, qui filent ni vu ni connu. Et puis Delfina. Aucun d'eux n'a rien dit à personne.

— Comment tu l'expliques ? »

Phil recula jusqu'au fauteuil à côté du téléphone et, lorsqu'il le heurta, s'y laissa choir au jugé. Il fixa le vide d'un air mauvais, puis ses yeux s'illuminèrent. « Ils l'ont trouvé.

— Quoi ?

— Mais bon Dieu, de quoi on parle, hein ? L'argent de Bernie l'Éléphant ! »

Joe haussa les épaules.

« Je ne vois pas comment tu peux... »

Phil soupira, puis s'adressa à son frère avec la patience réservée aux pauvres d'esprit.

« Joey, ouvre bien grandes tes oreilles et réfléchis. Toutes les familles étaient tombées d'accord pour rechercher Danny Spoleto, Rita Shelford et cette femme qui postait des lettres. Pourquoi est-ce que quelqu'un s'arrêterait soudain ? »

Les yeux de Tony Pompi parurent se dessiller.

« Parce qu'ils en tiendraient un !

— Ou les trois, enchaîna Phil. En tout cas, ils ont trouvé celui qui pouvait rendre l'argent. » Il s'arma à nouveau de patience. « Et maintenant, nous constatons autre chose de pas normal. Frank Delfina a disparu.

— Tu peux me dire quand il ne disparaît pas ? Il passe son temps à bouger, un vrai VRP !

— Depuis la minute où le premier de ses hommes s'est tiré, je suis resté au téléphone à essayer de le joindre. Ses gars à L.A. disent qu'il est à Omaha. À Niagara Falls, ils me disent qu'il est à Albuquerque. Ceux d'Oakland me répondent qu'il est à L.A. Ils veilleront à ce qu'il me rappelle. Tous se font du mauvais sang, ils ne savent pas quand il est parti ni quand il reviendra !

— Je ne pige pas, dit Joe.

— Pourquoi se mettrait-il au vert juste maintenant ? C'est lui qui a l'argent ! Tu viens de dire qu'on a cessé de poster des lettres. Moi, je sais pourquoi. C'est parce que Delfina les a. Il a mis la main dessus, et il a passé toute la semaine à récupérer l'argent. Maintenant, il a de quoi commencer à s'acheter le soutien de quelques familles. Castananza, Catania... D'autres vont bientôt suivre.

— Je n'arrive pas à le croire ! » s'exclama Joe.

Phil contempla le tapis, de plus en plus convaincu à mesure qu'il y réfléchissait. Son expression devint amère. « Étonne-toi que les familles n'aient jamais pu arriver à rien. On se met d'accord comme quoi le premier qui trouve l'argent le partage et... et on se retrouve à la case départ. Ces gens-là, leur parole c'est de la merde. »

Joe détourna la tête. Son frère et lui avaient passé des heures à débattre de la meilleure solution pour s'approprier la plus grosse partie du pactole, mais inutile d'aller l'embêter maintenant par des rappels déplaisants. « Et tu penses qu'ils ne partageront pas ?

— S'ils en avaient l'intention, tu crois qu'ils agiraient comme ils l'ont fait ? Qu'ils rappelleraient leurs hommes sans avertissement, sans explication ?

— S'ils avaient mis la main dessus, c'était logique de ne pas laisser leurs gars moisir dans des aéroports. » Il réfléchit un moment. « Et si Delfina est derrière tout ça, il va se faire rare. »

Phil saisit le téléphone et pianota sur quelques touches. « Bobby ? C'est moi. Voilà ce que je veux que tu fasses. Rappelle tous nos hommes sauf ceux de Chicago, Cleveland, La Nouvelle-Orléans, Pittsburgh, Boston et Philadelphie. Dans ces villes, tu laisses quelques gars. Rapatrie tous les autres ce soir. Ceux qu'on laisse, tu leur dis de ne pas bouger mais de se rendre invisibles. Je veux qu'ils disparaissent du paysage, louent une chambre quelque part, et restent vissés près du téléphone. »

Il écouta pendant quelques secondes. « Exact. Tu en récupères assez pour protéger notre territoire, et tu en laisses une poignée là-bas sans que personne soit au courant. Si quelqu'un décide de nous attaquer par surprise, il découvrira que j'ai le bras plus long que lui. Si quelqu'un frappe, je veux des soldats sous son nez pour riposter. »

Phil vit que son frère l'observait, et il sentit que quelque chose le taquinait. « Quoi encore ? lui lança-t-il d'un ton exaspéré.

— On dirait que tu te prépares à tirer dans toutes les directions à la fois. Est-ce qu'il ne vaudrait pas mieux trouver d'abord qui fait quoi, et décider ensuite qui tu liquides ? »

Le visage de Phil se crispa. Ce garçon était d'une ignorance crasse. Il avait grandi dans cette maison, en regardant leur père diriger la famille, puis Phil prendre la relève, et il n'en avait pas plus appris que s'il avait été le clébard de la famille. « Tu crois que si nos hommes ont remarqué qu'on rappelait ces soldats, personne d'autre ne s'en est aperçu ? Tu penses vraiment que nous sommes les seuls dans le pays à savoir que Frank Delfina a disparu de l'écran de radar ?

— Je suppose que ça ne leur aurait pas échappé, convint Joe.

— Eh bien, personne ne m'a appelé... Je suis au courant depuis une semaine, et pas un seul n'a décroché son téléphone pour me prévenir ! »

40

L'aube approchait et Tommy DeLuca commençait à s'inquiéter. « Pourquoi n'appellent-ils pas ? Ils devraient avoir trouvé Delfina à l'heure qu'il est ! » Il avait attaqué la soirée avec du scotch pour juguler la fièvre de l'attente. Un peu après minuit, il était passé au café, car sa confiance jubilatoire s'estompait déjà pour faire place à une lente et insidieuse prémonition de défaite. Il était maintenant nerveux et à cran.

« Ils vont appeler », dit Guarino. DeLuca détecta un changement de ton dans la voix de Guarino. Ce n'était pas ce qu'il cherchait. Simplement, Guarino ne se mouillait pas.

« On aurait dû mettre les autres familles dans le coup avant de le chercher, reprit DeLuca. Au lieu d'être obligés d'agir discrètement, trois hommes par-ci, cinq par-là. Il fallait envoyer une armée dans toutes ses entreprises. Cerner tous les bâtiments, foutre le feu et descendre le premier qui sortait ! »

Guarino soupira.

« Rien ne dit que ç'aurait été du billard. Ils sont terrés chez eux, portails fermés et lumières éteintes.

— Les petites pointures seulement : Castananza... et

peut-être une ou deux autres. Mais les Langusto ont encore leurs hommes sur le terrain, et aussi Tasso, Molinari et Augustino.

— Cela valait mieux de ne pas les rameuter avant d'être sûrs. Car je peux te dire que tout le monde est nerveux. Si on les met sur le coup et qu'ils ont des pertes, il se passera quoi ? Il n'en faudrait pas beaucoup pour mettre le feu aux poudres. L'armée, on la verrait, seulement les gars rappliqueraient sur Michigan Avenue pour nous sortir d'ici et nous buter.

— On a tous accepté de coopérer.

— Oui, mais ça sera nettement plus facile si nous avons déjà pris tous les risques et fait tout le boulot, et qu'on les prévient après coup. Ensuite, c'est toi qui répartis l'argent, et pas Phil Langusto. Et dès qu'on aura mis la main sur Delfina, ce sera quasiment joué. Si tu t'y prends de cette façon, il n'y a pas de risque.

— Moi je te dis que si ! Tu as pensé à ce qui se passera si quelqu'un découvre qu'on a agrafé Delfina et récupéré l'argent de Bernie avant qu'on le leur dise nous-mêmes ?

— Qui, par exemple ?

— Je ne sais pas ! Les familles de New York ! À elles cinq, elles comptent bien deux mille confirmés, et elles se font régulièrement la guerre depuis l'âge de pierre. Les Molinari et compagnie, moi, ils m'inquiètent.

— C'est pour ça que c'est la meilleure solution. Tu les mettais sur le coup : qu'est-ce qui garantissait qu'ils n'allaient pas s'entendre de leur côté, foutre une raclée à nos hommes et prendre tout l'argent ? Molinari, il en est capable... Catania est cinglé, et Phil Langusto, c'est le roi des faux derches. »

DeLuca fit un saut de carpe lorsque la sonnerie du téléphone rompit le silence ambiant. Il décrocha le combiné du bout des doigts, à croire qu'il craignait de se brûler. « Oui ? »

Guarino observa ses réactions. DeLuca ferma les yeux comme s'ils le piquaient et se massa le front du bout des phalanges. « Bon, dit-il. Tout le monde rentre. » Il raccrocha et se tourna vers Guarino. « Ils rappellent leurs hommes. »

Guarino se leva.

« Qui ça ?

— Les poids lourds : Langusto, Tasso, Molinari, Augustino, Catania... » De nouveau il ferma les yeux, puis inspira une grande goulée d'air qu'il exhala d'un air anéanti. « Quand Castananza a retiré ses hommes, j'aurais dû m'en douter. Il n'est pas né de la dernière pluie, et il a compris qu'il avait mieux à faire. Cette histoire, c'était un coup fourré. Probablement de Catania. Quand on a eu cette réunion, il n'arrêtait pas de nous répéter qu'on se faisait des idées. Sûr que Delfina et lui avaient déjà notre argent.

— Dans ce cas, pourquoi ça ne leur suffirait pas ? Qu'est-ce qu'ils veulent de plus ?

— Delfina a toujours pensé qu'il s'était fait baiser quand Castiglione est parti et que la Commission a coupé la famille en deux. Lui n'a rien eu, moi j'ai récupéré Chicago. Alors, à ton avis, il veut quoi ?

— D'accord, mais Catania ?

— Catania veut le monde entier. Il va falloir qu'on se protège... On va lui mettre les points sur les i, lui faire comprendre que Chicago, ce n'est pas du tout cuit, du coup il cherchera quelqu'un d'autre à avaler en premier. »

Guarino resta silencieux un moment.

« Je ne sais pas, Tommy, dit-il enfin. Tu crois que c'est une bonne idée d'avoir l'air de préparer un coup ? Tout le monde est à cran. Il suffirait d'un rien. Pour peu qu'une voiture pétarade près de ces types, les cadavres vont pleuvoir d'un bout à l'autre du pays.

— Les dés sont jetés, déclara DeLuca d'un ton solennel.

— Alors autant que je m'y mette. Je commence par prévenir tout le monde chez nous ce matin pour que personne ne soit pris de court. »

Guarino se dirigea vers la porte d'entrée, puis sursauta en entendant la voix de DeLuca juste derrière lui. Jamais DeLuca ne l'avait raccompagné jusqu'à la porte. « Attends. Avant que ça démarre, je veux que tu me promettes une chose.

— Naturellement, Tommy. Quoi ?

— S'il m'arrive malheur, je veux que tu butes Catania.

— Il est froid », répondit seulement Guarino. Il ouvrit la porte et sortit dans la rue. En allant vers sa voiture, il réfléchit à une curieuse observation qu'il avait faite des années auparavant. Il venait d'en avoir une nouvelle preuve, mais pas l'explication. Il se rappelait Tommy DeLuca, il n'y avait pas si longtemps, quand il dirigeait une équipe du South Side. Un type de premier ordre, et qui n'avait pas froid aux yeux. Quand la situation avait pris une sale tournure pendant la tentative de coup de force de 87, il avait arpenté le secteur, manteau ouvert, mains dans les poches, les doigts à travers la doublure sur le petit pistolet-mitrailleur qu'il avait sur lui. Il se tenait sur ses gardes, l'œil alerte, guettant non pas un agresseur mais un type à descendre.

Guarino avait travaillé pour quatre patrons au cours de son existence, et ce n'était pas la première fois qu'il le remarquait. Pour une raison inconnue, au bout d'un an ou deux de règne, ils commençaient à changer. Ils cessaient de sortir et d'aller prendre du bon temps avec les gars, et aussi de sourire. Mais moins ils tiraient de plaisir de la vie, plus ils paraissaient y tenir. Comme s'ils avaient acquis et mis à gauche tellement d'argent qu'ils ne supportaient pas l'idée de mourir un jour. Depuis deux ans Tommy mollissait. Les rares fois qu'il avait vu Catania, il avait passé son temps à avaler des vitamines à coups de jus d'orange ou d'eau minérale, et ça aussi, c'était un signe. Il voulait vivre éternellement, comme les pharaons.

Guarino ne connaissait qu'une exception, Paul Castiglione. Lui était resté un vrai dur. Même quand il avait été trahi, lorsqu'il avait tenté de bâtir un empire, et que ses alliés avaient été tués, il s'était exilé dans l'honneur. Comme un crocodile battant en retraite. Il partait : la Commission l'avait mis hors jeu. Mais elle savait qu'elle devait s'en tenir là et ne pas le tuer, parce que, du moment qu'il filait, elle avait tout intérêt à ne pas s'approcher de trop près de sa mâchoire.

Le jour où Castiglione serait porté manquant en Arizona, il y aurait des gens à New York, à Chicago, à La Nouvelle-Orléans et à Pittsburgh, et pas que là, qui seraient amenés à reconsidérer leurs décisions d'alors. Et beaucoup d'autres qui se réjouiraient de voir le retour de la belle époque, Guarino le premier.

Il monta dans sa voiture et partit vers son officine de paris clandestins de la 55e Rue. C'était le seul endroit doté d'une ligne de téléphone sûre à cent pour cent. Elle avait toujours été un de ses points de chute préférés. Vu la guerre qui s'annonçait, il allait être obligé de la fermer dans quelques jours, même si elle représentait dix pour cent de ses revenus. Ce serait ça de moins sur ce qu'il mettait de côté pour envoyer ses gamins à l'université, mais impossible de faire autrement. Pas question d'exposer vingt-sept personnes, pour moitié des femmes, à une bombe incendiaire. En tout cas, pas pour dix pour cent.

Tout en roulant, Guarino réfléchit aux coups de téléphone qu'il allait devoir passer ce matin-là. Avec cette histoire, DeLuca avait envoyé environ deux cent cinquante hommes sur le terrain, et chacun d'eux avait ses gars à lui. N'importe comment, ç'avait été dangereux de se dégarnir autant, et peut-être qu'on allait s'en mordre les doigts. Il était bon pour une cinquantaine d'appels avant que le soleil se lève.

Dans sa grande maison en brique, Tommy DeLuca s'interrogeait sur la conduite à tenir. À midi, ses soldats l'entoureraient, mais pour l'instant il se trouvait dans cette pièce silencieuse et paisible, sans personne à qui parler. C'était le moment idéal pour réfléchir, et la réflexion s'imposait. Dans quelques heures, quand ils commenceraient à former les rangs, ses hommes attendraient de lui un ordre de bataille qui tienne debout et une stratégie pour défendre les quartiers sud de la ville contre... contre qui ?

Delfina et Catania à coup sûr, mais Delfina était trop sournois pour agir sans avoir l'avantage du nombre. DeLuca fit le tour des hypothèses et éprouva la désagréable impression de se ratatiner. Catania avait sans doute mis d'autres familles dans le coup, et ce, dès le début. En bonne logique une ou deux familles de New York. Il n'avait sûrement pas envie d'avoir à sa porte quelqu'un prêt à le supprimer à la première occasion.

Des précautions préliminaires s'imposaient. Il allait laisser des hommes à O'Hare. Quelques gars resteraient sur les zones d'arrivée pour repérer les envahisseurs, mais le gros de l'équipe se trouverait dehors et pourrait agir. Ils auraient besoin de communiquer, afin que les guetteurs dirigent les tireurs sur les cibles. Des radios ? Son instinct le lui déconseillait vivement. Vu la quantité de fréquences utilisées par les aéroports, quelqu'un finirait par ordonner à un pilote d'American Airlines d'abattre le type à la cravate jaune, et tout le monde finirait en taule ! Des portables, peut-être.

Il faudrait placer des équipes sur les dernières portions des grandes autoroutes... l'Interstate 90 impérativement, et peut-être une ou deux autres. Poster des hommes aux fenêtres à proximité de toutes ses entreprises. Il leur donnerait des jumelles. S'y ajouteraient plusieurs défenseurs avec de l'artillerie lourde à l'intérieur pour repousser l'assaut.

Cela, c'était l'enclume. Restait à préparer le marteau. D'abord mettre sur pied une brigade volante. Chaque fois que les défenseurs seraient attaqués, une force massive prendrait les envahisseurs à revers et les écraserait. Il lui en faudrait probablement deux ou trois. Compte tenu de la dimension de Chicago, une seule brigade n'aurait pas le temps d'arriver chaque fois qu'il y aurait du grabuge.

DeLuca jeta un coup d'œil vers la fenêtre. Quelque chose avait changé. Au bout d'une seconde, il comprit que les deux projecteurs de sécurité fixés sur l'avancée du toit au-dessus de la fenêtre, qui s'allumaient à la nuit tombée et brillaient jusqu'à l'aube, n'éclairaient plus la cour. Il s'approcha de la fenêtre et leva les yeux. Les deux ampoules étaient grillées. Il poussa un soupir exaspéré.

Il aurait bien chargé un des soldats qui allaient arriver de changer les ampoules. Mais il ne rappelait pas ses troupes au nom d'un combat à la vie ou à la mort pour leur donner des corvées de larbin. Et puis il y aurait peut-être un risque. Une fois qu'il aurait rapatrié tout le monde, l'ennemi se saurait dans le collimateur. On ne pourrait bientôt plus escalader sans danger une échelle devant chez soi. Autant oublier cette histoire d'ampoules.

Il jeta un regard de haine aux projecteurs. Justement, il ne pouvait pas s'offrir ce luxe. C'était la seule lumière éclairant l'épaisse haie d'arbustes qui bordait la maison, ainsi que la partie médiane de l'allée. Dangereux de laisser ces zones dans le noir. Un commando risquait de remonter par là jusqu'à la maison.

DeLuca descendit au sous-sol et revint avec un escabeau, puis alla chercher deux ampoules neuves dans le placard de la buanderie. Il sortit par la porte de la cuisine, la boîte d'ampoules sous le bras, l'escabeau en aluminium lui cognant le genou à chaque pas, et revint sur le devant de la maison.

Posant la boîte sur le haut de la haie, il déplia l'escabeau et le cala solidement sous l'avant-toit, puis gravit les échelons pour atteindre les ampoules grillées. Il commença à en dévisser une, mais elle tourna trop facilement. Pris d'une intuition, il la revissa.

La lumière s'alluma. Le cœur de DeLuca se mit à cogner. Il se tourna vivement, la balle lui traversa l'œil gauche. Il était mort, mais une succession rapide de coups le touchèrent à la poitrine, au ventre et au bras tandis qu'il tombait, puis ricochèrent sur le mur de la maison et traversèrent la fenêtre.

En entendant le déclic du chargeur vide, Di Titulo ouvrit les yeux. DeLuca avait disparu, mais Di Titulo eut vaguement l'impression de l'avoir descendu. Il y avait du sang sur la maison à l'endroit où il aurait dû se trouver. Di Titulo bondit sur ses pieds et jaillit de la haie, traversant vivement la pelouse jusqu'à la rue tandis que la voiture s'arrêtait.

En plongeant par la portière ouverte sur le siège arrière, il s'aperçut qu'il serrait toujours son arme. La voiture démarra si vite que la portière se rabattit, puis cliqueta jusqu'à l'angle de la rue. Quand le véhicule fonça pour amorcer le tournant, Di Titulo passa le pistolet dans son autre main et claqua la portière. Il sentit qu'on lui retirait l'arme, et son regard rencontra celui de Saachi.

Le visage maigre et cadavérique frôlait le sien, et l'odeur de tabac froid le prit à la gorge. Ses dents pointues étaient découvertes jusqu'aux gencives dans ce qui devait être un sourire. « Ça va ? »

Un sentiment de claustrophobie s'empara de Di Titulo. Il voulait baisser la vitre, ouvrir la portière, sortir. Il voulait que la voiture s'arrête, et en même temps qu'elle file comme l'éclair. Il n'avait pas compris ce qu'avait dit Saachi, mais il le devinait. « C'était... atroce. »

Saachi hocha la tête.

« Te fais pas de bile. On s'habitue. »

Di Titulo eut l'air abasourdi.

« Je pensais... je ne suis pas un... je croyais que

c'était juste lui, à cause de la bombe dans ma voiture ! »

Saachi le dévisagea, mais rien, dans son visage, ne montra qu'il avait entendu. Di Titulo fit un nouvel essai.

« Je suis un homme d'affaires ! »

Derrière le conducteur, Saachi regardait droit devant lui.

« Depuis deux minutes, nous sommes en guerre, dit-il. Tout le monde est mobilisé. » Il se tourna subitement vers Di Titulo pour accrocher son regard. « C'est ton boulot désormais. Fais-le bien. »

41

Jane leva les yeux vers la fenêtre du premier étage, à côté du grand érable. Aucune lumière ne brillait dans la chambre, mais elle avait aperçu une lueur dans les croisées de devant, et elle vit que c'était allumé dans la cuisine. Elle s'approcha de la porte de derrière et tendit le bras vers la poignée, mais déjà la porte s'ouvrait, Carey s'avançait vers elle et l'enlaçait de ses grands bras, la serrait doucement contre lui en la berçant un peu. C'était chaud, rassurant, reposant.

« Tu te souviens encore de moi ? » dit-elle au bout d'un long moment.

Il ne desserra pas son étreinte.

« Cette question... C'est à cause de toi que je n'ai jamais éprouvé le besoin d'avoir un chat. J'ai déjà une créature belle et féline qui ne vient jamais quand on l'appelle, mais se contente de passer lorsque le cœur lui en dit et repart ensuite. »

Elle se réfugia plus profondément dans ses bras, puis s'écarta un peu et leva la tête pour l'embrasser. Ce fut un baiser plein de douceur, un baiser tranquille, parfait. « Je peux entrer ? » demanda-t-elle.

Ils traversèrent le petit vestibule et entrèrent dans

l'antique et immense cuisine, où Jane entendit l'eau s'écouler du lave-vaisselle. Elle fit un pas dans la salle à manger et passa la main sur la surface lisse de la table.

« Tu cherches de la poussière ? demanda-t-il.

— Non. Pour l'instant je ne suis pas en manque, merci. Cela me paraît plus indiqué de se charger au champagne, et je suis incapable de me rappeler si nous en avons.

— Quelle question ! J'en garde toujours au cas où l'on renverserait quelque chose sur le tapis. »

Il sortit une bouteille du réfrigérateur et ôta l'aluminium du goulot.

« Ce n'est pas du champagne qu'il faut mettre. Tu confonds avec de l'eau de Seltz.

— Ah bon ? » Il fit sauter le bouchon. « Alors je l'ai gâchée pour rien. » Il contempla la bouteille avec regret. « On ferait aussi bien de la boire. »

Jane prit deux verres tulipes dans le placard.

« Ça s'impose. Sinon, quand on mettra une lettre dans la bouteille, elle sera mouillée. »

Ils burent quelques gorgées et passèrent dans le séjour. Elle se retourna et se planta en face de lui.

« Ma nouvelle tenue te plaît ?

— Très seyante, comme aurait dit ma grand-mère. » Elle commença à déboutonner son chemisier de sa main gauche, puis lui lança un regard en biais.

« Affriolante, non ? As-tu eu le temps d'apprécier ?

— Je suis conquis. Inutile que je la revoie d'ici un bon bout de temps.

— Parfait. » Le chemisier glissa de ses épaules. Elle défit son pantalon et l'enleva, et de nouveau les bras de

Carey l'enveloppèrent. Il y eut l'effleurement léger de ses doigts qui la firent frissonner, la caresse ferme de ses paumes qui lissaient sa peau, épousaient la forme de son corps, ne s'arrêtant jamais, comme s'il avait besoin de la toucher partout en même temps. Elle aussi, elle avait eu besoin d'enlever ses vêtements quelques minutes à peine après l'avoir vu.

Non qu'elle se sentît incapable d'attendre, mais c'était une façon de lui montrer qu'elle en avait envie. Et elle voulait voir et sentir sa joie à lui de le savoir. Les mains de Jane défaisaient prestement les boutons, la boucle de ceinture, le déshabillaient. Ils firent l'amour là où ils s'étaient arrêtés dans le séjour, puis montèrent dans leur chambre et restèrent allongés dans le noir sur les draps propres et frais, tandis que le vent d'été écartait les rideaux pour effleurer leurs corps de sa chaude caresse. Ensuite ils savourèrent chaque instant, laissant l'obscurité de la nuit annuler le temps, décrétant qu'elle ne finirait jamais et qu'ils pourraient rester éternellement ainsi. Plus tard, bien plus tard, Jane vit les chiffres du réveil rougeoyer sur la table de nuit, et perdit une seconde à espérer qu'elle avait mal lu. « Il est presque trois heures du matin », chuchotat-elle, mais les lèvres de Carey se posèrent sur les siennes, leur imposant silence, et y restèrent. Sa main suivit doucement la ligne de sa gorge, et Jane sentait déjà son désir renaître.

Lorsqu'elle fut en mesure de jeter un nouveau coup d'œil au réveil, un moineau lançait ses premiers pépiements hésitants sur un arbre au bout du jardin. Son regard revint sur Carey allongé à son côté, et elle vit qu'il s'était endormi. Très doucement, elle souleva son avant-bras alourdi par le sommeil et se dégagea, puis le reposa tout aussi doucement sur le lit, à l'endroit qu'elle avait occupé.

Le regard toujours posé sur Carey, elle gagna sans bruit la porte, s'autorisant à admirer ses longues jambes, ses grands pieds et son visage paisible d'enfant quand il rêvait. J'ai eu cela, pensa-t-elle. Si je meurs maintenant, au moins j'aurai su voir et accepter le meilleur cadeau que m'ait fait la vie.

Elle baissa les yeux pour s'assurer que son pied nu se posait sur les lattes du plancher qui ne craquaient jamais, puis se glissa dans le couloir jusqu'à l'une des deux autres chambres de la maison, la mieux aménagée. Elle se doucha dans la salle de bain attenante, puis enfila un vieux sweat-shirt et un jean et descendit préparer le petit déjeuner de son mari.

Après avoir laissé Carey dormir aussi longtemps qu'elle l'osa, Jane remonta dans la chambre et déposa un baiser sur sa joue. Il ne bougea pas. Elle embrassa son cou, puis garda ses lèvres contre sa joue et observa ses paupières. « Hypocrite. Tu es réveillé.

— Je fais le mort, dit-il. Juste pour voir jusqu'où tu t'aventures. »

Elle se leva.

« Ma mère avait raison. Les hommes sont trop bornés pour faire autre chose que de continuer jusqu'à ce qu'on leur dise d'arrêter. » Elle laissa tomber son oreiller sur sa tête. « Les vrais, en tout cas. »

Il se leva d'un bond. Elle fit semblant de ne pas voir son corps mince et longiligne, prête à donner n'importe quoi pour qu'il lui dise qu'elle s'était trompée, qu'on était samedi.

« Mmm... ça sent bon, remarqua-t-il.

— Et c'est bon. Je veux que tu prennes le temps de

savourer et de te réveiller avant d'aller à l'hôpital charcuter quelqu'un.

— La voix de la sagesse », reconnut-il.

Elle l'enlaça et le garda contre elle. Il ne bougea pas, détournant le visage.

« J'avais peur de me réveiller et de découvrir que tu n'étais plus là.

— Pardonne-moi. Je suis de retour, et je vais être la femme de tes rêves. »

Il lui lança un regard perplexe.

« Ah ?

— Parfaitement. Parce que tu n'as pas fait de réflexion sur mes cheveux. Tu détestes, mais tu n'as rien dit. Ce qui signifie que tu es trop bien pour qu'on te jette. »

Elle descendit et l'attendit, puis s'installa à table et fit semblant de grignoter pour rester près de lui.

« Me diras-tu ce qui s'est passé ? lui demanda-t-il doucement au bout de quelques minutes.

— Oui. Mais il y a trop de choses à raconter maintenant. C'est fini et je suis à la maison.

— Pourquoi n'as-tu pas rappelé ? »

Et voilà. D'entrée de jeu. Enfin, pas tout à fait. La remarque semblait agressive, parce qu'elle aurait dû lui expliquer dès les premières secondes et ne l'avait pas fait. « Les choses se sont révélées... beaucoup plus inattendues que je ne le pensais. Rien de ce que j'aurais pu te dire ne t'aurait rassuré. »

Il la fixa une seconde, puis revint à son petit déjeuner. Elle sentait ce qu'il ne disait pas. Elle posa sa main sur la sienne.

« Je t'aime », dit-elle. Mais c'était juste ce qu'on disait quand il n'y avait rien d'autre à dire — un chien qui le taquinait du museau pour le lécher. « Tu sais pourquoi je suis partie. Quelqu'un avait besoin de mon aide. J'ai senti que je devais aider cette fille.

— Comme dans le cas de Richard Dahlman, répliqua-t-il. Tu ne l'aurais pas dit parce que nous le savons tous les deux... Je comprends. Je t'ai fait promettre de ne jamais plus recommencer, et puis, quand il s'est agi de quelqu'un à qui je tenais, je t'ai demandé de le sauver. »

Jane secoua la tête.

« Tu te trompes. Mettons les choses au clair tout de suite, sinon cette question restera éternellement entre nous. Tu ne m'as pas obligée à promettre. J'ai promis, c'est tout. Ce n'était pas difficile. Je ne renonçais à rien. Mais j'étais ta femme, et cette promesse, je me l'étais faite avant même que tu y aies pensé, avant que tu saches que tu serais obligé de me le demander.

— Ne t'inquiète pas. L'important, c'est ce que tu veux maintenant. Aujourd'hui. »

Jane respira profondément, la gorge crispée, et chassa les larmes de sa voix.

« Je veux plus que tout au monde rester ici avec toi. Je veux que tu appelles Joy au bureau, et que tu lui dises d'annuler ton opération et tes rendez-vous de cet après-midi, et ne plus jamais ne plus te voir. Nous avons trente-quatre ans, il nous reste peut-être quarante ou cinquante ans à vivre. Je veux passer toutes mes journées avec toi, je refuse d'en laisser une seule s'écouler sans t'avoir près de moi le soir, tendre la main et te toucher avant de fermer les yeux.

— Mais cette fille est venue, tu as écouté son histoire, et tu as disparu.

— Nous nous étions promis d'être bien ensemble.

Ces promesses existaient. Il fallait simplement les oublier le temps que j'aie fait ce que j'avais à faire pour continuer à me respecter moi-même.

— C'est ce que nous avons dit en décidant d'aider Richard Dahlman.

— Je crois. Ce qui prouve que lorsqu'on règle le futur, l'univers n'entend pas toujours ce qu'on dit.

— En d'autres termes, ce n'était pas une promesse, mais un souhait », dit-il, et il se leva.

Cette fois, ce furent les yeux de Jane qui se remplirent de larmes. « Non ! Ou peut-être que si. Ce que j'essaie de dire, c'est que ce n'est pas honnête. J'ai fait quelque chose de bien. Je ne peux pas oublier ce que je sais ni qui je suis. Si la même chose se produisait de la même façon demain, je le referais. Quand j'ai risqué ma vie il y a un an pour sauver Dahlman, je n'ai pas cessé d'être proche de mon mari pour autant ! » Les larmes jaillirent, et elle se leva pour lui faire face. « Tu ne comprends pas ? Je ne veux pas que tu te refermes et que tu prennes tes distances ! Je veux que tu dises ce que tu penses, que ton petit déjeuner est infâme, ou que mes cheveux sont nuls, ou...

— Tu me laisserais tomber comme un superbe douze-cors le premier jour de chasse !

— Non ! » Elle jeta ses bras autour de son cou et l'emprisonna. « Non, jamais. Surtout si tu m'aimais et que tu ne voulais pas que je parte et risque ma vie. Peut-être pourrons-nous décider de ce qui arrivera, peut-être pas. Je t'ai dit ce que je voulais si j'avais à le faire. »

Carey l'attira contre lui et l'embrassa longuement, tendrement. Elle l'écarta soudain. « Maintenant tu ôtes

tes mains de mes fesses et tu files au boulot. Je suis sérieuse. »

Carey sourit.

« Désolé, c'est juste mon vieux fond romantique.

— Ton vieux fond de douze-cors, tu veux dire ! » Elle le serra de nouveau contre elle, puis l'obligea à faire demi-tour. « Il est sept heures moins vingt. File. »

En trois enjambées il traversa le petit vestibule, s'arrêta, et lui jeta un dernier regard. Puis il franchit la porte. Jane traversa la salle à manger en écoutant le bruit du moteur, puis le vit par la fenêtre du séjour sortir en marche arrière de l'allée dans sa BMW noire et s'éloigner en direction de l'hôpital.

Jane fit le tour du propriétaire — celui de la maîtresse de maison. Quand elle n'était pas là, Carey ne mettait même pas les pieds dans les pièces qui ne se trouvaient pas sur sa trajectoire habituelle. Il entrait par la porte de derrière près du garage, utilisait la cuisine, montait dans la chambre au premier et se couchait. Sans être un maniaque de la propreté, son métier lui avait appris à se méfier des microbes et la cuisine était immaculée. Elle eut juste à remettre à leur place les casseroles, poêles et autres ustensiles, tandis qu'elle débarrassait la table et mettait une autre machine en route.

Une heure après, dans la voiture de location, elle sortait à son tour en marche arrière de la longue allée. Elle prit à l'ouest en direction du Niagara, puis remonta vers le nord en longeant le fleuve jusqu'à la maison de son enfance à Deganawida.

Jane entra avec la voiture dans le garage pour ne pas attirer l'attention, puis se dirigea vers la porte d'entrée, introduisit la clé dans la serrure mais prit le temps de s'assurer qu'il n'y avait rien alentour qu'elle n'eût déjà vu mille fois.

Elle ouvrit la porte et entra pour faire le code et débrancher l'alarme. Puis elle revint quelques secondes sur le seuil. Il n'y avait aucun bruit. L'air était immobile et la maison sentait un peu le renfermé car elle était restée hermétiquement close. Elle ferma la porte et décrocha le téléphone près du canapé : la tonalité lui confirma que personne n'avait coupé les fils. Elle s'obligea à se détendre. Personne n'était venu pendant son absence.

Jane explora le rez-de-chaussée de la maison, inspectant chaque porte et chaque fenêtre, puis monta au premier. Il lui suffisait d'une nuit dans la demeure des McKinnon pour que la maison lui paraisse minuscule. Jane s'arrêta devant le répondeur de sa chambre. Un zéro s'affichait en rouge sur le voyant lumineux. Elle avait redouté qu'il y ait eu un nouvel appel.

Elle s'approcha de la coiffeuse. S'emparant d'un grand flacon de parfum largement entamé, elle dévissa le petit bouchon doré et respira. Le parfum ne s'était pas éventé : la décoction de ciguë et de baies d'aubépine conservait tout son pouvoir de tuer vite. Elle remit le flacon avec les autres sur la coiffeuse et sortit de la pièce.

Elle revint en bas, traversa la cuisine et descendit à la cave. C'était le seul endroit où la maison avouait son âge. La cave avait été creusée à la pelle et étayée de blocs de pierre, les poutres consistant en de simples grumes coupées à proximité. Il restait encore quelques clous à tête carrée, forgés à la main, dans les lattes du plancher ou sur les chevrons près du mur ; ils avaient servi de patère à quelqu'un en des temps très anciens.

Jane alla jusqu'à l'extrémité de la cave, à l'endroit où se trouvait autrefois le coffre à charbon, et plaça l'escabeau sous un vieux conduit de chauffage qui suivait le plafond avant de faire un coude pour se raccorder à un gros compteur. On avait remplacé la chaudière bien avant la naissance de Jane.

Écartant les deux sections du conduit, elle prit à l'intérieur la boîte en métal qu'elle y cachait. Elle la posa sur le dernier échelon de l'escabeau et en examina le contenu. C'était là qu'elle rangeait les papiers d'identité qu'elle avait gardés à jour pour des fugitifs mais jamais utilisés : cartes de crédit, actes de naissances, permis de conduire.

Jane entreprit de vider son sac. Elle rangea dans la boîte tous les faux papiers récupérés à Chicago. Puis y ajouta les quelques milliers de dollars qu'elle n'avait pas dépensés. Plongeant la main au fond de son sac, elle trouva le kleenex qu'y avait mis Bernie. Elle le déplia encore une fois, regarda les petits cailloux étincelants, et hésita. Mrs Carey McKinnon pouvait sans doute se permettre d'en faire monter quelques-uns, voire de les porter. Mais pas d'oublier qu'elle était toujours Jane Whitefield. Et Jane Whitefield vivait dans un monde où les diamants avaient pour seule fonction de transporter une masse de capitaux dans un minimum d'espace. Jane replia le kleenex et le glissa au fond de la boîte, sous l'argent, là où elle conservait une série de papiers d'identité dont elle seule connaissait l'existence. Il y en avait deux jeux, particulièrement sûrs, tenus à jour et soigneusement renouvelés de façon à être tous valides en permanence. Ils portaient la photo de Carey et la sienne.

Jane enfonça la boîte de métal dans le conduit obscur, referma les deux sections et remit l'escabeau à sa place à l'autre bout de la cave, près du vieil établi de son père. Elle remonta les marches. Avant d'éteindre, elle jeta un dernier regard au conduit afin de vérifier que les deux sections s'étaient étroitement emboîtées et dissimulaient bien sa cachette.

"Sous haute tension"

Thomas Perry
La danse des morts

POCKET

(Pocket n°11624)

Timmy, un jeune garçon de huit ans, est pourchassé par la plus terrible des organisations criminelles. Ses parents et le couple qui le protégeaient ont été assassinés, et il sait qu'il est le prochain sur la liste. D'autant que Timmy a hérité d'une énorme fortune de sa grand-mère… Désormais, sa seule chance de survivre s'appelle Jane Withefield. Cette belle Indienne aux cheveux de jais sauve les êtres menacés de mort et leur procure une nouvelle identité. Mais en aidant Timmy, Jane s'apprête à mettre sa propre vie en danger…

Il y a toujours un Pocket à découvrir

"Attention, chien méchant"

Thomas Perry
Chien qui dort

POCKET

(Pocket n°11326)

Derrière ses apparences de retraité américain coulant des jours paisibles en Angleterre, Michael Schaeffer est bel et bien le « Garçon Boucher », ce tueur à gages d'une implacable précision qui sévissait il y a une dizaine d'années. Seulement, voilà : sa tête a été mise à prix et sa planque, découverte, les ennemis d'hier ayant retrouvé sa trace.
Traqué de toutes parts par la Mafia, les polices locales et le FBI, le Garçon Boucher se voit contraint de reprendre du service…

Il y a toujours un Pocket à découvrir

"Une traque incessante"

Cédric
Bannel

La menace Mercure

Thriller

POCKET

(Pocket n°11175)

Depuis cet atroce accident qui l'a défigurée, Reda Fatmi, lieutenant au New York Police Departement, vit tous les jours dans l'angoisse. Elle avait en effet été trahie par une taupe mafieuse, infiltrée dans sa propre équipe, mais jamais démasquée. Aujourd'hui, un dangereux terroriste, appelé Mercure, contrôle tout un réseau de satellites et menace Manhattan. Il exige d'avoir Reda pour unique interlocutrice. Devant ce danger imminent, celle-ci sait qu'elle devra rester sur ses gardes, car la taupe rôde toujours…

Il y a toujours un Pocket à découvrir

Impression réalisée sur Presse Offset par

BRODARD & TAUPIN

GROUPE CPI

24530 – La Flèche (Sarthe), le 16-06-2004

Dépôt légal : juillet 2004

POCKET – 12, avenue d'Italie - 75627 Paris cedex 13
Tél. : 01.44.16.05.00

Imprimé en France